帕米尔高原的裂缝里，藏着被风沙啃噬的王城

湮没的王城

—— 这场横跨冰川的险途，每一步都踩着文明的遗骸 ——

薛英平 著

上海社会科学院出版社
SHANGHAI ACADEMY OF SOCIAL SCIENCES PRESS

目录

第一章　神秘的帕米尔 / 1

第二章　湖中生物 / 11

第三章　唐僧的谒语 / 20

第四章　紧急电话 / 30

第五章　峡谷惊魂 / 39

第六章　暴雨中的白沙湖 / 49

第七章　丝绸古道 / 59

第八章　传说中的王城 / 69

第九章　沙漠中的断壁残垣 / 78

第十章　黑风暴的路径 / 88

第十一章　海市蜃楼 / 98

第十二章　沙漠食金蚁 / 108

第十三章　神秘石圈 / 117

第十四章　误入死亡谷 / 126

第十五章　地狱之门 / 136

第十六章　岩洞内的文字 / 146

第十七章　失传的佉卢文 / 156

第十八章　峡谷中的坎儿井 / 166

第十九章　王城的诱惑 / 176

第二十章　东方佛陀 / 186

第二十一章　昆仑之丘 / 195

第二十二章　西王母和中原国事 / 205

第二十三章　佛塔下的大殿 / 215

第二十四章　峡谷里的呼救 / 225

第二十五章　食物链的顶端 / 235

第二十六章　上古史中的部落 / 245

第二十七章　邦国与华夏文明 / 254

第二十八章　夜半惊魂 / 264

第二十九章　世外桃源 / 274

第三十章　张骞的印迹 / 284

第三十一章　史前大蜻蜓 / 294

第三十二章　部落首领的玺印 / 304

第三十三章　跌宕的黑水河 / 314

第三十四章　天狗作祟 / 324

第三十五章　松熊蜂的天敌 / 334

第三十六章　会飞的鸵鼠 / 344

第三十七章　太阳部落与蒲犁国 / 354

第三十八章　巨型蚂蚁 / 364

第三十九章　都广之野 / 373

第四十章　不周之山 / 383

第四十一章　人性的贪婪 / 393

第四十二章　后稷的祭祀坛 / 403

第四十三章　牦牛的斗志 / 413

第四十四章　共工造成的水患 / 423

第四十五章　树林中的恐怖之夜 / 432

第四十六章　伏羲的先天八卦 / 442

第四十七章　沙犷和驴头狼 / 452

第四十八章　野生动物园 / 462

第四十九章　史前的壁画 / 471

第 五 十 章　鸾凤翱翔 / 481

第五十一章　内斗和馊主意 / 491

第五十二章　乌即城和玄圃 / 501

第五十三章　恐怖鸟和剑齿虎 / 512

第五十四章　黄帝的夏都 / 522

第五十五章　五千年前的疆域图 / 533

第五十六章　内讧的代价 / 543

第五十七章　昆仑丘旁的瑶池 / 553

第五十八章　西去的艰险 / 564

第五十九章　玉中的沙盘 / 574

第 六 十 章　风水明堂 / 584

尾声 / 594

第一章　神秘的帕米尔

刘捷驾驶着一辆 SUV 离开了喀什，前往帕米尔高原，同车的还有他的妻子陈娴。

刘捷今年三十岁，江城大学历史学院的副教授，妻子今年二十七岁，博士研究生刚毕业一年，现留校当讲师。俩人现在还没有孩子，所以利用暑假出游。

原先俩人并没有去帕米尔高原的打算，只想看看喀什地区的风情，还有风靡中亚地区的大巴扎，如果还有时间的话再到吐鲁番、天山天池去走一走。

俩人坐飞机从江城到了喀什，先在喀什城里游玩了喀什老城、艾提尕尔清真寺、香妃墓，随后又去了盘橐城。去盘橐城是刘捷提议的，学历史的怎么能不去盘橐城呢？那毕竟是班超驻守了十七年的地方。原先还准备去泽普的金湖杨国家森林公园，但看金湖杨的最佳时间是九、十月份，现在是七月，去了也没有什么可看的，所以只能暂时放弃。俩人又一商量，反正时间还有，不如租一辆车，干脆上帕米尔高原，去看看慕士塔格峰，去看看冰川，领略一下高原的风光。就这样，俩人租了一辆车，离开了喀什。

帕米尔高原一直是刘捷向往的地方，学历史的，对于昆仑山的神秘、周穆王的西巡、王母娘娘的西天瑶池都是神往的，虽说现在都是以神话的面目出现，但离现实世界却是非常的近，刘捷早就想一睹为快，更何况从喀什到塔什库尔干塔吉克自治县这一段还曾是古丝绸之路中最重要的一段。以前刘捷接触到的全是书本上的知识，现在能到实地去看看真是梦寐以求的事情，唯一考虑的是妻子愿不愿意去。

陈娴实际上非常想去，因为这是我国丝绸之路上最重要的一段，也是最神秘的一段，但考虑到帕米尔地区毕竟是高原，红其拉甫口岸，海拔有四千七百多米，即使只到塔什库尔干县城，海拔也在三千三百米以上，都属于高原。高原反应的各种后果让人望而生畏，所以一直纠结着去还是不去。这一次金胡杨不去看了，刘捷又对陈娴做了大量的思想工作，并保证一旦有不舒服，立即下山，于是俩人这才出发上帕米尔高原。

一旦决定了，刘捷马上开始做准备，如办理了边防通行证，购买了大量的水果、水和馕装在小车的后备箱里。陈娴还责备他东西买多了，刘捷却笑着辩解说："东西便宜，尤其是水果特别便宜。"

车在国道上行驶，这一段的路况还算比较好。刘捷驾驶着车辆，陈娴坐在副驾驶。开了一段路后，刘捷见陈娴没有声音，还以为她是在打瞌睡，就侧头看了一下。只见陈娴靠在座椅上，闭着眼睛，没有说话。

刘捷问："是不舒服吗？"

陈娴回答："没有。"

刘捷说："没有就好，我还担心你有高原反应呢。"

陈娴说："这儿还没有进高原呢，能有什么反应，我只是在想昨天那个导游的讲解。"

"导游的讲解有什么可以想的，"刘捷不以为然，"那都是书本上的东西，还不如自己看书了解得多。"

"但这个地方可不一样，"陈娴说："昨天在盘橐城的时候，就是古疏勒国的那个都城，那个导游说班超在这儿驻守了十七年之久。为什么在他还没有出道时那个看相的就已经看得出班超有万里之外封侯的面相，你不觉得奇怪吗？算命的哪有这么准，一般的看出能封侯就已经是神算子了，这个看相的还看出是万里之外的封侯，还真是了不得。"

刘捷笑了："我当是什么事，那个导游没有说错，因为《后汉书》就是这么记载的，如果有错那也是《后汉书》的错，我记得《后汉书》当中曾记载，班超的兄长班固被封为校书郎后，班超随母亲至洛阳，平时就帮着官府抄抄写写什么的以度日，有一天有一个看相的对班超说'布衣诸生耳，而当封侯万里之外'，所以是有这个出处的。"

"你这么一说，我好像有点印象，"陈娴嗔怪道，"你们男生怎么对这些细节记得这么清楚呢？"

刘捷笑着说："这是本人认真学习的结果，不像你们女生喜欢八卦的东西，就是看到了这些估计也会忽略。"

"你才八卦呢，"陈娴轻轻地用手拍了一下刘捷，"会不会是班超听了算命先生的话才到西域来打拼的。"

"有可能，"刘捷笑笑说，"但也有可能是范晔编《后汉书》时故意编出这么一段话来吸引人的眼球。"

"这倒也是。"陈娴笑着说。

俩人一路说说笑笑倒也不寂寞。

车辆沿着喀拉昆仑公路前行，开始进山了。路况已不如刚才驶过的那一段，开始有点颠簸。对于看惯了满目翠绿的陈娴来说，这周边的山太让她惊讶了。江城也有山，木兰天池周边一圈都是山，但那是山清水秀、满眼绿色的山。而眼前的山却完全不是这回事，光秃秃的，寸草不生也就算了，而且还是红色的。相反刘捷对于两侧红色的山并不感到惊奇，因为这边的山与上次刘捷和同事们去张掖看到的山是一样的，而且张掖的山比这儿色彩还要艳丽。

面对这样的美景，陈娴提议能不能停车仔仔细细地欣赏一下，刘捷赶忙附和说："我也正有此意，就在前边的乱石滩旁停吧。"

车停在了道路旁，刘捷和陈娴下了车。

刘捷打量着周边，两侧的山体都是火红的一片，估计土壤里所含的铁的成分比较多，与张掖看到的山的成分是一样的，同属丹霞地貌，但没有张掖的鲜艳。山的中间是一条峡谷，他们现在就在峡谷中穿行。从峡谷中的乱石堆来看，应该有河床和河谷，但现在河床与河谷已分不清了，因为乱石堆已经延伸到山脚下，而且还看不到一滴水，估计是在那遥远的年代，雪水融化后沿着山谷冲积而成的。现在的314国道就是在这些乱石堆上修筑而成。

刘捷对陈娴神秘地说："你不要走远，我去找一块玉来送给你。"

"这地方有什么玉？"陈娴狐疑地问。

"前面的乱石堆中就有，和田玉就是这么来的。"刘捷笑着回答。

"算了吧，就算有，也早给人家拿走了，还轮得到你？"陈娴满脸自信。

"说不定我的运气比别人好也有可能哦。"刘捷说着像小孩一样又奔又跳地跑到了河谷的中间。

陈娴不相信刘捷能找到玉，却也不会阻止他去找。陈娴只是沉浸于眼前的景色，因为眼前的景色太让她震撼，让她感觉天地的无穷和人类的渺小。所以她只是拿着手机这边照照，那边拍拍。

整个河谷就他们两个人，偶尔有一辆小车开过，带起一片尘土。空旷的河谷让人感到神秘，但也让人感到惊悚，陈娴现在就有这样一种感觉，因为她发现刘捷在她的视野中越走越远，在峡谷中的身影越来越小。

而刘捷却没有这样的感觉，全身心地投入到找玉的过程中。他沿着河谷的中间时走时停，并不断扒拉着石块，时而拿起一块在手中掂掂，时而又拿起一块对着阳光照照，但更多时候是将一块块石头抛向远方。

忽然，陈娴的余光瞟到远方山脚有什么东西在动，定睛一看，是风卷起的旋涡。旋涡不大，全部由沙土组成，目测直径估计有一米，但高度却有一人多高。陈娴有点看呆了，而且浑身不自在，这是什么风？龙卷风？

风卷起的旋涡在慢慢地移动，有转向刘捷那边的趋势。陈娴有点害怕，赶紧大声呼叫刘捷，并用手指了指前面正在移动的旋涡。

刘捷听到叫声，朝陈娴这边望了望，又朝旋涡的方向看了看，有点不以为意，继续在乱石堆中翻找。陈娴急了，连声叫喊，催促他赶紧回来。

刘捷没有办法，只得手捧着两块鸭蛋大小的石头回到车旁。刘捷满不在乎地看着陈娴说："这有什么好大惊小怪的，就这点小风把你吓成这样，据说新疆的戈壁滩上经常起风，"随后又指着刚才刮小龙卷风的地方，"你看，你看，不是没有了嘛。"

但陈娴却指着另一处山脚说："这个地方是没了，那边又生成了两个，谁知道是怎么回事？如果把你卷上去那你就玩完了，"然后又指着刘捷手上的石头说，"这又不是什么玉，只是两块没用的石头，你拿回来干什么。"

"就这点风还卷不动我，"刘捷接着又说："你不要小看这两块石头，纹理都非常好，至少练字时做做镇纸石就非常不错，拿在手上把玩也很有手感。"

"那你就去找手感吧，我可不想再陪同了。"陈娴有点赌气地说。停顿了一会儿，陈娴又央求着："我们还是早点走吧，我总觉得这地方有点诡异，而且这儿没有一个游客，我也不想再待下去了。"

"好吧，那我们就走吧，全听你的。"刘捷摇摇头，有点无可奈何，空旷的山野，人多了才怪。

车又重新上路。

沿着314国道开了不到二十公里，却遇到了堵车。会不会是到了盖孜检查站？刘捷心想。谁知等了半个小时，排队的车流一动不动。刘捷有点奇怪,赶紧下车找了个人问问,一问才知道根本不是什么检查站,而是前面发生了泥石流,现在正在清理。

刘捷忙问快不快,答曰:面积不大,应该很快。

刘捷和陈娴坐在车上,闲着没事,就把在乱石滩上捡来的石头拿出来把玩。

陈娴不屑地说:"这种石头有什么可玩的,我这块玉才是真正的和田玉。"说着从脖子下方掏出一块吊在颈项上的玉佩。

这是一块乳白色的老玉,一寸见方,上方有一条龙盘踞着,下方一面雕着四方数量不一的圆点,另一面雕着环形也是数量不一的圆点。

刘捷说:"你这块玉佩的质地一般,雕刻也一般,但你这块玉佩所蕴含的能量不一般。你舅舅给你的时候我就说过:一面是河图,一面是洛书,是我们现在的阴阳、五行、八卦的来源,包含着宇宙星象、人类起源的一切,可惜真正的河图洛书已不存在了。"

"怎么不存在了,"陈娴不服,"现在的太极、阴阳、八卦,还有许多哲理不都是来源于这两幅图吗?"

"这种说法绝对有漏洞,孔子说:'凤鸟不至,河不出图,洛不出书,吾已矣夫。'连孔夫子也没有看到过的东西,会戴在你的脖子上?"刘捷说,"你脖子上的两幅图要归功于北宋年间隐居于华山之巅的陈抟,他根据传说再结合易学上的阴阳五行、九宫八卦制作出了《龙图易》,也就是你这块玉佩的两面:河图与洛书。"

"说野史我可说不过你,"陈娴笑笑说,"不过上次跟你去四川阆中的时候,那个自称袁天罡后人的人,在看到这块玉佩以后脸色都变了,说这块玉佩里面蕴含着两千年的历史,让我好好收藏。"

"你说的是在袁天罡易学院门口碰到的那个算命先生?"刘捷笑了笑,"这个人说的话你也相信?我看就是到最后让你买辟邪的信物。"

"不是我相信，连你自己事后都说人家有真本事，算得真准。"陈娴说。

"赞扬只是赞扬，我只想说玄学也真的是一门学问，以后有机会要好好地看看这方面的书，"刘捷说，"但这并不表示我完全相信了那算命先生的话。"

"好，我不和你争了，凡事都是你有理，"陈娴一边说一边把玉佩藏进了衣服，"就算是从北宋到现在也算不错，至少我没有看到过第二块类似这样雕刻的玉。"

"我只能说你的这块玉还算有点价值，"刘捷认真地说，"但究竟能值多少钱我可说不准。"刘捷说着又用手掂了掂刚才在乱石堆中找到的两块石头，又对陈娴说："其中的一块石头还有隐身纹。"

"什么隐身纹？"陈娴将两块石头接了过去，拿起其中的一块对着窗外的阳光照了照，"哎，你不说我还真的不知道，石头间还真的有纹路。"

刘捷马上兴奋地问："你看，这纹路像不像一幅地图？"

陈娴一边看一边回答说："隐隐约约有点像，就是看不出是什么地方的地图。"过一会儿陈娴又说："如果像一幅中国地图，那这块石头就值钱了。"

"那是你不让我找，如果再给我一点时间，说不定真的可以找到带有中国地图的隐身石来。"刘捷开玩笑地说。

正当两人开着玩笑时，被堵的车流开始慢慢地动了。

车子经过泥石流的地方，陈娴拍了几张照，幸好泥石流冲毁的路面不算大，就是被冲毁的地方要高出路面很多，许多地方都被泥石流覆盖了，清理的人做了一个很长的斜坡才算解决问题。一眼望去，路旁还站着五六名拿着铁锹的清理工。陈娴心想：这些清理工真的很辛苦，没有什么机械，完全是靠一把铁锹来把道路打通。

刘捷向站在路边的清理工打了个招呼，回头对陈娴说："幸好我们租了一辆 SUV，这点泥石流对我们来说也算是小菜一碟了。"

过检查站倒是很轻松，因为人不多，只要敲个章即可。但过了检查站，路越来越难走，而景色却越来越美丽，雪山、峡谷，一路都是。走这样的路虽不寂寞，但刘捷却是全神贯注，不敢有丝毫分心。

车子驶过了一个高坡，刘捷和陈娴只感到眼前一亮。"哇，太美了！"陈娴叫了起来。

碧绿的湖水，湖的一边是雪山，公格尔峰就巍然屹立在白沙湖的南岸，倒映在白沙湖中，让碧绿的湖水中映入了白色的清澈；而另一边是绵延的沙山，几十个大大小小的沙丘坐立在北岸，而且沙山的沙还是白色的，略带一点灰，让碧绿的湖水嵌入了一抹淡淡的灰色。雪山、湖水、灰白色的沙丘交相辉映，构成了一幅绝美的画面，真的太美了。

刘捷在陈娴的耳边轻轻地说："这就是白沙湖，怎么样？没白来吧？"

陈娴轻轻"嗯"了一声。

刘捷开车离开了国道，沿着白沙湖往停车场的方向开，由于人不多，刘捷没有将车停到斜坡上面的那个停车场，而是停在了便道旁。

陈娴说了一句："这样停车行吗？"

刘捷说："这个便道估计是原来的停车场，游客越来越多，所以在那高地上又开辟了一个更大的停车场，但那个大的停车场离湖边较远，要走一段路，你看人们不都是把车停在便道旁吗？"

陈娴想想也是，就不再提出异议。

刘捷和陈娴下了车。

陈娴对刘捷说，"你不是带了单反相机吗？帮我照几张，再用手机帮我照几张，我要马上把这些照片发到群里面，让大家一起享受。"

陈娴一边说一边快速跑向湖边，吓得刘捷赶快提醒："你慢一点，这是高原。"

刘捷和陈娴在白沙湖边整整待了两个半小时,其间陈娴还去车上换了两次衣服。拍完照以后,俩人还在湖边用了午餐,说是午餐,实际上已经是下午三点多了。吃的东西也就是随车带上来的水和馕,以及水果,只是馕咬上去有点硬,毕竟是昨天买的。但陈娴没有抱怨这些,一个劲地表扬刘捷这个地方带得好。刘捷说:下个景点还要好。陈娴这才依依不舍地同意离开白沙湖。

刘捷将果皮和矿泉水瓶丢进垃圾箱里,又看了看四周,想找一个洗手的地方,但没有找到,于是他走向湖边,想用湖水洗一洗手。谁知刚把手伸进湖水里,又马上缩了回来。

陈娴在旁边看到了,问:"是不是太冷了?"

刘捷回答:"不是,是太热了。"

"这怎么可能呢?"陈娴有点不信,"这湖里的水应该是雪山上的水,怎么会热呢?"

"我也在纳闷呢,"刘捷又用手试了一下水,"还不是一般地热,起码有四五十度,至少超过人体的体温。"

"还这么高?"陈娴一边说一边走到湖边,也用手试了一下湖水,"哟,这水温还真的不低。"

刘捷想了一会儿说:"搞不懂,雪水怎么会有这么高的温度?会不会是湖边沙丘的热量传递到这湖水中?也不对呀,如果是沙丘传递过来的,那沙丘的热量不是要吓死人了。"

陈娴说:"有没有这种可能,白沙湖的底下有一个温泉,不然说不通。"

刘捷一脸惊奇地看着陈娴说:"这儿有温泉?没有听说过呀。"

真是奇了怪了。刘捷虽然想不通,但还是跟陈娴上了车。

刘捷发动了车辆,车子开出便道,驶上了公路。

陈娴忽然说:"我好像看见湖中心在冒泡。"

刘捷吓了一跳,赶紧一个急刹:"在哪儿?"

"在湖中心。"陈娴回答。

刘捷一眼望去,湖中心静静的,什么泡都没有。于是问陈娴："你看到的是哪个位置？"

"就在湖中心的位置，"陈娴还用手指了指，"就在你刚才从便道转向公路的时候，我正好看到。"

"会不会是你眼花啦，"刘捷说，"如果冒泡就不应该是我们刚才手试的温度，应该温度还要高。"

"可能我真的眼花啦，"陈娴眨巴眨巴眼睛，看着刘捷，也说不上一个所以然来。过了一会儿，陈娴忽然说："这白沙湖下面会不会真的有温泉，就像腾冲的地热水，间歇式地不断朝上冒泡。"

"有这个可能，不然无法解释，"刘捷回答说，"如果把这个温泉开发一下，泡上个澡，那别提有多舒服了。"

"你想得美。"陈娴说。

第二章　湖中生物

慕士塔格峰在夕阳的照耀下显得格外的耀眼夺目，这排名世界前一百位之内的高峰，在这一段平均海拔三四千米的帕米尔高原上并不显得格外突兀和鹤立鸡群，相反的在公格尔和公格尔九别两座山峰的陪伴下，让人感觉柔和、静谧。尤其是慕士塔格峰那白雪皑皑的山峰在夕阳余晖的衬托中逐渐由白转红，又从红转成金黄时，周边的人们先是惊呆，然后欢呼。因为慕士塔格峰的峰顶此时就像火焰，又像头戴皇冠的伟岸身躯，全部倒映在喀拉库勒湖中，展现出一幅绝世的美景。

当刘捷和陈娴赶到时，正是太阳快要下山的时候，西边的晚霞映衬着慕士塔格峰雪峰顶上的"火焰"，再呼应着喀拉库勒湖中的倒影，两座燃烧的雪峰上下相对，正反相映，把这一区域装扮成瑰丽无比的人间仙境。

刘捷对陈娴说："这儿就是西天瑶池，也就是我们古籍中所描绘的王母娘娘待的地方。"

"王母娘娘就待在这儿？"陈娴凝视着慕士塔格峰，随口又问了一句，"王母娘娘是待在喀拉库勒湖的边上，还是待在那雪山之上？"

"这我倒没有考证过，"刘捷没有想到陈娴会这样问，"反正这儿都是仙境，随便住哪儿都可以。"

陈娴没有再问，而是看得有点儿呆了。过了一会儿，陈娴又自言自语补上了一句："这儿还真的是人间仙境，怪不得王母娘娘要待在这儿。"

刘捷在一旁讨好说："怎么样，这一次没有让你白来吧？"

"那当然，我老公找的景点怎么会有错呢？"陈娴冲着刘捷一笑。

"你现在看到的是神话中的美景，"刘捷也笑了笑，"但神话和传说还是有区别的，传说中的这儿是苦大仇深的地方"。

"怎么个苦大仇深法？"陈娴好奇问。

"你想听？"刘捷反问。

陈娴点点头。

于是刘捷就说开了："据说在很久以前，这儿曾经是一片美丽的大草原，没有慕士塔格峰和公格尔姐妹峰，也没有眼前的喀拉库勒湖，有一家人在这儿放牛牧羊，过着美好的生活。但有一天有一个女巫路过这儿，嫉妒这一家的幸福，利用父亲外出打猎的机会，拿了一个魔镜给了在这儿生活的一对姐妹。这一对姐妹自从看了魔镜后就再也找不到自己的父亲，于是姐妹俩眼泪都哭干了，头发也变白了，不知不觉中变成了两座大雪山，就是现在的公格尔姐妹峰。而父亲回来后得知女儿变成了雪山，心中充满了悲痛，把魔镜摔成了两半，形成了现在的喀拉库勒湖和白沙湖，父亲伟岸的身躯也变成了慕士塔格峰。"

"故事倒很凄惨，但就像你刚才所说的，那只是个传说，"陈娴停了一会儿又说，"神话也好、传说也罢，所有的山川都是地壳运动的结果，这儿以前有可能是个大草原，但这是多少年以前的事了，可能五千年、一万年都不止，所以和你这个历史学教授无关，你现在最主要的任务就是做好摄影师——而我，毛遂自荐做你的模特，这样你满意吗？"

刘捷赶忙笑着说："那当然，这是最幸福的差事，如果不把最美的样貌留下来，怎么对得起王母娘娘？关键还有家里的一位娘娘。"

"那还差不多。"陈娴也笑了。

刘捷拿着单反相机和手机忙前忙后,围绕着雪山湖景不停捕捉着各种画面,而陈娴配合着在镜头前变换各种造型,两人是忙得不亦乐乎,因为他们都知道美好的景色停留的时间都不会太长。

陈娴一边摆着造型一边不甘寂寞地问:"这么美丽的景色,你说王母娘娘不会是真的住这儿吧?"

"为什么不呢?"刘捷一边拍照一边说,"如果我是王母娘娘我也会选择住在这儿。"

陈娴取笑说:"你还当王母娘娘?我看你做一个王公公还差不多。"

刘捷佯装发怒说:"你敢说我是王公公,晚上给你点颜色瞧瞧"。

人们的笑声和赞美给雪山湖水也带来了不错的心情,慕士塔格峰与旁边的公格尔峰、公格尔九别峰只是静静地站立在喀拉库勒湖旁,偶尔飘过的白云就像披着的轻纱,半遮半掩着那如玉的面容,只有夕阳在缓缓地拉伸慕士塔格峰顶上戴着的那顶金黄色的皇冠,而这些举动又都被喀拉库勒湖的湖水静静地收入囊中。

一个柯尔克孜族的小伙拉着一头牦牛走向陈娴,用生硬的汉语向陈娴询问:"骑一骑、照一照十块钱,要不要照?"

陈娴说:"十块钱可以,要拉着我到湖水中去走一圈。"

小伙说:"那不行,走一圈要二十块钱。"

陈娴还价十五块钱,如不同意就算了。

小伙想了想,回答说:"成交。"

小伙把牦牛拉到一块刻有"西天瑶池"的石碑旁,用手拍拍石碑说:"站上去,就可以骑了。"

石碑约六十厘米高,陈娴站是站上去了,但想骑到牦牛背上却没有那么容易,虽然牦牛两边都挂着脚蹬,但陈娴骑了两次都没有骑上,最后还是在刘捷和小伙的共同帮助下才骑到了牦牛背上。

牦牛倒显得很温顺，不管怎么骑，它站在那儿始终一动不动。

陈娴骑在牦牛背上，朝刘捷吐了一下舌头，做了一个胜利的手势。刘捷朝她做了一个怪脸。而牦牛在柯尔克孜族小伙的牵引下慢慢地走向喀拉库勒湖岸边，刘捷也跟着牦牛走向岸边。

牦牛开始在湖边的水中慢悠悠地踱着方步，湖水在牦牛走过的地方荡起片片涟漪。

柯尔克孜族小伙牵着牦牛自顾自地走着，刘捷一会儿跟在牦牛的后面，一会儿又跑到牦牛的前面，利用各种契机，对着陈娴和牦牛，以慕士塔格峰和喀拉库勒湖为衬托，抓拍着各种镜头。陈娴在牦牛背上做着各种动作。

可能是时间关系，在这儿游玩的人并不多，但也有几十个人。因为这儿离塔什库尔干塔吉克自治县的县城还有一百公里，离喀什有近二百公里，属于前不着村、后不着店的地方，如果不是在峡谷找玉和遇到泥石流堵车耽搁了一点时间，加上在白沙湖游玩的时间过多，刘捷和陈娴此时应该已经在县城吃晚饭了。如果时间再往前提两个小时，估计在这儿游玩的人数可能是现在的好几倍。耽搁就耽搁吧，刘捷心想，谁让这一路有这么美的景色呢。

刘捷拿着单反相机捕捉着各种镜头。不知什么原因，刘捷忽然发现镜头里的慕士塔格峰变了样，喀拉库勒湖的湖水也变了颜色，由清澈变得浑浊，而且牦牛也上了岸，再也不肯下水，任由柯尔克孜族小伙怎样用树枝鞭打，它都不肯再下水一步。

刘捷心里升起一种异样的感觉：会不会喀拉库勒湖的湖水也像白沙湖一样水温变得很高？但白沙湖旁有沙丘，沙丘在太阳长时间的照射下温度会升高，影响到旁边的湖水，更何况白沙湖的湖底还可能有温泉；而喀拉库勒湖的周边除了雪山，其他什么都没有呀，难道底下也有温泉？

忽然刘捷发现周边的环境也开始改变了，三座白雪皑皑的山顶上不知什么时候已经降落了一层厚厚的云，原来映在湖面上的金黄色也逐渐被深绿色替代,而且平静的湖水已泛起波澜,随着波澜而来的还有一层薄薄的雾霾。

刘捷有点惊呆了,这变化也太快了吧。一时间也不知道怎么办才好,只是呆呆地看着雾霾随着湖水的波澜从远处渐渐向岸边靠拢。

此时的牦牛却更加反常,不仅不往水里去,而且掉转头就往公路上跑,吓得骑在牦牛背上的陈娴连声呼叫刘捷,所幸牦牛的缰绳被柯尔克孜族小伙拉住,不然还真的不知道会有什么后果。刘捷赶忙抢过去,想把陈娴抱下来。但陈娴的一个脚还套在脚蹬上,情急之下抱也不是拖也不是,刘捷想让那个柯尔克孜族小伙帮忙,但那个小伙根本帮不上忙,因为他要拖住牦牛的缰绳,此时的牦牛正拼命挣扎要往公路上跑。

总算连拖带拉地把陈娴弄下了牦牛,此时陈娴吓得脸都白了。刘捷拉下陈娴后还不忘问正在拼命拉住牦牛的柯尔克孜族小伙:"你们这儿的湖水怎么这么黑?"

小伙回答:"这儿本来就是黑水湖嘛。"

刘捷又问:"平时也这样?"

小伙没有回答,只是目瞪口呆地看着湖面,因为湖面又有了新的变化。

此时,湖水的波澜越涌越厉害,已经开始拍打岸边;湖水的颜色也越来越黑,变成了深墨色;而且风也在渐渐加大,吹在人身上有一种阴冷的感觉,完全没有了刚才第一眼看到的那种美好的感受。

刘捷看着不对,拉着陈娴赶紧往停在路边的车辆上跑,但那个柯尔克孜族小伙却拉着牦牛跟在刘捷的身后叫喊:"钱,钱。"

刘捷赶紧从包里掏出钱转身递了过去,也不管是十五还是二十,不用他找了。就在刘捷转身递钱时忽然发现后面的湖滩上爬上了许多像水鼠一样的小动物,大小与成年田鼠差不多,但外皮却要比田鼠来得光亮。

这些像水鼠一样的小动物旁若无人地从湖水中一只接一只地

爬上岸，从人群当中快速蹿过。

陈娴见刚才拉她的刘捷忽然不动了，也回过头来，看到这一连串爬上岸的像水鼠一样的小动物时，吓得赶紧用手捂住了嘴巴。

那个柯尔克孜族小伙也呆住了，拉着牦牛一动不动地站在那儿。

这些像水鼠一样的小动物一个接着一个爬上湖滩，看上去数量还不少，个个都是光溜溜湿漉漉的，深灰色的皮肤，绿绿的小眼睛，从人们的脚边快速蹿过，并不停留。

湖岸边的人们看到这些像水鼠一样的小动物时瞬间都变成了"雕塑"，没有人再跑动，也没有人尖叫，只是惊愕地看着，完全不知所措。

这些小动物上了湖滩以后，完全忽视了人们的存在，也不东张西望，更不理睬惊愕的人们，一只接一只蹿过湖滩，越过公路，蹿到公路对面的乱石堆里去了。

刘捷和陈娴看着从脚边蹿过的这些小动物，吓得一动都不敢动，唯恐惊动了这些从未见过的水中生物。

这边的小动物还没有走完，湖中又蹿起许多大大小小的鱼，有许多鱼还蹦到了湖滩上，在湖滩上不停地打挺。这种鱼刘捷从来没有看见过，有点类似于饭店里面看到过的虹鳟鱼，但又不完全像。有几条一米以上的大鱼在湖面上高高跃起，转瞬间又沉寂于湖水之中。

刘捷和陈娴都看呆了，还是有生以来第一次见到这么大的鱼；更是第一次见到这么多的鱼在湖面上蹿跃，以至于刘捷忘了把这些奇特的景象用相机拍下来。

此时的刘捷心里只闪过一个念头：传说的喀纳斯湖水怪会不会也是这种鱼？当然个头可能更大一些。

慕士塔格峰的山峰早已不见了踪影，能看到的是在山峰的周边有一大团蘑菇云，蘑菇云下面是白中带灰的一条云带；三大雪峰之间又泛起了一大片乌云，而这片乌云已开始漫过公格尔两座姐妹峰，正向慕士塔格峰而来。

湖边的风开始渐渐增大，湖中原来的波澜已变成了波涛，汹涌的波涛不断地往湖滩上涌。

此时湖边的游客都已逃到公路上，有一些感觉公路上也不安全，干脆逃到停在路边的车上，还有的已发动车辆，想逃离这个地方。

刘捷和陈娴此时也已逃回到停在路边的车上。

刘捷一边发动车子，一边惊恐地透过车窗玻璃看着波涛翻滚的湖面。

湖滩上已见不到一个人影，就连拉着牦牛的柯尔克孜族小伙也不知躲到哪儿去了。大鱼还在不断地在湖面上跳跃，其惊恐程度只在人们围网捕鱼时看到过。刘捷百思不得其解，按理说遇到大风大浪鱼儿应该潜到水底，而不应该像现在这样蹿跃。

现在还不是考虑这些的时候，先应该赶快离开这里，因为这儿太奇怪了。刘捷心想。

谁知刘捷刚把汽车发动，忽然看见湖的远处有一条长长的水波直向湖滩上驰来，水波驰过的地方水花飞溅，鱼儿蹦跶得更加厉害。不一会儿，湖边跃上一只动物。

这是什么动物？

刘捷浑身紧张了起来。陈娴也扑到刘捷这边，紧盯着窗外："这是什么？会吃人不？"刘捷没有回答，但已感到陈娴的身体在颤抖。

只见那只动物有十多米长，身子像蟒蛇，但比蟒蛇粗壮；有鳞，但又不是蛇，因为它有四只脚；而长相又不像四脚蛇，尤其是那头部，既不像蛇，也不像鱼，倒有点类似于狗头，头前还有须，头上还有角。该动物蹿上岸以后，蛰伏在湖边不见了。

由于此时的天空已经是乌云密布，刘捷想再看清楚一点也没有办法。而陈娴此时已非常害怕，催促着刘捷赶快开车，先离开这个地方再说。于是刘捷挂上了挡，车辆缓缓启动前行。

谁知刚开出十几米，一个黑影突然在前方几米远的地方蹿上了公路，吓得刘捷赶紧一个紧急刹车，由于刹得太猛，车辆竟然熄火了，于是刘捷干脆一并把车灯也关了。

蹿上公路的那个黑影就是刚才那个什么都不像的动物。由于离车头不远，这一次刘捷和陈娴都看得更清楚。只见那动物转了半个身子，然后昂起头对着慕士塔格峰狂嗥了一阵，嗥叫声既不像狼，也不像牛，但却有着撼人心肺的压迫感，让人听了以后有一种不寒而栗的感觉。

陈娴吓得大气都不敢喘一口，两眼紧紧地盯着前面那个什么都不像的动物。刘捷赶紧掏出手机，快速调整到照相功能，利用那个动物对慕士塔格峰嗥叫之际，用手机对着那个动物按了一下，也不管有没有拍到，还不敢用闪光灯。

那动物嗥叫了一阵以后，又在公路上来回爬动了几次，最近一次离刘捷的车只有两三米远。

看着这个东西，刘捷心里忽然冒出一个字：龙。因为它的长相与电影《侏罗纪公园》里的恐龙有点像，但又不全像。他想着与陈娴沟通一下，但看那个动物离自己这么近，既不敢说话，也不敢动。

那个动物站在道路的中间，对着刘捷的车辆凝视了一阵，吓得刘捷和陈娴感觉自己连呼吸都要停止了。相持了一会儿，那个动物不再理睬刘捷的车，转身跳下了公路，蹿入了湖边沼泽的草丛中，不见了。

时间好像停止了。

再过了好长一会儿，陈娴才慢慢缓过神来，看着刘捷轻声问："走了？"

刘捷没有看陈娴，两眼紧盯着前窗玻璃，机械回答："走了。"又停顿了一会，刘捷终于长长地出了一口气，转头看着陈娴说："总算走了。"

陈娴也松了一口气："吓死我了，"随即又问刘捷，"这是什么动物？"

刘捷看看陈娴："不知道，从来没有见过。"

喀拉库勒湖的湖水已经漫上了滩涂，并开始拍打公路的路基，有几次浪花已经卷到了刘捷所在的车辆的外侧，但幸好力度不是很大。湖滩上原刻有"西天瑶池"的石碑已完全没入水中，湖滩也已缩小到离路基只有一点距离。

刘捷重新发动了汽车，准备沿着314国道直奔塔什库尔干塔吉克自治县，因为那儿可以住宿，也是附近最近的县城，尽管导航显示还有一百公里。

而陈娴给这事一闹，有点想打退堂鼓了，她对刘捷说："这儿太吓人了，我们还是回喀什吧。"

刘捷给这个家伙这么一闹，也失去了兴趣，于是回答："那就回吧。"

刘捷在找地方掉头。

陈娴在帮助设置导航，但一查导航回到喀什要两百公里又只好放弃了，因为让刘捷一个人开这样的山路，而且此时天色已晚，回喀什必须走夜路，这让陈娴有点不放心。

刘捷倒无所谓，最多开六七个小时也能回喀什。

陈娴却不同意，白天开车已经很惊险了，更何况还有泥石流，所以决定还是先到塔县，明天白天再回喀什，虽然路程远一点，来回多了两百公里的路程，但安全系数高了许多。

于是刘捷又掉转了车头。

此时乌云已完全笼罩了周围的天空，三座雪峰也已完全为乌云所遮蔽，天空变得又低又矮，而风却开始小了，湖面的波涛也已经渐渐平息，原来蹦跳到湖滩上的鱼也被退下的湖水带走了。

一场美景却被这么一头怪兽给搅黄了，刘捷和陈娴的游兴大减，还是先去找宾馆休息再说。而刘捷此时也没有其他更好的选择，完全听从陈娴的安排，就开车直奔塔什库尔干塔吉克自治县的县城去了。

第三章　唐僧的谒语

冰峰宾馆位于塔什库尔干塔吉克自治县县城的主干道上。县城并不大，规模还不如内地的一个镇。一条主大街，还有几条小街巷构成了县城的全部。在大街的尽头还有一座小山，小山上有一座石头城，据说已有两千两百年的历史，但现在已是断壁残垣、碎石遍地；石头城旁还有一个金草滩，金草滩不算小，一直延伸到雪山的脚下。

刘捷和陈娴到达的时候，已接近晚上九点。由于午饭吃得较晚，再加上在喀拉库勒湖给那怪兽这么一闹，两人没有一点饥饿的感觉。

其实对于生活在帕米尔高原的人来说，晚上九点并不算太晚，因为太阳还没有完全下山，就像是中原地区或东部地区的傍晚时分。但刘捷知道石头城和金草滩今天肯定是去不成了，而且石头城此时估计也已关门。于是刘捷对陈娴说："今天也够累了，而且经过刚才的折腾，也提不起兴趣，还不如我们明天在这儿泡一天，顺便再去看看石头城和金草滩，你看怎么样？"

陈娴经过刚才的折腾，确实已失去了游玩的兴趣，于是说："都听你的。"过了一会儿，陈娴又嘟囔了一句："刚才在喀拉库勒湖的感觉就像是进入了侏罗纪公园。"

刘捷听了也只能苦笑，因为这些现象的出现完全在他的意料之外，而且他也是第一次来帕米尔高原，根本不清楚湖中还有这么多的生物。

刘捷和陈娴刚停好车，还没有进宾馆，就听见宾馆里面传来一阵吵闹声。

刘捷在办理登记住宿的时候才听明白这些人吵闹的原因。原来这是一个十多人的旅行团，而且基本上都是天山大学地质系的学生，他们是下午五点左右到的宾馆，放下行李后去了县城旁边的石头城和金草滩。本来旅行团的人个个都很开心，因为暑假出来游玩没有什么包袱。但他们在石头城游玩的时候却看到了雪崩，雪山离他们至少有七八公里远，但雪崩传出的声音还是非常响，所有的人都听到和看到了。按理说在帕米尔高原发生雪崩也属正常，大家开始时也没有在意，还暗自庆幸能看到雪崩的美景，但接下来去了金草滩后却产生了矛盾。在游玩金草滩的时候，大家看到了水在冒泡，说明水的温度非常高，而且金草滩上还覆盖了一层薄薄的雾气。这些人都是学地质的，这种情况马上让他们意识到这一片金草滩的地下可能会有异动，而异动就会形成地面上的雪崩、泥石流等后果，最严重的就是地震。大家都在猜测刚刚看到的雪崩会不会和金草滩下的异动有关联？如果这两者有密切关联的话那问题就大了。现在一个旅游团内所有的人，包括导游都认可地下可能会有异动这一观点，但和地震是不是有关联谁也说不准，书本上学到的有关地震的前兆这儿都有了，最好的方案就是马上离开这是非之地。但在马上回喀什还是明天一早走上产生了分歧。要马上走的人提出按雪崩、水温等现象估计，二十四小时之内这儿就有可能发生地震，晚一分钟走就会多一分危险；但要明天一早走的人认为从这儿的县城到喀什的山路才是最不安全的，因为这条山路沿途经常会发生泥石流，说明那儿的土质很不稳定，如果晚上就走，万一在半道上遇到了地震，那真是叫天天不应、叫地地不灵，相反，县城这儿还相对安全一些，因为有记录以来这儿曾在一千四百年前发生过一次大地震，而且就是那次地震让周边的山系都改变了形状，但县城这边也只是震塌了石头城，就连金草滩都没有什么大的改变，其他基本维持了原样。所以待在县城才是最安全的。

听了他们的争吵刘捷这才意识到白沙湖和喀拉库勒湖的水温异常根本不是什么温泉，而是地震的前兆。这一念头把刘捷吓了一跳，自己想旅游却无意中闯入了地震的区域，还是那个导游说得对，晚上那段山路才是最不安全的。他们是一个团队，而自己是散客，刘捷就没有参与他们的争论，心想既来之则安之。于是安安心心和陈娴一起办理了入住手续。

对于那些人的争论，刘捷和陈娴相视一笑，显得很淡定，因为在喀拉库勒湖旁他们就讨论过怎么走。而且这些人争论的问题与刚才在喀拉库勒湖的惊险相比，那简直就是小巫见大巫，他们争论的无非是早走和晚走的事情，而这一路过来刘捷和陈娴都知道山路的危险，如果让他们选择，肯定是先留下来，一切明天再说。

刘捷夫妇俩先去了入住的房间，洗漱了一番，然后重又回到餐厅。

此时的餐厅已经没有了刚才的喧闹。

刘捷问服务生："刚才那批争吵的人呢？"

服务生回答："那批人已吵出结果了。有三个团员已经跟导游签了协议，团费回喀什再结算，然后就走了。"

刘捷有点想不通，又问："他们这个团队不就只有一辆旅游车嘛，他们怎么回去？"

服务生说："那三个团员说了，交通工具由他们自己解决，不麻烦导游。"

"怎么解决？"陈娴插了一句。

"我估计是搭别人的便车吧，因为这儿晚上有时也会有车去喀什的，"服务生回答，"如果要坐出租车那肯定是没有的，因为这大晚上估计也没有人愿意开。"

"个性倒挺犟的，"刘捷停顿了一下，又问服务生："你们这儿雪崩、水温增高、薄雾等情况经常发生吗？"

"雪崩在我们这儿是家常便饭，就是规模大小而已，小的雪崩每天都会发生，"服务生回答，"水温增高的情况我们不了解，但薄雾也经常会有，只要夜晚和白天的温差加大，薄雾就会覆盖在金草滩上。"

"那地震也经常发生吗？"刘捷又问。

"地震倒不经常发生，不过道路两侧的山体土质不是很稳定，发生泥石流却是常事。"服务生回答。

刘捷满意地点点头，服务生的回答证实了自己心中的猜测。谢过服务生以后，他们进了餐厅。餐厅是自助的，菜的味道不怎么样，唯一好的就是水果管饱。刘捷吃了一些大盘鸡，而陈娴只吃了一些水果。

刘捷有点不放心，问陈娴："你有没有什么高原反应，或者哪里不舒服？"

陈娴摇摇头回答："给那个四不像的东西这么一闹，好像什么感觉都没有了，应该不会有什么高原反应吧，现在只想早点回喀什。"

"没有反应就好，"刘捷欣喜地说，"因为这儿海拔有三千多米，如果有反应，我得马上去准备氧气瓶。我们到睡觉时再看看，如果还没有反应那最好了，基本就没问题了。"

吃好晚饭出了餐厅，刘捷看到大堂的休息区里有七八个人围住一个人在说些什么，于是就对陈娴说："回房间也没有什么事，还不如过去听听他们说些什么。"说着就与陈娴一起走了过去。

宾馆大堂的休息区里，一个三十岁左右的男士在讲着什么，看见刘捷和陈娴走来，就与两人打招呼，并自我介绍说自己姓胡，是个导游。刘捷也只得介绍自己姓刘，夫妇俩来自江城。

陈娴忽然对胡导说："我看到过你，昨天在盘橐城的时候，你在带团讲解。"

"是嘛，"胡导笑着说，"看来你们两个也是我这个团的编外人员。"

刘捷看了看陈娴，又看了看胡导，他知道在车上时陈娴想的那个问题可能就是眼前这个胡导引出来的，看来这个胡导肚子里还是有点货的。

旁边有一人说：我们在听胡导讲故事，他对帕米尔高原周边的山山水水都非常了解，你们也一起来听听吧。

胡导很谦虚："我父亲是个地质队员，曾走遍昆仑山、喀喇昆仑山、天山、兴都库什山等山山水水，可以这样说，我父亲因为地质勘探基本走遍了八帕（清朝时曾把十万平方公里的帕米尔高原分成八帕）。受我父亲的影响，我对于帕米尔高原的一些传说也非常感兴趣，所以就做了专职导游，专门带团队上帕米尔的各个景点，北疆的团队基本不带。"

"哦，是个资深的导游。"刘捷赞赏地说。

旁边又有人插话："胡导正在讲唐僧取经路过帕米尔高原的故事。"

刘捷说："那我们也听听。"就与陈娴找了一个位置坐下。

胡导说他的父亲曾给他讲过一个唐僧西天取经返回路过帕米尔高原的传说故事，他在此转述与大家分享。

刘捷和陈娴开始静静听胡导讲故事。

唐僧取经不管是出去和返回都是走的帕米尔高原。不过，出去的时候走的是北道，也就是今天的阿克苏附近；回来时走的是南道，就是现在我们上来的这条道。唐僧从长安到新疆的高昌一直都是一个人，不像《西游记》里面有三个徒弟加一头白龙马。而唐僧到了高昌，就是现在的吐鲁番，与高昌王结为兄弟后，才有了四个徒弟，其中两个徒弟在翻越天山山脉的凌山时被冻死在雪山上，而且唐僧自己也在翻越凌山时落下了病根。所以唐僧在回程的时候就再也不愿走那条道了，而是选择了我们眼前的这条道，也就是通过瓦罕走廊走波谜罗川，到达公主堡，再从塔县，通过盘龙古道，然后转道去莎车、和田，这就是南道。但唐僧千算万算没有算到在他到来的前一两天，帕米尔高原发生了特大地震。当时整个帕米尔高原，古代称为"葱岭"，山崩地裂，流沙湖巨浪滔天（胡导补充说：流沙湖就是现在的喀拉库勒湖和白沙湖的统称，当时属同一片湖，地震后湖泊中间为泥石流所阻断，分成喀拉库勒湖和白沙湖），地震后湖中怪兽横行，当地的老百姓苦不堪言。而当时这一片区域属于揭盘陀国，虽不属于西域的三十六国之一，但却是当时西域大国疏勒国的附属国，全国绝大多数人都信佛。就在国王束手无策之时，听闻唐僧到了，马上意识到救星来了，于是拦住即将东行的唐僧，苦苦哀求唐僧作法以拯救苦难中的黎民。唐僧也没有推辞，就在现在的石头城上筑台施法。揭盘陀国原有五百多个僧众，国王想按照佛门的做法建一个道场，以供作法之用，但洪水包围中的石头城哪有那么容易建道场，最后只能简单弄了个土台供僧侣之用。唐僧带着僧侣在土台上整整作了七七四十九个小时的法，才平息了这场灾难。揭盘陀国的国王也知道这儿的地质条件不是太好，今后有可能还会发生类似的灾难，于是想提前做一些预防，就求教于唐僧。唐僧当时写下了十二个字：龙见出，黑水涨，地东倾，城再现。国王又追着问有什么方法可以避免？唐僧的回答是天意如此，不是人力可以挽回。国王让众僧侣一起跪拜唐僧，自己也跟着一起跪拜，并说：揭盘陀国的臣民也是汉日天种，至少有一半是汉民族的血脉，请看在同种的分上，无论如何指点一下，只要给一条活路即可。唐僧叹了一口气说：也罢，为了黎民百姓，就是折寿又何妨，你附耳过来。唐僧轻声说了一段话以后便向东扬长而去，而国王再三拜谢，要送唐僧许多礼物，唐僧一概不收。至于唐僧对揭盘陀国的国王说了一些什么，在场的僧侣谁都不清楚。但有一点可以作为旁证：唐高宗李治为了遵循李世民的遗愿准备对西域用兵、打通通往西方之路、恢复丝绸之路的新秩序时，唐僧曾写过一个奏折给唐高宗，弄得唐高宗很不开心，并且把唐僧从长安的大慈恩寺贬到三百里外的玉华宫翻译经卷。至于唐僧在奏折里面写些什么，其他人都不得而知，但当时人们猜测肯定与西域的揭盘陀国有关。唐僧在玉华宫翻译经卷相当于被软禁，因为除了翻译经书还是翻译经书，所以由于背负的太多，身体终于被拖垮，在摔了一跤之后彻底卧床不起，二十天后圆寂。

大家都沉浸在故事的情节当中。过了好一会儿，才有人问胡导："只听说唐僧只会吃斋念经，没听说过他还会做法。"

胡导回答："你所说的是《西游记》里的唐僧，只会念念'紧箍咒'，其他什么都不会。而真实的唐僧本事可大着呢，他在印度的时候，印度正好召开第一次佛教大会，有十八个国家的元首、三千多名得道的高僧参加，唐僧是这次大会的主讲。就算是现在的印度，唐僧的地位也非常崇高，印度的教科书里还专门有一篇课文，题目是《佛的影子》，讲的就是唐僧如何感化一伙印度强盗的故事。"

"唐僧还感化了强盗？而且还是印度强盗？"大家面面相觑，觉得不可思议。过了一会儿，又有人问："你刚才讲的故事中有一个汉日天种，至少一半是汉民族的血脉？那又是什么故事？什么是汉日天种？"

"那又是另外一个故事了，而且这故事既带有点神话传说，但又像是真实的，"胡导解释说，"我这样说下去不会影响你们休息吧。"

大家正听得津津有味，所以都说不会。

于是胡导又说起了另外一个故事。

在很久很久以前，有一个汉族的公主要远嫁波斯的王子，当时途经葱岭，就是我们现在的这个地方，突然遇到匪徒暴乱，护亲使者和卫队为了保护公主，就近找了一座很难攀爬的陡峭的山岗，把公主安顿在上面，所有卫队成员都在下面把山岗团团围住，公主的吃食每天用一根绳子吊上去，以确保公主的万无一失。三个月后，匪乱逐渐平息，护亲使者请公主重新启程，但谁知却发生了一件匪夷所思的事情：公主竟然怀孕了。后来据公主身旁的侍女说：公主被困在山顶的时候，每天都会有一个骑着金马的王子从太阳来到山上和公主幽会，公主肚子里的那个孩子是个"汉日天种"。但让护亲使者为难的是，如果这样去向波斯王子解释，那波斯王子是肯定不能接受的，说不定还要杀头；如果把公主退回去也不可能,汉族的习俗历来是嫁出去的姑娘泼出去的水,回去肯定也没有好果子吃。所以没办法,只能选择就地安营扎寨,等公主生下孩子来以后再说。第二年,公主果然生下一个相貌伟岸的儿子,于是护亲使者和卫队干脆拥护"子称尊号,母摄政事"建起了国家,这就是揭盘陀国的由来。虽然此事听上去有点像神话,但玄奘的《大唐西域记》明确记载了这一故事,而且离这儿六十公里远的地方还确确实实有一个"公主堡",再加上成书于战国时期的《穆天子传》有明确记载太王亶父,就是周文王的祖父嫁长女于春山之虱,就是春山的一侧,春山就是现在的葱岭,也就是帕米尔高原,所以看起来这件事又像是真实的。

有人问:"那个公主会不会就是太王亶父的女儿?"

胡导回答:"这个我就不清楚了,没有依据的事情我可不能乱说。"

那人又问:"会不会西周以前中原地区和帕米尔高原就有联系?"

胡导回答:"这个我可说不清楚,我只知道古籍《穆天子传》里面记载着这样一段故事。"

刘捷在一旁插话说:"肯定有联系,黄帝、尧、舜、大禹等都和帕米尔高原有联系,而且帕米尔高原还曾是亶父的封地。"

那提问的人眼睛放光了,扭头问刘捷:"不知道还能不能找到一些痕迹?"

胡导笑了笑说对那人说:"你也不看看这些人到现在已经隔了多少年了,少说也有三四千年吧,早就让历史的尘埃给覆盖了。"

尽管胡导这样回答,但不可否认,这个胡导肚子里还是有点真材实料的,尽管刘捷也早就知晓"公主堡"的故事,但今天听来还是很新鲜的,尤其是《穆天子传》的引用和刚才那个人的提问对刘捷是一个很大的触动:是不是我们史书上还遗漏了什么,可能西域和中原的联系不是从班超开始,估计还要早的多,可惜都归入神话传说一类，假如这次有机会可以到公主堡去看看的话，那就算是圆满了。

忽然刘捷想到了什么，刚才只顾听故事把这么重要的事情给忘了。于是他问胡导："喀拉库勒湖就是黑水湖吗？"

"对呀，喀拉库勒湖就是黑水湖，它的学名叫喀拉库勒湖，但当地人都叫它黑水湖，因为当地的柯尔克孜语的喀拉库勒湖就是黑水湖的意思，"胡导回答，"我刚才讲故事的时候已经说了，原来这一片只有一个湖，就是流沙湖，《西游记》里沙和尚所待的地方称为流沙河，而流沙河就是指这里的流沙湖，地震后变成了两个湖，一个清澈，一个浑浊，清澈的就是白沙湖，浑浊的就是黑水湖。"

"那你刚才讲的唐僧的谒语'龙见出'是什么意思？"刘捷又问。

"我父亲开始和我讲的时候，我也不清楚'龙见'是什么意思，"胡导回答，"后来有一次在翻阅《山海经》的时候偶然看到了'龙见'的出处，这是古代的一种动物，龙种，但样子长什么样却无法知道，因为原先的《山海经》里面是没有插图的，而现在的《山海经》里的插图是根据现代人的想象绘制出来的，可能和原来《山海经》里描写出来的动物会不太一样。"

看着刘捷的神情，胡导感觉刘捷问这个问题有点奇怪，于是反问道："你问这两句谒语是什么意思？"

于是刘捷把在喀拉库勒湖看到的情景给大家讲了，特别把那个近在咫尺的生物讲述了一下。在场所有的人听了都惊呆了，有的还问是真的吗？还有的说既然看到了，应该马上下山，还上来干什么。刘捷没有理会这些，只是拿出了自己的手机，找到自己拍摄的那个水中生物的图片，递给了胡导。

人们一下子围了过去。手机图片不算特别清楚，还有一些灰暗，估计这和拍摄时的天气以及没有开闪光灯有关，但该生物的形象还是一清二楚。

胡导看了以后露出惊讶之色。旁边的人把手机接了过去，一个个传阅,尽管有叽叽喳喳的声音,但没有人说得清楚这是什么,也没有人敢说曾经看到过。

转了一圈后,胡导将手机还给了刘捷。

胡导对刘捷说:"我不能断定你拍摄的是不是就是'龙见',但这种动物我确实从来没有看见过,也没有听当地人说起过类似的动物,就是我父亲走遍了帕米尔的山山水水也没有说起过,"停顿了一会儿,胡导又说,"我只是在读书时听教授在讲怎样充分利用旅游资源中的传说时说过,唐僧在路过揭盘陀国的时候,曾看见流沙湖中有蛟龙横行,于是作法降服了蛟龙。但被降服的蛟龙是不是你手机上拍摄的东西,我可讲不清楚。"

"但那也只是传说。"刘捷说。

"是的,"胡导建议,"我说的这些只是供你作参考,至于这到底是一种什么样的生物还得由专家来鉴定。"

第四章　紧急电话

胡导看了看手表，已经快晚上十一点了。

于是胡导对大家说："好了，时间不早了，大家也早点休息吧，一切等过了今晚再说，想听故事的明天还有，"又转向刘捷这边说，"至于这个生物是什么，我确实不知道，但专家自会有结论，比我在这儿乱说一通要管用得多。"

刘捷谢过。

人们已被今天发生的事弄得没有了睡意。一位团友说："还不知道今晚能不能睡个安稳觉。"

胡导好像想起了什么，对即将离开的团员们说："对了，我想起来了，这位团友刚才的话提醒了我，这儿是高原，海拔有三千三百多米，需要氧气瓶的到我这儿登记一下，一会儿我送到各位的房间。"

另一位团友立即打断胡导的话："你也不用登记了，就现在每个人都发一个氧气瓶吧，万一有哪一个半夜有什么不舒服的需要吸氧，还得把你叫起来，反正氧气瓶明天游玩的时候还用得着，不会浪费。如果明天回喀什，再把氧气瓶退还给你也不迟。"

"还是你说的有道理，"胡导笑了笑，"干脆你们大家都晚五分钟走，我让宾馆服务员把氧气瓶送过来，你们每人领一个回去得了，也省得让我一间一间地送。"

随即胡导又提醒大家说:"高原不比平原,我再一次提醒大家'三个不知道',就是有没有睡着不知道,因为始终是迷迷糊糊的;有没有吃过不知道,因为肚子始终感觉不到饿;有没有发烧不知道,因为头始终是昏昏沉沉的。但这都不是毛病,不要自己吓自己。如果真的感觉自己身体不舒服,马上与我或随队医生联系,随队医生现在已经休息了,但我的电话号码已经存储在你们的手机上了,不要耽搁,再晚也要打电话给我。大家看看还有什么问题吗?"

团友们七嘴八舌都说没问题。

刘捷轻声问陈娴需不需要氧气瓶。

陈娴摇摇头。

不一会儿,服务员就送来了氧气瓶,胡导正准备发放,忽然手机响了。胡导叫过旁边的一位团友,说:"辛苦你,请代我发放一下,我去接个电话。"

胡导一边掏出手机看了一下号码,一边自言自语地说:"总部这么晚了还来电话干什么?难道有急事?"他打开手机,"喂,哪一位?我是胡骏,请讲。"

刘捷这才知道胡导的名字叫胡骏。

"哦,是于总,这么晚打电话来,有什么急事?"胡骏问。

准备拿了氧气瓶回房的团友们听到胡导的电话都停下来不走了,似乎都想知道这么晚了旅行社还打电话来,会不会真有什么急事。

"对,除了刚才离开的三人之外,其余的团友都在,"胡骏一边扫了大家一眼一边在回答,"嗯,嗯,你说什么?"胡骏的神情开始紧张了起来。

团友们也跟着紧张了起来,刘捷和陈娴也紧张了起来,大家都看着在打电话的胡导。

"你说的是真的?好,好,我马上组织人员返回喀什,"胡骏答应着,"什么,不是旅游团的遇上了也一并带回,"胡骏看了刘捷和陈娴一眼,"什么?最好住在宾馆里的也全部带回?

这，他们愿意吗？当地的居民由当地的政府落实。好，我知道了，我马上把宾馆里的游客全部'打包'带回。"

胡骏结束了通话，对还没走的团友们说："看来你们已没法睡觉了，因为……"胡骏的话还没有说完，手机的铃声又响了，"你们再等一下，我再接个电话。"于是打开手机，"于总您说，先前离开的三位也要想办法一并带回？他们已离开一个多小时了，"胡骏有点急了，"您让我上哪儿去找啊，我估计他们已在五六十公里开外啦。什么？一定要找到他们？天山大学已经打电话到旅行社了，这学校也真会来事，好吧，尽量吧。"

胡骏关了手机，嘟囔了一句"这是什么破命令"，随后又关照在餐厅里所有的人员，"各位团友，刚接到总部通知，二十四小时内帕米尔高原附近可能发生七级以上的地震，要求我们立即返回喀什。"

胡骏的话还没有说完，团友们立即炸开了锅。

"这也太急了吧，刚到这儿就要回去。"

"这地震也真是的，早不来，晚不来，我们刚到它就跟着来了。"

"早知道这样，还不如刚才跟着前面三个人一起回去呢。"

"你知道前面三个人真的走了吗？说不定堵在路上也有可能。"

"你们不要说了，我的话还没有说完呢，"胡骏加大了声音，"总部要求我们立即返回，不能耽搁，沿途会有驻扎的部队接应我们，所以我给你们十分钟时间回房间整理，十分钟以后全部到大堂集合，然后立即返回喀什，"胡骏看了刘捷和陈娴一眼，又说，"总部还说了：不是我们团队的，也可以跟着我们一起走。"

刘捷点点头。他心想：今天碰到的一系列怪异的事情果然是地震的前兆。于是也不敢耽搁，赶紧与陈娴一起去房间里整理东西。

大家还没有到房间，许多手机都传来短信的提醒。

刘捷打开一看，上面只有一句话："二十四小时内帕米尔高原地区可能发生强烈地震,请做好防护。"

刘捷因为到的时间不长,行李基本没有打开,所以简单收拾一下就出来了。只见胡骏在与宾馆的前台服务员核对住宿人员的名单,刘捷也不去管他,与陈娴一起把行李放到了自己的车上,因为车就停在宾馆的门口。

陈娴对刘捷说:"这算什么事?早知道是这样,还不如当时在喀拉库勒湖的时候就直接返回喀什,现在倒好,开过来多了一百公里,回去还要多开一百公里。"

刘捷安慰说:"这是无法预料的事,谁知道我们赶得这么巧,天灾人祸,也没办法。我们还是见招拆招吧,那个胡导怎么说我们就怎么做,毕竟他们是团队,我们是散客,跟着他们团队总没错。"

陈娴自嘲地说:"虽然明天去不了石头城和金草滩,但也算来过帕米尔高原了,"随后陈娴话题一转,"就是要辛苦你了,还要开回去。"

"开这点路没什么,"刘捷安慰并保证说,"这次没有好好玩,下次一定让你玩个够。"

胡骏也出了宾馆的门,看见刘捷夫妻俩,马上走了过来,问:"这是你们的车吗?"

刘捷回答:"是的,五座的SUV。"

"能搭两个人吗?"胡骏问。

"没问题,你让他们过来吧。"刘捷回答。

于是胡骏从宾馆里叫来了两个人:"这俩人是自己坐长途车上来的,你带他们一程吧。"胡骏对刘捷说。

刘捷看这两个人似乎是一对儿。

"没问题,就让他们坐后排吧,后排有空位,"刘捷回答,"行李放后车厢,那儿有空间。"

"那就谢谢啦,"胡骏向刘捷拱拱手说,"等一会儿你的车就跟在我们旅行车的后面,是一辆十七座的福特全顺,你后面估计还有几辆车,"然后又对后面跟着的那两个人说,"你们就搭乘他们的车回喀什。"

那两个人应承了，胡骏又返回宾馆照应其他人去了。

那两个人在后车厢放好行李，坐到了车上，那男的自我介绍说："我叫赵子凡，这是我的妻子沈琳，我们俩从四川成都来的，是出来旅游结婚的。"

刘捷问他们是什么时候到的帕米尔高原，赵子凡回答已有两天了。

刘捷又问赵子凡去过什么地方，赵子凡回答除了沿途上来的那几个地方，像白沙湖、喀拉库勒湖等都去过，还有县城这儿的石头城、金草滩也去了，最远的还去了红其拉甫的边境口岸，还有那个"公主堡"也去过。

刘捷打趣地说："那帕米尔高原的景点你们都去全了。"

沈琳回答："还没有呢，还有那波谜罗川和奥依塔克冰川公园来不及去。"赵子凡又补充说："还有盘龙古道那六百多个弯道没有去走一次。"

刘捷羡慕地说："那也差不多了，还是你们厉害。"

就在他们闲聊的时候，胡骏又出来了，一边走一边还在嘟囔："这样下去，什么时候才能出发？"

刘捷主动跟胡骏打招呼，想问问什么时候能出发？

胡骏朝宾馆方向看了看："我的团队都齐了，全在大堂等着，但那些住店的喊了这个，少了那个，拖拖拉拉不知道要到什么时候，如果人人都像你们这几个就好了。"

胡骏又对后面跟着出来的三男一女说："你们的车就跟在这辆车后面。"说完就指了指刘捷的车。

刘捷看到这四个人的眼神向他这辆车看过来，就举手和这四个人打招呼。不知这四个人是没有看到，还是没有理会，都没有反应，只是自顾自地走向刘捷后面的那一辆车。那是一辆越野吉普。

刘捷有点尴尬，苦笑地看了看自己举着的手。

陈娴看着刘捷说："尴尬吧，没事打什么招呼。"

赵子凡在一旁笑了笑："这种事不要放在心上，这几个人就是这样的。"

"你认识他们？"刘捷问赵子凡。

"不认识，"赵子凡回答，"但我们碰到过他们，跟他们打招呼的时候，他们也是这个样子。"

"你在哪儿碰到他们？"刘捷随口问道。

"在公主堡旁边的岔道上，"赵子凡解释说，"我们离开了公主堡后，想去波谜罗川，因为我们租的是当地的车辆，那驾驶员对当地的情况非常熟悉，全程不用导航，在过了达布达尔乡以后，就拐入了一条土路，没多久就来到了一个山谷，那是两座雪山之间的一座峡谷。那驾驶员对我们说：'这就是波谜罗川。'我和沈琳站在那个山谷口的入口看了很久，只见峡谷内雾气茫茫，而且还隐隐伴有鼓石的敲击声和呐喊声，听上去还怪吓人的。"

"峡谷内有鼓石的敲击声和呐喊声？"刘捷有点诧异，"那会不会是风沙在作怪？"

"这就不清楚了。"赵子凡回答。

沈琳插话："那个区域怪异得很，我还特地打开了导航，想看一看这儿是不是波谜罗川，但手机上跳出来的是：该区域无卫星图。不是北斗全覆盖了吗！怎么会这样。"

"我们也不知道，只是以为这个峡谷里面就是这样的，"赵子凡接着说，"但那个驾驶员却说：'唐僧就是从这儿进入我们石头城的。'他让我们看旁边的几块巨石，果然在旁边的巨石上刻有'大唐玄奘东归经行处'和'东晋法显西行经行处'。我们看了后非常兴奋，就让驾驶员在路口等着，钱照算，我们准备花一个小时进峡谷里面看一看，看好后马上出来，不会耽搁太多的时间。驾驶员同意了，并关照我们要注意安全，不能进入得太深，他们当地人没有事情一般也不进这个峡谷。正当我们正准备进入峡谷去看一看的时候，就看到刚才那四个人正从峡谷里面匆忙跑出来，样子还有点狼狈，一边跑一边还不断往后看。"

沈琳又插话："他们像是从里面逃出来的，就好像后面有什么东西在追着他们似的。"

"当他们经过我们身边的时候，我也和你刚才一样举手跟他们打招呼，并想问问峡谷里面的情况，谁知他们理都不理，就像刚才你和他们打招呼一样。所以我让你不要放在心上，这四个人就是这样的。"赵子凡对刘捷说。

"没事，这种小事我怎么会放在心上，"刘捷大度地说，随后又问，"他们的车有没有进入峡谷？"

"没有，"赵子凡回答，"他们跟我们一样，也把车停在了峡谷的进口处。"

"你看到他们是从峡谷的入口进去的？"刘捷又问。

"没有，"沈琳又插话说，"我们到的时候只看到路边停着的车，没有看到人。"

"那你们最后有没有进入峡谷？"陈娴也在一旁问。

"看见他们逃出来的这副狼狈样，我们就没有进入峡谷，说实在的看他们的样子我们也不敢进，"赵子凡回答，"那驾驶员说看这样子就知道这几个人是从里面逃出来的，说明峡谷里面非常危险。驾驶员又说我们来的时间不对，那个峡谷一年当中只有十几天是安静的，蓝天白云，阳光明媚，其他时候都是这样钟鼓齐鸣，更厉害的时候还伴有电闪雷鸣、倾盆大雨，当地传说是唐僧作法的时候，把那些妖魔鬼怪都圈到了这个峡谷里面，并打上了封条，所以这些妖魔鬼怪只能在峡谷内兴风作浪，而不会延伸到峡谷外。其实当我们看到这几个人从里面逃出来时，也知道里面肯定有问题。至于是什么问题，那只有天知道了。所以给那个驾驶员这么一说，我们就更加不敢进了，只是在山口眺望了一下，拍了几张照片就返回了。"

沈琳补充说："其实我们到达了那个山口已经很满足了，也算来过了，当然，能进波谜罗川去看一看更好，毕竟我们对那个峡谷还是有好奇心的。"

刘捷随口说："那倒也是。不过我要说的是，据史书记载，唐僧在穿越波谜罗川峡谷的时候，遇到暴风大雪，一个团队死了十几个人，现在估计当时他们遇到的还不是一般的暴风大雪。所以你们没有进去也是明智的选择。"

"这么说你也知道波谜罗川？"赵子凡有点惊奇，问刘捷。

"当然知道，唐僧写的《大唐西域记》里面记载得很清楚，"刘捷回答，"但没有到现场感受过。"

"我没有看过《大唐西域记》，也不知道唐僧是怎么描写的，"赵子凡感慨地说，"里面既然这么危险，看来我们没有进入峡谷应该还是对的。"

而此时的沈琳却对赵子凡说："我曾劝过你，那种偏僻的地方不要去，你不听，还说里面是塞上江南、绿草如茵，不知道是从哪儿听来的。"

刘捷听了心里一动，转头问赵子凡："你没有看过唐僧的《大唐西域记》，那你是怎么知道波谜罗川的？"

赵子凡没有正面回答，而是反问刘捷："你去过甘肃敦煌吗？"

"去过呀，"刘捷回答，"有什么问题吗？"

"那你有没有看到过一幅壁画？"赵子凡问。

"里面都是壁画，你指的是哪一幅？"刘捷还有点奇怪，"难道你说的壁画还与波谜罗川有关联不成？"

赵子凡没有回答是否有关联，而是直接说："我说的这幅壁画的名字叫'作战图'，我是在一个偶然的机会看到的。你知道敦煌的这些洞窟都是轮流开放的，那一次去正好让我看到。这是一幅晚唐时候的作品，真实性应该是非常高的，描画的是唐朝名将高仙芝远征小勃律国、羯师国、石国、大食国的作战画面，经过的区域就是葱岭，也就是我们现在的帕米尔高原。虽然画中大多数画面是攻城、阵法、械斗，但在右上角有一片地方却是郁郁葱葱，而这个地方就是波谜罗川。"

"帕米尔高原有一个郁郁葱葱的地方？"刘捷给赵子凡说糊涂了，"那画上标明的是波谜罗川？"

"那倒没有,上面标注了'播密川'三个字,后来我问一个同学,他说播密川就是波谜罗川,是音译,他还说《旧唐书》里面就有播密川,指的就是现在的波谜罗川,"赵子凡回答,"所以我这才知道播密川就是波谜罗川。"

"哦,敦煌竟然还有这么一幅壁画?"刘捷又是惊奇又是无奈地说,"这我倒是孤陋寡闻了,下次有机会一定再去看看。"

俩人开始无话,陈娴为了打破车厢内的沉闷,指着车窗外面说:"你看,他们上了前面的那辆旅行车了,好像人还不少。"

"宾馆的人如果全都带出来,应该不会少,"刘捷接着说,"因为这个宾馆至少有四五十个房间。"

刘捷透过车窗看到胡骏朝自己的车走过来,以为他有什么话要说,于是摇下了车窗。

胡骏并没有说话,只是递给刘捷一张纸条,然后指了指前面的那辆旅行车,示意跟在后面,刘捷会意地点点头。

胡骏离开后,刘捷打开那张纸条看了一眼,是胡骏的电话号码。

此时,宾馆的老板追了出来,要求胡导弥补这两天的损失,结果却给胡骏一阵乱吼:"非常时期,以后再说,如果再这样追着我,以后我就不再带团队住你的宾馆。"

老板无奈地说:"那你总得签一个字吧。"

胡骏在宾馆老板拿来的纸上签了字。

陈娴对刘捷说:"我们不住宾馆了,好像钱忘了退?"

刘捷苦笑了一下说:"算了吧,这点小钱算是捐助吧,非常时期还是逃命要紧。"

第五章　峡谷惊魂

出发前往喀什的一共有六辆车，除了旅行车在前面领路之外，刘捷的这辆SUV居第二，第三辆是越野吉普，后面还跟着三辆，都是自驾的小轿车。

开出县城后，路途一片漆黑。这一段314国道原本就没有路灯，在没有月光的夜晚，更何况还是在大山的峡谷中行驶，只能靠着车的远光灯慢慢爬行。

车窗外的风已经在呜呜地作响，虽然没有吹进车厢，但陈娴还是感觉到有点冷，于是下意识裹了裹衣服，而两只眼睛却是紧紧盯着车窗外。天上看不到星星，而两侧黑黝黝的山的轮廓却依稀可见，因为山的颜色要比天空的颜色来得深。不知是为什么，陈娴心里总有一种不踏实的感觉，至于这感觉从何而来，自己也说不清楚。从时间上来看，估计车队已经离开县城十多公里，但一路驶来竟看不到对面的一辆来车。而自己这边也没有看到其他的车辆，甚至从冰峰宾馆出来后就再也没有看到过一个行人，也不知那些当地人，政府是怎么组织撤离的。再看看刘捷，正打起十二分的精神，紧握方向盘，紧盯着前面的那辆旅行车，陈娴也不敢去打扰他；再看看路基的两旁，尽管刘捷已经把远光灯调至最高最远，但看过去路边好像有水中生物蛰伏一样，吓得陈娴不敢朝外多看，但又不能不看，她要帮开车的刘捷关心一下前面的路况，做到随时可以提醒。

刘捷紧张地握着方向盘，与前车保持着约二十米的距离，紧紧跟随。由于有前车的引路，所以神经还不算特别绷紧。忽然，有一个黑影从两车中间穿过，把刘捷吓了一跳。黑影不大，但在这漆黑的夜晚，根本看不清是什么东西，心想要是撞到了怎么办？随后又安慰自己，动物也是聪明的，不可能被撞到。如果真的撞到了，也只能算它倒霉。接着刘捷心里又开始感叹起来：我们受的教育是人定胜天，现在看来人还是斗不过天，就像遇到地震这种情况，人虽然能预报，但却无法避免，可能有时还不如动物，动物能预测到地震即将来临，所以纷纷选择逃离这个地方，而人却没有感觉，要靠仪器和动物的异常举动才能知晓地震即将来临。

车窗外不知什么时候已飘起了雨，一个闪电划过前面的山的脊梁，紧接着一声惊雷在峡谷中炸裂，不知是太过空旷，还是此时的雷声有些肆无忌惮，刘捷感觉有一种夺人心魄的压迫感。而沉闷的雷声就像是冲着峡谷中行进的车队来的，带着轰鸣声由远而近慢慢从车队旁滑过，好像要将峡谷中所有的东西全部都带走。

随着雷声的滑过，此时的刘捷变得有点急躁不安，周边的黑暗已让他惊悚，脑海中就凸显了一个字：快。快逃离这个地方。但前面的旅行车却还是不紧不慢开着，好像对这样的雷声根本无动于衷。刘捷恨不得帮他们加速或超越他们，但山路就是这么狭窄，天又这么黑，说超车哪有那么容易，催他们加速也不可能，或许带路的车并不是那么好开。

陈娴好像感觉到了刘捷的急躁，在一旁不断提醒：慢点，慢点。

车辆又前行了二十多分钟，车窗外的风开始加大，雨也越下越猛，风助雨势，还夹带着沙砾，打在车窗和车身上的声音还特别大，让人担心车窗随时会震碎。

车内已鸦雀无声，赵子凡和沈琳坐在后座，手紧紧拉在一起，两个人敢去波谜罗川，说明胆子还是够大的，但在这漆黑的夜晚，看着听着窗外这么大的风声雨声还有雷声，还是感到有一点不安，特别是赵子凡，心中还在不停打鼓，并且浮想联翩：波谜罗川也是一个峡谷，假如进去的话会不会也会遇上现在这样的状况？如果也是这样的状况，自己是逃还是不逃？

沈琳已感受到了赵子凡的紧张，但相比赵子凡她要坦然一些，这样莫名的紧张还不如闲聊，可以转移一下情绪，于是沈琳问陈娴："你们是什么时候上来的？"

"我们？"陈娴尴尬地笑了笑，"就是今天，到宾馆还不到两小时，吃了一顿饭，听了两个故事就又往回赶了。"陈娴回答，然后反问沈琳，"你们这两天游玩有没有发现什么不正常的情况？"

沈琳看看赵子凡，说："也不知道是不是反常，就是今天早上我们去红其拉甫看界碑的时候，看到的云层颜色非常的鲜艳，而且还像莲花一般一片连着一片，我当时还对赵子凡说，'你看帕米尔高原就是不一样，就连云层的色彩都是这么鲜艳'。"

这时赵子凡插话说："还有一件事，现在想想肯定属于反常，那就是我们从停车场开车到公路旁，在路两侧的沟壑里发现许多蟾蜍在跳来跳去。你还让我看。"

沈琳接着说："实际上看到蟾蜍跳来跳去很正常，平时不是也看到吗？谁会和地震联系在一起。"

"那猫叼着小猫上树算不算反常呢？"赵子凡又说，"在公主堡的时候，我们看见一只野猫叼着一只小猫往树上蹿，沈琳还说这只猫有毛病。"

沈琳应声附和："对，这个我也看见的，当时的第一反应就是这只猫有毛病，谁会和地震联系起来。"

刘捷一边开车一边插话说："估计是这只猫发现地上不安全，才会叼着小猫上树，这些实际上都是地震前的预兆，我们都忽略了。"

陈娴也将他们在白沙湖和喀拉库勒湖看到的事也和赵子凡和

沈琳说了，并将刘捷手机里拍的那个生物给赵子凡他们看了，还将胡导说的唐僧的谒语也一并讲了。

"唐僧真的有这么四句谒语？"赵子凡问陈娴。

"我们也不知道，只是听胡导讲的，"陈娴解释说，"胡导是听他的父亲讲的，他的父亲是个地质学家，而且主要就在帕米尔高原这一带勘探。"

"如果是这样，那还有一定的可信度。"赵子凡回答。

"我们也是这么想的，但不太好理解，"陈娴说，"就拿第一句来说吧，'龙见现'是我们拍的那个生物就叫'龙见'吗？是不是算现身了？不过样子确实有点像龙，如果算是，那'黑水涨'是不是涨到路基就算涨了？或者根本就是滔天洪水，但这么多的水从哪儿来呢？就算雪山上的雪全部融化成水，那也没有这么快呀。"

"如果这些暂时都算解释得通，看看是不是可以理出一些思路，"赵子凡对陈娴说，接着赵子凡又问，"后面那一句是什么？"

"是'地东倾'。"陈娴随口说。

"地东倾，地怎么会东倾，怎样才算东倾？"赵子凡喃喃着，陷入思考之中。

大家又不说话了。

窗外黑黝黝的山峰在慢慢地向后移动。雨已变得越来越大，雷声和闪电的频率也变得越来越高。

刘捷已经将刮水器开到了最大一挡，但看出去还是朦朦胧胧的，如果不是前面车辆的尾灯，根本不敢往前开。

不知道是不是雨太大的缘故，路上好像已经全是积水，开在路上像开在水里一样，车辆无缘无故地会自行漂移，吓得刘捷用双手紧紧压着方向盘。

忽然，一个闪电在车窗前快速掠过，紧接着一个惊雷好像劈在了车顶上，就像是冲着他们来的，把车内的四个人都吓了一大跳。

此时的陈娴忽然叫了起来:"唐僧的谒语我知道了,是地震,'地东倾'指的是地震,只有地震以后才有可能造成这山脉向东倾斜。"

刘捷接过陈娴的话说:"史书上有记载:共工怒触不周之山,造成天柱折、地维绝,天倾西北,地不满东南。而传说中的不周之山就在这帕米尔高原。"

话音还未落,手机铃声忽然响起,这铃声在这风雨交加、神经绷紧的夜晚显得格外的突兀和刺耳,车上的人都被这手机的铃声吓了一跳。

这是赵子凡的手机。

赵子凡打开手机,按了免提,让大家都能听清。"喂,喂,我是赵子凡,请讲,哦,是胡导,您说,我听着呢,"大家听清是胡导打来的电话,都竖起了耳朵,"什么,让车子慢点开,不能熄火,路上已全是积水,湖里面的水已经漫到了公路上来了,还有,"赵子凡话还没有说完,一声巨响从不远处传来,简直就像山崩地裂,紧接着一个巨大的闪电划过夜空,一道强光照亮了周边的一切,随后又是一阵隆隆的巨响从车旁缓缓地划过,吓得刘捷赶紧一个紧急刹车。

见刘捷刹车了,赵子凡吓得不轻:"刚才胡导说了,不能熄火,你可千万不能熄火。"

刘捷没有与赵子凡说话,因为就在刚才闪电的一刹那,刘捷看清了,刚才那个雷电把前面左侧山上一座铁塔一样的东西击倒了。而且借着闪电刘捷更看清了,他们又来到了喀拉库勒湖,这是看到水中生物的地方,刘捷记忆犹新,他清楚地记得湖水要低于道路一米左右,当时湖水涌动的时候还在拍打着路基,现在怎么超过路基了呢,怪不得像开在水里一样,原来是湖水没过了道路,这种情况唯一的解释就是湖水涨了,是不是应了那句"黑水涨"的谒语暂且不说,前面白沙湖的地势要远低于喀拉库勒湖,得想办法让前面的车停下来,不要一头扎进去,因为下游的水估计比这儿涨得还要厉害,更何况还有一个铁塔被雷电击倒,要赶快让他们知晓。于是，刘捷又开动着车，加快了速度，朝着前面的旅行车追了上去。

赵子凡一直在拨打着胡导的电话，但始终打不通。

刘捷在不停变动着远光、近光，想提醒前车注意，但前车始终没有反应。

陈娴见赵子凡打不通，想帮着赵子凡一起打，因为和胡导的通话还没有完，估计胡导还有话要说，于是就按胡导纸条上的号码拨了过去，没有声音，拿起手机一看，原来是没有信号，就对赵子凡说："你看一看，是不是没有信号？"赵子凡一看手机，果然是手机没有信号。

赵子凡说："这可怎么办？连信号都没有，那胡导是肯定还有话要讲。"

刘捷没有理会他们，因为刚才那个雷电击倒的可能是通信塔，也可能是电缆塔，因为是在前面的山口，有一段距离，所以看得不是很真切，现在的关键是追停前车，在这黑漆漆的夜晚，不能让他们一头撞上去。

与前车已经不到十米的距离，现在的时速估计不会超过二十公里，因为前车也开不快。刘捷有节奏的对着前车打着灯光，每隔五秒钟闪三下，前方的旅行车一直没有反应，这样维持了五分钟，前方的旅行车总算有了知觉，慢慢地把车停了下来。

刘捷也来不及跟车里的人细说，停好车开了车门就往外跑，吓得陈娴马上喊："外面雨大要拿着伞。"但刘捷根本没有听到她的话。

峡谷里的雷声好像没有停过，闪电始终在车辆的上方盘旋。刘捷借着闪电的光亮看了一遍四周，这儿已是白沙湖，按理说这一区域道路比较平缓，因为峡谷比较宽，所以车辆行驶问题不大，但问题是现在上游的喀拉库勒湖的湖水泄下来一样，直扑下游的白沙湖，道路上已满是积水，已快分不清哪儿是道路，哪儿是湖了。刘捷知道喀喇昆仑山的土质很不好，来的时候就碰到过泥石流，现在雨下了一个小时，而且是暴雨，如果再下一个小时,哪怕是半个小时,结果会怎样?刘捷简直不敢想象。

上了前面的旅行车。车上有满满的一车人,事情紧急,刘捷也管不了许多,把自己刚才看到的以及想法跟胡骏说了。胡骏也傻了,如果前面不能开,唯一能走的就是回头路,再回塔县。那上级要求把人带回喀什的事情怎么办,现在电话又不通。怎么办?怎么办?胡骏拍打着自己的脑袋。

车上是一片乱哄哄,几乎所有的人都吵着要回喀什。对于刘捷看到的情况没有一个人理解,相反的都盯着胡骏,要求胡骏不要理会任何干扰,赶回喀什才是唯一的目标。

胡骏让他们吵得头都疼了,大喊了一声,才算平息了这些乱哄哄的吵闹声。

一车的人都在看着胡骏,因为大家也都知道:他才是一车人的主心骨。

"你刚才不是说看见前面有一个铁塔倒下来吗?"胡骏问刘捷,然后提了一个折中的方案:"我们再往前开一段,看看那铁塔是不是已经把路堵死了,如果真的堵死了,我们再商量。万一没有堵死,我们就继续往前开,因为我知道过了白沙湖就上坡了,这样就是湖水再涨也影响不到我们。"

刘捷一时也没有什么更好的办法,想想胡骏说得也没错,再看看那些对他并不友好的脸,只得说:"那就往前去看一看再说,不过你们可要开慢一点,不要一头撞上去。"

车子又慢慢向前滑动,因为听说前面可能有铁塔,再加上这么大的雨,驾驶员自然也不敢开得太快。

刘捷回到了车上,心情非常压抑,原想办一件好事,结果不被人理解。只能驾驶着车辆在后面慢慢跟着。

车子向前开了不到一公里,果然发现有一个庞然大物横在路的中间,如果不是刘捷提醒,真的很有可能会撞上去,因为那个铁塔已经和漆黑的夜晚融为一体。

胡骏在心里暗叫侥幸,等车停稳后立即下了车。

看到胡骏下了车,刘捷也跟着一起下了车,两个人都想看看那座铁塔是不是堵住了道路，车辆是不是还能过。看了以后，两人都觉得车辆要过非常困难，因为这铁塔已占据了道路的四分之三。如果真的要过，要把道路与湖之间的隔离栏打掉，借用湖旁边的堤岸；但小轿车能过，那辆旅行车能不能过还是个问题，更何况这么大的水流冲击以及暴雨，湖边的堤岸是不是结实也是一个大问题，所以两人都在考虑这个险能不能冒。

就在胡骏和刘捷左右为难的时候，前面有两束灯光慢慢地由远而近，最终停在了铁塔的后面。借着闪电刘捷看清是一辆小车。

这么晚了，还有车上来。刘捷心想。

胡骏却看到了希望，因为有车上来，说明上山的道路是通畅的，只要过了眼前的铁塔就能出山了，说不定是来接他们的解放军也未可知。胡骏迎了上去。

前面那辆小车也看到了堵道的铁塔，所以下了几个人朝铁塔这边走来，由于天非常黑，再加上稠密的雨势，只能看到几个人影。

大概是这辆车想过来，也被这铁塔阻挡，所以下车来看看能不能通过。刘捷和胡骏都是这样想的。

对方也看到了刘捷和胡骏。对方问："你们是想过去？"

胡骏回答："对，我们想去喀什。"

对方说："去不了了，前面已经塌方了，而且是整个山头坍塌下来，把道路堵得死死的，根本没有路了，你们还是打道回府吧。"

胡骏心里的希望一下子被破灭了，但又不甘心："那你们是怎么过来的？"

对方说："谁说我们是过来的，我们和你们一样，想去喀什，结果被塌方给堵住了，所以只能往回赶，谁知到了这儿又被铁塔给堵住了。"

对方这么一说，胡骏的希望虽然破灭，但心里却有底了。虽然仔细辨别，但黑暗之中也只能看到几个人影，而从对方的一席话中他已经知道对方是谁了。在帕米尔高原这么晚往回赶的，找不出第二队人。

于是胡骏问对方："你是张晓军？"

对方说话的人一愣："你怎么知道？"

胡骏笑了起来，对对方说："我是你的胡导，"胡骏转身对刘捷说，"你看，上级还要我找到他们三个，到哪儿去找？现在看来得来全不费工夫。"胡骏又大声对对方说："过来吧，我带你们走。"

张晓军也充满惊奇："你们不是明天早上才回喀什吗？怎么也像我们这样连夜赶路呢？"

胡骏对张晓军说："这事我们过一会儿到车上再说，现在你们先过来，跟着大部队走吧。"

张晓军回答："好，但我们租的车怎么办？车上还有一个驾驶员呢。"

胡骏回答得很干脆："这好办，你让他跟着我们回塔县吧。这边隔离栏挪一挪，你这辆小车应该可以过来。"

张晓军给胡骏做了一个手势，也不管胡骏看没看到："那你稍等，我跟驾驶员商量一下。"

商量的结果驾驶员同意了，不过要他们把铁皮隔离栏往外面弯一下，让他的小车能够过来。

张晓军拍胸脯保证这件事就由他们三人代劳了。张晓军不知从哪儿搞了一根树干，三人将树干搁在栏杆上用力朝外面压，幸好这个铁皮栏杆并不结实，没多久就弄弯了。出租车绕过铁塔，与胡骏等人会合了。

而胡骏现在却头疼了，回喀什肯定是不能的了，看来只能回塔县了，但塔县真的能回吗？估计也有问题。于是胡骏问刘捷有什么好办法。

在这大雨如注、雷电不断的夜晚，刘捷也只能有话直说："回塔县肯定是不可能了，你看上面下来的水流这么急，弄不好得半路抛锚。而车停在这儿也肯定也不是个办法，这儿水流湍急,湖水还在涨,一旦路基被冲垮,那我们全都得'光荣'在这儿,现在唯一的办法就是要找一块高地,让涨上来的湖水淹不到我们,我们只要等在高地上让解放军来搭救就可以了。"

胡骏想了想说:"这倒是个好办法,但天这么黑,我们现在到哪儿去找这样一块高地?原来还想开过白沙湖就是高地,但现在铁塔把路给堵了,等我们把路疏通了,估计车也淹了。"

刘捷指着左侧说:"我刚才借着闪电已看清了我们的位置,是在白沙湖下游的顶端,往前是个山口,过了山口,湖水就不会淹到我们,但上面是两山夹一沟,山体滑坡是经常性的事。现在我们被那个铁塔挡住说不定也是好事,因为这儿的地势非常开阔,左边是湖,右边是山,后边左侧应该有一条便道,是通往湖边的,但在那便道的对面还有一块高地,我记得游客人多的时候这块高地是用来停车的,好像是和便道连在一起,车辆应该可以开过去。"

被刘捷这么一说,胡骏也记起来了,是有这么一块地方。因为这一带胡骏比这儿的任何人都要熟。"对对对,是有这么一块地方,你看我被这雷暴雨吓糊涂了。"

"我们先上那高地,而且那个地方远离两旁的山体,就是泥石流下来也不会对我们造成损害,"刘捷信心十足地说,"我们先上去避一避,等过了今晚,明天解放军一上山,我们就可以得救,怎么样?"

胡骏赞叹说:"不错,就听你的。"

第六章 暴雨中的白沙湖

在道路的左侧果然有一条便道。这条便道最早是用来停车的，随着白沙湖的名气越来越响，游客也越来越多，于是通过这条便道在前面的高地上修建了一个更大的停车场，人少的时候便道也就成了游客们观景的好地方。

此时喀拉库勒湖的湖水正沿着峡谷穿越道路流进白沙湖。而道路两侧的路基经过湖水的不断撞击，有的地方已经崩塌，有的地方已经与湖水连成一片。而白沙湖的湖水还在不断快速地上涨，314国道也已完全没入水中。与道路垂直的那条便道，蜿蜒地通向远方的高地，由于是黑夜的笼罩根本无法看清，想象中应该还裸露在湖水之外。

刘捷心想既然是我提议的，那就要负责到底，而且时间紧迫，一下子也找不到可以商量的人，还不如自己去查看一番心里才有点底。所以刘捷对胡骏说了一句"我先去看看"，就近翻下了河床，沿着便道向前摸索。

便道还算完整，但有的地方流水已没过脚背，有的地方还被冲出了沟壑。刘捷站在齐膝深的沟壑中，试了试水的流速，又借着闪电看清了这条沟壑的长度约有三四米，宽不到一米。过了沟壑再往前就是一条长坡，幸好长坡还没有损毁，但暴雨这样下，长坡被损毁也是迟早的事。现在唯一的难度就是要想法通过这个沟壑。

又一个闪电伴着雷声在山谷中缓缓划过。

已经没有时间思考了，刘捷赶紧回来和胡骏商量，并提出了自己的想法。胡骏看着浑身淌水还站在暴雨中的刘捷，心中非常感动，现在的关键是要把那个沟壑用石块来填一下，才能让车辆过去。

于是胡骏对刘捷说："你先歇一歇，换一换衣服，不然生病就麻烦了，我带几个人去填沟壑。"

刘捷不客气地说："还是算我一个吧，反正已经湿了。你马上再组织三四个人，估计留给我们的时间不多了。"

胡骏马上回到旅行车上，问大伙："需要搬几块石头，谁能下来一起帮忙？"旅行车上立即站起几个小伙，跟着胡骏下了车。张晓军他们三个也跟了过来。

毕竟是峡谷，石块还是很多的。刘捷指着不远处的几块石头对他们说："我们只要把这几块石头滚到这个沟壑里，大功就算告成了。"

人心齐，泰山移。几个人很快就把石头推进了沟壑，但还有欠缺，就是高低相差太多、缝隙太大。

刘捷恐车辆过去还有难度，就对胡骏说："我再去找几块小石块填补一下，你马上组织车辆准备通过。"

胡骏马上去落实了。

张晓军对刘捷说："你看还需要多少石块，我再和你一起去搬。"

车辆过来了，由于沟壑在水流的冲击下还在逐步扩大，为了避免水流的冲击力所带来的不必要后果，胡骏让所有的人都下了车，等车开过沟壑以后再上车。

此时的风好像没有刚才大了，但雨势却比刚才猛，打在脸上还有点疼。湖水的流速也明显比刚才快了，沟壑的缺口有加大的趋势，刘捷和张晓军又搬了几块大石头，挡在沟壑的前面，减少流水对这条沟壑的冲击。

越野吉普先过了，因为它离便道的缺口最近。后面的几辆SUV也跟着过了，现在只剩下刘捷的SUV、旅行车和出租车了。但随着车辆的驶过，由于车的自身重量，沟壑旁边的缺口也在加大，而且还有大面积崩塌的可能。

刘捷也不敢再等下去，他倒车以后调整车头才进入了便道。刘捷的车终于也过了，刘捷还暗自庆幸，四轮驱动的车还真不错。刘捷没有等待，停好车后马上又赶到那沟壑旁，因为他担心那辆旅行车通过沟壑时估计还有一些问题。

旅行车倒车以后正想进入便道，不想那辆出租车却抢在它的前面开上了沟壑，谁知车辆是斜着通过沟壑，没有压着石头的支点，所以车轮在沟壑上打起了滑，吓得刘捷和张晓军赶紧在出租车的后轮上垫了两块石头，让出租车也终于通过了沟壑。

最后只剩下旅行车了。所有人的目光都集中在这辆车上，旅行车的前轮过了，但后轮却打滑了，刘捷和张晓军连续垫了几次石块，却不起作用。

但湖水却还在连续冲刷，白沙湖的堤岸已经有好几处被冲垮，便道已是岌岌可危，而旅行车由于体积较大，自身又较重，后轮就是起不来。此时湍急的湖水已经在撞击着旅行车，如果不赶快处置，旅行车很有可能会被冲到白沙湖里去。

站在一旁的胡骏急了，叫了一声："所有的男人都上去推。"结果所有的人都涌了上去，不管是男人还是女人，也不管风雨有多大。

一二三，一二三，旅行车在众志成城之下，终于摇摇晃晃爬过了沟壑。

车辆都停上了高地。

刚才驶过的沟壑在逐渐扩大。终于，沟壑内的石头也被冲进了白沙湖，沟壑消失了，原来的便道完全没入了湖水之中。堤岸上的人们都暗自庆幸，幸好赶早了一步，不然结局怎么样还真不好说。

车辆在高地上一字排开，刘捷曾向胡骏建议将车辆再往高地里面开个几十米以确保安全。因为刘捷看到这儿离刚才的沟壑也就七八十米远，而斜坡就占据了二三十米，也就是说，如果湖水再漫延一点，那很有可能就到了高台的边缘，而这儿是白沙湖的岸边，应该是由沙丘组成，而沙丘最大的缺陷就是土质太松，更何况还没有土。

胡骏看了看周边，对刘捷说："我们现在这个地方已经距离公路有两百来米，不能再远了，我估计原来说好来接应我们的部队由于迟迟等不到我们，会派人来寻找，如果我们躲得太靠里面，一味等着他们来找，他们可能会错过。所以我们必须等在他们容易看得到的地方。"

刘捷想想胡骏说的也有道理，就没有再提出异议。但心里还是存了一个念头，就是等湖水漫延过来的时候再跟他说，到那时再把车开走也不迟。

刘捷回到车上，把湿漉漉的外套换了，里面虽然也湿透了，但当着赵子凡和沈琳的面不好意思换。沈琳说："我们先下车，等你换好了我们再上来。"于是赵子凡和沈琳下了车让刘捷换衣服。

下了车的赵子凡忽然发觉此时风小了，雨也比刚才小多了，因为刚才的雨是暴雨，就像天上的水倾泻而下，而现在的雨至多就是密一点，但却是雨丝，而且雷电也不闪了，唯一的感觉就是天气要比刚才闷热多了。是不是地震已结束？如果是这样那就太好了，一切又都可以恢复正常了。而当下车内肯定要比外面闷热，还不如在外面待着凉快一点，赵子凡心里这么想着。

刘捷换好衣服，下了车去找胡骏商量，他想听听胡骏有什么打算，准备什么时候回塔县。谁知到了旅行车旁却看到张晓军他们三人换好衣服后正在向胡骏说明情况。

张晓军解释三人离开的真正原因是要参加第三天天山大学地质学院副院长莫家蓬主持的学术研讨会，唯恐地震后国道会被封闭，所以要赶着回家。离开宾馆后他们找到了一个牧民家，和他商量租用车辆的事，牧民开始不同意，说大晚上开车不安全，后张晓军等不断加价，几乎是双倍的价钱，牧民才同意把他们送回喀什，谈好价钱后他们就出发了，开始一路很顺利，天气的状况也和平时差不多，一直开过白沙湖天才变了样，开始刮风、打雷、下雨，但还算正常，谁知又往前开了五六十公里就不对了，风大、雨大，道路开始有点模糊不清，而此时的雷声却像是跟他们有缘，不停在他们的车辆周边怒吼。车上的四个人从没有经历过这种状况，只能硬着头皮往前闯。张晓军也知道，只要再往前开五六十公里就可以出山了，但谁知道就在这个时候偏偏遇到了泥石流，好像半个山都塌下来了，把道路堵得死死的。此时的四个人死的心都有了，就差最后一口气。现在肯定无法下山了，而且这么晚了，又是下着雷暴雨，你找谁去疏通啊，又没有工程车，单靠他们四个人根本就疏通不了。所以没有办法，张晓军等四人简单商量了一下，只能往回开。"这不，在流沙湖附近碰到了大部队，当然，还得感谢你们，如果没有看到你们车灯照耀出来的黑影，我们不可能发现道路上还横着这么大一个铁塔，说不定撞上去也有可能。"

胡骏得意地说："幸好碰到我们，不然今晚真有你们的罪受，这也算是对你们私自离队的一种惩罚吧。但要说明，这不是我给你们的惩罚，是老天给你们的惩罚。"

"不能这么说吧，"张晓军拉住胡骏说，"我们不能算私自脱离大部队吧，因为我们走之前是跟你们有过约定，而且还是你胡导同意的，如果你当时没有这么固执，而是跟我们一起下山，说不定现在已经在喀什了。"

胡骏看着张晓军说："跟你们一起走？你们不是也走不了吗！"

张晓军辩解说："如果我们不去牧民家，你直接把车开下山，我们至少可节省一个多小时，那这样的话就不会碰到泥石流，说不定此时已在喀什宾馆休息了。"

刘捷插话说："已经是半夜了，你们争这个已没意思，还不如养养精神来对付明天吧。"

胡骏和张晓军都不说话了。

刘捷心想：你们有什么好争的，我如果从喀拉库勒湖直接打道回府，不去什么塔什库尔干县城，说不定现在也已经回到喀什宾馆了，但有如果吗？

刘捷对胡骏建议说："现在开车回塔县也肯定不安全，加上便道也已经冲垮，而且还不知道从什么地方可以绕回国道，还不如让大家早点休息，等候部队前来寻找。另外，还得让一个不开车的人值值班，预防突发的情况。"

胡骏点了点头说："还是你想得周到，值班的人我来安排，其他一切等天亮后再说，说不定天亮后部队就已经找过来了。"

张晓军皱了皱眉，插话说："我感觉在这儿还是不太安全"。

"那你说哪儿安全？"胡骏冲着张晓军说："这儿地势开阔，和两边的山脉都保持着相当远的距离，就是地震把两边的山全部震下来也压不到我们。"

张晓军并不妥协，也冲着胡骏叫喊："我担心的倒不是两边的山脉，而是我们的脚底下，因为这是沙丘，一旦流动起来，埋没我们这点车辆那是分秒秒的事。"

胡骏不屑一顾地说："这一点你也不用担心，白沙湖旁的这些沙丘已存在了数千年，乃至几万年，并不可能你说流动就马上流动了。"

张晓军并不客气："好，好，好心当作驴肝肺，我是学地质的，我只是好心提醒你而已。"

刘捷也没有心思参与他们的争论。回到车旁，心里总有点空落落的，至于有什么不妥又说不清。是刚才张晓军说的话？还是今晚发生的点点滴滴？刘捷用力在车辆旁的沙土上踩了几下，确实这沙土还蛮结实的，没什么问题，就像胡导所说的。

此时外面的风已经停了，雨也停了，雷公雷婆也不知道躲到哪儿去了，就是天气非常闷热，就像雷阵雨要来之前的那种闷热。

赵子凡看到刘捷回来，问刘捷："看风停雨停的样子是不是这场灾难就要结束啦?"

刘捷摇了摇头,说:"没有这么简单,你看这闷热的天气不像要结束的样子,"停了一下,好像想到了什么,又对赵子凡说,"你跟所有的车辆驾驶员都去打一声招呼,就说让他们警醒一点,不要睡死过去,要预防突发情况的发生。"说完后也不再解释就上了车。

赵子凡去和每辆车的驾驶员都打了一声招呼,并且和胡导也说了。胡导还说了一句"还是刘教授仔细"。

上游的湖水还在源源不断灌进白沙湖,已远远超过原来的蓄水量,所以车辆过来的便道已完全淹没在水中不说,就连刚才上来的斜坡也有一半浸泡在水中。远远望去,上游的来水已经和白沙湖的水连成了一片,估计远处两百米开外的 314 国道此时可能也全部淹没在水中。所幸现在看上去水的流速要比刚才慢了许多,但愿这场灾难能早点结束吧。刘捷在心里暗暗默念。

赵子凡打好招呼回来对刘捷说:"太闷热了,还是开点空调吧,其他车都已开了空调。"于是刘捷也发动了车辆,打开了空调。

忙碌了半夜虽然非常疲劳,但刘捷还是没有一点睡意,心思又转到了唐僧的谒语上来。"龙见现"如果指的就是那个从喀拉库勒湖中蹿上岸的生物,那"黑水涨"也好理解,因为喀拉库勒湖原本就叫黑水湖,现在湖水已经漫过了公路,是否可以理解湖水就已经涨了。那"地东倾"又是指的什么呢?按陈娴的说法是地震,前面的泥石流算不算地震造成的后果,或者帕米尔高原的其他地方有了地震造成我们这儿的山体滑坡?因为帕米尔高原毕竟有十万平方公里的面积,又或者是神话传说里面的"天柱折",那眼前的这点变化根本不算什么。一想到"天柱折",刘捷浑身一激灵,会不会大的灾难还在后面?刘捷不敢想下去。那"城再现"又是指的什么呢?是地震完了以后再造一个新城还是雪山崩了以后里面再出现一座城池?这好像都是天方夜谭。看上去最后一句与前面三句没有什么关联,刘捷就是想到脑袋发胀也想不出一个所以然来。

就在朦胧之际，刘捷忽然又闪过一个念头："黑水涨"也不会仅仅涨这么一点，应该涨得还要厉害，如果涨得还要厉害的话，那高台超过湖水两米是远远不够的，但现在雨也停了，湖水还没有刚才涨得厉害，是结束了还是只是个预兆？要不要告知胡导将车辆再往沙丘里面去一点。

就在刘捷胡思乱想的时候，远处传来了沉闷的让人惊悚的响声，由远而近，把所有的人一下子都惊醒了。因为这响声既不像雷声，又不像雪崩，这声音像奔马，像千军万马从远处奔腾而来。

刘捷吓醒了，同时叫了起来："这是大地震！"声音已经走音和变样。随即大地开始震动，车辆也随即抖动，窗外黑黝黝的山脉和白沙湖已变得倾斜。

赵子凡在朦朦胧胧中听到有人喊"地震"，开出车门就想往外跳，谁知外面已看不到高地，只有汹涌的湖水。赵子凡一看不好，想要刹住已来不及，半个身子已冲出车外，幸好手还拉在门把手上。

刘捷冲着沈琳喊："拉住他。"

刘捷和沈琳同时出手，才把赵子凡拉住。与此同时，刘捷一脚油门，一拉方向盘，车子就往高台的里面蹿。

陈娴从反光镜里面看到后面刚才停车的地方已经被一波湖水冲过，已看不到高台，因为停车的地方已经在闪闪发光，那是湖水快速流动而发出的光芒。

而刘捷此时已没有时间看后面，把油门踩到了底，只顾往沙丘的深处逃窜。虽是一片漆黑，但刘捷从余光中还是看到其他的车辆也在动，但有没有跟上就不知道了。唯一的好处是他们都比刘捷的车停得靠里，反应的时间应该比刘捷来得充裕，但也只多一两秒的时间。

刘捷驾驶着车辆逃离了高台。

陈娴还在一旁不断催促："快点，快点，好像后面都是白花花的湖水。"

刘捷问陈娴:"其他车跟上来了没有?"

陈娴回答说:"不知道,我只看见白花花的湖水卷起来比我们的车还高。"

刘捷将车辆开进了沙丘,沙丘的走向虽然有规则,但没有路。刘捷只好沿着沙丘的丘谷艰难前行,幸好这些沙丘沉淀了千年以上,还算结实,虽在行车过程中时有陷落,但只要一打方向盘就能出来,没有给车辆带来太多的麻烦。

刘捷让陈娴关注后面的车辆是不是跟过来,自己只管一路沿着沙丘的丘谷往前开。陈娴对刘捷说:"车七弯八拐的,只看到黑黢黢的沙丘,看不到后面有车灯。"

沙丘原本就没有路,但刘捷根本不管这些,只要车辆能走就行,于是就这样沿着沙丘的丘谷跌跌撞撞向前疾驶,至于车速是多少,刘捷也来不及关心。

车上几个人虽绑上了安全带,但还是蹦弹得厉害。陈娴一手撑着前面,一手拉着门挡;而赵子凡和沈琳更是抱着前排的座椅。

幸好这片沙丘不是流动的沙丘,对车辆造成的影响不大,但也必须全神贯注,因为没有路,只有一个连着一个的沙丘。所以此时谁也不敢去打扰刘捷,也不敢跟他说话。

也不知开了多少路,开了多少时间,只见前面两个沙丘之间有一条砂砾堆成的峡谷,而两边都是沙丘,没有其他路,刘捷也管不了许多,只有开过去再说。

这条全部由砂砾堆成的峡谷宽度还算可以,正好可以让一辆车通过,虽然时不时颠簸一下,但没有给车辆带来太大的影响。

又不知开了多少时间,终于看到前面有白色的山丘。这和原先白沙湖旁看到的白色沙丘不同,白沙湖旁的沙丘虽然也是白色,但白中带灰;而这儿的白色纯粹就是雪的洁白。刘捷猜想是来到了雪山脚下,因为在白沙湖游玩的时候,首先映入眼帘的就是立在湖边的这些沙丘,然后是沙丘背后的雪山。当时看到的时候感觉沙丘离雪山很近，好像过了沙丘就是雪山似的，但实际上路途还是非常遥远的。这也正应了中国的一句古话：望山跑死马。

刘捷又一次问陈娴："其他车辆有没有跟上来？"

陈娴回答刘捷："好像有几辆车跟在后面，因为有灯光，但究竟有几辆车看不清楚，天实在是太黑了。"

赵子凡对刘捷说："是不是在这儿停一下，这儿应该危险不大。"

"不行，这儿土质好像非常松软，"刘捷指着窗外说，"你看，我车辆一开过，上面的积雪就纷纷往下掉，所以这儿不能停。"

刘捷又驾驶着车辆沿着雪山之间的所谓通道开始晃晃悠悠向前开去。

此时的天边已开始渐渐露出了晨曦，山的轮廓更加清晰。刘捷只感觉自己在两座雪山之间的山谷里面开，而且还没有遇上类似的陡坡、沟壑等情况，感到自己交上了好运。至于在沙丘、雪山的深处，在没有道路的情况下还能这样开车，估计也是前无古人，后无来者。一想到这些，刘捷还有点沾沾自喜，把刚才的惊险抛在了脑后。

车辆总算开出了雪山，来到了一片戈壁滩前，刘捷这时才把车停了下来，车上的人们也总算松了一口气。

第七章　丝绸古道

刚才在白沙湖边停车的高台，天气闷热得让赵子凡穿短袖，但到了这个戈壁滩却像是另一个世界，冷得要命，即使套上羽绒外套，还是感觉到刺骨的寒冷。

赵子凡想要下车溜达一下，刚跨出车门又逃回了车上，外面实在是太冷了。或许一方面是站在雪山的山脚，另一方面是一夜没睡的缘故吧，赵子凡心想。

刘捷也下了车，先向后面看了看，果然有三辆车跟在了后面。首先看到的是越野吉普，随后是两辆SUV，但那辆人数最多的旅行车却没有看到。

刘捷迎上前去，与越野吉普的驾驶员打了招呼。那个驾驶员三十多岁，脸又圆又大，还满脸的胡子，这一次，那个人见刘捷过来，便向刘捷挥挥手，并吹了一声口哨，算是打了招呼。坐在副驾驶的那位青年和后排的两位却没有和刘捷打招呼，只是静静看着刘捷。

跟在吉普后面的那辆SUV中是四个女生，两前两后，年龄都在二十岁左右。刘捷心想：这几个女生不简单，就这样组团也敢上帕米尔，而且还是自驾，尤其是那开车的女生更是不简单，这样的道路也能开，特别是遇上惊险的那一刻，还能跟得上自己开的车，不容易。于是刘捷多看了一眼，那女生见刘捷看过来，笑嘻嘻举手与刘捷打了招呼。

刘捷点点头，算是打了招呼，然后走向最后一辆车，问那驾驶员："有没有看到其他的车辆？"

那个驾驶员回答："在白沙湖高台抢道的时候，看见一辆SUV和那辆出租车撞了，至于撞的是否厉害我就不清楚了，因为当初大家都是为了逃命，根本就来不及细看，还是我们那个坐在副驾驶的小尤跟我说的。"

刘捷又去问了小尤，小尤说："因为天黑，再加上外面地震'轰隆隆'的声音非常响，所以两辆车碰在一起的声音没有听到，但撞在一起我是看到的，是从反光镜里面看到的，由于朱万豪将车开得飞快，一刹那就过去了。我当时还对朱万豪说：他们撞车了怎么办？朱万豪却没有回答我。所以以后怎么样我就不知道了。"

刘捷看了一眼坐在驾驶位的朱万豪，心想：这人的车技应该不错。

朱万豪插话："当时只顾着逃命，加上地震的声音，所以小尤说什么我根本没有听到。"

刘捷又问小尤："你坐在副驾驶，有没有看到后面有车辆的灯光？"

小尤回答："在刚开进沙丘的时候还有一辆车的灯光，后来就再也没有看到了。"

朱万豪又说："那时我们只顾追着前面的车辆，你知道，这儿的路很不好开，所以只能顾前不顾后了。"

看来也问不出什么了。刘捷回到自己的车旁，在经过越野吉普的时候，那个满脸胡子的人对刘捷说："头儿，你发个话，接下来我们怎么办？"

刘捷苦笑了一下，回复说："一我不是头儿，二我也不知道怎么办，"刘捷反问，"我还不知道你的尊姓大名呢？能否告知一下？"

那满脸胡子的人听了，没有马上回答，却回头看了看坐在后排的人。由于天还没有大亮,只看见后排坐着两个人,不知道是看哪一个。过了一会儿,满脸胡子的人对刘捷说:"我姓王,你叫我王胡子就可以了。"

"哦,王胡子,那这样吧,"刘捷看他们有点神秘,也不去管他,"先在这儿休息一下,等天大亮以后我们再说,这儿应该相对安全一些。"

"好吧。"王胡子回答。

刘捷回到了车上,赵子凡递过来一个苹果和一根火腿肠,刘捷说了一声"谢谢"。刘捷把苹果递给陈娴,陈娴说:"我有了,小赵也给我了。"

陈娴接着问刘捷:"我们目前看来是逃过了一劫,但回去的路已经被洪水冲垮了,前面又不知道是什么地方,我们又没有带什么吃的,怎么办?"

刘捷苦笑着说:"我也不知道怎么办,走一步看一步吧,我现在还是太累了,想休息一下。"

"那你休息吧,我不问了。"陈娴知道刘捷非常辛苦。

谁知刘捷闭目养神还不到十分钟,陈娴忽然对刘捷说:"后面又有车来了。"

看到后面又开来一辆车,刘捷只得下了车,虽然此时天还没有大亮,但车的轮廓已看得非常清楚。又是一辆 SUV,白色的,不过前面的右侧有半个头部已经凹陷,估计这就是小尤所说的两车相撞的其中一辆。

刘捷没想到从车里第一个出来的是张晓军。

于是刘捷问张晓军:"你怎么坐上了这辆车?"

"嗨,我这也是没办法,"张晓军回答,"你们逃得快,我那个驾驶员反应慢,而且还性子急,一下子就撞上了我们现在坐的这辆车,因为是刚起步,又及时刹车,所以撞得不算太厉害,车子还能开。当时只顾逃命,根本来不及看车子撞了哪儿了,就蹿出了那个停车场。开上沙丘的时候,车子不知又碰到了哪儿,声音开始响了起来,到后来是越来越响,估计是车辆的轴承受到了重创，就不敢再开了，所以就将车辆停在了沙丘那边，而这辆车正好跟在我们的后边，他们只有两个人，于是就把我们四个人一并带了过来。"

刘捷又问："你这辆破车倒也跟得上我们？"

张晓军回答："这倒不是问题，我们不过开得慢一点，你们车辆开过的地方，都会卷起一阵阵沙土，我们只要跟着扬起的沙土走就行了，再说好像这一路过来也就这么一条路，没有其他什么岔路。"

"那你有没有看到胡导的那辆旅行车？"刘捷再问。

"在我们换车的时候还看到他们远远跟在我们后面，但因为是逃命，一换了车就马上开足马力往前开，"张晓军回答，后又补充说，"我们的车速要比他们快多了，他们虽是旅行车，但在沙漠上行驶却不能和我们这些SUV相比，估计还在后面。"

听张晓军这么一说，刘捷的心放下了许多：还好，都逃出来了，他们应该也没有出什么事。

刘捷给所有的车辆都打了招呼：休息，休息，等后面的车到了，再商量下一步的行动。并让张晓军坐到自己的车上，因为张晓军坐的那辆车挤了六个人。

前是戈壁，后是雪山，周边也没有什么路，所以人们也没有什么异议，这一夜的逃命也够大家累的，等待后面车辆到来再作商议确实是首选。

谁知这一等就是两个多小时。天已大亮，但后面的旅行车还是没有到。

刘捷有点急了，就问张晓军："他们会不会出什么问题啊，为什么到现在还不来？"

张晓军也有点愕然："我也不知道，按时间说应该早就到了。"

"会不会没有油了？"刘捷又问。

"不可能，"张晓军马上否定，"那辆车是昨晚到塔县时刚加的油。"

刘捷又追着问:"那你最后看到他们的地方是在哪儿?"

"是在沙丘上,"张晓军回答,然后想了一下又说,"是在沙丘快要走完的时候。"

"那不应该呀,"刘捷有点疑惑不解,"沙丘后面就是穿越雪山,到这儿应该一个多小时就够了,为什么两个多小时还没到呢?"刘捷想了一下又说,"唯一的解释就是他们在路途中又遇到了什么问题,这儿手机又没信号,没法联系。"

张晓军问刘捷:"那怎么办?"

刘捷回答:"折回去,现在唯一的办法就是返回去,很有可能他们的车辆抛锚了,正等着我们的帮助。我们必须去找他们,看不到他们我还真有点不放心。幸好这儿也没有其他的岔路,应该能找得到他们。"

张晓军无可奈何地说:"看来也只好这样了"。

刘捷对张晓军说:"这辆撞坏的车就不用跟了,其余的四辆车我看都一起去吧,万一有问题,人多力量大,也可以帮帮他们。"

张晓军非常赞同:"我没有意见,全听你的。"

于是刘捷和其他三辆车的人商量,其中两辆车都没有问题,困难时候帮一把是应该的,唯独那辆越野吉普借口"车子的油要不够了,恐怕出不了这个地方",就是不想去,而这话还不是王胡子说的,是坐在后排的那个男的说的。刘捷这次看清了,后排坐着一男一女,男的年纪稍大一点,有四十多岁,女的稍许年轻一点,但估计也有三十多岁。刘捷心想:不去就不去吧,我又不能强人所难。

三辆SUV又驶上了回程。

由于此时天已大亮,能见度也好了许多,所以车也比来的时候好开。虽然天空还有点灰蒙蒙,还见不到太阳,但比昨晚逃生时不知好了多少倍。刘捷刚才打了两个小时的盹儿,疲劳的状况明显好了许多,心情也放松了一些。刘捷一边开车一边心想:这儿虽然是在雪山脚下,应该没有什么路,但为什么我的车子行驶在这冻土之上竟没有什么感觉？就像行驶在道路上一样，而且颠簸也不大。刘捷想了半天也找不到答案。

车子开了将近一个小时，山谷显得越来越窄，就像两座雪峰拼命挤过来，不让人再走。果然，路越挤越窄，挤到最后没有路了。

刘捷却有点想不通了，问张晓军："怎么回事？我们是不是开错路了？"

张晓军也是一脸茫然："没错啊，就是这条路。"

刘捷打量着周边，又问："我们昨天肯定是从这条路上过来的？"

张晓军回答："我肯定，就这么唯一的一条路，你又不可能去爬那雪峰，再说就是要爬也爬不上，你自己也看见了，一路过来，没有任何岔路。"

"那怎么到这儿就没有路了呢？而且前面还有一座像小山包一样的山峰呢，虽然不高，但我们的车根本开不过来呀。"刘捷说。

"这，我也说不清楚。"张晓军回答。

赵子凡对刘捷说："还是下了车去看看吧，说不定到下面能看出一些问题。"

果然，下了车以后还真的看出了问题，前面小山包上的雪很松很软，像是新堆上去的，与旁边的雪山堆积的雪还真的不一样。

赵子凡分析说："估计这儿刚发生了雪崩，把道路给封死了。而这雪崩估计是发生在我们过来、旅行车还没有过来的那当口，我猜现在那辆旅行车可能也像我们一样，遇到了这个小山包，以为这儿没路了。"

刘捷想了想说："没了路那也得走啊，其他地方又没有路，退回去又不可能，这种沙丘的地形，旅行车掉头都困难，你说他们还能去哪儿？"刘捷想了一下又说，"会不会他们还在对面，和我们一样正在为这件事情伤脑筋呢。"

张晓军开玩笑说:"那岂不像牛郎织女了吗?"

刘捷也打趣说:"那我们就动动脑筋,来一个鹊桥相会。"

刘捷把三辆车的所有人都叫到了一起,然后对大家说:"等这堆雪化了不知要等到什么时候,我们必须要把这堆雪铲除,现在最大的困难就是没有铲雪的工具,所以想会面却面对这堆雪而束手无策。现在我有一个主意,我估计这堆雪的面积不会很大,我们这三辆车都是四轮驱动,我的意思就是直接往这雪山上开,把雪压实,实际上就是蹚一条道,这堆雪也不算太高,只要我们开过去就算成功。这样做,成本最低,时间也最省。"

朱万豪打断刘捷的话:"那车辆陷进去怎么办?"

刘捷看了他一眼接着说,"我们先做好准备,用牵引绳绑在其他的两辆车上,万一陷进去了我们就把它拖出来,如果有陷坑,我们就用不远处的雪山脚下的那些石头来垫。"

张晓军在一旁说:"那倒是个办法,可以试试。"

这也算不是办法的办法。

刘捷开车冲了几次,实际上把 SUV 当作铲雪车用,车的前挡风玻璃全部是堆起来的雪,退回后把雪清除干净后再冲向雪堆。当然四轮驱动也有不靠谱的时候,其中有两次是靠后面两辆车拉出来的,其他的都是陷进去后靠自身的力量出来的。当刘捷驾车到达雪山高点的时候,他已看见那辆旅行车远远的停在了道路的中央。而且还看到了胡导在带着人用拖把、警示标志、隔离板等在扫积雪。

当胡导等人看到刘捷的车辆在冲着积雪时,都欢呼了起来。这边人听到对面的欢呼声也跟着叫了起来。谁知两边山上的积雪也跟着叫声泼向了地面,把所有的人都吓了一跳,胡导更是大声叫喊:"不要叫,不要叫。"

人们看到这种情形都不敢叫了,幸好从山上面泼下来的雪并不算多,如果再引起雪崩那就麻烦了,哪怕是小的雪崩也够大家受的。

众志成城,总算把旅行车弄过了积雪。

刘捷把车让给了张晓军开，自己上了旅行车，想和胡骏商量下一步该怎么办。谁知刘捷刚登上旅行车，却听到胡骏在批评旅行车上的人："我跟你们讲过，高原雪山地区是不能大声喧哗的，唐僧在翻越凌山托木尔峰去印度的时候，特地关照不能大声说话，不能穿红衣服，否则会惊醒暴龙，暴龙是什么？暴龙就是雪崩。你倒好，不是大声说话，而是大声喊叫，你们都不要命了吗？你们不要命，我还要命。好不容易逃过了地震，总不见得把命丢在这儿吧。"

刘捷倒是为车上的人打圆场："他们是一时情急，估计理性情况下他们也不会这么叫。"

刘捷现在好像也成了主心骨，可能是这几次的决策和反应的灵敏度都让大家佩服，至少现在的胡骏对刘捷就是非常佩服的。

胡骏对刘捷说："这我知道，其实我也是在敲木鱼，多提醒提醒总是不错的。"

"这一次幸好我们所有的人都逃过了一劫，但还没有完全脱离危险，"刘捷对胡骏说，"你是导游，无论从理论上还是实践上你都比我们这些人更了解这儿的地形地貌，所以我们这儿所有的人都需要你为我们出谋划策。"

"你抬举我了，"胡骏客套了一下，"我们导游走的都是常规路线，对沿途的景点及其介绍背得滚瓜烂熟，但我们现在逃到这种鸟不拉屎的地方，我还真的说不出什么。"

"不过，"胡骏停顿了一下又说，"这一路过来，验证了我在猜测的一件事，不然的话，我们不会那么顺。"

"什么事？"刘捷问。

"实际上你也知道，我们这一路逃过来并没有遇到什么大的坎坷，最大的坎坷就是刚才我们被堵住的那个雪堆。而这雪堆也不是自然形成的，而是我们五六辆车驶过后的震动造成的。尤其是最后一辆，就是你张晓军坐的一辆，简直就像拖拉机，两边雪山上的雪不震下来才怪呢，"胡骏分析说，"你刘捷第一辆开过的时候估计什么都没有。"

刘捷想了一下说:"是呀,如果当时就有这么一大堆雪,那我肯定也开不过来呀。"

胡骏继续说:"所以,开过一辆车震下来一点雪,五六辆开过,轮到我开过来就变成这么大一堆雪,而且我是看着前面那辆拖拉机开过以后倒下来一大片,硬生生地把我这辆车给堵住了,"胡骏接着又说,"我要说的关键不是这堆雪,而是这条道,你们有没有发现,这条道很少有沟壑和坎坷,人为的痕迹特别重"。

大家一想,对呀,这条道太平整了。

胡骏笑了笑,说出自己的结论:"所以我猜想这条道很有可能是一条古道,而且是经过了千百年人行和驼马压出来的古道。"

刘捷愣住了,但又好像感觉胡骏的分析有些道理,因为昨晚一路过来确实非常畅顺,于是就问胡骏:"你的依据在哪儿?"

胡骏分析说:"我们现在的国道并不是原来丝绸之路时期的古道,这条路是为了与巴基斯坦连接才于20世纪60年代开始修建的,从喀什到红其拉甫,全长四百一十六公里。而当时唐僧和法显都不是从红其拉甫进出国境的,也不是从国道所在的盖孜峡谷进出的,这在史书上都有记载。他们都到过塔县的石头城,那就说明肯定还有其他的道路,那他们走的路在哪儿?有的说是盘龙古道,有的说是走喀塔古道,专家还在考证。"

刘捷插话说:"唐僧走的是盘龙古道,现在那个六十弯的地方只是当时盘龙古道的一部分,其他的道路确实湮没在历史的长河中。"

"就算是你说的盘龙古道,但那一段算是丝绸之路留下来的古道,也只能说明遗留下来的只是很小的一部分,而且唐朝以后,这条丝绸之路就基本荒废了,因为海上丝绸之路开始兴起,"胡导振振有词接着说,"而据我所知在唐朝的时候,丝绸之路在帕米尔高原上有许多条,如我刚才所提到的喀什塔什古道,还有乔戈里古道、帕米尔古道等好几条,而通向这三个山口的还有许多条岔道。所以，我大胆推测我们现在走的有可能是其中的一条古岔道，或许这条岔道能真正通往我上面所说的其中一条古道，包括盘龙古道。"

刘捷不知道说什么了，他是学历史的，对古丝绸之路还是非常熟悉的。而胡导的这份分析，他认为不无道理，但又觉得不对，至于不对在哪里又说不上来，所以过了一阵，他才点点头，说了一句："有道理。"

胡骏又补充说："你看我们现在走的路，颠簸也很少，沟壑基本没有，相对来说路面还比较平整，现在还有哪一个无人的山谷有这样的地方？"

刘捷还有点犹豫，他对胡骏说："难道一千多年来道路都没有什么变化？我知道大唐以后很少有人提及这条古丝绸之路，特别是北宋和大明两个朝代中央政权根本就管不到这儿，南宋就更不用说了，都把重点发展的精力放在海上丝绸之路上了。但元、清两朝是可以管的呀。"

胡骏双手一摊说："具体的我也说不清，但我估计这儿是高原，只有沙丘和雪山，如果没有遇到地震之类的破坏性极大的天灾，可能会亘古不变，就是有变化也是很细微的，对于我们人类来说，一千多年是很长的时间，但对于地球来说根本就是微乎其微，因此我敢断定：我们逃生过来的这条通道是一条千年古道。"

刘捷是历史学的教授，但对于胡骏的解释却感到无力反驳。

第八章　传说中的王城

刘捷带着旅行车又回到了雪山山口的戈壁滩旁。

刘捷清楚记得走的时候有两辆车停在这儿，当时他心里还想：两辆车之间还可以相互照应。谁知回来一看，却发现那辆越野吉普不见了。

张晓军也发现了少了一辆车，就说："我去问。"张晓军向那辆车头被撞坏的 SUV 走去。而原坐在车上的五个人见到车辆过来时，早早下了车，迎了过来。

张晓军问其中的一个人："小飞，刚才停在这儿的那辆吉普呢？"

那个叫小飞的苦笑了一下，回答说："你们刚走，吉普上就下来一个满脸胡子的人，对我们说：弟兄们，对不住了，我们另有公干，就不陪你们了，等他们回来时，帮我们打个招呼。我当时还说：他们很快就会回来的，要不你们再等等？那人说：谢啦，我们不等喽，能躲过这场地震，也算是我们有缘。就这样，他们开着车走了。"

张晓军看了一下四周，问："他们是往哪个方向走的？"

小飞指着前面回答："就是沿着戈壁滩的边缘往前开的。我们看着他们开过戈壁滩，在前面消失不见了，不信的话，你可以问大家。"

张晓军安慰说："我没有怪你的意思。"

刘捷走过来对张晓军说："天要下雨，娘要嫁人。他们要走，就让他们走吧，我们也管不了这么多。"

随后刘捷看见胡骏也走了过来，就把那辆吉普自行离开的事告诉了胡骏，并说："还好走了的也不是你们旅行团的人，你应该没有责任。"

胡骏却回答说："话不能这么说，总社让我把宾馆里的人全部带回，我能带的肯定要带回去。"

刘捷苦笑了一下说："那你现在怎么办？他们是自行离去的，你是现在去把他们追回来，还是放任他们离去？"

"这倒无所谓，"胡骏说，"因为我这儿还有大部队。说实在的，他们几个人，我能带则带，不能带就给总社备个案，责任确实不在我。让我去找他们，这荒郊野地的，根本不可能。不过，他们走的方向更坚定了我刚才的说法，这条道肯定是古道，我们走的也是这个方向，说不定还能碰到他们，"胡骏想了一下又说，"不对，会不会那吉普车上的人也知道这是一条古道？不然没有这样的胆子独自一辆车就往前闯的呀。"

刘捷摇了摇头说："你想得太多了，他们知道不知道又如何，我们当前的任务不是去管他们，而是得抓紧时间把我们自己这批人弄到安全的地方。"

"你说得对，那我们就准备出发吧，"胡骏随后又看着刘捷说，"张晓军已坐在你的车里了，我的意思是再调整一下，我也坐你的车里，让小赵夫妻俩坐到旅行车上去，车上还有位置。我们三个人在一起，组成一个临时指挥部，遇事还可以商量一下，你看怎么样？"

刘捷笑了笑："我当然欢迎。"

赵子凡夫妇倒没有什么意见，拿了行李就去了旅行车。

胡骏又重新对车辆作了安排：刘捷为第一辆车，车头被撞坏的SUV为第二辆车，旅行车为第三辆车，朱万豪开的丰田汉兰达SUV为第四辆车，最后是一辆是福特锐界SUV。但到了最后一辆车前面一看，最后一辆车上是四位女生，年龄都在二十岁左右，胡骏一拍脑袋：啊呀，我把她们忘了。所以又把这一辆调到第四，朱万豪排最后压阵。

安排完，刘捷驾驶着车辆沿着戈壁滩的边缘缓缓向前驶去，后面的车辆也一辆接一辆驶入戈壁滩。

这块戈壁滩不算大，因为一眼能望到头。戈壁滩上尽是一些大大小小的石头以及砂砾，偶尔也有一小丛骆驼草在砂石中露出一点色彩。整个戈壁滩只有靠山脚一米多一点的地方算是相对平整一点，其他地方都是乱石滩。由于相对平整的这点宽度对于车辆来说还不够，所以车辆时常还会有些颠簸。

车辆开始沿着山脚这一米多宽的所谓古道磕磕碰碰地向前行驶。

刘捷一边开车一边心里在嘀咕：这条道还真古怪，就这一米多一点的地方少了些乱石，也不能说没有，但和整个乱石滩比起来确实少了很多，是人为的因素还是大自然的杰作？谁也说不清，但好像人为的因素多一些，说不定还真像胡骏说的这是一条古道，如果能把古道在地图上标出来，该有多好。

而胡骏的想法还要更进一步：这肯定是一条古道，虽然不是很宽，但作为过去马帮走的便道，不宽也情有可原。既然是便道，那肯定会通向村庄、集镇，或许通向塔县的石头城也未可知，误打误撞，这条路或许是走对了。胡导信心满满地看着前方。

虽然戈壁滩不是很大，一眼能望到头，但车辆还是足足开了一个多小时，才离开了戈壁滩，就这么一些小小的颠簸也把大家颠得够呛。谁知颠簸完了，出现在他们面前的却是一片一望无际的沙漠。

刘捷停了车，看着胡骏，意思是下面该怎么走。

胡骏却还没有反应过来，两眼紧盯着前面的沙漠，不知在想些什么。两条新鲜的车轮辙印向沙漠的中心延伸，估计这是越野吉普留下的痕迹。

刘捷顺着胡骏的目光，又扫了前面一眼，出现在他面前的是不断延绵的小沙丘，根本没有路，估计胡骏也在思考这沙漠中的路。越野吉普就是沿着沙丘的交界处向前行进的。难道他们不知道这沙漠里面没有路吗？那他们为什么还要继续向前呢？刘捷有点想不通。

过了一段时间，见胡骏还是没有说话的意思，刘捷干脆问胡骏："我们是要跟着他们的辙印走呢，还是胡导有其他的想法？"

胡骏还是没有回答，好像没有听见刘捷的问话一样。

这时陈娴插话问站在一旁的张晓军："你是学地质的，我们现在在往哪个方向走？"

张晓军回答："看太阳的方向，应该是往西。"

陈娴说："假如这条道与314国道平行的话，我们是在往回走，对吗？是在往帕米尔高原的高处走，而不是往喀什方向？"陈娴见张晓军没有回答，接着又说，"那我要请教一个问题，既然我们是往帕米尔的高处走，那为什么地势却是往下的？"陈娴指了指来时的戈壁滩。

大家顺着来路一看，果然同样是这片戈壁滩，沙漠这边比较低，雪山那边就比较高，好像是一个斜坡，不过斜得并不是很厉害。

张晓军看了一眼斜坡说："只能说理论上这条路与314国道平行，但实际上314国道是不可能绝对和这条道平行的，因为峡谷的走向是顺着山系的，而314国道要穿过喀喇昆仑山脉和兴都库什山脉，在地图上都不可能是完全朝西的，所以我们走的方向都不一定是正西方向，"停顿了一会，张晓军接着又说，"同样的道理，我们从314国道进山的时候，一直是往上走，但到了白沙湖却是往下走，走了一段才又往上走。这个戈壁滩也是同一原理，我们到雪山这一段是往上走的，不过大家逃命时没有感觉到罢了。我感觉我们从雪山过来，沿着戈壁滩到这个沙漠，一路往下走也没有什么不妥，因为这本来就是大山之间的峡谷，上上下下很正常，没什么奇怪的。"

此时，后面车辆上的人也陆陆续续下来了，说是颠簸得太厉害，要放松放松。

这一点胡骏倒是不忘本职工作，开始说话："要'唱歌'的，男的在沙丘的这一边，女的去沙丘的那一边。"

随后胡骏问刘捷："戈壁滩上有古道留下的痕迹，到了沙滩前怎么就没有了呢？"

刘捷回答说："估计是给沙子掩盖了。我看了一下刚才吉普留下的痕迹，也是沿着沙丘之间的间隙开过去的，并没有明显的道路痕迹。"

"对呀，我也发现了，"胡骏说，"但我们昨晚过来的白沙湖旁的沙丘是相对固定的，而这儿的沙丘却移动了，把原本有的道路给盖住了？"

刘捷笑笑说："毕竟一千多年了，总该有些变化。"

"那戈壁滩为什么不变化呢？"胡骏追着刘捷问。

这时张晓军插话了，他对胡骏和刘捷说："刚才一路过来的时候我就在猜想，这片沙漠很有可能是塔克拉玛干沙漠的一部分，而塔克拉玛干沙漠是移动沙漠，"张晓军指着背后的戈壁滩说，"我们朝西一路过来，戈壁滩只有一个多小时的路程，但你们朝南看一下，戈壁滩却是一望无际，说明这个戈壁滩不会小，而戈壁滩相对来说移动的概率就小，尤其是靠山脚部分。"

大家朝南一看，果然这个戈壁滩看不到尽头，又回头看看山脚，砂砾和石子确实要少一些。

"幸好我们走的是东西方向，如果走南北方向不知道要走到什么时候，"胡骏庆幸，随后又对张晓军说："你刚才说这儿是塔克拉玛干沙漠的一部分我不赞同，我记得当初学导游专业的时候老师说过，塔克拉玛干沙漠的海拔高度一般不会超过一千二百米，极端不会超过一千五百米，而你看这一片沙漠，海拔没有三千，至少也有两千多米。"

张晓军打断胡骏的话："你老师说得对也不对了，平均不超过一千二百米是存在的，但极端是说错了。原来帕米尔高原的东部有很大一部分都属于塔克拉玛干沙漠，后来随着地壳的运动，有一部分归属了帕米尔高原。昨天我们看到的白沙湖旁的沙丘就是原塔克拉玛干沙漠的一部分,海拔有三千多米了吧。现在我们看到的这个沙漠,就如你所说的,三千多米不一定会有,但两千多米肯定是有的。就如昨天的地震,肯定又要造成一些地方塌陷,一些地方隆起,那么大的一个塔克拉玛干沙漠被隔断成几块应该是很平常的事。"

和学地质的人讨论地质问题,双方根本就不在一个知识储备上。胡骏无法和他对答,只好不说话。

而刘捷一听却来劲了,问张晓军:"你说白沙湖原来是塔克拉玛干的一部分,我们都知道塔克拉玛干是沙漠,那这湖水又是怎么来的呢?"

张晓军随口回答:"我也是听莫院长说的,我还没有考证过,但我可以把我老师讲的内容结合现在的情况讲给你们听,说不定还可以给你们做个参考。"

张晓军接着说:"大家都知道博斯腾湖现在是我们新疆最大的湖,而在唐朝以前,它却不算最大,我们刚刚经过的白沙湖,原来是与喀拉库勒湖连在一起的,统称流沙湖,它就有三个博斯腾湖那么大,面积有六千多平方公里,相当于一个上海的面积。但我们昨天看到的白沙湖,可能还不满十平方公里,加上比白沙湖略大的喀拉库勒湖,也不会超过三四十平方公里,与过去那个流沙湖差的不是一点点远。"

刘捷点点头:"流沙湖的事昨晚我听胡导也说起过。"

胡骏插话说:"关键是这么大的一个湖去了哪儿?"

张晓军说:"可能过去整个盖孜峡谷都是湖泊,也有可能我们昨晚住的塔县旁边的金草滩也曾被流沙湖覆盖,"张晓军又反过来问胡骏,"你们昨天不也是去了石头城吗?有没有看到石头城是建在山头上的?如果有现在这样一整块峡谷平地,那就没有必要把城池建在山上了,这样可以减少很大一部分人工成本;还有一个可能就是我们经过的戈壁滩和眼前的大沙漠当时都属于流沙湖的范围。当然,流沙湖在新疆还不算是最大的,最大的就是现在已经消失的罗布泊,在汉朝时它的面积曾达到一万二千平方公里，不过，它和现在的青海湖一样，是个咸水湖，而流沙湖却是个淡水湖。至于流沙湖怎么消失的，原因很复杂，可能和罗布泊消失的原因差不多。"

刘捷点点头，对张晓军说："你说得不错，受教了，这也证实了戈壁滩的古道还存在，而沙漠中的古道却消失了的原因。但我还是有一点想不通，你说流沙湖是一个淡水湖，既然有这么大的一个淡水湖，周边难道就只有一个几万人的揭盘陀国？这好像不符合常理。又譬如你刚才说的罗布泊，而且还是个咸水湖，我们都知道周边不仅有楼兰，还有龟兹、于阗等国。"

张晓军回答："你说得对。流沙湖这个淡水湖，主要承接来自雪山冰山上的雪水，它旁边也曾有过一个文明古国，那就是疏勒国。疏勒国和楼兰国一样，都是古西域三十六国之一，但疏勒国的国土面积要比楼兰国大得多，在西域属于一个大国，它就在流沙湖的旁边。"

陈娴马上打断张晓军，说："不对，疏勒国的位置不在这儿，应该在喀什古城内的盘橐城，这一点你可以问胡导，难道离盘橐城好几百公里的地方也属于疏勒国吗？那它的都城建在流沙湖旁不是更好吗？"

胡骏也跟着说："没错啊，史书上都有记载，班超守的疏勒国都城确实是在喀什，我每一次带团到盘橐城都是这样介绍的。"

张晓军摇摇头，笑了笑："你说得也没错，但是公元84年，疏勒王反叛班超，占据了乌即城作为国都，后乌即城被班超收复，公元91年，班超被东汉王朝任命为西域都护，驻守盘橐城，但那仅仅是都城，作为国家的疏勒国统治范围要大得多，更何况它在西域还属于大国。"

刘捷点点头，心里赞许张晓军，并说："这段历史我也知晓，史书上都有记载。"

"但接下来的事情可能史书上就不一定有记载了，"张晓军接着说，"班超驻守盘橐城后，把新就任的疏勒国王的王城迁至乌即城，而这个乌即城就在流沙湖旁，原来盘橐城的王城就变成了西域都护府。"

刘捷有点惊讶："西域都护府在盘橐城内在史书上有记载，但疏勒王坐镇乌即城的事我倒还真的不知道。你到底是学历史的还是学地质的？"

张晓军笑了。"你看，历史学教授都说不知道，那我岂不是在胡说八道了，"张晓军继续说，"不过最为关键的是那个乌即城，因为它所处的位置就是流沙湖旁边，而且据考证它的位置是在莎车的北面，盘橐城的西面。"

"真的吗？"刘捷眼里放光，这个消息对于研究历史的人来说无疑是发现了新大陆，"流沙湖旁哪个是乌即城？有没有遗留下来的残垣断壁？"

"无法告知，"看到刘捷这么着急，张晓军笑了起来，"因为时间过去久远，具体在什么位置已无从考证，史书上也没有记载，只知道就在流沙湖旁，而流沙湖当时可有六千平方公里以上，再加上眼前的流沙湖已根本不是两千年前的流沙湖了，所以想要找到确切位置确实比较困难。"

"嗨，你在吊我兴致玩呢……"刘捷有点扫兴。

"怎么敢呢？！"张晓军笑着说，"虽然汉书上没有记载它的位置，但国外的文字中却有记载。"

刘捷问："哪种文字？"

张晓军说："佉卢文。"

"佉卢文？"刘捷很惊讶，"我听说过，那是公元前流传于贵霜王朝的一种文字，但已经失传，现在已经没有人认识这种文字。"

"不，"张晓军看着刘捷得意地说，"现在我国还有几个人能看懂这种文字，其中一个就是我的导师。"

"你的导师是谁？"刘捷问。

"天山大学地质学院的副院长莫家蓬。"张晓军回答。

"哦，失敬，失敬，名师出高徒，怪不得你学识这么渊博。"刘捷朝着张晓军拱拱手。

"莫院长确实学识渊博，"张晓军也学样拱拱手，"小生不及家师的万分之一。"

两人一起笑了。

刘捷拍了拍张晓军的肩膀："玩笑归玩笑，史书上曾记载疏勒国有十二大城，十个小城，那个乌即城既然能作为都城，估计也在十二个大城之列，而且规模也不会太小。"

胡骏对张晓军说："你这样一说，倒让我想起来了，导游培训的时候我曾在书上看到班超在上书汉章帝时曾这样描述：臣看到莎车、疏勒两国田地肥广，草茂畜繁，不同于敦煌、鄯善两地，朝廷在那里驻军可以自给自足，"胡骏停顿了一下又说，"如果真是这样的话，这片区域又是乌即城的所在地，草木应该是很茂盛的，不应该像现在看到的这样荒凉。"

刘捷开玩笑说："我们三个人看起来有点像三个臭皮匠……"话还没有说完，张晓军却叫了起来："老兄啊，你还想顶个诸葛亮？算了吧，两千年过去了，茂盛之地还会茂盛吗？即使没有天翻地覆的变化，但也总会发生一些改变吧。你看，这不，就连这儿的沙漠也发生了改变。再说了，我并没有说这一片区域就是乌即城呀。"

胡骏也笑笑："当然，当然，楼兰古国也变成沙漠了。"

刘捷却认真说："可能史书上记载的六千多平方公里是存在的，也有可能是夸大的，但还有一种可能是流沙湖的区域只存在于这个地方的周边，而没有扩展到我们现在经过的区域，所以这儿还是一幅亘古未变的样子，唯一在变的就是这个沙漠还在流动，把我们的古道给覆盖了。"

胡骏看了看张晓军，说："有道理。"

刘捷接着说："如果这样的猜测成立，那么我们往前走很有可能会碰上绿洲或者湖泊，沿着这条古道再回到塔县的石头城也未可知。"

张晓军回应说："这点我赞成。"

胡骏也跟着说："那我还能说什么，那就继续往前吧。"

第九章　沙漠中的断壁残垣

　　五辆车像一条长龙似的在沙漠中缓缓行进。大家也不看方向，只是跟着吉普车的两道辙印往前走。

　　开了一段路后，刘捷问张晓军："我有一个疑问，我只知道塔克拉玛干沙漠是个移动的沙漠，因为现在的地理书上都是这么说的。"

　　张晓军回答："是移动的沙漠，没错啊。"

　　刘捷说："那问题来了。你说的，这儿有可能是塔克拉玛干沙漠的一部分，那肯定也是移动的沙漠，既然是移动的沙漠，那沙质肯定很松，风一吹，满天都是沙土，那为什么这儿没有沙土在漂浮，相反这儿的沙土却还有点结实，车辆开过去，没有一点浮尘的感觉？"

　　张晓军想了一下说："这个原因有很多，一是有可能这儿已经是塔克拉玛干沙漠的边缘，沙子相对较少，而砂砾和泥土相对较多，风吹不起来；二是由于地壳运动，这一段沙漠可能已经和塔克拉玛干沙漠隔断，既然隔断，那就老死不相往来，虽然也是移动的沙漠，但却不是那么厉害。"

　　胡骏笑着说："你这个回答实在是高。"

　　刘捷只得无奈笑笑。

　　太阳已经到了头顶，火热的太阳烤得车厢像一个蒸笼，与刚才在雪山脚下完全是两个季节。刘捷把车子的四扇窗和顶窗都打开了,借着汽车的前行才带来了一点点风。

刘捷问车内的人要不要吃的,因为车上备了一点水和馕。但没有人响应。

刘捷又问胡骏:"旅行车里备吃食了吗?"

"备了一点,"胡骏回答,"是在宾馆的时候,知道要连夜赶回,就问老板拿了一点,也就是一点水和馕,不多。"

"要不到前面什么地方休息一下,让大家补充一点能量,看来今天要走出这里还是有点困难,你看前面还是一望无际的沙漠,没有一点绿色可以养眼。"刘捷指着前方对胡骏说。

"你闭眼吧,在这帕米尔你还想养眼?"胡骏怼了刘捷一句,"再往前开一段吧,或许能找一个避阳的地方就不错了。"胡骏环顾了一下四周说。

车辆继续在沙漠上前行,前方好像遥无尽头,一个沙丘连着一个沙丘。这些沙丘都不高,估计沉淀的时间也已经非常久远了,车辆驶过,真的连一点尘土都没有扬起。只有前方车辆驶过的两条车辙深深印在沙漠上,还有就是沙丘之间还有点低矮的绿荫。

陈娴已经有点后悔,如果当时不同意刘捷上帕米尔高原就没有这么多的惊险之事,如果在喀拉库勒湖就及时逃回喀什也就没有现在在沙漠中的野营拉练。幸好在白沙湖刘捷反应奇快,否则可能已经葬身白沙湖底了。唉,现在就是后悔也没有什么用,只能怪自己太大意,地震前的许多预兆都出现了,自己就是没有往这方面想。现在尽管已逃到沙漠,谁知前面还有什么惊险在等着自己。事已至此,说什么都没用,大家刚逃过一劫,还得打起精神应付以后的曲折,所以必须让大家振作起来。于是,陈娴找了一个话题对张晓军说:"喂,地质学家,你看看这些沙丘,其实还是很壮观的,一个连着一个,连绵不断。"

张晓军看着陈娴,笑了笑说:"大姐,这沙漠第一眼看上去是挺入眼的,因为有新鲜感,如果天天让你看,你不发疯才怪呢。"

陈娴像是自然熟，对张晓军说："既然你叫我大姐，那我就不客气了，叫你一声小弟，"陈娴真的一点也不客气，"小弟啊，你说这沙漠中有狼吗？"

　　刘捷看着他们俩，一个大姐，一个小弟，摇摇头笑了笑。

　　张晓军回答说："你这算是问对人了，这沙漠中不但有狼，而且数量还不少。"

　　胡骏插话说："在这帕米尔高原上我没有看到过狼，但在塔克拉玛干的大沙漠里却看到过。"

　　张晓军又说："只要是人迹罕至的地方都会有狼的存在，我估计帕米尔高原上肯定也会有狼。不过，狼也怕人，这儿的少数民族在放牧的时候不仅带猎刀，有的还带猎枪、猎犬，所以狼碰到这些人讨不到好处，还不如逃到人畜不到的地方，只要那儿有野生动物，它们就能生存下去。"

　　陈娴又问："那这帕米尔高原的野生动物多不多？"

　　张晓军回答："数量不一定多，因为这是高原，跟人一样。但品种却不少，像数量多的有帕米尔盘羊、野驴、野骆驼等，食肉动物有狼、老鹰、棕熊、雪豹等，还有鼠、兔、鸡、土狗等也很多。"

　　"那我问你，小弟，"陈娴喊得很顺口，刘捷听了也只能摇头，"那为什么我们一路过来却看不到一个动物呢？"

　　"大姐，这我哪知道啊，那都是书本上写着的，不是我自己发现的，"张晓军有一种被逼入墙角的感觉，"我来帕米尔高原后跟你一样，也一个动物都没有看到，有可能汽车的声响把它们都吓跑了吧。"

　　刘捷打圆场说："小娴，你也不用刨根问底了，小张已经很不容易了。"

　　陈娴笑笑说："那我不问了。"

　　车辆又往前行进了一段。

　　张晓军忽然指着右侧的远方说："你们看，那边有几头野骆驼？"

"在哪儿?"陈娴来了劲。

"就在右前方,"张晓军回答,"有四头。"

果然有四头双峰骆驼在远处的沙漠上闲逛。但这也只有一瞬间,等汽车绕过沙丘再出来时,已看不到那四头野骆驼。

张晓军对陈娴说:"大姐,这双峰骆驼是我们中国的特产,当然并不是我国所特有。"

"这我知道,"陈娴回答,"除了双峰骆驼之外,还有单峰骆驼,"陈娴话题一转,问张晓军,"你知道吗?平时能遇到野骆驼是一种幸运的象征。"

张晓军被问得一愣,然后缓缓地说:"没听说过。"心里却想:平时在野外考察时,经常碰到野骆驼,也没有听谁说这是幸运。

陈娴看着张晓军笑了笑。

车辆绕过了一个又一个沙丘。刘捷忽然指着前面的沙丘,对胡骏说:"胡导,前面好像不对,车辙印绕过沙丘好像往右边去了,但看着沙丘的平整度应该是向前的,而右边根本没有路,像是挤着沙丘的斜坡开过去的。"

胡骏抬起身子朝前望了望说:"你把车停一下,我下车到前面去看看。"

张晓军和胡骏一起下车去看了。

见车里没有其他人了,陈娴对刘捷说:"我和张晓军搭话是为了缓解你们的紧张情绪。"

刘捷回答说:"这我知道。"

"但你们确实要重视一个问题,"陈娴不客气地对刘捷说,"你们这样开下去是要出问题的,因为你们没有方向,谁知这条路通往哪儿,而且还根本不是路。你们一没有吃的东西,二没有水,三汽车马上就没有汽油了,到那时你们准备怎么办?"

刘捷看了看陈娴,无奈地说:"也不是我们一定要走这一条路,你也知道,我们也是被逼上这条路的。"

陈娴接着说:"当时在除雪接他们的时候,我们就应该往回走，而不应该穿越戈壁滩。要是再回到白沙湖旁边去等着，虽有余震，估计问题也不会太大，因为救援的人肯定是从314国道上来的，这样我们活命的机会也大。"

刘捷打断陈娴的话说："你分析得虽然不错，但这里面也有几个问题。一是你知道这次地震的震级有多大？从我们听到的震耳欲聋、像万马奔腾的声音，估计这场地震不会小；二是白沙湖旁边的沙丘是不是还在？从我们逃离时看到的情景，那湖水冲过来的速度不亚于大瀑布；三是如果湖水大到盖孜峡谷都被淹没，那救援的部队怎么上来？假如按你的说法，我们等在白沙湖的雪山旁，也会遇到水和食物等问题。如果是这样，还不如像现在这样走一步看一步，说不定天无绝人之路。"

"但不管怎样，总比这样乱窜要好，"陈娴争辩说，"寻找我们的人肯定以为我们在314国道的两侧，谁会料到我们已钻进了其他不知名的峡谷中。你让他们怎么找？"

俩人正在争论的时候，胡骏和张晓军回来了。

胡骏对刘捷说："右边两个沙丘是可以挤过去的，那辆吉普估计也是挤过去的，但过了这两个沙丘以后，好像有一条路，也就是那边的沙丘之间相对平坦些，比我们眼前的这条道要好走。"

"还要好走？"刘捷一开始有点想不通，忽然恍然大悟，"会不会那儿通向一个热闹的去处？"刘捷马上对张晓军说，"你去问一下后面那辆出租车的驾驶员，他是当地人，那一边是不是有一个乡或一个村？"

张晓军去了没多久就回来了，回复刘捷说，"那边没有乡，如果那边有人居住的话，最多也就是布伦口乡下面的一个村。那个驾驶员还说他从来没有去过那个地方，就连现在的这条路他也没有走过。"

好吧，问了也是白问。

刘捷看着胡骏说："你是掌舵的，你看，我们现在是右转还是直行？"

胡骏回答:"单看道路,右转的那一条确实要比眼前的这一条看上去更像路,但我和张晓军也看了,前面还是一个沙丘连着一个沙丘,望不到头。"

张晓军接着说:"是这样,回来的时候我和胡导还商量来着,按照平整程度,应该右转,但为什么右转的转角会很狭窄呢?估计原先走的是这条道,后来都改直行了,那右边的这条道也就逐渐荒废了,所以得出的结论是两条道都可以走。"

"你跟那个出租车驾驶员的说法一样,说了等于没说,"刘捷想了一下又说,"还有没有这样一种可能,我们现在走的这条道是主道,而右转的这条道是岔道,只是到某一个点,然而进去出来都是这条道。类似这种道我们生活中比比皆是,到处都可以找得到,这种地方也不例外。"

"你说的也是猜测,"胡骏打断刘捷的话,"现在的关键是我们要走哪一条路?"

"当然是右转,如果前面是布伦口乡下面的一个村,那我们的危险也就彻底解除了。"刘捷直截了当地说。

"对,这是个办法,我们现在要定位没法定位,要手机信号没有手机信号,要指南针没有指南针,一点方向都没有。只要能找到一个村这些问题全都可以解决了。"胡骏也兴奋地说。

张晓军只好跟着说:"那就试试看吧,说不定我们运气好,真的能找到一个村。"

刘捷笑着看着他俩:"既然这样,那我们就走吧。"说完,又朝陈娴看了一眼。

刘捷带头在沙丘的斜坡上硬是把车从那两个沙丘之间挤了过去。真正需要指挥的是旅行车,因为车身长,底盘没有 SUV 重,胡骏还真担心过沙丘的斜坡时会不会翻车,幸好有惊无险,也终于过了。其他车辆都像刘捷的车一样,疾驰而过。

车辆又向前行驶了二十来分钟。陈娴眼尖,对刘捷说:"我看到那辆越野吉普了。"

胡骏一听,马上来了精神,赶紧问:"在哪儿?"

陈娴用手指着前面那个沙丘说："刚转过旁边的这个沙丘时，我这个角度正好可以看到前面沙丘旁停着一辆越野吉普，大概离我们还有四五个沙丘这么远，等我们的车再转过去时就能看到了。"

车上的人都瞪大了眼睛。大家都在想，这辆越野吉普为什么不告而别，是不是有什么见不得人的事情。

刘捷驾驶着车辆沿着沙丘的斜坡慢慢转了过去，果然看见那辆灰色的越野吉普停在前面的沙丘旁。大家像是看到了猎物，都催促着让刘捷快点开，不要让它跑了。

刘捷心想：这是沙丘，快得了吗？

车又转过了两个沙丘。

陈娴忽然又说："那辆停着的车不见了。"其他三人转头一看，果然又看不到那辆车了。

"他们在跟我们捉迷藏呢？"胡骏愤愤地说，"不用去管他们，就当没有这几个人。"

车辆又转了一个沙丘。

越野吉普没有看到，却看到了一堵残垣断壁。

大家看到残垣断壁时都有一些惊讶，估计刚才的那辆越野吉普车上的人也在看这些残垣断壁吧，反正有没有他们也无所谓，于是胡骏对刘捷说："我们就在这残垣断壁旁停车休息一会儿。"

刘捷心想：你不叫停我也会停的。这些残垣断壁可是国宝呀，好不容易碰上了，怎么能错过它呢！

停好车，胡骏就去安排人分发水和馍去了。

刘捷却带着陈娴和张晓军在仔细地观察这片残垣断壁。实际上这儿不止一堵墙，类似这样的残垣断壁有四五处，还有三根柱子。

刘捷看得很仔细。

首先这肯定是一座城池，但这座城池的规模不大，大概有两三百米见方，因为这些残垣断壁就是最好的证据。城池的基础是土坯堆成的，底下还有很厚实的土墩，说明城池是建在这土墩上的,而不是建在沙丘上。残垣断壁的里面是一些鹅卵石和碎石及少量的碎陶片,残垣断壁的外面有三面都有一条沟壑,这座城池就像一个凸出的嘴,但这个嘴已经快和对面接上了,只剩下两面的沟壑。站立在环沟壑的土墩上,可以完全看到沟壑底下的碎陶片明显要比上面多了些许。刘捷心想这些碎陶片或许是好东西,价值连城也未可知。残垣断壁的中间还有一个不高的土堆,土堆上还有几个空洞,刘捷猜想这可能是佛塔,但转了一圈又没有看到佛像。

陈娴用手机拍了许多照片,说是回去以后要多研究研究。

张晓军对陈娴说:"大姐,你看这座城池的架势,我估计这可能是古疏勒国下面的一座城池。"

陈娴反问:"那这究竟是十二座大城之一,还是十座小城之一?或者这儿就是乌即城?"

刘捷听了,在一旁摇摇头说:"这儿不可能是乌即城,因为它的规模实在太小。"

张晓军也说:"对,按现有的规模看,不应该是大城,而应该是十座小城之一。"

此时旁边一个女声插话说:"不对,此城只能算是一座小小城,准确地说,应该是边境的一个关卡。因为《后汉书·班超传》里有记载:疏勒国,王治疏勒城,去长安九千三百五十里,户千五百一十,口万八千六百四十七,胜兵二千。所以这个小小城的规模应该是王城的百分之一,既然这么小,那就只能称为小小城喽。"

是同行?刘捷回头看了一下。映入眼帘的是一个女生,年龄在二十岁左右,哦,见过,就是四个女生那辆车的驾驶员,但叫不出名字。

"你是?"刘捷问。

"我们不是打过招呼吗?"那个女生打断刘捷的问话。

"是打过招呼,但我不知道你的名字。"刘捷说得很坦白。

"我是震旦大学历史系研究生叶诗意,"女生回头指了指后面的三个女生,"我们是一起的,利用暑期出来旅游。"

"哦,真的是同行,"刘捷也来了兴趣,指了指旁边的陈娴说,"这是我妻子,我们都是江城大学历史学院的,也是利用暑期出来旅游。"

张晓军却指着刘捷对女生们说:"这位可是江城大学的历史系教授。"

"是江城大学的教授?"叶诗意有点惊讶,"哦,是前辈,老师们好。"

"是副教授。"刘捷回答。

叶诗意又看向张晓军。

张晓军摇摇手说:"你不要看我,你们是专业对口,我是旁系,天山大学学地质的。"

刘捷打趣说:"在帕米尔高原,学地质的比我们学历史的要重要得多。"

大家都笑了起来,接着相互之间都打了招呼。

刘捷问叶诗意:"你为什么说这是座小小城?"

叶诗意说:"关于疏勒国的记载历史上并不多,只有《汉书》《后汉书》《大唐西域记》中有记载,其中关于疏勒国的十二大城信息一致,关于小城的记载却有十座和数十之分,数十是把边境的一些关卡也算了进去,而这些关卡只能算是座小小城,或者就是一个城堡。现在我们看到的这些残垣断壁分布并不算广,位置估计又恰好处在边境,不然,没有必要挖三面五六米深的沟壑,而且两边的沟壑还在一路向内延伸,望不到尽头。"

刘捷没有说话,只是微微点了点头。

叶诗意继续说:"你看沟壑的对面,是绵绵不绝的沙丘,我没有考证过,估计这个方向在过去不是龟兹国就是乌孙国,都是西域三十六国之一。"叶诗意停顿了一下,又对刘捷说,"我回答得是否正确,请老师检阅。"

"检阅我不敢,我们一起探讨,"刘捷接着叶诗意的话说,"你说得很有道理,这应该是个关卡或边城。按照古代以家庭为单位的戍边方式，这儿的规模估计有三五十个家庭。如果我猜得不错的话，不管是往左还是往右，七八公里处应该又有个边城，可能一直要到遥远的雪山脚下。当然，这是我们汉族人的戍边方式，疏勒国是不是这样的我就不知道了。"

"导师就是导师，想得比我们要远。"叶诗意称赞说。

刘捷继续说："我们现在要考虑的是往哪个方向走，如果这儿是国与国之间的边境，那我们就没有必要穿过这个嘴再往前面那个方向去了，因为边境之间往往有很大一片开阔地和无人区。"

"要找的村庄也没了。"陈娴对刘捷说。

其他人都听不懂，什么村庄？

此时正好胡骏也过来了，刘捷立即转移话题，打趣问胡骏："请问胡导，这个景点已经游完，下个景点该往哪个方向走？"

胡骏说："往石头城方向走。"

"石头城是往哪个方向？"刘捷又问。

"这要问地质学家。"胡骏把球抛给了张晓军。

"我怎么知道，团队又不是我带的。"张晓军感觉很委屈。

第十章　黑风暴的路径

胡骏对刘捷说："现在太阳正当空，赶路有点热，还不如让大家再放松半小时，就当这儿也是一处景点，让他们多拍拍照、留留影。"

"也行，"刘捷转身对陈娴说，"既然来了，我想到沟壑下面去看看，说不定会有所发现。"陈娴同意了，只是让他当心。

叶诗意也想跟着刘捷下车，刘捷没有同意，说如果有发现再让她下来也不迟。叶诗意同意了。

刘捷让张晓军和张小飞给自己做帮手，从车子里面拿出一根拖车绳，一头让他们拉着，一头绑在自己身上慢慢下到沟里。沟不宽，大约只有二十米，但弯弯曲曲的，却望不到头。沟壑里有一些石块，也有一些野兽的尸骨。刘捷找了一根野兽的胸肋骨，在沟壑里慢慢地拨动着。沟壑里有许多残片，有一些需要掸去上面的浮沙。刘捷翻看了许多碎陶片，但这些碎陶片都是白土坯烧制成的，没有绘画和文字，估计已有一些年代，但不应该没有彩陶呀。

刘捷一丝不苟翻动着，但找出来的残片基本没什么价值。

陈娴已经催了刘捷两次，但刘捷说还有时间，要再找找看。

张晓军对陈娴说："此时的刘捷就像女人看到一个好的包，非要拿到手不可。"

陈娴说:"去你的。"但心里又不否认刘捷确实有对历史文物的偏好,同样是学历史的,自己却缺少钻研的韧劲。

忽然,叶诗意指着北面的天边说:"你们看北边的云层,好像是一片乌云起来了,好大的一片。"

大家抬头一看,这乌云还真是好大一片,把北面的雪山全部遮住了,而且这云层还特别黑,好像是要下雷阵雨的那种云层,而在这乌云之上,天空却呈现出一片红色,这种红,既不像是晚霞的红,又不像太阳在云层中折射出来的红,看上去有点怪怪的,再看看头顶上的太阳,好像被一层纱布遮住,有点朦胧。

会不会要下雷阵雨了,大家心想。

陈娴又在催促刘捷,说马上可能会有雷阵雨,乌云都起来了,让他赶快上来,躲到车上去。

而此时的刘捷正拿着一块残片欣赏,好像有图案,又好像是摩擦过的痕迹。当听到陈娴的叫喊声,刘捷停止了翻找,把这块残片放入口袋,这才呼叫张晓军把自己拉上去。

但张晓军根本没有听到刘捷的叫喊,两眼只是直勾勾看着天边漫过来的黑云,整个人好像呆住了。

陈娴也叫了张晓军两次,见没有反应,便接过张晓军手中的绳子,与张小飞一起把刘捷拉了上来。

刘捷还没有站稳,发呆的张晓军却叫了起来:"黑风暴,是黑风暴!胡导,胡导,要赶快让大家躲避。"

胡骏目瞪口呆看着张晓军,好像是在问什么是黑风暴?怎么躲?往哪儿躲?

刘捷抬头一看,只见北面的沙丘尽头漆黑的一片,而且这漆黑的云层正飞速朝自己这边压过来。刘捷在沟里没有感觉到什么,一到上面却感觉到风力非常大,而且还在不断加大,似乎有一种要把人卷上天空的感觉。

张晓军又对胡骏喊:"你赶快让大家躲避,这是沙漠中的黑风暴。"

胡骏这才清醒过来,对大家喊道:"快找地方躲避,这是沙漠中的黑风暴,没有地方躲避的,原地卧倒,把身子压得越低越好。"

大多数人都原地卧倒了,但还是有几个人没有听从指挥,在拼命往自己的车子那边跑,或许他们认为躲进车子里面才是最安全的。张晓军吓得赶紧叫住他们:"车子那边是最危险的,离车子越远越好,快回来,到这一边,趴在土墙的后边,遮住口鼻。"这几个人又跑了回来。

人们从来没有看到过这种黑风暴,最多也就知道龙卷风,而且是从美国大片《龙卷风》里面看到的。对于眼前的这种黑风暴,大家以前听都没有听到过,也不知道怎样去防范。大家看着那奔腾而来的黑漆漆的云层,既惊奇,又惊恐,只感觉那东西像一辆巨大的坦克,从天边快速朝自己这边压过来,而且最要命的是自己找不到一个有效的方法来防范,所以逃走也不是,趴着也不是,不知道怎样做才有效。

有人在喊:"胡导,风实在太大了,人要被吹走了,还有没有其他办法?"

胡骏看着张晓军。张晓军说:"唯一的办法就是压低身子,最好能抓住地上固定的东西。"

于是胡骏又对大家喊:"最好能抓住身边固定的东西。"

刘捷看着那越来越近的黑风暴,就像一堵三五十米的高墙,在沙漠上雄赳赳、气昂昂地快速朝自己推过来,尤其是那大风,不仅带来的沙子打在脸上是火辣辣的痛,而且还让自己感觉呼吸不畅,透不过气来。忽然,刘捷闪过一个灵感,他伸头往沟壑里面望了望,对大家说:"跟我来,大家都到沟壑里面去藏身。"

胡骏听了大叫:"刘捷,你这是胡闹,万一黑风暴把人埋了,怎么办?"

刘捷也对胡骏叫道:"风太大了,我没时间给你解释,相信我,我不会骗你们,"又对张晓军说,"你和小飞在上面拉着绳子,一个一个放人,我先下。"

张晓军倒非常相信刘捷,对大家喊:"快,快,都去沟里躲一躲。"

有人开了头，其他的人也就跟了过来。胡骏虽然不信，但也没有更好的办法，也跟着下到了沟底。

黑风暴过来得很快，转眼就到了跟前。此时太阳早已不见，北方的天空已看不到一丝亮光，就连头顶上都是黑黑的一片，如果不是南边的天空还有光亮，还真以为已经是半夜了。

这风不仅凛冽，而且还带着旋涡，吹得人们站不住脚，就是趴在地上也没用，所以许多人等不到绳子下放，就用人拉人的方式跳进了沟里，有的干脆往沟壑里面跳，让下面的人接着。

刘捷对下了沟的人说："快，赶紧趴下，用衣服捂住口鼻，相互之间不要说话。"

张小飞是最后一个跳下沟的——不能算跳，应该是滚下沟的，黑风暴已经将张小飞吹了两个跟头，后来小飞像是抓住了什么东西，但坚持了没多久，就被黑风暴刮进了沟里，幸好张晓军和刘捷同时在下面把他接住，也幸好沟壑不算太深，没有什么大碍。

黝黑的沙尘已经越过头顶，向南卷去，但这并没有结束，漫天飞舞的沙子又遮天蔽日地不断飞扑而来。人们只感觉一阵阵石子雨打在了身上，浑身疼痛，就像古代上刑罚一样，幸好沙漠里大的石子不多。人们也顾不了那么多，许多人把上衣拉过头顶，既遮住了口鼻，又保护了头，整个身子蜷缩成一团。

沟壑里面的风并不算小，黑风暴掠过沟壑的时候，整条沟都在"呜呜"作响，让人们既担惊又受怕，但沙尘却明显没有上面多。

这场黑风暴足足刮了半个多小时才慢慢地平息下来。

人们站起身，一边埋怨这黑风暴，一边开始清理口鼻中的沙子，还有钻入衣服内的沙子。

张晓军也一边清理一边开玩笑地对陈娴说："现在你还会感觉这沙丘是很壮观的吗？"

陈娴回答："这只能证明沙丘的两面性，一面是美丽壮观，另一面是血腥残暴。我们现在把沙丘的两面性都看到了,不是很好吗?"

刘捷看看这两人,心想这有什么可争论的。

刘捷对胡骏说:"我们还是想办法上去吧。刚才跳得太急,现在上面一个人都没有,得想办法叠两个人上去,然后才可以把大家拉上去。"

胡骏对张晓军和张小飞说:"还是你们俩先上去吧,你们有在上面拉人的经验。"

于是人们用叠罗汉的方式把张晓军和张小飞先送了上去。

绳子还没有放下来,胡骏就听见张晓军在叫:"我们的车都不见了。"

"真的吗?"胡骏着急起来,没有车可是个大问题,他这个导游怎么把这么多人弄回去,于是喊张晓军,"快把我拉上去。"

其他的人一听也着急了,因为他们的行李物品还全部在车上呢。于是都争先恐后要上去。

刘捷也上去了,一看,果然没有自己车的踪影。刘捷根本不信自己这么重的车会被黑风暴卷得无影无踪,于是又爬上了残垣断壁中间的那个土堆。

土堆不算高,但在这沙丘上算是高的。放眼望去,果然在西南面连绵起伏的沙丘中看到了两个白色的影子,估计这就是被卷走的车辆了。其他三辆车却看不到,但估计也是在这个方向。刘捷又环顾了一下四周,立即发现不对了。沟壑的北面,不仅沙的颜色变深了,而且原来与土墙那个嘴直对的有两个沙丘,当时刘捷还心想如果车辆过去怎么绕开这两个沙丘,但现在不用绕了,因为沙丘已经偏离了,说明这是个移动的沙丘,就像张晓军说过的塔克拉玛干沙漠一样。但沟壑的南面,离沟壑近的,颜色有点接近北面,但越往南,颜色越白。这只能说明一个问题,黑风暴到这儿拐弯了,至于是往东拐还是往西拐还有待考证。刘捷有点想不通,可能只有学地质的张晓军可以解释。

刘捷从土堆上下来的时候没有说黑风暴拐弯的事,只把发现车辆的事跟胡骏说了,大家听了后乱哄哄地跟着胡骏一起去找车了。

黑风暴过后,天气又放晴了,火热热的太阳又跟大家照了面。虽然只需翻越五六个沙丘就能找到车辆,但对这些人来说,五六个沙丘也够他们气喘吁吁的了。

幸好,这几辆车都很重,没有被卷得太远。再加上人多,几辆车都已找到。所有车辆的车窗玻璃都已震碎,而且不知道车辆还能不能开,因为现在都侧翻着,其中一辆还四脚朝天。

人们都从车厢里拖自己的行李,只有少量行李散落在沙丘上。大家都暗自庆幸自己的行李没有被黑风暴吹得乱七八糟,只有刘捷知道黑风暴在过沟壑时就已经拐弯了,不然这些车辆就像风口上的猪,早就被吹得无影无踪了,更不用说这些轻飘飘的行李了。

胡骏对刘捷说:"先把你的这一辆车翻正,看一看还能不能启动。"

刘捷回答:"好的,我先试试。"于是,刘捷与陈娴一起把车内的行李先拖出来,这样可以减轻车身的分量。

刘捷的车躺在沙丘的斜坡上,所以翻正不需要很大力气。刘捷上去发动了一下,车是动起来了,就是发动机的声音太响了一点,估计是里面什么零部件的位置有少许偏差,但总归可以开。唯一的不足是车辆外面全是挫痕,车窗玻璃没有一块是好的,包括前挡风玻璃,就连反光镜的镜子也不知吹到哪儿去了,只剩下一个罩壳。

看着这辆破车,刘捷心里还在嘀咕还车的时候怎么和租车公司说。

五辆车全部都翻正了,四辆车还能启动,只有朱万豪的那辆车发动不起来,一查,油箱里的油全部漏光了。

朱万豪连声"晦气",但又没有其他办法,只能丢在沙漠了。朱万豪还不死心,心想这可是自己心爱的车,陪伴了自己一路,就这么抛弃好像于心不忍,下次什么时候再来一次,把这辆车再拖回去。果然一年以后,朱万豪又来了一次,尽管这辆车已被风沙吹得不成样子,他还是把这辆车拖了回去。

到那时,今天走的这条线路已经是出名的探险考古路线,当然这是后话。

刘捷问胡骏:"旅行车上还有几个位置?"

胡骏回答:"只有一个位置了。但问题还不大,我们还有四辆车,而且每辆车正好多一个位置,大家帮忙就能解决问题。"

刘捷说:"既然这样,那你去落实吧。"

过了一会儿胡骏回来了,他带了小尤一起回来。胡骏对刘捷说:"这是分配给你的。"

刘捷笑笑:"那就和你挤在一起吧。"

胡骏对刘捷说:"张小飞还是第二辆,旅行车是第三辆,最后一辆原来是四个女生,我现在把朱子豪派过去做驾驶员了,所以现在每辆车都是满满的。"

刘捷对胡骏说:"那你就下令吧,我们出发。"

张晓军却叫了起来:"小飞呢?怎么没有看到小飞?"

大家朝周边看了看,果然少了张小飞。

还是叶诗意眼尖,指着刚才待过的残垣断壁的地方说:"那不是小飞吗?"

大家顺着手指的方向,果然看到小飞在残垣断壁下挖着什么。胡骏对着小飞喊:"小飞,快过来,我们要出发了。"

小飞已听到了胡导的叫声,但并没有立即过来,而是指了指地面,又向大家招招手,意思是让大家过去。

张晓军对胡骏说:"可能是他挖到宝了,让我们过去。"

听到有宝贝,也不等胡骏说话,刘捷就说:"那我们过去看看。"于是刘捷和张晓军向小飞走去。

毕竟走回去还要绕过两个沙丘,在烈日炎炎的太阳底下走个来回是许多人都不愿意的,所以大家没有都跟过去。

果然,张小飞确实找到了宝,那露出的一角看上去像是个"鼎"。张小飞说:"刚才黑风暴来的时候,人差一点被吹走,关键的时候无意中抓住了这个铜鼎的一个环扣，才逃过一劫。刚才上来的时候，你们都去找车了，我就在找救我一命的东西，结果发现了它。"

刘捷用手摸了一下露在外面的铜扣，说："可能这是一个铜鼎，现在露在外面的只是这个铜鼎很小的一部分，如果全部挖出来，估计三四个人都抬不动。"

"那怎么办？挖还是不挖？"张小飞问刘捷。

"就算挖出来，我们也拿不回去，因为车上也装不下。"刘捷回答。

张晓军提醒说："还是抓紧时间，大家都等在那儿。再说挖出来也没地方放，还不如让它待在原地，等我们回去以后，再让专家前来考证。"

刘捷赞同张晓军的说法："这是个办法，不过先用手机对露出的部分拍几张照进行留存，然后再用沙土把它掩埋起来，等以后再说。"

张小飞也很地道，不但在那个铜鼎上面做了标记，还用手机拍照存档。

在从沙丘绕回到车辆的时候，张小飞问刘捷："只看到了一个铜扣，你怎么知道这就是一个铜鼎啊？"

刘捷回答："你看到的铜扣其实是铜鼎的耳朵，看到那个耳朵我就知道那个铜鼎小不了，藏于国家博物馆的那个后母戊鼎重量有八百多公斤，耳朵也是这么大，所以我说我们三四个人都搬不动。"

"那它有什么用处？"张小飞又问。

"最早是烹煮食物用，后来是祭祀用。"刘捷回答。

"那你说这儿是用来干什么的？"张小飞再问。

"用来烹煮食物的。"刘捷回答。

又出发了。车辆又回到了原来那条朝西的路上。

胡骏问刘捷："我还有一事不明，你刚才为什么那么肯定逃到沟底就能躲避黑风暴？"

刘捷看看胡骏，又看看张晓军，回答说："凭观察，没有科学依据。"

"凭观察？"胡骏有点不相信，"你看到了什么才会让你坚信躲到沟里肯定没问题？"

张晓军也不信："我当时还认为躲到沟里才是最危险的，黑风暴一来，带来满天的沙子，沙子一覆，把你们全部埋在沟里，逃都没有地方逃。"

胡骏问张晓军："那你为什么还跟着喊，'到沟里去躲一躲，躲一躲的'。"

张晓军回答："我不是相信刘捷嘛，人家是教授，知识肯定比我们这些学生丰富。"

刘捷笑着问张晓军："你是学地质的，沙漠中的黑风暴估计多少年来一次？"

"怎么会多少年，估计一年来个几次、十几次总有的吧。"张晓军回答。

"那这个城池下面的沟壑挖了有多长时间？"刘捷又问。

"一千多年总有了吧。"张晓军回答。

"那一千多年来这么多的黑风暴，为什么还没有把这个沟壑填满呢？"刘捷追着问，"我们就算它一年一次，那也有一千多次，一千多次的黑风暴所带来的沙子却没有将这沟壑填满，只能说明一个问题，沙子没有到达这沟壑。"

胡骏似乎不信，又问："刚才你在上面，黑风暴起来的时候，你就想通啦？"

"没有，"刘捷回答，"我只是奇怪一千多年前的沟壑怎么没有被黑风暴的沙子填满？所以脑子里第一个反应就是躲到沟里去肯定没有问题。"

"聪明，我当时怎么就没想到呢？"胡骏又问，"那黑风暴的沙子为什么不进沟里？"

刘捷苦笑着说："我怎么知道，你要问地质学家。"

张晓军看看刘捷，又看看胡骏，回答说："我也不知道。不过按照地质学的原理，必须是有所阻挡才会转弯，就像台风一样，遇到山脉阻挡就会转向，如果越过山系就会减弱，黑风暴估计也是同样原理。"

刘捷接着说："那可不可以这样理解：黑风暴在沙漠的中心吸收了沙的能量，就像台风吸收了水汽一样，沙子越多，能量越强，到了我们这儿已是边缘，所以强度减弱，再加上残垣断壁的阻挡，黑风暴带来的危害基本上消除了，"刘捷想了想又说，"我们看到的沙漠尽头的雪山的再北面，那儿可能是一片广袤的沙漠，也就是黑风暴形成的区域，就像大洋深处形成台风一样，然而形成后在越过雪山时减弱了一部分，我们这个沙漠不算大，能量还没有补充，就遇到了残垣断壁，再往里是更高的雪山，而雪山脚下的这些沙丘根本成不了黑风暴的能量，黑风暴的前锋遇到雪山先转向了，跟着后面的裹着砂砾的黑风暴中心也跟着转向，所以黑风暴的中心根本到不了残垣断壁那儿，我们所感受到的只是黑风暴的前锋，应该还不算猛烈，所以裹着砂砾的黑风暴中心还没有到达我们的沟壑就提前转弯了，也就是在它的前面就转向了，边城对面的沙丘在移动就是最好的证明。所以我们躲进沟里才是最安全的，不知道我这样分析胡导是否满意。"

"对面的沙丘也移动了？我怎么没有看见。"胡骏问。

张晓军回答："是的，原来我以为这儿与塔克拉玛干沙漠脱离了关系，不再是移动的沙漠，现在看来我也错了，在黑风暴的作用下，沙漠照样会移动。"

胡骏对刘捷竖起了大拇指说："不管怎么样，刘教授的分析让人太满意了，不愧是教授，像讲故事一样把问题分析得很透彻。"

"错了，"刘捷笑笑，"我的领域与这个无关，这是气象学的概念。"

"那接下来我们该怎么走？"胡骏问。

"这要问你了，你是导游。"刘捷回答。

第十一章 海市蜃楼

沙漠的午后是真的炎热，尽管已经是下午三四点钟，但阳光依然让人们感到酷热难耐。所幸车子在动，而且还没有车窗玻璃，风可以在车厢内尽情地流动，所以尽管吹进来的风是热的，但体感还算比较好，唯一的就是车辆不能停下来，一停下来车上就热得坐不住。

胡骏闭着眼睛坐在后座上随着车辆颠簸摇晃，嘴里还在不停哼着什么，既不像是念经，又不像是唱歌。

张晓军笑着问："胡导，你闭着眼睛在瞎哼什么呢？"

胡骏回答说："我在祈祷呢。"

"祈祷什么？"

"祈祷赶快出现一片绿洲。"

"绿洲是靠祈祷来现身的吗？"陈娴笑着插话说。

胡骏回答："心诚则灵。"忽然胡骏睁开眼睛，问刘捷："你藏在口袋里的那个陶片呢？"

"怎么，你看中我的宝贝啦？这块陶片可不是祈祷用的。"刘捷笑着说。

"这儿哪有什么宝贝，就算你们看到了那只铜鼎，也不过是个物件，就像矗在那儿的残垣断壁一样，不是也没有办法拿回去吗？"胡骏对发不发现宝贝都无所谓，"更何况英国的斯坦因已赶在你们前面把能拿走的全部拿走了，再说了，就算你们发现了铜鼎，那也是国家的，不能拿回去放在家里，所以就是发现了宝贝也没用。"

"发现了铜鼎可以增加我们国家的文化底蕴呀，"刘捷笑着说："还可以增加自己的知名度，说是某某某发现的，这样的好事唾手可得，为什么不做呢？至于那个斯坦因，说不定根本就没有走这条路，也不可能到过这个地方，因为史书上没有记载。"

胡骏不以为然，说："我猜测这一条路就是唐僧走的那一条，而斯坦因就是根据唐僧的《大唐西域记》绘制的路线翻越帕米尔高原进入中国的。既然走的是这一条路，按照他贪婪的个性，你想他会漏掉这个城池吗？！"

陈娴却对胡骏的说法加以否定："当然不会。按照他的贪婪，会将楼兰古城、尼雅古城、安迪尔古城搜刮一空，如果遇到这个边城，也有可能搜刮一空。或许这个城太小，没有列出来也有可能，或许他直奔尼雅、楼兰，没有弯到这儿来也说不定。"

刘捷支持陈娴的说法："有这个可能，楼兰古城是属于楼兰国的；尼雅古城和安迪尔古城是属于精绝国的；而我们刚才所到的边城是属于疏勒国的，意义有很大不同。"

"那为什么我们在那儿却什么都没有发现，"胡骏极力否认，但又不得不承认，"哦，除了你刚才藏在口袋里的那一块，还有张小飞发现的那个带耳环的铜鼎。"

"这还叫没有发现？"刘捷问胡骏，"草草走一次就有这样的发现，如果再深挖下去，待个一两年，还不知道有多少惊人的发现呢。"

"我们不争了，"胡骏为自己打起了圆场，然后对刘捷说，"你把你的那块给我看看。"

刘捷从口袋里掏出那块陶片，递给了胡骏。

车辆在颠簸前行。

刘捷想了一会儿，对胡骏说，"你刚才提醒了我，斯坦因是循着唐僧的路线走的。"

"对啊，怎么啦？你不会连这个都不知道吧？"胡骏说。

"不是这个意思，"刘捷说，"这说明我们当前的这条路不是唐僧走的。"

"你的依据是什么？"胡骏反问。

"因为按照斯坦因的个性，凡是他到过的地方，所有的古物都会一扫而空，"刘捷说，"可我们刚才到的那个边城，这么明显的铜鼎还裸露在外，只能证明斯坦因没有到过这个边城，同样也证明唐僧走的不是这一条路。"

胡骏搔了搔头皮，把手中的陶片递给了张晓军，"跟你们这些教授讲话确实要小心。"

陈娴"噗嗤"一下笑了出来。

刘捷倒是很坦然："没办法，做学问就是要严谨。"

"如果不是唐僧走过的道，那至少是一条丝绸之路的古道吧，"胡骏还是不死心，"不管怎么说，这条路总归是前人走出来的。"

"我没有否认这是一条古道，"刘捷没有否认，"关键的是我想知道它通往什么地方。"

"我如果知道它能通往什么地方就好了，可惜我是个路盲，"随后胡骏话题一转，问张晓军，"你们看出什么名堂没有？"

张晓军和小尤都摇摇头，就连陈娴也摇摇头，表示都没有看出什么名堂。

胡骏对刘捷说："这不就是一块普通的陶片吗？而且好像还是土窑烧制出来的，没有什么留存价值。"

刘捷从张晓军手上拿过陶片，对胡骏说："你仔细看过那上面的痕迹吗？这痕迹是绘制上去的还是烧制上去的？或者二者都不是，因为也有点类似黑风暴刮过后留下的痕迹？"

胡骏振振有词地说："我仔细看过这陶片，肯定不是烧制的，因为烧制的陶片表面要光滑一些；如果是绘制的，那价值就不菲了，但现在这样看不出，找个放大镜就解决问题了。"

"手机上有啊，"刘捷说，"但看上去还是模糊不清。"

胡骏也拿出手机，尽管没信号，但里面的自带功能还是可以用的。于是用手机对着陶片看了很久，但仍没有看出什么名堂。

陈娴在一旁说："估计没有什么价值，我估计前面的那辆越野吉普也是冲着这个边城来的，大概也没有什么发现，看到我们来了就马上离开了。"

张晓军忽然想到了什么，马上问胡骏："对啊，这四个人是干什么的呀？"

胡骏苦笑着说："我哪知道，他们又不是我带的团里面的人，我是在宾馆敲门的时候遇到他们的。我记得我跟他们说要跟着我们团下山的时候，那个女的还说：'凭什么跟你们走'。后来我把接到总部的电话、今晚帕米尔会有地震的情况跟他们说了，宾馆老板在旁边说他也接到了电话，要帮着旅行社疏散客人，他们这才很不情愿跟我出了宾馆。"

刘捷不客气地说："我看这四个人就有问题，他们表面上一副爱理不理的样子，实际上是他们所做的事不想让人知道。赵子凡在波谜罗川的山口看到过他们从峡谷内逃出来，好像不是来旅游的。"

"哦，那这样，估计他们已经来了几天了，"胡骏猜测说，"他们这个样子肯定有问题，会不会也是像斯坦因一样是冲着古城的宝物来的？"

"也不一定，"刘捷说，"他们又不知道哪儿有古城。"

"哎，慢一点说，"胡骏打断刘捷说话，"你一说起古城我倒想起来了，三天前，哦，现在是四天前，我带另外一个团队在喀什罕诺依古城游玩的时候碰到过他们，他们也正好在那边玩。记得我是在检票处碰到他们的，当时我的团队正好有两个人拖拖拉拉还没进去，他们几个人要抢在这两个人的前面先进去，特别是那个大胡子我还有点印象。如果你刚才不说古城我还记不起来。"

"罕诺依古城？我们没去过，"刘捷看了看陈娴，因为在喀什游玩的攻略是陈娴做的，"好玩吗？"

"还可以吧,"胡骏回答,"在喀什东北约三十公里的戈壁滩上,距今已有一千五百年的历史,也是疏勒国下面的一座城池,里面有土城墙、佛塔什么的,和你今天看到的差不多,就是多了一点重新整修的痕迹。"

"回去的时候去好好看一下,"刘捷话题一转,对胡骏说,"你在罕诺依古城看到他们,那很有可能他们比你上帕米尔高原的时间要早?"

"非常有可能,"胡骏回答,"我真的怀疑他们在打古迹的主意,因为现在我们国家只在帕米尔高原、塔克拉玛干沙漠、戈壁滩还有古城遗址的存在,也可能有宝物,其他的都在地底下"。

张晓军却说:"在塔克拉玛干沙漠和帕米尔高原发现古迹并不是一件好事。当地一直有一种传说:假如你遇到一座古城,你一定要绕道走,如果你进到城中,人的贪婪就会被激发,就会把古城里面的钱币、玉石等藏进自己的口袋,一旦你这样做了,马上就会平地刮起黑风暴,所有进了城的人都别想出城,最后都死在城中。"

"怪不得,"胡骏叫了起来,把车内的人吓了一跳,"你刘捷下到沟壑在翻找宝贝的时候,天边就刮起了黑风暴,看来这场黑风暴就是你刘捷带来的。"

"什么乱七八糟的,"刘捷笑着斥道,"你这个导游才是'胡'导呢,把我们导到这种地方来,还想把责任推给我。"随即刘捷话题一转,问张晓军:"斯坦因去了楼兰古城,去了尼雅古城,出来的时候还装了十几匹骆驼的古物,那他怎么没有死在古城呢?"

张晓军回答:"你只知其一,不知其二,斯坦因也是九死一生才逃出来的。他把偷盗来的东西分成十多份,每个随从一份,自己的一份里面只装有一些书画和信札,所以最后十几个随从都死了,唯独他在最后将要死亡的关头找到了一个水潭,终于死里逃生。"

胡骏问张晓军:"斯坦因没有来过疏勒国吗?他可是拿着

《大唐西域记》寻找过来的,所以我认为疏勒国应该是他的必经之路。"

刘捷抢着回答:"这我知道,斯坦因确实是从玄奘古道经过疏勒国的,但在历史记载中,他只是经过,所有偷盗都是在和田、楼兰、尼雅、敦煌等地完成的,没有一件是和疏勒国有关联的。"

胡骏想象力丰富,说:"或许也有过,但没有记下来。像今天我们经过的边城,为什么没有古物可找,原因就是这个地方早就有人来过,而且还不止一批。"

"也不一定,因为你没有参加过考古,"刘捷摇头,"我们今天只是走马观花,并非寻找古物。如果真的要找的话,那就要挖地三尺,尤其是两侧的沟壑,花点功夫,用点时间,肯定能找出一些有价值的宝贝来,现在的我们就像到了金山找不到金子一样。"

"那我们再回去找一找?"胡骏故意这样说。

"这倒不必了,"刘捷主次分得很清,"现在的关键是要尽快逃离这个地方,以后有机会再过来吧。"

"对,"张晓军赞成刘捷的说法,"我们马上要面临断水断粮和断油的可怕处境,所以必须马上逃离这沙漠。"

陈娴心想你们总算回到主题了。

但想逃离沙漠又谈何容易。沙丘一个接着一个,好像永无止境。有人提议休息一下,胡导同意了。在这沙丘之上,虽然太阳已经偏西,但温度依旧很高,众人就在沙丘北面的阴影下休息一会儿。

虽是在阴影里,但沙子的温度依旧非常高,人们不得不把背包等物品垫在屁股底下。

许多人都在围着胡骏,询问什么时候可以回到喀什。胡骏苦笑着,嘴上说快了快了,心里却在想不要说喀什,现在能找到一个村庄就已经是上上大吉了。但又不能把话说得太死,于是又安慰大家说,因为逃避地震,现在偏离了主道,我们正在想办法回到主道上去。

有人说就不能和总部联系一下,把位置告诉他们,让总部来接我们不就行了。

胡骏说:"你不是睁着眼睛说瞎话嘛,你看看你的手机还能不能打通,不要说信号没有,除了拍照、放大镜之外,其他什么功能都不能用,而且还没有地方可以充电,等没有了电,就跟砖头一模一样,你让我怎么联系。"

叶诗意说:"我已关机,要用的时候再开机。"

胡骏否定说:"那也没用,因为没信号,只能当作玩具。我现在跟你们一样,也着急。大家可以群策群力,想点其他联系的办法。"

有人还真的出了一个主意:过去人们为了让其他的地方接到信息,往往会采用点狼烟的办法,那我们是不是可以这样做?说不定救援的直升机或北斗卫星能看到呢。

胡骏想这也是没有办法的办法,反正点燃这堆狼烟也没什么成本,这些人里面有好几个抽烟的,不怕没有火。

于是胡骏让大家在沙漠中捡一点树枝,结果大家捡的都是枯枝。胡骏说要找一点新鲜的树枝,那样烧起来烟的浓度会大一点。于是有人拉来一簇紫红色的植物。

陈娴拖着那一簇的紫红色的植物问胡骏:"在沙漠中还挺有色彩的,这是什么植物?"

胡骏看了看说:"这应该是红柳,就塔克拉玛干沙漠有。"

张晓军马上接过话说:"这是骆驼最喜欢的食物,但仅限于春天,秋天的时候它的枝条就变得又粗又硬,骆驼就不喜欢了,有五句话可以概括它:干旱旱不死,骆驼啃不死,刀斧砍不死,沙土埋不死,水涝淹不死。"

陈娴看了张晓军一眼:"哟,小弟,看不出你知道的还真不少。"

张晓军笑着回答:"专业,专业。"

陈娴又说:"那我再问问你,"然后指着前面沙丘上的绿色植物,"那是什么?"

张晓军瞄了一眼,"那叫梭梭,那东西看上去虽然跟枯枝一样,没有生气,但一旦雨水来了,它就会发疯一样地长,而且它的根部能一下子在沙土里扎下五六尺深。"

陈娴又问:"你说它像枯枝,为什么看上去是绿的呢?"

张晓军回答:"因为昨晚这儿下过雨,而且还不小,所以它现在还在生长呢,"张晓军又补了一句,"怎么样?考不到我吧。"

人们开始点燃树枝,陈娴在拨弄着已点燃的树枝,烟开始升空,在斜阳的照射下,烟雾不是太浓。

胡骏催人们再去找一点树枝来。

陈娴和刘捷、赵子凡等拖着很大的一根枯枝过来。路过张晓军时,陈娴故意问:"这是什么?"

张晓军笑着回答:"这全新疆的人都知道,这是我们新疆的特产:胡杨。"随后张晓军又补了一句,"胡杨是和恐龙同时代的物种。"

刘捷笑着说:"这我也知道,即活着一千年不死,死后一千年不倒,倒后一千年不烂,"停顿了一下,刘捷说,"这一根胡杨至少有两千多年了吧。"

张晓军也笑了笑,说:"只多不少。"

加了这么多枯枝,烟雾终于飘向了天空。虽然没有风,但烟在上空还是淡了一些。

刘捷看着那淡淡的烟雾,问胡骏:"是不是缺少油和狼粪的关系?"

胡骏回答:"搞不清楚,从来没有烧过。"然后回头去看张晓军。

"你不用看我,我也不清楚,"张晓军摇摇头,"就是有关系,你在这儿也找不到油和狼粪。"

陈娴打趣张晓军:"你也有不知道的时候。"

"其实也不一定要狼粪,其他动物的粪便也可以。"张晓军慢悠悠说。

就在人们议论飘向天空的黑烟时，沈琳忽然指着沙丘上的东西对赵子凡说："你看，你看，在那儿，沙丘的顶上，有一个像蛇一样的东西。"

赵子凡看见远处沙丘顶上趴着一样东西，伸着头，正朝狼烟这边看呢。

张晓军看了一眼解释说："这是沙蜥，以昆虫为生，现在已接近傍晚，所以比沙丘的颜色要深一点，如果是白天，它身体的颜色就和这沙丘的颜色一个样，你要看清它还真不容易。"

赵子凡忽然说："你们看沙蜥这个方向，后面，好像有一个湖，湖水还在涌动。"

人们顺着赵子凡手指的方向，果然看到有一个隐隐约约的湖，蓝蓝的湖水在沙漠中显得格外醒目。

远远望去，湖面上波光粼粼，还有水波往这边涌。而湖的旁边，还有佛塔、城墙。

人们兴奋起来，有的开始大叫胡导，催促着胡导赶快去那边看看，好像脱困就在眼前。

刘捷却有点蒙了，问陈娴："刚才怎么没有看到，不可能呀，因为是车头的正前方，难道我没注意？"

陈娴回答："我当时也没有看到，可能是我们忽略了。"

胡骏却兴奋地说："反正在我们的前方，我们到前面去看看不就知道了。"于是大家狼烟也不烧了，赶紧上车，向着前方一溜烟开去。

车辆开了将近十公里，湖还在前面，但看上去湖面比原来要大了，湖旁还有胡杨，湖水的涌动也比刚才还清晰。

陈娴看了看里程表，又看了看前面的湖："好像不对，怎么开了十多公里还没有到呢？"

胡骏说："应该快了，你看那个湖面要比原来大多了。"

这样又开了近十公里，湖水好像有点变淡了，湖面也没有刚才那样清晰。张晓军这才感觉真的不对了，就说："会不会是海市蜃楼?"

刘捷也疑惑:"我感觉这个湖有点不靠谱。"

张晓军说:"我刚才就想说了,但我也是第一次看到海市蜃楼,以前只是听说,所以想看看再说。"

胡骏还不死心,说:"往前再开几公里再说,如果真的是海市蜃楼我们也认了。"

车子又往前开了几公里,果然,湖水越来越淡,湖面也快看不清了。人们这才知道刚才看到的真的是海市蜃楼。

第十二章　沙漠食金蚁

由于看到的只是海市蜃楼，不是真实的场景，大家个个都唉声叹气、懊恼不已。

但也有利用海市蜃楼炫耀的，叶诗意就是其中一个，她在车里向另外三个姑娘显摆她刚才抢拍的海市蜃楼。

朱子豪一边开着车一边讥讽：“你回都快回不去了，炫耀这些照片有什么用，最多废片一张。”

"就巴掌这么大一点地方，怎么就回不去了，"叶诗意不客气地回敬了一句，看来她对回去这件事并不在意，"就算是走遍整个帕米尔高原，也不过十万平方公里。"

"好，好，算你豪气，真是头发长，见识短。"朱子豪也不客气地回敬了一句。

叶诗意还想回击一下，却被旁边的姑娘劝住了。

车还在不断往前，用胡骏的话说，不管有没有海市蜃楼，这段路还是要走的。

张晓军对胡骏说：“沙漠里的温度早晚相差很大，白天可能穿短袖，晚上却要穿棉衣，再加上我们的车窗玻璃已全部破碎，所以我建议尽量不要在这沙漠里多停留，能开出沙漠再休息最好，万一出不了沙漠也需提前做准备。”

胡骏点点头，回答说：“你说得对，现在已是晚上七点，对于帕米尔高原来说，离天黑还有两三个小时，所以得找个地方先停一下，一是让大家'方便'一下；二是我们再与大家商量一下，因为我估计用两三个小时开出这沙漠不现实，现在还一眼望不到头，所以有可能要在这荒漠里过夜，我们必须提前做一些准备。"

刘捷和张晓军都表示同意。

休息的时候胡骏询问了大家的意见，几乎所有的人都不想在沙漠里宿上一晚，希望继续朝前，最好能找个像样的地方休息。

于是车辆又向前行进了。

沿途依旧是连绵的沙丘，虽然在晚霞的照耀下显得无比壮观，但人们已没有心思欣赏。只有叶诗意拿着手机伸出窗外在拍照。

刘捷对胡骏说："我现在真的怀疑我们走的这条道是不是古道？"

胡骏却回答说："这一条肯定是古道，因为过去的道路走的都是马和骆驼，又没有车，所以有这样的路已经非常不错了。不信，你可以问问张晓军，地质学家有没有走过这么好的道路？"

胡骏嘴上这么解释，但心里也是非常着急，因为太阳真的要下山了。

张晓军回答得很真实："像这样的道确实是马道，但沙漠中的道是流动的，所以没有专门的道，只要能穿越过去的都是马道。"

"你看，你看，地质学家也是这么说的。"胡骏嘴里是这么说的，但心里却非常焦急，不时朝前面张望，有时还将头伸出天窗，朝远处眺望。

车子又往前开了一段路，就在人们开始焦躁不安的时候，胡骏忽然看到前面的沙子渐渐少了，随之而来的是无尽的砂砾和砂石。在这沙砾和砂石之间隐隐约约好像有一条路在向远方延伸，但和前一片戈壁滩的古道相比，这条古道要狭窄得多，宽度一半都不到。

而胡骏却有点兴奋了："又看到古道了，看来我们是要走出这片无人区了。"

"那也不一定，"张晓军却泼了冷水，"不要小看这戈壁滩，小的戈壁滩只有方圆五六公里，但大一点的可能有方圆五六百公里，按我们现在的速度，也要走几天时间。这还是在有汽车的前提下。"

"要是没有汽车呢？"胡骏问。

"至少十天。"张晓军回答。

"你在吓唬我，"胡骏说，"但愿你这不是乌鸦嘴。"

"我没有吓唬你，"张晓军说，"戈壁滩虽然是沙漠边缘的一种形态，但它本身就是沙漠，维吾尔语中'戈壁'就是'沙漠'，我国最大的戈壁滩在漠北，与蒙古国的交界处，东西长一千六百公里，南北宽九百七十公里，总面积一百三十万公里。就是让你开车的话，没有十天半个月你还真的开不出来。"

胡骏没有正面回答张晓军，转头问刘捷："你这车里的油估计还可以开多少公里？"

刘捷看了看油表，回答说："大概还可以撑一下，估计最多还可以开一百来公里。"

于是胡骏对张晓军说："应该没问题吧，这个戈壁滩应该不会很大，只要我们开出戈壁滩就胜利在望了。"随后又对刘捷说，"再坚持一下。"

刘捷确实在坚持。在沙漠上行驶，虽有颠簸，但感觉不到什么。而在戈壁滩上行驶，问题却来了，别人可以拉着把手，减轻一些颠簸带来的震动。而刘捷却不行，两只手只能放在方向盘上，本来腰就不太好，现在一路颠簸，更加难受，往前倾也不是，往后靠也不是，只得紧紧压住方向盘，坚持着向前行驶。

太阳已经在晚霞中开始捉迷藏。

胡骏心里叹了口气，看来已经没有机会了，今晚只能在野外露宿。而作为导游这是最忌讳的，因为野外不可控的因素太多，尤其是在这陌生的人迹罕至的荒郊野外，谁知道会发生什么。

胡骏只得告知刘捷找一个可以宿营的地方停车。

刘捷也不想野外宿营，但不想又怎么办呢？刘捷问张晓军："你是学地质的，野外考察是经常的事，需要注意些什么？"

"十六个字：背阴背风，羽绒大衣；避水避潮，裹紧裤脚。"张晓军回答。

"怎么解释？"刘捷又问。

"选的住宿地要朝阳的，但必须是风刮不到的地方，晚上睡觉要穿得厚实一点；要避开水流和潮湿的地方，因为那些地方蛇虫比较多，晚上睡觉时把裤脚扎紧，防止虫子进入。"张晓军解释说。

"老师教的？"刘捷再问。

"算是老师教的，但也有自己总结的。"张晓军回答。

刘捷找了一个相对平整的地方停了车。

胡骏对大伙说："我们只能在这个地方宿营了，没办法，有点愧对大家，等走出了戈壁滩，我一定让大家睡我们喀什最好的五星级酒店。"

大家听了立马七嘴八舌说开了。有的说：导游就靠一张嘴，把我们带到这荒无人烟的戈壁滩，还说补我们五星级酒店，我看还不如待在冰峰宾馆。有的说：这前不靠村、后不靠店的地方，一整片都是望不到边的戈壁滩，晚上还怎么睡？有的还自嘲：我们现在真的是天当被子地作床喽。议论归议论，胡骏心里却很清楚牢骚还得让他们发出来，现在是能过一天算一天，反正带这个团队也算是中奖了。

看看大家议论得差不多了，胡骏又对大家说："野外宿营也是一门学问，接下来请我们的地质学家张晓军先生为我们作部署，大家欢迎。"

胡骏带头先鼓起掌来，可惜没有人跟进。胡骏不好意思也停了下来。

张晓军对大家说："你们不要听胡导瞎编，我可不是什么地质学家，我只不过比大家多几次野外宿营的经验。现在讲出来与大家分享。"

对于张晓军讲的，大家都很愿意听，因为毕竟和自己夜晚休息得怎样有关。

张晓军接着说"你们今天的宿营和我们的野外考察还不一样。野外考察是有备而来，帐篷、睡袋一个都不缺，奢侈一点还会带些自助火锅什么的。而你们，都是住宾馆的命，谁带了帐篷、睡袋？估计都不会带吧，就是自驾出来旅游的也不可能随车带着帐篷、睡袋。那怎么办呢？唯一的办法就是睡在车上。"张晓军的话还没有说下去，人们就"哄"的一下炸开了："说了半天不是等于白说嘛，你不说我们也睡在车上，这戈壁滩你让我们怎么睡啊？能躺平吗？"

胡骏叫了起来："不要吵，我们时间不多了，天马上就要暗下来了。让张晓军继续说。"

张晓军继续说："因为车上睡肯定不舒服，有的人会贪图舒服在戈壁滩上找一块平整的地方，把自己带的衣服铺在那儿就睡了，殊不知这戈壁滩上有许多不安全的地方，晚上寒冷就不用说了，这地方有没有蚂蚁我也不知道，但我知道在塔克拉玛干沙漠的深处有一种'食金蚁'，除了沙子不吃，其他什么都吃。"人们一听又"哄"的一下，许多人都看自己站的位置有没有蚂蚁，张晓军又继续说，"还有狼……"人们又是"哄"的一下，有人叫了起来："那我们还待在这鬼地方干什么？赶快走啊？"

"怎么走？这儿可是一望无际的戈壁滩，"胡骏不客气地说，"白天还好一点，我们可以看清路上的状况。晚上怎么看？车又怎么开？所以一定要等明天天亮后才能走。"

"那你把我们带到这儿来干什么？还不如待在冰峰宾馆。"有人嚷嚷道。

"你以为我想带你们来吗？"胡骏一点都不客气，"是地震把你们逼到这儿的，"随后胡骏又对张晓军说，"不用去管他们，你继续说。"

张晓军又继续说："但也不用太害怕，这儿也不一定有这种东西,我不过是提醒一下大家要做好防范。所以人不能离车,除非下车'方便'。在车上,你们把行李箱内保暖的衣服全部拿出来,穿在身上,能穿多少算多少,晚上肯定冷,我再重复一遍,晚上很冷,而且还不是一般的冷。另外,五辆车不能这样并排停,要围成一圈。还有,每辆车都必须安排人员轮流值守,小车至少一人,大车至少两人,确保安全。最后,有时间的话,大家还是去捡一点枯枝,要多捡一点,分成几堆,因为这几堆火要烧一个晚上。另外在车辆的外面也要点几堆篝火,一是可以看清外面,二是野兽怕火。我就说这些。"

胡骏接着说:"刚才张晓军说了,我不再重复,天马上就要黑了,现在还有点时间,大家赶快分头去找一点树枝,越大越好,越多越好,但不要走太远。这一次要找的是干枯的树枝,是晚上照明、取暖用的,而不是燃烽火需要的那种潮湿的树枝。"

有人起哄:"这不是废话嘛,这么干燥的地方,你就是要找潮湿的树枝也不一定找得到。"

胡骏听了,无奈地摇摇头。发发牢骚没什么,只要他们能照着做就不错了。

天逐渐暗了下来,人们在车圈内燃起了四堆篝火,又在车圈外点燃了四堆篝火,大家围坐在一起,对这陌生又神秘的地方感到既惊醒又惊恐,特别是四周只有无尽的黑暗,只有明月待在天上窥视着这片戈壁。尤其让人受不了的是安静,这儿太安静了,连虫鸣鸟叫的声音都听不到,在这种环境里大家感觉到的只有恐怖,所以没有半点睡意。

叶诗意对张晓军说:"你刚才说的食金蚁是一种什么动物,是蚂蚁吗?"

张晓军问刘诗意:"你看过南派三叔的《盗墓笔记》吗?里面描写沙漠中有一种行军蚁,就是类似的蚂蚁。"

叶诗意说:"那不是作者虚构的吗?"

张晓军回答:"也不完全是虚构,非洲的撒哈拉大沙漠中确实存在这种行军蚁,一个集群多至一二百万只,足可以把任何动物瞬间变成白骨。"

叶诗意伸了伸舌头,"这么厉害啊。"

"但我国至今还没有看到类似的行军蚁,我国更多的是红蚂蚁,一个集群的数量也不下百万,"张晓军继续说,"而塔克拉玛干沙漠听说有一种食金蚁比行军蚁还要厉害,不过我却从来没有看到过,还是一次野外考察时晚上没事做,导师给我们讲的一个故事,不过,"张晓军却转了话题,"晚上讲这故事太吓人,当时导师给我们讲了以后,我足足有三天没有回过神来,晚上睡觉都担心床上会不会爬上蚂蚁,所以以后有机会再讲给你们听。"

叶诗意不乐意了:"那是你,我们不怕。"

胡骏也跟着说:"这有什么可怕的?一个故事而已。"

陈娴也附和着说:"反正也睡不着,还不如听你讲讲吓人的故事。"

"不行,不行,这个故事真的很吓人,还是明天白天讲给你们听吧。"张晓军说。

朱万豪不以为然:"人家女生都说不怕,你还藏着掖着干什么,就一个故事而已,再说在这鸟不拉屎的地方又做不了任何事,能听故事就不错了。"

大家都看着张晓军。

"既然你们都这么说,那我就讲给你们听,受到惊吓可不要怪我。"张晓军说。

围坐的人都说不会怪你,张晓军这才开始说。

大约在20世纪50年代,在塔克拉玛干沙漠的深处,勘探队找到了一处储藏的石油,那时候中国正好缺石油,于是勘探队组织人员日夜挖掘。有一天,一辆冷藏车从勘探点驶出,在一条简易的公路上行驶,这是后勤部队给勘探队的队员们送给养的车辆,那一天正好是这辆冷藏车送完给养回来。车上共有三个人,除了驾驶员外,还有两个搭车的。这两个搭车的是勘探地质的队员,是前往总部送岩芯样本的。车辆也像我们现在一样,行走在大大小小的沙丘旁。突然，驾驶员发现车的后面有一根像龙卷风一样的烟柱拔地而起，呈螺旋状，向冷藏车追来，驾驶员想加快速度赶快逃离，但冷藏车怎么能快得过龙卷风，只见一张巨大的黑网从天而降，一下子把冷藏车裹得严严实实的，车辆就像遭到硬物敲击一样，乒乒乓乓地响着，随后又像长了翅膀一样飞了起来，还没等车上的人搞清楚是怎么一回事，冷藏车已重重摔在了沙丘上。

胡骏插话说："这不是跟我们的经历一样吗？唯一的不同就是我们人不在车上。"

叶诗意对胡骏说："别插嘴，让张晓军继续说。"

于是，张晓军又继续说。

三人从车子里爬了出来，人没受伤，但车辆坏了，不能开了，就连车内的无线电通信设备也全部摔坏了，而且还远离了公路。驾驶员是个老司机了，所以提出先由他来修车，其他两人先去找找公路在哪儿。此时的天已渐渐黑了下来，两人回来了，说是公路已找到，离这儿约有一公里。驾驶员说车辆也快修好了，让他们再等等。而就在此时，一声令人毛骨悚然的低沉哀号把三人吓了一跳，只见不远处低矮的灌木丛中有几点绿光在闪动。这种动物三个人都认识，那是狼，于是三个人赶紧逃回车子里面。往车窗外一看，车子外面黑压压的一片，都是野狼，少说也有几十头。在沙漠中的勘探队员们随车都是有枪的，当一头恶狼扑过来的时候，他们开了枪，这头恶狼当场被打翻在地，其他恶狼不但不退，反而一齐扑上来撕咬分食那头刚刚被打倒却还没有死透的恶狼，分食完后，又开始进攻冷藏车，随后勘探队员又打死了几头狼，那些死狼又被其余的狼群分食了，剩余的狼都不想被其他的狼分食，所以没有像刚开始时的那样拼命，而是开始寻找机会，于是人和狼就这样对峙着。狼在想你们总有松懈的时候，而人在想，只要坚持到天亮总会有办法的。谁知第二天天刚放亮，原来在不远处围住冷藏车的狼群忽然慌慌张张的望远处逃遁，好几头跑得慢的不知什么原因拼命的在地上打滚，一会儿工夫就躺在地上不动了，没有几分钟，就只剩下惨白的骨架。驾驶员一看，连叫三声"不好"，其他两个人不清楚为什么会这样，也不知道驾驶员说的不好是指什么？驾驶员脸色惨白地大喊一声"食金蚁"。那两个勘探队员还不知道"食金蚁"为何物时，只见褐色的沙漠上几条金黄色的小河正呈扇形向冷藏车涌来。驾驶员可吓坏了，开了车门带着两个人跳下车就往食金蚁涌过来的相反方向跑，而这个方向正好是公路方向。一个勘探队员还想返回车上去拿岩心样本，驾驶员马上拖住他，说回去肯定没命，样本明天还可以来拿。于是三个人在沙漠上撒开腿拼命地跑，谁知在沙漠上奔跑，人的速度远远不及这些食金蚁来得快，就在三人快绝望之时，远远望见公路上开来一辆卡车，是来接他们的车辆到了。原来基地见昨晚应该到达的车今天早上还没有到达时，估计是在半路上抛锚了，于是就派出车辆来接他们，谁知正好碰到这么一档事。三人跳上了来接他们的车，快速地逃离了这个让他们感到惊恐的地方。到了第二天，当他们重新回到这个地方时，展现在他们眼前的是千疮百孔的冷藏车的车架，还有远处十几头狼的骸骨。勘探队员赶回来首先要找的是那岩心样本，幸好样本是石头，食金蚁不感兴趣，所以还是静静地躺在车架上，但外面包装的木盒子却不见了踪影，估计也让食金蚁果腹了。

故事讲完了，大家都没有声音。

胡骏说了一句："你们看一下，坐的地方有没有蚂蚁？"话音未落，叶诗意跳了起来："妈呀，那是什么？"

刘捷马上问："哪儿？哪儿？"

叶诗意指着不远处的地方说："就在那儿。"

刘捷用火光照了照，"没什么呀，除了碎石就是沙子"。

叶诗意有点不好意思，"可能是我眼花了。"说完便坐回车上去了。

胡骏指着张晓军笑着说："都是你惹的祸。"

张晓军显得很无辜。

第十三章 神秘石圈

虽然一夜无话，但多数人还是在想着狼和食金蚁的事。尽管张晓军再三声明这是故事，不一定真实，但还是不管用。尤其是戈壁滩上冒出来的那点点亮光，大家都担心这是不是狼的眼睛？张晓军也解释了，这是骸骨的磷火，不管人的骸骨还是动物的骸骨，在晚间都会冒出这种磷火的。可人们就是不信，所以一晚的担心害怕是避免不了的。

东方终于慢慢地露出了晨曦，太阳还没有露头，一条像绸带一样的彩虹已经铺在了地平线上，一朵朵还带一点灰色的云彩从自己的头顶向太阳那边延伸，而在下面承接的是一层薄薄的烟云，戈壁滩已不见踪影，唯有薄薄的烟云中露出的几个小岛。

有这么美好的景色，折腾了一夜的人们已经完全忘记了昨晚的食金蚁和狼，开始欣赏这从未见到过的戈壁滩的美景。许多人都开始像叶诗意那样，下了车，拿着手机到处拍照，尽管没有信号，但电池还没有损耗殆尽。

刘捷、朱万豪和赵子凡却没有拍照，而是在戈壁滩上寻找石头，用朱万豪的话说这里有金丝玉中的贵族"宝石光"，而且刘教授已经找到了一块。

胡骏不信，让刘捷拿出来看看。刘捷给他看了，果然不凡，一整块的白石头，比大拇指略大一点，两头还带着一点胭脂红。

对着晨曦一照，还有一种透亮的光泽，刘捷说："这是戈壁石中的玻璃种，与和田玉还不一样，特别珍贵。"被刘捷这样一说，胡骏也加入了翻找石头的行列。

刘捷指着戈壁滩对胡骏说："这块戈壁滩至少一千多年没有人来过了，你说的古道也已经被乱石堆满了，车辆开起来没有前面在沙漠时来得顺畅。"

胡骏点头说："我也感觉到了。但现在我们已不可能走回头路。在进入沙漠前我曾经考虑过，当时我们的大方位是北有天山，南有昆仑山，西有帕米尔高原，东有塔克拉玛干沙漠。在白沙湖旁遇到地震后，我们穿过白沙山和雪山，然后就一直往西走，因为也没有其他的岔路可走，这你也知道，如果有其他岔路我早就走了，不用等到现在来考虑。"

"你说的这些我们都知道。"刘捷一边说一边不忘在乱石滩中翻找。

胡骏继续说："在过白沙山的时候，我还在想，最好是往东南方向走，因为按照方位，那儿离阿图什、伽师两县最近，直线距离不会超过一百五十公里，当然，这一百五十公里并不是平坦的路，可能也会有沙漠，有戈壁滩，更可能有雪山，但我们能通过这个方向逃离帕米尔高原。"

"这是不切实际的假设。"刘捷一针见血地指出。

胡骏还有点自责说："当初和张晓军争执的时候确实浪费了不少时间，现在想起来，如果当时不争执，听从张晓军的话，那我们可能还来得及赶出山口，只要过了张晓军他们所碰到的那个塌方的地方，我们就有可能出山，最不济的还可以绕道塔莎古道，到达莎车县。"

"你现在说这些都是无用的，"刘捷也不找石头了，与胡骏面对面，"你现在应该思考的是以后怎么办？我们都不知道这个戈壁滩有多大，我们现在的水、馕能坚持多久？车子马上要断油了，断油以后怎么办？是靠我们两条腿走出戈壁滩吗？还是找个地方等人来救？你现在是所有人的主心骨，你如果没了主意，那所有的人都没有方向了。"

"谢谢提醒,"胡骏说,"我也只是和你说说而已,因为你是大学教授,见多识广,关键的时候能帮我出出主意。"

"我也没有什么好主意,"刘捷说,"你就当带着你的团队到戈壁滩来旅游,该玩的地方让他们去玩,该休息的时候让他们休息,但水和食品可能要按计划分配,照这样下去,艰苦的日子可能还在后面。"

"好的,知道了,多谢提醒,"胡骏石头也不翻了,去旅行车上查看还有多少水和食品。

叶诗意和几个女生都非常兴奋,因为她们看到了小动物。先是小沙鼠,没等她们拍照,小沙鼠就钻进了戈壁滩的地洞;后又看到了沙鸡,被几个女生追得在风滚草和红柳之间乱窜。就连陈娴和沈琳也加入了她们的队伍。

张晓军却害怕了,赶紧对胡骏说:"胡导,你可不能让这帮人这么闹,沙鸡这么乱窜乱叫是会把狼引过来的。"

"真的吗?"胡骏也害怕了,赶紧叫住了她们。

叶诗意说:"不会吧,这个鸟不拉屎的地方还会有狼出现?"

张晓军回答叶诗意:"这倒不是我讲故事,人迹罕至的戈壁滩真的会有狼,而且还是饿狼,听到沙鸡的叫声会蜂拥而至,到时就麻烦了。"

而胡骏却不管这些,安全始终是做导游的第一任务,于是不管什么理由,把所有的人都赶上了车,并给每人发了一瓶矿泉水,说是让大家省着点喝,因为存货不多,然后通知大家马上离开这个地方。

车子刚刚启动,小尤就说:"我好像听到狼嚎的声音。"

胡骏有点诧异:"不会吧,晓军刚说有狼,你就听到了狼的嚎叫,怎么这么巧?不会是你的心理作用吧。"然后胡骏问刘捷:"你听到了吗?"

刘捷回答:"我一门心思在开车,没有听到。"胡骏又看其他两个人,两个人都摇头。

胡骏对小尤说:"可能你听错了,因为我们都没有听到。"

小尤见大家都这么说,也就不坚持了。

车子在戈壁滩上行驶,薄雾渐渐退去,火热的太阳又占据了天空,又是炎热的一天。

戈壁滩上所谓的路还不如沙漠中的路,因为车子在沙漠中是行走在沙漠的边缘,不会去翻越沙丘,虽有倾斜,但还有点乐趣;而戈壁滩就不同了,小的颠簸不断,大的颠簸不时来一下。用胡骏的话说:你看拉在拉手上的手,血泡都有了。

车子向前开了三十多公里,足足用了两个多小时。

胡骏对刘捷说:"这一片场地比较开阔,让大家休息一会儿,也'方便'一下。"

"你是领队,听你的。"刘捷回答。

车子停了下来。胡骏喊:"休息二十分钟,'唱歌'了,女的左,男的右。"喊完,就和朱万豪等人一起抽烟去了。

陈娴抬头在远眺,不远处是连绵的山脉,当中的一座山头还积了很大的雪。如果翻过这山脉,会不会就是314国道了呢?如果此时有一架无人机那该多好,放飞一下,确定那儿是314国道,我们就可以翻越过去了,当然,山的那一边也不一定就是314国道,谁知道那儿会不会又是一个无人的峡谷。陈娴一个人站在那儿在胡思乱想。

忽然,叶诗意走了过来,对陈娴说:"姐,我刚才捡了一块石头,你是教授,帮我看看,是不是玉?"

陈娴接过来一看,这块石头的样子倒不错,白白的,但不透明。就问:"你是那儿捡的?"

叶诗意指着前面那地方说:"就是那儿。"

陈娴望过去,只见有石头围成了一圈。那是什么?这好像是人为的。忽然,陈娴想到了什么,说话的声音都有点颤,问叶诗意:"你是在那个石圈里面捡的?"

叶诗意说:"对啊,有什么不对?"

"你马上把这块石头还回去,要快!"陈娴推着叶诗意走,又马上转身喊刘捷:"捷捷,你快过来。"

刘捷听到陈娴喊得很急,不知道发生了什么事,赶紧跑了过来,张晓军也跟了过来。

刘捷不解地问:"什么事?这么急!"

陈娴的声音都有点颤抖:"你看,前面有人为的痕迹,"她用手指着叶诗意走过去的那个方向,"就是那个方向,就是那个用石头围成圆圈的地方。"

刘捷一眺望就说:"拜火教!"

胡骏却说:"这石头围成的圈子有什么可看的?那是古人墓葬的地方。"

"这是墓葬啊?"张晓军说,"那说明这是有人的地方,我们可以过去看一看。"

"虽是人为的痕迹,"刘捷对张晓军说,"但我估计那也是两三千年前的事了,现在不一定有人居住在这周边。"

"我倒想去看一看,因为这种祭祀用的器皿只有在这儿才能看得到,也算是国宝。"陈娴忽然插话说。

"你不害怕了?"刘捷问陈娴。

陈娴摇摇头。

"既然这样,"刘捷对胡骏说:"还不如让大家都下车看一看,也算是一个景点。"

"下车去看一下不是问题,关键是谁来介绍,"胡骏笑着说,"如果让我来介绍,那还不如不去,这样可以给自己保留一点面子。"

刘捷理解胡骏的想法:"那就让我夫人来介绍吧。"

陈娴推托说:"还是让晓军介绍吧。"

张晓军赶忙摇手:"你不要折磨我,讲地质的成因我还能说出一二三,讲墓葬你就饶了我吧,还是你讲,还是你讲。"

"地质学家也有不清楚的地方?"陈娴有点得意。

"术业有专攻,"刘捷帮张晓军圆场,"你可不要小看我们这位地质学家,帕米尔高原上少了他还真不行。"

"我哪敢呢？开个玩笑。"陈娴回答。

一听是景点，大家都过来了。展现在大家眼前的并没有什么特别之处，只是人工在这略高于周边的地方用石头大中小围了三个圈。石头虽是大小不一，但却是黑白相间的，也就是一块白一块黑围成一圈。虽说是墓葬，但却看不到墓碑。难道在最里面的那个圈底下葬有棺材不成？大家都在猜测。

胡骏对大家说："这是一个新的景点，行程里是没有的，但在塔县石头城的旁边有一个曲什曼村，那儿有一个拜火教的遗址，和我们现在所看到的也差不多，这是两三千年前拜火教的一个祭祀场所。拜火教知道吗？可能有人不清楚，但我说起一本书中的情节大家都明白了。"

刘捷知道胡骏想说的是哪本书，心里感叹：导游就是导游，不用打腹稿就能把解说词说得这么透彻也是一种本事，确实是术业有专攻。

胡骏继续说："那本书就是金庸写的《倚天屠龙记》，当中所记载的光明顶的魔教就是拜火教在中国的分支。"

"不对，胡导，"朱万豪说："书中记载的魔教是明教，你怎么说是拜火教，里面是拜火教的只有波斯总坛来的两个人，一个是紫衫龙王，一个是小昭，其他的人都跟拜火教没有关联。"看来朱万豪也是金庸的粉丝。

"有没有关联让专家来解说，"胡骏把皮球踢给了陈娴，"下面有请美女教授为我们作介绍。"

"这个先慢点介绍，"叶诗意问陈娴："姐，你先说说看，为什么一定要我把这块石头还回去？"

陈娴说："刚才胡导也说了，这是古代波斯拜火教的一个祭祀场所，这儿所有用作祭祀的石头都有两三千年以上历史，而且这些石头当时都是经过祭师严格挑选的，"陈娴又指了指周边，"你们看，周边是找不到同样的祭祀用石头的，传说这些石头是来自某一个神秘的地方。"

叶诗意问："什么神秘的地方？在哪儿？"

"在哪儿我不知道，"陈娴说，"但有一个传说可以和你说一说。"于是陈娴说了一个野史上的故事。

唐朝的时候，有一支内地的马队，有好几百人，行走在这条丝绸之路上。当时他们也看到了我们现在看到的拜火教祭祀的地方，领队的就说：你们看看拜拜都可以，但绝对不能把这儿祭祀用的石头带走。马队里的人听领队这么说了以后，都非常自觉，没有一个人去碰这些石头。但有一个小伙看到有一块石头特别好看，就悄悄藏了一块。到了晚上，小伙睡觉的时候，似梦非梦间，忽然一个身穿冠服、头戴黄冠的人压在了小伙身上，嘴里还念念有词，至于说的是什么，小伙没有听清，只看见他的嘴巴在动。这一下把小伙吓得不轻，因为不知是什么原因，所以没敢和领队说。但在白天行走的时候，总觉得身上有一副重担，压得他透不过气来，领队看他步履不稳，还特地过来问他是不是不舒服，他还强撑着说没问题；到了第二天的晚上，只见那个身穿冠服、头戴黄冠的人又来了，仍然压在小伙身上，嘴里又在念念有词。小伙是真的被吓傻了。还没等天亮就去向领队说了这白天和晚上的情况。领队虽然见多识广，一时也搞不清楚怎么会这样，就问小伙：你这两天是否做了什么见不得人的事？小伙说：其他的事都没有做过，唯有在路过祭祀的地方时，我没有听你的话，从圆圈的石头堆里拿了一块非常好看的石头。小伙说着，就把那块石头拿了出来。那领队大惊，并说：你闯祸了，知道吗？这些石头并不是一般的石头，它们都来自一个神秘的地方，所有下了地狱的灵魂都附在这些石头上，后人的祭祀和祷告可以消除他们的罪孽，使他们的灵魂早日升到天堂。而你的这一做法是阻断了他们升往天堂的路，所以他们不找你找谁？而且你这样做还会害了我们整个马队。于是，整个马队不再往前，而是折返往回走，领队还让那小伙先行，把这块石头还回去，自己带领大伙往回赶，并在小伙拿走石头的地方杀牛宰羊，进行拜祭，再三告知是不知情，请求原谅，并承诺以后每次只要路过这儿就一定会来拜祭。拜祭完后，领队这才领着大家又上路了，之后几天小伙再也没有梦见那个身穿冠服、头戴黄冠的人，以为这事就这么过去了。但最后因果还是来了，由于一来一去路上耽搁了四天，在经过波谜罗川的时候，他们遇上了大风暴，全军覆没，据说三四百人的团队只有那领队逃了出来。

说完故事，陈娴下意识地看了看叶诗意，只见她呆呆地看着那些石头，默不作声。

有人问："拜火教真的有这么神秘吗？"

"确实神秘，"刘捷回答："因为这是世界上最原始的宗教之一。"

朱子豪问刘捷："既然历史久远，那对我们中国有没有影响？"

"当然有影响，而且还不是一般的影响，"刘捷回答，"不仅对宗教有影响，就是对中国的历史走向也产生了深远的影响。"刘捷转身指着陈娴说："这个我夫人是强项，就让她给你介绍吧。"

陈娴也不客气，接过话题："刚才胡导介绍得不错，拜火教和明教确实有很大的关联。不知大家有没有去过福建泉州，那儿有座世界上唯一的摩尼教寺，"见大家没有反应，她又接着说，"摩尼教是一种世界性宗教，据说是传承了拜火教的衣钵，在进入中国以后又称祆教或明教。北宋时期的方腊起义，就是以摩尼教为旗号，因为明教还没有诞生；到了元末的时候，在摩尼教的基础上诞生了明教，而朱元璋更是利用明教推翻了元朝的统治，建立了大明王朝，随后为了巩固政权又阻止了明教的传播。所以，拜火教和明教既有关联，又有很大的不同。但你们今天在这儿看到的却是比摩尼教和明教还要早得多的原汁原味的拜火教。"

大家看着陈娴手指向的地方。

"这就是祭祀的地方，"陈娴说，"但和汉族人祭祀有很大的不同。"

叶诗意问陈娴："会不会拜火教是从我们这儿传到波斯的？"

刘捷回答:"目前确实有专家在考证,说是波斯和中亚的拜火教起源于帕米尔高原。而这种祭祀方式与我们五六千年前华夏的红山文化所发现的积石冢有相通之处,积石冢也是用石头垒成三个圆圈,北京的天坛就是按这个设计的,据说这和春分夏至、秋分冬至有关,说不定帕米尔高原的祭祀方式与华夏的祭祀方式也有关。"

叶诗意感叹说:"中华文化真是博大精深呢。"

停顿了一会儿,胡骏问陈娴:"你刚才说那一大帮人是在波谜罗川遇上了大风暴?"

陈娴回答:"是呀,野史上就是这么记载的。"

胡骏显得很兴奋:"那就是说,这儿通波谜罗川。"

"也不一定,"陈娴给胡骏浇了一盆冷水,"你刚才不是说曲什曼村也有拜火教的遗址吗?说不定是那一个呢?或者在其他峡谷内也有类似的遗址也未可知。"

"也对。"胡骏没话说了。

第十四章　误入死亡谷

就在人们看完拜火教的遗址往回走的时候，小尤忽然对胡骏说："我好像又听到了狼的嚎叫。"

胡骏吓了一跳："真的吗？"

刘捷侧耳听了一下说："我怎么没有听到？"

小尤肯定地说："这次肯定是真的，等刮风的时候你们再仔细听一下。"

果然，顺着风声许多人都听见了。

张晓军有点急了，催促大家："赶快上车，狼群已经离我们不远了。"

越是急，越是容易出差错，好几个人还上错了车。有人还想下来换车，急得胡骏赶快喊："不要再磨叽，车辆赶快动！"并叮嘱刘捷："你必须赶快动，你的车一动，他们马上就动了。"

刘捷驾驶着车辆还在以每小时三四十公里的速度向前行进，车辆已经颠簸得非常厉害。但胡骏还在不断催促："要快，再快一点。"

刘捷边驾驶边问张晓军："狼群奔跑的速度最高可以达到每小时多少公里？"

张晓军想了一下说："我记得狼的奔跑速度一般可以到五六十公里，即时速度七八十公里也没有问题，但不能持久。"

刘捷"哦"了一声。

五辆车都在快速行进。坐在小车上的人还没有感觉到狼群，而坐在旅行车上的人却已经看到了远处有狼群正在向自己的车队飞奔而来，有一部分狼已经分道，斜奔出去想赶在车队的前面。

刘捷正紧张地开着车，忽然从车内的后视镜里看到旅行车要超越第二辆车，并鸣起了喇叭，心想："不会有什么急事吧"。随即耳朵里就听到戈壁滩上传来轻微的"咚咚咚"但又沉闷的声响。这是动物跑动的声音。刘捷的心一下子吊到了嗓子眼，嘴里却叫了出来："狼群真的追来了。"

车内的其他人员一开始还没有感觉到危险临近，一听刘捷的叫喊，立即东张西望，却没有看到狼群，但耳朵里跑动的声音越来越响，看来狼的数量还不少。但大家都搞不明白，狼为什么在戈壁滩上也能奔跑得这么快，难道它们不怕崴脚吗？

刘捷已经没有时间考虑这些了，他将车速提到了六十公里/小时，因为是戈壁滩，这速度已经快接近极限了。车辆弹跳得非常厉害，刘捷一边避让着戈壁滩上大一点的石头，一边又死死压着方向盘，不让车辆因弹跳而失去方向。

忽然，刘捷从后视镜里看到后面那辆车头凹陷的车没有把控好，一头撞向旁边的大石，幸好那个驾驶员反应奇快，猛打方向盘，才擦着石头而过，虽没有撞到石头，却陷进了巨石旁的砂砾堆里。

看到这情景，刘捷也是一个紧急刹车，然后问张晓军："后面的那辆车是谁在开？"

张晓军回答："是小飞，怎么啦？"

刘捷说："陷进去了。"

车内的人都回头去看。

此时陈娴已经看到奔跑过来的狼，马上对刘捷说："狼！狼已经过来了，快开车！"

只见后面的车辆冲了两次没有冲出来。刘捷他们已经听见赵子凡在旅行车上喊："不要冲了，赶快弃车，上我们的车，狼过来了。"刘捷也发急了，但一时又想不到好办法，只能猛按喇叭。

此时五个人已听见叫喊，知道情况紧急，于是立即弃车跑向旅行车。

看到车子里面跑出来五个人，狼群像发疯似的朝这五个人追来。狼的智商绝对不在其他动物之下，一看旅行车在慢慢滑行，还知道从侧面包抄。

赵子凡还在不停地喊："快，快，狼已经快追上来了。"而此时确实有十多头狼已经飞快地追了上来，后面的戈壁滩上还有狼群朝这边涌来。跑在前面的那十几头狼已经可以看得非常清楚了：碧绿的眼睛，猩红的舌头，无比狰狞的狼嘴。这让旅行车上的人感到了前所未有的恐怖，车上几乎所有的人都叫了起来："快！快！"

五个人陆陆续续跑上了车，旅行车已将车速降到最慢，就像在慢慢滑动，小飞是最后一个，就在他一脚跨上旅行车的时候，一头狼已从车尾追到，正要跃起，跟在旅行车后面的朱万豪一看情况紧急，向车内说了一声"坐好"，然后一按喇叭，就驾车朝那头狼撞了过去。

狼并没有被撞倒，但却被吓了一大跳，赶紧跳开。

朱万豪驾着车子从旅行车旁边擦过，飞速朝前开去。由于五个人全部安全地上了车，旅行车一边关门，一边也加快了速度。

此时没有参与攻击的两头狼，直接就冲着旅行车那没有玻璃的窗户飞扑而来，但旅行车已在加速，没有被扑中。

刘捷一看人员暂时都安全了，也加快了速度，紧跟在朱万豪车子的后面。

忽然，刘捷听到后面有"嘭"的一声响，赶紧去看反光镜，却忘了车子的反光镜早在边城的时候就被黑风暴刮得不知去向，估计是有一头狼被旅行车撞飞了出去，紧接着，又听见"嘭"的一声，可能又有一头狼从车的侧面被撞了出去。刘捷从心底里感叹：这些狼真是为了吃食不要命啊。

陈娴对刘捷说："你也当心点，估计狼已经饿得发疯了。现在还有三头狼在我们车辆的左右，你的左后方有一头，右后方有两头，其余的狼都被甩在了后面。"

"知道了，"刘捷发狠地说，"这三个小样儿，还想跟我比速度，那就试试吧。"刘捷又加快了车速，此时的车速已经达到了八十公里/小时。看看前面的车辆，朱子豪开得飞快，估计也不下八十公里/小时。再看看后面的旅行车，紧追自己不放。刘捷放心了，但同时心里也升起了一种悲哀：高等生物就这样被低等生物追得疲于逃命。

用不了一两分钟，三头狼都已经被甩在了后面，但它们好像并没有放弃，还在紧紧地追赶。

胡骏问刘捷："车辆的油还有多少？"

刘捷回答："不多了，快接近红线了。"

胡骏握紧拳头对刘捷说："一定要坚持，坚持，决不能在这儿抛锚，不然的话我们都有可能成为狼的口粮。"

张晓军对大家说："我们要把车开得越远越好，狼群肯定会追过来的，因为沙漠里的这些小动物喂不饱它们，碰到我们这样的猎物它们肯定不会轻易放弃。"

被张晓军这么一说，车上所有的人都有点泄气。但不管怎么说，远离狼群是现在的首要任务。所以车辆仍旧向前疾驶。

过了一会儿，胡骏忽然说："哎，你们看，我们好像要出戈壁滩了？"

果然，石头开始稀少，砂砾开始增多，植物也开始茂盛起来，但两旁的山脉也开始逐渐变得高大。

他们冲进了一条峡谷。

幸好是中午时分，阳光已直射进峡谷，所以峡谷内的能见度还是非常不错。由于胡骏担心朱万豪不会领路，于是让刘捷超车，要让自己的车开在最前面，可以带路，其他两辆车都跟在自己的后面。

在超过朱万豪时，朱万豪叫道："胡导，车子的油要没了。"

胡骏回答说："能开多远开多远，开到没有油再说，"又补充了一句，"跟着我们的车轮印走。"

这可能是洪水冲出来的便道，满地都是砂砾，中间还有细细的水流在流淌。胡骏让刘捷小心点，尽量在峡谷的中间行驶，避开有水流的地方。

但随着车辆前行，两侧的山是越走越近，山腰那些受挤压的褶皱已经清晰可见，山体是红黑分明，有几处还奇峰突兀，怪石嶙峋，尤其是在山腰和山顶上，你能想到的各种形态在这儿都能看得到，而且千姿百态，最为关键的是色彩强烈，给人一种震撼感。

这是一个多么好的旅游景点，比张掖有过之而无不及，就连天山大峡谷也不及它的十分之一。胡骏此时真想让大家停下来休息一会儿，欣赏一下，但却不能，因为狼群还在后面追着呢。

胡骏心想：狼不可能长时间保持每小时三四十公里的速度吧！他让刘捷将车稍微开慢一点，一是可以看得更仔细一点，避免陷车；二是让坐车的人也可以欣赏一下风景。

刘捷领会胡骏的意思，小心翼翼地开着车。

张晓军特别提醒刘捷要顺着大路开，这是水流冲出来的峡谷，前面一定有这峡谷的出口。如果转到岔路上去，那能不能出得来还真不好说。

刘捷顺着峡谷以二十公里/小时的速度往前开。这可能是一条形成于亿万年前的大峡谷，经过亿万年洪水的切割形成了现在的各种形态，有峰柱状的，也有曲线状的，还有流水状的，更有一些形状说不出来，但让人感觉惊悚，这与自己曾经看过的天山大峡谷、温宿大峡谷既有异曲同工之妙，又比那两个峡谷多了一层恐怖之感。

"真的漂亮，看上去这些景色不像是地球上的，"陈娴看着峡谷内的景色不由得赞叹，然后问张晓军，"小弟，假如把你一个人放在这峡谷之内，你会害怕吗？"

"那肯定害怕，"张晓军不假思索地回答，"就像把你一个人丢在月球，你肯定感到孤独，由孤独再到对这个未知世界的害怕，这每个人都会有，很正常。"

"你说的不错，"陈娴又问，"那你估计这个大峡谷存在了多少年？"

面对这么好的景色，张晓军好像完全忘记了狼群还在后面跟着："瞧这情形，至少从白垩纪开始吧，亿万年肯定有，说不定还与恐龙同时代呢。"

陈娴好像也忘记了刚才的恐怖："你也说得太久远了一些，我还希望从峡谷内跑出一条恐龙呢，"随后又问，"这儿属于什么地貌？"

"这儿可能集中了好几种地貌，"张晓军看了一下四周回答说，"这儿最典型的是雅丹地貌，当然还夹杂着丹霞地貌，你看前面不远处有砂砾组成的山体，当中夹有红色层的那座山体就属于丹霞地貌；这儿可能还有冰川地貌，弄不好从那条小路进去还存在喀斯特地貌，你看前面隐隐约约地有一处类似于云南石林的地貌，这儿看得不是很仔细，如果能从这条小路进去就能看清楚了。"

陈娴顺着张晓军手指的方向看去，但还没有看清，车就过去了。"可惜今天是没有时间看了，"陈娴感叹说："这次出去以后，一定要提议政府把这儿作为旅游景区，这么好的资源不用真是太浪费了。"

"那狼群怎么办？"张晓军问。

"就这几头狼？政府有的是办法。"陈娴自信满满地说。

车子终于开出了峡谷，来到了一个山口。远远望去，前面也像是个峡谷，只不过比刚才走的那条峡谷要宽阔一些，而且更像是个河床，因为在峡谷的中间还有涓涓细流，像一条溪水从河床的中间流过。溪流的两侧才是砂砾组成的河床，而河床的两侧却是草甸。可能是这儿长久没有人来的缘故，草木茂盛，但没有高大的树木。

胡骏到现在还没有搞清楚，过来的这条路到底是不是古道。

难道下面的河床也是古道的一部分？或者刚才在逃避狼群追击的过程中错过了什么岔道？现在已经没有回头的可能，幸好这条峡谷不算太长，一眼还能望得到头，前面两山交汇的地方肯定有出口。说是一眼能望到头，但那是以山作为参照物的，估计就车上这点油还开不出这个峡谷。

张晓军对刘捷说："这种河床车子不太好开，底下可能还有暗河，一不小心很容易陷进去，所以你们开进河床时千万要小心，最好把拖车绳准备好，随时可以拖车。"

刘捷点了点头，对胡骏说："还是我来带头吧。"

胡骏肯定地回答："那还用说，必需的。"

旅行车的驾驶员对胡骏说："胡导，车子真的没油了，这样下去，估计只能停在这河床中间了。"

胡骏语重心长地说："我说辛勤啊，你不用去管那么多，你这次表现已经非常不错了，回去后我会向总经理汇报的，为你请功。而今天的这种结局我早已料到，这辆车肯定是开不回去了，反正抛哪儿都是抛，所以能开多远算多远，只要人能活着回去就算成功。"

"有你这句话就可以了。"辛勤回答。

刘捷这才知道旅行车驾驶员的名字叫辛勤，果然是任劳任怨，开到现在没有一句抱怨。而自己所开的车是租的，虽然有保险，但回去后肯定也有一整套手续及麻烦在等着自己，自己也只能到时再说了。

大家也没有等待，车子顺着山口就进了河床，果然开了没有多久，旅行车就陷下去了，后用两辆车一起拖，才把旅行车拉了上来。于是，三个开车的更加小心翼翼，唯恐车陷下去后再也上不来。而坐车的人却担心后面的狼群是不是会追过来，所以都在时不时回头去看。

尤其是坐在旅行车上的人，不是看着前面，而是不断朝后看，于是辛勤对大家说："你们也不要老是回头去看，我估计狼群的速度没有这么快。"

陈娴却不一样，她一会儿看看后面，一会儿又看看两边，越看越感到惊恐，她对刘捷说："捷捷，我看这个峡谷问题很大，倒不是阴森森的感觉，而是直接感到恐怖，你看，峡谷内一路上都是动物的尸骨，卧着的、站立的都有。你再看右边，前面河床上又有一架尸骨，而且这具骨架还特别大，不知是什么动物？会不会真的是恐龙的尸骨？"

"你想多了，"刘捷看了陈娴一眼说："我一路过来时也已看到了，那大概是野骆驼的尸骨吧，但为什么都会死在这儿确实是个问题。"刘捷也觉得奇怪，于是一边紧盯着前面的河床一边问张晓军，"晓军，你对这儿的地质比较熟悉，应该知道这是什么原因造成的吧？"

张晓军摇摇头："我也不清楚，这峡谷看上去确实是有点恐怖。总觉得有点怪怪的，至于怪怪的原因却始终说不上来，"于是转头问胡骏，"胡导，你能说出原因吗？"

胡骏也只是摇了摇头，紧张地看着外面。

峡谷过了快一半的时候，陈娴又说："虽是太阳高挂，但这河床中间怎么让人有点毛骨悚然的感觉。你看，这峡谷内的树木都是光秃秃的，而且还是焦黑的。"

"树木是焦黑的，"张晓军马上从座位上跳了起来，"在哪儿？"

陈娴指着右侧的一个方向："喏，你看到了吗？在那草木中间，周围也是一片焦黑"。

"哦，我知道了这是什么原因造成的，这是死亡谷，怪不得花草这么鲜艳，"于是张晓军立即对刘捷吼道："快，这是死亡谷，不要停，加速往前开，能开多快就开多快。"

刘捷也吓了一跳，在他的记忆中好像昆仑山中是有这么一处死亡谷，媒体还专门报道过，当时还以为这离自己还很遥远，所以就作为新闻一翻了之，根本没有在意，谁知今天却闯进了死亡谷。

胡骏也吓了一跳，干导游，怎么会没有听说过"死亡谷"

呢，只是没有到过罢了。"这里真的是死亡谷？你不会搞错吧？"胡骏紧张的问张晓军。

"不可能搞错，一眼望去的这些迹象足以证明这儿就是死亡谷。"张晓军非常肯定地说。

刘捷把油门踩到了底，正好这一片河床的沙土还算比较结实，车速飙到了一百二。刘捷紧紧地盯着路面，唯恐陷进去将造成万劫不复。谁知速度快了以后，反而减少了陷进去的可能。

朱子豪和辛勤不知道刘捷为什么会开得这么快，还以为碰到了什么事情，所以也拼命加快速度往前赶。

在河床上开了将近三分之二路程的时候，刘捷的车终于陷入了沙石中的暗流。

朱万豪赶了上来，对刘捷说："你有病啊，开得这么快干什么？"朱万豪扭头朝后面看了看，"又没有狼群追过来。"

刘捷盯着朱万豪说："因为这是死亡谷，死亡谷你明白吗？我们要赶紧离开。"

"死亡谷，"朱万豪没有弄明白，"什么死亡谷？"

"就是我们都要死在这儿的死亡谷。"刘捷也懒得跟他解释，因为他要查看车辆的情况。

还是陈娴给朱万豪解释："这儿就是媒体报道过的死亡谷，人畜进来以后不容易出去。"

朱子豪听得有点呆了，说："新疆怎么还有这么一个地方，我怎么没有听说过？"

没有人回答他。

还是张晓军说："那我们一起先把车拖出来再说吧。"

刘捷对张晓军说："就是拖出来也差不多开不动了，因为早已过了红线，没有油了。"

胡骏赶紧说："那就不用拖了，刘捷和陈娴坐朱万豪的车，其余三人坐旅行车，快，往前赶一段是一段。"

朱万豪的车已塞满，后排挤了五个女生，刘捷坐前排抱了一个很大的行李箱。大家都明显感觉车身下沉了很多，但不去管它。朱万豪一踩油门,车子又启程了。这样晃晃悠悠的又朝前开了几公里,车子终于熄火了,任凭朱万豪怎样发动都没用。

朱子豪拍拍方向盘,然后两手一摊对刘捷说:"没油了。"

旅行车从后面赶上来。胡骏对刘捷说:"不要再拖沓了,赶快上我们的车。"

刘捷和几个女生还想要把行李箱塞进旅行车。

就在此时,陈娴忽然叫了起来:"你们快看,狼群又追过来了。"

人们回头一看,果然灰色的一大片,狼群已涌进了刚才他们下来的那个山口,与艳红的山脉形成了鲜明的对比。所有的人一下子都紧张了起来。

刘捷和几个女生连行李都不要了,赶紧逃到了旅行车上。十七人的旅行车挤进了三十二个人。

旅行车又开了一公里左右,停了下来。

胡骏忙问:"怎么啦?"

辛勤发动了几下,无奈地回答:"真的没油了。"

"真要命,"胡骏用脚踢了一下座椅,然后看着刘捷问,"怎么办?"

所有人的眼光都看向了刘捷。

第十五章　地狱之门

刘捷对大家吼道："那我们还坐在上面干什么？赶快下车，等狼群过来了，我们一个都逃不走。"于是人们乱哄哄的跟着刘捷下了车。

狼群已经发现了目标，正快速地朝这里飞奔而来。

人们下了车以后都不知所措，呆呆站在那儿，看着那飞奔而来的狼群，逃也不是，躲也不是，惊恐的表情显示在每个人的脸上。

刘捷下了车以后，先扫视了一下周边，发现离这儿四五十步远的地方有一个山坳，不过，从河床的底部到山坳约有两人的高度，也就是三米左右。刘捷忽然闪过一个灵感，马上吩咐所有的人带上行李到那山坳的下面集结。

人们正苦于没有方向，走也不是，逃也不是，一听到去山坳那边集结，都乱哄哄赶了过去。

胡骏也不知道刘捷想干什么，既然想逃命为什么还要拖着行李？但他相信刘捷肯定有办法，于是也帮着几个女生拖着行李赶到了山坳下。

朱万豪和叶诗意等人见自己空着手，因为行李箱在前一辆车上已经丢了，没东西可拿，于是干脆就把旅行车上的水和馕都带上。

等朱万豪和叶诗意赶到山坳的底下时，刘捷已经在指挥人们紧贴着山坳把一个个行李箱叠成阶梯状。不到一分钟，阶梯已经形成。刘捷先组织几个人扶着行李箱，让张小飞和赵子凡先上，要求在山坳的两侧接应，然后让后面的女生一个个的跟上。

在上了一半的时候，刘捷忽然想到了什么，赶紧对扶着行李箱的胡骏说："你和辛勤也马上上去，然后去找几根粗一点的树枝或木棒都可以，要快，等一会有急用。"

胡骏和辛勤上去了。朱万豪顶在胡骏的位置，人们有条不紊地爬上山坳。

狼群正在向山坳飞速地逼近，一边跑一边还在向同伴叫唤，最前面的几头狼离刘捷他们已经不到五百米了。

张晓军急了："大家快跟上，不要磨磨蹭蹭，不要乱。"叶诗意提着两箱水，踩在行李箱上，一个不稳，脚给崴了一下，差点从上面摔下来，张晓军赶紧上前扶了一下，并责怪朱万豪为什么不多拿一点。

朱万豪苦笑着摇了摇头，心想：我不是在扶着行李箱吗，这也能怪得到我的头上，真服了。但朱万豪也知道此时不是争辩的时候。其他的人都在陆陆续续抓紧跟着上。

狼群已经越来越近，距离山坳已经不到一百米了。

下面还有最后的三个人还在上。当狼群已经在五十米之内时，已经爬上山坳的人们终于把自己紧张的心情发泄了出来。大家都不约而同的叫了起来，跑在最前面的一头狼吓了一跳，稍许迟疑了一下，最后的刘捷终于在大家的帮扶下也登上了山坳。

冲在第一的那头狼也紧跟着刘捷，四只脚是踩着行李箱上了山坳。胡骏一看不妙，拿着树干就刺了过去。由于狼的前爪刚搭上山坳，后脚还在行李箱上，被树干刺得站立不稳，又摔了下去。

刘捷马上问站在山坳里面的人："还有没有树干？"

辛勤立即回答："我这儿有两根。"

刘捷马上接过来，分一根给张晓军："来，我们把搭成脚梯的行李箱弄翻。"俩人一用力，把最高的用五个行李箱叠起来的阶梯给推翻了。

就在刘捷和张晓军推翻行李箱的时候，又有两头狼点着即将倾倒的行李箱往山坳扑来，但都给众人戳了下去。

此时的狼群已经有十多头汇集到了山坳的下面，后面还有许多狼也正朝这边飞奔而来，一见刘捷他们把阶梯给弄翻了，个个都怒目圆睁，一起狂叫。有两头狼试着用奔跑的速度想跃上三米高的山坳，但有众人把守的山坳又怎么会轻易地让它们上来，还没等它们的前爪搭上山坳的边缘，几根树杈就已经戳了过来。狼群显得有点无可奈何，在山坳下面来来回回地低吼着。此时又有两头狼把已经弄翻的行李箱用嘴咬着又拖了过来，想再叠起来，但怎么弄也叠不起来，气的狼群又是一阵狂吠，狼眼死盯着已躲进山坳的那群人。

刘捷从心里笑了：这大概就是低等动物与高等动物的区别吧。但还没等刘捷心里的笑停下来，接下来的一幕让所有的人都看呆了。

狼群也玩起了叠罗汉。

它们也会叠罗汉？所有的人都不信，但又不得不信。

此时所有人关注的都是眼前的这群狼，没看见峡谷上空已起了变化。只有张晓军一人在关心着峡谷的上空。

狼群在玩着叠罗汉。五六头健壮的狼拱在最下面，上面站了两头狼，两头狼上面又拱着一头狼。最上面的这头狼的前爪已经可以爬上山坳的檐口。

张晓军喊了一声："把这个畜生搞下去，老天爷快要来帮我们了。"

众人也不知道老天爷来帮我们是什么意思，但还是齐心协力地把最上面的这头狼给戳了下去。

张晓军对胡骏说："赶快让人群往山坳里面走，这儿马上就要不安全了，留我们四个人对付狼群足够。"

胡骏有点不放心："我已让一部分人找树杈去了，只留你们四个人对付这狼群可能有点吃力。"

张晓军知道胡骏还没有理解自己不安全的意思，于是说："我担心我们站的山坳有点危险，因为这是死亡之谷，所以人群必须往里面去，离开这山坳越远越好，"张晓军看胡骏还不明白，就指了指山坳外面的天空说，"马上就要电闪雷鸣了，下面的狼群肯定要遭殃，但愿我们不要受到牵连。"张晓军说着还用木棍敲了敲身边的石头。

胡骏一看山坳的外面，果然乌云在飞速地向峡谷的上空聚集，只一会儿的工夫，峡谷上空已经乌云密布。但胡骏还是没有明白我们怎么会受到牵连。

还没等胡骏去带人离开，峡谷内已开始飘起鹅毛般的大雪。胡骏心想：现在还是七月份，这儿就已经下雪了？谁知更奇怪的还在后面，雷声开始从四周响起，并在峡谷内久久回荡，而伴随着雷声的还有那一道道闪电。这奇异的天象让人毛骨悚然。

胡骏并不清楚这儿的天气怎么会这样，但接下来峡谷内发生的一切更让他目瞪口呆。

乌云向峡谷的上空开始聚集，而乌云的周边在不断地释放闪电，给胡骏的感觉就像一架宇宙飞船在上空不停地发射。忽然胡骏看到有一道闪电劈向山坳前的河床，顿时把河床上的黄土变成了焦土。这威力简直比炮弹都厉害。

巨大的雷击声惊醒了所有的人，人们开始往山坳的里面躲。同样，雷击声也惊醒了狼群，它们开始在峡谷内四处奔逃，但没有跑出几步，就有几头狼被闪电击中。狼也吓呆了，呆在原地不知所措。有几头狼蹿进了停在河床中间的旅行车，谁知道又一道闪电劈向了旅行车。等闪电过后，旅行车已变成了一个漆黑的空架子。

人们到此时才知道，老天爷就是这样在帮忙。大家都用异样的眼光看着张晓军。

忽然，有一头狼发出悲愤的吼叫，所有的狼群不再四处奔逃，而是转身一头接着一头的往山坳上飞扑。人们看到这种情况又一次惊呆了,那发出悲愤吼叫的肯定是这群狼里面的头狼,没想到竟有这么大的号召力。于是人们又不敢躲了,纷纷回来守在山坳的两侧,唯恐狼群再次飞跃上来。

刘捷对胡骏说:"这儿的地势人太多反而施展不开,不如分一下工,你组织其余的人先退到树林,那儿因为是山的夹缝,雷电肯定无法顾及,然后你再去搞一些树枝来,组织几个男生做我们的后援团,我们也分层次进行阻击。"

胡骏答应着马上去了。

峡谷内的雪还没有下完,又开始下起了暴雨。刘捷心想:我们那儿有雨夹雪,这儿却是暴雨夹雪。此时又有几头狼在奔跑中被闪电击中,峡谷中弥漫起一种尸体烧焦时的臭味。刘捷这才悟到峡谷内那一圈焦黑是怎么来的。

而这臭味让狼群更加暴躁,它们拼了命地往山坳的缝隙里面扑,似乎已经认定人们逃跑的这个山坳才是它们可以生存的唯一空间。

狼的纵跳能力确实非常不错,如果不是刘捷等四人趁它们立足未稳就戳了下去,后果还真的不堪设想。但四人再齐心协力,也架不住群狼的死命攻击。终于有一头狼飞扑的时候踩住同伴的身体,蹿上了山坳。而同伴还没有扑到山坳口就掉了下去,被一道闪电定格在山坳前的坡地上。

扑上山坳的那头狼没有立即对四人展开攻击,而是用眼睛死死地盯住他们。

刘捷发狠地说:"不能让它站住这个山口的位置,一定要把它赶下去。"四个人发出"呀呀呀"的一声怒吼,四根树杈同时向那头狼戳去。狼的反应也太敏捷了,跃过树枝直接将张晓军扑倒在地,刘捷急了,一棒敲在了狼的腰上,狼呜呜了两声,显然这一击对它造成了伤害,但还没有致命,它还是一口咬住了张晓军的胳膊。刘捷正想再给第二棒,后面又有一头狼蹿上了山坳,刘捷只能先放弃这一头,与赵子凡一起把后面上来的那头立足未稳的狼戳了下去。朱万豪见张晓军被咬,赶紧用树杈敲在了狼的头上。狼没有松口，但树权却断了。刘捷回身一看，这头狼还没有松口，又是一树权打在了狼的腰上，狼这才呜呜的松了口，瘫倒在山坳口。刘捷和赵子凡立即用树权把它推到了山坳外面。

狼群好像也没了退路，剩下的全部往山坳里扑，有两头狼又扒上了山坳口。刘捷好像有点明白了雷击的道理，他对那两头狼发出了撕裂般的嚎叫："呀呀呀呀……"并把手中的树权直接扫过去，两头狼刚蹿上山口，还没等它再跃起，就被这"呀呀呀呀"的声音和扫过来的树权吓了一跳，一头想往里蹿，但还没有等它跃起，就被赵子凡的树权戳中，掉下了山坳；另一头狼是直接往山坳外的山坡上避让，刚落地，就被一道闪电击中，瞬间就成了焦炭。

由于刘捷这一下扫得过于用力，人已扑到了山坳口，下面的狼正好此时被雷电击中，由于距离过近，刘捷只感觉自己浑身的毛发都竖立起来，虽没有触电的感觉，但好像一下子没了力气。刘捷想使劲用树权支撑一下，但支撑不住，倒在了地上，吓得赵子凡赶紧过去抱住他。

刘捷挣扎了一下，对赵子凡说："没事，就是没有力气，你去帮一下万豪，可能还会有狼蹿上来。"

赵子凡和朱万豪拿着树权守在山坳口，但等了半天再也没有看见狼群跳上来。

朱万豪想去山坳口看一看底下还有没有狼，却被张晓军叫住。

张晓军对朱万豪说："狼的本性是非常狡猾的，说不定躲在山坳的下面，你可要当心点。"

朱万豪举了举手中的木棍："没事，你放心吧，"随即又反问张晓军，"被狼咬了一下，没事吧？"

张晓军回答："没事，"并动了一下被咬的左手，又说，"虽然看上去满手鲜血，但好像骨头没伤。多亏刘捷这两下来得及时，"张晓军接着又提醒朱万豪说，"你可以用树权挑一个背包出去试试。"

朱万豪试着用背包用树杈叉了出去，刚到山坳口，底下就跃起两头狼，其中一头已咬住了书包，但这两头狼在掉下去的时候被闪电被击中。

朱万豪说了一句："好险。"接着，朱万豪又弄了一个书包，伸了出去，已没有狼再蹿上来。朱万豪又弄了一件衣服，慢慢地伸出去，也没有狼再扑上来。朱万豪还是不信，又快速伸头探了一下，确认外面再也没有活着的狼。于是这才站到了山坳口，不过由于刚才过度的惊险，还是有点后怕，所以也不敢站在太外面。但就是这样，外面的一些情况也能看到不少。只见河床里、坡地上躺满了狼的尸体，许多狼已经只剩下了焦黑的尸骨，就连自己抛在河床中间的三辆车也被雷击得只剩下一个外壳。

刚才逃进山坳树林的人们听说狼都死了，不知什么时候也都回了过来，有人站在山坳口将被雷击而死的狼数了一下，得到的数字是二十四头。

不知谁说：旅行车里面还有三头狼。这样一算，被消灭的狼的总数一共有二十七头。

有人提醒胡骏去叫一下随团的王医生。胡骏这才想起张晓军和刘捷受了伤，所以马上让人叫随团医生过来。听见叫喊随团医生过来了，帮张晓军和刘捷都仔细检查了一遍。

陈娴问王医生："刘捷有什么问题吗？"

"没什么问题，"王医生说，"刘捷的这种情况就像触电一样，主要是离雷击区太近了，但也幸好没有被雷电击中，只需要休息一两天就可以了。"

然后王医生又对张晓军说："你的问题有点严重，因为狼牙带的细菌特别多，这鬼地方又没有破伤风针，所以只能为你用酒精消毒。"

张晓军却不屑地说："用酒精消毒已经非常不错了，我们野外考察的时候，经常这儿碰伤、那儿弄伤的，都是靠酒精消毒来解决问题的。"

王医生却很严肃："你不要太大意，那和狼牙咬伤完全是两回事。我先帮你消毒、包扎了再说,如果有不舒服或者发烧什么的要赶紧说。"

张晓军点点头。

王医生用酒精消毒后开始给张晓军包扎。

叶诗意蹲在张晓军的旁边对王医生说:"我来帮你搭把手吧,看看有什么需要我帮忙的你尽管吩咐。"

王医生看了看叶诗意说:"好的,你正好可以帮我递递纱布什么的。"

包扎的时候,叶诗意问张晓军:"刚才我去山坳口看了一下,二十多头狼就这么死了?你们是怎么做到的?"

张晓军反问:"你说呢?"

"这也太神了吧,"叶诗意欣喜地说,"你是怎么知道这儿会有雷击?而且还是我们逃离山谷时的一刹那开始雷击,难道你也能像诸葛亮一样可以借东风?"

张晓军解释说:"也没有那么神,今天你们能逃出狼口,最应该感谢的是刘捷,如果不是他反应极快,选择了这个山坳,我们这些人都有可能成为狼群的美餐,当然也有可能与狼群同时葬身在这峡谷之中。"

"不,不,"刘捷让陈娴把自己扶起来半坐着,"如果不是晓军知道这是死亡谷,催促我们快点逃离,我也不可能让大家往这山坳里面挤,那样也就很有可能让那狼群给追上,所以这应该感谢晓军。"

"如果这样说的话应该归功于陈教授,如果不是她先发现烧焦的树干,我真还没有联想到这儿就是死亡谷。"张晓军谦虚地说。

朱万豪说:"嗨,你们也都不用客气,都是英雄,等逃出了这鬼地方我给你们敬酒。"

叶诗意又问张晓军:"你是怎么断定我们进入的就是死亡谷呢?"

"开始我也不知道,只知道这儿的花草特别艳丽和茂盛,而且还有许多死亡动物的骸骨,按理说帕米尔高原有这样茂盛的地方并不多,既然有这么多的动物来到这儿,那这些花草就不应该有这么茂盛。再加上这儿没有高大的树木等,所有这些已经引起了我的怀疑,但我还没有联想到这儿就是死亡谷,所以最关键的是陈教授提醒了我这峡谷内有烤焦的树木,"张晓军回答,"树木怎么会烤焦呢?唯一的答案就是雷击,这才让我联想到了死亡谷。"

叶诗意又问:"我们过来的时候怎么没有雷击,而狼群来了的时候雷击也就跟着来了,这是什么原因?"

"这就要感谢你们了,"张晓军分析说,"我们在峡谷的时候,艳阳高照,等狼群来到的时候,也是艳阳高照,只有当你们与狼群对峙的时候,雷电过来帮忙了,为什么会过来帮忙,是因为你们把它召唤过来的。"

"是我们把它召唤过来?"众人相互看看,都不解。

"对啊,"张晓军说,"你们刚爬上这个山坳的时候,狼群也后脚追到了,你们为了吓唬跟在刘捷后面的狼群一起发声叫喊,有没有这么回事?"

"有啊,"叶诗意代大家回答,"这是因为情况紧急,大家不约而同发出的叫喊,但这和雷电有什么关系?"

"你不知道吧,"张晓军笑着说,"你们的叫喊声惊动了雷神,所以驾着乌云前来帮忙了,"张晓军接着又说,"和你们开玩笑的。其实这个峡谷亿万年前曾经是个活火山,就是现在这峡谷中还有岩浆在涌动。而峡谷两旁玄武岩的山脉原来是不带磁场的,但由于这个火山的高温却使得玄武岩也带上了磁场,而且估计是三千高斯以上的那种强磁性,所以类似于指南针一样的东西到这儿都会失去方向。但这还不是最关键的,因为这对任何生物还不会产生直接的影响,当然汽车的驶过、狼群的奔跑会把峡谷内相对平衡的潮湿空气给打破,当你们一起大声喊叫,包括狼群的吼叫给这原本平衡的空气压上了最后一根稻草。平衡被打破了,原本潮湿的空气变成了乌云,这才是最关键的。乌云本身是带电荷的,当乌云升起,遇上这个峡谷内的强磁场,电荷就会不断地放电,这就是我们看到为什么有这么多的闪电和雷击的缘故,而雷电往往是以奔跑的动物作为袭击的对象。现在你们明白是怎么回事了吧。"

听了张晓军的解释,大家有点回味不过来,这个解释既新鲜又让人觉得不可思议,但细细品味又觉得丝丝入扣,找不出半点瑕疵来。

叶诗意喃喃说:"我还是觉得有点不可思议。"

朱万豪对叶诗意说:"你也不用想得太多,这说明吉人自有天相,我们有上天保佑,就这么几十头狼能奈我何。"

胡骏夸奖朱万豪说:"还是你豪气。"

第十六章　岩洞内的文字

雷电过后，天又开始放晴。

有人提议，能不能把原来垫脚用的那些行李箱再弄上来一起带走，因为毕竟里面还有一些替换的生活用品。胡骏也同意，但到山坳口一看，还弄什么弄，所有的行李箱都和狼一起变成了灰烬。

给狼群这么一折腾，时间过得飞快，太阳已经西斜。

现在汽车都没有了，就连替换的衣服也没有一件，幸好靠朱万豪、叶诗意等人抢出了两箱矿泉水和一些馍，不然现在开始就没有吃的了，所以都希望赶快走出这个地方。

胡骏和刘捷、张晓军一商量，还是先走出山坳的夹缝再说，但怎么走却让三人争论了一阵。

胡骏说："还是沿着峡谷走，反正峡谷里的狼已经死绝了，再加上天空已经放晴，大家只要小心翼翼不大声喧哗，应该没有危险，关键是再走三分之一的路程就可以走出这个峡谷，说不定还可以走回原来的古道。"

刘捷却说："这雷击的峡谷肯定不是古道，再说原先认为的那条两三千年前的古道说不定已随着地质的变化而消亡了，我们再这样找寻过去也没有意义，所以还不如从此山的夹缝中闯闯看，说不定山外就是公路。"

而张晓军说:"这条雷击的峡谷肯定人迹罕至,而且平时也不太容易找得到,我不赞成胡导的意见,因为就是两三千年前人们也不会穿过这个峡谷,这个峡谷没有几万年是形不成的;也不同意刘教授的意见,我们既然是沿着古道走,那就继续走下去,当然我们是被狼追到这个峡谷里面来的,那原来走的那条古道肯定在慌忙逃亡时被我们遗漏了,所以我的意见是再沿着峡谷回去。"

三个人三个方案,胡骏没方向了。

刘捷劝阻说:"我们争论也没有结果,干脆问问大伙,听听大家的意见。"

但大伙对那个雷击的峡谷都有点后怕,说什么也不愿再走那个峡谷。最后还是朱万豪大大咧咧地说:"来都已经来了,先走夹缝,如果走不通,再走峡谷,至于在峡谷内往东还是往西由你们定。"

最后大家还是选择了刘捷的方案,先走夹缝。

不管怎么说,胡骏还是当仁不让的总管。现在大家都不知道出了夹缝前面是什么,更何况今晚在什么地方宿营都没有着落,得马上走。而这支团队又是三十二个人,绝对是一支庞大的队伍,原来是按汽车组成小组,现在却是一个大组,不管是吃喝拉睡都成问题。当然,这种事情也难不倒胡骏,导游最擅长的就是分组,于是胡骏干脆按吃饭的圆桌分成了三个组,刘捷是第一组的组长。张晓军是第二组的组长,现在受伤,由张小飞代理组长,第三组由赵子凡任组长。胡骏自己是当仁不让的团长。

分完组以后,胡骏对大家说:组长就是服务。先把水和馕全部分了,馕一人一个所余不多,水只能三人两瓶,后来还是女生主动发扬风格,男生一人一瓶,女生两人一瓶。

不知是雷击的原因,还是其他什么因素,这个两山的夹缝里竟然看不到一个活的生物,大家猜测可能是各种生物都害怕遭到雷击的缘故吧。原先看到的树林也就那么十几棵树,而且长得也不高,在树林的旁边还长有一些花草。但过了这片树林后,夹缝内就再也看不到可以养眼的绿色了。

这个夹缝也不是那么好走，除了刚才在树林那边有一块平地外，其他地方都是大小不一的石头。而这些石头与峡谷内看到的带有红色的玄武岩还不一样，是一种黄色的带有砂砾的石头，而这种砂砾与沙漠上看到的砂砾还不一样。

刘捷问张晓军，张晓军解释说是由于地壳运动过程中受到山体的挤压，再加上火山岩浆的融合形成的。至于张晓军说的对与不对大家无法质疑，但幸好大家踩在这石头上面还是很结实的。

夹缝不是很长，但路很难走，有的地方需要手脚并用才能通过。刘捷刚才受了雷击，还在康复中，爬这条夹缝感觉很吃力，幸好有兄弟们的帮助才过了夹缝。张晓军也是同样，因为左手受伤，不能用力，也是靠兄弟们的帮助，特别是朱万豪的鼎力相助，才爬过了夹缝。

谁知出了夹缝却是一处悬崖，悬崖旁有一条很大的瀑布从上面挂下来，一直到下面的河床，而在河床与悬崖的连接处是一大陡坡，这处悬崖离下面的陡坡至少有十五米。而远处是连绵不断的山脉，有一些山顶还留有积雪，山脉之间也形成了一条峡谷，不过这条峡谷并不宽畅，随着山脉的走向一直向前延伸着。这真是一个上不着天下不着地的地方，夹缝的出口正好在这半山腰的悬崖上。

太阳已挂在远处的山头上，刚才的雷击、飘雪、暴雨好像全都与它没有什么关系。

刘捷看了看四周，估计用不了两个小时天就会马上黑下来。他心想：怎么办？想用两个小时走出眼前的峡谷是不可能的，唯一的办法就是在这儿就地宿营，明早再走。但现在这块悬崖又太小，在这儿宿营，万一挤一挤翻个身，一不小心掉到了悬崖下面去那就出大问题了。

胡骏也正为此事发愁呢。他过来与刘捷、张晓军、赵子凡三个组长商量。

胡骏对三位组长说："悬崖上宿营是目前唯一的选择，也应该是最好的选择,我们不可能再回到夹缝中的树林里去休息,而且悬崖的平台上还可以防野兽、蛇虫什么的,但就是地方实在太小,施展不开,还有就是风太大,不符合晓军提出的背风的原理。"

刘捷也说:"胡导说得对,关键是时间不早了,不然我们还可以再找找。"

赵子凡说:"要不,我们一分为二,一半在悬崖上休息,一半再回到原来过来时的那个夹缝的树林里去休息?"

张晓军说:"那个树林也没有那么大,能待下十个人已经相当不错了,不过,我感觉分两处也不一定好,更何况再爬回去还要至少半个小时。"

"所以我想跟你们商量。"胡骏想了想又说,"待在悬崖上和回树林都不是办法,而且悬崖上的风还特别大。如果我们在悬崖上过一夜的话,明天早上起来可能有一半人要生病。所以我还有一个想法,就是想到悬崖下面去看看,说不定能找到一块比这儿还要大还要平整的地方也未可知。"

"悬崖下面?"三个人同时问。

"对,"胡骏回答,"我刚才看了一下,如果手脚并用的话,还是能够到崖底的,当然现在晓军和刘教授都在康复中,我想去看一下。"

"能下去吗?"刘捷不放心地问。

"不知道,但总要试试。我认为攀爬的难度不算高。"胡骏回答。

"既然这样我认为可行,明天如果走这条峡谷还得下去,"刘捷又对胡骏说,"不过,要让赵子凡和张小飞配合你一起下,上面最好朱万豪也配合一下,他力气大,在上面攥着也放心一点。"

张晓军和赵子凡也同意了这个方案。

胡骏等四人来到了悬崖边,其他的人都跟着来到了悬崖边,当听说胡导要下去,大家都紧张了起来,有的要劝,有的要帮忙。胡骏都谢绝了，说是难度不高。但毕竟是垂直十五米的高度，摔下去也不是闹着玩的，所以大家都有点提心吊胆。

张小飞对胡骏说："还是我先下吧。"

胡骏坚决地说："这个时候你还跟我争什么，我练过攀岩，你练过吗？我先下，你和赵子凡还有朱万豪在上面帮着我，就这么定了。"

胡导虽然很坚决，但怎么下却是个问题，因为拖车绳已随着车辆一起丢失了，胡导想沿着悬崖手脚并用爬下去，但大家都不同意，后来还是朱万豪不知从哪儿找来一根枯树枝，两米多长，试一试还算结实，所以赵子凡和张小飞只能用树杈吊着胡骏慢慢地往下放。胡骏下了一个台阶，张小飞也跟着下了一个台阶，然后是赵子凡。朱万豪站在最上面，没有跟着一起下。前面两个还有两米多长的树枝可以借用，最难的是赵子凡，第一个台阶还有朱万豪拿着树枝把他吊下去，后面的全要靠他自己，幸好他是大山里面出来的，对爬山还有一点经验，所以，赵子凡每下一个台阶的时候，都是人们最紧张的时候，尤其是沈琳，看着赵子凡这样攀爬泪水都快涌了出来。说是台阶，实际上是一块块巨大的岩石。就这段十五米的垂直距离，三个人足足下了半个多小时，把悬崖上的人看的是胆战心惊，总算最后平安到达了崖底，站在了一块陡坡上。

胡骏在陡坡上兜了一圈，陡坡不算小，如果要在陡坡上宿营也不是不可能，但因为紧贴着悬崖，风还是有点大。胡骏又往陡坡的背面去看了看，猜想背面可能可以吹不到风，谁知在背面却看到了巨石之间有一个岩洞，而且洞口还不小，就是岩洞内的光线不是很好。

胡骏一个人不敢贸然进入，就让赵子凡和张小飞在峡谷内找了一点枯草和树枝堆在洞口。点燃后，胡骏这才看清这个洞的规模，容纳三四十个人不成问题，由于这个岩洞的朝向与悬崖正好相反，所以没有风，而且还算干燥。

看完了岩洞，胡骏又把岩洞旁的地形看了一遍，发现从岩洞旁下来要比悬崖旁下来容易得多,就是不知道从悬崖走到岩洞的上面是不是可行。

胡骏站在陡坡上把这一情况与上面的刘捷和张晓军说了,但这是空旷的野外,这点距离还是有点远,最后是连叫喊带手势才总算让对方明白。

朱万豪自告奋勇爬到岩洞的上面,果然这一条路比爬悬崖要来得好走,因为从岩洞的上面到岩洞的底下是一条大约六十度的陡坡,比起那垂直的悬崖不知好多少倍。唯一的不足就是在悬崖上要爬一段三米左右向上的垂直悬崖。这难不倒刘捷,他让人在夹缝中寻找一些能松动的石块。可惜夹缝中能松动的石块很少,全部找来,也只能垫高一米。

刘捷对朱万豪说:还是辛苦你一下,做一下垫脚石。朱万豪也当仁不让,说了一句:"谁先上?"

小尤踩住朱万豪的肩膀上去了。

有了样板,人们有样学样就好多了。

悬崖上的人总算全部下来了,但这一下也用了一个多小时。因为爬上三米高的悬崖确实很费力,而要从岩洞的上面爬六十度的斜坡,也是一个费力的活,因为两边都是悬崖,非常危险。当然,这和从悬崖上直接下来相比,不知要好了多少。当然这么多人从悬崖上能不能直接下来还是个问题,尤其还有一半是女生。

胡骏心想:下来是下来了,但不知是不是还能上去。

人们全部站在了陡坡的巨石上,再回头看那悬崖,还真是大自然的造化,山体是大块大块的青石组成,和死亡谷里的玄武岩完全是两种石料,更惊奇的是夹缝中的悬崖却是白乎乎的砂砾石组成,也算是一道奇特的风景。

至于原因,众人七嘴八舌,没有一个说得明白,直到张晓军解释了,大家才恍然大悟,原来是这么一回事:死亡谷的地震和火山喷发属于同一时期,地震造成了山体的裂缝,火山喷发时,岩浆就从这个缝隙往外涌,到了这个峡谷冷却后就形成了现在的这副模样,所以这儿有乳白色的悬崖,悬崖下有乳白色的断崖层,断崖层下面有乳白色的陡坡,这一些乳白色巨石就是从这个裂缝中涌出去的岩浆。

有人问:"按这一理论,那夹缝中我们看到的应该全是岩浆,那为什么刚才我们一路爬过来看到的却是砂砾聚集起的石头?"

张晓军回答:"我们曾看到死亡谷内的河床是由砂砾组成的,火山爆发时,岩浆裹着河床上的砂砾涌向裂缝,所以我们只要研究一下砂砾石的成分,就可以知道里面含有多少岩浆的分子了。"

又有人问:"既然夹缝里面全是岩浆,那为什么里面还会长出树和花草?"

张晓军回答:"死亡谷里面本来就有许多花草树木,但长得稍微高大一点的树木都遭到了雷击,所以看上去没有高大的树木。而夹缝里面的树木,我猜测是死亡谷里面发洪水时带上来的,由于夹缝中雷击不到,就长成了现在这个样子,但我们再往上爬,就再也看不到花草和树木了,因为洪水涨不上去,所以自然而然也就不可能再看到。"

胡骏对张晓军的回答满意地点点头,心想:这些都是人才啊。

下了悬崖的人们不用胡导吩咐,都自觉地去峡谷中寻找一些树干和枯枝,然后在洞内点起了一堆火。

此时,天色逐渐暗了下来,峡谷内的光线已经不是很好,两边山的轮廓也开始模糊不清。幸好明亮的篝火使人们倍感温暖,尤其是经历了狼群的攻击和神秘莫测的死亡谷,让人们感到了岩洞才是最安全的地方。

大家在岩洞里就着火光吃了点馕,喝了点水。因为不知道下一顿的主食在哪儿,所以都不敢多吃,实际上给狼群这么一闹,大家也没有什么胃口。

虽然所有的人都感觉很疲惫,但却没有睡意,可能是刚才的紧张还没有完全过去。大家围坐在一起,回想在死亡谷里所看到的一切,以及猜测明天的峡谷会是怎么样的。

叶诗意就是这样,拖着一起出来的三个女生盯着张晓军问:"我们明天走的那条峡谷会安全吗?"

张晓军已经很疲劳了,再加上胳膊上有伤,想早一点休息,但四个女生的提问,又不能不回答:"怎么说呢,只能说基本安全。"

叶诗意又追着问:"会不会像死亡谷一样发生雷击?"

张晓军很傲气地回答:"你这样的提问像一个小学生,而不像震旦大学的高才生。你记住,造成雷击的因素有四个方面:地形位置高出周围的地貌,临近潮湿的地区,处于上升气流的迎风面,底下有金属的矿藏。那我问你,明天的峡谷是不是具备这四个条件?"

叶诗意有点赌气地说:"别像真的一样,我们就是在考你,看你能不能回答上来。"

另一个短发的女生说:"回答这些有什么稀奇,这是你的专业。如果不是小叶要问,我们才懒得问你。"

张晓军也只能摇摇头。

刘捷靠在陈娴的肩上。陈娴用手摸摸刘捷的额头,问他是不是不舒服。刘捷回答:感觉好了一点,估计明早就可以恢复了。陈娴关照刘捷早一点休息。刘捷答应并躺下了。

一天一夜没休息的辛勤已感到极度的疲劳,所以一进岩洞就想找个地方休息。辛勤来到岩洞的一角,看看地面比较平整,就用树枝扫了扫,然后就舒舒服服地躺了下去,还没等眼睛闭上,忽然眼角扫到了一个东西,马上跳了起来并叫出了声:"蜈蚣,有蜈蚣,好大的一条蜈蚣。"

众人刚放松的神经又绷紧了。

胡骏拿着点燃的树枝带着人赶了过来,果然看见洞角处趴着一条十几厘米长的蜈蚣,而且颜色还非常艳丽。这么大的蜈蚣大家还是第一次看到。

胡骏说:"这大漠戈壁里的生物怎么都这么鲜艳?"

张晓军也赶了过来，看了以后说："这是沙漠蜈蚣，有毒，但毒性不是很大，可攻击性很强，不要被它咬到。"

周边火把的热量让蜈蚣感受到了危险，支起身子，舞动着两个带有钳子的前爪，向人们示威。可惜好汉难敌人多，被树杈噼里啪啦地一阵乱打，早就支离破碎了。

人们的睡意被蜈蚣一搅又没了。

辛勤不敢一个人睡了，回到火堆旁，讪讪地对大家说："还是这儿安全。刚才还想睡，又看到了几条影子，所以吓得我又不敢睡了。"

张小飞打趣道："说不定真的又是蜈蚣。"

"我猜想不是，可能是划痕，"辛勤说，"但我又没拿火把，不敢靠近去看。"

张小飞说："我陪你去看，如果还有蜈蚣，那晚上睡觉也不安全，必须全部清理干净。"

张小飞拿了火把与辛勤一起去看了。这一看可不得了，这哪是划痕，分明是文字，而且还是汉字。

"你们大家快来看，这里有汉字。"张小飞叫了起来。

"有文字？刚才拍打蜈蚣的时候我怎么没有看到呢？"张晓军也过来看了。

陈娴看了看已经睡着的刘捷，没有去理会。

其他的人听到叫声，都涌了过去。

火光把把洞壁照得非常明亮，果然，在刚才打死蜈蚣再往左一米的地方，清清楚楚刻着汉字，可能是年代久远，汉字上面又有一些浮尘，所以看得不是很清楚。

胡骏用树叶把那浮尘清理干净，这才看清洞壁上刻有二十四个字，虽然划痕不算很清晰，但仔细分辨还是能看得出字的形象。洞壁上的字都是繁体，而且是竖排，一排三个字，共八排。

叶诗意把这些字读了出来："龙见出，黑水涨。"刚读了两行字，就被人们打断了："这不是胡导讲的唐僧的谒语吗？"又有人插话说："你们先不要说，让小叶把它读完。"于是叶诗意又读了下去:"地东倾,城在上;流沙西,夏都旁;舞鸾凤,驰骈骊。"

因为有人站在后面,看不清楚;有人不识繁体字。所以叶诗意又读了一遍。

大家马上七嘴八舌地议论开了。

"咦,胡导讲的唐僧的谒语还真有其事。"

"胡导只讲了前面四句,后面还有四句。"

"胡导讲了'城再现',但这儿刻着的却是'城在上'。"

大家吵吵闹闹的,把刘捷和陈娴给吸引过来了。

第十七章　失传的佉卢文

刘捷颤抖地摸着洞壁上的刻痕，非常激动。作为研究历史的人，如果能用一些现象和文字证实自己的发现，那就是对自己事业的最大贡献，就会像哥伦布发现了美洲新大陆一样兴奋。

洞壁上的文字把传说变成了现实，而且还能说明唐僧离开了揭盘陀国后，史书中为什么再也没有出现过这个国家。当然史书上也曾有记载早期揭盘陀国人的"容貌与中国相同"，还考证出第一任女王名叫葛沙氏。那么早期的"汉日天种"的人种去了哪儿？如今在这儿有了答案，他们很有可能听从了唐僧的劝导游牧到了另外的一个地方，而这另外的地方也就是洞壁上刻有的文字所指向的地方。怪不得唐朝名将高仙芝在进攻小勃律国、揭师国和石国借道葱林时已经看不到揭盘陀国的身影了，因为他们已经离开了石头城。而高仙芝是唐玄宗天宝年间的大将，与唐僧取经回来前后相差一百年的时间。

旁边有人对胡骏说："你当初讲唐僧归来时的谒语，我们还以为只是个故事，不过是借传说之名来塑造唐僧的神秘，但现在看来却是真实的。"

胡骏也感叹说："这也不怪你们，在这之前我也不清楚是真实的还是虚构的，因为这些事情离我们毕竟有一千多年了，而且我还是听我父亲说的，他是个老地质队员，为帕米尔高原的一些传说专门整理了一本小册子，里面就有唐僧归来时的谒语这么一段。但现在看来有些传说还是真实的，当然传得还是不准确，八句话漏了四句还错了二个字。"

刘捷却赞赏地说："已经相当不错了，因为这是一千五百年前的事。我们都看过电视里面的《拷贝不走样》，传了五六个人就已经变得面目全非了。所以我感觉这个传说在当地的流传应该是很广的，当然也从侧面证明了唐朝初期的那场地震对当地的影响是深刻的，造成的破坏也是空前的。"

"会不会我们这次遇到的地震也是空前的？"陈娴问刘捷。刘捷却没有回答，只是用手抚了抚陈娴的背，让她不要担心。

"这里有几个问题需要澄清，"张晓军接着说，"一是揭盘陀国既然整体迁移了，那这个传说是怎么传下来的，是谁传下来的；二是这岩洞里面的字是谁刻的，为什么要刻。"

叶诗意抢着说："会不会有这么一种可能，因为这场地震不仅仅涉及揭盘陀国一个国家，或一个汉族的人种，在整个帕米尔高原上肯定还有其他的人种存在，唐僧作法时他们也听到了，他们没有迁走，所以就流传下来了。"

刘捷却打断叶诗意的话："也不能完全这么说，按传说的内容来看，迁到哪儿是一件很机密的事，除了揭盘陀国的人本身知晓外，不应该有其他的人知晓。所以只有一种可能，那就是揭盘陀国作为国家消亡后，它的人民融入了帕米尔高原上的其他民族，才保留下了这个传说。"

"听上去还是刘教授说的更容易让人接受，"胡骏也猜测，"至于为什么要在岩洞里刻字，我猜测是不是有这么一种可能，就是当唐僧离开石头城走到这儿时已是晚上，就在这个洞穴内休息了一晚，由于唐僧是得道的高僧，有先知先觉之明，就像现在的预言家一样，知道会发生什么事，也知道揭盘陀国在举国搬迁的时候会路过这儿，于是就在岩洞内刻下了这些文字以加以提醒。所以这儿肯定是唐僧归来时的古道，也是唐僧离开石头城以后所走的道，然后通过我们逃过来的那条道，穿越流沙湖，经过塔莎古道到达莎车。"

张晓军怀疑地说:"好像路有点不顺。"

胡骏解释说:"这岩洞的位置正好证明了古道就在这附近,不然不会有人途经这儿,而唐僧的谒语既然在这儿出现,说明唐僧肯定途经这儿,因为其他人不知道有这个谒语。"

"也不一定,"刘捷想了想说,"还有一种可能性较大。因为谒语是唐僧做道场时留下的,没有必要在事后刻在岩洞里。而最大的可能是揭盘陀国在迁移的过程中路过这儿时所留下的。我们知道游牧民族是马背上的民族,随时随地都可以迁移,而揭盘陀国是半游牧民族,因为它受中原农耕文化的影响,一半是农耕经济,另一半是游牧经济,这一场地震对他们最大的打击是农耕经济的完全破坏,所以他们只得迁移,因此胡导在宾馆里讲的那个故事是揭盘陀国的国王在迫不得已的情况下向唐僧求救,关键是不想在自己手上亡国灭种,"刘捷感到自己有点喘,停顿了一会又说,"至于为什么要在洞壁上刻这些字,这也有多种可能:一是找了很长时间没有找到唐僧所指向的这个地方,为了不忘记,就把这八句话刻在了洞壁上;二是在迁移过程中遇到了各种变故,如国王得了重病、外族入侵等,为了交接就把这八句话刻在了洞壁上,等于是明确了揭盘陀国今后一段时期的方针、政策和任务。"

刘捷刚说完,叶诗意就鼓起掌来,说:"教授就是教授,分析起来头头是道。"

胡骏横了叶诗意一眼:"大家都在分析,有必要这么隆重吗?"

叶诗意朝胡骏做了一个怪相。

"刘教授,"与叶诗意一起的一个女生问,"我是何晓晓,也是震旦大学历史系的学生。同样要迁移,他们为什么不向内迁,而要向苦寒之地迁呢?"

"问得好,"刘捷回答说,"一是他们长久生活在高原,大概从葛沙氏开始,已经有二十多代了吧,我记得有一本科学杂志里面曾记载北魏的时候有一个叫宋云的路过竭盘陀国,那时的那个国王称自己已是第十三代国王,那北魏到唐朝李世民也差不多有二三百年了吧,所以已经不可能适应内地的气候;二是不管怎样,他们在这儿还是一个国家,还可以享受一些王族特权,而回到内地,可能还不如一个郡县;三是你们看迁移的方向,是夏都的旁边,那儿有凤凰,有骏马。这一看,比内地都要好。"

"不过,"张晓军接口说,"根据胡导和刘教授的分析这儿肯定是个要道,至于是通向塔县石头城的,还是通向夏都的,还有待考证,一切要等明天出了这个峡谷再说"。

刘捷好像来了兴致:"我倒希望是通向夏都的,那是多少人梦寐以求的地方。而且唐僧的谒语也说明了'城在上',我们现在正好是在往上走。"

陈娴横了刘捷一眼:"你现在有力气啦?"

"没有,没有,还不是需要你照顾嘛。"刘捷低声说。

"那你还这么起劲?"陈娴问。

"我们不是有课题内容吗?"刘捷回答。

大家虽然很兴奋,但更多的人还是想寻找回去的路,尽快回家。当然这一发现也让人们争论了好一阵,直到睡意上来,才在火堆旁慢慢睡去。

第二天天一亮,人们在瀑布前用水稍许擦了擦脸,拿着不多的干粮垫了一下肚子。胡骏吩咐:矿泉水的空瓶子不要扔掉,去瀑布那儿灌满水,还有其他能装水的全部装满,这是现在最宝贵的东西。人们都照着做了。

刘捷睡了一夜以后,感觉好多了。由于单反相机丢在了死亡谷,所以只能拿着手机对着洞壁拍照。但手机总不如单反相机,再加上光线的原因,拍了几次都不尽如人意,最后总算拍出一些还能看出一点名堂的照片来。

人们沿着峡谷出发了。

峡谷中都是巨大的石块,原先瀑布下来的水流了一段后也不知道流到哪儿去了,峡谷中一点水都没有。

张晓军提醒大家：这峡谷中肯定有暗河，大家小心一点，走的时候多看脚下，不要陷进去。

虽然现在已是早上九点多钟，但峡谷内丝毫没有感受到太阳的热量，因为是背山，太阳还没有升起，只有峡谷远处的山头被太阳染成了红色。

峡谷内看不到人为活动的痕迹，就连动物活动的痕迹也不明显。而且峡谷内还非常安静，除了人们自己的喘息声和说话声，只偶尔听到一两声的鸟叫。

叶诗意紧跟着张晓军，还时不时与他搭讪，提一些问题。而张晓军也不厌其烦的给予解答。

还有一人也不甘寂寞，那就是张小飞，他是张晓军的天山大学地质学院的同学。他用树杈这儿拨拨，那儿敲敲，看样子对峡谷内的石头非常感兴趣。

刘捷知道学地质人的喜好，开玩笑说："怎么样？找到好东西了吗？"

张小飞倒也爽快："快了，估计就要找到了。"

两人相视一笑，好像心有灵犀。

"不过这个地方很特别，"张小飞指着山腰的痕迹说，"你仔细看过这峡谷吗？这峡谷以前的水势是很大的，所以这些巨石都是没有棱角的，而你再看看这些石头的颜色，是不是与其他地方的不一样？"

听张小飞这么一说，刘捷感觉这些石头确实不一样，以黑石居多，摸上去光滑不说，而且肌理非常清晰。于是开玩笑说："总不见得是玉石吧？"

"就是玉石，"张小飞说，"这一个峡谷估计进来的人不多，你看下面的河谷，虽然现在没有了水，但河床上全都是和田籽料中的普料，色彩鲜艳，虽不能雕刻，但把玩起来却是非常不错的。"

周围的人一听这儿有玉石可找，都围了过来。

有人问："小飞，这峡谷中真的有和田玉吗？"

"不会有假,"张小飞回答说,"而且我敢肯定地说,我们进了财神谷了,不仅是河床上那些小的石头,就是河床里面那些大的巨石也是玉原石,只可惜我们拿不走。"

一听是玉石,女生最感兴趣了。何晓晓问张小飞:"你怎么这么肯定这条峡谷内都是和田玉?"

"你可以不信我,但你可以问问张晓军,我说的是不是事实。"张小飞回答。

何晓晓跑到前面去问张晓军了。

张晓军对何晓晓说:"小飞说得不错,昨天我们经过的死亡谷和我们翻越过来的悬崖,包括带有强磁性的玄武岩,这些都是火山喷发时所形成的,而这条峡谷内的许多石块也都是火山熔岩在喷发时从地壳中带出来的。再经过亿万年的流水冲刷,就形成了现在的山流水料。"

何晓晓惊喜地问:"山流水料?是不是经过流水冲刷后形成的玉石?"

"也是,也不是,"张晓军回答,"实际上它只是和田玉中的一种,和田玉中的玉原石可分为玉籽料、山料、山流水料、戈壁料等,刘捷在戈壁滩上找到的那块石头,不管多好一看就是戈壁料,但不管是什么料,关键还要看它内部的大理岩所含的镁与酸性的结合程度,化学成分为含水的钙镁硅酸盐,然后根据结合程度分为透闪石、角闪石、阳起石等。而和田玉是所有玉中结合得最好的一种,属于透闪石,"张晓军侃侃而谈,"它有四个特性:一是内含的矿物质,也就是钙镁硅酸盐在百分之九十五以上;二是杂质的矿物极少;三是所含的矿物的粒度极细;四是粒度均匀。"

叶诗意转身去对胡骏说:"既然有这么好的和田玉,你为什么不宣布让大家休息一下呢?"

胡骏看看手表,已经走了两个小时了,确实应该休息一下:"好的,原地休息一下。"然后开玩笑地对叶诗意说,"如果谁娶了你做老婆,你肯定是垂帘听政的那位。"

叶诗意嘿嘿笑了一下："你这个胡导可以改名胡说了。"

胡导宣布的是原地休息，可大家全都跑向了河床，开始在乱石堆中翻找。

何晓晓又跑了回来，而且是拖着叶诗意一起来的，因为张晓军没有兴趣加入找玉大军。何晓晓说自己不懂玉，非得要张小飞给自己介绍。张小飞也给她弄烦了，就像变魔术一样拿出一块石头，黑黑的，但却圆润光滑。

何晓晓接了过去。这是一块色泽饱满、晶莹剔透的玉石，柱状形的，长三四厘米，宽两厘米，黑中还隐隐透着碧色。

叶诗意赞赏地说："这真是一块好玉，做印章非常好。"其他人都一个接一个的传着看了，都说非常好。

张小飞解释说："这一块是昆仑玉当中的墨玉，也就是唐僧在《大唐西域记》里面所记载的'瑿玉'，能够让水流冲刷到这种程度的，现在市面上可少之又少。"

何晓晓打断张小飞的话，问："不是和田玉吗？怎么变成昆仑玉了呢？"

张小飞回答："原来有和田玉与昆仑玉之分，实际上都是昆仑玉。《旧唐书·西域传》曾有记载，称于阗国，就是现在的和田，东有白玉河，西有绿玉河，又西有墨玉河，皆源出昆仑山。白玉河产出的是羊脂白玉，绿玉河产出的是新疆碧玉，墨玉河产出的是白玉底的墨玉和纯墨底的墨玉，这是最珍贵的玉，古人曾将它和钻石一起并列，称为'贵美石'，我猜测这条峡谷就是史书上记载的墨玉河。"

听到墨玉河三个字，刘捷心里一跳，墨玉河会不会就是指黑水河，后来又一想，可能自己想多了，喀拉库勒湖就是黑水，现在一听墨玉河又成了黑水，应该是自己太多心了。刘捷也只能苦笑。

陈娴拖着刘捷也去河床上找玉，对于玉的诱惑任何女人都抵挡不了。但刘捷只是心里想想而已，面上还要表现出对于找玉非常热衷。

但真正懂玉的人并不多，幸好张小飞很有耐心，不断地给大家解释和品鉴。到最后，张小飞自己已没有时间在河床上翻找了，因为不断地有人拿着许多大大小小的品相较好的石头让他来鉴定，张小飞倒也乐此不疲，不厌其烦给大家解释。

胡骏看着他们找玉的劲头，只能无奈摇摇头。

看看时间也差不多了，而且午饭还不知道在哪儿着落，所以胡骏不得不宣布继续赶路。人们还有点依依不舍，因为玉在市场上价格不菲，现在老天免费提供而却要众人放弃，但随后想想命肯定比玉重要，所以只得跟着胡导往前走。但就是这样，许多人的衣兜里还是装了许多大大小小的所谓的"玉"。胡骏调侃他们说：本来走路已经够吃力的，还要带着那么多的石块，而且还不能吃，你们累不累啊。但没有一个人理睬胡骏。

峡谷终于走到了尽头，但同时也没有了路。因为巨大的山体滑坡完全把峡谷堵得死死的，而且这滑坡已经有一定的年限了，说不定就是唐僧归来的那次地震所造成的也未可知。

刘捷和胡骏、张晓军商量了一阵儿，得出的唯一办法就是翻越这一滑坡，因为其他地方没有路，滑坡的两侧都是高大的雪山。但滑坡并不是那么容易翻越，张晓军爬了两次，后一次花了九牛二虎之力也只爬了三分之一。这儿土质松软不说，而且还很有可能陷进去。看着这一滑坡，刘捷也只能无奈地摇头，连张晓军都无法翻越，其他人就更不用说了。刘捷又四处看了看，那翻越雪山？这看起来更加没有可能。

胡骏更加搞不懂了，心想：这不对呀，刚才那个岩洞内有唐僧的谒语，那唐僧是怎么过来的呢？难道不是通过这个峡谷到达那个岩洞的吗？还是峡谷内另有通道，我们没有发现？

张晓军爬了两次没有爬上去，干脆坐在那滑坡上，远眺着峡谷旁那高大的雪山，思绪却在这峡谷中飞扬：按常理峡谷被堵死了，两边又是高大的山体，那应该这个峡谷是个堰塞湖，那水呢？看着从峡谷中流下来的瀑布，加上两侧雪山上的水，这个峡谷应该不缺水吧？唯一的解释就是峡谷下面存在着一条流量很大的暗河。

张晓军马上从滑坡上下来，把这一想法和刘捷、胡骏说了。刘捷说：那还等什么，赶紧去找暗河。

胡骏让所有女同胞就地休息，所有男同胞全部散出去，都去找那条暗河。女同胞中只有叶诗意不愿休息，要跟男同胞一起去找，还说什么"男女搭配，干活不累"。胡骏有意把她分到张晓军一组。

人们开始一路往回找，最后还是张晓军一组在离悬崖没多远的地方找到了地下河的入口处。这是在两大巨石之间，转过巨石之后水流就开始往下走了。

看着这往下走的暗河，张晓军忽然感觉有点不对劲，于是让人把刘捷叫了过来，说这儿有重大发现。

一听说有重大发现，胡骏和其他寻找的人员也一起跟了过来。

张晓军对刘捷说："我怎么感觉这儿人为的痕迹比较重，不像是天然的。"

刘捷仔细观看了以后，也表示有同感。

胡骏却说："那不是很好吗，说明这儿有人来过，那我们出去就有希望了。"

刘捷解释说："话不是这么说的。这儿是有人来过，而且这水还是人为引入这地下的。关键的是这条引水的渠道是不是在一千多年前做的？如果是，那就说明这一千多年里没人来过。"

胡骏不说话了。

刘捷对张晓军说："我想起了西域的一项伟大工程，堪比我们的万里长城。"

张晓军想都不想就说："你说的是坎儿井？"

刘捷点点头，说："是与不是，我们下去看看便知。"

"坎儿井？"胡骏听了后却叫了起来，"这儿难道也有像吐鲁番一样的坎儿井？"

张晓军拉着胡骏说："我们一起去看看不就知道啦。"

水流绕过巨石是直线往下去的，但这直线也就一人多高，然后是个斜坡，这斜坡就是张晓军说的人为的痕迹比较重的地方。张晓军和胡骏下到斜坡以后，看见水流通过斜坡后又绕到下面一块巨石的后面去了。张晓军跟着水流也到了下面那块巨石的后面，他豁然发现巨石后面还有一个天然的石洞，水就直奔这个洞里面去了。张晓军想看看这个洞有多深，但却看不清楚，只知道它是斜着往下走的。

就在张晓军转身准备回上去的时候，忽然发现洞口旁还有一块石碑，看看上面的文字，不认识。问胡骏，胡骏也回答不认识，看上去有点像梵文。张晓军说：那就把我们的大教授请下来吧。于是胡骏把刘捷请了下来。

叶诗意也一起跟了下来。

胡骏对叶诗意说："你下来干什么？这儿危险。"

叶诗意却回答："我已经拜了老师，老师下来了，作为学生的我当然要跟下来。"

胡骏也不跟她理论。

刘捷已经蹲在那儿对那块石碑在仔细观察。过了一会儿，刘捷站了起来说："字我虽然不认识，但我已知道这是哪一国的文字了。"

张晓军问："是哪一国的？"

"贵霜王朝的佉卢文。"刘捷回答。

"哦，"胡骏恍然大悟，"是佉卢文，那是流行于公元前贵霜王朝的一种语言。我知道当时贵霜王朝为了避难通过帕米尔高原逃入了塔里木盆地，把这一语言也带了进来。"

"对，当时帕米尔高原、疏勒、楼兰等都使用这一种语言。"刘捷跟着说。

"那你能猜出这石碑上讲些什么？"张晓军问。

"我估计是建造了这个引水工程以后所留下的功德碑，"刘捷回答，"不过，我们这些人可以暂时都不用去管它，因为我已找到了出山的路，我们可以出山了。"

第十八章　峡谷中的坎儿井

能不能走出峡谷这是胡骏最挂心的，所以赶紧问刘捷："从什么地方可以出去？"

"就从这儿出去。"刘捷指了指水流下去的那个洞。

"这儿？这儿能下去？"胡骏看了看那从后面岩石那边挂下来的瀑布，又看了看流进洞穴的水流，不解地问。

"对，这儿就能下，"刘捷回答说，"不要看这个洞穴让流水占去了大半，但不影响人的进出，我估计他们在修建这座坎儿井时肯定考虑过得能让人通过，而且从这儿下去也肯定能到达平原或者城池。"

"你这么肯定？"胡骏盯着刘捷问。

"我肯定。"刘捷坚定地回答。

"那我们还等什么，赶紧去把所有的人都叫过来。"胡骏说。也不等刘捷说话，胡骏又说，"你们都等着，我自己去叫。"

胡骏去叫人了。

刘捷把那块石碑上的文字用手机拍了照，并对张晓军说："现在能认识佉卢文的人除了你的导师莫家蓬之外，考古界大概也找不出几个人了。"随后刘捷把话题一转，问张晓军，"你导师能认识佉卢文，你难道连一个字都不认识？"

张晓军苦笑了一下："不要说一个字都不认识，我连这一种文字看都没有看到过，我只是听导师说起过。如果我能知道这是佉卢文，也不用等你下来了，直接告诉你这就是佉卢文不就行啦。"

刘捷不想听张晓军的辩解，继续追着问："那你老师对于佉卢文还说了些什么？"

张晓军想了一下，说："导师曾在白沙湖旁发现过一块残缺的碑，还专门把它带回办公室放在储藏室里，说要破解里面的文字，还说有机会专门会跟我们讲解，并说要了解疏勒国的历史就必须要看懂佉卢文，不然得到的结果也只能是一知半解。"

"你导师说得不错，西域的文化少了佉卢文很难连接上，我估计这条坎儿井也是在疏勒国的时候挖的。"刘捷接着又转了话题，对张晓军说，"你导师带回去的那残缺的碑会不会和现在我们看到的差不多？"

张晓军回答："这我哪儿知道，那块残碑我也没有看到过。不过，回去以后一比较不就知道啦。"

叶诗意从后面挤了过来，看了看水流所流进的洞穴，然后问刘捷："老师，这儿真的能下去吗？"

"我也是估计能的，"刘捷回答，"这一方面是从书上看来的，因为坎儿井的修建方式是学习了秦人的穿井技术，所以有竖井，有明渠、暗渠，有蓄水池，而暗渠是通过人工挖掘的，所以人肯定能通行；另一方面我想修建了这个'坎儿井'后，那修建的人是从哪儿出山的呢？总不见得是从泥石流那儿翻出去的吧。我们到过那泥石流的地方，没有看见翻越的痕迹，而且那儿的土质非常松散，不适合攀爬，所以我估计还得从这坎儿井出去。"

叶诗意点点头："听老师这么一解释，好像是这么一回事，看来做老师的就是比我们这些做学生的考虑得透彻。"

"你少拍马屁，"刘捷对叶诗意说，"为了证实自己说法是真实的，我与张晓军先下去，你在这儿等着胡导把上面的人叫下来。"

实际上不用叫，一听胡骏说这儿可以下去，站在上面的人都陆陆续续下来了。如果不是洞口前面的场地过小，估计全部都会下来。现在听说刘捷要先下，下来的人都抢着要和他一起下。

刘捷阻止大家说："你们也不用争着下，因为是去探险，谁也不知道下面的洞穴里有什么，所以人不能太多，三四个人足够。我意思就让小飞和万豪跟着我们一起下吧。"

叶诗意也要跟着一起下，但刘捷没有同意，说是后面的大部队才是最重要的。让她与赵子凡一起组织上面的人员分批逐步下到巨石旁等候，再一批一批往下输送，但必须等着他们从下面传来的消息后再下，没有消息决不能下。

张晓军先到洞口的入口处探了探，然后对刘捷说："这好像是个瀑布，下去的路有点陡，得先点个火把，把路途照亮了再下。"

刘捷完全赞同："有道理，不但要点火把，下去的人每人还得随身带一根木棍，以防万一。"然后吩咐人去河床上找一些枯枝和藤条。幸好上面的河床要水没有，要枯枝和藤条还是很多的。

刘捷用藤条把枯枝绑了绑，然后点燃了火把，与张晓军等三人先下洞了。

赵子凡和叶诗意就站在洞口旁等着。

胡骏一来一回差不多用了一个多小时才叫下了所有的人，等大部队的人员全部到了巨石旁时，刘捷等四人还没有传回消息。胡骏有点等不及了，就责问赵子凡等人为什么不主动派人与下面联系。

赵子凡说："不是不派，因为刘教授说了，一定要等他们的回音，而且也不是干等，所以定下了每隔十分钟叫一叫，可惜我们叫到现在一直都没有回音，我们也正为此事想等你过来一起商量的。"

胡骏问赵子凡："他们下去了有多少时间？"

赵子凡回答："你走的时候我们上去找枯枝用了一点时间，

估计他们下去了近一个小时。"

胡骏严肃地说:"不能再等了,如果他们在下面遇到危险怎么办?连个救援的人都没有,所以必须马上下去。"说完马上吩咐上面的人立即再去找枯枝,越多越好。

枯枝找来了,现在基本上每人都有。

胡骏对大家说:"我先下,你们一个接一个跟着。"

就在胡骏带人准备下洞的时候,洞里面总算传来了呼叫的声音,但声音不太清晰。

胡骏贴着洞口问:"是刘教授吗?"

下面回答:"我是张小飞。"

总算对接上了。

胡骏又问:"下面怎么样?安全吗?"

张小飞回答:"还算安全。但洞口离我这儿有两个瀑布的落差,特别是下面的一个瀑布,下来的时候千万要小心,过了这两个瀑布再下面就没问题了。"

什么叫两个瀑布的落差,胡骏摇了摇头。既然联系上了,那就得赶快下。胡骏安排四个男生在最后压阵,其他的人开始陆陆续续下洞。果然,洞内瀑布的落差非常大,而且是个两级瀑布,上面一级瀑布有十多米高,幸好旁边有人为凿出的台阶,能撑着石洞壁一步一步下。但第二级瀑布却没那么容易下,因为距最底下还缺十五六个台阶。而这十五六个台阶有五六米的高度,幸好刘捷他们已经把崩塌的土堆又重新堆到了台阶的下面,不然的话,大部队还真的通不过。

胡骏心想:这种土台阶可能是原来的基础没做扎实,下去还算好,用树枝吊到土堆上即可,但上来却成了问题,估计刘捷他们就被这个问题难住了吧,但用叠罗汉的形式也可以上来呀。

张小飞和朱万豪就站在下面。

胡骏问:"还有两个人呢?"

张小飞回答:"他们在干更重要的事情,你们过去一看就知道了。"

"还这么神秘。"胡骏跟着张小飞和朱万豪往下走。

两级瀑布以下就是一个很长的斜坡。古人做得非常精致,中间低,两旁高,水流就是顺着中间低的地方向下流,旁边两侧还可以通行。现在还算是枯水期,水流并不算大,如果是丰水期,那两旁的走道估计也会被水淹没。

底下的通道显得有些高低不平,这和当时的生产力条件有关,但斜坡至少有三十度,完全不影响水的倾泻。而斜坡的上方看过去有许多人为的凿痕,估计挖凿这个洞穴时也花了不少精力。

出了斜坡就是一个山口。好像已到了山的背面,因为原来在峡谷中看到的太阳已经被山给挡住了。再回看刚出来的那个山洞,如果不是水流从这儿倾泻出来,还真的不知道这儿有一个洞穴存在。

胡骏回头看了看那个洞穴,他实在想不通,古人是怎么设计的,能够通过这个洞穴把旁边那个峡谷里的水引入另一边的那个峡谷,而且不用翻越横亘在两个峡谷之间的高山,看来古人的智慧也不容小觑。尤其是那种流水的洞穴,人们是根本不会想到是进出的通道,而且这个通道还是建在悬崖边的山口。

水还在继续往下走,但已没有路,只有紧贴着山边有不到三十厘米的水道。胡骏对张小飞说:"这有点像'红旗渠'嘛,只有这么一点宽度怎么走?"

张小飞回答说:"这是明渠,我们不走这儿,这儿走不通,"然后一指上面对胡骏说,"你看上面,你刚才问的那俩人就在上面探路,估计现在已经探到了路,"停顿了一下,张小飞又对胡骏说,"你看,我没有说错吧,他们是不是有更重要的工作要做?"

胡骏没有直接回答,只是抬头向四周打量,只见前面一块巨大的石头上有两个人在往下爬,不用说,肯定是刘捷他们在探路。胡骏问张小飞:"那他们是怎么上去的?"

"我来接你们了,他们怎么上去的我真的不知道,但估计找一下肯定能找到,这儿肯定有路。"张小飞回答。

胡骏站在山口东看看西望望,只有旁边有一块巨石,而且是挡在出口的前面,根本没有上去的路。张小飞也陪着一起找,也同样没有找到。张小飞自言自语:"还真奇了怪了,他们是怎样上去的呢?"

胡骏干脆对前面的山头喊道:"喂,刘教授,我们怎么上来?"

对面飘过来张晓军的声音:"从你的后面上来,你回头仔细看。"

胡骏回头一看,在洞口的夹角处有爬过的痕迹。胡骏对张小飞说:"估计就是这儿了。"

胡骏让张小飞搭一把手,然后爬上了洞口的上沿。在洞口上沿的左侧也有一块巨石,绕过这块巨石,再翻过两块巨石,就到了前面刘捷和张晓军刚才待的地方。

张小飞上来以后,对那块巨石惊叹不已,"这块石头长的还真是地方,挡住了后面几块巨石,如果不仔细看,还以为这儿就这样一块石头。"

"大自然就是这样鬼神莫测。"胡骏笑着说。

刘捷和张晓军已在一块巨石上等着他们。

刘捷见胡骏上来了,就对胡骏说:"我们刚才和你一样,以为没有路了。但有一句成语,叫'峰回路转',所以我们就转出了这样一条路来,怎么样?"

"转到这儿就有路了?"胡骏还不满足,"那我们还有下去的路呢,你们找到了没有?"

刘捷指着巨石的下面说:"路已在脚下"。顺着刘捷手指的方向,胡骏果然看到在巨石之间有一条可以上下的路。

胡骏问刘捷:"这一条就是古人们进出这个峡谷的路?"

"不知道。"刘捷无从回答。

还是张晓军打破僵局,他对胡骏说:"我刚才和刘捷商量了一下,我们原先的四个人继续打前阵,你在这儿继续招呼大部队，这个方案你是不是同意？"

胡骏当然同意，因为原先的分工就是由他掌握大部队，为表示诚意，他立即喊后面的朱万豪马上跟进。

刘捷等四人继续前行，在下了巨石以后，他们又和从悬崖边流过来的水流汇合了，接着有很长的一段流水都是在这些巨石之间穿行的，这一段河床就像两座山之间的峡谷一样，一会儿是巨石挡道，一会儿又是如临深渊，他们只好跟着水流在这些石头之间跳跃前行。

终于穿过了峡谷，又来到了一个山口。这个山口不高，而且明显有人走的痕迹，而流水到了这儿又转入了地下，同样，流水流入的这个口子，人工痕迹也非常明显。刘捷心想：刚才流水借的是山势，现在从这个洞口开始才是真正的"坎儿井"。不过眼前这个井口狭小，人根本不可能通过，估计是利用地下水的暗渠了。

刘捷眺望了一下山口的高度，也就三四十米，目前是无法看到山口外面的情况，如果想看，估计一定要爬到山口才能看得清。

刘捷对张晓军等三人说："我们也不用着急，还是等一下后面的大部队，我估计从这个山口出去就是城池了，说不定还有人居住。"

"这么说我们真的快要解放了？"朱万豪有点兴奋了，"早上就没有多少东西可吃，所以肚子早就饿扁了，如果再没有东西垫进去，我恐怕要走不动了。"

张晓军问刘捷："吐鲁番有坎儿井，这大家都知道，喀什的盘橐城也有，我们也知道，但这都是沙漠靠近雪山的地带，从没有听人说起过帕米尔高原上也有坎儿井？"

刘捷笑了："实际上刚开始时我也跟你一样有点郁闷，帕米尔高原离雪山那么近，而且生态恶劣，根本不用去修建坎儿井。但后来我想到了有两个原因可能会促使帕米尔高原有坎儿井的存在。一是这水流的方向可能有一大片沙漠或草原，有人居住，所以需要用水；二是我猜测下面居住的地方可能与揭盘陀国有关，因为揭盘陀国是半耕半牧的国家，将中原的农耕文化带入了西域，而农耕是需要用水来浇灌的，所以采用了坎儿井的做法。"

张晓军追问："你能确定吗？"

刘捷两手一摊："我不能确定，因为我也只是猜测，"刘捷接着又说，"我还猜测这儿原来有一条河道，是直通外面那座城池的，但被这个小山包给截断了。"

"反正水流已改成地下水了，上面那条河道存在不存在都一个样。"张晓军无所谓地说。

两人正在说话间，胡骏带着大部队到了。当听说出了这个山口有可能是城池时，胡骏马上说："那赶紧走呀，一鼓作气，因为已近中午，大家已经开始断粮了。"

刘捷看了看周边的山，对胡骏说："那我们就翻山吧。"

这是两山之间的一个小山包，三四十米的高度，爬起来不是很费力，一会儿就到了小山包的顶上。极目望去，果然远方有一座城池，由于距离较远，看不清城池的具体情况。而城池前面是一大片平原，但却看不到绿茵茵的草木，取而代之的是一片沙漠，只是在沙漠中还有一簇簇花草，无非是一些风滚草、骆驼草而已，而从脚下的小山包开始一路向前，都是一个个小土包，这些小土包却一直延伸到前面有城墙的地方为止。

叶诗意从没有见过这些小土包，转头问刘捷："老师，这一个个小土包派什么用场？"

"是派大用场的，"刘捷回答，"这些小土包就是坎儿井的竖井，是用来挖井用的。"

"还有一大作用，这是一个天然的大冰箱，吃不完的食物可以藏在里面"，张晓军回答。

叶诗意不解："怎么藏？放在水里？"

张晓军摇摇头："一看你就是一个不会做饭的，长时间浸泡在水里，这食物还能吃吗？"

"那怎么弄？"叶诗意还是想不明白。

"用一根绳子把食物通过竖井吊在离水面不远的高处,这样既可以不被其他小动物吞食,又能利用雪水的温度保持食物不腐烂。"张晓军回答。

"这倒是个办法,古人真的非常聪明,"叶诗意感叹地说,"我只知道西域有坎儿井,没想到还有这么多的妙用。"

张晓军遗憾地对叶诗意说:"看你这副样子肯定没有去过吐鲁番。"

叶诗意有点惊讶:"你怎么知道?"

"我当然知道,因为去过了就不会问出这些问题了。"张晓军回答。

胡骏打断他们的说话:"你们还是慢一点再讨论吧,进了城有的是时间让你们讨论,弟兄们可是真的没有吃的了。"

刘捷看着胡骏说:"你也不要太乐观,前面的城池里到底有没有吃的还是个未知数呢。"

胡骏倔强地说:"那也要先到城里吧。"

胡骏在前面带路,大家一起沿着小土包一路朝城池方向走去。因为快要到城池了,所以大家的脚步也变得轻盈了许多。

叶诗意要看看竖井里面是什么样子的。刘捷提醒她到前面去看,因为这儿从竖井下到下面的流水层起码有一二十米,最前面的竖井离地下水估计一米都不到。

这一路过来都是砂砾组成的斜坡。但这砂砾和前两天在戈壁滩上看到的砂砾还有所不同,多了一点土的成分,怪不得在砂砾中还到处飘着一些花草。也许以前这个斜坡是农田,后被风沙所掩盖。

但刘捷有一种不好的感觉,按理说在这山前有这样一大片农田是件大好事,怎么会让它荒废呢!况且坎儿井已经把雪水都接过来了,这些土地不应该荒废的呀。莫不是城池里面真的没有人居住?

张晓军边走边对刘捷说:"可能这就是揭盘陀国的都城,因为符合'流沙西'的说法,也符合揭盘陀国迁移的路线。根据你的分析，如果岩洞里面的谒语是揭盘陀国所刻，那只有墨玉河这一条出路，那么眼前的这座城池就是他们迁移后生存的地方。"

听了张晓军的话，刘捷没有马上回答，而是回头看了看他们刚才翻越过来的小山包，又朝远处眺望了一会儿，然后对张晓军说："我们早上在墨玉河看到的泥石流很有可能是人为的，"刘捷用手指了指远处两座山峰之间的一座低矮的峰，又对张晓军说，"如果没有这山体滑坡，我们很有可能就从那儿直接出来了，也用不着绕道坎儿井了。"

叶诗意在一旁问："那他们为什么要这样做呢？"

"我估计是不想让人知道，因为游牧民族看到这儿有农耕民族，那肯定会来抢劫，如果这儿牧草丰盛，也会来抢占这个地方。"刘捷回答。

叶诗意听了后分析说："按老师讲的这些道理，居住在这城池里的人，他们可以通过坎儿井进出，而别人又不容易发现这个地方，而且这地方的生态环境远比塔县石头城要好得多。"

"难道这是一个四面环山的盆地？"刘捷听了叶诗意的分析后，心里开始嘀咕，随后自己又摇了摇头，"他们毕竟还是个半游牧的民族，那他们牧马放羊的区域在哪儿呢？"

第十九章　王城的诱惑

越是走近城池，人们越是震撼。

城墙非常高大，长度有两百多米，宽度也有一百来米，远远看去，城墙旁好像还有围墙，不过时间久了，有许多围墙都已经坍塌了。这在古代尤其是西域，应该算是一个非常大的城池了。

胡骏心想：这座城池比自己在西域所看到的任何城池都要大，喀什的盘橐城、塔县的石头城都不能与之相比。唯一可惜的是好像这座城池荒废已久，人都不知去了哪里，就连城门洞都被沙土埋掉了三分之一，尽管人员进出还是绰绰有余，但可惜的是木制的城门早已烂成了木屑，几根门档还斜插在沙土里面。

进了城门，还依稀可辨城里面的大街小巷，当然有许多已经是残垣断壁，沙子已经在这座城池上铺上了厚厚的一层，把原来低矮部分的道路和巷子差不多都淹没了一半，只有向山坡上延伸的那部分城池还裸露在外面，上面看似还有宫殿和佛塔。从城池和大街小巷的数量上可以看出它的规模在西域算是非常大的，无论如何也有几万人的规模。

胡骏惊讶地张着嘴，眼前的一幕让他感觉不可思议，一路过来他就想找一个有人居住的地方，能尽快与上级部门取得联系，然后顺利返回，谁知却找到了这么一座古城。自己是做导游的，如果把这座城池放在314国道沿线或喀什城中，那肯定是一处非常有价值的旅游景点，但现在看这儿的情况，所有的痕迹表明，已经有千年以上没有人来过，而且可以肯定这是一个偏离人烟的地方，说不定国家的版图上目前还没有标明这一地方也未可知。我的运气怎么这么差呢？逃离的时候还自以为是一条古道，谁知竟是这么一条古道。唉，没吃没喝的，接下来该怎么办？

张晓军也是非常震惊，导师一直在寻找已经消失的疏勒古城，即疏勒国的王城乌即城，难道眼前的这一座就是？这儿应该是一个山间盆地，四面环山，但按一路走来的情况来看，这儿应该是揭盘陀国从石头城迁移到这儿的都城，我们就是这样一路过来的，并且在悬崖旁的岩洞里还看到了唐僧的谒语，难道这儿不是乌即城？而白沙湖旁的乌即城又会在哪儿呢？按汉朝时的六千平方公里的水域面积，这儿的位置又非常像是乌即城的位置，难道这二者之间还有什么联系不成？还是这儿既是揭盘陀国的都城，又是乌即城？嗨，如果自己的导师在这儿就好了，以他的学识可能会得出一个更清晰的结论。

刘捷却与前两人不同，非常的兴奋，原先自己只是想游玩白沙湖、喀拉库勒湖、石头城，充其量听了赵子凡的介绍再去游玩一下公主堡，没想到一场地震把自己带到了一个早已消失的古城，自己有点像是在玩穿越了。而这一穿越却正是自己梦寐以求的，有多少人包括外国人在内，都想寻找这一片区域而不可得，更何况对于揭盘陀国和疏勒国那也只是在《大唐西域记》和《汉书》里面有记载的，而且也只是点滴记载，自己是研究历史的，如果能填补这一段历史的空白，那将是自己人生最大的辉煌。刘捷深吸了一口气，仔细环顾这座古城，只见这座古城处于一个盆地之中，四周都是山，风沙对这儿的影响很少，所以还能保存至今。如果这座城池放在其他地方，估计早就消失得无影无踪了，更不可能像现在看到的这么完整。这才是王城的模样，怪不得能抗衡班超达半年之久，后来还是班超使用了离间计，让帮助乌即城的康居王退兵，这才使乌即城向班超投降。此时的刘捷就像刘姥姥进了大观园，看到所有的一切都让他兴奋，因为从理论上讲这儿应该能找到让人震惊的东西。

其他的人在进入城池以后,先是惊讶,然后是兴奋,因为这毕竟是其他旅游者从来没有到过的地方,所以肚子饿也感觉不到了,拿着手机在城池里走来跑去。

这座古城确实与众不同,中间是一条大道,往东可以直通城墙的东大门,往西直通宫殿,而往南往北都可以直抵城墙。远远眺望那在半山腰的宫殿,依稀还可以看出当年的雄伟,后面还有一座佛塔,是建在宫殿后面的一座小山丘上。而围绕着宫殿,旁边又是许多大街小巷。当然,这些大街小巷,包括宫殿,随着岁月的流逝,基本上已是残垣断壁,但宫殿保存得相对完好。而在小巷的尽头,也能看到城墙,只是距离太过遥远。

张晓军兴奋地对刘捷说:"我们刚才看到的二百多米长的城墙只是这座城池的城门墙,实际上加上这周边一圈的城墙恐怕要占地五平方公里以上。这是什么概念?也就是说要比我们在西域看到的任何一座古城都要大,简直可以和我们中原的城池相媲美。"

刘捷同意张晓军的说法:"这将是震惊世界的发现,关键到目前为止还没有人知晓,如果能找出一些遗留的古物加以佐证那就更好。"

胡骏插话说:"据我所知,疏勒国所留下来的遗址不是很多,古物更少。除了喀什古城有一部分外,最大的就是罕诺依古城了,它建在喀什东北三十多公里的戈壁滩上,距今约一千五百年,是个佛教的遗址,但它的规模也不算很大,长约三公里,宽约一公里。当然和现在看到的这座城还是不能相比。另外还有两处,一是脱库孜萨来古城,现在只剩下佛寺遗址了;二是小阿图什的佛教石窟,其他好像没有什么印象了。"

叶诗意东张西望了一番,然后对刘捷说:"老师,我们能不能去后面的宫殿看看,可能还会有更惊喜的发现,说不定能找到一些佐证的实物也未可知。"叶诗意也是学历史的,对于古城同样表现出了浓厚的兴趣。

刘捷赞同说:"我也有这个意思,现在离天黑估计还有四五个小时,我们先去看一下。"

张晓军却说:"我反对,你们去看看可以,我的意思是能不能干完活再去,这样也正好顺便。"

"干活?干什么活?"叶诗意不解。

张晓军看了她一眼说:"沙漠的晚上会非常的寒冷,与白天完全是两个世界,这你们也已经历过。不要以为这儿有城墙的阻挡,会比戈壁滩上好一些,实际上这儿的晚上同样会很冷。而我看了一下,宫殿那边也正是我们可以利用作为晚上歇息的地方,但没有门窗,晚上挡不了寒气,如果感冒就不值得了。"

刘捷插话说:"你的意思是让我们去捡一些枯枝,带到宫殿那边,作为晚上生火之用?"

张晓军赞许地说,"对,刘教授说得对,肚子饿可以克服,水有坎儿井,也不用担心,而晚上的冷却是没有办法对付的,因为我们没有取暖的房间、没有被子、没有衣服等,现在对于我们来说,健康的身体才是第一位的。"

胡骏接着张晓军的话说:"晓军说的有道理,食物的事情我让所有的人再匀一匀,估计有一些人的背包里还有些吃食,再加上剩余的囊,弄个半饱应该没有问题,但冷的问题却是没有办法解决的。这样我马上通知所有的人到古城前面的沙地上去找一些枯枝,然后去宫殿集中。"

张晓军点点头:"就这样,"然后对刘捷说,"不好意思,我刚才打断了您的兴致,只好跟您打个招呼。"

刘捷讪讪地回答:"你说得对,应该这样安排。"

胡骏已经去布置了。

刘捷和张晓军、叶诗意,还有何晓晓、张小飞等人先去了古城前面的沙地,因为刚才过来的时候就已经看到了不少枯枝。幸好这一片是沙泥地,地上还长出不少植物,但由于干旱又枯死了不少。所以几个人一会儿的功夫就找到了许多枯枝,分成几堆,张小飞先用红柳捆着,按刘捷的意思,越多越好,等大家都有了一堆树枝，才往宫殿方向拖。

忽然，张晓军在喊刘捷，让他赶快过去。刘捷还以为发生了什么大事，赶紧赶了过去。张晓军说："我们不是缺食物吗？喏，这种沙漠仙人掌的果实是可以食用的。"

刘捷一看，果然在不远处有许多仙人掌，绿绿的枝茎，红红的果实。刘捷问："你是说这仙人掌能吃？"

张晓军回答："果实能吃，而且水分还很多，但枝茎不能吃，因为含有毒碱。在地质勘探时老师曾带我们吃过，果实味道还算不错。"

刘捷眼睛冒光："那我们还等什么。"

现在吃的东西比任何东西都重要，所以五个人都一哄而上，不管果实有没有熟，先掰下来再说。

急得张晓军在喊："不要急，当心刺。"

众人根本没有听见他在叫喊什么，装包的、装手提袋的都有，张小飞将自己的外套也脱了下来，把采下来的仙人掌的果实都包在里面。当然，对于刺，大家还是相当当心的，掰不下来的就用水果刀。

刘捷问张晓军："你长期在新疆地质勘探一线，应该知道这沙漠戈壁里还有哪些东西是可以吃的？"

张晓军回答："长期不敢当，我也就五年，四年本科，一年研究生，还有两年毕业。"

叶诗意插话说："五年已经很长了，我们这些人都只有五天。"

张晓军看了叶诗意一眼，继续说，"在沙漠中有哪些植物可以吃倒是常识，因为学地质的人都知道，简单地说：三果一枣一掌，就是黑刺果、白刺果、沙棘果、沙枣、仙人掌。"

刘捷问张晓军："那三果一枣一掌生长在什么地方？我们怎样才可以找到这些植物？"

张晓军回答："仙人掌比较多一些，野生的这三种果和沙枣就比较少，因为沙漠里的一些植食动物也喜欢，而仙人掌因为长满了刺,只有野骆驼可以啃食。"

叶诗意不解:"难道野骆驼不怕刺吗?"

"不怕,因为它的牙床比较硬,这些刺对它的牙床来说没有威胁。"张晓军回答。

刘捷等五人拖着六捆枯枝和五包仙人掌的果实沿着通往宫殿的中轴线来到了宫殿门口,正要上台阶,却看见赵子凡和朱万豪拖着一根很粗的胡杨木过来,刘捷问:"这胡杨木你们是从什么地方找到的?"

朱万豪回答说:"就是在古城旁边的河床上找到的。"

赵子凡补充说:"就在前面的不远处,有一个干涸的河床,因为雪山流下来的雪水已经改道了,所以河床两边都是干枯的胡杨木。"

胡骏不知什么时候也过来了,插话说,"这胡杨木是个好东西,再去多拿几根,我们可以坚持到天亮。"于是,胡骏又吩咐几个男生跟着朱万豪、赵子凡一起再去一次河床,再拖几根干枯的胡杨木回来。

刘捷和张晓军等人却进了宫殿。胡骏随即也跟了进来。

这宫殿还算简约,也就是一个大殿,后面看上去好像还有两个宫殿,刘捷猜测可能是批改奏折的地方和寝宫。宫殿内所有的木制门窗都早已破碎,透出一个个方孔,西晒的太阳正好通过这些方孔照在大殿内的立柱上。宫殿比较方正,有一两千平方米,但空荡荡的什么东西都没有。只有大门的正前方有一个已经倒塌的高台。刘捷心想:这大概是国王和大臣们议事的场所吧,倒塌的高台可能是国王坐的地方,但毕竟是小国,估计没有这么多人参与议事,所以用不了很大的议事厅,不像秦朝的咸阳宫,周围两百里有两百七十所宫殿。刘捷现在唯一的遗憾就是到目前为止还不知道这儿到底是疏勒国的乌即城还是揭盘陀国的都城,又或者两者有可能都是或都不是。

宫殿内共有八根立柱,大门左右各四根。柱子很粗,直径估计有一米,颜色有点灰灰的,只有四根朝西的柱子在太阳的照射下还泛着红色的底色。胡骏很兴奋："这柱子的灰尘底下肯定有雕刻或绘画，可以先去看看。"

刘捷阻止说："先不急，我们把周围的环境先看一下，回过头来再来确认这柱子上雕刻的是什么，可以吗？"

"这方面你是专家，当然听你的，"胡骏实话实说，"我们就算是看了也等于白看。"

出了宫殿的后门，也是一条中轴线，直通第二座宫殿，但第二座宫殿比第一座宫殿略小，位置却要比第一座宫殿高，而第三座宫殿又比第二座宫殿略高。由于宫殿的大门早已不知所终，所以从第一座宫殿就可以直接看到第三座宫殿。三座宫殿之间除了阶梯，两侧都是空荡荡的，没有房子，不像洛阳的皇宫太极殿，两侧还分东堂和西堂。

张晓军问刘捷："这最后的宫殿估计是国王睡觉的地方，那前面两座宫殿对于国王来讲是派什么用场的？难道仅仅是召见大臣之用？这也太浪费了吧。"

刘捷回答："不仅仅是召见大臣，一般来说，第一座宫殿应该是国王与大臣们议事的场所，由于国家的规模不大，所以宫殿的规模也不算大，但也不算小，洛阳的太极殿占地也不过八千平方米；而第二座宫殿应该是国王召见朝臣、批阅奏章、处理日常政务的地方；最后一座宫殿才是国王的寝宫或后宫。"

何晓晓在一旁插话说："国王就是国王，还真的不一样，一个王宫就有这么大的规模，看看我们住的地方，什么都不是，连一个角都算不上。"

张晓军打趣道："这就是灰姑娘为什么都要去找王子。"

"那也不一定，"叶诗意意味深长地看着张晓军说："你知道奥巴马的夫人米歇尔吗？"

"知道啊，"张晓军回答，"怎么了？"

叶诗意得意地说："一次新闻发布会上，有一个记者问米歇尔：你丈夫这么优秀，你不担心会被人夺走吗？你知道米歇尔是怎么回答的吗？"

"米歇尔她怎么回答?"张晓军问。

叶诗意说:"米歇尔的回答是:我一点都不担心,因为只有做我的丈夫他才可能是美国总统。"

刘捷和胡骏都笑了起来,其他人也跟着笑,只有张晓军笑得有点尴尬。叶诗意再一次看了看张晓军,随后笑着带着两个女生往前去了。

刘捷等人来到了第二座宫殿。

果然如刘捷所料,第二座宫殿是批阅奏章和处理日常事务的地方。因为两边倒塌的木架子就是证明,唯一可惜的就是地上却找不到原先的奏章等东西,刘捷心不死,把这七八百平方米的宫殿找了一个遍,但还是一无所获,刘捷的希望顿时被扑灭了一半。

刘捷心想:这不应该呀,就是后面的人打扫得再干净,总会留下一些蛛丝马迹,会不会西域人写奏章不用纸张或木简之类的东西?那国王批阅什么奏章呢?难道就是听取汇报?刘捷百思不得其解。

就这样来到了第三座宫殿。

第三座宫殿由三幢房子组成,当中有一幢,两侧再各有一幢。刘捷对大家说:"当中一个应该是国王的寝宫,旁边两个应该是后宫,至于是东宫西宫,还是一个后宫一个妃宫什么的,那我就搞不清楚了。"

陈娴看着刘捷说:"看来你对这方面倒蛮有研究嘛"。

刘捷讪讪地没有答话,胡骏却笑着说:"专家都是这么来的。"

张晓军却打破刘捷的尴尬,说:"那我们先去国王的寝宫,看看里面有多豪华。"

大家都去了国王的寝宫。

刘捷的脚还没跨进寝宫的门槛,却被一声尖叫吓了一跳,只看见叶诗意从里面逃了出来。刘捷一把拉住她,忙问:"什么事?"

叶诗意像是受到了惊吓："是，是尸体，不，是一具死人的骸骨躺在里面。"

有骸骨？刘捷眼睛里冒光，说明这儿是原始现场，已经保留了千百年。刘捷第一个冲了进去，张晓军和胡骏也跟了进去。果然，在宫殿大门内的一角蜷缩着一具骸骨，但骸骨的一半已淹没在沙土里。刘捷上前看了这具骸骨，样子好像是合扑的，正想再看个究竟，又有人在叫："这儿还有一具。"刘捷一听，是从宫殿的里面传出的声音，所以又赶了进去。只见陈娴、何晓晓等人已在里面。又是一具骸骨。不过这具骸骨是躺在墨玉砌成的床的里面，可惜床板已塌陷，骸骨也跟着一起陷下去，幸好骨架还没有散。

刘捷用虎口量了量骸骨的盆骨，说了一句："这是个男的，而门口的那个应该是女的。"

胡骏问刘捷："这儿既然是国王的寝宫，那会不会这人就是国王？"

刘捷又看了看躺在墨玉床上的骸骨，说了一句："有可能。"

胡骏又接着问："那外面的那具骸骨呢？是王后？还是侍女？"

刘捷没有回答，而是一步跨进墨玉床的里面，从骸骨底下顺手牵出一样东西。

陈娴赶紧问："这是什么？"

"一张羊皮，"刘捷回答，"但上面好像有什么东西。"

一听说有东西，大家都来了兴趣。刘捷把这张羊皮使劲甩了几下，抖去了上面积余了千年的灰尘。

这是一幅地图，上面共标明了十几个地方。而让刘捷感到非常兴奋的是这幅地图全部用的是汉字。

胡骏也看到了汉字，而且还看到了流沙湖、乌即城、阿拉尔草滩等字样。胡骏兴奋地说："有了这张图，我们终于找到可以走出去的路了。"

刘捷也粗粗地看了一遍羊皮图，除了胡骏刚才看到的几个地名外，他还看到了昆仑丘、春山、夏都、樊桐、玄圃、增城等一些地名。刘捷深深吸了口气，强压住心头的兴奋。这些是什么地方？这些可是中华民族传说中的远古时期的精华，以前所有的人都把这些归结于神话，但现在有了这张地图，上面的标注说明了这些城池并非神话传说，而是真实的存在。

刘捷感到浑身充满了动力。

第二十章　东方佛陀

刘捷对大家说："我们先去旁边的东宫西宫和后面的佛塔看一看,羊皮图的事等空闲下来以后我们再研究。"刘捷说着,把羊皮图藏在了陈娴的双肩包里面。

于是大家又跟着刘捷去了旁边的东宫西宫,除了东宫又有两具骸骨之外,西宫什么都没有。刘捷又仔细查看了这两具骸骨,都是女性,于是对大家说："这儿有可能是后宫。"

胡骏追问刘捷："那哪一个是王后?"

刘捷回答："我怎么知道,你还真以为我是个考古学家了,"随后刘捷又接着说,"我估计既然是在国王的寝宫里面,很有可能刚才的那具男性骸骨是国王,不一定会逃走,就是死也要有尊严,所以就躺在王宫里。至于王后嘛,也不一定,因为在西域,女人就等同于财富。只有反抗才会被人杀死,国王一死国家也就亡国了。因为我们前面从骸骨底下抽出的那张羊皮图,上面标注的是汉字,所以我敢肯定这个国王很有可能就是揭盘陀国的最后一任国王,因为到目前为止我只知道西域只有这一个国家还有可能使用汉字。"

陈娴问刘捷："我有一点搞不懂,这王宫里只有国王、王后和侍女的尸骨,那卫兵呢?御林军呢?难道这儿真的只有孤家寡人吗?"

刘捷回答:"你说的只是一种可能,或许这儿是一场内部政变的现场;或许他国军队打过来时,其他人都逃走了,而国王和王后为了最后的尊严,情愿被杀也不愿意流亡,所以只能剩下国王和王后了。噢,还有一个侍女,也不一定,是妃子或女儿也未可知。"

张晓军打断刘捷的话:"那我们在过来的时候,在墨玉河谷坎儿井的洞口发现的那块佉卢文的石碑怎么解释?"

刘捷回答:"这个坎儿井不一定是揭盘陀国经过的时候挖的,很有可能是在它之前就已经存在了,就像我们经过时发现了坎儿井一样,当然,我们是从坎儿井进入这个城池的,而揭盘陀国却有可能是沿着墨玉河一路过来到了这个城池。然后为了不让其他人发现他们的踪迹,在山口处制造了泥石流,于是这四面环山的山间盆地就成了世外桃源。"

"照你这么说,在揭盘陀国到来之前,这儿曾经是另外的一个国家,这个国家使用的是佉卢文。"张晓军感到不可思议,甚至有点惊讶。

"我再说一件事,你可能还要惊讶,"刘捷回答,"我猜测这儿在汉朝时曾经是疏勒王国的都城,也就是乌即城,因为它使用的是佉卢文。"

"乌即城?"叶诗意的眼睛亮了,"你是说班超攻打了半年都没有攻打下来的反叛之城?"

刘捷点点头:"对呀,我估计就是这座城。"

张晓军却不解:"你的依据是什么?"

刘捷解释说:"一是这座城的规模,西域一般不会建城池,因为他们是游牧民族,如果为了防御而建的城池,规模也不可能有这么大,就像我们遇到黑风暴的那座边城;二是这个区域还属于疏勒国的范围内,离白沙湖也不算远,如果远离白沙湖那肯定不是乌即城;三是疏勒国曾有一段时间使用的正是佉卢文。"

叶诗意有点领会:"如果这儿是乌即城也说得过去,因为这座城的规模确实不小,城墙也够高,怪不得当时班超打了半年都没有打下来。"

刘捷解释说:"乌即城难打也不是全是这个因素,因为还有康居国的援兵。当然,班超后来遣使贿赂月氏国,通过月氏国和康居国的姻亲关系才迫使康居国退兵,这样乌即城才终于投降。"

张晓军打断刘捷说:"我们还是回到现实吧,你说这儿既是乌即城,又是羯盘陀国的都城。那我有一个问题:乌即城的存在西域都知晓,这个地理位置并不是什么秘密,那为什么羯盘陀国还要人为制造泥石流,还要挖坎儿井,这不是此地无银三百两,活生生的一个鸵鸟嘛。"

"也不一定,"刘捷解释说,"毕竟从班超到唐僧,这中间有六百年的时间,而且这中间经历了一二百年的南北朝时期,那段时间正好是分裂和战争的代名词,原先人人皆知的王城随着岁月的变迁而逐渐没落,并随着时间的推移逐渐淡出了人们的视野,再加上唐初的那场大地震,山河都变了模样,羯盘陀国趁机用泥石流、坎儿井等方法打造了这个世外桃源。"

"这是逃避现实,"张晓军不客气地说,"在民族林立的现实世界中,这种做法的最终结果只能是亡国。"

"亡国不亡国不是你们说了算,"胡骏有点不耐烦了:"你们一边走一边讲可以吗?因为我们现在还有一点时间,赶紧先去看后面的佛塔。你们再看一看这周边,四周都是山,太阳下去得快,一会儿晚了什么都看不见,看好以后晚上你们有的是时间研究。"

大家觉得胡导的话还是有点道理的,于是众人跟着刘捷来到了宫殿后面的佛塔。到了佛塔跟前才看清佛塔的外围还有一座围墙,可惜已基本倒塌。再看那佛塔也已经破损不堪,原十字形的土墩有一侧已经倒塌,就连竖着的佛塔也已折损大半。从现有的规模看,佛塔的土墩大概是十一二米见方,高三米,而矗立在土墩上的佛塔直径在三至四米,高约六米,像个石柱。看来这儿不仅仅有佛塔,可能还是一个佛寺,但佛寺的经房、僧房都已不见。刘捷领着众人兜了一圈,看不出什么有价值的东西。

张晓军问刘捷:"这儿的佛塔怎么会看不到佛呢?"

叶诗意回答:"你以为这是中原的佛塔,每一层或每一个窗口都有一尊佛像?这里是西域,西域的佛像都是在洞窟里面的,这儿的佛塔都是用来存放舍利子的,或下面是葬人的,让后人祭祀或祭拜先人用的。"

刘捷插话说:"也不全是,一种就像小叶所说的;还有另一种,胡导知道,在喀什东北有一座'莫尔佛塔',我虽没有去过,但我看过它的介绍。它分三层,每一层都有佛龛,是专门用来供佛用的。当然由于年久失修,佛像已荡然无存,但佛龛还依稀可辨。"

胡骏不由感叹说:"教授就是教授,没去过却比我们做导游的解释得还要清楚,但西域地区类似于'莫尔佛塔'的建筑很少,而类似于我们今天看到的这种佛塔却更多。"

张晓军环顾了一下四周,忽然说:"你们看那边山脚还有两个洞窟,会不会佛像就在那儿?"

众人顺着张晓军手指的方向,果然在靠近山脚的地方有两个洞窟,但远远地望去就像两个黑黑的窟窿。如果不仔细看,还以为是两块黑黑的石头。

刘捷来了劲:"那就抓紧时间去看看吧,因为走过去估计还要二十分钟的时间。"说完还看了胡骏一眼,胡骏却没有反应。

于是大家又急匆匆向那洞窟走去。沿途大家又看到了坎儿井,只不过这条坎儿井好像是宫殿专用的,因为从宫殿开始每隔几十米就有一个小土包,也就是竖井,一直延伸到洞窟那边的山脚。

洞窟在山脚,后面的山体并不高大,但看它的趋势好像是山连着山,山外有山。远远地望去,洞窟并不显眼,但走近一看却是人工修筑的痕迹比较明显。洞窟的洞口并不算大,也就一人多高,但里面的空间还可以,约有六米的高度,长宽各有十米左右,容纳十几个人不成问题。

与宫殿比起来，两个洞窟都不算大，但里面也是空荡荡的，没有什么藏品，只有一个洞窟有两尊佛像和壁画，另一个洞窟只有壁画。每个洞窟里面都竖着十二根手臂粗细的木架，由于光线不明也不知道派什么用。

刘捷他们先去了只有壁画的洞窟。为了能看清楚洞内的情况，胡骏在洞外找了一根干枯的树枝，用打火机点亮了，才拿进洞，这才稍微看清洞内的壁画。

洞内的壁画看上去很不规则，有大有小，胡骏凑近正想看个仔细，刘捷却把他手上的火把一把夺了过去。胡骏还有点诧异：夺我火把干什么？我们一起看不就行啦。

刘捷把火把伸到木架上，呼的一下一股火苗蹿起，大家这才看清木架上有一只碗，估计碗里面是动物的油脂。但这些油脂毕竟存在了一千多年，还能够点亮吗？大家心里都很好奇。刘捷也不跟他们解释，一只只碗点了过去，只有一只碗点了两次没有点亮，其他都亮了。这一下洞内通亮。

看上去洞窟内的壁画虽算不上精美，但却是彩绘的，有自己的特色。特别是每个菱形的框架内都有一幅画，好像各蕴含着一个故事。

刘捷看了半天却没有看出什么名堂，再看看其他人，好像也是一片茫然。刘捷闭着眼睛思考了一下，这些壁画肯定与朅盘陀国或疏勒国有关系，按时间的顺序最后一个国家应该是朅盘陀国，那上面叙述的会不会就是朅盘陀国的光辉历史？谁知这么一想却是有所发现，至少有几幅画稍许可以看懂。最右上角的那幅有一个穿着白衣、头戴冠帽的书生从太阳里面走出来，那不就是"汉日天种"吗！第二幅不就是小孩当了国王，葛沙氏在垂帘听政嘛。又譬如中间的几幅。一幅是滚滚洪水把好多人淹没；一幅是一个和尚在台上讲经，下面全是虔诚听讲的人；再有一幅是浩浩荡荡出行的人流；这些不就是地震、唐僧说法、迁移的场景吗！左下角还有几幅战争的场面和丰收的场面，会不会就是迁移到这儿后与这儿的原住民发生了战争，然后打赢了战争，最后是胜利的场景?!

张晓军在旁边问刘捷:"大教授,你看明白了吗?"

刘捷回答说:"有点明白了,这是揭盘陀国的历史,而且每一幅都代表着一个历史事件。"

叶诗意没有看懂,所以问刘捷:"老师,你的意思是这个洞窟里面的壁画所叙述的是揭盘陀国的全部历史?"

"应该是,我先介绍几幅画,你们看看对不对。"于是刘捷解释了几幅画。

"对呀,老师真棒,这可是重大发现,"叶诗意兴奋地叫了起来,"我要把这些画全部拍了带回去。"叶诗意开始用手机拍照,拍了几幅画后对刘捷说:"老师,现在我国的史书上对揭盘陀国的表述一共就没有几句话,如果这儿的画就是整个揭盘陀国的历史全部,那我们的这个发现不亚于斯坦因。"

刘捷笑着说:"不能这么比,我们是高尚的,斯坦因属于偷盗,是卑鄙的。"

叶诗意羡慕地说:"老师,这些都是价值连城的国宝,我要把它全部拍下来,回去后再把它汇编成一本书,也不枉来这儿一次。"

实际上有这个想法的不止叶诗意一个人,其他的人也拿着手机在拍,包括刘捷。但有几个人手机已经没电了,只能在一旁干等着。

估计大家已忘记了时间,如果不是胡骏在一旁催促,大家在这个洞窟停留的时间会更长。

无奈大家只能来到另一个洞窟。

另一个洞窟内除了壁画外,还有两尊佛像。这一次不等刘捷去点灯,胡骏已经主动上去把油灯点亮了。有了灯光的照明,洞窟内就看得一清二楚了。两尊佛像都是石头雕琢而成,其中一尊大家都猜测是释迦牟尼佛,刘捷看看也没什么问题,因为平时大家在庙宇中也经常看到,形象也差不多。但另一尊是谁却谁也不知晓。

在释迦牟尼佛石像旁边有许多壁画，也打的是菱形框架。刘捷根据上一个洞窟的逻辑，用佛家经典里面的故事来诠释这些壁画，果然，这么一联系要明白的多了，框架内的壁画好像都是一个个普度众生的故事，包括大家熟知的"猴象得渡"的故事。

而另一尊佛像的旁边却只是一幅大的壁画，看不到菱形。画面上一辆彩车在城内街道上缓缓而行，上至国王大臣，下至庶民百姓，个个都脱掉帽子，穿上新衣，赤着双脚、手捧鲜花迎接坐在彩车上的人，仪式看上去极为隆重。而彩车上坐着的人的形象与旁边的那尊佛像简直是一模一样。

会不会他们隆重迎接的是唐僧？因为胡骏的故事里面也说僧众对唐僧再三跪拜。刘捷脑海里忽然灵光一闪，因为只有唐僧在这个国家最困难的时候帮助过他们。

但刘捷盯着佛像看了半天还是有点看不懂，如果这座佛像是唐僧，坐像没问题，关键有两点，一是他面带微笑，唐僧在《西游记》中从来没有笑过，中原的许多庙堂里也有唐僧的塑像，但他始终给人的印象是很庄重的；另一个是他的手势，竟然是拈花指，好像在各地的寺庙中也只有释迦牟尼佛、观世音菩萨和药师佛用的是拈花指，好像没有其他佛和菩萨用。又是拈花又是笑，就算拈花一笑也是佛祖拈花示众，迦叶尊者会心一笑，与拈花人无关。那么这尊佛像到底是不是唐僧呢？

刘捷把这个疑点跟大家说了，谁知胡骏却说："这个我知道，我们培训的时候也专门讲起过，佛祖和菩萨的手势共有五种：一是讲经说法时用的手势，称'法印常转'；二是消除内心恐惧的手势，称'无所畏怖'；三是表示内心安定的手势，称'禅思禅定'；四是表示魔王具伏的手势，称'触地降魔'；五是表示普度众生的手势称'慷慨施愿'，也就是我们现在看到的拈花指。"

刘捷恍然大悟："我明白了，唐僧对于揭盘陀国是有大功的，属于慷慨施愿、普度众生的，所以在造像上塑造了拈花指的手势；又由于人的生命中有许多窘迫、悲伤、苦恼和绝望需要用微笑来解脱。唐僧是揭盘陀国芸芸众生的偶像,所以把他塑造成拈花一笑的形象。"

张晓军问刘捷:"你说这一尊佛像是唐僧?"

"应该没错,"刘捷回答,"因为唐僧对揭盘陀国有大恩,所以在这洞窟里雕琢了这么一尊佛像,永世纪念,"刘捷忽然对张晓军说,"你再去隔壁的洞窟看一看,中间的菱形格中有一幅画,有一个高僧在讲经,是不是和这尊佛像长得一模一样?"

只一会儿,张晓军就回来了,说真的长得一模一样。

刘捷肯定地说:"那确定这座石像是唐僧无疑了。"

叶诗意却对刘捷说:"老师,我有两个问题不知道该不该问?"

"你问吧,"刘捷回答,随后又补充了一句,"随便问。"

叶诗意问:"第一个问题,你看佛祖的身旁有许多菱形,有一个一个故事来衬托,而唐僧却只有这一大幅画?"

刘捷回答:"这好回答,揭盘陀国只知道唐僧是个得道的高僧,而对于唐僧的过往却无从了解,所以只能用一幅画来代表,而佛祖就不一样,他的故事佛经里面全写着呢,所以这些菱形还不算多。这样回答你是不是满意?"

"算是回答正确,"叶诗意又问,"第二个问题,唐僧是个得道的高僧,在明知道这儿有国家的情况下,还指点他们到这儿来,这算不算在挑起两个国家的矛盾?"

刘捷回答:"这个我现在还回答不清楚。因为唐僧的谒语是'流沙西,夏都旁',是不是就是指这儿还有待考证?按理说唐僧的为人不应该会挑起两国的纷争。"

胡骏也说:"对呀,唐僧不可能是这样的人。会不会揭盘陀国的人走错了地方,走到这儿来一看,哟,这可是个好地方,世外桃源,而且可牧可耕,非常适合他们,于是就动手抢了这个地方。"

"也有这个可能,"刘捷肯定并解释说,"如果按这样推理的话,那这儿还不算是'流沙西,夏都旁',这儿只能算是原疏勒国下面的一个大城，至多就是乌即城。"

叶诗意却还有点遗憾："通过洞窟里的菱形图案我们对于揭盘陀国的历史已基本明了，但对于疏勒国的历史却还是知道的不多，要知道疏勒国的地域和名气都要比揭盘陀国来得大。"

刘捷打断叶诗意的话，说："凡事都要一步一步来，一口吃不下一个胖子。说不定揭盘陀国的历史与疏勒国的历史有纠集重合也未可知。"

俩人还想说下去，胡骏在一旁不耐烦了："你们还有完没完，我看时间应该差不多了，该往回走了。"

刘捷摇摇头，苦笑了一下，带头走出了洞窟。

其他一行人也跟着离开了洞窟，前往宫殿，此时的太阳已经落到山的后面去了，但天还没有完全黑下来。

不知是谁已经生起了火。胡骏摇摇头，嘟囔了一句："不当家不知柴米贵，这么早生什么火？"

回到宫殿的大殿，其他许多人都已经在这儿背靠背的休息了。别看有三十二个人，人数不算少，但在这个大殿里还是显得有点空荡荡的，如果不是有几堆火点着，估计晚上在这儿肯定感觉是阴森森的。

胡骏问他们："为什么不去后面的那个宫殿休息呢？那个宫殿要小一点。"

赵子凡回答："原来是准备到上面的宫殿里休息的，但他们说离死人太近了，所以又只好回到这个大殿里来了，虽然这儿看上去是空荡荡的，但生了两堆火以后就没有什么问题了，"赵子凡接着又说，"其他的都还可以，就是吃的东西没有了。"

刘捷问张小飞："仙人掌果发下去了吗？"

张小飞回答："都发了，但一人两个都发不到。"

刘捷对胡骏说："看来明天不是要先找出路，而是先要找吃的。"

胡骏感慨说："以经济建设为中心还是对的。"

第二十一章　昆仑之丘

夜色已经开始笼罩着整个盆地，四周的山脉也已经完全隐入了黑暗之中，只有又亮又圆的月亮静静地看着这座古城。没有鸟叫，没有虫鸣，一切都静得可怕。

刘捷借着火光在看那张羊皮图。

羊皮图并不复杂，刚才胡骏、张晓军等都一起研究过，一共也就十几个地名，最上面从右至左写着四个大字：昆仑之丘。整张地图只标有山脉、河流、湖泊、草原、城池和峡谷。山脉用三角表示，河流用弯曲的线条表示，湖泊用不规则的圈加水波表示，草原用竖线条加点状表示，城池用城墙的符号表示，峡谷用两条流水线加中间不规则的圆圈组成。地图左侧的中间写着两个地名：塔什库尔干、阿拉尔圃。塔什库尔干是城墙的标记，阿拉尔圃是草原的标记。下面及其周边是一个很大的湖泊，上面写着的地名是流沙湖，果然这个流沙湖的面积非常大，是地图里面三个湖泊中最大的一个湖。而塔什库尔干却像是个半岛，在流沙湖的左上方。地图的中间也有几个地名，最明显的就是波谜罗川，是个峡谷的标记，这个峡谷要从大龙池一直延伸到公主堡。而围绕波谜罗川的还有好几个地名：波谜罗川的下面是乌即城，乌即城旁边就是乌圃，乌即城下面是崖城。崖城和乌即城都离流沙湖不远，都是用城墙表示，只有乌圃是草原的标记。刘捷有点感叹：这变化也实在太大了，过去的流沙湖确实非常大，可能六千平方公里还不止，而现在只不过是原来的千分之一；而乌即城旁边原来是草原，但现在看上去却像是沙漠。在波谜罗川的上面也有两个地名，一个是瑶池，用的是湖泊的标记；还有一个是凌云，用的是城墙的标记。在波谜罗川的左侧是大龙池，用的是湖泊的标记；波谜罗川的右侧是玄圃，用的是草原的标记。玄圃的上面是增城；下面是樊桐，这两个地方用的都是城墙的标记。增城的右上方是春山，用的是山脉的标记。看来《穆天子传》里面的传说并非全是神话，如周王亶父嫁女到春山之虱，这张羊皮图上就有春山，说明就是嫁到这儿，那些依附在春山的民族族群。而周穆王西巡拜访西王母也不是空穴来风，而是真真切切的存在，是联姻，还是同盟，或者只是探望拜访。这张地图的左下方写着昆仑丘，流沙湖的中间还有长沙山，左上方在塔尔干的上面还有轩辕丘。刘捷感觉到这帕米尔高原是越来越有意思了。

见胡骏在往火堆里添柴，刘捷忽然问胡骏："关于塔县你应该比较熟悉，那么这个名称的来源是在什么时候？在一千多年前塔县也叫塔什库尔干吗？"

胡骏回答说："这我确实清楚。塔什库尔干在维吾尔语中就是'石头城堡'的意思，一直沿用至今。汉人称之为石头城堡，维吾尔族人称之为塔什库尔干，表达的都是同一个意思，只不过是两种语言。揭盘陀国时，这儿是石头城堡。揭盘陀国迁移后，可能是维吾尔族人在这儿繁衍生息，那就变成了塔什库尔干。至于这中间或这之前会不会有其他叫法，我就不清楚了。现在是塔吉克族和柯尔克孜族在这儿居住，沿用的还是塔什库尔干的叫法。至于为什么会沿用维吾尔语的叫法，这个我可真的说不清楚。"

刘捷点点头："这就是不解的地方。我记得在揭盘陀国之前统治这块土地的也是一个有汉文化影响的王国，叫蒲犁国，汉朝时属于西域三十六国之一，北魏时敦煌人宋云途经这儿时遇到的已是揭盘陀国的第十三任国王，此时已叫塔什库尔干。那么在蒲犁国时，是不是也叫塔什库尔干？"刘捷看着胡骏，见胡骏没有说话，又说，"你刚才说塔什库尔干是维吾尔族的叫法，会不会一直就叫塔什库尔干，是汉族人把它翻译过来叫石头城堡。如果是这样解释的话那就清楚了，因为汉武帝之前，这儿曾经是突厥人的地盘，而突厥语和维吾尔语语系相近，那么塔什库尔干在那个时期起就已经存在了。"

"我真的搞不明白，"胡骏叹口气说："你们搞历史的就是喜欢简单的问题复杂化，至于是石头城堡还是塔什库尔干这有关系吗？你回去以后再去好好研究吧。"

"不是我喜欢刨根问底，"刘捷解释说，"因为我想搞清楚这张羊皮图是什么时候的产物。"

胡骏摆摆手："这个以后有的是机会，你现在还是研究一下我们用什么方法以最快的速度到达塔什库尔干，"胡骏指着地图继续说，"哪怕到达公主堡也行。"

"你说的也对，但这里面牵涉到一个问题，"刘捷继续说，"按这张羊皮图所标记的，乌即城旁应该有一个乌圃，但我们现在周边却没有草原，不知道是怎么回事？"

胡骏一听，马上将刘捷手中的羊皮图抢了过去，借着火光一看，果然在乌即城旁边有一个乌圃。"会不会我们翻越过来的斜坡就是乌圃啊。"胡骏说。

"说不准，"刘捷指着地图上的标记说，"你看这图上的标记，乌圃比阿拉尔圃和玄圃的范围都要大，而且还不是一般的大，是两大山脉中的一个大草原。但我们下午在古城的周边转了一圈，哪看到有这么大的草原啊？满眼望去和戈壁滩也差不了多少。"

胡骏呆呆看着刘捷，好像也想不通了："是不是这张图画得不规范，或者这儿不是乌即城？不对，那不是乌即城又是哪儿？"胡骏又一头埋进了羊皮图里面。过了一会，胡骏抬起头对刘捷说，"不去管它啦，我们只要到波谜罗川就可以了。"

现在胡骏最感兴趣的就是波谜罗川了，因为他听赵子凡说过：王胡子那批人就是从波谜罗川跑出来的，而且出来的地方就是公主堡。看了刚才的地图，到达公主堡必须穿越波谜罗川，而出了波谜罗川就是公主堡，那就离塔县不远了。现在的关键就是要说通刘捷，明天从波谜罗川穿回到公主堡，这样就平安了。

见刘捷没有反应，胡骏又对刘捷说："刘教授，你看我们明天能否从波谜罗川穿越回到塔县？"

刘捷看看胡骏，摇摇头，"你的想法虽好，但有一个很现实的问题。"

胡骏忙问："什么问题？"

刘捷说："我们现在的位置是在波谜罗川以东，地图上虽没有具体的位置，也没有看到乌鎩，但我估计应该是在乌即城，原来的乌鎩可能随着时间的推移已变得荒凉了，如果这个假设成立，现在我们是一直在往西走，我们从崖城走到乌即城用了将近两天的时间，当然其中还有一段是车行的时间，如果走的话，至少要用三天时间。所以我们从这儿到波谜罗川，我估计按我们现在的步行还需要两天的时间。然而就算到了波谜罗川，我们还得折朝南偏东方向走，按《大唐西域记》的记载：波谜罗川东西长五百里，南北宽一百里。唐僧在波谜罗川走了十多天，死伤了十多人才走了出来。我们不可能走波谜罗川的全程，因为唐僧是从大龙池进入波谜罗川的，我们不可能从大龙池去绕道，那就算从中间进入，那也要花费一半的时间。赵子凡说王胡子他们进去了没多久就逃了出来，说明里面很危险。而你现在，一没有水，二没有食物，你准备用几天？准备牺牲几个人？"

胡骏听了后愣在那儿，想了半天才说："不会有这么长的距离吧，按理说我们从白沙湖逃离的时候，走的基本和314国道是平行线，所以只要到波谜罗川转个弯就能到。现在按你说的，没有三五天还到不了塔县的石头城，或许还可能要更长的时间，这一点我不能理解，就是相向而行，也不过三天的路程。"

张晓军不知什么时候醒了，插话说："我赞成刘捷说的。你从这张图上也可以看出。不是我们走的路有多少偏差，我们现在是朝西走，乌即城的正西方是瑶池，瑶池的南侧就是波谜罗川，向东穿过波谜罗川就是公主堡，如果从现在算起，满打满算也要三五天的时间。而你看地图上石头城的位置，它在流沙湖的西南角，所以，不是我们的感觉出了问题，而是瑶池和石头城根本就不在一条平行线上。"

胡骏真的想不通了，一个人呆呆坐在一旁。

刘捷劝胡骏："不管你走哪一条道，多准备一些吃的东西总没错。我们明天还是先准备一些吃的吧。"

就在三人说话之际，几声尖叫把大家吓了一大跳，所有人的神经都绷紧了。只见三个女生从围墙外面逃了进来，为首的是何晓晓，中间还有一个女生，胡骏记得她叫董依卿，最后一个是叶诗意。

何晓晓一边跑一边还在念念有词：吓死我了，吓死我了。众人赶紧围了过去，忙问怎么回事。

董依卿回答："我们想到围墙外面去解手，外面是一团漆黑，我们不敢走远，就在围墙根旁，刚想解手，忽然周围冒出许多双眼睛，紧盯着我们，把我们吓坏了。"

叶诗意插话说："这些眼睛像是趴伏在地上，我拿了根树枝去赶了一下，它们好像逃走了，等我回到了墙根旁，它们又过来了，而且这些眼睛都是绿绿的。"

胡骏问叶诗意："那你们看见的是什么东西？有多少大小？"

叶诗意回答："不知道，外面一片漆黑，什么都看不见，只看见那些绿绿的眼睛，我们担心有可能是蛇，所以赶紧逃了回来。"

胡骏和刘捷、张晓军相互看了一下，还是张晓军说："我们去看看吧。"

大家拿着火把跟着张晓军出了围墙。

火光照亮的地方，看不到有什么动物。叶诗意说："你们必须把火把灭了，才能看到那些绿绿的眼睛。"

张晓军点点头说："有道理。"就让大家把火把灭了。果然看见围墙外面有许多绿绿的亮点在移动，是在地面上的，肯定不是萤火虫，因为萤火虫是在半空中飞的，而且这些绿绿的亮点比萤火虫要大。此时天上虽然有月亮，但那些东西却总是游荡在月亮照不到的地方。虽然看不清那东西的大小，但肯定不是蛇。

张晓军想了想对大家说："我再试试。"说着重又回到围墙内的火堆旁，从火堆里抽了一根燃烧着的树枝，又来到围墙外，那些绿绿的亮光一下又都不见了。张晓军说："我知道了，这是沙鼠，肯定是沙鼠。"

大家松了一口气。

张晓军回到围墙里面，对大家说："不用怕，是沙鼠。我们只要把火再烧得旺一些就可以了，这东西怕火。"

有人问："这沙鼠会不会咬人？"

张晓军回答："不会的，沙鼠是食草的动物，一般不会主动袭人，但惹急了也会咬人。"

叶诗意听了以后发问："那沙鼠可爱吗？可以不可以养成宠物？"

"没有听说过，你现在不怕啦？刚才还一惊一乍的。"张晓军说。

叶诗意转过身去，不和他说话了。

过了一会儿，张晓军对大家说，"我印象中新疆的沙鼠属于子午沙鼠，也就是说它是中午和晚上出来的，现在还不算多，半夜子时可能还要多。"

听说是沙鼠，人们又回到火堆旁休息了，因为每个人都感觉很疲惫。但这又是野外，人们又不敢睡得太死，尤其是女生们，看到沙鼠后，虽然张晓军再三申明不会咬人，但还是把所有的袖口和裤脚全部扎住。三十二个人共点燃了六个火堆，他们有靠在一起的，也有挤在一起的，没有人说话，只是静静地坐在一起。

周边安静极了，只有点燃的树枝在夜空中发出噼噼啪啪的声响。沙漠的夜晚确实非常寒冷，幸好还是在围墙里面，又没有风，再加上有燃烧的篝火，不然还真的不知道这个夜晚怎么过。

张晓军虽然在野外生存过几次,但那都是有准备的,吃的喝的一样不会少,可现在,除了坎儿井里面的水之外,其他什么东西都没有。明天怎么办?张晓军理了理思路,不管明天怎么安排,民以食为天,吃的东西都应该考虑到。要不明天再去河床那边看一看,河床上果枣之类的东西可能会多一点,仙人掌的果实也会多一点,实在不行,骆驼草和骆驼刺花也能吃,但生吃人们可能吃不惯,为了生存,总得想办法克服。

张晓军望着跳跃的火光,忽然闪过一个念头:既然有这么多的沙鼠,为什么不吃沙鼠呢?尽管沙鼠捕捉起来不容易,因为没有称手的工具,但机会还是有的,对,明天就来个烤沙鼠。想到有烤沙鼠,总算心里有了些安慰,这样对大家也有个交代,所以也就坐着进入了梦乡。

天刚蒙蒙亮,张晓军就把刘捷和胡骏叫了起来,胡骏还想再睡一会儿,张晓军轻声在他耳边说:找到吃的啦。一听有吃的,胡骏立即来了精神,马上跳了起来问:在哪儿?张晓军说:跟我走。

三个人原想悄悄地走,谁知没走几步,叶诗意等震旦大学的三个女生也跟了上来,原来她们给昨晚的沙鼠一闹,几乎就没有怎么睡,刚才张晓军叫醒刘捷和胡骏,她们全都听到了。陈娴昨晚是靠着刘捷睡的,她也没有睡死,听到张晓军和刘捷讲话,她也跟着来了。

反正人多力量大,多几个人张晓军也不在乎,他关照每个人从火堆里拿一根燃烧的树枝,跟着他走。

众人也不知道他到哪儿去找吃的,张晓军也不说。加上昨晚都没有睡好,就这样跟着张晓军昏昏沉沉往前走。一直到坎儿井的末端才停住。

张晓军说:"就是这儿了。"

众人不知什么意思,都木然地看着他。不是找吃的吗?难道把他们带到坎儿井来喝水?

张晓军知道他们误会了,于是就说:"我带你们是来抓沙鼠,拿沙鼠做烤肉吃。"

"拿沙鼠做烤肉?"胡骏有点疑问:"这烤肉好吃吗?还有最为关键的怎么抓?昨晚你们也看到了,沙鼠的警觉性是非常高的,估计还没有等我们靠近,它早就逃走了"。

"嘿嘿,"张晓军故作神秘的一笑,"看我的,你们只要听我的吩咐就行。"

"好,那你说该怎么做?"胡骏看着张晓军。

张晓军指着前面的小土包:"你们看到上面的一排坎儿井了吗?我估计昨晚的沙鼠有许多都躲在地下,而坎儿井应该是最好的地方,因为靠近水源,而且又在地下。"

刘捷点点头:"你说的有道理,我们也不在乎沙鼠的肉好吃难吃,关键的是怎么抓?"

"你们都听我的,我让你们怎么做,你们就怎么做,"张晓军也不客气,吩咐刘捷和胡骏去找两块木板或树桩,只要能封死坎儿井的洞口就行,让四个女生去找一些带一点潮湿的树枝,他自己找一个可以下手的地方。

湿的树枝好找,但树桩或木板却不好找。后来还是胡骏想到,在国王的寝宫里面,那具骸骨的下面墨玉床的上面应该铺有木板,就是不知道隔了一千多年了,还能不能用。于是胡骏把自己想到的和刘捷一说,刘捷说:那还等什么,活人总比死人要紧,赶紧回去看。

两人回到国王的寝宫,果然骸骨的下面是床板。刘捷上前想把床板抽出来,胡骏拉住了他说:慢一点,尽量少惊动他。随后,胡骏向那具骸骨鞠了三个躬嘴里还念念有词,意思是不是有意惊扰,请多多包涵。

尽管两人非常的小心,但木板一抽走,骸骨立即散落到墨玉砌成的石床里面。

长条的木板有四块,刘捷和胡骏回出来时,又叫上了张小飞和朱万豪。

张晓军对四位男生说:"你们看到前面那个小土包了吗?上

去两个人，听我的号令把木板插进小土包里，不留缝隙，另两个人就在这个小土包上，听我的口令也把木板插进小土包，你们明白了吗？"

刘捷笑了："你准备烟熏？"

张晓军回答："对。"

四个男生听了张晓军的号令把木板往下插，刘捷和朱万豪一组，朱万豪力气比较大，一下就插到底，旁边有缝隙，刘捷赶紧用树枝塞进那个缝隙，然后又找了一些沙土覆在上面。而胡骏和张小飞木板插不下去，胡骏找了一根粗壮的树枝，把木板敲了下去，幸好沙土还是比较松软的。

张晓军用木棍在两个小土包中间插洞，虽有十厘米左右的厚度，但插起来还算方便。每插一个洞，就让女生将点燃的树枝插进去。这一段十几米的距离，张晓军共插了五个洞，把点燃的树枝插进洞以后，又让每个人不停地往里面加树枝，不能让火熄了。

烟熏了半个多小时，张晓军说："应该差不多了。"然后让大家把两块床板之间的坎儿井挖开，果然发现有十几只被烟熏死的沙鼠，有两只还在抽动，没有完全被熏死，朱万豪上去各给了一棒。

刘捷对张晓军说："你的办法启发了我，按你的办法，确实能捕到沙鼠，但有点复杂，我的操作还要简单。"

张晓军问："什么方法？"

"你看了以后就知道了。"刘捷也不做解释，只是带着朱万豪和陈娴往山坡上走去。

刘捷在山坡上找到了一个洞口，然后以洞口为半径，在两米距离的范围内又仔细寻找，终于又找到两个洞口，他让朱万豪和陈娴各守住一个洞口，把树枝插进去，三个洞口同时点火，然后不断地往里面加树枝。

沙土地上冒起了三股浓烟，还蹿出了火苗。刘捷三人都退后了一步。忽然，刘捷看到两米以外还有一个洞口，先是蹿出一只沙鼠，随后一只接着一只往外蹿，刘捷赶忙赶了过去，拿起一块砂石，压在了洞穴上。然后又往三个洞穴加了一点柴火，让火再烧得旺一些，烟再浓一些。

做完这些后，刘捷招呼胡骏，让他做善后工作，并关照沿着两个冒烟的洞口连线挖开，就能找到被熏死的沙鼠，自己又和朱万豪、陈娴去开辟新的战场。

张晓军对刘捷说："你这个办法不错，比我的办法管用。那抓沙鼠的事就交给你了，我带几个人去河床那边找一些其他吃的。"说完带着张小飞和三个女生去了河床。

胡骏一看张晓军和刘捷都各自承担了一份工作，就说："既然你们都有了分工，那最难的事还是我来，我把其余的人都叫来，因为这些沙鼠不仅需要杀、洗，还要架火烤，不知道这群人里面有没有这样的高手。"

第二十二章　西王母和中原国事

刘捷带着朱万豪、陈娴在沙坡上重复刚才的做法，胡骏还专门帮他们再配备了三个人以提供树枝。刘捷又改良了做法，把洞口的覆盖延伸到五米，发现的洞口都用砂石堵上，只留三个洞口放烟。果然这样一来，效果明显提升。

张晓军等人来到了河床上，看上去却有说不出的荒凉，因为漫漫的黄沙早就侵入了河道，已分不清哪儿是河道，哪儿是岸边，流水的痕迹已完全寻找不到，如果不是胡杨树还静静站立在岸边，真的不清楚这儿曾经还是水源充沛的地方。

张晓军叹了一口气，说："如果不是人为的截堵，这条河流的河水应该不会干枯。"

叶诗意看了看坎儿井上的那些小土包，又看了看干枯的河道，接着说："可能他们也没想到，他们想打造世外桃源，没想到自然界的报复来得这么快，我估计这也是揭盘陀国消亡的原因之一。"

河床里生长了许多仙人掌，特别高大，有些足有一人多高，与家中盆栽的仙人掌完全是两回事。三个女生虽没有睡好，但看到这么高大的仙人掌早就忘记了疲劳，在仙人掌前摆着各种造型，用手机记下这美好的一刻。偶尔有一只沙鼠蹿过，三个女生见多了，也就不再害怕。

张晓军有点看不过去了，对她们说："我让你们来是干活的，不是来旅游的。"

叶诗意却说："你这个人怎么一点也不了解女生的天性，我们是先活动一下，然后干起活来才有力量。不像你整天板着个脸，就像我们欠你多还你少一样。"

张晓军也不想和她们女生斗嘴。于是换了一个话题，问她们是否带有水果刀，三个女生有二把小刀，张晓军说：够了，五个人四把刀，没有刀的把砍下来的果实堆在一起，我们开始干活吧，不过请大家在砍削的时候当心一点，因为仙人掌有很多刺。

叶诗意故意问张晓军："你知道不知道仙人掌为什么不长叶子只长刺？"

张晓军回答："实际上仙人掌的叶子就是这些刺，因为这是在沙漠，为减少水分的蒸发，也为了防止其他动物的吞食，所以叶子演化成了刺，这就是《天演论》中所说的：物择竞争，适者生存。"

叶诗意却不赞成张晓军的说法："按照你的逻辑，如果是为了防止水分蒸发，仙人掌的叶子变成了刺，那同样的道理，这儿的仙人掌为什么长得这么高大，长得相对矮小一点不是水分蒸发也小吗？这好像不符合生物生存的原理。"

"你这是钻牛角尖。"张晓军说。

"钻牛角尖也要钻得有道理，"叶诗意得意地说，"你回答不上来了吧。"

张晓军感觉叶诗意老是跟他过不去，也就不再搭理。

张晓军有意和叶诗意保持一段距离，和何晓晓在一起，把刚才大家砍削下来的果实收集在一起，并用红柳捆扎起来准备拖回去。

忽然，董依卿一声急叫，把张晓军吓了一跳。紧接着又是叶诗意的一声尖叫。张晓军一看，只见河床的沙堆中冒出了一条蛇。蛇不算长，大约有七八十厘米，但却有五六厘米粗，正昂着头，吐着红信，紧盯着叶诗意。

张晓军也急了，大叫一声："不要动。"随即把手中的木棍朝蛇抡了过去。虽然这根木棍没有抡到蛇的身上，但却把蛇吓了一跳，很不情愿地挪着身子离开了。

张晓军赶紧跑了过来，问叶诗意："没咬到吧，这是沙蛇，应该没有毒性。"

叶诗意有点吓呆了，听到张晓军的问话才清醒过来，然后摇了摇头。而董依卿却在旁边带着哭丧的声音说："我被蛇咬到了。"

张晓军马上查看了董依卿的伤口，只见她右手的手背上有被蛇咬过的牙齿印。张晓军也不管董依卿的手是不是干净，拉过手就用嘴对着伤口吮吸了几下，见出来的血是红色的这才放心。

张晓军关照董依卿回到宫殿后向随团的医生拿一张创口贴，防止创口感染。

五个人开始沿着河床往回走。张晓军和张小飞在前面拖着扎好的果实，叶诗意和何晓晓在后面帮衬着，只有董依卿由于手被沙蛇咬了，一个人在后面跟着。

不知是风刮过来的，还是在这河床上待了一千多年感到孤独，在仙人掌拖过的痕迹中忽然跳出一样东西，董依卿捡起来一看，是一只类似于酒盅的物件。董依卿拿在手中，用衣服擦了擦，然后又对着太阳光照了照，只见该物件纹理交错、流光溢彩。

这可是个宝贝，董依卿心想，于是对前面几个人喊："我发现了一个宝贝。"

张小飞听到后，仙人掌也不拖了，赶紧跑到后面，从董依卿手中把这个物件要了过去，仔细观赏了一番后激动的连声说："好东西，好东西，这是用玛瑙制作的酒樽。"

一听这话，众人都不干活了，尤其是叶诗意和何晓晓，围着张小飞问这问那。张小飞又接着说，"这酒樽可能来自于波斯，类似于这样品相的可能国内绝无仅有，至于为什么会在这个河床里被发现，这就说不清楚了。"

"或许是马队经过这儿遗留下来的也未可知；或许这本就是王宫里的物品也未可知。"张晓军也赶了过来，接过酒樽看了看，只见此物内底光滑，口沿微敛，下端内收，外底还附了一圈细细的矮圈足。

"应该是王宫里的物品的可能性大，"张晓军说着把酒樽还给了董依卿，"走吧，等一会天一热起来人就不想动了。"

忙了一个上午，总算小有成就，宫殿内堆满了仙人掌的果实，张晓军等人还在河床上搞到了一些野枣，虽有点酸，但也算是水果。而胡骏在烧烤和准备烧烤的沙鼠有一百五六十只，这也算是一个不小的收获。

宫殿内已经非常热闹，剥了皮的沙鼠在火堆上烧烤，香味开始飘扬在半空中，勾起了人们的食欲。已经烤好的沙鼠肉还没有进行分配就不见了踪影，有的一边烤一边已在啃着吃。胡骏有点急了："大家先不要吃，我们要保证人人有份。"

朱万豪却扬起烤着的沙鼠肉大声叫嚷："应该先让大家吃饱，然后好再去捕抓，你现在让我们饿着肚子怎么可能去抓更多？而且这烤出来的香味谁受得了，大家说是不是？"

旁边的人也跟着一起起哄。

胡骏两手一摊说："我也管不了那么多，随便你们，后面没吃的不要找我，没烤熟就吃的，后面拉肚子也不要找我。"

张晓军也无奈地说："沙鼠一边烤一边吃可以随便你们，但这果实却不能随便拿，因为河床上的东西已一网打尽了，只能按人分配。"

大家都说没意见。

刘捷根本不去关心这些琐事，昨晚想了一夜的事必须找个机会探讨，于是刘捷叫住了胡骏。

"我昨晚一直在想一个问题，"刘捷问胡骏，"我记得你曾介绍过：周文王的祖父亶父曾嫁长女到波斯，我知道那时候还没有波斯，因为周文王的祖父应该生活在公元前1100年左右，而波斯这个国家的出现是在公元前600年。《穆天子传》记录的是

'封其嬖臣长季绰于春山之虱，妻以元女'，这春山之虱的意思是指春山上的或春山一侧的国家，这张羊皮上既有春山，又有瑶池，会不会就是嫁到这儿呢？而且是嫁给亶父的大臣季绰，当然是不是这样还有待于考证，再加上'汉日天种'这个故事，基本可以断定春山之虱的这个国家与汉民族应该有很密切的联系。如果这个假设成立，那么历史上有许多问题都可以迎刃而解了。"

胡骏看着刘捷说："你们那些专家大概都这样。你的假设就算能成立，但历史上的许多问题并不是靠几个故事就能解决的。"

"传说的东西都有一定的背景，唐僧的谒语不是应验了吗，更何况亶父嫁女一事史书上都有记载，不能算是无中生有吧。"刘捷一边说一边把胡骏拉在一旁坐下。

胡骏无可奈何，只好说："我们之间算是学术讨论，我说的见解作不得数，你不可以当真。"

刘捷安慰说："我们只是讨论，又不是做学术报告，你瞎操心什么？"

胡骏却提醒说："丑话先说在前面，下面你可以把你想了一晚上的见解说一下，答出和答不出你都不能埋怨我。"

"没问题，"刘捷拍了拍胡骏的肩膀，"我们以前都是单个看问题，没有把这些问题串联起来。如果把这些单体串成一条线的时候，那对中国的历史进程影响真是太大了，"刘捷继续说，"古时候的《谶纬神学》中曾有记载，西王母曾派遣九天玄女帮助黄帝打败蚩尤；汉朝的《贾子修政篇》中有记载'尧身涉流沙地，封独山，西见王母'；袁珂的《山海经校注》有记载'虞舜即位后，王母又遣使授白玉环、白玉琯及地图，舜即将黄帝的九州扩大为十二州'；而大众所知的《穆天子传》更是将与西王母的关系推向高峰，周穆王是西周的第五位君主，这是有史书记载的，不是神话，在位五十五年，是西周在位时间最长的，《左传·昭公十三年》所记载的周穆王是'昔穆王欲肆其心，周行天下将皆必有车辙马迹焉',而《列子·周穆王》却说周穆王是'不恤国事,不乐臣妾,肆意远游',但《竹书纪年·穆天子传》记载的却是周穆王西征犬戎,到达西王母之邦。"

胡骏皱了皱眉,没有听懂:"你引用了这么一大堆古书,想表达什么意思?"

刘捷说:"我说了这么多是想说,这些书点点滴滴记载了帕米尔高原上的西王母与中原王朝的关系,现在我们把这些故事都归集于神话传说,如果把亶父嫁女与蒲犁国、揭盘陀国串起来,那神话就变成了现实的历史,那会怎样?"不等胡骏接话,刘捷继续说:"那我们国家有记录的历史不是三千年,而是五千年,甚至更久。"

胡骏有点惊讶:"听你这么一说,这件事倒是很有意义,"停顿了一下,胡骏又问,"那你怎么证明这些事情是真实的历史,而不是神话传说?"

刘捷回答:"原来确实是想不到,而且也没有这个机会,不过现在机会来了,那揭盘陀国就是《穆天子传》里面所说的和中原有着千丝万缕的联系的国度,再说得明白一点,这个地方原来就是汉民族的,而且这儿的国家和中原还有着姻亲关系,是中原王朝的邦国或同盟国,一旦中原有战事,他们肯定前来相助。再说的更透彻一点:这个春山之虱就是中原王朝分封的邦国,或者是中原某一个部落联盟中的一员。《穆天子传》里面的描述可以证明这一点:封其壁臣长季绰于春山之虱,妻以元女。"

胡骏却想不通:"我有一点搞不明白,流传下来的书里面除了神话传说当中还带到一点以外,其他正规的史书都没有提到这些,是不是选择性遗忘啦?"

刘捷摇摇头:"不是这些史学家遗忘,而是与这个国家的地理位置以及我们中原王朝所处的年代有关。你们看,我刚才所讲的这些记载,都是西周以前的。东周以后,帕米尔高原被犬戎所阻隔,所以不见史书记载;汉武帝时,这条道路又被打通,所以又有了西王母和汉武帝的故事;当然,东汉时,班超统治西域,讲的都是武治，对于西域三十六国的文化描述的少之又少。但《山海经》中有记载：蒲犁国其先祖是华夏族番禺氏族部落，其祖先是帝俊，帝俊生禺号，禺号生淫梁，淫梁生番禺，是始为舟。"

其他的人不知什么时候都围了过来，听刘捷在讲解。

叶诗意插话问："老师，你说的帝俊是黄帝时期的人物，跟帕米尔高原有什么关联？"

刘捷看了看周边的人，回答说："你可能没有考证过，但你应该知道黄帝时期有四大部落联盟：一是黄帝，二是炎帝，我们都是炎黄子孙，大家都不会否认；三是蚩尤领导的九黎族，这一点大家也会认可；第四是帝俊，这个大家有点陌生，但说起这个部落里的一个名人，大家都知道，那就是'后羿射日'中的后羿，《山海经·海内经》中有记载：帝俊赐羿彤弓素矰，以扶下国。当时四大部落逐鹿中原，黄帝联合炎帝打败了蚩尤，赶走了帝俊。帝俊有多支后裔，其中番禺的一支先居于蒲，即今山西的永济，所以又称蒲人；后在战国时期迁入甘肃西北和新疆东部；秦汉时期再迁入葱岭而立国，而葱岭就是帕米尔高原，刚才所说的春山只是帕米尔高原中的一个地方。所以我说蒲犁国是中原华夏族的后代是有依据的。"

叶诗意有点惊讶，原来的历史教科书里面都是把这些当作史前的神话来看待的。但今天被刘捷这么一说，这段神话越来越接近史实，回去以后真的要好好研究一番。

"我有点让你搞糊涂了，你让我理一理思路，"胡骏对刘捷说："你的意思是帕米尔高原上的这个国家是我们华夏族的子孙，当中原争霸时，它会出兵相助。汉朝时，包括东汉，它叫蒲犁国，到了唐朝时，它叫羯盘陀国，唐僧以后，它又迁来了此处，然后灭国。"

刘捷点点头说："大致就是这个意思，作为羯盘陀国的国家已经灭国了，而这个国家的臣民有可能是融入了其他民族。"

"还有，"胡骏继续说，"羯盘陀国搬来此处以后，石头城随即被塔吉克族占领，所以现在我们看到的塔县成了白种人的天下。"

刘捷笑笑说："也没有这么早，唐朝的将领高仙芝出征小勃律国的时候，就是现在的巴基斯坦的吉尔吉特，路过葱岭，已看不到华夏族的人影，所以在石头城设立了葱岭守捉，即派驻军队。你说的被塔吉克族占领应该是唐以后的事情，现在这儿居住的至少一半是塔吉克族。"

胡骏用手搔了搔头皮说："你说的还挺复杂的，你是从文史典籍中理了一条思路。但这仅仅是思路，最好有实证，那就完美了。"

刘捷说："我敢于这么说，就是因为我找到了实证。"

"实证在哪儿？"胡骏和叶诗意同时问。

"就在我们昨天看到的洞窟里，"刘捷回答，"等一会我们去看一下就知道了。"

张晓军立即说："那还等什么？现在去就是了。"

刘捷他们又来到了洞窟中。

刘捷指着那些菱形的壁画说："你们看，在唐僧讲法之前的壁画，我数了一下，共有十八幅画，第一幅'汉日天种'不算，还有十七幅。你们看第二幅，一个小孩头戴王冠，旁边坐着个女人，两旁都是弓腰作揖的大臣，有点类似于我们中原的垂帘听政，但又不完全是垂帘听政，可能就是女性做主，西王母就是这样诞生了。"

"老师说的有道理，"叶诗意解释说，"特定的事件造就了西王母，因为'汉日天种'以后，政权真空，国王的母亲垂帘听政，或者根本就是女王做主，而且这个国家又在中原的西边，所以西王母从此诞生在华夏族的神话世界里。"

刘捷赞同叶诗意的说法："小叶说的不错，再加上中原王朝不断的联姻，嫁过来的公主都有相当高的地位，所以每当中原有王族过来，西王母都会亲自出来迎接，这也就证实了从黄帝开始一直到汉武帝，为什么都是西王母出现的缘故。"

胡骏问:"那第三幅又讲的是什么故事?"

刘捷回答:"让小叶试着给你解释吧,她应该知道这个典故。"

叶诗意说:"我说的不一定正确,我猜想是黄帝与蚩尤战于涿鹿之野,西王母遣九天玄女助战的内容。因为为首的那个头上长角,耳鬓如剑戟,我猜想他就是蚩尤,而坐在车架上脚踩熊皮,手拿长戟的就是黄帝,因为黄帝号'有熊氏',但这儿的九天玄女与我们中原传闻的不同,没有飘飘欲仙的感觉,反而是头戴青面獠牙的面罩,骑着一条龙,手提一杆双钩枪,后面旗帜上还画了一个玄鸟。"

刘捷插话说:"旗帜上画的玄鸟证明了九天玄女的身份,而九天玄女这青面獠牙的面罩,就是后来'魃'的形象。中原地区的干旱都和她有关。"

张晓军非常惊讶:"这样说来,涿鹿之战并不是神话,而是真实存在的历史?"

"由于当时科学并不发达,所以人们多把历史赋予神话的内涵,"刘捷分析说,"如果九天玄女帮助黄帝是真实的,那后面的许多故事也就有了解释的口径。"

"老师,你是指后面的什么故事?"叶诗意问。

"如《云笈七签》里所写的黄帝'于玄女、素女受房中之术',那就意味着九天玄女嫁给了黄帝,没有回去,后来又由于战功为所欲为,目高于顶,神话中传说'魃'的眼睛就是生在头顶上的,弄得老百姓怨声载道,诅咒她为'魃',黄帝也没办法,只能把她流放到西北的蛮荒之地,所以西北变成了沙漠和戈壁。"刘捷回答。

"来自西北,再回到西北,那也很正常呀。"叶诗意并不感到惊讶。

"但西北必须有一个部落接纳她呀,"刘捷对叶诗意说,"说明西北肯定有黄帝部落联盟的成员。"

胡骏打断刘捷的话,指着那些壁画说:"这些我们先不去管它，那后面的几张图也是一段段历史？"

刘捷回答："是的，第四幅图我还看不清楚，第五幅图是讲帝尧的，封独山，涉流沙，西王母在流沙旁迎接；第六幅是讲帝舜的，西王母献地图和白玉环，你看西王母手上拿着的东西，是不是地图和白玉环？"

张晓军点点头："是地图和白玉环。"

刘捷又继续说："第八幅是西王母献给夏启的白玉玦；后面还有一幅是周穆王会见西王母于瑶池，你看他们在瑶池上饮酒的那幅；还有一幅是西王母托张骞献给汉武帝的万里江山图。"

"张骞真的带回过'万里江山图'吗？史书上好像没有记载过。"叶诗意问刘捷。

"你看右下角倒数第三个菱形不是在献图吗，"刘捷指着那幅图说，"图中是不是有一个持节的使者，西汉能到达这儿的使节不就是张骞一人吗？你再看那西王母，手上拿着一张图，上面还有'万里江山'这几个字，这不就是万里江山图嘛。"

胡骏又问："那还有一些菱形的图呢？"

刘捷回答："我只琢磨出了这些，其他的可能史书上都没有记载也未可知，也有可能记载了我们没有注意，所以回去后要好好地研究，可以填补许多空白。"

胡骏对刘捷说："看来你这一路没有白来，相反的是我们全都在为你打工。"

"话不能这么说，"刘捷摇摇手说，"一场地震把我们逼到这儿来，这是谁都没有想到的。"

"开个玩笑，"胡骏转身对大家说，"反正你们都拍照留存了，我们回去再研究，现在的任务是又要去抓沙鼠了，不然晚餐还不知道在哪儿。"

第二十三章　佛塔下的大殿

从洞窟出来，刘捷低着头走路，没有说话。

张晓军问刘捷："在想什么呢？"

刘捷抬头对胡骏和张晓军俩人说："我总感觉什么地方有点不对。"

胡俊忙问："有什么不对？"

刘捷指着面前的残垣断壁说："这个古城从痕迹上来看大概有一千多年没什么人来过，那应该留有一点古物才对，如铜钱、书籍、各种生活用品等，但我们除了两个洞窟里看到的一些壁画之外，哦，还有一张羊皮图，其他什么东西都没有看到。"

叶诗意说："还有一只玛瑙制作的酒樽。"

刘捷忙问："在哪儿？"

叶诗意从董依卿那儿拿出那个酒樽，递给了刘捷，并说："这是在河床上发现的。"

刘捷拿着酒樽反反复复地看了将近两分钟，说了一句："这可能是王宫的御用之物，"然后将酒樽还给了董依卿，又接着说了一句，"但我感觉还是太少。两个洞窟里除了一些壁画、两尊石像，基本上没什么东西。关键的是三个宫殿里也没有发现什么有价值的东西，难道真的是洗劫一空。"

张晓军解释说："西域本来就缺少各种物资，会不会战胜者把这儿席卷一空？"

"有这个可能，"刘捷说，"但也不可能把这儿卷的这么干净，一点都不留。"

叶诗意想了想，接着张晓军的话说："会不会有这么一种可能，西方的民族，包括游牧民族，生活用品本来就不多，再说马背上也带不了多少东西，这儿的国王知道自己已经到了末日，遣散了部下，把这儿能带走的尽量带走，于是这儿就看不到什么物品了。"

"也有道理，但不管怎么说，我还是感觉这儿不应该这么干净，"刘捷隔了一会又说，"会不会跟风沙有关系，这儿虽说有城墙阻挡，但毕竟有一千多年的风沙，把地上的痕迹都给掩埋了。"

"这个也有可能，"胡骏接着说，"毕竟过去了一千多年的时间，有些物品风化了，像一些木制品；还有些物品被埋在了沙子底下，刚才董依卿的那个酒樽就是在河床的沙子底下找到的。"

张晓军接着胡骏的话说，"我们这儿如果要找文物，那张小飞应该是最熟悉的，"然后张晓军转头问张小飞，"你说说看，这古城范围内，哪儿最容易找得到文物？"

张小飞四周看了一下，回答说："应该是佛塔下最容易找得到，"后又补充一句说，"那儿也是风沙最不容易掩盖的地方。"

"为什么？"张晓军追问了一句。

张小飞回答："一是佛塔地势高，不容易被沙子所掩盖，就是掩盖了，大风一来马上就会吹走，积不起来；二是佛塔是人流的集散地，住在这儿的和路过的都会去拜一拜，所以留下的痕迹也应该最多。"

"有道理，不服还不行。"刘捷心里也暗暗赞叹，看来隔行真的如隔山；嘴上却说："昨天我们不是去过吗？不是什么都没有发现。"

张小飞向刘捷解释说："昨天你们只是匆匆地看了一眼，千年的尘土堆积在那儿，岂是一眼就能看穿的？"

刘捷不由地点点头:"有道理。"

胡骏也暗暗赞叹:"孔夫子说的'三人行必有我师'一点都不错,看来我们这儿也是人才济济。"

刘捷对胡骏说:"现在去捕捉沙鼠还稍许早了一些,不如我们再去佛塔那边转一圈,反正也顺路,看看能不能找到一些有价值的东西。"

胡骏还没有回答,张晓军抢着说:"那就去吧,如果不去,我估计刘教授会遗憾一辈子。"

叶诗意也看着胡骏说:"顺道去看看,不会损失什么。"

"好人都让你们抢着做了,你们都说去,我如果不让去,那一切都变成了我的罪过,我还能说什么,"胡骏显得有点无可奈何,"不过,大家可要抓紧一点时间。"

而刘捷提出去佛塔看看也正合张小飞的心意,因为昨天刘捷到佛塔的时候,张小飞跟着朱万豪和赵子凡去了河床,没有看到佛塔,现在刘捷提出来正好解决了自己想提而又不敢提的尴尬处境。

一行人又来到了佛塔的前面。昨天刘捷来到佛塔前面的时候连三米高的土墩都没有上去,转而就去了洞窟。刘捷心想今天要好好的看上一看。

佛塔下的十字土墩在两个侧面都有台阶,只不过台阶已有部分坍塌,但每一级台阶都还清晰可见。于是众人沿着台阶来到了土墩上面。

土墩的中心竖着圆柱形的塔身,估计直径在两米左右,是用麦草拌着黄土做成方形的土坯,有部分已经坍塌。顶部是个圆顶结构,有部分圆顶也跟着塔身一起坍塌了。在坍塌的圆柱上还看到了类似佛龛的痕迹,只不过已不是很明显,但没有看到佛像。

刘捷自言自语地说:"这佛塔倒有点中西结合。"

张晓军接口问:"怎么说?"

刘捷回答:"这座塔的形状与中原塔的形状有相通的地方。因为这种塔的形状称为'覆钵式,'所以与扬州的白塔有相似之处，但与西安的大小雁塔、杭州的雷峰塔等却完全不一样，因为那是楼阁式。覆钵式又叫喇嘛塔，脱胎于印度，主要是埋葬佛骨之用。土墩就是墓室，与我们中原的土葬接近，但上面的圆柱包括最上面的圆顶与中原有区别：我们是一块碑，上面刻有名字，所有人都可以这样做；这儿是圆柱，上有佛龛，只有得道的高僧才配享有。"

"有道理。"张晓军佩服地点点头。

胡骏也不得不佩服，原来这些都是自己的强项，因为自己在这上面浸润了不少功夫，谁让自己是干导游这一行的，但从眼前这几人来看，某些方面的知识完全超越了自己，看来要当一个合格的导游还真不容易。

大家围着塔柱转了一圈，也看不出什么名堂，正当大家准备下土墩时，张小飞却在倒塌的圆柱的沙土中找到了一根木简，上面刻有文字，与在坎儿井看到的佉卢文的文字相近，但谁也不知道上面写着什么。

张小飞问刘捷："教授能猜出上面的意思吗？"

刘捷仔细看了看，然后回答："上面写什么我真的看不懂，但根据我从史书上看到的，这类木简无非有三类用途：一是记录了某一件事，就像古代的竹简或现在的书；二是表明官员的身份，像现在的名片，是随身携带的，表明部门和姓名；三是像中原王朝上朝时用的朝笏，记录要提的问题。而现在我们看到的木简应该是第一和第三类的可能性较大，因为它的文字较多。"

"不愧是教授，什么事情到了他的嘴里就简单化了。"张晓军心想。

"还是让专业的人去做专业的事吧，既然只有莫家蓬院长认识这些字，那我就把它带回去让莫家蓬院长去研究，"张小飞随后又指着那倒塌的土堆说，"不过，刘教授，我感觉这土堆下面应该还有东西。"

刘捷支持说："这堆土堆也不大，那就扒开来看看。"刘捷说完，看了看胡骏，见胡骏没有反应，就带头用树枝去拨拉着沙土,其他人见状也跟着一起在沙土堆中翻找。

果然,没有多长时间,人们就在沙土堆中找到一块玉佩和两枚铜钱。

刘捷对大家说:"对于文物的鉴定我可是个门外汉,不知道我们队伍里面谁熟悉一点?"

张晓军马上接口说:"小飞有这方面的长处,还是让他鉴定一下。"

张小飞接过这三件东西看了一下,对刘捷说:"玉佩很简单,一面是龙,另一面是凤,寓意和现在差不多,看不出是什么朝代的,因为龙凤呈祥是中国几千年传承下来的传统,但玉的质地就是本地出产的和田玉。至于这两枚铜钱,一枚是开元通宝,大家都知道这是唐初时流通的钱币;另一枚是乾元通宝,是安史之乱后唐肃宗乾元元年铸造的货币,后开始大规模流通,这两枚铜钱都是青铜铸的,后世流传下来的也很多。"

何晓晓问张小飞:"这三件东西值钱吗?"

张小飞回答:"还可以吧,毕竟还算古董,但这三样东西加起来还不如那根木简值钱。"

"话还不能这么说,因为它们的意义各不相同,"刘捷猜测说,"玉佩的情况暂且不论,就从这两枚铜钱的情况来看,羯盘陀国是个小国,肯定没有自己的冶炼场所,也就没有自己的货币,我猜测他们使用的应该是中原一带的货币,也就是唐朝的货币,估计这是当时唐朝周边国家的通用货币,因为这给他们在这条丝绸之路上采购货物和物品交易带来极大的方便。当然也可以从另一个侧面反映了羯盘陀国在唐朝的后期还存在,还没有消亡,至于什么时候消亡的还有待于考证。而从那根木简来说,汉武帝以后,贵霜王朝的势力也同样渗入到西域,所以西域各国使用的都是佉卢文,就连有汉民族一半血统的蒲犁国或羯盘陀国也在使用,当然,汉语和佉卢文同时存在也未可知,而朝笏却是中原王朝的产物,说明这羯盘陀国也在模仿,这也从另一个侧面证明了这个国家与中原王朝有着千丝万缕的联系。"

胡骏听了后也来了兴趣，对张小飞说："你再挖挖看，说不定下面还有更大的惊喜。"

刘捷笑着问胡骏："现在你的时间不紧张啦？"

胡骏讪笑道："不紧张，还有点时间。"

何晓晓有点胆怯地问："下面会不会是哪个长老的骸骨？我们这样挖下去是否有点不妥？"

张晓军打趣地看着何晓晓说："有可能。"

何晓晓乞求张小飞说："那就不要挖了吧，怪瘆人的。"

张小飞却转头看了看刘捷，刘捷没有说话，只是笑着看着他。张小飞对何晓晓说："没事，西域一般土葬的少，安放舍利子的多，更何况我不会挖得很深。"

叶诗意拉着何晓晓说："没事，让他们挖吧，如果真的有骸骨，我们不看就是了。"

张小飞也不再说什么，使劲用树枝把沙土往旁边拨，谁知拨了没有几下，底下却出现了一个洞。张小飞想把洞再挖大一点，谁知沙土没有往旁边流去，反而流向了洞中。

刘捷伸头看了看底下的那个洞说："看流沙下去的速度，下面这个洞估计不会小。"

胡骏也有点害怕："不会真的是长老的坟墓吧？"

何晓晓听闻后，又一次拉住张小飞，"挖墓是伤天害理的事，还是赶紧停手吧。"

刘捷又上前对洞口里面仔细看了看，然后对张小飞说："估计不是长老的坟墓，不然不会留有这么大的空间。"说着，接过张小飞手中的树枝，将洞口越扒越大。随后刘捷又往洞口里面张望了一下，"下面好像还有台阶。"

一听有台阶，众人都伸头往洞里面张望，好像隐隐约约是一格一格的台阶，但没有亮光看得不真切。

胡骏在一旁说："我去点个树枝过来。"

张晓军和张小飞上前把洞口旁边的沙土全部清理干净，洞内的光线好像好了一些，果然下面有一溜的台阶，估计有十多个台阶，但再下面是什么就看不清楚了。

刘捷想了想说："这样的安排肯定不是长老的坟墓，因为长老的坟墓没有必要埋得这么深。"

张小飞问刘捷："会不会是藏宝洞啊？你不是说地面上看不到什么东西吗？会不会朅盘陀国把东西都藏在这个洞里了？"

刘捷笑了笑，回答说："你想多了。不过我们下去看看就知道了。"

何晓晓对张小飞等人说："如果下面是坟墓，就赶快上来，我们不能做伤天害理的事，我们只是路过，没有必要去做这些事。"

张晓军笑笑说："你放心，我们是什么人？我们都是正义的化身。"

刘捷也说："我们在边城发现了宝贝都不拿，怎么可能去盗墓呢？你放心，我们是要弄清事情的来龙去脉。"

胡骏拿来了火把，刘捷接过来带头下了阶梯，其他人也跟着一起下。就连何晓晓也被叶诗意拖着一起走下了阶梯。

阶梯不是很高，也就十多级阶梯。阶梯的尽头是一条通道，挖得还很平整，有两人多宽，一人多高。由于洞内没有亮光，只有靠胡骏拿来的火把照明。

大家往前走了一段，前面还是黑漆漆的通道。

刘捷问大家是不是要到前面去看看，几位女生都说不敢去看，只有胡骏和张小飞坚持说往前再走一走，而张晓军却说随便。

刘捷看了看下洞的这些人："这样吧，女生们就不用去了，我和晓军、小飞，还有胡导再往前走一走，看一看里面到底有什么？"

大家对刘捷这样的安排都没有意见。

叶诗意却不乐意了："你们拿着火把往前走了，这黑灯瞎火的，我们怎么回去？"

刘捷也没更好的办法，"要不我先送你们回去？或者跟着我们一起走。"

最后还是商定大家一起往前走。

于是刘捷等人继续向前。洞口里面的通道不是笔直的,而是弯曲的,所以几个拐弯之后,刘捷等人也没方向了,也不知道现在是朝南还是朝北走。幸好通道内没有岔道,所以刘捷等人也不去管它,只是沿着通道一直向前。通道内的墙体也并非全是沙土砌成,有许多地方还有一些大的石块镶嵌其中,大概是年代久远,通道内还有一股发霉的气味,幸好这股霉味不算很大。刘捷心里还在想:这条通道封闭了一千多年,一路过来也没有看到什么通风口,按理说霉味应该很重才是,但却味道不大,会不会是西北干燥的原因,还是说这儿有一些地方是可以通风的?通道内没有亮光,全靠火把照亮前行的路。大概走了约二十分钟,到了通道的尽头,有一扇木门关着,但没有上锁。估计没有风吹雨淋,再加上是胡杨木所做,所以木门还完好无损。打开木门,他们看到一个大厅。大厅有三四人的高度,说是大厅,实际上更像宫殿。刘捷看到宫殿的四周有一根根木桩,与在洞窟里看到的木桩相似,估计也是点香油的灯,所以熟门熟路地把这些木桩一个个点亮。

光亮照耀下的大厅感觉又不像是宫殿,而更像是清真寺里面的大殿,大殿中间有四五人高,是个圆顶,下面由四根柱子撑着,在大殿两侧的墙上、柱子上以及圆顶上都画有各种图案。刘捷心想:这么高的建筑怎么在地面上却没有看到呢?按理它的高度应该远远高出地面,难道是在山坡上?或是在山腹中?看这个大殿四周没有一点亮光,刘捷猜想应该是在山的肚子里。

大殿不算大,有三四百平方米。刘捷在大殿里面转了一圈,在大殿的正前方还有一扇木门关着,估计也是个通道,不知道通往何处,在大殿的一个角落里,还有二三级个台阶,台阶的上面还有一个半圆形的洞门,也是一扇木门关着,不知道派什么用场。估计也是个出口,但出口为什么要做得这么高?刘捷转头看了看刚才进来的那扇门,又看了看另一边可以出去的那扇门。同样是门，为什么要相差五六米的高度，上面难道是个山坡？

胡骏对刘捷说："刘教授，通道通往的就是这个大殿。我们的时间应该差不多了，还是往回走吧。"

刘捷笑了笑，对着胡骏说："不用急，我们可以走一条新的路。"

"新的路？"胡骏有点搞不懂，"这儿哪有新的路？"

刘捷对大家说："你们跟着我。"刘捷沿着大殿角落的台阶逐步向上，其他人也跟着向上。

胡骏在后面问："上面有路吗？你知道上面是哪儿？"

"上面是哪儿我真的不知道，"刘捷回答说，"但我知道上面肯定能出去。"

走到台阶一半的时候，刘捷发现了通气孔，不是一个，而是一排，围绕大殿四周，每个通气孔都是个凹槽，难怪下面看上来会看不见。

刘捷走到台阶的最上面，果然也是一扇胡杨木做的木门，只不过这扇木门上挂了一把铁锁。这难不倒刘捷，用树杈插进门和锁的缝隙一撬，门锁应声而下，毕竟这把锁挂了一千多年，没有掉下来已经算是牢固的了。

谁知门一打开，却把刘捷吓出一身冷汗，因为门口坐着一个人。直到定下神以后，才发现门口的那个人是一尊石像。等转到了石像的正前方，才发现这儿就是刚才来过的洞窟，面前的这尊石像就是自己认为的唐僧。

刘捷苦笑了一下，谁让自己刚才没有发现唐僧坐像后面有一个出入口呢？

胡骏却欣喜异常："哈哈，我们又回来了。"

张晓军站在阶梯的最上面，对整个大殿一览无余。张晓军对刘捷说："这个大殿确实做得非常巧妙，一般人根本想象不到。"

刘捷却说："不仅仅是巧妙，我考虑的是：他们为什么要修建这样一条通道，这样一个循环对他们来说意义好像不是很大，除非他们有更深层次的考虑。"

"我也是这样想的，"张晓军跟着说，"我猜想这个大殿对揭盘陀国有着不一样的意义。"

胡骏在一旁打断他们的说话："请你们现在暂时都不考虑这些因素可以吗？等粮食准备充足以后随便你们怎么考虑都行。"

张晓军和刘捷只能相视一笑，跟着胡骏走出了洞窟。

于是大家也跟着一起出了洞窟。

第二十四章 峡谷里的呼救

出了洞窟，刘捷回过身仔细眺望了一下洞窟上面的山体。不仔细看还真没有感觉，原来这山体是由许多块岩石组成，由于时间久远，这些岩石都已经在风化，不过砂砾已经在这岩石上覆盖了薄薄的一层。所以看上去这山并不算太高，大概也就七八百米，但想翻越过去简直是痴人说梦，没有路不说，山体遇到压力还会立即引起滑坡，而且还是哗哗的一大片。所以明眼人根本不会去攀爬。

胡骏的思路还是沉浸在洞窟里面，他追着刘捷问："揭盘陀国人把大殿挖到山里面去干什么？如果在王宫里面或在城墙的对面建造一个大殿不是更好吗？这样不仅可以成为标志性建筑，而且成本还要低许多。"

"这个我可说不准，估计这里面的大殿是现成的也未可知，略微加一点工就可以建成；或者原来这儿就有一个洞窟，他们把它改造成了大殿；又或者是为了某种需要，譬如躲避，必须有这样一个隐秘的地方，于是就把洞窟改造成了一物二用的现在这种场合。"刘捷回答得模棱两可，但又让人充满着想象。

张晓军插话说："洞窟里面不是还有许多壁画吗？说不定这些壁画能解释也未可知呀。"

"看来今天又没有时间了，只能明天再说，"刘捷叹道，"明日复明日，明日何其多。"

胡骏却不高兴了："人要知足，今天的成就已经非常不错了，既发现了地下通道，又找到了一些古物。"

刘捷拍了拍胡骏的肩膀，笑着说："人类就是在不知足的过程中进步的。"

"你想进步没人拦你，你一个人留在山洞里面研究吧，我们为了生存，只能去抓沙鼠。"胡骏故意这么说。

"你不用激将我，我真的会留下来的，"刘捷笑着说，"不过，今天还是算了，因为沙鼠还是和我有缘呢。"

几个人说说笑笑来到宫殿的围墙内。实际上不等胡导布置，所有的人都已经在忙碌了。杀的杀，洗的洗，烤的烤，分工明确。此时的围墙内已升起了三堆火，烤沙鼠的香味扑鼻而来。刘捷咽了几下口水，又不好意思去拿着吃，所以只得和张晓军商量，分两组再去捕捉沙鼠，远离香味可能会好一些。

张晓军也不想吃相太难看，反正也不会少他一份，于是就对刘捷说："我看附近的沙鼠已经越来越少，如果要抓，那就要走得很远"。

刘捷苦笑着说："路远不是问题，只要能抓住沙鼠。我估计再抓下去，这儿的生态要失去平衡了。"

"还是先照顾自己吧。"张晓军笑着说。

于是刘捷和张晓军各带一组，胡骏去负责洗和烤。

刘捷和张小飞、小尤、叶诗意、何晓晓组成一组前往坡地捕鼠，谁知刚出了宫殿的围墙，就看见远远的有十几只沙鸡飞过，扑进红柳丛中去觅食。

张小飞对大家介绍说："这是沙鸡，估计闻到了香味，也来凑热闹了。这种沙鸡味道很鲜美，我曾在老乡家中吃过。但据老乡说不容易捕捉。"

叶诗意却羡慕地说："反正我们也是来抓沙鼠的，能抓几只沙鸡回去也不错，正好可以换换口味。"

"就怕没有那么容易抓。"张小飞坦白地说。

何晓晓吞吞吐吐地看着张小飞，又像是在征求意见："那我们试试？"

刘捷直截了当地回答："估计试了也白试，但你们一定要试，我也不反对。"

果然，几个人利用沙鸡在红柳丛中觅食的机会，悄悄地包抄过去，谁知还没有等他们走近，沙鸡早就逃开了，蹿入了另一堆红柳丛中。几个人又向另一堆红柳进行包抄。

张晓军看到了，就在远处喊："不用包抄了，你们是抓不住的，沙鸡不但会跑，还会飞，就是沙漠中的狼对它们也是毫无办法。"

刘捷朝张晓军挥挥手，然后对大家说："既然晓军都这么说了，我看我们还是老老实实地去抓沙鼠吧。"

于是人们放弃了捕捉沙鸡，又改用烟熏的办法继续抓捕沙鼠。

刘捷等几个人对于捕捉沙鼠越来越有经验，不一会儿就有几十只被熏晕的沙鼠被红柳枝拦腰捆了起来。刘捷对大家说："我有个建议：我们先把这些送回去，让他们先烤起来，我们再出来抓，不然的话，晕了的时间太长，万一死了，肉就不好吃了。"

张小飞却不好意思说："这几十只可能不好交差，胡导肯定认为我们想蒙混过关。我们再往前走一段，再捕捉几十只回去，那他就没话说了，反正时间也不会太长"。

刘捷叹口气说："摊上这么一个导游，我们不知是幸运还是倒霉，那就再去抓一些吧。"

张小飞笑着说："至少他工作是认真的。"

刘捷也笑着说："问题就出在他的认真上。"

几个人一边说笑一边往前走，离城墙越来越远，而离昨天他们在峡谷里想翻越却无法翻越出来的那个山包却越来越近。

由于是坡地，回头望去，昨天看到的城墙依然矗立在眼前。虽然昨天所翻越的山包不是现在的位置，但离这儿也不算远，看到城墙的角度也应该差不多，可能是昨天看到城墙时的惊喜，一窝蜂的都往城墙那边跑，根本没有仔细观测城墙周边的环境。而今天静下心来，可以仔细看看这儿的环境。谁知不看不知道，一看还真看出了一点名堂。这儿很像山谷内的一块盆地，四周全部是大山环绕，而且这个盆地还不大，城墙已圈了大部，剩下来的就只有两大块，一块就是他们脚下的坡地，估计有一二千亩地的大小；另一块就是河床那边，看那干枯的胡杨树一直延伸到前面两山的交界处，估计那条河流就是从这个峡谷流进那两山之间的，而这一区域几千亩都不止。刘捷心想：会不会前面两山之间也有一个类似于我们昨天遇到的山体滑坡的小山包？理论上说，如果这儿没有山体滑坡，昨天走过的墨玉河峡谷连接城墙前的那块河床应该也是个古道，一直可以延伸到前面两山的交界处，而如果把前面两山交界处一封，这儿再一封，那这个城池所在的地方就真成了一个世外桃源。但一封以后也会影响这儿的生态，估计河流的断流也与这个有关。

刘捷有点看出了神，以至于张小飞叫了他几声他都没有听见。还是叶诗意用手碰一下他，他才醒悟过来。

张小飞对刘捷说："刘教授，我们沙鼠还抓不抓啦？"

刘捷回过神来："抓，当然要抓。"

坡地上沙鼠洞确实非常多，正当大家按各自分工全力以赴捕捉沙鼠的时候，小尤忽然对刘捷说："刘教授，我好像听到人的说话声。"

刘捷还搞不明白，"说话声，谁啊？"

小尤说："不是我们的说话声，是我听到山那边有说话声。"小尤指了指那个山体滑坡的山包。

"那边有说话声。"刘捷的神经立即紧张了起来。

叶诗意听到小尤的说话也紧张了起来，一边东张西望一边问："那你有没有听清他们在说什么？"

小尤屏住了呼吸，侧耳又听了一下："说什么听不清楚，只听见有人喊叫的声音。"

刘捷也静下心来，侧耳听了一下，果然有人的声音，而且声音比较尖比较急,像是个女的,但说什么根本无法听清。刘捷问小尤:"你听清了吗?"小尤摇摇头:"只听见一个女的在叫,实在听不清说什么。"

叶诗意对刘捷说:"会不会像我们昨天上午一样,现在又有一拨人找不到出路,被堵在了山谷里面。"

"又有一拨人,好像不应该呀,"刘捷有点想不通,"但不管怎样,只要有人,我们就得想办法通知他们,让他们走坎儿井过来。"

张小飞也侧耳听了一下:"我怎么没有听到,你们会不会听错。你们听,现在好像什么声音都没有了。"

小尤摇了摇头,说:"应该不会听错,刚才确实有一个女的在叫。"

"如果有女的在叫,肯定是需要我们帮忙,至少是出不来了,那我们得想办法通知他们,"刘捷说,"但怎样才能通知到他们呢?"刘捷看了看滑坡的山体,"有办法了,我们通过昨天翻越过来的那个小山包,那边的土还比较结实,然后再从顶上爬到山体滑坡旁的那座山的山顶,这样就能看到峡谷内的情况了"。

张小飞看了看眼前山体滑坡的山包,又看了看昨天翻越出来的小山包,再看了看小山包旁的那座山的山顶,对刘捷点点头说:"还是我去吧,那个小山包的山顶爬到这座山的山顶也肯定会遇到滑坡。"

刘捷拦住张小飞说:"你一个人去没人商量,因为我们都不知道山那边的情况,还是一起去吧。"

小山包本来就不高,几个人没一会儿就到了小山包的最高点,但对峡谷里面的情况却一点都看不清楚。张小飞又向旁边的那座山的山顶爬去。刘捷让张小飞小心点,这个山坡是人为造成的泥石流,没有土,只有砂砾和碎石,容易引起滑坡。张小飞小心翼翼爬到了滑坡的山顶,就如刘捷所说的,峡谷内的情况一目了然。

张小飞对跟着后面的刘捷说："果然有情况。"

刘捷一看，只见峡谷内有两个人各拿了一根木棒在与两头狼对峙，另有一男一女在爬山体滑坡的那个山包。

"又是狼，这儿的狼怎么还没有死光，"张小飞先是嘟囔一句，然后指着下面拿木棒的人对大家说："你们看，那不是王胡子吗？"其他人一看，果然是王胡子他们。

小尤惊讶地说："他们不是走在我们的前面吗？怎么落到我们后面了呢？而且还被狼给缠住了。"

刘捷看了一下下面的情况说："这样下去可不行，他们没有趁手的工具，早晚要被狼吃了，所以我们得想办法救他们，"于是刘捷对正在攀爬山包的那一男一女喊道："你们不要爬了，这个山包不适合攀爬。"

那一男一女正在为爬山的事情苦恼，好不容易爬上了一段，又滑下去了一段，忽然听到有人叫喊，那真是来了大救星，赶紧冲着刘捷等人叫喊："快，快救我们，这个山太难爬了，我们已快支撑不住了。"

与狼对峙的两个男的也听到了刘捷的叫喊，其中一个刚想搭话，狼却不给他这个机会，两人只好打起十二分的精神与狼周旋。

刘捷对爬山的一男一女说："这个山坡你们肯定爬不上，土质太松，我指点你们另一条路。"

那男的说："好的，你说，我们全听你的。"

刘捷已经看清了，这两个人就是坐在王胡子车上后排的一男一女。刘捷说："你通知下面两个赶紧往回走，在这个峡谷的另一端有一处悬崖，旁边有一个坎儿井，下了坎儿井就能通到我们这儿。"

那男的说："你再说仔细一点，怎样才能找到坎儿井？"

"嗨，你也不用多说了，"刘捷也懒得解释，"你们现在就往回跑，我在靠近坎儿井的地方等你们，记住，是峡谷顶端的那处悬崖下。"

"你去坎儿井等我们?"那男的非常惊喜,"那太感谢了,峡谷顶端的悬崖,知道了,马上走,谢谢,谢谢。"那个男的一点都不犹豫,拉着那个女的从已爬了一小半的山坡上滑了下去。

刘捷转身对叶诗意和何晓晓说:"你们两个人赶紧回去找胡导和张晓军,就说王胡子他们正被两头恶狼追赶,后面还有没有狼还不知道,让他们做好准备,我现在和小飞、小尤去救他们,很有可能狼也会跟着我们进入这个古城。"

叶诗意也知道情况紧迫,救人要紧,便不再多话,与何晓晓一起下了小山包直奔古城找胡骏和张晓军去了。

刘捷带着小飞、小尤顺着水流的河谷又回到了坎儿井,到了原来下来的洞口那儿却遇到了麻烦,尤其是第二级瀑布。当初下来容易,现在上去却并不容易,因为台阶损坏了。三个人也没有时间去修复那台阶,只得用叠罗汉的形式将刘捷先叠了上去,其他两个人却没法跟上了。

刘捷对他们说:"你们也不用上了,就在洞口下面等着,不要走开,我去把他们接过来。"

刘捷说着出了洞口,在洞口附近找了一根粗一点的树枝,小心翼翼地探视外面的情况。外面什么人影都没有看到,但狼的嗥叫和人的吼叫声却已经听到,刘捷也不敢怠慢,赶紧叫喊:"王胡子,我已到了坎儿井出口,请赶紧向我靠拢。"实际上刘捷也只知道王胡子的叫法,其他三个人的名字他一个都叫不出。

最先出现的是那个女的,三十多岁,一身狼狈跑了过来,但看上去腿部很有力,然而衣服已被撕碎,也不知是狼撕咬的,还是山包上滑下来时划碎的。刘捷赶紧引着她进入了坎儿井的入口,并让下面的小飞、小尤接着她;等到刘捷再离开入口转出去时,王胡子已拖着坐在后排的那个三十多岁的男的逃了过来。两个人比那个女的还要狼狈,尤其是那三十多岁的男的,跑起来腿还有点一瘸一拐的。

刘捷马上问王胡子:"还有一个呢?"

王胡子回答:"那两头狼好像知道我们要逃离,想把我们三个人都拦下来，后来我们两个人联合击退了一条狼，那条狼知道拦不住我们，转身与另一条狼联合，拦住了小虞，所以我们两个人就趁机逃了过来。"

刘捷赶紧把他们让入坎儿井的洞口，并说："你们也不用说了，赶紧下吧，我去接应那个小虞。"

王胡子听了倒没有说什么，拉着那男的就准备下洞，但那个三十多岁的男的却对刘捷说："不用了吧，如果小虞也逃了过来，那两头狼势必会跟了过来，这样反而不好。"

刘捷一听，当时脸色就沉了下来，"你这样说恐怕有些不妥吧。"

那男的也看到了刘捷的脸色，赶紧解释说："你不要误会，我的意思是小虞身上有些功夫，那两头狼奈何不了他，而且我也已告知他这儿有一个坎儿井。"

刘捷也知道这世上什么样的人都有，不想和他瞎耽误工夫，就说："下面有人接应，你们自己下去吧，告诉底下接应的人，你们先走。"也不再和他们啰唆，转身爬上了岩石。

刘捷爬到了岩石的顶部，从这儿看下去，峡谷内的情况可以一目了然，而且还能提防那些藏在峡谷内的野狼。但此时的峡谷内已没有了打斗的声音，而且小虞和那两头野狼也已不见踪影。是小虞已经逃出了这个峡谷，那两头狼追出去了？还是小虞已经丧身狼口？刘捷不得而知。自己孤身一人又不敢去峡谷内搜寻，万一有狼藏在哪个岩石后面，那不是他刘捷一人所能对付得了的。

在四处眺望后，又叫喊了几声，确认峡谷内已没有人影，刘捷这才跳下岩石，进入了坎儿井。

刘捷在峡谷的溪水涧追上了他们。

王胡子问刘捷："你看到了小虞吗？"

刘捷回答："等我回到峡谷内，已不见了小虞的踪影，就连那两头狼也没有看见。"

"前面肯定是出不去，估计又回到原来车辆抛锚的那个地方去了,"那个三十多岁的男的说,"不知道小虞会不会把我们的那个包裹带过来。"

"没事,他背在身上呢,应该会带过来的。"王胡子说。

刘捷感觉很奇怪,人的生命难道不重要,他却还在想着那个包裹,难道包裹里有什么重要的东西。

"那个包裹很重要吗?"刘捷随口问。

"哦,不重要,不重要,就是一点吃的。"那个三十多岁的男的有点闪烁其词。

"还有一点替换的衣服。"那个女的说话了。

刘捷"哦"了一声,你们不愿说,我还不想听。

那个三十多岁的男的对刘捷说:"我知道你是刘教授,这一次谢谢大教授救了我们,俗话说大恩不言谢,我姓金,以后如有用得着我的地方请尽管吩咐。"

刘捷虽然心里有点反感,但嘴上还得说:"金先生客气,大家都是一起的,这些都是本分,应该做的。"

王胡子插话说:"我们金老板很豪爽的,今后在西北地区有什么事找他,肯定都是一句话的事。"

刘捷故作客气地说:"那就先谢谢金先生了。"

在翻过小山包、快要到宫殿的时候,刘捷已经看到张晓军和胡骏带着一帮人拿着树杈、木棒在城墙外严阵以待了。当王胡子等几个人走近时,胡骏不客气地说:"你们不是要回避我们吗?怎么又跟着我们走呢?"

王胡子连忙摇手:"没有,我们没有跟着你们走。"

姓金的用手压着王胡子的肩膀说:"前几天是我们不对,不辞而别,但我们确实有苦衷,不得不先离开。我们绝不是要回避你们,再说我们在这次大地震面前能够活下来也全靠你们的帮助,"姓金的说着用眼角瞟了刘捷一眼,"这不,就是刚才,有两头野狼在追着我们,全靠刘教授及一众兄弟的帮忙,我们才逃离了狼口。所以,有了你们,才有了我老金这几个人的新生,谢谢,谢谢。"

如果不是发现他们以前的冷漠，刘捷几乎要被老金的这段言语感动了。

胡骏却不客气，问金先生："你们真的是来旅游的吗？"

"那当然。"金先生笑着回答。

王胡子帮着金先生说："我们金先生是一家大集团的老板，这次带着我们是来考察的。"

"是到西部来投资？"胡骏问。

"不是，不是，"金先生拦过了话题，"我们这一次主要是来看看，因为最近西部的旅游很热，而我们集团正好有成立个旅游公司的打算，所以才有了这次帕米尔高原之行，"金先生又补充说，"这一次给你们带来了不少麻烦，特别是没有团队协作精神，我在这儿再一次表示歉意。"

胡骏原来准备还想说什么，但人家已两次表示歉意，批评的词语只好不说了。胡骏板着脸说："好了，好了，你们也不用装可怜，其他的我们不说了，如果下次再让我发现你们不辞而别，我肯定要把你们赶出我这个团队。"

刘捷看了看胡骏，你就这样放过他们了？

胡骏也看了看刘捷，一脸苦笑。

张晓军原想问问他们是走了哪条道进入峡谷的，狼群是在什么地方开始盯上他们的？后来想想还是以后再问吧，反正人已在这儿，也不用急于一时。

第二十五章 食物链的顶端

胡骏看了看归队的三个人,问王胡子:"你们不是有四个人吗?怎么现在过来的却只有你们三个?"

王胡子还没有回答,姓金的抢着说:"我们不是遇到狼了嘛,那位兄弟为了让我们先走,留在了最后,也不知他的死活,这事刘教授知道,"说到那位兄弟的时候,姓金的脸上露出了悲伤,"如果不是他帮我们抵挡了一阵子,估计我们三个人也逃不到这儿。"

刘捷对胡骏和张晓军说:"他们确实还有一个人,叫小虞,不知道被那两头狼追到哪儿去了?"

金先生看了看刘捷,然后回答胡骏说:"小虞为了我们这几个没用的,在逃进峡谷之后一直在与狼搏斗,幸好只来了两头狼,如果再来两头狼,估计我们全都得葬身于狼口,"金先生说到这儿,忽然问,"难道你们一路过来就没有遇到狼吗?"

大家相视一笑。

叶诗意得意地说:"怎么没有遇到狼?我们遇到的是狼群,共有二十七头狼。"

"二十七头狼?"金先生惊恐地看看周边,问叶诗意,"那这些狼呢?"

叶诗意笑着说:"死了。"

"死了？"金先生似乎有些不信。因为他们四个人在对付两头狼的时候，刚开始也想置狼于死地，这样也可以一劳永逸。但这两头狼就像打不死的"小强"，无论是木棍还是石头都无法让这两头野狼屈服，依旧死缠着他们，如果不是王胡子和小虞身手矫捷，他们也支撑不到刘捷他们的到来。而眼前的这批人虽然人数众多，但也要找出一个像王胡子那样强壮的还真找不出来，就算是朱万豪，也不如王胡子来得结实。那他们是怎样打死那二十七头狼的呢？不要说打死，就是驱赶也不容易。金先生是满脸的不信，就连王胡子和那个女的也是满脸的不信。

　　叶诗意还想解释，张晓军制止了。张晓军对大家说："我们得抓紧时间商量一下，并做好收尾工作，估计这两头狼迟早会找过来的。"

　　张晓军的话音未落，小尤忽然指着前面对刘捷说："刘教授，你快看，前面的小山包上有一个黑点子正快速地往这边过来！"

　　"在哪儿？"刘捷的神经马上紧张起来，他最担心的是狼之类的猛兽。不要看有这么多人，一旦遇上，估计一点防御能力都没有。

　　还是张小飞的眼神好："好像是有三个黑点子正向我们这边移动，"停顿了一会又说，"前面的那个好像是人。"

　　王胡子马上问："会不会是小虞？"

　　"这么远，谁看得清楚，能看出一个人影已经不错了。"张小飞回答。

　　而刘捷一听到王胡子的提问后终于松了一口气，因为他知道这荒郊野地也不会有别人，谢天谢地，他总算还活着。随后一想：不对呀，那小虞后面的两个黑点子肯定是狼？！于是神经又开始绷紧，马上对胡骏和张晓军说，"后面那两个黑点子可能是狼，让大家做好准备。"

　　一听是狼，大家又都浑身紧张了起来，有个别人开始往围墙里面跑。

张晓军对大家喊:"不要乱,只有两头狼,大家不用怕,听我的吩咐,是男人的赶紧去把火堆上的树枝和木棒拿在手上,跟我一起上"。

大家一听,都一窝蜂地跑进围墙去拿树枝和木棒去了。

此时王胡子已看清前面跑的正是小虞,于是对着小虞大喊:"小虞,快往我这边跑,狼已经追上来了。"

小虞已经看到了城墙并发现了刘捷他们,正拼命地向他们这边跑来。但人的两条腿又怎能跑过野狼的四条腿,所以没有一会儿,三个黑点子又纠缠在一起。

刘捷看了老金一眼,然后对张晓军说:"估计小虞已是强弩之末,我们得想办法帮他一下,"随后对胡骏说,"你把这儿的事安排一下,我带张晓军和王胡子去支援小虞。"

不等胡骏回话,刘捷就冲了出去,急得陈娴在后面叫喊:"当心!"张晓军也拿了一根木棒追了上去,王胡子也不敢落后,拿了树枝往前跑,一边跑一边还在喊:"小虞,我们来了。"

王胡子的叫喊把那两头狼吓了一跳,停止了和小虞的对峙,虎视眈眈地看着赶过来的三个人。

三个人一阵风似的赶到那个人的旁边。那个人浑身已经血淋淋的,看到王胡子他们的到来,竟然软绵绵地躺了下去,把赶来的三个人吓了一跳。王胡子赶紧一把抱住,刘捷和张晓军各逼着一头狼,不让它靠近。

后面又有四个人赶了过来,刘捷一看是张小飞、朱万豪、赵子凡、小尤他们,赶紧吩咐王胡子扶着小虞先回,自己带着大家开始向两头狼发起攻击。

那两头狼经过长途奔袭,又和王胡子、小虞纠缠了这么久,也早就精疲力尽了,看到人类的生力军来了,只得逃向远远的地方。刘捷带人赶一阵,狼就逃一段距离,完全没有了刚才嚣张的气焰。

胡骏守在城墙的外面,绝不敢掉以轻心。刚才的四个生力军就是他派过来的。这么多人守在城墙外面也不是个办法,他又吩咐人重新燃起火堆,把没有烧烤完毕的沙鼠重新烧烤,务必把已经杀死洗好的沙鼠烧烤完毕,这是今后几天的口粮,绝不能浪费。

虽然离宫殿的围墙已近在咫尺,但大家还是感觉到只有跑到宫殿里面才是安全的。

刘捷看看城墙下的大门,心里感叹:如果大门没坏那该有多好!

所有的人都撤进了围墙。

张小飞又探头向城外望了望,那两头狼并不死心,正小步快跑的往城门口这边跑来。张小飞对刘捷说:"这两头狼又过来了,怎么办?"

"还有多少距离?"刘捷问。

"还有七八十米的距离,"张小飞回答。

刘捷用眼瞟了一下围墙内还在往后面跑的人们,回答说:"就两头狼,把它们放进来,我们来个关门打狼,"于是,刘捷对胡骏喊,"胡导,赶紧让男生们都拿起木棒,合围这两头狼,务必置它们于死地。"

张晓军听到刘捷的叫喊,又回头看着那些不知所措正在往宫殿跑的人们,心想:里面又没有可躲藏的地方。想找胡骏,却没有看到,于是就对大家喊:"都回来,不要跑了,只有两头狼,大家也不用怕,赶紧退到火堆旁,拿起树杈,准备战斗。"

叶诗意拿着一根树枝往刘捷这边跑来,一边跑一边还在说:"算我一个。"

张小飞看着叶诗意着急地说:"我的大公主,这是男人们的事,你还是赶紧跑到宫殿那边去吧。"

就在张小飞和叶诗意说话间,胡骏带着赵子凡和朱万豪及十多个男生跑了过来。张晓军说:"我们有这么多人,就这两头狼,不用怕。"

真的人多好借势,所以往里跑的人也陆续折了回来。

狼也真的来了。

只是一刹那的工夫，宫殿的围墙内就一前一后冲进了两头狼。这两头狼长的并不算高大，沙漠里的狼都不是很高大，但形象却非常吓人，绿绿的眼睛紧盯着惊慌失措的人们，嘴角还挂着口水，猩红的舌头伸在外面，让人一看就是一头饿狼，而且随时都有扑过来的危险。

人们手拿着长短不一的树杈，有的树杈还燃着火焰，神情紧张地盯着那两头狼。

人们的身后是三个火堆，火堆上还有几只没有烤熟的沙鼠，烤肉的香味引诱得这两头饿狼口水直淌，毫无顾忌，根本不想和人们对峙，嚎叫一声就向人们扑来，人们一哄而散，根本没有人想到要用手上的树杈去招架。饿狼也没有去追逐人群，而是直接扑到那散发香味的烤肉旁，大口吞噬着那些烤到一半的沙鼠。

刘捷心想这样不行，于是立即吩咐女的退后，男的拿着树杈向前，将两头饿狼重新围了起来。

两头饿狼对于围上来的人们好像并不害怕，因为在这片沙漠中它就是老大，所以吞完了那几只烤沙鼠后，它用那血红的舌头舔了舔，然后才开始打量着围在周边的人们。

张晓军知道不能等，现在是两头狼，如果再来几头，那麻烦就大了，必须赶紧解决。于是他向刘捷和胡骏等人打了招呼，然后大声对大家喊："用木棍，一起上。"十几根木棍的力量不可小觑，呼的一下就朝两头饿狼砸了下去，两头饿狼吓了一跳，都本能朝前一蹿。树枝虽然也擦着饿狼的身体，但对饿狼基本没有什么伤害，只有张晓军的那一棍实实在在地砸在了其中一头饿狼的右后腿上，可能是真的打伤了这头饿狼，因为这头饿狼落地后用三条腿在原地打着圈，嘴里还呜呜叫个不停。大家知道有收获了，赶紧又围了上去。这一次两头狼学乖了，不等围拢，就已远远逃开了。众人又赶了过去，狼又一次逃开，并且逃出了城墙的大门。

众人也不敢追得太远，只留四个人在城门口监视着那两头饿狼。刘捷关照朱万豪，由他负责。其他的人又回到了围墙之内。

那两头狼似乎有点不甘心。一头在虎视眈眈注视着守在城门口的四个人，另一头在那儿舔着自己后腿上的伤口。

人和狼就这样僵持着。

刘捷不想与狼过多的纠缠，于是问胡骏："还有多少沙鼠没有烤完？"

胡骏回答："已经不多了，大概还有几十只吧。"

刘捷看了看已经西斜的太阳，对大家说："我们赶紧利用黑夜到来之前把剩余的这些沙鼠烤好，然后想办法转移。"刘捷的话音还没有落，就听到围墙外狼的凄厉的叫声。

张晓军神情紧张地说："不好，那头狼在呼唤同伴。"

刘捷看着张晓军说："呼唤有什么用，它们又进不来。"

张晓军对刘捷说："你错了，你肯定以为它们找不到从坎儿井进来的口子？"张晓军用手指了指城门外，"那两个家伙从那儿进来已留了气息"。

胡骏一听也紧张了，问张晓军："那怎么办？"

刘捷虽然也紧张，但还能稳得住："我还有一个办法，就是什么时候走的问题。"

胡骏也聪明，马上明白了刘捷的意思："你的意思是借助地下通道离开？"

刘捷反问："你还有更好的办法吗？"

张晓军说："那我们马上就走，不要等狼的同伴们都来了，那就走不掉了。"

刘捷说："也不用这么急，我刚才想了一下，我们应该把烧烤的阵地转移到佛塔的旁边，争取把这些已捕获的沙鼠全部烧烤完毕，这可以弥补我们口粮的不足，如果一旦有事，我们马上就可以进入通道。"

"有道理，不用商量了，这事就这么定了，"于是胡骏赶紧吩咐大家，"现在赶快转移到佛塔那边去，带上所有的东西，包括树枝。"于是，人们一窝蜂地往佛塔那边跑。

王胡子拖住刘捷问："你刚才说的地下通道，什么地下通道？在哪儿？"

刘捷不客气地说："我还没有问你们呢？你们自说自话的走了，现在又把狼带了过来，你们在干什么呢？"

"我，我们……"王胡子看了看旁边那个自称是姓金的人。刘捷知道王胡子是一个拿不了主意的人，而那个姓金的一看上去就不是这么好对付的，所以刘捷也不愿意和他多话。

果然，姓金的一看王胡子看他，马上向刘捷低头哈腰，唱起"自我错"："上次我们有急事，所以没有跟你们打招呼就自行离开了，是我们不对，是我们不对，这次狼跟过来，我们也没办法。"

刘捷不好意思再责问他什么，所以也只能轻描淡写地说了一句："你们跟着大家走吧，狼的问题我来解决。"

王胡子还想说，姓金的用手阻止了他。

不知为什么，胡骏对那姓金的回答总觉得可疑，但自己又不是警察，而且现在也不是追问的时候，只能把这可疑的想法放进肚子里。

佛塔在宫殿的后方，但也算在宫殿之内。刘捷不放心，让朱万豪等四个监视的人员一定要清楚这两头狼的去向，同时也要注意周边有没有其他狼的出现。并再三关照五分钟之后全部撤退到佛塔。

那两头狼还在凄厉的嚎叫，这叫声让人感觉有点撕心裂肺，浑身不舒服。

胡骏等人把火堆移到了佛塔旁，刚把一串沙鼠放在火上面烤的时候，忽然感觉头顶上有什么东西飞过。仔细一看，是一只硕大的老鹰。胡骏心里还有点奇怪：帕米尔高原上没听说过有老鹰。

张晓军却感到惊喜异常，并叫出了声："是食狼鹰，狼的天敌来了。"一边说一边赶紧爬上三米高的土墩。

但土墩还不够高，只看见那只食狼鹰俯冲下去，却看不见有没有抓住狼，因为给外面的城墙挡住了。

正当张晓军准备找路爬上佛塔顶端的时候，刘捷和胡骏等人也跟着爬上了土墩。

刘捷问张晓军："你说的食狼鹰是怎么一回事？"

"食狼鹰是一种巨鹰，是一种以狼为食的飞禽，当然也食兔子、狐狸等动物，它展开翅膀有三米多长，生活在塔克拉玛干沙漠的边缘，但没听说过帕米尔高原上也有食狼鹰。"张晓军一边回答一边继续寻找能爬上佛塔顶端的台阶。

"你不用找了，这些土质不是很牢固，别人没上去，佛塔却倒塌了，"刘捷随后话题一转，说："自然界还真是一物降一物，我还以为狼在这一带可以称王称雄了，谁知还有这么一个克星。"

"唉，可惜了，精彩的一幕就在眼前，却无法看到。"胡骏也有点惋惜。

张晓军找不到登上土堆踏脚的地方，只得退下土堆："不去管它们，刚才那两头狼已经在呼叫同伙了，一会儿群狼肯定会过来。"

胡骏疑惑地问："不是有食狼鹰吗？"

张晓军摇摇头解释说："食狼鹰只能对付独狼或一两头狼，对付群狼就没有那个本事了。"

胡骏赶紧说："那我去督促一下，看看还要烤多少时间。"

刘捷叫住胡骏说："你在几个通往佛塔的路口各安排几个人，盯住这几个方向，狼是非常狡猾的动物。烧烤的事实在不行就放弃吧。"

胡骏答应着去安排了。

而就在此时，朱万豪带着三个人过来了。人没到，声音却先到。

"真精彩，不要看那狼在我们的面前像个猛兽，在那老鹰的面前什么都不是。"

"你们看到了老鹰捕捉狼的场面了？"刘捷问。

"看到了，"朱万豪回答，"刚开始我们只看到一个庞然大物从天而降，那两只原先在拼命嚎叫的狼一看到那庞然大物马上不叫了，而且转身就跑，可惜那被我们打伤腿的那头狼跑不快，被那东西一下就抓住了，等那东西收了翅膀我们才看清是一只老鹰。老鹰捕狼以前听都没有听说过，现在却亲眼看到了，真的精彩。看上去凶残的狼，此时却一点反抗能力都没有，真是太奇了。"

张晓军笑着说："那可不是一般的老鹰，那是食狼鹰，是专门吃狼的。它对付狼有专门的套路，叫作一抓二刺三开肚。一抓是抓狼的腰，狼素有铜头铁骨豆腐腰的说法；二刺是刺狼的眼睛，当狼的腰被抓住以后，狼势必要回头撕咬，食狼鹰就用利爪刺瞎狼的眼睛；三是用像钩子一样的鹰喙撕开狼的肚子。所以狼在它爪下绝无生还的道理。"

"我们看到的景象真的和你说的一样，"朱万豪非常兴奋，"这么厉害的猛禽以前怎么没有听说过？"

张晓军回答："这是稀缺物种，我以前也只是听说，今天算是第一次看见。好像这种食狼鹰只存在塔克拉玛干沙漠边缘一带，而且数量很少。"

刘捷笑着说："这一次虽然我们经历了不少磨难，但还是长了不少见识。"

大家正说着话，胡骏回来了，他对刘捷说："最多还有半小时，所有的沙鼠都可以烧烤完毕。"

刘捷也向胡骏解释说："我和小飞已做了应急的准备，就是在通道的入口处堆放了许多树枝，一旦情况有变，这些树枝点燃后还可以延缓狼群的冲击。"

张晓军已经非常着急："我们不能再等了，手上没事的人可以先下通道，我们到大殿会合。"

刘捷看了看张晓军说："我同意，请胡导带队先行，我们这儿完毕后马上跟上。"

胡骏推托说："还是让刘捷先行吧，地下通道的那一头出路在哪儿我们还不知道，如果转一圈还是回到这儿，那就出问题了。所以刘捷有这方面的优势，还得请他先行，把这条路给蹚出来"。

张晓军对胡骏和刘捷俩人说："还是这样吧，你们也不用推了，都走，我断后，留六个男生给我，烧烤完毕后，我们立即到大殿去找你们。"

"也好，"刘捷说，"让胡骏掌管大部队，我带两个人在前面探路，"刘捷又关照张晓军，"洞口最好把它伪装好，实在不行就把它堵死，不要让狼跟进来。"

"好吧，我尽力吧，"张晓军回答。

"不是尽力，而是必须！"刘捷强调。

话音未落，就听见有人在喊："狼来了！狼来了！"

朱万豪数落说："就你们这几个人磨叽，一定要等狼真的来了才肯做决定。"

刘捷也不去睬他，让胡骏举着火把在前先走，其他的人一个一个跟进。自己最后还是决定留守，因为堵住狼群才是最后取胜的关键。

而张晓军带着六个男生已围在洞口的火堆旁，一边往火堆里添柴一边紧张地做着收尾工作。

第二十六章　上古史中的部落

第一头狼终于出现在道路的尽头。只见它停顿了一下，嗥叫了两声，然后冲着佛塔就直接扑了过来。

这儿的人已下得差不多了，还有六个男生和张晓军、刘捷在做最后的收尾。有一个男生看见还有一串沙鼠没有拿，想过去把它带走，张晓军阻止了他，并说："留在那儿也可以帮我们争取一点时间，我们得赶紧下。"于是六个男生陆续都下了通道，张晓军是最后一个，刘捷让他把洞口的火再烧得旺一点。

张晓军和刘捷是最后两个走，他们已明显感到狼群已经到达了土墩下面，而且数量还不少，因为土墩下面已经嗥叫声不断，估计是洞口的那把火让狼群望而生畏。而此时的通道内也已经是烟雾腾腾。

刘捷递给张晓军一条湿毛巾："把口鼻捂上，我们走。"

张晓军皱了皱眉头："什么味？"

"管他什么味，有用就好，"刘捷带头向前跑去。

俩人快速地向通道深处撤离，因为已经走过一次，所以并不感到恐慌，但由于不知道后面的狼会不会怕这么大的烟雾以及洞口的那堆火，所以还是跑步向前。不一会儿，他们来到通道的尽头，推开大门，大殿内灯火通明，原来下午点亮的油灯并没有熄灭，而且越来越亮堂。

所有的人都在等着他们，见他们从门洞出来了，这才松了一口气。

刘捷一进门就问胡骏："有没有办法把我们过来时的这道大门封死？这样可以减少后顾之忧。"

胡骏想都不想就回答："有。我刚进来的时候也是这么想的，等你们全部进来后把门堵上。所以一到这儿就寻找堵门的东西，结果发现了这两只箱子，因为里面装的全部都是青铜器，这东西非常重，我们又带不走，还不如堵在门上，让狼过不来。"

"有道理，先让我看看是什么青铜器，"刘捷说，然后又对张小飞说，"先把门关上，注意外面的动静。"

果然在一角落看到有两箱东西平放在那儿。箱子的颜色和墙体的颜色差不多，怪不得下午来得匆忙没有注意。箱子很大，约两米长，一米宽，一米五高，盖子已经打开，两只箱子里的器具都不一样，一个是箱子内是青铜，一个箱子内是玉。不管是玉还是青铜，都非常重，一个人根本拿不动，刘捷请朱万豪和赵子凡给自己搭把手，把一个箱子里面的玉全部搬了出来，在地上排成一列。

胡骏有点不耐烦了："我的大教授，现在不是研究历史的时候，你应该先把门堵上，说不定狼群什么时候就进来了。"

刘捷不好意思地说："马上就好。你不知道，这绝对是好东西，全世界也恐怕只有这么两件。"刘捷一边说一边拿出手机。

胡骏摇摇头说："真拿你这种人没办法，你手机也拿出来了，那就赶紧拍呗。"

刘捷看着大家说，"刚开机，还得等软件启动。这样吧，请万豪和子凡带几个人把青铜这一箱先搬过去顶在门上，这一箱我先拍完照，你们再搬。"

胡骏也不再说了，指挥人把青铜器具这一箱先搬了过去。但由于箱子实在太重，只能把箱子里的器具一件一件搬出来，把撤空的箱子先搬过去，顶在门上，再把器具一件件装回箱子里。

刘捷拍好照，让其他人把装有玉的箱子也搬了过去，自己赶紧又赶到门背后，把那一箱青铜也赶紧拍了照。而胡骏立即指挥人把这一箱玉器叠在青铜箱子的上面，把进来的那扇门堵得死死的。

刘捷满心欢喜，回过头来问胡骏："你知道刚才的玉和青铜是什么宝贝吗？"

胡骏一脸茫然："什么宝贝？"

"这两箱都是器具，玉的这一箱是祭祀用的器具，而青铜这一箱是礼器。"刘捷郑重其事的回答。

"这有什么稀奇的，我还以为是什么好东西，原来是祭祀用的器具，说实在的，也就青铜和玉还值一点钱。就像这祭祀的器具现在寺庙里用的祭祀器具多的是，唯一的优点就是这个年代久远了一些。"胡骏不屑地说。

"你误解了，"刘捷说，"现在用的祭祀器具基本以瓷器为主。我国古代用的都是玉器和青铜器，而且在这儿存放的很有可能是汉朝以前用的祭祀玉器和青铜器"。

叶诗意插话问："为什么说是汉以前？这儿不是揭盘陀国的都城吗，那也只是唐朝的时候呀。"

刘捷解释说："我是说这套器具。汉以后中原大地已不再用青铜作为礼器。而这儿还能留存下来，一是可能发展比中原慢，中原淘汰了这儿还在使用；二是这套器具很有可能是以前留下来的，历史比揭盘陀国还要悠久，有可能揭盘陀国搁置在这儿已不再用，也有可能揭盘陀国还继续在用，一直到亡国。但不管这么说，这套器具确实有一些年代了，肯定比揭盘陀国的历史还要早。"

"哦。"叶诗意点了点头，原来是这个原因。

张晓军还是有点不解，"这些玉器和青铜器都是用来祭祀的吗？"

"这两箱东西放在一起，估计是祭祀用的，"刘捷指着堵门的那两箱东西说，"上面一箱是玉，肯定是祭祀用的，我刚才看了，这是祭祀六器，为璧、琮、圭、璋、琥、璜。苍璧礼天，黄琮礼地,青珪礼东方苍龙,赤璋礼南方朱雀,白琥礼西方白虎,玄璜礼北方玄武。所以这套器具只有在《战国策》《史记》等书籍里面提到过。而下面一箱青铜器却是礼器,可以单独使用,也可以在祭祀时与玉同时使用,因为它是用来装吃食、酒、水和杂物的。"

叶诗意也有点不解:"老师,商周两代最主要的宗教活动就是祭祀和占卜,基本上每天都要占卜的,一旦有重大事情或重要节日,就要祭祀,就要用上这些器具,那这儿发现的祭祀器具也和那时的一样吗?"

刘捷点点头:"你说的不错,我估计也是这种情况,因为这些器具与我们古籍上记载的一模一样。可能现在中原地区已找不到,但这儿却留存了下来,所以是独一无二的珍品,其价值无可估量。"

叶诗意又问:"那揭盘陀国只有一半是汉人的血统,难道祭祀的方式也和我们汉人一模一样?"

"这,"刘捷被叶诗意问住了,"或许揭盘陀国抄袭我们汉人的做法也未可知。当然,还有一种可能,揭盘陀国的前身是蒲犁国,而蒲犁国本身就是汉族的血统,说不定从太阳中出来的那个王子也有可能是汉民族的血统,那这样就不用抄袭,只要把华夏民族的祭祀方式直接传承下去就可以了,当然这一切还有待考证。"

胡骏虽然在忙着清点人数,但仍插话说:"传说中可是只有一半的汉民族血统,没有说那个从太阳中来的王子也是汉族人。"

刘捷笑了笑,没有去争辩。忽然刘捷想起了什么,指着楼梯的上面问胡骏:"上面的那扇门看过了吗?"

"哦,那倒没有,一忙起来把上面的出口给忘了。上面也是关键,我马上安排落实。"胡骏赶紧回答。

张晓军对胡骏说:"确实要小心一些,狼的感官特别灵敏,十几公里外的气息它都能闻到,所以我们躲在这儿,估计也能闻到。"

胡骏笑着说:"闻是肯定能闻到,但这个洞门设计的比较巧妙,估计那些畜生一时寻找不到。"

张晓军谨慎地说:"那我们也不能心存侥幸。"

"那是,那是。"胡骏马上去落实了。

但胡骏苦恼没有东西可以抵住那扇门,最后还是张晓军想办法将手臂粗细的油盏灯的木桩嵌进那个门框,使那扇门无法向里打开才作罢。但刘捷还是有点担心,如果让狼群知道这个洞口也能够进入的话,那么凭它们那像铜一样的头也可以将此洞门撞开。

胡骏已经安排张小飞等人从另一边通道去前面探路了,不知道前面的情况怎么样,是不是能够走得通,所以大家都在大殿内焦急地等待。

油灯把大殿照得如同白昼,大殿的两侧也像洞窟内看到的一样,画有各种图案,而这些图案既不是菱形,也不像一个个故事,而是一个整体的图案,图上画有不少人,有拿刀剑的,也有坐在车上的,还有拿着弓箭准备射箭的。刘捷看着,既熟悉又陌生,熟悉的是这种图案在以前的史料中也有类似的样式,如周穆王西游图、周武王伐纣图等,陌生的是不知道这个图案想表述什么内容。再看中间,四根柱子中间的那个圆拱顶上也有图画,好像与周边还是一整幅图,中间的战车上坐着一位王,与中原上古时的王形象差不多,头顶王冠,身穿战袍,但手里拿的却不是兵器,而是挂着一根拐杖。拐杖旁挂着一张红色的弓和一袋白色的箭。看到拐杖以及弓和箭,刘捷终于点点头,似乎明白了一点。

叶诗意抬头也在向中间看,看了半天,终于还是忍不住问刘捷:"老师,这么大的一个壁画,好像就是一个整体,它要表达的到底是什么意思?"

刘捷看了看叶诗意,说:"它只表达了一个意思:出征,"随后话题一转,又说,"你要看细节。"

叶诗意"嗯"了一声,随后又仔细看了一遍,但还是看不出一个所以然来,"老师,这个王肯定是我们中原王朝的王,因为他的穿着打扮跟我们古代的帝王非常接近，但肯定不是黄帝或炎帝，黄帝的形象要么是站着手拿朝笏，要么是坐着挂着宝剑；而炎帝的形象还要简单，无论是坐着还是站着都是头上戴着牛角，手拿稻黍。会不会是揭盘陀国的国王在带兵出征？"

"这肯定不是揭盘陀国的国王，再说揭盘陀国的国王也不可能有这么大的阵仗，"刘捷笑了笑，指着头顶上图案中的那根拐杖说，"我刚才也猜不到他是谁，但现在我已知道他是谁了。你们看他那根拐杖，这是一个特别明显的标志，应该能从这根拐杖上猜出那个王的身份。"

叶诗意、陈娴等人抬头望去，那是两个叠加的头像，上面像羊的头，下面像虎的头，而且两根虎牙还很长，有点像剑齿虎的头，王手上握着的部分是羊的身体。这是什么动物？叶诗意和陈娴对望了一眼，都摇了摇头。

其他的人也都默不作声，都默默看着刘捷。

张晓军实在耐不住了，对刘捷说："从来没有看到过这种动物，羊不像羊，虎不像虎，肯定是抽象的东西，就像鬼一样。"

"我也没有看到过，但我一说出来你们肯定听说过，"刘捷慢悠悠地说，"这是饕餮。"

"饕餮？"久闻其名，但谁也没见过这种动物。现代的人们都想吃一顿饕餮大餐，谁知饕餮竟是这样一种动物。叶诗意看着陈娴，意思是这是饕餮吗？陈娴无奈摇了摇头，她是真的不知道，反正这个世界的人谁也没有看到过这种动物。

旁边休息的人一听有"饕餮"这样的珍稀动物，都围过来想一饱眼福。

刘捷也不理会，继续说："这是中国神话传说中的四大凶兽之一，《山海经》中有记载：饕餮其形状如羊身人面，其目在腋下，虎齿人爪，其音如婴儿。你们看那根拐杖的图案是不是这样的？"

给刘捷这么一说，人们才恍然大悟：哦，饕餮原来是这个样子，原来这就是饕餮。现代人形容饕餮是大吃大喝，难道这头怪兽就是大吃大喝的原主吗？无法理解。

就在人们议论纷纷的时候，离开了这么长时间的张小飞总算回来了，人们的注意力又转移到了张小飞身上。

张小飞带回来一好一坏两个消息。好的消息是出了大殿的通道以后，外面就是草原，不再是我们一路过来的戈壁滩或者沙漠；而坏的消息就是回来的时候，草原上的太阳已经下山了，今天肯定走不了了，所有的人必须在大殿里住上一个晚上。

张晓军想了想说："在这儿住一晚应该问题不大，门已经加固了。但长时间不行，那群狼迟早会找到这儿。"

胡骏却面带喜色，他对刘捷说："我们终于要走出无人区了，这几天也真够我们受的了。"

刘捷皱了皱眉头说："我感觉总有什么地方不对，因为按照那张图的标记我们还在乌即城附近，图上所标记的草原应该是张小飞通过洞穴所到达的那片草原，后面还有一两天路程才能到达波谜罗川，然后再朝南转才有可能到达公主堡，你怎么就这么乐观呢？"

胡骏却振振有词："我又没有说要到达公主堡，你没有听小飞说出去就是草原了吗？有草原就有人放牧，只要碰到人我们不是就有救了吗，那我们不也就解放了吗！省的在这儿没吃没喝的。"

叶诗意却说："有草原也不一定有人，我们不要过于理想化。"

胡骏打断叶诗意的话说："如果这儿有一大片绿油油的草地，牧民们不用来放牧，还会让它闲置在那儿？帕米尔高原上只要是草地就会有人居住。"

"你想得美，一路过来你看到过几个牧民？"叶诗意不客气地说。

"说不定这个草原就有了呢，"胡骏却信心十足，"我们要有充分的信心。"

有信心是好事，刘捷一时找不到反驳他的话，但感觉上好像并不像胡骏说的那么顺利,张小飞所找到的那片草原真的有牧民居住和放牧吗?一千多年前估计有,因为乌即城是个大城,但现在呢?还会和一千多年前一样吗?

张晓军在一旁问张小飞:"那条通道你走得还算顺利吗?"

张小飞回答:"还算顺利,我们走了大概约十分钟,就是在通道尽头的时候,我们发现没有路了,却发现了铜镐,这不是提示我们用铜镐去挖掘嘛,于是我和朱万豪、王胡子一商量,估计与佛塔的那个洞口差不多,那就动手挖呗,所以就开始动手挖了。幸好那个洞壁的泥土并不结实,但却很厚,足足挖了半个小时才见到一丝亮光。"

刘捷问张小飞:"你们出去了?"

"对,"张小飞回答,"我们先挖了一个够一人通行的小洞,我先出去,洞外却是一片草原,而且还是一望无际,但此时太阳刚下山,能见度还可以,等朱万豪、王胡子爬出去时,能见度就不怎么样了。"

张晓军插话问:"草原上有野兽吗?"

张小飞回答:"没看见,因为出去的时间很短,只在洞口附近看了一眼就回来了,没敢走远,所以不知道这草原上有没有野兽。"

"你们回来时洞口封住了吗?"张晓军担心的是那洞口,这草原上有什么野兽谁都不知道。

"放心,当然封住了,我们也害怕狼等什么动物再钻进来。当然,封的厚度没有挖的时候那么厚,这你可以问朱万豪。"张小飞回答得很自信。

"只要封住就好,"胡骏转身对大家说,"接下来的时间就是大家休息,只有休息好了明天才能逛大草原。想'方便'的话,还是男左女右,柱子后面的那个角落。"胡骏想了一下又说,"鉴于当前形势的紧迫性,恶狼还在门外,晚上都要警醒一点,并加强值班,两人一组,每组两小时,大家可以主动报名。"

刘捷和陈娴也想报名,胡骏拦住说:"你们两位大教授就算了吧，因为我知道你们的心思全在那画上，还是让你们多点时间研究研究吧。"

刘捷也不客气，叫了叶诗意等三个女生和张晓军一起商讨，美其名曰：学术研究。那个和王胡子一起的金先生也说要参加，刘捷笑着问："金先生对历史也有研究？"

金先生连忙摇手："不，不，我只是对那饕餮感兴趣，听听而已。"

刘捷也不再说什么。

"我也是考虑了很长时间，最后看到那个饕餮才确定，"刘捷指着圆拱顶上的那个王对大家说："这是一张出征图，我们眼前看到的这个王也是我们中华民族的祖先，他的名字叫帝俊。"

"就是那个赐弓箭给后羿的那个帝俊？"叶诗意吃惊地问，"那可是像玉皇大帝一样的神仙，现实的史书上可是一点记载都没有哎。"

"对，就是那个帝俊，"刘捷说，"他的标记就是手握一根饕餮的拐杖，还有就是后来赐给后羿的那把红色的弓和一袋白色的箭。但上面这张图上展示的弓和箭还没有赐给后羿，所以就挂在了他的那根拐杖的旁边。"

张晓军拍了一下自己的脑袋，一脸蒙圈："我真的没有听说过，我只知道有炎黄，最多还有一个蚩尤，就是那个在涿鹿之战中被打败的，现在你又出来一个帝俊，我真的接受不了，这个帝俊是干什么的？难道也和黄帝是同时代？"

陈娴说："同时代倒不一定，但帝俊这个人物倒不是刘捷乱说，中华的神话传说史上还确有其人。"

"就如小叶所说的，正史上记载帝俊的事情很少，有许多都是一笔带过，"刘捷说，"然而在《山海经》中帝俊却出现了十七次之多，这是为什么？"刘捷停顿了一会又说，"我们现在把重要的事情说三遍，《山海经》却说了十七遍，那只能说明帝俊这个人物在我们的历史上有着极其重要的地位。"

第二十七章　邦国与华夏文明

看到大家都不发声，刘捷就问大家："我是不是讲得太深奥啦？"大家有摇头的有点头的，刘捷只能苦笑，然后转头问张晓军："那你是否知道华夏民族？"

张晓军回答："这我知道，我们就是华夏民族。"

"那华夏民族是怎么来的呢？"刘捷追着问。

"怎么来的？"张晓军感觉有点为难，"夏好像是夏朝吧，华嘛，华嘛……"张晓军答不上来。

何晓晓抢着说："华就是指华丽的服装，是指黄帝的妻子嫘祖用丝绸钩织的衣服。"

"小何说的也对，书本上就是这么写的，"刘捷回答说，然后话锋一转，"其实这里面有个误区，黄帝的妻子嫘祖发明了养蚕，蚕丝织成华丽的衣服固然不错，但人们如果把这与以后大禹建立的夏朝联系在一起，称之为华夏，那就有失偏颇了。因为更重要的是在夏朝以前还有一个华胥国的存在，这才形成了我们现在的华夏民族，就像现在海外把我们中国人称为华人一样，是指这个国家的人，而不是穿着华丽衣服的人。你们看，刚才我讲到的华胥国，就与我们现在头顶上所看到的那个王有关联。"

叶诗意想了想说："老师说的华胥国，我有点印象，好像是伏羲氏建立的，与帝俊应该没有什么关联，好像史书上也没有看到过。"

"因为帝俊只存在于神话之中，"刘捷回答，"正统的书籍里面确实没有什么记载，或是记载不多，像《史记》的三皇五帝章节中几乎没有怎么提起过，但《山海经》《庄子》《列子》《诗经》等著作中都或多或少的带到过，尤其是《山海经》，对帝俊描写的就更多。"见大家没有什么反应，刘捷又继续说，"华胥国是谁创立的？是太皞伏羲氏，小叶刚才也讲了。《史记》三皇本纪中说'太皞伏羲氏，母曰华胥，履大人迹于雷泽，而生伏羲于成纪'；意思是说华胥在踏过巨人的脚印以后生了伏羲。伏羲长大以后建立了华胥国，定都在陈，即今天的河南淮阳。《世本》上说伏羲氏'教民结绳，以作网罟，捕鱼猎兽，嫁娶以俪皮为礼，创制琴瑟，创作文字'。《帝王世纪》中称：'尝百药而制九针'。尤其是创建八卦，让伏羲成了创世神，被誉为中华文明的人文始祖，成了东方上帝。屈原的《楚辞》中把伏羲称之为东皇太一，而帝俊人们也把他称作东方始祖，因此有人把他们归为同一个人。是不是同一个人我的证据不足，在这儿不作评价，但我从其他古籍中能证明帝俊与华胥国的关联。"

叶诗意看看陈娴，陈娴理解她的意思，低声说："我也不知道他是怎么关联的。"

而胡骏的心思不在这儿，他紧张地问张小飞："门外的恶狼是不是已经到了门口？"

张小飞守在两个箱子的门口旁，听到问话，对着胡骏摇了摇头，意思是还没有到。

张晓军却说："可能是我们门口的那堆火暂时阻挡了那群恶狼的进入，但估计也快了。"

胡骏有点想不通，恶狼快要到门口了，这些人还在研究探讨那些虚无缥缈的东西。是不是就如孔老夫子说的：朝闻道夕死可矣。

而刘捷并没有受到干扰，又问叶诗意："那我问你，华胥国是以什么作为图腾的？"

叶诗意回答:"印象当中好像是龙。"

"对,我们就是龙的传人,这也间接证明了我刚才所说的我们华夏民族中华的由来。"刘捷有点兴奋。

"这些我们都已知道,我们想问的是帝俊和华胥国有什么关系?"叶诗意说。

"这个说来话有点长,因为帝俊和黄帝处于同一个时代,"刘捷开始娓娓道来,"黄帝时代是邦国时代,是一个个以家族为纽带的满天星斗的时代,一个家族就代表着一个部落,而这一习俗也沿袭至今,现在的一些古村落基本都是以家族为纽带,有一些还建有祠堂,来彰显这个家族曾经的一些辉煌。而在那邦国时代,为了生存,各部落之间还相互结盟,这样就形成了部落联盟,现在我们所知的当时有黄帝部落联盟、炎帝部落联盟、蚩尤部落联盟等,其他知道的就很少了,实际上其他还有许多联盟,如太皞部落联盟、少皞部落联盟、三苗部落联盟等,当然,这些联盟的规模要比黄帝等部落联盟的规模要小。有时为了应付大的部落之间的战争,大的部落之间还要结盟,如太皞和少皞的结盟,现在流传下来的就有姻亲关系,用婚姻结盟就是从那个时候开始的,实际上历史上的和亲也属于同一类型,都属于战争的需要。"

"你怎么知道太皞和少皞是结盟的?你的依据又是什么?"张晓军没有搞懂,所以问。

"我一说你们就能明白,"刘捷看着张晓军说,"《左传》中有记载:'我高祖少皞挚之立也,凤鸟适之,故纪于鸟。'"

陈娴惊讶地问:"你是说少皞一族的图腾是凤鸟?"

"对啊,太皞的图腾是龙,少皞的图腾是凤,这两家不用说就是姻亲关系,我们现在形容龙凤是比翼双飞、恩爱相随,那两个部落呢?肯定双方是姻亲,所以把婚姻比作龙凤流传至今,这也是有出处的。"刘捷从容回答。

"是不是帝俊也和华胥国结成了联盟?"叶诗意又问。

"结成联盟是肯定的……"刘捷的话音未落。

辛勤忽然插话说:"我好像闻到了一股腥臭味。"

何晓晓也说:"我好像也闻到了。"

张晓军神情严峻地说:"可能是狼群已经靠近我们了,这种东西鬼得很。"说着,悄悄地靠近那扇被铜器堵住的门,果然越是走近腥臭味越浓,而且还伴有窸窸窣窣的轻微的响声。张晓军在门旁听了一下,又悄悄走回来,轻声对刘捷和胡骏说:"它们来了。"

好像门外的狼群也已感受到了人的气息,开始哀哀低嚎,听声音,狼的数量还真不少。

狼终于来了,大家的心一下子又被吊了起来。

张晓军用手势朝下压了压,低声对大家说:"请放宽心,狼进不来。"

胡骏心里还在暗自庆幸,幸好有这两箱祭祀用的礼器,不然的话,就凭那扇破门,根本挡不住那些恶狼。

大家的眼睛都盯着那扇门,门外那狼用爪子爬门的声音让人听了非常不舒服,有些刺心。而张小飞却在门后严阵以待,手里拿着从油灯上卸下来的木棒,这木棒像手臂一样粗细,拿在手上刚刚好。

胡骏让朱万豪把另一边通道的门打开,万一有狼进来的话,那条通道是唯一的逃生通道。

谁知相持了一段时间后,狼的声音好像消失了。但大家又不敢开门去看,只是静静地等着,也不敢发声。又过了一段时间,还是没有声响。大家吃不准是怎么一回事,都看着张晓军,希望张晓军能给个答案。

张晓军提醒说:"你们不要抱任何希望,以为进不来就会离开,我明确告诉你们:不可能。而且狼群肯定知道我们躲在这儿,而且人数不少。现在它们没有声响,无非两个原因:一是它们去周边寻找更好进攻的地方;二是数量还不够多,在等待更多的同伴。"

被张晓军这么一说,人们的心又沉了下去,这什么时候才是个头，狼好像跟他们杠上了。

胡骏吩咐大家把各个角落再查看一遍，严防让狼钻了空子。检查了之后，只有两个地方还有漏洞，一是阶梯上面的那扇门，一根木棒好像单薄了一点，张晓军又卸下了一根灯油的木棒去支撑在门的后面；二是刘捷看到的洞窟中间的那十多个通风口，张晓军说没有办法堵死它，因为洞内没有木制的阶梯，上不去，再说这些通风口也比较小，估计当初设计的时候就已经把狼的因素考虑在里面了。

既然是这样，刘捷想了想，暂时就不去管它了。

胡骏感到压力很大，他对刘捷说："我好像有种不祥的预感，是不是我们不要等到明天再走，最好马上就离开这个洞窟。"

"不行，"张晓军抢先说不，"我们并不知道那个草原上有什么，如果也有狼群或者其他猛兽，那我们晚上出去不是就等于送死吗？"

刘捷也不同意现在就离开这个洞窟，毕竟还没有进入绝境，而且等天亮进入草原，至少能看清草原上有什么禽兽，活命的概率要比晚上出去大得多。

见没有人赞同自己的说法，胡骏也只能无奈地摇摇头。

又过了一段时间，还是没有狼来的迹象。

何晓晓忍不住问张小飞："狼群走了？"

张小飞摇摇头，何晓晓看不懂他摇头的意思是不知道还是没有走。张晓军对何晓晓说："狼发现了猎物是不会轻易放弃的，不要有任何侥幸心理。"

叶诗意对张晓军说："这样下去不行，狼还没有来，自己把自己先吓死了。尤其活在惊恐之中，还不如听刘教授继续给我们讲讲那些帝俊和伏羲的故事。"

张晓军也跟着说："有道理，听听故事可以缓解人们的紧张情绪，"见胡骏盯着自己，马上又解释说，"这是外紧内松，这也不是我说的，是心理学的书上写着呢。"

"把心思集中到这些壁画上,确实能减轻对狼的恐惧,"刘捷笑了笑,向胡骏提了个建议,"我看不如这样,分一下工,让小飞、万豪等关注几个出入口,万一有响动随时可以提醒大家。"

胡骏也没表态,只是点了点头。但心里还是有些想法。

见胡骏点头了,刘捷才继续讲:"我在没有看到头顶上的这张出征图之前,确实没有想到部落联盟,更不会联系到帝俊部落联盟,我们暂且把它排在黄帝、炎帝、蚩尤之后,算是第四个部落联盟,实际上这个部落可能是当时最大的部落,大到什么程度,可以说大到一个国家,准确一点说,是国家的雏形。我先声明一下,我在这儿讲的不是历史,而是通过历史的一些点滴加以分析归纳,最后得出结论,所以要请大家理解。"

张晓军打断说:"你也不用客套,这儿除了你们夫妻之外,就只有震旦的四位美女跟历史有关,其他的都是门外汉,只能当作故事来听。"

刘捷也不客气,开始讲解:"我们现在的上古史还存在这样一种可能,在满天星斗的部落布满在华夏大地的时候,肯定是哪个部落的势力强大,哪个部落就有可能产生部落联盟的首领。而黄帝部落最早的时候有可能还是帝俊部落联盟下的一个部落,不管是《山海经》中的大荒东经、大荒西经,还是海内经等都有记载:帝俊下属有中容之国、司幽之国、白民之国,这些国其实也就是一些部落。关键的是可以指挥四个战斗部落,即豹、虎、熊、罴。而黄帝号称'有熊氏',有可能就属于熊部落。后来熊部落逐渐强大,《史记》中有记载:一是轩辕(指黄帝)之时,神农氏势衰,诸侯相侵伐,暴虐百姓,而神农氏弗能征;二是炎帝欲侵陵诸侯,诸侯旋归轩辕;三是蚩尤作乱,不用帝命,于是黄帝乃征师与蚩尤战于涿鹿之野,遂禽杀蚩尤;四是又与炎帝战于阪泉之野,三战,然后得其志。这是《史记》中记载的,应该不会有假。这四段话的意思是黄帝时代,作为部落首领的神农氏衰败,各部落之间相互发动战争而没有办法管,许多部落都投靠了轩辕氏（也就是黄帝），到蚩尤作乱时，轩辕氏代表神农氏出征，与蚩尤战于涿鹿之野，杀了蚩尤，后又与炎帝战于阪泉之野，轩辕氏又获胜；并且连带太皞的华胥国和少皞的东夷国也一起被灭掉。而帝俊与黄帝也应该有过战争，因为部落之间发生战争很正常，而且这一仗还是部落首领的权位之战，依据我等一会儿讲。现在宫殿内的这张出征图，也就是那幅壁画，正是当时出发去战争的宏伟场面，与谁战？不知道。在哪儿战？也不知道，因为没有文字说明，但肯定是参与了逐鹿中原，而且规模还不会小。但如果是和黄帝开战，我们知道肯定是黄帝胜，因为我们这些炎黄子孙在中原留了下来就是最好的明证。刚才《史记》中的这段话里面虽然没有带到帝俊，但却说到了神农氏，现在人们往往将炎帝和神农氏合并成一个人，显然是错了，为了证明自己是炎黄子孙，将神农氏创建的农耕文化全部安装到了炎帝头上，显然是大错特错了，《史记》中写的最明白不过了：炎帝想攻打诸侯（即其他部落），神农氏管不了，说明炎帝也是神农氏的属下，于是各诸侯纷纷投奔轩辕氏，而轩辕氏就是黄帝的称号。那神农氏是谁呢？神农氏就是帝俊？"

叶诗意目瞪口呆看着刘捷，过了好一会才说了一句："真的是脑洞大开。"

陈娴也是不理解地看着刘捷："你这样说的依据是什么？"

"当然有依据，历史是严谨的，"刘捷继续分析，"史书上虽有些零星的记载，但我把它串起来或许能看出一些端倪。首先神农氏是当时中原地区各部落联盟的首领，黄帝、炎帝都曾是神农氏的部下，《史记》中已说的很明确，而《山海经》在介绍帝俊时也隐晦的写到了可以指挥豹、熊等部落，而黄帝恰恰是'有熊氏'部落，也是属下，当时的情况是外患内忧，外患是蚩尤，内忧是各部落之间相互征伐；其二是《山海经》中的大荒南经有"羲和者，帝俊之妻"，还有，"帝俊妻娥皇"等，大荒西经有"帝俊妻常羲，生月十有二"，说明羲和、娥皇、常羲都是帝俊的妻子，《山海经》中还有这样一段话：炎黄会盟于晋，说明炎帝和黄帝联合了，杀蚩尤于解，追逐羲和部落、常羲部落、娥皇部落与四面八方。既然这三个人都是帝俊的妻子，那她们的部落被逐，估计作为神农氏的帝俊也好不到哪儿去，因为这三个部落与帝俊是密不可分的，肯定是帝俊部落联盟中的一分子。而华胥国曾有羲族之称，与羲和、常羲有什么关联就不得而知了。

"你说的好像有点道理，但我还是有一些问题没有搞明白。"张晓军说。

"你不用客气，我们本来就是在探讨，有什么问题尽管提。"刘捷谦逊地回答，但也有一种兵来将挡的味道。

"黄帝打炎帝、蚩尤我们都听清楚了，但你刚才讲的时候顺带讲了一句黄帝把太皞的华胥国和少皞的东夷国也一并灭了，这有史实依据吗？"张晓军问。

"史实依据也有，当然也是一二句话，"刘捷反问道，"《盐铁论》你知道吗？"

叶诗意马上说："我知道，是西汉桓宽写的。"

刘捷马上接口说："对，《盐铁论》里面有一句话：'轩辕战逐鹿，杀二皞、蚩尤，而为帝'。我们都知道'轩辕'就是黄帝，而二皞就是太皞和少皞，从这句话中可以看出黄帝消灭了太皞和少皞，又斩杀了蚩尤，才成为帝，所以是黄帝灭了华胥国。"

"那帝俊呢？"张晓军又问："就算他讨了华胥国的什么羲和、常羲做老婆，和华胥国算是姻亲关系，但我还是没有听懂他是站在华胥国的这一边，还是站在黄帝这一边。"

"帝俊是神农氏，是部落联盟中的王，我猜测他只能站在华胥国的这一边，"刘捷说，"当黄帝消灭了蚩尤、炎帝和二皞后，他只能站在黄帝的对立面，是黄帝的敌手。"

"有依据吗？"叶诗意问，很显然她对这个话题很有兴趣。

"原来没有依据，现在到了这儿以后就有依据了，"刘捷回答说，并顺手指了指头上的壁画："我的依据就来自头顶上的这幅壁画。"

大家又顺着刘捷的手看向了那幅壁画。

"这就是一幅出征图，有什么好看的。"胡骏不以为然地说。

"对，就是这一幅出征图让我看到了一个王朝的更替，也看到了为什么后人没有把帝俊的一些事迹传承下来，"刘捷回答说，"我们来分析一下，这幅壁画肯定是出征图没错，虽然它没有告诉我们他要去和谁作战，在什么地方作战，但从壁画中可以得出几个结论，一是这么大的阵容肯定是要打一个大的战役，弄得不好就是举全国之力，如果帝俊是神农氏的话，这个时候你们说和谁打，肯定是和黄帝打，而且打输了，被黄帝打得七零八落，前面不是讲过嘛，追逐羲和部落、娥皇部落、常羲部落于四面八方；二是为什么史书上对于这场战争一点记录都没有，那还得回到君臣的理念上来，因为当时帝俊是君，黄帝是臣，就像史书记载的尧舜是禅让制，而《竹书纪年》里却写着舜囚禁尧，历史就是胜利者写的；三是这场战争后帝俊有没有被杀，估计没有，因为你们看，帝俊车旁的'彤弓素矰'还未赠与羿，所以没有被杀。"

"真的太精彩了，"叶诗意说："我听一些教授讲上古史时，不是照本宣读，就是按字面的意思解释，从来没有将这么多的古籍串联起来进行过求证。真的讲得太好了，说不定你今天的分析可以填补夏商以前至黄帝的这一段一千五百年的历史空白。"

"没有这么伟大。"刘捷谦虚地说。

过了一会儿，叶诗意说："我倒有个问题，按照老师的推理，帝俊肯定是参与了逐鹿中原，那他肯定不是西部的人，而是失败了以后才逃到这儿来的。"

刘捷回答说："可以这么理解，神农氏的活动区域应该在今陕西至山东一带。"

"既然被打败了，那还画这么一幅出征图干什么？"胡骏有点不解，忍不住插话。

"我猜想可能有二，"叶诗意解释说，"一是当时他们的祖先毕竟是中原大地上的王，而且当时出征时场面很壮观，值得后辈们留念；二是为了不忘雪耻，因为这毕竟是灭国之仇，所以在洞窟里面留了这么一幅壁画。"

"你说得不错，"刘捷接着说，"不管从哪个方面来讲，这幅画可能就是他们这个部落最鼎盛时期的标志。"

"不对，不对，"胡骏打断说，"你先说这儿是乌即城，后又说是揭盘陀国的国都，现在又牵出了一个帝俊，这到底是哪儿呀？"

刘捷笑了起来，"空间是一样的，但时间不同，我的胡导。这儿先有帝俊的部落，估计我们现在待的宫殿就是那个时候挖的，后来成了疏勒国的乌即城，再后来变成了揭盘陀国的都城，就这么简单。"

胡骏向刘捷跷了跷拇指说："教授就是教授，真的服了。经刘教授这么一说，《山海经》中的那些神话都变成了实实在在的现实了。"

刘捷真诚地说："这倒是真的，如果中国的神话把帝俊这个第四部落拉进来，那么黄帝、炎帝、蚩尤等都可以走下神坛，成为实实在在的历史"。

陈娴在一旁打趣说："听你这么一解释，神话倒没有那么神，而你刚才的那段话却神了。"

大家都笑了起来。果然让刘捷这样一分析，大家暂时都忘记了门外还有狼的存在。

第二十八章　夜半惊魂

叶诗意兴奋地说："我可不可以这样理解，帝俊被黄帝赶下台后，从东部或者中原逃来此地，而原来在这个区域盘踞的西王母当然不会容忍这些人在这儿居住下去，因为西王母是黄帝部落联盟里的人，曾派九天玄女帮助黄帝打败了蚩尤，所以看到迁徙到这儿的人是帝俊的后代，就不客气地把他们灭了，并占了它的城池。"

"也不一定，"刘捷解释说，"这幅壁画至少画了有几年的时间，在动荡年代是没有精力画这幅画的，所以帝俊的后人迁徙到这儿以后，肯定有一个相对的稳定期。"

"那这儿会不会不是乌即城，而是长期让帝俊的后人占据着，一直到揭盘陀国的到来，他们一看是帝俊的后人，就直接占领了。"叶诗意分析说。

胡骏立即叫了起来，"不会吧，隔了三千多年还会记着他们祖先的仇恨？这也太记仇了吧。"

张晓军也笑了："女人的想象力就是丰富，而且还容易记仇，"见叶诗意朝自己瞪眼，马上又自我圆场说，"开个玩笑，开个玩笑。"

刘捷倒没有否定叶诗意的说法，只是说"这也算是一种解释，不过国与国之间合合散散很正常，没有必要把三千多年的仇恨拉过来,反正这两个不会是友好邻邦,"停顿了一会儿,刘捷又说,"也有可能,这儿已经不是帝俊的后代,因为毕竟隔了三千年,说不定这儿就是疏勒国下面的一座城池,揭盘陀国到达这儿一看,这儿地方不错,可耕可牧,就占领了这座城池。"

"还是你这个解释比较合理,不像有些人要拉三千年的仇恨,这也太牵强了。"胡骏笑着说。

刘捷也笑了笑,转移了话题:"我们的文化中不是有一句话吗:历史是胜利者写的。我估计我们的上古史也是这样,因为要歌颂黄帝而把其他的都忽略了。幸好现在的一些古籍上还有帝俊的一些痕迹,如原来史书中有许多发明创造都算在了黄帝头上,但《山海经》中却记在了帝俊的头上,如在帝俊的子孙中,番禺发明了舟船,奚仲发明了马车,晏龙发明了乐器,后稷发明了稻谷种植,叔均发明了牛耕技术,等等。这些发明创造现在看起来不算什么,但在当时生产力低下的情况下,每一项发明都足以震惊世界,特别是后稷和叔均,都是我们农耕文化的先祖,后稷曾辅助黄帝推广稻谷种植,叔均推广牛耕技术,而这两个又都是帝俊的儿子,所以帝俊是神农氏的可能又更加进了一步,"随即刘捷又注视着头顶的那幅壁画,停顿了一会又说,"如果我们把这幅壁画公布于世,估计会震惊世界。"

张晓军赞赏刘捷说:"你的记忆力也太好了吧,这么多的原文都能记忆清晰,不愧是做教授的。"

"你也不用吹捧他,他就是吃这碗饭的。"陈娴眼里含着笑意说。

"这不仅是记忆力的问题,"叶诗意赞美说,"关键是能把这些原文都串起来,然后得出一个全新的结论。而这个结论如果一旦发布,也同样能震惊世界,至少在考古界引起轰动。如果能填补中华五千年的空缺,那简直是前无古人,可以用伟大来形容了。"

"好了,好了,你们也越说越悬乎了,"陈娴打住叶诗意的话,"刘捷没有这么伟大,纯粹只是做了一个假设,而这个假设的正确与否还需要考古界来认证，我们现在说什么都没有用。还是回到现实吧，现在我这儿也有一个假设，与刘捷的假设正好相反，根据洞窟内的壁画，如果这儿是帝俊的后代的所占领，后又被揭盘陀国所攻占，那这儿就不可能是疏勒国的领地，或者这儿根本就不是乌即城。如果不是，那这儿是什么地方？我们现在又所处在什么位置？"

刘捷反驳说："你解释这儿是不是乌即城，实际上这不是关键，这儿是揭盘陀国最后的都城那才是关键，而这个是我们基本能够确定的。"

胡骏马上打住刘捷的话说："你这个说法不对，这儿是不是乌即城肯定是问题的关键，你们这些做学问的，等到了石头城或者喀什都可以做。现在我们要想办法走出这个无人区。陈教授说的对，我们现在在哪儿，这是什么地方？是不是乌即城？这才是你们要考虑的。"

陈娴对胡骏说："我不是什么教授，你也不用这么叫，只要叫我小陈就可以了，"然后话题一转，又对刘捷说，"洞窟也好，壁画也好，这些都是次要的，我们走出这儿才是主要的。说句不好听的话，如果我们在这个区域全部没命了，那你的所有震惊世界的计划也不同样跟着夭折了吗？"

而刘捷此时却说："怎么就跟你们说不到一起呢？发现了一座城池，你们就说这是乌即城，是不是都要经过考证才能证实，不是随便按一个名称就能解决问题的，历史是很严谨的，"随即又转身对胡骏说，"你刚才不是庆解放了吗？说我们终于走出无人区了。怎么现在又要我们考虑怎样才能走出这无人区了呢？"

"我不是给大家希望嘛，"胡骏扫了大家一眼说，"不过话又说回来，这么多人如果不把他们带回去，同样也会变成震惊世界的大事。"

张晓军打圆场说："你们也别争了，我看还不如让大家先休息，一切等明天再商量也不迟。"

刘捷点点头说："小娴说的对，回到安全区域才是关键。大家可以休息,而我们几个人却不能休息,还得商量几个预案出来,"刘捷说着又指了指那扇被封的门,接着说,"我们的对手估计还在门外呢。"

胡骏打趣说:"这才对嘛。"

张晓军对刘捷说:"狼这种动物确实很难缠,如果没有一个妥善的方案,难保不会出现意想不到的事情。"

虽然张晓军只是对刘捷说,但所有的人都听见了,因为只要一说到狼,大家的耳朵似乎都特别灵敏。

刘捷问张晓军:"这一次它们为什么没有大的举动,而是偷鸡摸狗似的。"

张晓军回答说:"它们是在寻找突破口,一旦突破了,更大的举动就会跟上。"

胡骏看了看用箱子顶着的木门:"怎么突破?我们已经用青铜器把门堵得死死的,它们怎么进来?"

张晓军想了一下说:"我估计它们会撞门,因为狼是铜头铁腿豆腐腰,只要用头把这两扇门撞出一条缝隙,就能钻进来。"

果然,没等张晓军继续说,外面已经响起了猛烈的撞门声,而且是一下接一下不停歇地撞,靠青铜器堵住的大门已经在晃动。

胡骏低声说了一句"乌鸦嘴"。

张晓军一看不对,也不去理会胡骏,马上拉了张小飞和朱万豪卸了两根点香油的木桩,去顶在那摇晃的青铜器的箱子上。晃动虽然好了些,但撞门声却还在持续,真不知道狼的头有多硬,不过听撞击的声音好像力度越来越小了。

胡骏松了口气。

大家好像也跟着松了口气。

张晓军却说:"大家不能松懈,狼这种动物是不达目的誓不罢休,我们应做好撤离的准备。"

胡骏叹了口气:"刚才我说要撤离,你们说半夜撤出去危险,现在狼来了,你们却说要撤了,如果就这样撤出去,那狼不就跟在我们屁股后面啦,现在看来只能和狼硬扛了,要阻止它们进入洞窟。"

张晓军对刘捷、胡骏说:"我们不能硬扛,我知道狼会想尽一切办法突破的,不会半途而废。而我更担心的是这么大一个洞窟会不会还有我们没有想到的出入口,譬如下水道什么的,狼会寻着气息进来。"

刘捷提了个建议:"要不我们还是先躲进刚才张小飞摸索过的那条通道里面,因为那条通道的方向是山的另一面,把那扇门赶紧加固堵住,如果实在不行我们还可以从草原的那个洞口出去。"

胡骏对张晓军说:"如果通向草原的那个洞口出不去的话,那我们就全部被堵在了那狭小的通道里面,一点回旋的余地都没有了。"

刘捷看了看胡骏说:"估计我们没有选择,如果狼涌进了这个洞窟的大厅,我们只能撤退到那条通道里。现在的关键是那畜生一旦进来,我们可来不及撤退到那狭窄的通道,"刘捷停顿了一下,又说,"我的意思是这样,先留一些男生在大厅里面,以防那些畜生万一进入洞窟等一些不测,其他的人全部先躲进通道,并让张小飞带两个人守在通道的另一头,以防不测。"

张晓军立即赞同说:"这个方法可行,我同意。"说着眼睛看向胡骏。

"好吧,我也同意,"胡骏补充说,"不过这洞窟比较大,估计需要留八个男生才能应付得过来。"

刘捷对胡骏说:"那你就抓紧安排吧,不过,先准备好两根木桩拿进通道,以防万一。"

胡骏去安排了。

张晓军对刘捷说:"我估计上面那扇门也不一定安全,现在只顶了两根木桩,如果狼从上面撞门,我估计用不了三下就能撞开了,我们必须得加固。"

刘捷点点头说:"马上加固。"于是叫了赵子凡和辛勤,再拿两根木桩去加固。

等赵子凡和辛勤卸完木桩,刚想上台阶,却传来了"砰"的一声响,几个人都吓了一跳,所有人的眼睛都看向了上面,因为声音是从上面传来的。

还是张晓军反应敏捷,拿过赵子凡手里的木桩,就往台阶上面跑。刘捷也不敢落后,拿过另一根木桩也往上跑。

上面又响起了"砰、砰"两声撞门声,门已被撞开一条缝,一只狼的头正从门缝里使劲挤出来。张晓军正好赶到,一棍子就砸到了狼头上。那只狼头"呜呜"了两声,缩了回去。

张晓军赶紧把木桩顶在了门的背后。刘捷赶快跟进,也把木桩顶在了门背后。

门外的撞门声变得接连不断。

张晓军紧张地对刘捷说:"大概是狼的大部队赶到了,幸好我们赶得及时,不然后果真的无法估量。"

刘捷却赞扬张晓军说:"你说的不错,这狼还真是鬼得很,这么隐秘的地方都能找得到。"

狼还在不断的撞门。开始大家还有点谈笑自如,但渐渐大家的脸色都变了。因为门虽然没有被撞开,但门上的裂缝却在逐渐增大。刘捷一看不妙,赶紧把原来顶在门背后的木桩往上移到那裂缝处,并用力死死地压住那木桩。张晓军也有点急了,一看这不是办法,赶紧对下面的人大喊:"快,再拿两根木桩来。"

下面的人不敢怠慢,赶紧又去卸了两根油灯的木桩拿上来。但楼梯并不宽,而且没有扶手,不可能站更多的人。而此时那扇门的门板在狼群不断的撞击下,也快碎裂。

张晓军脑袋"嗡"的一下,心想:这下完了。却听见刘捷在喊:"快卸下所有的灯柱,就是把这个窟窿塞满也不能让狼群进来"。大家又七手八脚地卸了几根木桩,拿了上来,但楼梯不够宽,七八个人根本没有办法站,而拿来的木桩又没有办法顶,因为此时门的裂缝已不止一处。

狼群们好像看到了希望,撞击的频率越来越频繁,力度也越越来越大。门已碎裂，一只狼头挤进来，被木桩捅了出去；又一个狼头挤进来，又被木桩捅了出去。捅出去的木桩又不敢拿回来，唯恐狼跟着那个破洞窜进来，幸好后面又拿来了木桩，但是门已碎得不像样。张晓军估计这样下去，狼群窜进来是迟早的事。

人们还在努力，赵子凡抱着根木桩对着下面伸进来的那个狼头又捅了过去，不知道是用力过猛，还是没有拿捏准，这一下并没有捅到狼头上，而是捅到了旁边的墙上。狼趁机把两个前腿也伸了进来，就在这千钧一发之际，还是张晓军补了一木桩。由于狼的半身已经在里面，张晓军的这一捅没有把狼捅出去，但却把狼嘴捅得稀烂。

就在这关键时刻，忽然一阵吱吱呀呀的刺耳的声音在人们的耳旁响起，接着就是石头滚动的声音，人们都在惊讶，不知道发生了什么，只听有人在喊：快放手。人们都本能的松了手，但不是所有的人都来得及反应。

赵子凡就是一个。由于赵子凡这一下捅到了墙上，人一个趔趄，还没有等站稳，就听见有人在喊放手，接着就是一股大力把自己撞飞了出去，先是在阶梯上翻滚了几下，随后又掉下了阶梯。

张晓军也没有好到哪儿去。刚把一个狼嘴捅得稀烂，还没等将木桩撤回，就被一股大力撞回，木桩也不知飞到哪儿去了，但人还算好，被撞入了楼梯和洞窟的死角，没有摔下阶梯。

等刘捷定下神来，却惊奇地发现所有挤在破门上的木桩都已被撞飞了，就连那头被捅烂嘴的狼也被撞了进来，掉在了阶梯上，然后又发现已经破碎的门被一块巨石堵住了大半，只留下两寸左右的空隙还没有被堵住，那是因为有一头狼被夹在了中间。刘捷看了惊喜不已，连声大叫：苍天保佑，是唐僧救了我们，是唐僧救了我们。

张晓军等其他人一看，果然是外面洞窟里的"唐僧"，不知什么原因堵住了那扇已经完全破碎的门。大家都兴奋起来，也不管"唐僧"是怎么堵住那扇门的，反正狼群是进不来了。但随即有人又惊呼起来，因为赵子凡还趴在地上。

朱万豪和胡骏由于楼梯上站不下，只得各拖着一根木桩站在楼梯脚下，听到人们的惊呼，只看见有一个人在楼梯上翻滚了几下，然后往下掉，惊得他们赶紧一个大步冲过去，各自伸手托了一下，但都没有托住，还是摔在了地上。

刘捷听到惊呼，来不及细看"唐僧"是怎样堵住那扇门的，赶紧往楼梯下跑，当然也不忘回头看几眼，幸好"唐僧"所留的缝隙不大，只够狼群在外面瞄几眼，或者伸伸爪子什么的，狼头根本伸不进来。但还没等刘捷跑到阶梯下面，赵子凡已开始在胡骏和朱万豪的搀扶下慢慢地站起来。胡骏嘴里还在喊：快叫王医生，快叫王医生。

刘捷刚下了阶梯，还没等靠近赵子凡，刚被逼入楼梯和洞窟死角的张晓军却叫了起来：狼进来了，狼进来了。刘捷顺着张晓军看的方向望去，只见在洞窟的半腰处钻出一个狼头。刘捷记起来了，那是洞窟的出风口。由于通风口实在太小，狼正在拼命地往洞窟里面挤，狼头已伸出来，正准备把前腿也伸进来。刘捷立即拖起地上的木桩，又跑上阶梯，想把那狼头砸回去，但却够不着，还差个三五米，无奈，只得把木桩朝狼头的方向甩了过去。

但这根木桩只是把那头狼吓了一跳，狼头缩了一下却又伸了出来。刘捷知道已无法阻止它。于是对楼梯下的人们喊："赶快跑，进那通道。"

张晓军却说："我们不能就这样走，狼会跟我们不死不休的，"并立即吩咐，"你们快把地上的油灯给我，其他无关的人先躲进通道。"

生命攸关，在下面的人们不敢怠慢，把卸了木桩放在地上的油灯都拿了上来，有七八个，张晓军先朝通风口丢了一盏。通风口处虽然有一个凹槽，但想把油灯嵌入凹槽是不可能的。

丢第一盏油灯的时候，狼还有一点惊恐，想缩回去，但头和一个前腿已经出来，缩回去也没有那么容易，但见油灯碰了凹槽又弹到别处去了，所以胆子又大了起来，另一个爪子也伸了出来。

当张晓军丢到第六盏油灯的时候，凹槽口终于燃起了火。那头狼想退回去已没有可能，因为凹槽内已沾满了油脂，包括狼头和狼腿上。

那头狼终于哀嚎起来。

张晓军这时才挥挥手，让大家一起撤。人们全部退到了通道内。

胡骏安排人赶紧用木桩顶住了门。

刘捷对张晓军跷了跷大拇指："你这一招高，不但把那头狼灭了，而且还能堵住那个洞口。"

张晓军看了一眼上面的那些出风口，对刘捷说："那个出风口是被堵住了，但我刚才看了一下，类似于这样的出风口有十多个，我估计狼群还是会通过那些出风口进来的，所以我们马上要做好撤退的准备，"张晓军话题一转，又问："赵子凡怎么样？"

胡骏在一旁回答："王医生看了，说摔下来幸好胡骏和朱万豪在下面接了一下，虽没有接住，但好歹减少了冲力，所以只擦破点皮，有点轻微脑震荡，其他没有什么。"

沈琳接着说："刚才子凡吐过一次，医生说最好能喝一点热水，但现在哪儿有热水？"

"等我们安定下来就可以给他烧，"刘捷回答说："估计是有点摔晕了，让他多休息。我们得感谢赵子凡，刚才全靠他那木桩一捅，才引得'唐僧'来堵住洞口，救了我们。"

"你说是赵子凡的这一捅，碰到了某个按钮，才让'唐僧'来救了我们？"张晓军着急地问。

"你以为呢？"刘捷反问。

"我当时心里还在责怪赵子凡，怎么搞的，这么大一个狼头都捅不到，还要我去补一下子，"张晓军回答，"原来他立了这么一个大功。"

胡骏在旁想了一下说："不对，不对，'唐僧'的石像建成至少有一千五六百年了，当时的工艺不会这么先进吧，怎么会有按钮、滑轨这种东西？"

刘捷回答："你说的没错，那时可能还没有按钮、滑轨这类工艺。我估计唐僧的这座石像是就地取材，上面那个门洞就是取材后留下来的。当时我们从这个门洞出去的时候，被唐僧的石像吓了一跳，因为那座石像离门洞实在是太近了，而且从门洞到石像还有一点斜坡，不知大家有没有感觉到。狼群拼命撞门和我们用木桩顶的时候，石像已经松动，而赵子凡最后对洞窟墙面的一击，终于让石像沿着斜坡回归到了原位。"

张晓军笑了："不管什么问题，经刘教授这么一分析，都变得合情合理了。"

"那你还有什么更好的解释吗？"刘捷问张晓军。

张晓军连声说："没有，没有。"

胡骏问刘捷："那接下来怎么办？"

刘捷反问："现在离天亮还有多少时间？"

胡骏看了一下手表，回答说："离天亮还有五个小时。"

刘捷看着张晓军。张晓军说："还是休息吧，折腾了半夜，确实需要休息了。"

第二十九章　世外桃源

　　所有的人都躲进了通道，大家都靠着通道的土墙开始休息。只有胡骏还在忙碌，先安排叶诗意与何晓晓看住用木桩撑住的门，这是叶诗意与何晓晓主动请战的。胡骏再三强调这一边是狼群必定要过来的地方，让她们千万小心，一有动静马上告知；又吩咐张小飞把通向草原洞口的泥土再挖掉一点，万一这边顶不住的话，那儿就是逃生的通道，所以泥土越少，逃生的机会就越大。但又不能全部挖通，万一草原上进来野兽同样没有退路。

　　刘捷只是小睡了一会儿，满脑子都是乌即城、白沙湖的梦。梦醒后，便再也无法入睡。

　　陈娴看他有点焦躁不安，就说："怎么啦，有心事？"

　　刘捷想了一下说："你说的话还是有一定道理的。"

　　"什么话？"陈娴不解地问。

　　"就是那句'这儿是什么位置、什么地方'这句话，我也认为我们确实应该反思一下，我们一路过来到这儿已经是第六天了，汽车走了两天，我们走了一天，少说也有一两百公里路。从白沙湖到石头城只有一百公里的路。如果这条古道与314国道平行的话，那我们应该早就到了石头城的同一纬度，甚至已经超过了也未可知，但为什么我的心里却是空空的，好像与石头城越走越远似的。"刘捷目光呆呆的，脑子里总感觉遗漏了什么东西。

"那是你自己思虑过度引起的，我不过是随口一说，"陈娴劝解说，"我看你还是好好睡一觉吧，说不定睡醒了，这种感觉就没了。"

刘捷没有接话，过了一会儿忽然想起了什么，连忙叫醒沈琳，"当初你们从公主堡回石头城的时候，是否记得这段路有多少公里？"

沈琳没有睡死，正好赵子凡受了伤也需要她照顾，听了刘捷的提问后，马上回答："这我记得非常清楚，约八十公里。"

"你怎么会记得这么清楚呢？"刘捷问。

"因为我们与那个驾驶员讨价还价来着。那个驾驶员说：八十公里的山路，一来一去一百六十公里，三百块钱怎么够，至少得四百块。后来我们还到三百六才成行的。"沈琳回答。

"哦，知道了，谢谢，"刘捷谢过了沈琳，又对陈娴说，"单程八十公里。如果我们走314国道，现在差不多可以到公主堡了。我们现在做一个假设：假如我们现在走的这条路与314国道完全平行，那我们应该已到了波谜罗川，小飞说的这个通道的尽头是一片大草原，会不会就是波谜罗川呢？"

陈娴摇摇头说："这我可说不清楚，你不是说唐僧走过的波谜罗川是个飞沙走石的地方吗？怎么会是个大草原呢？"

"也不全是飞沙走石的地方，"刘捷解释说，"唐僧是从大龙池进入波谜罗川的，那个地方不仅有草地，而且还有人居住，会不会我们已经到达了大龙池？"

"是不是大龙池，那还不简单，"陈娴提醒说，"你不是还有一张地图吗？拿出来对比一下不就行啦。"

"图已经印在我脑海里了，我总感觉我们还没有到达大龙池。不过你说的也对，看一看总比不看好。"刘捷从怀里拿出了羊皮图，对着油灯与陈娴研究了起来。

也不知过了多少时间，刘捷抬起头来，发现周边已围着好多人，胡骏和张晓军也在，还多了一张面孔，就是那个自称是老金的人。

刘捷对胡骏说:"通过刚才的比对,我发现了一个问题。"

"什么问题?"胡骏问。

刘捷把羊皮图放在地上,把点着油灯的碗拿过来压在图上,然后指着图上的波谜罗川对胡骏说:"你以波谜罗川为中轴线,自东北向西南过来,左右各有一个湖泊,左边是大龙池,就是紧贴着波谜罗川的那个湖,唐僧就是从瓦罕公路到大龙池再进入波谜罗川的。右边是瑶池,就是西王母所待的地方。而波谜罗川看上去就像是鼻梁,两个湖泊就像是一对眼睛。"刘捷说着,把羊皮图转了四十五度,"这样看就更对了。"

张晓军插话说:"那流沙湖就像是一个嘴巴。"

胡骏对张晓军说:"你不要插话,让刘教授继续说下去。"

刘捷继续说:"对,流沙湖确实像一个嘴巴,就是这个嘴巴太大了一点,我们先不去管它;你们再看大龙池的左下边是乌拉尔圃,它是通过波谜罗川连接的。乌拉尔圃是个大草原,就是现在塔县的金草滩,这个大草原挑着两个城池,上面是公主堡,下面是石头城;你们再看右边,瑶池的右边也有一个大草原,叫玄圃,同样也挑着两个城池,上面是增城,下面是樊桐;这两个大草原像不像人脸的两腮,不过人脸的两腮是红色的,而它却是绿色的。而樊桐的下面还有一个大草原,叫乌圃,只挑着一个城池,是在乌圃的左边,这就是乌即城,原来我想这个乌圃也应该连着两个城池,上面一个是乌即城,下面一个应该是崖城,但乌即城和崖城不在一个上下轴线上,因为崖城出现在乌即城的东南方向。这张图最为关键的地方就是图上的草原却没有连到崖城,至少在一半的地方断了。"

"你想表达什么意思?"胡骏问刘捷。

"我的意思是乌圃这个大草原实际上也应该挑着两个城,即乌即城和崖城。"刘捷回答。

"你刚才不是说乌圃连到一半就断了吗,怎么现在又和崖城有关联了呢?"胡骏不解地问。

"这就是问题的关键,"刘捷回答说,"乌圃这个大草原确实到一半就断了,怎么断的?是因为碰到了山脉,山脉阻断了它到崖城的通道。我估计沿着那条干枯的河道一直向东都属于乌圌的范围,我们曾猜测前面也有用泥石流的方式把这儿封闭起来,把这儿打造成一个世外桃源,如果真的是这样,那翻过前面的小山包就是崖城了。但乌圌被人为隔断了,所以就连接不到崖城了。"

张晓军想了想说:"你的意思是原来也是连在一起的,和其他的草原一样,两头各挑了一个城,而现在却被人为的隔断了。"

"对,"刘捷继续说,"这两座城池被隔断了,但两个草原却连在了一起。"

"这怎么说?"张晓军问。

"那是因为有了我们现在的这条地下通道,通道的出口就是草原,这一点小飞几个人已经证明了,而我们现在所待的地方是乌即城,那城墙外面的地方就是乌圌,虽然现在已不长草了,但曾经是。从乌圌通过通道可以进入另一个草原,那个草原是不是玄圌或者还是乌圌这我就不知道了,这需要去考证,"刘捷侃侃而谈,"假如没有这个通道,我们必须从外面去绕一圈,那没有一两天是走不下来的,外面肯定又是戈壁滩或者沙漠,没有草原。如果真的是这样,那将大大地缩短我们的行程。我猜想这也是这座城池的主人为什么要挖这个通道的主要原因。"

听了刘捷的这一番分析,大家你看看我,我望望你,都没有了声音。

还是胡骏打破沉闷说:"你的意思是这儿是乌圌,而通过地下通道可以到达玄圌?"

"是不是玄圌还得另说,是另一个草原那是肯定的,"刘捷相信自己的判断,"从通道出去进入草原,应该离波谜罗川很近了。"

"不会有错吧,"胡骏指着羊皮图的流沙湖到乌即城的这一段,"我们走了六天只走了这么一段?"

"你指的地方不对,"刘捷把胡骏的手拿到羊皮图的西南角,

"我们当初逃难的时候不是在流沙湖的东南面,而是在流沙湖的西南面,现在的白沙湖至少是原来的六十分之一,可能还不止,所以我们等于是穿过整个流沙湖。如果我们把这一段也算上,那我们走的路还算少吗?"

大家都看向了那张羊皮图,果然,那个流沙湖要占整个狼皮图的三分之一,如果把穿越流沙湖的这段路程算上,那确实已走了很多路。

胡骏指着羊皮图上的长沙山问刘捷:"这长沙山是指哪一座山?"

刘捷想了一下,然后摇了摇头。

胡骏看着那张羊皮图又说:"我承认刚才你说的有点道理。那么按照你的判断如果我们想要到达公主堡,那就必须先到樊桐,然后穿过玄圃大草原再到增城,最后横穿波谜罗川才能到达?那这样一段路我们要走到什么时候?我还没有算上穿越玄圃这个大草原的一段路。"

"也没有这么死板,理论上还有更近的路,那就是从乌即城往上,而不是往东,那就不一定要到达樊桐,然后在樊桐的西面穿过玄圃草原,再横穿波谜罗川,这样就可以以最短的距离到达塔县的石头城。"刘捷回答。

"那从乌即城到石头城有没有古道?因为这段距离还要短。"胡骏又问。

"这我不清楚,"刘捷回答得很干脆,"我只知道唐僧走的是从波谜罗川到公主堡的线路,而法显和高仙芝是从公主堡进入波谜罗川的。"

"314国道我走了不下几十次,石头城根本没有往北的路,"胡骏自言自语地说,"只有一条路往西,直达红其拉普,而红其拉普有一条往北的路,叫什么明铁盖达坂,能穿到波谜罗川,当初学历史的时候,唐僧到底是从明铁盖达坂上来的?还是从公主堡上来的,曾有过争论,因为这两个地方都连向波谜罗川。"

"我们当然要走离我们最近的一条路,"刘捷又看了看羊皮图说,"波谜罗川一直可以通到大龙池,中间应该有无数条可以通向 314 国道的路线。当然,肯定没有现成的路,应该做最坏的打算,但路是人走出来的,原来一千多年前的古道是不是还在?我可不敢妄下定论。"

叶诗意接着刘捷的话说:"老师,按照你的分析,那朅盘陀国所占领的到底是乌即城,还是东南面的崖城?或者两座城池都被朅盘陀国占领,会不会疏勒古国的崖城也有这么雄伟?"

"这我可不知道,因为我没有去过崖城,"刘捷回答,"我只知道乌即城是经过不断的改造才形成现在这个局面。"

"现在离天亮大概还有一两个小时,你们也不要讨论了,还是休息一下吧,"张晓军劝解大家说,"先养足精神,不是到了草原就万事大吉了,说不定还有更重要的战斗在等着我们。"

陈娴也跟着说:"对,怎么走的事不是现在能决定得了的,一切还要走着看。"

胡骏不说话了。

实际上刘捷也理解他,这群人里面就数他的压力最大,把人带回去可以说是他的天职。

刘捷去问了一下叶诗意,门外是不是有什么响动,叶诗意摇了摇头,表示没有。

张晓军在一旁解释说:"估计狼还没有进入这个洞窟,因为两扇门都被堵死了,要进来的唯一通道就是通风口,而这通风口也不是狼想进来就能进来的,我估计当时建造这个洞窟的时候也考虑到了狼的因素,我们烧死的那头狼是个特例,估计个头较小才能挤得进,当时我们看它挤进来的时候也很吃力,想退出去的时候也很艰难,所以其他狼想学它也很困难。"

朱万豪却风趣地说:"你们在分析地图的时候,我就在想这是怎么回事,为什么狼到现在还不来敲门。原来门被你们堵死了,不是还有通风口吗?一个通风口被那头烧死的狼给堵住了,不是还有十几个通风口吗?狼怎么都不来了呢?我还以为是狼群觉得我们这批人难缠,知难而退了呢。现在听晓军这么一说,才感觉里面大有讲究,学问深得很呐。我到现在才醒悟过来,晓军为什么丢了六个油灯去烧那头狼。"

张晓军没有理会朱万豪,只是说:"大家还是抓紧时间休息一下,养足体力才是最重要的。"

大家分头开始休息。

刘捷把心头的想法说出来以后,没有了压力,于是也渐渐地进入了梦乡。

早上九点,胡骏准时叫醒了大家,请大家先用一点早餐,要准备出发了。实际上早餐也没什么东西,烤的沙鼠,冷以后感觉是在咬腊肠,不但难吃,还非常难啃,而这时觉得非常好吃的馕却早已不见踪影,所以许多人都放弃了吃早餐。尽管胡骏在不断地提醒大家不管怎样都要吃一点,但响应的人还是寥寥。

张小飞带着两个人已把通道挖得差不多了,就剩下最后的一点泥土了。只要胡骏说打通,就能立即可以见到外面的草原。但胡骏还在等,想等所有的人都准备好了大家一起行动。不管外面有什么,好坏在此一搏。

张晓军对胡骏说:"这样也有问题,如果外面也有类似狼一样的猛兽,我们一出去就像羊入虎口,一点回旋的余地都没有。我的意思不如这样,派三个强壮一点的男生带上木桩先去探探路,如果有风吹草动还可以马上退回来,再派两个男生在洞口接应,一有情况还能应付一下。其他的人全部待在通道里,哪儿都不能去,因为我们输不起。"

刘捷附和说:"我同意张晓军说的,我们确实输不起,所以我们必须小心小心再小心。"

"你们说的我也想过,"胡骏对刘捷和张晓军说,"但你们有没有想过:追逐我们的狼群如果进入了洞窟,我们这扇门还能挺多久?如果让狼群把我们撵出通道,那我们在草原上还有没有跟狼一搏的可能。所以思来想去,我觉得赶快逃离才是上策,"停顿了一下,胡骏又说,"晓军说狼群暂时进不了洞窟也有可能,但狼也是一种聪明的动物,进不了会不会绕道,按刘教授的推理我们绕道要用两天的时间,会不会没有这么长,它们会不会一天就到了。可能我们刚才休息时,它们已经在绕道了也未可知。"

狼会绕道?胡骏的一席话,让大家惊出了一身冷汗,狡诈的狼不是没有这个可能,大家都不知所措地看着刘捷和张晓军。

"胡导的话也有一定的道理,"刘捷对大家说,"所以我想把胡导和晓军的方案结合在一起,大家看行不行,"没等大家反应,刘捷接着说,"先让探路的先行,没有问题的话,其他的人分二到三批,因为人多目标大,最后再安排三个男生压阵。每一批人距离不能太远,相互能照应,至多也就十到二十米的距离,如果出现个别的猛兽,大家还可以勉强对付。如果真的出现对付不了的猛兽,大家还可以退回来,我们再想办法。"

张晓军接过刘捷的话说:"我同意刘教授的方案,我们走的时候,木桩只要留一根顶住门即可,如果留三四根它们也能撞得开,而我们却离不开这么称手的工具,沿途就全靠它了。另外,我打头阵,因为我对高原上的动物和草木比较熟悉。"

刘捷看了陈娴一眼,对胡骏说:"我也打头阵,因为羊皮图的线路已印在我的脑子里。"

胡骏看了看刘捷和张晓军,然后说:"谁打头阵我们再商量一下,其他都没问题,我居中和大家在一起,但有一个问题我提一下,我们前后怎么联络呢?"

张晓军马上接口说:"肯定不能叫喊,这样会引起其他动物的注意。我看不如学咕咕鸟叫,这叫声大家都会,就是发音不准也没关系,平安叫两声,有问题叫三声。"

胡骏赞赏说:"这个方法好,我同意,而且学咕咕鸟叫也方便。大家看看还有什么问题?"

刘捷问沈琳:"子凡自己能走吗?"

沈琳回答:"好多了,估计走路没问题。"

刘捷抱歉地对沈琳说:"出了通道我们可能会照顾不到,你多辛苦一点。"

沈琳红着眼睛回答:"这是应该的。"

胡骏过来对刘捷说:"我的意思还是让张晓军打头阵,你押后吧?"

刘捷回答说:"先头部队是最重要的,包括前进的线路、碰到的问题等都需要及时处理,而押后倒是无关紧要,我还是跟晓军一起打头阵,你随便找个人押后就行了。"

胡骏看了陈娴一眼,无奈地摇摇头。

大家出发了。

朱万豪与辛勤、王胡子留在最后压阵。朱万豪非常小心,在撤出通道时,先在门边听了听,见门外没有一点声音,才和辛勤、王胡子把三根木桩拿了下来,留了最后一根木桩在顶着那扇门。三个人刚撤到洞口,就看见胡导等在那儿。

见他们三个人出来,就指着旁边的石头对他们说:"刘教授刚才说了,这块石头估计是古人为了这个洞口而专门设置的,等你们最后三个出来时,就请你们用这块石头把这个洞口给堵上。"

这块石头不算小,集四人之力,再加上木桩的作用,才堪堪把石头移至洞口,不能说严丝合缝,但也给遮挡了七七八八,只有一个地方,狼头有可能会钻出来。

胡骏对朱万豪等三人说:"这点小事就你们弄吧,我去前面了,你们要密切注意后面和周边。"说着追赶前面的队伍去了。

朱万豪去找了一块石头,用木桩把石头使劲敲了进去,然后自言自语地说:"这还差不多,就是狼群寻着通道追过来,它们也出不来。"

原来刘捷和张晓军带着张小飞把洞口最后一块土捅到洞口外面时,刘捷只觉得一股清新的空气扑面而来,已经有好久没有闻到这么新鲜并带有甜味的空气了。

等刘捷出了洞口一看,嚯,还真是一个大草原,满眼绿色,一眼还望不到边。帕米尔高原竟然有这么美丽的地方,刘捷看得有点呆了。

张晓军在一旁说:"这个草原一点也不输于塔县石头城的那

个金草滩。"刘捷没有去过金草滩,两处无法比较,只感觉这儿的美丽已超出了他对帕米尔高原的认知。

但刘捷没有时间欣赏,他环顾了一下四周,看见洞旁有一块巨石,上前仔细地打量了一下,然后惊喜地对张晓军说:"这块石头可能是古人留给我们遮挡洞口用的。"

张晓军一听,赶紧上前打量了一下,也说:"我估计也是,就让最后面的人把它撬到洞口试试,如果能行,从洞窟里追出来的狼群就不用怕了。"

刘捷听到后面有声响,一回头,正好看到胡骏从洞口爬出,就说:"胡导,这块石头有可能是这个洞口的原配,你让最后面的朱万豪把它撬过来试试,想办法把这个洞口给堵死,以解决后顾之忧。"

胡骏答应了。

刘捷和张晓军、张小飞开始搜索前行。

胡骏也出了洞口,眼前的景色让他激动不已,两侧是高大的雪山,皑皑的白雪随着山脉的走向蜿蜒伸向远方,而山脉的中间是一块很大的盆地,还看不到尽头。盆地的中间还有一条很宽的河流穿过,更难得的是盆地内的绿草一片盎然,好像远处还有鸟儿在飞翔。还真是人间仙境。

胡骏对正在出洞口的陈娴说:"你那个刘教授猜测错了也有可能,这么好的地方怎么会没有人居住呢,或许我们要解放了。"

陈娴对自己的爱人还是了解的,不过既然胡导这么说,她也不好反驳,只好顺着他说:"嗯,也有可能。"

第三十章 张骞的印迹

太阳刚刚爬上雪山的山顶，妩媚地看着雪山之间轻轻流淌的河水，河水上面那层薄雾在阳光下显得有点害羞，纷纷向河谷旁的草丛中躲藏。

张晓军用木桩拨动着草丛，还有意弄出一些声响，希望能把隐藏在草丛中的小动物们惊吓走。草丛不算高，但也不低，因为低的地方刚超过膝盖，而高的地方却已完全超过一个人的高度。

张晓军边走边对刘捷说："高原上能有草就已经不错，一般都很低矮的覆盖在地面上，有些可能还只是青苔，像长到这样高的绝对是绝无仅有。"

刘捷一边眺望着远处一边回话说："这河谷可能不算高原，只有两边的雪山看上去会有五千多米，我估计这河谷最多也就两千多米，所以草丛才会这么茂盛，还有就是这儿雨水多。"

张晓军担心地说："这个峡谷草丛这么茂盛，你知道越是茂盛越是会在草丛中隐藏了一些毒虫猛兽，虽然我们到现在为止什么都还没有看到，但必须要小心一些。"

张小飞接话说："晓军说得对，不能放松警惕，这儿肯定会隐藏一些我们所不知的动物。"

刘捷也跟着说："你们说得都对，我们实际上只走了一小段，而且还是沿着山脚走，没有碰上野兽很正常，所以我们还是小心为妙,尤其是路左侧的草丛。"

张晓军用木棒在地上敲了两下,说:"不知怎么的,我总觉得这儿像是有人为踏过的痕迹,"接着又用木桩在旁边的草丛中拨划了一下,"你看这山脚旁的路好像还特别结实,会不会经常有人在这边走动?"

刘捷看了看说:"有可能,因为这条道估计是通向樊桐的,而传说中樊桐有一座仙山,是人们朝拜的地方。估计去朝拜的人不会少,所以有这样的路也算正常。"

张晓军奇怪地看了刘捷一眼,"你说的这些我怎么都没有听说过?"

刘捷笑了笑:"这些古书上都记着呢。"

"我们是在往西走吗?"张小飞问刘捷。

"不是,"刘捷指着太阳升起的方向,"那边是东边,西边应该是在相反的方向,我们现在是在往北走。不过也没办法,只有这一条路。"

张小飞叹了一口气说:"只能到前面再看看有没有朝西的路,"过了一会儿,张小飞又问刘捷,"不知道现在的崖城还有没有人居住?"

"我想肯定没有,"刘捷马上回答说,"如果有,也不用这么多的地理学家来考证了,崖城也早已见诸报端了。"

"那照这么说来,我们现在走的这条路还是一千多年以前的路,是吗?"张小飞问刘捷。

"我想应该是。"刘捷回答。

"我们已经发现了乌即城,已经是西域史上的里程碑,如果再有新的发现,岂不是要青史留名了?"张小飞开心了起来,觉得樊桐就在前面,可以让西域史翻开新的一页,"那我倒要好好考察考察。"

俩人边说边走,却没有看见张晓军已渐渐地掉在后面。

张晓军在敲木桩时,却无意中敲出一卷竹片。竹片夹在两块山石的缝隙里,张晓军并没有看见,因为两块山石的缝隙已被野草所遮掩。他只是在草丛和山石之间有一下无一下的到处乱敲，目的是想吓唬那些小动物们，谁知有一下敲了不当，木桩嵌进了两块山石之间，好不容易把木桩拔出来，却看见两块山石的缝隙里有一卷竹片。张晓军心想：谁把竹片卷成一团插在里面干什么？这竹片肯定是人为的，不管是故意还是无意，野兽肯定做不到这一点，我还是先把它取出来看看再说。于是张晓军找了一根细的树枝，想把它挑出来，但挑了几次都没有成功。而此时刘捷和张小飞已经走远，所以急得张晓军连忙大声叫喊。

张晓军的叫喊吓坏了前面的刘捷和张小飞，也吓坏了后面的胡骏和其他人，大家都不知道发生了什么事，急急忙忙往张晓军这边靠拢。等到了张晓军跟前，才知道张晓军发现缝隙里面有竹片。

胡骏斥责说："怎么搞的，我们说好的联络暗号呢？"

张晓军这才醒悟，赶紧说："对不起，一急把暗号的事情给忘了。"

"如果把野兽招来怎么办？"胡骏看了一眼山石夹缝中的竹片，又说，"就是发现了竹片也不是什么大事，你乱叫什么？"

刘捷却不一样，看见那竹片两眼放光。他对胡骏说："算了，张晓军也算立了大功了，这看上去像一片一片的竹片，实际上是古人的书籍，我们在文物考古时最注重的就是这些竹片。能够在缝隙里留到现在，肯定非常有价值。"

张小飞找了两根稍许粗一点的树枝，插入缝隙里面，慢慢地把竹片拨了出来。穿竹片的麻绳早已断裂，但无关紧要，刘捷要的是竹片。

竹片被刘捷排列在一块石头上，共有八块，每块都有一行字，而且都是汉字，虽然看上去年代久远，竹片上的划痕也不是很清晰，但仔细辨别，还是能看得出来。

刘捷一字一句地读了出来："昆仑之东，黑水之间，有都广之野，其地鸾鸟自歌，凤鸟自舞，有大鹫、齿虎、蚁虫等出没，皆食人。有古之夏都，长二百寻，宽五百围，砂石砌成，与中原一脉。途经此地共疫百一十六人。"

"什么？经过此地共死了一百多人，"胡骏叫了起来。

许多人听了刘捷读出来的文字也都惊惶起来，就这片草原要死这么多人。大家都把眼光投向了草原的深处，唯恐那儿隐藏着许多吃人的大鹫、齿虎、蚁虫。

张晓军看着大家的惊惶，安慰说："大家不要急，最后一张竹片上还有文字。"

叶诗意接着说："我已看了，上面只写了一个字'骞'，最后是年号，建元十四年。"

刘捷想了想，又对叶诗意说："不对，你再仔细看看，是建元十四年吗？"

叶诗意回答："对呀，没错。"

"不对呀，中国历史上没有建元十四年这个年号。"刘捷惊讶地对陈娴说。

陈娴回答刘捷："历史上有两个皇帝用过建元的年号，一个是南北朝时期南齐高帝萧道成，用时三年；另一个建元就是汉武帝的年号，刚登基时用的，用时六年。其他历朝历代的皇帝好像没人用过。"

"从地缘上看，南北朝的南齐高帝的可能性不大，因为它活动的区域基本在淮河以南，跟西部也没有什么牵连，"刘捷分析说，"唯一的可能就是汉武帝了，但汉武帝用的年号不少，建元是他的第一个，所以还记得住。如果是汉武帝，那这个骞肯定就是张骞了，他出使过西域，和汉武帝也有很大的关联，现在唯一的问题就是建元十四年怎么解释。"

"老师，会不会存在这样一种可能，"何晓晓插话说，"张骞出使西域时是建元二年，他被匈奴囚禁了十一年随后出逃，去了大宛、大夏、大月氏等国，一圈下来又是一年，等回到了丝绸之路的葱岭，不就是建元十四年了嘛。"

刘捷恍然大悟，对何晓晓说："你的意思是张骞出使的时候是建元二年，由于一直在外，不清楚汉武帝已更换了年号，所以记录的材料全部沿用汉武帝原来的年号,这样建元十四年就存在了,有道理。"

胡骏打断他们说:"你们要商量、要分析都可以,但能不能找一个既安全又有水源的地方让大家休息时再讨论,终不能让大家在这半路之中陪你们分析讨论吧。"

张晓军抱歉地说:"对,胡导说得对,我们也差不多是该找一个既能休息又比较安全的地方"。

大家又往前走了大约有半小时,张晓军终于看到一处可以休息的地方。这是一个山坳,三面环山,一面面向草原,一条白练从上面挂下来,沿着弯曲的河道缓缓流向草原中间的那条河。胡骏也说,这地方不错,让大家先休息一下,不过先检查一下周边是不是有危险的因素。

人们一没有吃早饭,又赶了两个小时的路,所以只看了一下周边没有什么就坐下了。

还没等大家坐稳,叶诗意忽然对刘捷说:"老师,你看那山崖上有人为的痕迹。"

"在哪儿?"刘捷被叶诗意的说法吓了一跳,其他人也被吓了一跳,现在的他们就像惊弓之鸟。

大家顺着叶诗意手指的方向看去,果然在挂下来的白练旁边有一个圆圈。如果是天然形成的,那真的是鬼斧神工了。但随便怎么看,总感觉人为的因素多一些。

"我看确实是人为的,"刘捷想了想说,"但我不知道在这上面画这么一个圆是什么意思。"

胡骏对着刘捷说:"你们就是怀疑一切,看到不顺眼的就认为有问题,我看什么问题都没有,这就是大自然的杰作。"

张晓军看着圆圈说:"隔得这么远,又没有办法鉴定,我的意思还是随它去吧。"

刘捷马上说:"那就随它去吧,我们干我们的事。"

"这个圈我们不管它,"叶诗意对刘捷说:"老师,我还有一个想法不知能不能说?"

"你说。"刘捷也正想和大家探讨一下,以便理清思路。

"眼前的这块这么美丽的草原真的会有大鸳、齿虎、蚁虫吗?"叶诗意问。

刘捷反问:"你说呢?"

"我认为张骞描写的地方不一定是这儿,很有可能是他出使途中的某一个地方,然而在经过这儿的时候,把这一卷竹片遗落在这儿了,我们是在这儿无意捡到的,就以为是这儿了。"叶诗意分析说。

刘捷笑了笑,回答:"我先不反驳你。我们现在来做两个假设,看看能不能说得通,"刘捷又接着说,"张骞记录这片东西时是在什么时候,是在建元十四年,那根据你现在了解的历史,他应该在什么位置?其实何晓晓已经给我们解释了,十一年囚禁,一年出使大宛、大夏、大月氏三国,回到葱岭,路过这儿,时间上算是不是差不多了,这是其一;其二,张骞为什么会遗落这卷竹片,莫名其妙的遗落可能性很小,而最大的可能性就是在匆忙之中遗落的。那有什么事情会让他匆忙?其他因素我们先不说,只讲一个因素,那就是会不会有猛兽在后面追逐而引起的匆忙。如果是这个可能,那我们更要提高警惕了。所以,宁可信其有,不可信其无。"

"老师的假设确实是有这个可能,让人无从反驳,"叶诗意说,"但学生还有两点想请教老师。"

"你说吧。"刘捷显得很大气。

"根据史料记载:张骞回国时只带了一个仆从和一个匈奴的妻子,他的手下在去找大月氏国的时候就被匈奴人抓了个精光,那这儿记录的疫百一十六人,这些人是从哪儿来的呢?"叶诗意问刘捷。

"这个问题很好回答,"刘捷说,"张骞逃离匈奴,先到了大宛,受到了大宛王的热情接待,并派出人员送张骞到大月氏国,大月氏国也给予了隆重的接待。那么回国时,大月氏国会不会也像大宛国一样派人护送呢?"

"老师的意思是在这儿死的都是大月氏国或是大宛国的人？"叶诗意想了一下又说，"那也不对，回来时张骞也同样被匈奴人抓了，最后逃出来的还是三个人，并没有大月氏国和大宛国的人。"

"你说的顺序有问题，"刘捷指出了叶诗意的不足，"张骞是先经过葱岭，然后经过疏勒到莎车、于阗，才被匈奴人抓获，那么根据他的竹片记录应该是翻越葱岭时走的是这一条路，有许多随从就是在这儿没有的，所以才有记录这个事件的竹片，然后逃到于阗时又被匈奴人抓了。因此从逻辑上他的记录没有错。但也不是所有的跟随都死在这儿，有一些跟随可能也与他一起被匈奴人抓了。"

"那我还有一个问题，"叶诗意很满意老师的回答，"死了那么多人，那《史记》中为什么没有记载？"

"这有两种可能：一是张骞根本就没有向汉武帝报告两国派人护送的事情，反正也只有他们三个人逃回，其他随从一个都没有跟随，所以隐瞒不报，让史官们无从写起；二是有可能张骞说了，司马迁认为有损中原王朝的形象，所以没有写进《史记》。当然，这只是猜测，只要竹片上张骞的记录是真的就可以了。"

"竹片上肯定是真的，因为张骞没有说谎的必要。"叶诗意回答。

"你们说得差不多了吧。"胡骏安排好大家的休息，过来插话说。

"我也正好要找你，"刘捷说，"我们暂时还不能往前走，那个大草原里究竟有什么大家都不知道，只根据张骞的记载有这些吃人的猛兽，我们得好好商量一下。"

"我也是这个意思，"胡骏说，"所以我把小飞也一起叫了过来，老金是自己要过来的。"

刘捷看了老金一眼，不置可否，只是说："正好晓军也在，我们就在这儿商量，"又对陈娴和叶诗意说，"你们也一起参加出出主意。"

叶诗意开玩笑地说:"哟,开扩大会议了。"

胡骏显得很着急,还没坐下就说开了:"如果真的像张骞所说的前面那个大草原有这么多猛兽,那么我们就不去大草原,只要沿着山脚一路出山即可。"

"也没有这么简单,"刘捷想了想说,"张骞肯定走过这条路,这有竹片为证,但走的是我们同一个方向,还是相反的方向就不得而知了。"

张晓军分析说:"我估计应该是和我们反向而行,理由是我们在往西走,而张骞应该是回程,他应该是向东走。"

胡骏摇了摇头说:"不对,我们就是沿着这条路过来的,洞口出来背后就是山,根本没有路,张骞不可能去爬山,因为那些山表面都有一层砂石,经不起踩踏,"说到这儿,胡骏忽然想到了什么,愣了一下,马上惊呼,"会不会他们走的是我们出来的那个洞口?然后逃离了这个大草原?"

大家都看着胡骏,不知道说什么好。因为胡骏说的还真有这种可能。

停顿了一会儿,刘捷摇了摇头说:"这不太可能,因为这个洞是从里面朝外挖的,而且小飞打通这个洞口时,至少挖了有半个小时,小飞你说对吗?"刘捷转头问小飞。

"对,我们三人轮流挖了半个多小时才挖通,"张小飞回答,"估计有一米左右的厚度。"

"一般来说,我们所待的那个崖城的主人肯定不想让外边的人知道有这个秘密所在,应该会做得很隐秘,"刘捷对胡骏说,"我们如果不是在佛塔下面找古董,也不会发现这个洞窟,没有发现洞窟就不会发现这个通道,而且根本不会想到乌即城还能通到这个大草原。"

"这个倒是,"胡骏承认刘捷说的有道理,但又不死心,"那张骞是怎么逃出这个大草原的呢?会不会还有其他秘密通道?"

胡骏的话音刚落,何晓晓叫了起来:"你们看,有一只秃鹫正朝我们飞来。"

大家顺着她手指的方向看去，果然有一只老鹰正朝人群急速飞来。张晓军急忙喊："可能是沙漠秃鹰，会袭击人，快，没有木桩的人赶紧蹲下，有木桩的人全部对准那只秃鹰，不能让它俯冲。"

真的是枪棒林立，没有木棒的人都蹲了下来。秃鹰见无从下手，拉高飞走了。

见秃鹫飞走了，大家才松了口气。

刘捷问张晓军："高原上的秃鹫不是专吃腐尸的吗？怎么活人它也袭击？"

张晓军摇了摇头，说："我也不清楚，我看见秃鹫向我们俯冲，突然想起导师曾说过：看到高原上的秃鹫向你俯冲时，你就要有思想准备，它有可能是想攻击你。所以我就叫了出来。"

胡骏看着眼前的大草原，嘟囔了一句："这真是个可怕的地方。"

"但我们还是有希望的，"刘捷对胡骏说："朅盘陀国占领乌即城是唐僧以后的事，而张骞是汉朝的事，两者要相差七八百年。我估计当初这儿的地质环境与现在有很大的差别，可能在洞口的另一个方向原来有一条路，估计张骞就是从那儿逃离这个地方的。"

"既然有这么一条路，那我们为什么不循着张骞那条路走呢？"胡骏着急地问。

刘捷回答："别急，我们出洞口时，并没有看到相反方向有路，这你可以问张晓军，我估计你出洞口时也没有看到另一个方向有路？"

张晓军想了想说："肯定没有其他的路，我出洞口的时候还特地看了一下周边，只有眼前的这一条路，如果有其他的路，我们肯定会商量一下怎么走。"

刘捷皱了皱眉头说："我猜测这又是朅盘陀国做的手脚，他们想拥有这片草原，把进这片草原的路全都封死了，那这片草原就成了他们的私家牧场。"

胡骏听了呆在那儿，原先的欣喜化为了泡影。

陈娴对刘捷说："按照你的推理，张骞是从这条路过来的，那我们反向而行不是越走越远了吗？"

刘捷感叹地说："这是张骞的路线，也就是汉朝时人们走的路线，到了唐朝时，路线又发生了很大的变化，唐僧走的是瓦罕古道，然后走波谜罗川，到达公主堡。再说，我们现在是往北走，如果前面有路我们就折向西，既然这儿是揭盘陀国的私家牧场，那应该有很多条路，不会仅限于眼前的这一条道。当然，出洞口时应该有一条朝西的道，也就是张骞走的道，但这条道已经给揭盘陀国做了手脚，所以我们都没有发现。至于这条往北的道能不能折朝西，我们现在却无从得知，必须走着看。"

一听这话，大家的心都沉了下去。

而胡骏的眼睛又亮了起来：对呀，乌即城是个大城，通往喀什的道路应该是很多的，不应该只有张骞走过的这一条。尽管揭盘陀国做了手脚，找一条路出来还是有可能的。所以，我们必须找到一条向西的路。

第三十一章　史前大蜻蜓

望着眼前的大草原，大家好像有点束手无策了。

一想到离波谜罗川又近了一步，胡骏就显得没有那么害怕。胡骏问刘捷："按张骞的描述，这片草原好像还挺可怕的。大鹙是什么？会不会就是刚才的那个秃鹫？好像不是，应该比刚才那个秃鹫还可怕。齿虎好理解，就是剑齿虎呗。那蚁虫又是什么？难道是像蚂蚁一样的虫子？"

刘捷摇摇头说："张骞所说的这三种动物我也没有看到过。不过我猜测这片草原很有可能会存在许多史前生物，依据就是张骞把这儿称之为'都广之野'，而且看眼前的情景好像这儿还是人迹罕至的地方。当然，我现在还来不及考虑这些，如果真的是像张骞所描述的那样，估计可怕的事情还在后头呢。"

"按张骞所描述的，都广之野是在黑水之间，那羊皮图上的草原，中间有没有标出这条黑水河呢？"胡骏继续问刘捷。

"这我看得清楚，草原中间只有水纹的标识，没有文字的说明。"刘捷回答。

"这我有点搞不懂了，这片草原在汉朝时称之为'都广之野'？到了唐朝时却变成了'玄圃'，会不会都广之野和玄圃是两个地方？"胡骏又问。

"这我也说不清楚，因为那张羊皮图上根本没有'都广之野'这几个字。"刘捷也很无奈,没有导航、没有地图,就靠一张羊皮图,就是神仙也没办法。

胡骏也无语,回头看张晓军,张晓军朝他摇摇手,意思是你不要问我,我也不知道。

沉寂了一段时间后,胡骏自言自语地说:"既然这样,太阳升起的地方是东面,那前面的山就是昆仑山。昆仑之东,黑水之间;昆仑之东,黑水之间,"胡骏话题一转,又问刘捷,"那你能不能确定下面的那条河就是黑水?"

"这我现在还不知道,"刘捷回答,"你的意思是如果真的水是黑的,反过来也可以证明这儿就是都广之野。"

胡骏点点头:"我就是这个意思。"

"要不我们进入草原去看看?"刘捷回头征询张晓军的意见。

张晓军回答说:"刚才秃鹰的举动我们已经知晓了,我认为我们暂时还是不要动,因为这儿是山脚,是大草原的边缘,所以相对安全些。如果你们想进入草原,那必须要做好万全的准备,不然的话谁也担不了这个责任,"停顿了一下,张晓军又说,"不过,现在休息的地方也不太安全了,要不我先带几个人去前面探探路?这儿暂时休息没问题,但如果要宿营问题就很大了。"

刘捷叹了一口气:"我们都已经被张骞竹片上的文字吓倒了。虽然我自己的分析这儿很有可能就是都广之野,但也想侥幸希望它不是,"刘捷说着看了叶诗意一眼,"但是与不是已经不重要了,因为现在的关键是要活着走出这一片区域,所以每走一步都要慎之又慎。"

"那刚才张晓军提议派几个人前去探探路,你同意吗?"胡骏追问了一句,后又补了一句,"我同意让晓军先去探探路。"

"这我当然同意,"刘捷说,"不过,最好有个时间限制,以两个小时为限,探路的人必须回来,"刘捷见大家不解,又说,"我的意思是保持联络,探路的人不能走得太远,这样相互之间还能照应,因为我们确实不知道这片草原里面是否隐藏着不为人知的毒蛇猛兽。"

张晓军看着刘捷说:"这点你放心,我们不会走得太远,我就带张小飞、朱万豪一起去吧。"

刘捷点点头,说了一句:"当心点。"

张晓军回答"知道了",就带着俩人前去探路了。

大家就在山脚旁席地休息。

叶诗意有点不解,问在一旁思考的刘捷:"老师,都广之野不就是广袤的草原吗?"

"对,字面上就是这个意思,但不一定就是草原,解释为原野比较妥当,"刘捷回答,叶诗意还想说,被刘捷阻止了,"等等,让我想一想。都广之野,都广之野,哦,我想起来了,西南黑水之间,有都广之野,后稷葬焉。这在《山海经》的海内经中有记载,都广之野不仅有广袤的草原,还有膏菽、膏稻、膏黍、膏稷等我们视作粮食的东西。"

"菽、稻、黍、稷都有,那还是草原吗?应该是农田还差不多。哦,对了,你刚才说的后稷可是农耕始祖、五谷之神的后稷,他真的葬在这儿?"叶诗意惊喜地问。

"对,应该是他,但不是我说的,是《山海经》中记载的,"刘捷回答,"我印象中还记得两晋的风水学家郭璞还批注说:其城方三百里,盖天下之中,素女所出也,"刘捷停顿了一下,又说,"看了这个批注,我当时还在想素女和玄女不都是嫁给黄帝的那两个吗?!看来这地方和黄帝也有关联,"刘捷看着叶诗意又说,"不要小看《山海经》,都是一两句话,但信息量却是非常大。"

"我记得你在洞窟里分析的时候说后稷是帝俊的儿子?"叶诗意继续问刘捷。

"我说过。"刘捷并不否认。

"那这个都广之野也是帝俊的地盘?可能不止,乌即城和崖城原来都是帝俊的地盘?"叶诗意盯着刘捷继续问。

"乌即城是帝俊的地盘,这已经得到证实了。我只能说《山海经》中的那个都广之野的时代可能是帝俊的地盘,到了汉朝就是蒲犁国的地盘,而到了唐朝的时候就是揭盘陀国的地盘,"刘捷回答说,但随后又说,"这样说也不严谨,只能说帝俊曾是这儿的统治者。他之前或之后素女这个部落也有可能占领过这儿。因为素女能嫁给黄帝,这个部落肯定与黄帝部落有联盟。"

"你说的意思我明白了,有可能是素女嫁给了黄帝,帝俊在中原被黄帝打败了,到这儿来出气,把素女原来的部落给灭了;也有可能是帝俊占领了原来素女部落的领地,素女部落为复仇,把素女嫁给了黄帝,黄帝打败了帝俊。当然还有其他多种可能存在,一切有待于历史学家和考古学家去解释。"叶诗意还想说,但却看见张晓军回来了。

刘捷有点不解,问张晓军:"我说不要走得太远,也没有让你们这么短的时间就回来。"

张晓军没有直接回答,而是说:"因为我找到了一个很好的休息的地方,离这儿不过几十步远,所以我先回来请你们过去,小飞和万豪还等在那儿。"

胡骏惊喜地问:"真的?那我们还不赶快过去看看。"

大家乱哄哄地赶到张晓军说的地方。一看,果然不错。是一个很高大的天然的洞穴。

刘捷对这个洞穴非常满意,因为是岩石风化塌落以后形成的,洞穴比较大,住三十多个人绝对没有问题,而且没有杂草,只有一些碎石,只要清理一下即可。

"这地方不错,"胡骏一边看一边说:"从出洞口到现在时间已过去半天了,我看今天我们就住这儿吧,再往前,还不一定能找到这么好的地方呢。"

刘捷不好意思反对胡骏的说法,只是补充说,"现在离天黑还有一段时间,还得想办法到前面探探路,更关键的还得找到一点吃的。"

张晓军赞成刘捷的说法,说:"现在吃这个沙鼠,就像啃腊肠,而且还啃不动。刘教授说的对,我们一方面往前面探探路,一方面去找一些吃的。这么大一片草原,我估计这儿可能有一些枣子、核桃、野果什么的。"

"还有后稷种植的菽、稻、黍、稷等。"叶诗意在一旁打趣说。

胡骏看了叶诗意一眼,强调说:"沙鼠绝不要丢掉,现在要找一些吃的东西可不容易,我们可以再找一些柴火,重新回炉一下,不就可以吃啦。"

刘捷也不好意思再争辩下去,就说:"让胡导在这儿组织回炉,重新烤一下这些沙鼠,我跟晓军一起出去探探路。"

胡骏也不再争辩,开始指派人员有条不紊地动了起来。不得不说,胡骏的指挥还是很有一套的。

刘捷和张晓军等四人沿着山脚开始向前搜索。走了不到半小时,发现山势到这儿就不再向前延伸,而是向东延伸,从目测的距离来看,向东延伸了一公里左右,山势又向前了。如果沿着山脚也能走,就是多走一点路,如果走斜角,路可能近许多,但必须斜穿草甸。刘捷一直在找向西的路,但就是没有找到,向西必须要穿过草原。

张晓军知道刘捷在考虑什么,说:"如果要安全,我们沿着山脚走比较好;但如果要寻找食物,那只有在草甸的中间食物可能会多一些。而且沿山脚走,是向东再向北,那不是我们的方向;要寻找食物,那只能向草原的中间走。"

"就是不知道草甸中间是不是安全,"刘捷非常担心,他转头看见山道的转角处有一块巨石,心中一喜,马上对张小飞说,"那边有一块巨石,你爬上去看看,那草甸中间有些什么。"

三个人来到巨石旁,张小飞眼睛一亮,对刘捷说:"我们又看到圆圈了。"

顺着张小飞手指的方向,刘捷仔细一看,果然有一个比人的脸还大的圆圈画在那巨石上。走近用手摸了一下,凿痕还比较深,估计是用金属之类的东西凿的。

张晓军也用手摸了一下,说:"圆圈下面还有几道波浪式的划痕,不知道是什么人画的,也不知道在这些石头上画这些圆圈是什么意思?"

刘捷又仔细看了看,然后说:"先不去管它,回去后我们再研究,当前首要的任务是寻找食物。"

那块巨石有三米多高,在其他三人的帮助下,张小飞终于爬到了巨石顶上。真的是站得高望得远,前面的草甸一目了然。张小飞看了后有点惊讶:"咦,草甸中间好像真的有一条河,是从我们右侧的山上流向草甸中间的,是向西流的,如果我们要向西走,就必须斜穿草甸,沿着那条河一路朝西,估计就能穿越草原了。当然,沿着山脚走,也会碰到那条河,但那个方向是东北方向,不是我们要走的路。"

"这儿能不能看到城池?"刘捷抬着头问张小飞。

张小飞摇摇头:"看不到,这个草原非常宽广,向北能看到山,但向西都是广袤的草原,看不到边,东北面也是草原,还有一些雾气。"

"那草甸中间的那条河宽不宽。"刘捷又问。

"现在站在这儿看,这条河好像不宽,但二三米的宽度还是有的,而且河的上面好像有一层淡淡的薄雾,"张小飞又眺望了一会说,"我们的正前方好像还有一片树林,是在河的对岸,面积还比较大,不知道那片树林里面能不能找得到我们能吃的东西。"

张晓军对大家说:"草甸还是要进去的,老是沿着山脚走,就失去了向西穿越波谜罗川的意义,"然后又对张小飞说,"你再好好看看,有没有发现动物?"

张小飞四处张望:"我也想找动物,但这儿草甸的草都比较茂盛,我估计快到膝盖了,所以看不到一个动物。我猜就是有,也都钻在草丛里。"

"你这话等于没说,那你再看看有没有类似于秃鹫那样的飞禽?"张晓军又问。

"没有,不要说飞禽,连个小麻雀都没有,"张小飞回答,

"看上去只有草甸、树林和蓝天，哦，还有那条河。"

"那我再问一个问题，这个草原向西能不能看得到尽头？"刘捷问。

"看不到头，很遥远，远处好像还有点雾蒙蒙的。"张小飞回答。

"既然这样，那我们就进入草甸去看看？反正迟早要这么走。"张晓军征询刘捷的意见。

"看来也只能进去看看，但不能走得太远，而且务必小心。"刘捷对大家说。

四个人小心翼翼地进入了草甸。

草甸内并不像张小飞说的只有蒿草，还有一种树，这种树有一人多高，看不到成片的，总是孤零零的一棵立于草丛之中。而且树枝扭扭曲曲，看不到叶子和果实，不知道为什么会长成这样。刘捷一看到那棵树总觉得特别别扭，但又说不上别扭在什么地方。

朱万豪问张晓军："这儿怎么没有胡杨林？"

"胡杨是一种耐盐碱、耐风沙的树种，这儿气候湿润，你闻的空气中也带着潮湿，胡杨在这儿怎么能够活呢？"张晓军笑着说。

朱万豪"哦"了一声。

快接近河边的时候，张晓军指着前面不远处对大家说："那儿有几棵树，可能是野核桃树，我们过去看看。"

大家一听有野核桃都来劲了，因为这东西可以垫肚子呀。兴冲冲地赶到树下，只见野核桃已掉满了一地。

朱万豪问："这些青色的就是核桃吗？"

张晓军回答："当然是核桃，而且是野生的，营养价值非常高，"见大家还有些迟疑，又说，"把地上那些青色的都捡起来带回去，虽有些苦涩，但还下得了口。"

见张晓军这么说，张小飞把外套脱下来，平铺在地上，把青色的核桃捡起来往上放。刘捷一看这个办法好，也学样用衣服来包。

张晓军对大家说:"尽量捡好的,坏野核桃的颜色弄到衣服上恐怕洗不掉。那些长在树枝上的我们就用木桩敲打树干就会自己掉下来,而这些刚掉下来的肯定是好的。"

大家都学着做了只一会儿工夫,每人都包了一大包。

张小飞问刘捷:"我们是继续向前还是往回走?"

朱万豪抢着回答:"当然是往前,因为前面就是河边,你们刚才还在争论河水是不是黑的,到了河边一看不就什么都清楚啦。如果真的有什么情况我们再往回走也不迟。"

张晓军看着刘捷说:"万豪说的有一定道理,看看就看看吧,反正就在前面不远。"

河的宽度不像张小飞说的只有两三米宽,目测一下至少有六七米宽,有的地方超过了十米。河床上的视野非常开阔。刘捷见河床上没有什么动静,就沿着河床走了几十米,河水并不清澈,甚至有点黑乎乎的,难道这就是张骞所写的黑水?但看上去这水也不算太黑呀。而且隐约中还能发现河中有不少鱼儿在游动,当然人一走近它们立即会游走。刘捷用手试了一下河水,发现河水非常冰凉,刘捷猜想都是雪山上流下的雪水。既然是雪水,那应该是清澈的,不应该带有黑乎乎的颜色,会不会是河床的缘故,刘捷心想。顺着河道向前看去,在比较开阔一点的河床上都布满了大大小小的石块,估计也是随着雪水一起冲下来的缘故吧,但这些石头并不黑呀。再往下游看,河流在不断地向前延伸,两边的山脉也在不断地向两侧拓展,盆地显得越来越开阔。刘捷想看清楚一点,但就是看不清楚,还是张小飞说的对,沿着河道望去根本望不到尽头,反而在远处河流的上方飘有一层薄薄的雾气,让人看不透。

刘捷又往河床的上游走了几十米。

张晓军看到刘捷一个人在不断地往前走,有点害怕,就大声叫喊了两声,让刘捷不要走远,因为云层已经上来了,可能会下雨。但刘捷并没有听到张晓军的叫喊,而是听到了哗哗的流水声。果然他在河道的转弯处看到了一处断崖,流水就是从这断崖上冲刷下来的，随同流水一同冲下来的还有许多鱼。但由于断崖不高，估计也就半米左右，所以对冲下来的鱼基本没有什么影响。刘捷非常欣喜，心里想：能把这些鱼带回去烤了吃，那肯定是一道美味的佳肴，估计没有人再会去吃那些腊肠一样的沙鼠。

就在刘捷胡思乱想怎么把这些鱼带回去的时候，张小飞在喊："你们快看，那片乌云怎么飞得那么快？"

大家往河流的右前方望去，果然有一片乌云正飞速地朝自己这边飞来。张晓军定睛一看，哪是什么乌云，分明是一片飞虫向自己这边飞来。

刘捷吓得赶紧往回跑。

"快，快，把包核桃的衣服赶紧披在头上，"张晓军自己先把核桃扔在地上，然后把外衣裹在头上，"这是飞虫，说不定会叮人的。"

刘捷也把衣服裹在了头上，那飞虫发出震耳的嗡嗡声响，有点像蚊子翅膀震动的声音，但不知要比蚊子响上多少倍，有点震耳欲聋。刘捷趴在地上，通过衣服的缝隙向外看去，妈呀，这是什么飞虫，怎么这么大？差不多快接近秃鹫了。但细细看去，怎么有点像蜻蜓，但又不完全像，蓝蓝的身子红红的头，四根蓝绿色的翅膀展开时约有半米多长，就连它的腿也好像鸡爪似的，显得非常粗壮，每一个飞虫看上去都像一架无人机，铺天盖地地从四人头上掠过，向他们刚才过来的山脚飞去。

但这些飞虫好像并不在乎这几个人，而是在山脚下转了个圈嗡嗡嗡地又向远处飞去。

张晓军等三个人目瞪口呆地看着渐渐远去的飞虫。

刘捷从地上爬起，两只手抓着一个飞虫嘴里在喊："晓军，快来帮一下忙，再让它折腾下去，翅膀可能要断了。"

晓军连忙赶了过去："你不能拿着它的翅膀，应该从中间拿着它的身子，"晓军帮着拿着飞虫的身子，反过来看了一下，然后说，"我知道了，这是蜻蜓，虽不袭击人类，但也是食肉类生物，能消灭和它体重差不多的昆虫。"

朱万豪和张小飞也赶了过来。

"你是怎么抓到的?"朱万豪问。

"我也没怎么弄,看着像蜻蜓,就在它们飞过头顶的时候,用衣服罩了一下,就弄下来一个。"刘捷回答。

朱万豪向刘捷翘了一下拇指,说:"你胆子也够大的。"当他看向蜻蜓的时候,两只眼睛都直了,"不会吧,世界上还有这么大的蜻蜓?"朱万豪叫了起来,"估计弄一条小狗来,这些蜻蜓也敢袭击。"

张晓军解释说:"这是史前蜻蜓,我在生物杂志上看到过。这好像不算最大,美洲发现的史前蜻蜓化石比这蜻蜓还要大。"

朱万豪还有点不信:"这儿的蜻蜓能长这么大,那为什么我们在其他地方看到的蜻蜓却都很小,有手指这么大已经算是很大了,属于稀缺了。"

"按理说,这帕米尔高原不应该有蜻蜓。因为蜻蜓能生存必须有三要素:阳光、空气、潮湿。说明这个大草原具备这个条件,"张晓军回答,并看着朱万豪说,"而且这个大草原的含氧量还比一般的地方来得高,所以这儿的生物也比其他地方的生物来的大。"

"按这个说法,这个草原上如果有狼,也要比我们在其他地方看到的要大?"朱万豪问。

"理论上成立,"张晓军回答,"但不会所有的生物都会像蜻蜓那样大上几十倍的。"

被蜻蜓这么一闹,大家都失去了继续探路的兴趣,只是把原来捡来的野核桃继续捡回来用衣服包好。

他们开始往回走。

第三十二章　部落首领的玺印

当刘捷等四人回到洞穴中，尤其看到张晓军手里拿着一个这么大的蜻蜓，大家都惊呼起来，一拥而上，都想一睹为快。张晓军赶紧叫喊："哎，当心，不要挤着这蜻蜓，这东西可贵重着呢。"

叶诗意忙问："这么大的蜻蜓是在哪儿抓的？"

张晓军用嘴朝刘捷呶了呶："是你老师抓的，你去问他吧。"

叶诗意去问了刘捷，于是刘捷干脆把在河边碰到大蜻蜓的事和大家说了。

叶诗意羡慕地说："这么大的蜻蜓我还是第一次看到，估计我爸也没有看到过。"

刘捷回过头看了一眼叶诗意说："看来你爸也是学识渊博之人。"

"那当然，"叶诗意自豪地说，"我爸是科大的教授，对自然科学中的生物学比较有研究，曾在世界某著名杂志上发表过几十篇论文，其中有一篇就是关于蜻蜓的论文。我当时还和他争论过，因为他说蜻蜓是地球上最成功的捕猎者，我不服，和他争论，结果导致了他写就了那篇论文。"

张晓军开玩笑地说："那照你这么说，你爸发表的论文还有你一半的功劳？"

"那当然，"叶诗意得意地说，"里面有几组数据是我和他争论后才被他引用的。如：鹰隼这样的猛禽狩猎的成功率只有百分之二十三；狮子、猛虎这样的猛兽，狩猎的成功率也不到百分之五十；只有蜻蜓的狩猎成功率才是百分之百。所以现在世界上有许多国家都在研究它，如果能按照蜻蜓的原理制造出来的飞机，那现在世界上现有的所有飞机都无法和它匹敌，"叶诗意又补充说，"哦，对了，蜻蜓还是三亿年来没有什么进化的生物，比恐龙还早。"

张小飞满脸羡慕地说："看来遗传非常重要，龙生龙凤生凤还是有道理的。"

张晓军打趣地说："人家可是龙生凤。"

叶诗意对张晓军说："你想找抽是吧？"

张晓军故意躲到刘捷的身后："不敢。"

刘捷倒是真心实意地说："有这样的好文章回去后我一定要好好拜读。"

王胡子也挤了过来，对张晓军说："你把这只蜻蜓卖给我怎么样？"

张小飞不满地说："你这个人怎么这样的，看到人家有好东西你就想买下来，算你有钱？"

王胡子也寸步不让："我喜欢这样，你管得着吗？"

张小飞把手一摊，说："那好，一千万，一手交钱一手交货，拿来。"

王胡子叫了起来："你抢钱呢，随便一抓就要一千万。"

"一千万还算便宜的，"张小飞振振有词，"你看到过有这么大的蜻蜓吗？我敢说现在世界上还没有第二个，给你一千万还算是便宜的。"

王胡子怼不过小飞："跟你这种人无法做生意，再说这蜻蜓也不是你的，我还是跟晓军说。"

但张晓军却没有理睬王胡子，转手把蜻蜓递给了叶诗意，并说："看来你们家对蜻蜓还挺有研究的，那这个蜻蜓就送给你吧，算是赔罪。"

"真的给我？"叶诗意问。

"当然是真的，"张晓军回答，"我什么时候说过假话。"

刘捷却故意装作不解，"你赔罪就赔罪好了，你讨好叶姑娘，却打我蜻蜓的主意。"

张小飞也对张晓军说："对呀，这蜻蜓的产权又不是你的，凭什么你拿去送人。"

被刘捷、张小飞这么一说，张晓军也感觉自己有点说漏嘴，马上自我圆场地对刘捷说："行行好，算我问你老哥借的，可以吧。"

"那你也要经过我同意吧，"刘捷故意说，"总不能先斩后奏吧。"

张晓军只好向刘捷打招呼，承认自己自作主张，并保证一定再去抓捕一个来还给刘捷。

刘捷笑笑，在陈娴旁边坐下。等坐下来才发现大家已经生起了几堆火，在火上烤着沙鼠。香味开始随着空气在四处飘逸，此时的刘捷才发觉肚子早已饿了。

张晓军可能是饿了，也有可能是转移话题，叫嚷："好香啊，不知道有谁肯施舍一份给我？"见没人回答，又说，"都这么小气？"

见没人与张晓军搭讪，叶诗意站了起来："给你可以，不过只能算借的，以后要用其他食物还。"

"其他食物？没问题，但我刚才那个大蜻蜓就这么算了？"张晓军有点不服。

"那个大蜻蜓又不是你抓的，是我老师抓的，如果要欠情分也是欠我老师的，和你无关。"叶诗意故意不客气地说。

张晓军懊丧地说："早知道这样，还不如卖给王胡子了。"过了一会，张晓军忽然想到身旁还有一个包裹，于是拿起旁边的包裹，打开后抓了一把给叶诗意，说："我现在就可以还给你，这可以了吧。"

叶诗意用胳膊挡住张晓军递过来的野核桃:"你现在给我,我还没有办法拿,这不,我还拿着蜻蜓呢。而且这不能算,因为这进了门的东西本来就有我的份。"

张晓军有点愕然:"这不算?那你要什么?"

刘捷在后面轻声地对张晓军说:"用黑水河的烤鱼跟她换,她肯定同意。"

张晓军回头看看刘捷,刘捷向他点点头。

张晓军脱口而出:"那我用河里面的烤鱼跟你换。"

"烤鱼?这可以,不许赖。"叶诗意满脸笑意,示意董依卿拿烤好的沙鼠给张晓军。

"我们也要换。"一听有烤鱼换,何晓晓等一班女生都拿了烤好的沙鼠吵着要跟张晓军换,弄得张晓军有点招架不住,并不断地回头看刘捷,希望刘捷能帮忙。

陈娴怪刘捷:"你出的什么馊主意。"

刘捷哈哈大笑,说是增加一点乐趣。弄得张晓军和叶诗意好不尴尬。

刘捷对大家说:"既是玩笑,也不是玩笑。我们现在带回来的是野核桃,这是晓军的功劳。不要小看这野核桃,营养价值却是非常高的,"刘捷说着看了张晓军一眼,"刚才晓军说的烤鱼也不是空穴来风,前面有一条黑水河,里面有许多鱼。我们因为拿了野核桃,所以没有办法再捕鱼。等一会儿多去几个人,我们争取多捕一些鱼,把这几天的口粮全都解决了,你们看怎么样?"

"草原上安全吗?"胡骏赶紧问,因为这才是他最关心的问题。

"目前来看非常安全,"刘捷回答,"我们走到河边没有发现一只野兽。"

胡骏马上说:"那敢情好。我现在只需要解决两个问题:一是大家有吃有喝,二是平平安安回家。"

何晓晓一听草原中没有危险,立即对刘捷说:"老师,你们去捕鱼，算我一个。"

沈琳也争着说："我也去。"

刘捷对大家说："还得像在乌即城的时候那样，有捕的，有杀的，还有烤的，"刘捷指着胡骏说，"必须有一个头，这件事我们都得听胡导的，让他安排。"

胡骏也不客气地说："此事必须统一安排，不然的话三十多个人全部涌到河边去捕鱼，根本没有速度可言。现代社会讲究的就是分工明确，这样才有效率。"

刘捷插话说："到河边捕鱼也是一件危险的活，尽量男生多去几个，刚才来的时候碰到了秃鹰，去河边的时候碰到了大蜻蜓，谁知以后还会碰到什么，所以万一有事男生跑起来也可快一些。"

大家听了觉得有点道理，所以也没有人再争着要去了。

胡骏接着说："还是分三个组，刘捷、张晓军带一组去捕鱼；我带第二组去敲野核桃；陈娴、叶诗意回到刚才那儿有瀑布的地方去洗野核桃。等捕到了鱼，二组去洗鱼，三组回来烤鱼，这样分大家有没有意见？"

分在二组的沈琳提出了想法："参加三组烤鱼的人不能偷吃。"

胡骏跟着说："我同意。不能像烤沙鼠那样，这边没有烤好，那边已经吃完了。"

朱万豪不以为然地说："怎么算是偷吃呢，基本上每个人都是一边烤一边吃的。"

大家都笑了起来。

陈娴和叶诗意都表态：第三组保证不会偷吃一条，谁偷吃一条，就罚他去捕十条。

叶诗意忽然叫住了刘捷："老师，看你刚才表现不错，帮我抓了个大蜻蜓，现在我也奖励你一样东西。"叶诗意说着从身后拿出了一样东西。

刘捷接过来一看，是一卷棉帛，刚想问是什么意思，却见叶诗意帮着刘捷缓缓地打开棉帛，只见棉帛上画着一幅画。这幅画的图案刘捷看到过，和瀑布旁的圆圈和巨石上的圆圈几乎差不多，唯一的优点就是比那两个圆圈画的还要圆一点。刘捷用手摸了一下，不是画的，是绣上去的，这件东西可是价值不菲。圆圈的下面还有三条波纹，这和刘捷在巨石上看到的波纹相差无几。不知道那瀑布旁边的圆圈下面是不是也有这三条波纹，刘捷心想。

叶诗意又指着棉帛内的那根骨头对刘捷说："这根兽骨上还有几个字呢。"

刘捷一看，兽骨上果然隐隐约约刻有字迹。刘捷把这根兽骨用衣袖擦了擦，仔细看了一下，才分辨出是"太阳氏"三个字。

"你这是哪儿找到的？"刘捷问叶诗意。

"就在这个洞穴里面的那个角落，"叶诗意指着那个地方对刘捷说，"刚才小董坐那儿的时候觉得地上不平整，总感觉有东西杵在那儿，用手扒出来一看，是块动物的骨头。这把小董吓了一跳，她赶紧逃到边上。我问小董怎么啦？她说那儿有一根野兽的骨头。我赶紧过去一看，果然是一根很粗大的兽骨。我当时心想，这儿荒无人烟，是什么样的动物在这儿被吃了只剩下这么一根骨头？于是我把这根骨头从土里抽了出来，谁知这根骨头还连着棉帛，让我一惊喜，说不定这东西还是文物呢。等清理了上面的灰土后发现果然是个文物，上面还画着图案，与我们在那个瀑布旁看到的是同一种图案，就是不知道也猜不出这画的是什么意思，我让陈教授和胡导也看了，都看不出什么，所以只能等你回来让你老师看了。"

这是一幅棉帛画，画面简单明了，左上角画了一个很大的圆，圆下面有三条波折的线。刘捷将棉帛翻过来看，背面什么痕迹都没有，又把那根兽骨反反复复地来回看，除了那三个"太阳氏"的字以外，也没有发现其他的划痕。

张晓军把棉帛和兽骨接过去看了看，然后对胡骏说："会不会是你讲的'汉日天种'故事里面骑着金马从太阳里面走出来王子的那个部落?"

胡骏呆了一呆,立即走到张晓军的身旁,把棉帛和兽骨接了过去,看了很长的一段时间,才慢慢的兴奋起来:"有可能,这兽骨上刻着的'太阳氏'三个字,肯定是指太阳部落,这就印证了公主堡的传说并非空穴来风。"

"那也不对,"张晓军想了想对胡骏说,"我记得你说过,那位从太阳中来的王子是每日中午都来,那这儿离公主堡岂非很近?"

"如果是这样就好了,"胡骏转头看向刘捷,"我的大教授,晓军说的这种可能性不知道有没有?"

刘捷看了看胡骏:"希望总是美好的,但现实总是残酷的。我也希望早日能到达公主堡。"

张晓军接着说:"不管远近,是公主堡也好,是乌即城也好,我们总归向着西方走。"

"我不管你们往哪儿走,发现了太阳部落的地盘总是一件好事,"叶诗意很兴奋,她又问刘捷:"这儿是太阳部落的所在地没错吧?"

"估计是,因为我们不仅在瀑布旁看到'太阳氏'部落的标记,刚才去河边时在一块巨石上也发现了这一标记,现在在洞穴里的棉帛上也发现了同样的标记,这说明这儿肯定是太阳部落的所在地。当然,是不是叫太阳部落还有待商榷,但这个部落的图腾肯定是太阳。"刘捷赞同叶诗意的说法,同时也亮明自己的观点。

"你们又发现了太阳的标记?"何晓晓在一旁问张小飞。

"对,我们在探路的时候在一块巨石上发现的。"张小飞回答。

"这些标记我猜测与动物的习性有类似之处,"刘捷接过话说,"动物是以小便等自身的气息来向其他动物证明这是我的领地,而这个部落是以标记来证明这片草原是我的领地,任何其他部落不得随意进入,这跟后世的'此山是我开,想打这儿过,留下买路钱'是同一个意思。"

"画在山梁上和巨石上我们都能理解,这是为了让其他部落一进入这片区域就能看清楚这是谁的领地,"张晓军有点不解,"那画在这张棉帛上又是为了什么?"

刘捷笑了笑:"这件棉帛连同这根兽骨可是价值连城的宝贝。"

一听是价值连城的宝贝,大家都围了过来。

张晓军却不解:"你不说我也知道这是宝贝,毕竟在这儿有几千年了,我问的是它在这儿起什么作用?"

"那作用可大了,"刘捷对张晓军也是对大家说,"我不知道大家是否知晓我国的雕刻文字?"

陈娴马上回答:"我知晓,商朝的甲骨文、周朝的钟鼎文、秦朝的刻石等都属于雕刻文字。"

"夫人说的对,这根兽骨上刻着的文字也属于雕刻文字,包括雕在甲骨上和象牙上的,但雕在兽骨上的历史要比我们现在已知的甲骨文历史还要早,你们说这是不是价值连城的宝贝?"刘捷徐徐说道。

人们"嗡"的一声说开了。

刘捷看到老金和那个与他一起来的女的也往前挤了一下,想仔细看看那个棉帛。刘捷心里感叹:同行了这么多天,还不知道这些人是干什么的,甚至连他们的名字叫什么都不知道。

"这兽骨上所刻的三个字有点类似于甲骨文,也有点像大篆,'太阳氏'这三个字还好分辨,如果再复杂一点我也认不出,"刘捷继续说道,"我们通常把甲骨、金铜玉石统称为'金石',也包括兽骨、象牙,李清照和她的丈夫赵明诚所写的《金石录》就是考证记录在金铜玉石上的文字。但我要说的最为关键的是,"说到这儿,刘捷深吸了一口气,然后又徐徐地说道,"皇帝或者国王的玺印包括部落首领的印鉴全都包含在这些金石里,也就是说,这根兽骨和棉帛是太阳部落首领的玺印。"

张晓军眼睛开始发光,对刘捷说:"你的意思是这是太阳部落的玺印？"

刘捷点了点头。

胡骏马上追问："依据呢？"

刘捷缓缓说道："能够把自己部落称之为'太阳氏'的，它所出现的年代肯定要比甲骨文所出现的年代要早，如黄帝称为有熊氏、伏羲称为庖牺氏一样。可能那个时候棉帛也才出现不久，这可是非常贵重的东西。我们现在所知的是黄帝的夫人嫘祖发明了养蚕，才有了丝织品，这在当时是非常珍贵的东西，不是一般老百姓所能消费得起的。而棉帛就是丝织品，能把这种物件不是用来穿戴，而是用来绣这么一幅图，可见这件物品在当时有多么的重要。"

"如果这真的是太阳部落首领的玺印，那可真的是无价之宝，"胡骏感叹说，"那为什么这个玺印和我们后世的玺印看上去却根本不是一回事？"胡骏随后又问刘捷。

"对，我们刚才说的这个玺印是这个部落的首领证明身份的用品，说到底是身份的象征，"刘捷回答，"而后世的玺印，特别是秦王朝以后，那可是权力的象征，可以调动军队，可以象征国家的消亡。"

陈娴却有点困惑，她问刘捷："那么重要的玺印为什么会随意丢在一个不起眼的洞穴里？"

叶诗意接口说："而且还是在一个不起眼的角落。"

刘捷叹了一口气："你们不要以为贵重的东西一定是放在重要的位置。如果是这样的话，那这些东西也轮不到你们了，早就被其他人拿走了。"

"这儿哪儿来的其他人？"胡骏感叹。

"肯定有其他人，"刘捷解释说，"如太阳部落的对手，现在肯定已找不到太阳部落了，但我估计当时他的对手还不止一个；又如张骞，我们已看到了他留下的竹简，他肯定也到过这个洞穴。"

"那会不会是张骞逃走时匆忙留下的？"叶诗意问。

"如果是匆忙留下的,不会就这一个物件,肯定还会有其他东西。"刘捷回答。

"不会吧,这么重要的玺印对于太阳部落来说等同于生命,有时可能比生命还要来得重要,怎么会流落到张骞的手里。"胡骏持否定的态度。

"胡导说的也对,这样的物品不应该流落到张骞的手里,"张晓军接过胡骏的话说,"我猜想过去人们没有房子住,最多就像河姆渡遗址里面的那种三角形的草窝,但这儿估计也不可能,因为那是在南方,而这儿下一场大雪,这种草窝就压塌了,所以在这儿洞穴才是最安全的。我猜测这儿曾是部落首领的居住地,玺印也随之在这儿落了户。最后,人消失了,玺印却留了下来。"

刘捷笑笑,没有接话。

胡骏随后说:"张骞也罢,部落首领也罢,我们肯定没有更多的时间讨论,也没有更多的时间去寻找其他遗留下来的物品。现在我们需要有更多的吃食。刚才不是商量好捕鱼吗?那就先去捕鱼吧,因为后面的洗烤都需要时间。"

张晓军立即说:"我赞同胡导的说法,这个大草原充满着不确定性,趁现在能见度好一些,我们还有时间去找吃食,需要讨论的事情我们就留在晚上吧,因为在这个荒郊野外晚上有的是时间。"

刘捷听他们都这么说,只得无奈点点头:"那就走吧。"

第三十三章　跌宕的黑水河

刘捷和张晓军又回到了黑水河旁，不过刚才是四个人，现在却是十个人。

刘捷直接把这些人带到断崖处，果然，随着水流的跌宕，许多鱼都跟随着流水一起往下跳，溅起的水花有半人多高。大家看着有这么多的鱼，都兴奋起来，心想今晚可以好好地饱餐一顿，唯一可惜的就是没有称手的工具，怎么抓捕是摆在人们面前的一道难题。

不知是谁出了个主意，把瀑布下面的水潭用石块围起来，这样鱼就不会游走了，然后想办法把水潭里面的鱼砸晕，就可以带回去了。大家想想也对，就开始操作。

但这个水潭有五六米宽，对面也需用石块进行围堵。张小飞自告奋勇，带着朱万豪和王胡子就踩着石头跳到了河对面的河床上。

对面的河床上也布满了大大小小的石头，所以围堵并不费力，一会儿就把河水给截断了，只有溢出来的水才会流向下游，当然也有一些鱼随着溢出来的水一起流向了下游，但数量不多，绝大多数的鱼还是被围在了水潭里。鱼一多，水潭里的鱼就会不停地蹦跳。也有侥幸的，一不小心蹦出了水潭，跳进了河里，立即欢快地随着流水向前游去；但也有不幸的，用力过猛，一下子蹦到了河床上，只能作垂死的挣扎。

赵子凡专门就抓蹦到河床上的那些鱼，刚开始不多，随着流进水潭里的鱼越来越多，蹦到河床上的鱼也就越来越多，赵子凡一个人根本忙不过来。后来辛勤也加入了，把抓到的鱼一条一条串到树枝上。

刘捷和张晓军刚开始还各拿着一根木棒在敲，下来一条鱼就敲一下，也不管敲没敲到，后来嫌这样做太麻烦，干脆脱下外衣，把衣服往水里一兜，就兜住好多条鱼，然后往河床上一抛，速度比木棒敲不知要快多少倍，其他的人也不用站在水潭边帮着捞敲昏的鱼了，只要站在河床上抓鱼即可。就这样，两件外衣不断在水潭里面网鱼，然后把捞上来的鱼全部抛到河床上，而站在河床上的人就用树枝将鱼一条一条串起来放在一边。

张小飞把水潭围堵后，并没有参与捕鱼，而是在河床边的石块中不断翻动着，想寻找几块小一点的石头嵌入那些石缝中，尽量不让鱼随着水流而漏网。

随着时间的流逝，太阳已经挂在了山顶。

刘捷看看没有多少时间天就要黑下来了。再看看河床上的鱼已捕获了不少，于是就对张晓军说："我看今天就到此为止吧，你看太阳也已快下山了，而且我们回去还有半小时的路程，还要留洗杀的时间。"

张晓军非常赞同："我也是这个意思，况且这些鱼洗杀后还需要烤，"张晓军看着刘捷，像是在请示，"那我就招呼他们收工啦？"

"好呀，那就辛苦你，通知收工。"刘捷回答。

张晓军招呼大家收工了。

刘捷站在河床上清点了一下，共捕获了一百四十七条鱼，最大的一条有三四十厘米长，估计至少有两斤多重。当然最小的一条估计半斤都不到。

朱万豪指着那条最小的鱼说："这是谁抓的，偷工减料，潭里面一两斤的鱼多得是，你们却不去抓，反而弄一条小的鱼来充数。"

赵子凡却不满地说:"谁说这是抓的,是它自己蹦上岸来的,我不过是顺手而已。"

刘捷打圆场,说:"这有什么可争执的,捕上来的鱼不可能一样大小,要说责任都是我和晓军的,再说小的鱼烤出来要比这些大的鱼香。"

"这有什么可争的,大家都是为了一个目标,"辛勤对张晓军说,"晓军啊,我们捕了半天鱼,却不知道这是什么鱼,你能帮我们介绍介绍吗?"

张晓军看了看那鱼,回答说:"这种鱼不算稀缺物种,但却是一种濒临绝种的鱼类,名字叫塔里木裂腹鱼,是一种冷水鱼,你们看它的体背是蓝灰色的,腹部却是银白色的,远远望去,就像鱼的腹部裂开一样,所以人们都把它称作裂腹鱼。"

朱万豪拿着一条鱼反复看了几遍,才说了一句:"有道理,果然像腹部裂开一样。不过,这些鱼捕上来没多少时间就死了。"

张晓军解释说:"内河的鱼一般都这样,所以我们要赶紧往回走,如果死的时间太长肉质就不好吃了。"

于是大家整理好刚捕上来的鱼,两个人一组抬着这些鱼开始往回走。

刘捷和张晓军俩人各背了一大包鱼,用张晓军的话说:反正这衣服也都是鱼腥味了,也没有什么可讲究的了,能多带一些鱼回去就多带一些。

张小飞和朱万豪一起。张小飞一手抬着鱼,一手从口袋里掏出一块石头在把玩着。

旁边的王胡子看见张小飞在把玩一块黑黑的却圆润光滑的石头,就问:"这就是你刚才在河床上找到的?"

"对啊,随手捡的,"张小山换了一个手去抬鱼,"不过像这种品相的还是不多。"

"是呀,我想我也到了对面的河岸,怎么没有看到像你手上这块有品相的,哪怕比你差一点的也行,"王胡子有点感叹,感觉运气没有张小飞好，随后又对张小飞说，"我跟你商量，这块石头你能不能卖给我，价钱你开。"

"你要买？不行，不行，"张小飞的头像拨浪鼓一样的摇，"我只能答应你一点，假如明天我们再去捕鱼的时候，我帮你再捡一块。"

"我不要你帮着捡，我只要你手上的那一块就行，"王胡子盯着张小飞，"就算你帮我的忙，好吗？"

张小飞有点为难："你应该知道君子不夺人所好，是吧。"

"只要你愿卖，我出钱，根本不存在夺不夺人所好的问题。"王胡子说。

就在两人争执之际，朱万豪在前面说："你们两个人在嘀嘀咕咕什么呢？"

张小飞好像看到了帮手，马上接口说："王胡子想买我的这块石头。"

"你也真是的，"朱万豪对王胡子说，"不就一块石头吗？你明天到河床上去找一找不就有了，还买什么买，算你钱多还是怎么的？"

"你懂什么？"王胡子冲着朱万豪脱口而出，"这是昆仑玉中的墨玉，他手上的这种能让河水冲刷到这种程度的市面上少之又少。"

朱万豪被王胡子冲得一愣一愣的："你也懂玉？"

"懂算不上，但稍微知晓一点，"王胡子在张小飞的眼里完全和平时判若两人，王胡子继续说，"市面上有和田玉和昆仑玉之分，实际上都是昆仑玉，昆仑玉又分白玉、翠玉、墨玉，市面上都认为羊脂白玉最好，实际上好的墨玉可以和钻石、宝石相媲美，被世界同行称之为'贵美石'，而张小飞手上的那块就是墨玉，虽然不是贵美石，但其品相已经相当不错了。"

刘捷和张晓军不知什么时候，已跟在朱万豪的旁边。刘捷插话问道："你怎么知道这一块一定是墨玉呢？"

"在墨玉河里出产的不是墨玉那是什么？不可能是白玉吧，"

王胡子不屑地回答。

刘捷心里一动:"你确定刚才那条我们捕鱼的河是墨玉河?"刘捷问。

"当然。"王胡子有点自豪。

"那你是怎么确定的?"刘捷追问了一句。

"怎么确定的,是老金,噢,是图纸,当然是图纸,还有是书本上看到的。"王胡子有点支支吾吾。

"哪张图纸?哪本书?"刘捷又追问了一句。

王胡子不敢看刘捷的眼睛,嘟哝了好一阵,才憋出了几个字:"我忘了。"

其实刘捷心里像明镜似的,王胡子和那个老金来帕米尔高原,虽然不知道他们为了什么,但肯定是带有目的的,还有那个经常戴着墨镜的女的,虽然救过她一次,还没有打过交道,但看起来肯定并不简单,他们一定是冲着什么来的。就像这条墨玉河,现在的人所知道的墨玉河都是在和田附近,因为《旧唐书》《新五代史》等都记载这三条河都源出昆仑,白玉河在于阗国东,于阗国西有绿玉河,又西有墨玉河。而现在的和田只存在两条河流,一条是玉龙喀什河,即白玉河;还有一条是喀拉喀什河,即绿玉河;但由于"喀拉喀什"在突厥语中有"乌玉"的意思,所以人们都认定这一条河就是墨玉河。刘捷也是这样认为的。但上次在戈壁滩夜宿的时候,刘捷就与张晓军争论起新疆和田有几种玉的时候,涉及了这三条河,最后是学地质出身的张晓军说服了刘捷。所以当王胡子说起墨玉河的时候,刘捷那可是全神贯注,因为能认定黑水河就是墨玉河的人肯定是凤毛麟角,而且还不简单。就连那张羊皮图也没有标出这条河,张骞所留的文字中也至多点明了这是一条黑水河,而王胡子是怎么知道的? 真的是老金告诉他的? 难道他们是冲着玉来的?

张晓军可不像刘捷对王胡子还了解一些,他就是在洞窟里面稍许接触了一下,所以当王胡子说出墨玉河时,他一时还反应不过来,既惊讶于王胡子对墨玉河的肯定,又惊讶于王胡子对玉也这么懂行,看来这些人里面真的藏龙卧虎,真的不能小觑。

由于王胡子不愿解释,刘捷也不好再问什么。同样,王胡子也不好意思再买张小飞手中的那块墨玉。

洞穴内所有的人都已经在待命,许多人都是饿着肚子在等着吃烤鱼。刘捷和张晓军等人也不客气,把鱼往洞穴内的平地上一放,其他的算是全部交给胡骏了。

胡骏看了一下数量,说了一句:"估计明天还得再去捕一次,这一些估计我们一顿就得吃完,我们得多储备一些,以防不测。"

张晓军答应说:"没问题,我们明天一早再过去。"

陈娴问刘捷:"那儿安全吗?"

刘捷回答:"你放心,非常安全,"随后又说,"上午还碰到过大蜻蜓,下午什么动物都没有碰到过。"

"那就好。"陈娴这才放下心来。

胡骏带着第二组的人去杀鱼洗鱼去了,第三组的人都在拾柴火,做烤鱼的准备工作。

刘捷感觉自己没事做了,就让张小飞把那块墨玉给他看一下。张小飞拿了出来,张晓军、王胡子等人也凑了过来。这是一块黑黑的、圆润光滑的玉石,刘捷拿着它对着火光照了照,似乎还能透出一丝光亮。"嗯,质地不错。"刘捷说了一句,然后把这块玉递给了张晓军。

玉在几个人手上转了一圈。

到了王胡子手上的时候,王胡子又对张小飞说:"我还是那句话,你开个价吧。"

张小飞一把把玉从王胡子手里夺了回来,"你把我当什么人啦,跟你说不卖就是真的不卖,但我可以答应你,明天再去的时候我可以在河床上帮着找找,找到了算你的,哪怕就是比我这块好也是你的。"

刘捷在一旁打圆场:"王胡子,小飞已经说到这个程度了,我看你就算了吧,反正我们明天还要去。"

王胡子不说话了。

刘捷看着王胡子，又看了看分在第三组的在一旁坐着的老金和那个女的，脑海里突发奇想：如果我将他们一军，他们会做如何反应？

于是刘捷突然问老金："老金啊，我听王胡子说，你知道墨玉河的位置吗？"

"嗯？"老金被刘捷这么突然的一问吓了一跳，转头看了看王胡子。王胡子被老金犀利的眼神吓得喃喃道："不是我说的，我没说。"

老金却哈哈一笑，"我就是随口这么一说，王胡子他们还当真了，"随后话题一转，"在来帕米尔高原考察之前，我也曾做过一些功课，譬如说新疆昆仑山中藏有三条河，都产玉。一条是白玉河，一条河是碧玉河，还有一条是墨玉河。白玉河以羊脂白玉最为名贵；碧玉河以翠玉最为名贵，好的碧玉比翡翠价格还高，以凝脂和没有瑕疵的最为值钱；墨玉河实际上不是墨玉最为名贵，而是以白玉最为名贵，但墨玉河中所产的白玉市面上少之又少。"

这个老金讲起来果然头头是道。

张小飞插话问："你说的那种白玉是不是质地细腻、带有微微青色的那种玉？"

"不是，"老金马上否定，"我说的那种白玉是那种黑白反差明显，以白为主，白中隐隐飘黑的那种。"

果然是个懂玉的。

叶诗意忽然打断老金的话："你说的那种玉是不是与我们在戈壁滩上看到的祭祀用的那种石头差不多？"

"什么戈壁滩上的石头，祭祀用的石头？"老金有点蒙圈，显然是不知道戈壁滩上祭祀用的石头，"戈壁滩上也有这种玉？"

刘捷哈哈打个过门说："小叶不懂玉，她认为昆仑山中的玉和戈壁滩上的石头也差不多。"

"她没有说错呀，"老金认真说，"确实玉就是石头，石头就是玉，无非就是坚硬的程度和光泽度、透明度不一样罢了。"

看来这个人是非常懂玉的，刘捷无话可说了。

张晓军却不愿输人，说："那也不一定，玉向来都是与人的美德、高尚相匹配的，孔夫子说玉有十一种美德，不是君子的人是不配戴玉的。"大家都听得出张晓军所说的话指向性非常明显。

老金听了没有搭腔。

刘捷不想和老金他们搞得那么僵，如果他们仅仅是为了玉而来，那很正常，商人逐利。但如果是为了国宝而来，那就另当别论。刘捷于是又问老金："你认为黑水河就是墨玉河吗？"

老金打哈哈地说："我想黑水本来就是很黑的，跟墨也差不多了，所以和王胡子开玩笑时就说黑水河就是墨玉河，但在这儿声明，这没有经过考证，我是随口胡说的。"

"哦，"刘捷装作恍然大悟，"我以为王胡子说得这么肯定，你肯定有什么依据，我们现在正好处在彷徨之际，还想让你老金给我们出出主意呢。"

老金赶忙谦虚地说："那是我随口乱说的，作不得数，你是大教授，知识面肯定比我们广。"

刘捷也赶忙说："老金客气了。"随后刘捷看看外面的天，站起来说："反正闲着也是闲着，外面的天色已快暗下来，洗鱼的地方离这儿还有五六十步远，我们去帮帮他们，让他们能尽快洗完。"

张晓军和张小飞都跟着站了起来，说："我们跟你一起去。"

三个人离开了洞穴。

路上，张晓军对刘捷说："我看那个老金好像在隐藏着什么，你没有看到那老金看向王胡子的眼神，那王胡子说话都变得语无伦次了，"张晓军又说，"还有，那个老金说话的腔调和打哈哈的笑声我好像在哪儿听到过，就是有些想不起来。"

"真的吗？那你可得好好想想，"刘捷提醒说，"是不是这个人也在哪儿见过？"

"人肯定没有见过，这点我还有自信，"张晓军苦思冥想后，说，"不想了，说不定什么时候自己就跳出来了。"

"也对，人有的时候就是这样，"刘捷赞同张晓军的说法，"自从上次和你交流那三条河流之后，我对这三条河流已经有一个全新的认识。玉象征着身份，在中国已经有几千年甚至上万年的时间了，这三条河流起码也已经流淌了万年以上，这中间经历了史前大洪水，唐朝时的帕米尔高原大地震，可能还包括我们所未知的一些地质灾害，昆仑山的地形地貌发生了一些转变，或者根本性的转变。那这三条河流呢？或许也随着这些灾害而发生了根本性的转变。譬如原来是一条河流，现在分成了两段，就像我们从悬崖上下来时遇到的峡谷，里面也有许多墨玉，我们曾一度认为那就是墨玉河，小飞，你说对吗？"

小飞马上回答："那儿应该是墨玉河，因为峡谷里面的许多巨石都含有墨玉的成分，只不过峡谷里面的流水被人为地引入地下了。"

刘捷对张晓军说："你看，除了地质灾害，还要加上人为的因素，"刘捷继续说，"当然，我们并不排除黑水河就是墨玉河，或者峡谷内就是墨玉河，这儿就是黑水河，又或者黑水河是墨玉河的支流，没有很好的考证，现在所有的结论都不能作数，就是老金和王胡子说的也并不一定对。"

"这一点我同意，"张晓军分析说，"那个老金能说出这些话，说明他是做过一点功课的。"

"你分析的有道理，"刘捷想了一下说，"我的意思是明天还要拜托小飞沿着河的两岸仔细检查一下，这条河里的墨玉多不多，如果多，这儿就是原来墨玉河的一部分，这对于我们走出这个大峡谷应该很有帮助。"

张小飞回答："我知道了。"

停顿了一会儿，张小飞又说："有一件事我忘记说了，我下午去河对岸搬石块填水潭的时候，隐隐约约看见前面河道的开阔处有一个类似祭台的地方，好像有土台，就像我们在古城内看到的佛塔差不多，但由于距离较远，看的不是太清楚，所以那到底是什么还需走近了看。刚才回来的时候人多，我就没说，在洞穴内让老金一搅和却忘记说了，现在才刚想起。"

"有人为的痕迹吗？"刘捷问。

"好像是人为的痕迹，"张小飞回答，"明天去看了不就知道了。"

刘捷沉思了一会儿，然后问张晓军，"你看到了吗？"

张晓军回答："没有。"

"按小飞说的如果人为痕迹明显，那应该有更多的人看到才对，难道大家都没有注意？"刘捷有点自问自答，然后对张小飞说，"先不去管它，明天我们三个人捕完鱼后一起去看一下再作出判断。"

张晓军和张小飞都答应了。

第三十四章　天狗作祟

刘捷等边说着话边沿着小道向瀑布方向前行，还没等他们走近，就听见前面瀑布那儿传来吵闹声。赶紧过去一问，原来是他们在水底下发现了一个生物。

陈娴也在，本来她是第三组，负责烧烤的，但由于鱼还没有洗杀好，没事做，就跟着第二组一起来了。她对刘捷说："我们刚来的时候，杀的杀，洗的洗，根本没有发现还有这个东西的存在。是他在洗的时候发现水下有这么一个东西，当这个东西把头伸出来的时候还蛮吓人的。"陈娴说着用手指了指那个人。

刘捷一看，原来就是那个准备把张晓军等三人带回喀什的驾驶员，是塔县当地人，好像叫额齐格。于是刘捷就问额齐格："额齐格，这是怎么回事？"

额齐格懊丧地回答："我在洗鱼的时候，发现石头底下好像有彩色的石头，想把它捞上来玩玩，于是就拿了根树枝先拨弄了一下，谁知在彩色的石头底下却伸出了一个头，所以把我们大家都吓了一跳。"

"头是什么样子？"张晓军问。

"嘴尖尖的，不像龟的头，但身子却像乌龟，反正我从来没有看到过这种动物。"额齐格回答。

"那现在这只动物还在吗？"张晓军问额齐格。

"就是那块石头，"额齐格回答，并用树枝指了指水下的那块看似石头的东西，"那动物的头就藏在那龟甲下面。"

刘捷顺着那树枝望去，果然在一块石头旁有一片彩色的东西，不仔细看还真的看不清楚，以为那只是一块石头，现在听额齐格这么一说，看上去才感觉像动物。刘捷也不知这是何物，于是回头看了看张晓军。

张晓军对刘捷摇手说："你不用看我，这种动物我也从来没有看见过，可能是一种龟类的生物，以食水中生物为主。我想它应该不是来找我们的麻烦，所以我们也不用去惊动它。先把我们自己的事情做好，因为天马上就要黑了。"

刘捷点点头："有道理，就按你说的做。"刘捷对大家说："我们也不用惊慌，这是个陌生的地方，有一些陌生的动物也很正常，我们只要离那个东西稍许远一点，把我们这些鱼赶紧洗好拿回去烤就是了。"

张晓军补充说："杀鱼的时候凡是鱼卵必须全部拿掉，因为冷水鱼的鱼卵是有毒的。"

于是大家匆匆地赶紧把鱼杀的杀，洗的洗，幸好人多力量大，一会儿的工夫就杀洗干净。

刘捷临走时还对那个动物瞟了一眼，只见那只动物还是一动不动趴在水底。

刘捷等人陆陆续续地回到了洞穴，将洗好的鱼交给第三组。不一会儿洞穴里就已飘起了烤鱼的香味。

朱万豪举着一条烤好的鱼，问胡骏："胡导，你看我们是不是有点像山顶洞人？"

胡骏却更加风趣地回答："如果你把衣服脱了，再围上一块兽皮，那就更像了。"

大家都笑了起来。

随着烤鱼的经验越来越丰富，烤出来的鱼不仅色泽亮丽，而且香味十足，勾起了很多人的食欲。所以不要看抓了这么多的鱼，被他们一顿胡吃海喝下来，基本上所剩无几，胡骏看着那些吃剩的鱼骨，无奈地摇了摇头，"这样下去，不知要抓多少鱼才能满足这些人的食欲。"

"你也不用担心，"刘捷对胡骏说，"一方面他们本身就饿着；另一方面是第一次这样吃烤鱼，所以都拼命地吃，估计第二顿就没有这样的胃口了。"

"但愿那条河里的鱼不会被你们抓完吧。"胡骏对于这种情况也感到束手无策。

"不可能，"张晓军回答，"我估计现在这段时间正好是裂腹鱼产卵返游的季节，所以才会有这么多的鱼。"

"真是天助我们。"胡骏兴奋地说。

叶诗意只吃了一条烤鱼，还是中午拿烤鼠和张晓军换的。现在只是趴在地上，一边在逗那蜻蜓玩；一边对胡骏说，"胡导，你放心，明天肯定吃不了那么多，有个别人已经吃得反胃了，所以明天可能碰都不敢碰了。"

刘捷看见叶诗意说话，就问叶诗意："你那个蜻蜓给它吃什么啦？它可是食肉动物。"

"我能有什么东西给它吃，"叶诗意回答，"给它鱼，它又不吃，它要吃的飞虫什么的，我又给不了，所以只能让它饿两顿再说。"

"如果是怎样，我建议你还是把它放了，它还有一条生路，毕竟这也是一条生命，"刘捷建议说，"因为我们后面还有很长的路要走，你不可能一直都带着它吧。"

"那不行，"叶诗意也很倔强，"这是我父亲梦寐以求的东西，我一定要把它带回去，哪怕是标本。"

刘捷无话可说了。心想：还不如当时不把它拍下来。那可是国家的稀有生物啊，让它在这片土地上继续繁衍该有多好，都怪自己手贱。

胡骏找刘捷和张晓军商量，提出明天早上还不能远行，还得想办法继续弄点烤鱼和找一点类似于野核桃一样的野果子，等粮食储备充足了才能动身。

刘捷赞成胡骏的说法："我有两条建议：第一条是物资储备，就是刚才胡导说的；第二条是寻找下一个落脚点，在这片充满危机的大草原上，我们必须保证人员无恙，才配谈得上走出去。"

张晓军补充说："必须分头进行，找下一个落脚点和搞吃的要同时进行，寻找落脚点的人不要太多，只要有四个人即可，路程单程决不能超过四小时，由我来带队；搞吃的就委托刘教授；大部队还是胡导负责。"

胡骏最后归纳说："明天还是继续待在这个洞穴，但物资储备和寻找落脚点必须同时展开。"

大草原的天可真够黑的，不要说眼前一片漆黑，就连远处的雪山也完全笼罩在黑暗之中。然而夜晚的大草原并不平静，一会儿像是动物窜过前面草地的声音；一会儿又是鸟的急促叫声，如果不是眼前的这几堆火，敢待在这个洞穴里的人没有几个。大家都有点提心吊胆，虽然看上去都闭着眼在休息，但没有几个人是在真正地入睡。

刘捷同样有点不放心，悄悄问胡骏："洞口有没有防备的措施？或安排了专人值班？"

胡骏看看刘捷，回答说："听你这么一问，我就知道你的心思不在这些事情上面。你进来的时候难道没看吗？你们去捕鱼的时候我就让第二、第三组在洞口前面堆了两米高的石堆，然后在石堆底下燃了几堆火，值班人员坐在石堆后，一方面可以眺望远处；一方面可以不断地添柴火，不让火堆熄灭。"

刘捷被胡骏这么一说感觉有点不好意思，但又觉得有点奇怪，于是又问："你这个石堆是什么时候堆起来的？我进来的时候怎么一点都没感觉到呢？"

"你们去黑水河捕鱼的时候，我已让人准备了石头堆在洞口，等你们全部回来，围在火堆旁在烤鱼的时候，我才让他们堆成了现在这样，"胡骏回答，"不然的话，堆早了你们还得爬墙不是。"

"真的不错，这样就安全多了，"刘捷赞赏道："看来在野外保证人员的安全你才是真正的高手。"

"与你比差远了，"胡骏谦虚地说："原来我的感觉还非常好，觉得自己是个优秀的导游，但自从碰到你以后，你的学识、你对问题的理解，包括对事情的把控，我简直没办法和你相比，所以还得好好向你学习。"

刘捷被胡骏说得有点不好意思了，陈娴却在一旁说："哟，胡导什么时候开始变得这么谦虚了。"

"这不是谦虚，事实就是这样，"胡骏也不忘回敬一句，并对陈娴感叹，"其实你也是个高手，把刘捷这样的宝贝给挖走了。"

大家说说笑笑，在这漆黑的夜晚也不算寂寞。

火堆中的火苗在不断地跳跃着。刘捷在添着柴火，想给大家再增加一点暖意，毕竟大草原的晚上还是比较阴湿的，尤其是在高原。

大家劳累了一天，此时都背靠背、闭着眼睛在休息。只有燃烧的树木在发出"噼啪"的响声。

王胡子没有休息，他轻轻地走到刘捷的身旁，悄悄对刘捷说："我们老板想问你借那张羊皮图看看，不知行不行？"说着，还扭头看了看老金。

"你们老板？"刘捷顿时警觉起来，眼睛看向老金。老金此时正好也看着他。

"老金是你们老板？"刘捷故意问王胡子。

王胡子点点头。

"那你们是什么企业？"刘捷嘴上在问，脑子却在飞速运转。

"我们是一家集团型企业，老板想开一家高端旅行社，而且重点是在南疆，这一次就是专门来考察的，谁知摊上了这么一些事，"王胡子回答，"不过我们老板对古丝绸之路还是有点研究的，对昆仑山的地质地貌也相当熟悉，上次看到你拿出羊皮图和大家一起探讨时，老板就有一些地方想不通，现在不是有一些空闲了嘛，所以想借羊皮图过去看一看，想理出一些思路，不过你放心，只是看，看完了马上还您，说不定还能提出一些有益的建议。"

在这个洞穴里也不怕你们出什么幺蛾子，如果就算你们把这张羊皮图毁了，这些文字也早已深深地印在自己的脑海里。刘捷主意已定，转身从陈娴的背包里拿出了那张羊皮图，递给了王胡子。

王胡子道谢，然后轻手轻脚地离开了。

火苗依旧在不断地蹿动，让人的身影在洞壁上不断地晃动。刘捷下意识往火堆里加了几根枯枝，思绪却像火苗一样在摇动：王胡子他们真的是要开旅行社吗？但为什么自己总感觉他们不像呢！从罕诺依古城到波谜罗川；从戈壁滩私自离开到乌即城的引狼入室；从离开时四个人到回来时的三个人，只留一个人在与狼进行搏斗，他们却无动于衷，而且解释时也轻描淡写，总感觉这有点不合情理。那么他们到底是干什么的呢？难道真的是为了找和田玉？那个王胡子看到好的东西就想买下来，是不是他们很有钱？特别是那个老金，平时并不多话，也不与人搭讪，但看来像是个做主的，因为王胡子经常去看他的脸色。还有那个女的，刚才胡骏特地去问过她的名字，好像叫金宵，还特地说明与老金是兄妹关系，平时也不多话。反而倒是王胡子，出面打交道的全部是他。还有那个被救回来的小虞，除了醒来后的一次感谢外，到现在一句话都没有说过，分配他做什么他就做什么。这四个人到底是什么样的人？他们到帕米尔高原来干什么？

王胡子倒也讲信用，没有多少时间，就把羊皮图还了回来。刘捷抬头看看老金，老金也朝他微笑地点点头，算是打了招呼。刘捷似乎记得这是第一次看到老金有笑容。

"能看出什么名堂来吗？"刘捷问王胡子。

王胡子摇了摇头，说了一句"看不懂"，把羊皮图交还到了刘捷的手上后又坐回了老金的旁边。

刘捷的思路又回到了羊皮图上。乌即城的前面就是乌圊，乌圊的东南方是崖城，现在猜测已被泥石流截断。按图所示，崖城上面是乌圃，穿过乌圃，才能到达樊桐，而樊桐的左侧就是玄圃。实际上这儿的地形就是三座山系夹两个盆地，也就是乌圃和玄圃两个草原。乌圃向西的路被死亡谷所隔断，无法到达波谜罗川，所以只能从玄圃穿越到波谜罗川，那玄圃能穿越吗？还有，乌即城曾作为疏勒国的都城，人口应该有好几万，那为什么在它的旁边还有这生存着史前动物的草原呢？有史前动物，说明这儿人迹罕至。如果这儿不是玄圃，那这又会是哪儿呢？会不会羊皮图上没有画进去这片草原？从地形上看乌圃和这片草原是通过山脉隔断的，那会不会是连在一起的，都属于乌圃的范围？刘捷想了半天也理不出一个头绪，只能轻轻地长叹了一口气，心想：随便吧，反正明天的太阳还会照常升起，一切等明天再说吧。于是，刘捷背靠着陈娴，也渐渐地进入了梦乡。

也不知过了多久，正在朦胧之间，忽然一声尖叫把刘捷吓了一跳，赶紧睁眼抬头一看，有一只像猫一样的动物正好从眼前掠过，三蹦二跳的就出了洞穴。

其他人也被这一声尖叫吓了一大跳。大家一下子惊醒了，都忙问"什么事？"

由于已接近子夜，此时大家都闭着眼在休息，虽没有熟睡，但都闭着眼睛在休息，因为有值班的人在。而两个值班的队员是赵子凡和沈琳，两个小时值班下来正准备交接，却听到洞穴内发出了尖叫声。

发出尖叫的是何晓晓，因为她看到一只像猫狗一样的动物正在吃蜻蜓。

胡骏先问赵子凡："你是值班的，这究竟是怎么一回事？你看到了什么？"

赵子凡回答："我们看的是洞穴外，听到洞内有人尖叫，才看见一只像猫一样的动物从洞里窜了出去。"

"那有没有看到它进来？"胡骏继续问。

"没有，"赵子凡回答，"如果看到它进来肯定会发出警示。"

"那这个动物长什么样？"胡骏又问。

"只看见头是白的，长度好像三十多厘米，不算大，比狼要小，"赵子凡回答。

"看它跳跃的动作有点像猫。"沈琳补充说。

胡骏又去问何晓晓："你为什么尖叫？"

"因为它在吃那只蜻蜓。"何晓晓说着指了指原来缚着蜻蜓的地方。

胡骏借着火光看过去，原来用草绳缚住的蜻蜓，现在只剩下几根薄薄的翅膀，身子早已不知去向。

"你说那动物长什么样？"胡骏问何晓晓。

"好像是野猫。至少它与野猫长得很像。哦，它转头的时候，我发现它的头部前面有几条印痕。"何晓晓回答。

"头部有几条印痕，"刘捷一听来劲了马上追问，"你想一想，到底有几条印痕？"

"大概有二三条吧，"何晓晓回答，"老师，这重要吗？"

刘捷没有回答。"是白的印痕吗？"刘捷又问。

"好像是的。"何晓晓点点头。

"除了这个，还有没有发现其他什么特征？"刘捷追着何晓晓问。

"形状和野猫还不完全一样。"何晓晓还没有回答，赵子凡却抢先回答了。

"对，头的形状有点尖尖的。"何晓晓附和说。

"是不是像狐狸？"刘捷开始兴奋起来，继续追着这两个人问。

"给你这么一问好像是有点像狐狸。不过真的狐狸我没有看到过，书本上的倒是见过。"何晓晓有点不好意思。

"给你这么一说，那个头确实有点像狐狸。但狐狸我在老家看到过，刚才窜出去的绝对不是狐狸。"赵子凡对刘捷说，而且说得很肯定。

"我也没有说它是狐狸，"刘捷说，"但我已知道它是个什么动物。"

胡骏打断刘捷的话，催促着说："你不用卖关子，是什么动物你就直说。"

"不是卖关子，我也只是猜测，你们所看到的那个动物估计是'天狗'。"刘捷说。

"天狗？"大家相互望望，不明所以。

"就是像狗一样的动物呗？"朱万豪直截了当地问出了大家想问的问题。

"可以这么理解，"刘捷解释说，"《山海经》中的西山经中有记载：有兽也，曰天狗，其状如狸而白首，其音如榴榴，可以御凶，"刘捷接着又说，"近代商务印书馆出版的《辞源》里面也有记载：天狗头上有较宽的三条白纹。"

"是不是神话传说中的'天狗吞月'的那种天狗？"陈娴疑惑地问。

"对。"刘捷回答。

"那有没有在我们现实生活中出现过？"何晓晓问。

"现代的生活中确实没有看到过，可能像恐龙一样灭绝了也未可知，"刘捷继续说，"但从流传在民间的传说中还是有一些印迹。我现在说两个人，大家一定都知道。一个是《西游记》里面的杨戬，他随身带的一条哮天犬就是天狗，你们看《西游记》的时候肯定看到过；还有一个神话传说里的'后羿射日'的后羿，随身跟着的也是这样一条天狗。"

"那还不都是神话传说里的，不能算数。"朱万豪说。

"那我们现在不是看到了嘛，"刘捷对大家说，"实际上我们都是幸运儿，这一次看似灾难所迫，东逃西躲，但我们却看到了许多早已灭绝的生物，像史前的大蜻蜓，在喀拉库勒湖看到的龙见等，还看到了除黄帝、炎帝、蚩尤以外的帝俊部落以及揭盘陀国的最终消亡，这是多少人梦寐以求想看而没有看到的，而我们却都看到了，所以我们必须要珍惜这次地震后的逃亡。"

陈娴也插话说："实际上天狗还是一种吉祥的生物，会给我们带来好运的。"

"对，对，天狗会给我们带来好运，"胡骏笑哈哈地对大家说："所以我们大家不要都苦着脸，要振作精神，虽然目前暂时没有什么吃的喝的，但只要我们走出这一片区域，回到我们繁华的都市，那我们这一次行程比其他任何一次旅游都值。"

张晓军看了叶诗意一眼，只见她苦着脸，一言不发坐在那儿。于是对大家说："给我们带来好运的动物早已经走了，我们也没有必要再继续下去，大家还是早一点休息吧，失去的东西天亮后再补回来。"

叶诗意仍旧一言不发。

其他人都你看看我，我看看你，早已没有了睡意。

第三十五章　松熊蜂的天敌

叶诗意不知是没有睡醒，还是蜻蜓让天狗吃了，依旧呆呆坐在那儿。董依卿和她搭话，她也不搭腔。

刘捷朝叶诗意看看，摇摇头，叹了口气，他理解这个蜻蜓对于她父亲是多么重要。

张晓军走到叶诗意的旁边，"嗳，不就是一个蜻蜓嘛，用不着这么伤心吧，等天亮了我再帮你抓一个不就行啦。现在既然大家都没有睡意，还不如一起聊聊。"

叶诗意没有说话，只是用手做了个动作，意思是让张晓军走。张晓军没有办法，只得对董依卿做了个手势，意思是让她多劝劝，自己又回到原来张小飞的旁边坐下。

洞穴外渐渐地露出了晨曦。远处的雪山已开始显露出原来的本色，只有那大草原还带着一丝神秘，上面飘着一片浓浓的雾气，就像是盖上了一层厚厚的棉被，如果不是山脚有一条岩石带，还真以为两边的雪山通过浓浓的雾气已连成了一片。雾气很白，比雪山还白，看上去就像天上的云朵，沿着山间的盆地一路向前铺去，期间看不到一丝绿色。

张晓军被眼前展现的美景所震撼，感叹地说："这景色真的美，说是仙境也不为过。"

陈娴也感叹说："确实是美，这一次这么多的冤枉路也算没有白走。"

胡骏想象力还要丰富:"如果我们把这儿的洞穴改造成一座宾馆,让游客们天天面对这样的美景,你们说如果想住这儿是不是要排上几个月?"

陈娴风趣地说:"住这儿估计离成仙得道也不远了。"

刘捷却离谱地来了一句:"朝闻道,夕死可矣。"

何晓晓却"呸、呸"了几下,说:"身为老师也不能乱说,尤其是在这种地方。"

天已开始渐渐放亮,但雾气还没有完全褪去。

胡骏继续按昨天的分组安排工作,陈娴与何晓晓等不同意,说是这样做既浪费了人力物力,又浪费了时间,应该大家先一起去捕鱼,这样可以多捕一些鱼,回来后再杀、洗、烤分三组。张晓军也说:探路的事也不急,等捕到一定量的鱼以后再去探路也不迟。胡骏知道洗杀工作比较单调,这些人就是想到大草原去看看,再加上张晓军也有点自说自话,没有按照昨天三人商量的做,还有就是关键的时候刘捷没有表态,所以就按她们说的去做了。

于是大家乱哄哄一起出发了。

到了黑水河旁,张小飞借机走到刘捷的旁边,低声问:"昨天发现的那个祭台今天还去不去看?"

刘捷忙问:"在哪个位置?"

张小飞指着黑水河道的下游:"应该是那个位置,但今天的雾气太浓,所以无法看清。"

刘捷看了一眼还在不断捕鱼的人们,回了一句:"那就等一等再说。"

由于昨天围的水潭还在,只不过被流水冲出了两个缺口,一个在这边,一个在对岸。虽然缺口不算大,但这裂腹鱼却也非常聪敏,就顺着这两个缺口游走了,所以水潭里看不到多少鱼。

不等刘捷和张晓军的吩咐,朱万豪就抱了一块大石头,一下就把这边的缺口给堵上了。然后对张小飞说:"那边的缺口是你的事，你去弄吧。"

张小飞接口说："没问题。"一边说一边踩着石块跳到了对岸。王胡子巴不得张小飞马上到对岸去，所以张小飞踩着石块过去了，他便立马也跟了过去。

由于河的这边人多，全集中在这一边，有点施展不开，于是胡骏又安排了一部分人到了对岸，叶诗意等四个女生也主动要求去了对岸。但就是这样，这边还是人浮于事。想分开，一时又找不到好的捕鱼点。胡骏也没有更好的办法：就这样先对付着吧，让他们在河岸上捡捡鱼也可以。

王胡子一到对岸，就催促着张小飞帮他去找玉。张小飞说：先把那个缺口堵上再说。王胡子说：这没问题，缺口我来堵，你去找玉。

张小飞拉不下面子，再加上自己昨晚答应过的，所以看着王胡子把缺口堵上后，只能帮着在河床上不断地翻寻。张小飞一边翻动着河床上的石块，一边还在向远处眺望，因为刘捷刚刚还吩咐过，等一会要去看那个有人为痕迹的所谓祭坛。但今天不知怎么的，望出去一片雾茫茫，根本看不清下游的河床，更不用说祭坛了。还是等雾气散了以后再去看吧，张小飞心想。

这一边的河床很宽，除了大大小小的被水冲刷的石子以外，还有一些树木，有干枯的，也有绿油油的。虽然找到了两块黑黑的石头，但总不如张小飞先前的那块品相好。王胡子也似乎吃定了张小飞，一定要张小飞帮他找到一块能让他满意的玉石为止。于是两人在河床上不断地继续翻动寻找。

张小飞在河床上这边翻翻、那边找找，猛然回头一看，后面不知什么时候还有四个美女跟着。张小飞心想：坏了，如果这几个美女也想找几块好的墨玉，那就是找到明天也不一定完成得了。后来听她们叽叽喳喳地说什么要捕鱼，于是灵机一动，拗了几根干枯的树枝，递给了跟过来的何晓晓、叶诗意等几位美女，说是这树枝能给她们叉鱼用，让她们试试能不能行。

叶诗意等几个人本来也没有想找玉，只是人太多，挤在一起又干不上活,所以沿着河床一路下来,看能不能在下游找到一种捕鱼的方法,见张小飞递给她们树枝,说是可以叉鱼,所以她们就想试试。

张小飞见她们在河床边开始用枯木叉鱼,目的已达到,就和王胡子又往前去了。

何晓晓等拿着枯枝在河边叉着从上游漏网下来的鱼。谁知叉了半天,尽管上游漏网下来的鱼不少,但却一条都没有叉到。气得叶诗意把枯树枝往河床上一丢,说:"不叉了,什么狗屁工具,一点用处都没有。还不如学学对岸的那些人,用树枝把那些捕到的鱼串起来,或者像张晓军那样用衣服来兜都可以,都比干这个强。"

"要不我们也用衣服兜一下鱼试试?"叶诗意问大家。

"那就用我的衣服吧。"董依卿说着就开始脱外套。

河床随着黑水河的流淌不断地向前延伸,越是往下游越是宽广。河床上大大小小的石块倒是很多,但树木很少,就是有也不可能是成片的,只能是孤零零的一棵。

现在在张小飞的前面就有这样一棵树,绿油油的长满了叶子,有一人多高,形状有点像伞,特别是树枝,尽管长满了又长又细且带有锯齿的叶子,但没有一根是直的,看上去有点像盘槐,但肯定不是盘槐,因为盘槐虽然树枝弯曲,但叶子是不带锯齿的。

张小飞笑着对王胡子说:"这类树的树叶都长有锯齿,不小心碰到肯定是要吃亏的,不过它的香气倒是很浓的。"张小飞说着用木棒敲了树身几下。

这一敲可不得了,树枝中忽然飞出一群小飞虫,冲着张小飞和王胡子就扑了过来,吓得张小飞和王胡子扭头就跑。张小飞一边跑一边还将木棒乱舞了一阵,但没有一点用处。这些小飞虫有点像蜜蜂,但比一般的蜜蜂要大,会蜇人。张小飞已被蜇了好几下,疼得他哇哇乱叫。

四个女生因为叉不到鱼,也想通过用衣服来兜那些鱼,谁知董依卿刚把外套脱下来,还没有放进水里去兜鱼,就听到后面的张小飞哇哇乱叫,回头一看,只见漫天飞舞的小飞虫冲着她们就扑了过来,可怜这几个女生一点招架手段都没有,只会用手捂着头哇哇地尖叫。

张晓军正在和刘捷用衣服兜那些随着瀑布下到水潭里的鱼,听到叫声赶紧扭头去看,只见黑压压的一群小飞虫正在袭击对岸的张小飞他们和四个女生,于是急忙向对岸喊:"那是蜜蜂,赶紧用衣服包住头。"一边喊一边踩着石头跑到了对岸。

张小飞已经给蜜蜂蜇得没有了方向,踩着石头逃过了河,谁知道把那些蜜蜂也带了过来。王胡子也想踩着石头过河,谁知一个没有踩稳,掉进了河里。这一下河这边也全乱了套。幸好张晓军的叫声提醒了大家,大家赶紧用衣服包住了头,但手却露在了外面。

就在大家一筹莫展的时候,草原的中间又飞来密密麻麻的像鹰一样的飞鸟,看它的嘴和爪子都像鹰,但却比鹰要小许多,只比麻雀稍许大一点。大家心想:这下完了,这密密麻麻的蜜蜂都对付不了,现在又来了一批像鹰一样的飞鸟,不知道会怎样折腾。

谁知完全出乎人们的意料,这些飞鸟是对准这些蜜蜂而来的,而且是一啄一个准。这些蜜蜂看到这些飞鸟也似乎特别害怕,再也顾不得袭击人类,匆忙又逃回到那棵树上。而这些飞鸟对这棵树好像特别忌讳,只是围着那棵树转了好几圈,见无从下口,只好又飞走了。

人们这才慢慢地从包着的衣服中探出了头,刚才的那番场景简直像电影里的镜头,看得大家都有点呆了,这些蜜蜂和飞鸟也真是的,来得快,去得也快。

王胡子此时正好从黑水河里爬起,浑身上下全都湿透,样子狼狈极了。

张晓军刚赶过河,见蜜蜂又回树上去了,所以也不着急了。他从地上拾起一只不知被谁打死的飞虫,一看,果然是蜜蜂当中的一种，叫松熊蜂。它是寄存于松树上的一种熊蜂，体长约三厘米，比一般的蜜蜂要来得大，而且全身青黄色，这种颜色的熊蜂在新疆其他地方没有看到过。这样看来，那刚才这些飞鸟肯定是它的天敌蜂鹰了。不过，松熊蜂的巢穴筑在这种低矮的树上还是第一次见，估计那棵树也是松树的一种吧。张晓军抬头看了看那棵树，感觉蜜蜂不应该在那棵树上筑巢，但在这大草原上还有哪个树种可以适应它们呢？可能是适者生存吧，你看那种蜂鹰就对这种树没有一点办法，只能飞走。

刘捷算是幸运的，他与张晓军一起用衣服在兜鱼，听见叫喊，拿着兜鱼的衣服也想往对岸跑，回头一看，正好看到陈娴在往他这边跑，于是又跑了回去，并赶紧让陈娴就地蹲下，也不管兜鱼的衣服湿与不湿，往俩人头上一披，算是逃过了一劫。

风险过去，胡骏粗略统计了一下，一共有十多个人被蜇。如果不是张晓军叫了一声"用衣服包住头"，估计被蜇的人数还要多，最厉害的应该是张小飞，半个脸都肿了起来，因为松熊蜂主要就是冲着他来的。王胡子算是运气好，刚开始时被蜇了两下，后跌倒在水里，松熊蜂就没有再找他的麻烦。还有就是那跟在张小飞后面的四个女生，何晓晓嘴唇被蜇得肿了起来；叶诗意后颈被蜇得像一个小山包；董依卿算好的，刚脱下外衣就听见张晓军的喊叫，于是赶紧披在头上，所以就是两个露在外面的手背上被蜇了两个肿块；还有一个叫裴蓉的，也被蜇在脸上，不过相比较张小飞要好得多。其他的人大多数都被蜇在手上。

幸好随队的王医生就在这里，帮大家拔刺的拔刺，消毒的消毒，严重的还吃了药。但给松熊蜂这么一折腾，大家捕鱼的兴趣一下子降到了冰点。原来吵着要来捕鱼的，现在都吵着要回去。胡骏也没有办法，吩咐大家收工，把捕到的鱼带回去。由于人多，虽然捕到的鱼比昨天多，但也多不了多少，比原定的指标差了一倍还不止。

回到了洞穴，捕上来的鱼还得洗杀。按原来的分工第二组去了。那个山涧不大，人去多了也没用，施展不开。

胡骏安排完后，转身对刘捷说："看来我们要在这儿多耽搁一天，因为今天捕的鱼，只够维持一天的量，而且这还是省着吃，而走出这大草原我估计至少要两天的时间，这么多人没有能量的补充可能会支撑不到最后。"

张晓军接口说："这个问题我已考虑到，不如我们在这儿再多待一天，明天我们再去捕鱼，反正那儿有足够的鱼，我们只有储备了大量的食物才能走出这大草原。"

刘捷想了想对胡骏说："今天是个意外，如果不是松熊蜂这么闹一下，我们今天应该能够储备到足够的量。我的意思是虽然大家捕鱼的意愿不浓，但和大家讲清楚，我想大家还是能够接受的。而且应该抓紧时间，不是等明天去捕鱼，而是待一会我们吃个早午餐，下午继续去捕鱼。晓军应该知道：这种松熊蜂只要我们不去找它麻烦，它应该不会主动袭击人类。"

张晓军插嘴说："对，应该抓紧时间，而且还要严格纪律，捕鱼就是捕鱼，找什么玉，今天这件事纯粹就是找玉找出来的麻烦。"

"有时候好心容易办坏事，"刘捷继续说，"我的意思下午还是分三个组，捕鱼一起去，有工作的集中精力去做，没有工作的全部休息，这样大家还能保存体力。"

胡骏看了看肿了半个脸的张小飞，然后说："我同意刘教授说的话，今天下午继续捕鱼，但在上午受伤的就不用去了，我们看今天捕获的量再来决定明天是否穿越大草原。"

三个人商量得差不多的时候，忽然听到外面一阵喧嚣，随即跑进来几个人，带头的是额齐格，后面还跟着一大群人。

额齐格看到张晓军等三人就直接叫开了："这也太吓人了，如果不是我们逃得快，可能小命就要交代在那儿了。"

胡骏拉住额齐格："你慢点说，不要尽说一些没用的，到底是怎么一回事？你们又看到了什么？"

刘捷在一旁问额齐格："是不是你们刚才又看到了昨天的那个动物？"

额齐格还没有回答，陈娴先抢先回答："对，是我们昨天看到的那种动物，但不是昨天看到的那只。"

"这话怎么讲？"刘捷追问。

陈娴说："按照你们的要求，我们拿着鱼到了瀑布旁，额齐格说先看看那个动物是不是还在。我们走到瀑布下一看，那个动物果然还在。"

"是不是你们又招惹它啦？"刘捷赶紧追着问。

"我们哪敢呀，"陈娴回答说，"大家都说：离它远一点。经过刚才松熊蜂的事，大家做事都是小心翼翼的，谁还敢无端生事呀。昨天我们和它保持一米的距离，今天我们和它保持三米的距离总够了吧。尤其是额齐格，原来是上游的第一个，一听我们说要保持远一点的距离，他就跑到下游的最后一个。但问题来了，谁知在瀑布下游的水中也有这样一个动物，只不过色彩没有上游的那个鲜艳，在水中不仔细看，还以为是一块灰色的石头。额齐格也不知怎么的，碰到了它，这个动物可不像昨天看到的那个动物，只是伸出头看看你们而已，而是直接发出了叫声。"

"不至于吧，"胡骏不以为然地说，"就那么小的动物叫几声就把你们吓成这样了？"

"你以为叫几声就完事了？"陈娴不客气地说，"我们并不把它的叫声当回事，你叫你的，我们洗我们的。于是我们继续洗鱼，谁知过了不到二分钟，一个庞然大物忽然出现在我们的对面，看它的形状和水中的动物估计是一个类型，我们前面所看到的可能是这个动物的宝宝。"

张晓军赶忙问："这个庞然大物有多大？"

"估计在一米以上，"陈娴回答，"关键是它的头，一脸的凶相，它的嘴巴有点像老鹰，但又比老鹰的嘴要来得长，正飞速向我们洗鱼的地方爬过来，吓得我们丢了鱼，赶紧逃了回来。"

胡骏也是满脸紧张："你们逃回来了，那个动物会不会跟在你们后面追过来？"

陈娴摇摇头："不知道。"

跟着额齐格一起逃回来的人也都在摇头。

洞穴里的其他人给胡骏这么一问，也有点怕了，以为那个动物真的会跟了过来，有几个胆大的赶紧到洞口去看了看，见洞外什么动物都没有，这才放下心来。

刘捷问陈娴："你们带去的鱼呢？"

陈娴回答很干脆："全都丢在瀑布旁了，逃命要紧。"

胡骏对额齐格光火说："你没事去碰它干什么？"

"我不是有意去触碰它，我是把洗好的鱼想搁置在石头上，谁知却搁到了这个东西的背上，因为这个家伙就待在小溪的旁边，不是躲在水里。"额齐格辩解说。

"你们也不用说了，"刘捷阻止了他们，又问陈娴，"你刚才说你们听到了它的叫声，这叫声像什么？"

陈娴回答："很难形容，反正很难听。"

沈琳补充说："这声音从来没有听到过，不像是动物叫出来的，跟牛羊鹿的叫声完全不一样，有点像锯木头的声音，有点尖，很刺耳。"

"对，就是这种刺耳的声音。"陈娴也跟着说。

刘捷扭头对胡骏说："胡导，好不容易捕来的鱼我们不能就这样丢了，另外我们也去会会这个动物，看看它到底是哪路神仙？"

胡骏有点后怕："会会可以，但人不能去得太多，因为那条道路很窄，人一多容易拥挤。"

"这我同意，"刘捷说，"人也不用多，去个五六个人就足够了，让额齐格一起去吧。"

等刘捷他们赶到瀑布旁时，什么动物都没有看到，不用说那个灰色的像石头一样的动物，就连原来潜伏在水底下的彩色的带有龟甲的那个动物也不见了。只有人们逃离时留下的鱼还在现场。

刘捷问额齐格："你今天看到的那个动物在什么位置？"

额齐格指了指瀑布下游的一块石头旁。

刘捷走过去看了看，也没有看到什么动物。于是他又问额齐格："那你们洗的鱼有没有少？"

额齐格摇了摇头。

张晓军在一旁说："估计这个动物看到人也是同样害怕，因为它也从来没有看到过像我们这样的高等动物，所以等我们一撤离，它也赶紧带着宝宝们逃走了。"

第三十六章　会飞的驼鼠

虽然那个可怕的动物不见了，但大家还是心神不宁，唯恐什么时候又出现在周边，于是大家急匆匆的杀鱼、洗鱼，然后用树枝串起来准备拿回去做烤鱼。

唯有刘捷有点反常，他不仅一点都不担心，而且也不东张西望，只是一边洗着鱼一边哼着歌。

张晓军和刘捷是一组，张晓军把杀好的鱼递给刘捷去洗。看见刘捷有点满不在乎，就问刘捷："这是什么动物，你大概心里有谱了吧。"

"不能说有谱，"刘捷停止哼歌，回答说，"我也只能猜个大概。"

张晓军笑着说："一看你这副得意的样子，我就知道你心里肯定有谱了，才会有豪气说去会会那个动物，看它是哪路神仙。"

"也没有你说的那么神，"刘捷也不好意思跟着笑了起来，"看来我的涵养还是不够。实际上昨天我看到那个动物时心里已在思考：这是个什么动物？又是鸡嘴又是龟甲的，昨天我问你的时候，你说：不用看我，我也不知道。新疆这地方连你都不知道的动物几乎没有，所以我敢确定我们所看到的，可能是已经绝迹的史前动物，既然是史前动物，那就得从《山海经》里面去寻找，直到小娴上午在讲动物的叫声时，我才确定这个动物叫旋龟。"

"旋龟？"张晓军有点惊奇，"我只听说过玄龟，是同一个意思吗？"

"不是，"刘捷解释说，"有的书上是解释为旋龟就是玄龟，但实际上不是。《山海经》中描写的旋龟是这样的：其状如龟而鸟首虺尾，其名曰旋龟，其音如判木，佩之不聋，可以为底。而《诗经·鲁颂》中描写的玄龟是这样的：玄龟象齿，大赂南金。我估计现代的人没有看到过已绝迹的旋龟，误以为旋龟就是玄龟。"

"既然是龟，那我就有点搞不懂了，龟应该是以鱼为生的，那我们那些人逃跑时抛下这么多的鱼，它为什么不吃呢？"张晓军有点不解。

"我估计这儿的生态特别好，它们不愁吃的。而且碰到像我们这样的高等生物，就像你自己所说的，逃命都来不及，哪里还顾得上这些吃的。"刘捷回答。

看看大家都已陆续在往回走了，刘捷和张晓军也跟着往回走。张晓军一边走一边说："我们从乌即城的地下通道穿出来以后，所看到的动物除了绝迹的，就是神话中传说的，而在现代生活中根本没有看到过，有一些连听都没有听到过。如果不是你对史前的动物这么熟悉，我估计我们就算看到了这些动物也叫不出它们的名字，更不用说去熟悉了解它们了。"

"也不是我对动物的熟悉，要说对动物的熟悉我还不如你，"刘捷谦虚地说，"你知道我是学历史的，尤其是对上古史比较感兴趣，因此对《山海经》中的一草一木相对于你们来讲是熟悉一些，关键是有一些动物正好对得上。"

"这你太谦虚了，应该和你博学多才有关，"张晓军随后话题一转，"那我们能不能这样认为，这片大草原几千年以来甚至上万年以来一直都是这样亘古不变的，没有受到外来生物的侵扰，也没有人类来占有，所以才保留了史前的这些生物。如果这样的前提成立,那乌即城该怎样解释?你说这儿有可能是玄圃,山的那一边就是乌即城,但乌即城离现在只有两千年的历史,还有那个我们没有到过的崖城,假如是揭盘陀国占领了这两座城池,那离现在还要近,只有一千五百年的历史,我想问的是这片大草原是如何保留下来的?"

"要解释这个问题必须是严谨的,所以我们现在只能说是在探讨,"刘捷回答说,"从看到史前大蜻蜓开始我就在思考这个问题。我们能不能这样看:生物的灭绝是一个漫长的过程,当时的人口肯定没有像现在这样无止境的繁衍,因为它要受天灾人祸的影响,人丁并不兴旺,所以那个时段会不会在这个区域是人与动物共存的一种形态。到了唐朝以后,由于战争不断,这片区域人丁更加稀少,所以导致了这些史前生物占据了上风;又或者由于气候的因数,人们逐渐撤离了这片区域,导致这儿的生物成了这儿的主宰。另外还有一个不可忽略的因素,这你也知道,那就是我们到达这儿非常不易,这说明到达这儿的道路确实非常不便,人迹罕至,再加上揭盘陀国人为制造了泥石流,使这儿更加封闭,那最后的结果就是这儿的动植物更加旺盛。"

"你分析的也有道理,"张晓军思考了一下,又说,"张骞能取道这里,说明这儿当时还是有人气的地方,至少这儿是西面各国通往中原王国的交通要道,不然没有办法解释,总不能说张骞也是误入这里的吧。"

刘捷接着张晓军的话题说:"你说的不错,张骞生活在汉武帝时代,经过文景之治的休养生息,中原的人口也不过只有三千六百万。而这儿的生物和中华大地一样,史前就有,只不过这儿没有受到天灾人祸的袭扰,或者说受到的袭扰很少,所以就保存了下来。而其他地方由于人满为患,已找不到这样一块净土,所以许多生物也就这样莫名其妙的消失在历史的长河中了。"

"这也是个问题,"张晓军也感叹说:"这个地方一旦为人们所熟知,那它的消失也为期不远了"。

"我们也算是杞人忧天吧,"刘捷说完,与张晓军相视一笑。

"我还有一个想法,但还没有成熟,不知道能不能说。"刘捷看着张晓军说。

"当然可以说,你刚才不是说我们之间的讨论是探讨嘛。"张晓军回答。

"我有一个假设。我们得到的那张羊皮图如果标记的没错,那我们这儿应该是乌圌,而乌圌两头各有一座城,东南是崖城,西北是乌即城。汉朝时,张骞从波谜罗川进入帕米尔高原,然后从都广之野(假设是玄圃)到达乌即城;而唐朝时,唐僧从波谜罗川直接到石头城,没有从都广之野走,这是为什么?"刘捷分析到这儿,直接问张晓军。

"为什么?难道汉朝时的古道到唐朝就废掉了?还是唐朝又开辟了一条新路?"张晓军疑惑不解。

"开辟新路是肯定的,但原来的古道为什么废掉呢?一般来说形成的古道不会轻易废掉。"刘捷一边解释一边反问。

"会不会是都广之野里有大鹫、齿虎、蚁虫等这些原因?"张晓军小心解释。

"这是一个原因,但肯定不是主要原因,因为唐僧一行在走波谜罗川的时候也死了不少人,"刘捷看着张晓军说,"因为唐僧在进入帕米尔高原的前几天,帕米尔高原发生了强烈的地震,所以我猜想随着地震有许多地质地貌都发生了改变,包括都广之野。你还记得吗?我们在进入乌即城时的山包上曾眺望,发现乌即城所在的位置就是一个盆地,四周都是山,如果要到山的后面,至少要沿着河道绕行两天的时间才能到达。"

"这我知道,"张晓军回答,"我们商量的时候就说过这话,而且绕道两天指的还是狼。"

"还有我们出通道的时候,发现往西是没有路的,"刘捷继续说,"我们当时还猜测是揭盘陀国把所有的进出通道都封死了,现在来看,我们的猜测也有误,这应该是唐初的那场大地震造成了现在山川的模样,而在大地震之前往西应该有一条路,张骞就是顺着那条路走出去的。"

"照你这么说,那岂不是我们现在朝北再朝西根本就行不通?"张晓军叫了起来。

洗鱼一起回来的人听见张晓军的叫声都惊愕地看着他,还以为发生了什么事情。

刘捷马上跟大家说:"没事,没事,张晓军被惊到了。"

洞穴里面已有烤鱼的香味。

胡骏尽职尽责,烤鱼还没有开吃,就已经在布置工作。要求大家吃完后下午继续捕鱼。有人提出那蜜蜂怎么办?张晓军作了解释。胡骏说:有伤的全部在洞穴内休养。

陈娴忽然举手对胡骏说:"胡导,我对你们这种落后的捕鱼方式有意见。"

胡骏有点莫名其妙,看看陈娴,又看看刘捷。刘捷对胡骏说:"我没有意见,你不用看我。"于是胡骏对陈娴说:"你说,你有什么意见?"

陈娴从沈琳身后拿出一块用树枝编成的像挡板一样的东西,递给胡骏:"你们捕鱼的方式就是靠衣服去兜鱼,兜到几条算几条。这种落后的方式既浪费了精力又浪费了时间,而且我们刘捷还把这件衣服烘干了又穿在身上,弄得身上都是腥臭味,所以我让他坐远一点。"

大家都笑了起来。

"你们不用笑,刚才沈琳用树枝编的东西我认为就非常好,不过她是垫在了屁股底下防潮,我认为我们再多编几块,然后用草绳把边框串起来,形成一个畚箕一样的形状,那样去捕鱼肯定比现在要方便得多。"陈娴侃侃而谈。

"有道理,"张晓军接口说,"可以再长一点,但不用这么密,能漏水即可,那瀑布冲下来的鱼可以全部兜进这个超级畚箕里面。"

"听你这么一说,东西是好东西,就是不知道编这个东西需要多长时间?"胡骏说完看着沈琳。

"如果材料齐全,大概需要两个小时。"沈琳回答。

"这倒可以，"胡骏立即安排了起来，让赵子凡和张小飞帮沈琳砍树枝，需要什么样的、量多少都由沈琳负责，做好以后再拿到现场使用。在没有这个东西之前，大家还是按原来的分工继续工作。

吃完了烤鱼，刘捷又来到了黑水河边，上午围的水潭倒没有被瀑布冲垮。胡骏把杀鱼和洗鱼的事交给了陈娴后，也一起跟了过来。

刘捷对胡骏说："我刚才想了一下，尽管我们在瀑布的下面围了一个水潭，但漏网之鱼还是不少，我的意思是在水潭的下游再用石头筑一道围栏，把这些漏网之鱼也尽可能地捕获。"

胡骏听了眉开眼笑，一拍大腿说："有道理，这既是开源，又是节流。"于是马上吩咐朱万豪和辛勤带两个人在水潭的下游用石头再垒一条屏障，又安排几个人守在屏障之前专捕漏网之鱼。

由于水流湍急，加上河道有五六米宽，就算有两道屏障，还是有少数鱼随着水流逃脱，于是在第二条屏障之外，又筑起了第三条屏障，反正河床上有的是石头。

朱万豪在筑好第三条屏障后往前面的水潭看了看，又朝雪山那边眺望了一下，对张晓军说："我真的搞不懂，雪山那边怎么会有这么多的鱼，它是从哪儿来的？"

张晓军也抬头朝雪山那边望了望，回答说，"我估计雪山那边有个湖泊，这些鱼估计就是从湖泊那边流下来的，鱼要交配、产子也需要长途跋涉。"

随着分工明确，加上三道屏障的保障，捕获的鱼越来越多。刘捷和胡骏商量，能不能先运一部分回去，让洗杀的人先干起来，不然的话，捕获的鱼再多一些，估计整个晚上都来不及烤。

胡骏也同意先运一部分鱼回去，正在安排的时候，赵子凡与沈琳拿着编织好的大号畚箕过来了。刘捷和张晓军一试，非常好用，一次下去捕获的鱼比刚才用衣服兜不知要多了多少倍，两个人还搬不动，需要四个人才能把这些鱼搬到河床上。

沈琳问胡骏是不是还要做，如果还要做的话就让子凡和张小飞再去准备一点材料。

刘捷摇了摇头皮说："按今天捕获的量来计算，这样一个应该可以了。"

但胡骏却不满足，对沈琳说："再做一个，在第二条屏障上再放一个，那漏网之鱼就基本没有了。"

张晓军却打岔说："我的意思是能做多少就做多少，最好每人一个，晚上睡觉铺在地上也蛮实用的。"

刘捷不说话了。

胡骏关照沈琳说："那就能做多少就做多少吧。"

沈琳和赵子凡抬着鱼回去了，由于捕的鱼太多，胡骏又派了王胡子和辛勤一起帮着抬，并让他们通知洗杀的一组先来黑水河边抬鱼。

有了树枝编的畚箕，捕鱼确实方便了许多。一畚箕下去就是十几二十多条，所以不一会就在河床上堆成了小山。幸好抬鱼的人来得及时，才没有形成过度的堆积。

胡骏看着不断堆高的裂腹鱼，终于意识到问题的严重性。因为裂腹鱼也是一种脱水就死的淡水鱼，不马上处理也会造成细菌的繁殖。所以，胡骏让所有的人都停了下来，先把这些鱼赶紧弄到瀑布前去洗杀。于是，人们一窝蜂地把捕获的鱼抬到了瀑布前，放下后又赶到黑水河旁捕鱼。胡骏再从烤鱼的一组抽出几个人来支援洗杀一组，又让烤鱼的一组再增加几堆火，平均下来烤鱼的要一个人管两堆火，气得叶诗意说胡骏如果搞企业肯定是个黑心的老板。

但这样一来效果非常明显，烤好的鱼都堆在沈琳用树枝编织好的垫子上，在太阳将要下山的时候，已经有了十几堆。而后面洗杀的鱼还在源源不断送进洞穴。

胡骏像督工，不断的叮嘱洗杀鱼的人一定要在天黑之前洗完，而烤鱼的人不断加快烤鱼的进度，以至于洞穴内能点起火堆的地方都升起了火。

胡骏看着眼前十几堆烤熟的鱼，脸上洋溢着喜悦，对付两天肯定没有问题，全部烤好说不定还可以对付个三五天。有了这三五天的时间走出这无人区应该不成问题了吧。

　　张晓军过来与胡骏商量。这么多的火堆烤出来的鱼吃也吃不了，带也带不走，还是少烤一点，以人们能带走的为限。而且火的热量已迫使人们不得不走出洞外，这样会带来危险。胡骏同意了，并减少了几个火堆，让所有的人必须进入洞穴，以防不测。

　　刘捷还出了个主意，反正人们的外套现在都已丢在一边，还不如把烤好的鱼用外套包起来，露天放着不卫生，而且明天也好带着走。胡骏也同意了。

　　于是胡骏立即布置大家把烤好的鱼包入外套里面，能包多少就包多少，每人必须有一包，后几天的食粮全都在这儿了。

　　王胡子有点不乐意了，他对胡骏说："这么大一个草原，到哪儿不能找到吃的？还用得着这么大一个背包，不要到时候人不是饿死的，却是给这个背包压死的。"

　　胡骏忙了这么半天却给来了这么一句，也有点不开心了："我已经动足脑筋给你们搞吃的，你们不愿意我也没有办法。如果你们想把烤鱼带走就带，不愿意带我也不会强迫，不过丑话说在前面，没有吃的你们自己想办法。"

　　"王胡子，你是怎么说话的，胡导这么做也是为我们好，"老金赶忙出来打圆场，他用手拍了拍王胡子的肩膀，让他坐下，然后又对胡骏说，"胡导，你不要和他一般见识，他年纪轻，火气旺，有时候说话就是把不住嘴。"

　　王胡子看了老金一眼，坐下不说话了。既然王胡子不说了，胡骏也没有必要再盯着他，所以也不说了。刘捷倒是想说几句，但又忍住没说。

　　刘捷看了看打包后剩下的鱼确实还有很多，估计再吃两顿也吃不完，所以就对胡骏建议说："我看烤的也差不多了，估计再多也带不走。"

　　胡骏看了看所剩不多还没有烤的鱼，就对刘捷说："还是全部烤完吧，争取全部带走，这些鱼至少可以多维持一天。"

"但没有办法拿啊，"刘捷还想再说，忽然眼角瞟到有一个东西飞进洞穴，停在洞穴的阴影处。

"有东西进来了，"张晓军也已经看到了，但吃不准是什么动物，但有一点可以吃得准，那就是这个动物会飞，是飞进洞穴内的。

许多人都在东张西望，但由于这个动物躲在黑暗处，人们一时无法找到它的位置。就在人们纷纷开始寻找它的时候，那个动物忽然从黑暗中飞了出来，一下扑到堆在一旁的烤鱼堆上，叼起一条烤鱼又飞回到洞穴角落的黑暗处。这一下许多人都看到了。

"像一只老鼠。"有人叫了起来。

"肯定不是老鼠，老鼠怎么会飞呢？"有人说。

"翅膀好像是紫色的，有四个脚，"又有人说。

胡骏看着张晓军，希望张晓军能告知是一种什么动物。张晓军却看着刘捷。

刘捷想了想说："我估计是鸵鼠，也是老鼠的一种，确实会飞。此动物在现实生活中早已绝迹，只有在《山海经》中有记载，我不知道为什么会在这儿出现，看来这个大草原比我们想的还要原始。"

"它会咬人吗？"有人开始担心。

"咬人估计不会，因为《山海经》中没有记载，"刘捷回答说，"但我们不能掉以轻心。"

刘捷的话音未落，又一只鸵鼠飞了进来。这一只却是毫不客气，直接叼了一条烤鱼就在边上吃了起来。

这一次大家都看清了，整个身子和平时看到的家鼠差不多，颜色灰灰的，唯一的区别就是比家鼠多了两个紫色的翅膀。鸵鼠吃鱼的本领非常强悍，一点也不输人类，只一会的工夫，一条鱼就下了肚子。接着又拖来第二条烤鱼，看它的吃相根本不顾及旁边有这么多人看着。

大家都看向刘捷，用眼光征询刘捷怎么办。

刘捷对胡骏说:"不能让鸵鼠这样肆无忌惮,说不定等一会还有大批的鸵鼠会跟进来。"

胡骏有点着急了,赶忙问:"那怎么办?"面对这种从来没有看见过的动物他是一点办法都没有。

"我估计是烤鱼的香味吸引了它们,唯一的办法就是把这香味隔绝。"刘捷说。

"香味怎么隔绝?"张晓军问刘捷,随后又一挥手说,"不管啦,你怎么说我们就怎么做。"

"我们不是在洞口垒有石墙吗?我们就在石墙上燃起火堆,不是在石墙外面,而是在石墙上面,看能不能阻止洞内的香气朝外蔓延,"刘捷建议说,"最好它们对火还有所敬畏那就更好了。"

朱万豪和张小飞立即把靠近洞口的火堆移到了石墙上,胡骏和刘捷也帮着一起在石墙上燃起了火堆。不一会儿三四米宽的洞口就燃起了五个火堆。

张晓军对大家说:"把这两只偷吃的家伙也赶出去。"

于是大家一起向两只飞进来的鸵鼠发起攻击。由于洞口燃起了火堆,这两只鸵鼠不敢往洞口飞,只能往洞内的阴影处躲藏,所以没有多久就被人用木桩打了下来。

第三十七章　太阳部落与蒲犁国

辛勤正想再补一桩，把一只已砸晕的鸵鼠砸死，老金赶紧阻止他，"砸晕就可以了，没必要砸的稀巴烂。"辛勤看看张晓军，张晓军没有表态。刘捷却对辛勤说："既然老金说了，那就交给老金处理吧。"

老金从包里拿出一卷塑料带将整个鸵鼠包了个严严实实，连四个脚和翅膀都包在里面，只留下一只头在外面。刘捷看他的动作像行云流水，没有一点拖泥带水，并惊奇他为什么会随身带着塑料带，就像是有备而来。

张晓军并不去管他包得怎么样，只是追着刘捷问："《山海经》中对鸵鼠是怎样描写的？"

刘捷解释说："《山海经》中描写的鸵鼠一共只有三四十个字：棠乔之山，有兽焉，其状鼠身而紫翼，名曰鸵鼠。其性孱弱，遇敌以翼掩首。见则其地多有羹食。"刘捷说完又补了一句，"所以我们这儿有烤鱼，它就来了。"

"原来我不太重视《山海经》，因为它里面的怪物在现实世界中一个都找不到，有一些还完全脱离了现实世界，譬如像九尾狐，这些都是神话世界里面才有的东西，"张晓军对刘捷说，"现在看来是我错了。"

刘捷笑了笑说："这不是你一个人的问题，许多人都把它当神怪传说来看待，认为它所述的内容荒诞离奇，就连司马迁对待《山海经》的态度也是'余不敢言'，只有东汉的史学家赵晔写有《吴越春秋》一书，里面对于《山海经》有着客观的评价，'禹巡行四渎，与益、夔共谋，行到名山大泽，招其神而问之：山川脉理金玉所有鸟兽昆虫之类，及八方之民族，殊国异域土地里数。使益疏而记之，命曰《山海经》'。当然，由于时间久远，对于《山海经》来源的传说也有许多版本。但现在的史学界已经对它另眼相看，把它与《黄帝内经》《易经》并称为上古的三大奇书。"

"照你这么说，《山海经》还是大禹治水巡行后留下的东西，回去后倒要好好去研读一下。"张晓军羡慕地说。

"也不完全是大禹治水时留下的版本，《山海经》的来源有许多版本，现在学术界还在争论。"刘捷回答。

胡骏走了过来，他对刘捷说："共点了五堆火，我已安排了人，让他们轮流添加树枝，幸好在天黑前我让人捡了很多树枝放在洞穴内，不然还真不够烧的。"

"不过这种方式只能解决一时，"刘捷对胡骏说，"如果火势稍许小一点，这种鸵鼠马上就会飞进来。但火太大了也不行，空气稀薄，毕竟我们人还在洞内。"

胡骏拍了拍刘捷的肩膀说："请大教授放心，洞内的火堆我已让他们全灭了，而且不能留有火星。洞口的五堆火就维持现状，只要不让那些鸵鼠来骚扰我们就行。今晚我们要好好休息一晚，明天向波谜罗川出发。"

刘捷笑了笑，没有作解释。

张晓军想说，但没有说出口。

洞口燃起了五堆火以后，再也没有鸵鼠飞进来。此时天已完全黑了，大草原上空的星星已清晰可见。

人们吃了一点烤鱼，果然如叶诗意所说，许多人已没有了胃口，稍许吃了一点就算打发了。尽管胡骏再三让大家多吃一点，因为烤好的鱼还有很多，但收效并不大。

由于刚入夜,大家没有一点睡意,许多人都吵着要胡导讲故事。胡骏说:有刘教授在,我怎么敢讲呢?你们还是请他讲。刘捷也推托说:讲故事我不在行,这胡导应该是强项。

俩人正在相互推托之际,叶诗意对刘捷说:"老师,我有一个问题。张骞能走到这儿,应该是为了躲避匈奴人的追捕。按理说他是选择了一条不为人知的路线,而且是人烟稀少的路线,这样说不知是不是对?"

刘捷不知道叶诗意要问什么,只是机械地回答:"对,但也不对。躲避匈奴人的追捕是对的,但选择一条不为人知的路线好像不可能,也没有必要,因为这条线路上当时全部有蒲犁国的人占据着。"

"对,问题就在这儿,我好像听你说起过,这儿当时有一个蒲犁国,是从陕西迁过来的,也是我们汉族人的一个部落,"叶诗意接着刘捷的话说,"张骞是为了躲避匈奴人的追捕才翻越帕米尔,那到了蒲犁国的地盘,蒲犁国应该给他援助呀,怎么史书上一点记载都没有,反而到了最后还是给匈奴人抓住了。"

"这个说来话长,蒲犁国是汉族人不假,而且我猜测当时蒲犁国应该在石头城的位置,这儿虽然属于蒲犁国管辖,但已是边远地区,我们现在已明确知道当时张骞走的不是石头城,而是眼前的这条道,沿乌即城到莎车。至于蒲犁国有没有帮了张骞的忙,史书上没有记载,但至少没有为难张骞,说到张骞被抓那是在穿越莎车、于阗、楼兰后到达河西走廊时的事情,与蒲犁国应该无关。"刘捷感慨。

"那张骞既然与蒲犁国无关,那么他在经过这儿时与太阳部落的后裔有没有关联?"何晓晓问。

"应该有关联,但实际上与太阳部落有关联就是与蒲犁国有关联,"刘捷解释说,"现在已经有迹象表明,太阳部落并入了蒲犁国。"

"我们知道蒲犁国是从中原一带的蒲地迁过来的,那这个太阳部落又是从哪儿迁过来的呢?"叶诗意也问。

"你问的问题很刁钻呢,现在史学家还没有定论的东西却来问我。"刘捷指了指叶诗意,后者却做了个怪脸。

刘捷想了想说:"正史里面没有,神话传说里面却有。如果你们愿意听,我就把我个人的观点说给你们听,但事先声明,那只代表我个人的观点。我这个观点即与你们看到的棉帛有关,也与帕米尔高原有关,更与蒲犁国有关。"

陈娴插话说:"这儿不是上课,你要讲通俗易懂的。"

刘捷说:"那当然,我讲的是历史,并不是神话。"刘捷开始娓娓道来。

故事要从乌即城讲起,我们在乌即城的洞窟里面看到了帝俊的画像,手执一根饕餮的拐杖,拐杖旁挂着一把红色的弓和一袋白色的箭。帝俊在与炎黄逐鹿中原失败后退出了中原和东部,但却占据了西部,以图有朝一日能够重返中原。我在介绍帝俊的时候讲过:帝俊有一个妻子叫羲和。这帝俊和羲和共生了十个儿子,《山海经》中也有记载:"羲和者,帝俊之妻,生十日"。因为帝俊是神农氏,所以生的儿子就以"日"来统称,生的女儿就以月来统称,与我们在戈壁滩上看到的拜火教是同一个原理。但拜火教是不是帝俊所创建,没有考证我不敢乱说。后经过三四百年的繁衍,到了尧做帝王的时候,帝俊的十个儿子已经发展成十个部落。《淮南子》中有记载:"逮至尧之时,十日并出,焦禾稼,杀草木,而民无所食"。所以看到这段文字的我们都以为这十日就是指十个太阳,但如果从另一个角度去理解,是不是可以指十个部落?!而此时的中原正好是尧的哥哥挚执政的时候,政权动荡,《淮南子》也有记载:"猰貐、凿齿、九婴、大风、封豨、修蛇皆为民害,"于是这十个太阳部落趁机从西部杀向中原。尧这时候是被封在唐地,是个部落的首领,还不是天子,看到太阳部落攻打过来的时候,就联络了羿等一些部落一起对抗。羿就是后羿射日的那个羿,但那时不叫后羿,就叫羿,他的妻子是嫦娥,是月亮部落出来的。还记得帝俊曾有三个妻子,一个是刚才讲的羲和,还有两个,一个是娥皇,一个是常羲,帝俊与常羲生了十二个女儿，形成了十二个月亮部落。嫦娥奔月就是从后羿射日以后衍生出来的，我们今天不细说。按理说尧是黄帝的子孙，而月亮部落和羿部落原来都属于帝俊部落联盟的成员，但为了利益，部落之间分分合合也是常事，就像国家一样。由于羿部落善射，在逐鹿中原的时候帝俊就已经将自己的弓和箭赠予了羿部落的首领，也就是我们在洞窟里看到的红色的弓和白色的箭。由于尧对羿有所承诺，所以羿就率领部落开始攻打十个太阳部落。同样是《淮南子》记载："尧乃使羿诛凿齿于畴华之野，杀九婴于凶水，缴大风于青丘之泽，上射十日而下杀猰貐，断修蛇于洞庭禽封狶于桑林，万民皆喜，置尧以为天子"。畴华之野是指南方的荒野，凶水是指北方的河，青丘之泽是指东方的沼泽，十日来自西方，中国的称呼是左上右下，对于中国的地形来说，左是西，右是东。上射十日，就是向西追杀十日，实际上最后是射杀了九日，元代吴昌龄的杂剧《张天师断风花雪月》中有记载："想当初尧王时有十个日头，被后羿在昆仑山顶上，射落九乌，止留的你一个"。所以可以想象羿部落一直追杀到昆仑山的顶上，那不就是现在的帕米尔高原吗？还有一个太阳部落躲进了帕米尔高原的深处，没有被剿灭，所以羿只追杀了九个太阳部落。

"那也太离奇了，你的意思是十个太阳部落里面有一个部落躲进了帕米尔高原里面，羿没有找到。而不是羿射落了九个太阳，留一个还在天上运转。"张晓军有点不解，插话说。这刘教授说的也太玄乎了吧，而张晓军自己对上古史没有涉猎，根本无法提出问题。

"你们不要打岔，那羿的结局会怎样呢？"张小飞听得津津有味，开口问道。

"等羿取得胜利以后，尧做了天子，羿被封在了商丘。"刘捷回答。

朱万豪说："羿这么能打，为什么不自己做天子呢？"

"做天子也是有条件的，"叶诗意回答，"老师讲过，当时帝俊的部落联盟被黄帝追逐于四面八方，羿的部落也肯定在中原的外围，这一次帮尧打下了江山，把他封在中原，已经算是很大的进步。"

"小叶说的对，我刚才不是引用了《淮南子》的说法：万民皆喜，置尧以为天子。说明老百姓拥护的是尧，更何况前一任天子是尧的兄长挚，再前一任天子是尧的父亲帝喾，所以尧接班成为天子也是顺理成章的事，"刘捷接着说，"羿虽然帮助尧取得了天下，但从仁义的角度来讲是欠缺的，所以也是众叛亲离，他的妻子嫦娥说是偷吃了仙丹去了月宫，实际上是离开了羿。帝俊更不用说了，大发雷霆，不准羿再回天宫，实际上是发誓要报仇。最后羿死在自己的徒弟逄蒙手中，这在《孟子》和《淮南子》中均有记载。不过羿部落被封在中原也有好处，到了夏朝的时候，启的儿子相即位，后羿，即羿的后人射杀了相，夺得了天子位，但没有多久就被他的亲信寒浞取而代之，这在《史记》和其他史书上都有记载，即太康失国或后羿代夏。"

"那最后一个太阳部落就来到了我们现在的地方？"叶诗意问。

"对啊，我们不是在这儿发现了太阳部落的玺印吗。"胡骏抢着回答。

"我也没想到羿射九日竟然是九个部落，"刘捷感慨道，"把史书上的点滴记载与我们这一次的发现结合起来还是有一点蛛丝马迹可寻的。如胡导讲的公主堡的汉日天种的故事，那个骑着金马从太阳中来的王子是不是与我们今天发现的那个太阳部落有关？我们不得而知；还有我们在戈壁滩上遇到的拜火教遗址，会不会也与这个失踪的最后一个太阳部落有关联？因为他们至少崇拜太阳。"

"你这么一说让我忽然想到会不会有这么一种可能，"胡骏想象力也非常丰富，他插话说，"羿在攻打九个太阳部落后，失散的太阳部落后裔会不会穿过帕米尔高原，去了中亚，然后把崇拜太阳也带到了中亚，与当地土族的崇拜相结合，形成了崇拜火、光明和太阳。后世当中亚的这些土族重返帕米尔高原时，将崇拜火、光明和太阳也带了回来，也就形成了拜火教。"说完后胡骏又解释说，"我是乱猜的，没有依据，关键要听我们大教授的。"

"我也没有什么深奥的推理，"刘捷对大家说，"我们今天看到的太阳部落的遗迹我猜想应该是最后一个躲进帕米尔高原的太阳部落，他们躲过了羿的追杀，在西部生活了三四百年，后来碰到了从蒲地迁来此处的番禺族人，都属于帝俊的后人，所以联合起来建立了蒲犁国，而到了汉朝蒲犁国就成了西域三十六国之一。"

刘捷说着转头问胡骏，"胡导，我记得你在宾馆里介绍公主堡的时候说起周文王的祖父太王亶父曾嫁女于春山之虱的故事。"

"对呀，怎么啦？"胡骏问。

"你知道这太王亶父是谁的后代吗？"刘捷又问。

"谁的后代？"胡骏有点不解。

"我知道，"叶诗意举手说，"是后稷的后代。"

"后稷不就是那个农神吗？"张晓军说。

"对，五谷之神。我们现在吃的这五谷就来自这位祖先，"刘捷接口说，"《山海经》记载：帝俊生后稷。那后稷就是帝俊的后代。我以前为什么说帝俊是神农氏？因为他的儿子是五谷之神，那他不是神农氏又谁是神农氏？"

"听你这么一说周朝的那些王应该都是帝俊的后代？"张晓军问。

"那太王亶父嫁女于春山之虱还有什么问题吗？"刘捷没有直接回答张晓军的提问，而是反问大家。

"你是说周王室与那最后一个太阳部落本是一个大家族，联姻很正常，"张晓军自己恍然大悟，"怪不得周王室要把女儿嫁得这么远。"

"估计周穆王的远游不仅是为了西王母，可能与这个部落也有关联吧，"叶诗意说到这儿，想了想又说，"老师，为什么史书上一点痕迹都没有呢？"

"因为当时只是一个部落，而且被羿追得到处躲藏，所以没有人知晓，更何况这个部落也不想让人知晓，"刘捷回答说，"加上当时羿部落的一系列动荡，如嫦娥奔月、逢蒙杀羿等，羿部落已没有精力再追杀最后一个太阳部落，所以这个部落就在帕米尔高原上生存了下来。同样，羿由于有这样的战功，所以就成了人们心目中的英雄，代代相传。当然传到最后也就变成了我们所知晓的'后羿射日'的神话，"刘捷接着又说，"这样又过了一千多年，一直到战国时期，我刚才讲了，帝俊后裔的另一支部落，即番禺部落从山西的蒲地迁入新疆的东部，后又迁入葱岭，即帕米尔高原，与当地的这一支太阳部落联合，成立了蒲犁国。为什么说番禺也是帝俊的后裔呢？《山海经》中也有记载：帝俊生禺号，禺号生摇梁，摇梁生番禺。为什么说是两个部落的联合？你从国名就可以看出，蒲就是说番禺的后代是从蒲这个地方迁过来的，而蒲犁又是和帕米尔或波密尔的读音相近，波密在当地有祖先的意思，可以解释成他们是一个共同的祖先，所以叫蒲犁国。"刘捷说完想看看大家有什么反应，谁知大家都呆呆地看着他，也不知道听进去了没有。

张晓军心想：能把这么多乱七八糟的东西穿在一起，还能理出个头绪，估计刘捷是第一人。

刘捷继续说："蒲犁国的王城就是我们看到的塔什库尔干的石头城，石头城旁有一片牧场，那就是现在的金草滩。石头城所处的位置正好是疏勒、莎车、于阗通往大月氏国的必经之地。所以也是两汉时期西域的三十六国之一，《汉书·西域传》云：蒲犁国，王治蒲犁谷，去长安九千五百五十里，户六百五十，口五千，胜兵二千人。这就是最后一个太阳部落的归宿，和张骞被抓没有一点关系，当然史学中也没有看到张骞与蒲犁国有关联的东西。"

"张骞走了我们现在的这条道，肯定没有去蒲犁国的王城拜访，只是匆匆而过，但这儿既然是太阳部落的所在地，那肯定会遇到他们呀。"胡骏插话说。

"遇到或没有遇到我不敢说，因为没有依据，我猜想蒲犁国建国后，原来居住在这个峡谷内的最后一个太阳部落也迁到了石头城，而张骞并不知道，"刘捷算是回答了胡骏的提问，"现在的种种迹象表明张骞肯定没有走蒲阳峡谷，而是冲着太阳部落走了我们现在的这一条道，这才把竹简留在了这条道上。至于为什么会走这条道，无外乎两个原因：一是这也是一条古道，以前从葱岭翻越后必须走都广之野才能到达乌即城，再从乌即城到喀什；二是有意不走蒲犁谷那条道，因为不知道番禺部落的后代已经占据了石头城，可能还以为石头城为外族占领，如东汉时，盘踞在今印度、巴基斯坦一带的贵霜王朝曾入侵蒲犁国，被西域都护班超击退。"

"你的意思是说张骞归来的时候误认为石头城为外族占领，所以不敢走？"胡骏问。

"我只是设想有这种可能。"刘捷回答。

叶诗意插话问刘捷："老师，会不会还有一个原因，那就是丝绸之路是从张骞开始的，张骞之前并没有什么丝绸之路的存在，所以那时翻越葱岭并没有路，也就是说张骞走入这个区域也很正常。"

"也不能这么解释，"刘捷说，"丝绸之路的名称是没有，因为那是后世为物品的交换而归纳的名字，但路是存在的，不过走的人少一些而已。张骞之后，走的人就开始多了。"

叶诗意想了想，说："我可不可以这样认为蒲犁国建都石头城，张骞回来的时候没有走石头城的所在地蒲犁谷，是因为不知道番禺部落已经联手太阳部落占领了石头城，还猜想石头城此时可能有外族占领，于是张骞绕道这儿，这儿原先也是一条古道，而且还有太阳部落的存在，再通过我们来的路线，绕过白沙湖，再去了喀什？"

"还不完全是我们来的路线，有一段应该是老金、王胡子他们走的路线。"刘捷说着看了看老金和王胡子。

大家都把眼光看向了老金和王胡子:对呀,自己被狼群追进了死亡谷,而这两个人是走了另外一条路。张骞不可能走死亡谷。

老金和王胡子当作没有听见,低着头不说话。

胡骏忽然跳了起来对刘捷说:"你的意思是我们现在走的这条道不是古丝绸之路?"

"不能这么笼统讲,路肯定是路,但不是翻越葱岭的主要道路,"刘捷回答,"我估计至少一千五百年之前或两千年之前这儿也算是丝绸之路的一条通道,但后来发生了变化,这儿的地质地貌被大自然给予了改变,造成这儿变成了与世隔绝的野生动物的世外桃源。"

"这儿是与世隔绝的?"胡骏有点想不通,他再问刘捷,"按你的说法,乌即城那个地下通道是唯一与这片大草原连接的通道?"

"我猜想是这样,如果我是乌即城的主人,我不想让其他部落知道我的存在,那我会怎么做?"刘捷回答说,"我肯定会尽我所能把所有的进出通道全都封死,那这个地方才会为我所拥有,当然,这里最重要的还是天灾的因素,通过地震等方式使这儿真正成了世外桃源。"

听了刘捷的解释,叶诗意眼睛开始逐渐发亮:"老师,你的意思是说,这是大自然、包括人为的因素,无意中为我们留下的一块接近原始的净土?"

"原始的净土我不敢说,"刘捷苦笑了一下,"但我们说不定能从其中找到一些史前文明的痕迹,但张骞不知道,走了这一条已经没有人迹的路,结果遇到了大鹫、齿虎、蚁虫等动物,当然最后还是逃离了。"

人们都不说话了,但都齐刷刷把眼睛望向洞穴外的大草原,尽管外面什么都看不清。

第三十八章 巨型蚂蚁

洞穴外的星星似乎格外明亮，但火光外的草原却是漆黑一片。叶诗意感觉在这样的环境中讨论人类的过去好像特别容易让人浮想联翩，所以话也特别多。

"羿射九日可以理解为羿部落与太阳部落的战争，那夸父逐日呢？难道也是夸父部落追逐太阳部落而发动的战争？"叶诗意问刘捷。

刘捷还没有回答，胡骏却抢着说："按刘教授的说法，我们是不是可以这样理解，受尧帝的命令，夸父部落也和羿部落一样追逐着太阳部落，追过黄河；追过渭河；追过大泽，但最终却被太阳部落打败了。"

刘捷笑了笑，说："胡导说得不错，夸父确实是个部落，《中国神话研究 ABC》中有记载：盖夸父乃古巨人族名。而且是炎帝部落联盟中的一个主要部落，在炎帝与黄帝逐鹿中原的阪泉之战时被黄帝打败，《山海经》中大荒北经曾有记载：应龙已杀蚩尤，又杀夸父。应龙是谁？他是黄帝麾下第一大将，是他在涿鹿之战中杀了蚩尤，又在阪泉之战中杀了夸父族的首领。后炎帝部落联盟和黄帝部落联盟逐渐融合，夸父族也逐渐融合进了黄帝部落联盟，到了尧的父亲帝喾和尧的兄长挚做天子的时候，夸父部落已完全是黄帝部落联盟的一个成员。所以到了尧帝的时候，尧命令夸父追杀太阳部落也在情理之中了。"

"哦，我们的炎黄子孙就是这么来的，我们是一个大家庭，不全都是炎黄的嫡系子孙。"张晓军恍然大悟地说。

"炎黄是一个大家庭，融合进了许多其他部落，这没错，但就夸父来说却是错的，"刘捷接过张晓军的话，继续说，"夸父族其实最早是炎帝的后裔，《山海经》中的海内经中有记载：炎帝之妻、赤水之子听𽀖生炎居，炎居生节并，节并生戏器，戏器生祝融，祝融降处于江水，生共工，共工生术器，术器首方颠，是复土壤，以处江水。共工生后土，后土生噎鸣，噎鸣生岁十有二。同样是《山海经》，在大荒北经中又记载了：后土生信，信生夸父。"

张晓军有点疑惑不解："共工我们知道，就是那个怒而触不周之山的共工，你的意思是《山海经》里面明确记载了共工生了二个儿子，一个是术器，一个是后土；后土也生了二个儿子，一个是噎鸣，一个是信，然后才有了夸父？"

刘捷回答："对呀，可以这么理解，因为这确实是《山海经》中明确记载的，其他书籍中却找不到，"刘捷接着说，"炎黄两个部落的融合也不是一蹴而就，而是一个反复融合的过程。刚才张晓军也说了，夸父的曾祖父共工为了与黄帝的后裔颛顼争夺天子的帝位而发动战争，失败后怒触不周之山，而不周山就在我们现在帕米尔高原的昆仑山之中，至于是哪一座山还有待于考证。"

"老师，这一段历史我知道，"叶诗意插话说，"《淮南子》中有记载：昔者共工与颛顼争为帝，怒而触不周之山，天柱折、地维绝，天倾西北，故日月星辰移焉；地不满东南，故水潦尘埃归焉，"叶诗意背完后又问，"老师，共工这一怒真的有这么厉害吗？"

"你看，这种天柱折，地维绝，天倾西北，地不满东南，是什么原因才能造成的？"刘捷反问叶诗意。

"不会是原子弹之类的吧，"叶诗意看着刘捷，有点吞吞吐吐，"要不，也是地震？"

"从我们现有的思维来看，我也只能猜测是地震，而且是一个大级别的地震，"刘捷看了叶诗意一眼，又说，"共工打不过颛顼，逃进了帕米尔高原，而正在此时，帕米尔发生了强烈的地震，原有的山川都变了样，所以看到了日月星辰都从东边升起，看到了黄河的水带着泥土向东奔向大海。"

张晓军听了有点疑惑不解："发生地震有纪录吗？"

"猜的，"刘捷和叶诗意一起回答，刘捷又补充说，"那时候哪来的纪录，不过从这些迹象看来与地震非常相像。而且也由此可以看出，帕米尔高原是一个多地震的地方。"

胡骏看着刘捷和叶诗意笑了起来，对张晓军说："看来学历史的都有相通之处。"

"或者还有一个可能，共工怒触不周之山会不会是让帕米尔高原上的湖水决堤，"刘捷顺着自己的思路猜测道，"如流沙湖决堤，毕竟有六千多平方公里的湖水一下子往下涌，谁能挡得住，加上帕米尔高原上这些松散的泥石，以及一些意想不到的连锁反应，不亚于一场大的地震。"

"这倒有些意思，"胡骏点点头，笑着说，"也只有我们刘教授敢这么大胆猜测。"

"也不尽然，"刘捷没有理会胡骏的笑，"共工怒触不周山之后，颛顼惩罚共工的后人整理被洪水冲垮的土地，以共工的儿子后土牵头，意思是这是你的父亲所造成的，你有责任修复它，父债子还嘛，同时这也更加证实了传说的真实性。但颛顼的这一决策同样也造就了后土，我们经常说的一句话：皇天后土。皇天是指上天或上帝，这后土就是共工的儿子，因为在农耕社会，土地至上，由于后土带领氏族部落整理了许多可提供耕种的土地，所以被后人尊为土地神，有许多地方还建庙祭祀。"

"老师，我有异议，"何晓晓忽然插话说，"后土不是共工的儿子，应该是共工的女儿，我去过山西的一个后土庙，中间的坐像就是后天圣母。"

"你说的也没错,这和我们道教的神话体系有关,"刘捷朝何晓晓笑了笑,"道教讲究的是阴阳,皇皇帝天,皇皇后土,天是阳,地是阴;那么帝是阳,后就是阴,所以后土在神话传说中就变成了大地母亲。"

"讲了这么多,都是夸父祖先的事,那夸父本人呢?他是怎样追赶太阳部落的?"胡骏有点忍不住了,问刘捷。

刘捷看看胡骏笑着说:"不要急,夸父的来历总要讲清楚。夸父逐日最完整的是《山海经》中的海外北经:夸父与日逐走,入日,渴欲得饮,饮于河渭,河渭不足,北饮大泽,未至,道渴而死,弃其杖,化为邓林。从这段话的意思中可以看出:与日逐走,实际上并非与日赛跑,而是追赶,一直追赶到太阳落下的地方,也就是西方,这就与羿射九日的地方相接近了,可惜是道渴而死。同样是《山海经》,在大荒北经中还有一句话:夸父不量力,欲追日景,逮之于禺谷。这句话的意思是夸父自不量力,想通过太阳部落留下的痕迹进行追逐,结果渴死在禺谷。禺谷是什么地方?就是太阳落山的地方,指西部,也有可能指番禺部落所在的地方。夸父部落在这场战争中是陨落了,但这说明了一点:与太阳部落对抗的不仅仅是羿部落、夸父部落,可能还有其他许许多多不为我们所知的部落。"

张晓军开玩笑地笑笑对胡骏说:"听你讲和听刘教授讲的感受完全不一样,你讲的好像没有真实感,有点像戏说。而刘教授讲的就好像还原了历史,有根有据。"

"人家是教授,我只是个小小的导游,这能比吗?"胡骏有点委屈地说,"不过,有一点可以说明,不管是夸父也好,还是后羿也好,包括太阳部落,他们活动的区域都指向我们现在所待的地方:帕米尔高原。刘教授,会不会帕米尔高原也是上古时期人类活动的一个中心?"

"是不是中心我不敢说,"刘捷向胡骏摇了摇手,"南方到了汉唐时期还属于流放和贬官的去处,所以上古时期肯定不是中心,中原就不用说了,肯定是中心的中心,因为涿鹿之战、阪泉之战都在中原。当时唯一的伊甸园就是西部，如果有世纪大洪水，那帕米尔高原就是挪亚方舟，因为地势比较高，是人们趋之若鹜的地方。"

听了刘捷的讲述，许多人都说不上一个所以然来。原因是大家都不熟悉中国的上古史，所知道的也不过是一些神话传说，如后羿射日、夸父逐日等，现在让刘捷通过讲述演变成了部落之间的战争，或者说太阳部落对尧所在的王国发动了战争，尧指挥羿、夸父等部落进行了反击。这样的解释虽然更贴近人们的生活，但却把后羿、夸父、唐尧从神台上拉了下来，人们一下子还接受不了。

叶诗意问刘捷："老师，我还有一个问题，你刚才讲到的番禺部落从陕西迁过来以后，就活动在帕米尔高原这个区域，那蒲犁国一共存在了多少年？"

刘捷回答："如果从战国算起，那一直可以算到东汉，确切的年份没有，大约存在了五六百年；三国、魏晋时期属于疏勒国；而南北朝、隋唐时期又属于揭盘陀国；当然，这只是作为一个国家算起，如果从亶父嫁女算起，那就是商朝的晚期。"

叶诗意听了后却阐述了自己的看法："是不是可以这样认为，我们现在所掌握的这个区域的历史，基本上是从班超、法显、唐僧等人的记载中所承接的。"

"可以这样说，"刘捷回答，"但也不完全是这样，有一些是从《史记》《后汉书》里面参照的。但有一点是可以说明的，当中原王朝对西部的控制减弱时，帕米尔高原西部的一些民族就会乘虚而入，占领这片区域。我们过来的时候发现贵霜王朝的佉卢文就是最好的例证。但当中原王朝强大时，西部，尤其是帕米尔高原这一块就与中原有着千丝万缕的联系。"

胡骏打了一个哈欠，笑着对叶诗意说："你的问题也太多了一点，你不想休息，刘教授还要休息呢。"

叶诗意白了胡骏一眼，说："你管得还真宽。"

刘捷劝解说："胡导说的还是有道理的，明天还有更重要的任务，今天还是得抓紧休息"。

叶诗意这才不说话了。

张晓军和张小飞把赵子凡和沈琳替换了下来。

赵子凡看了看手表，对张晓军说："时间还没到了，至少还有半个小时。"

张晓军回答："反正也睡不着，你们去休息吧，我和小飞没事在洞口随便聊聊，两个小时以后王胡子和小虞会来替我们，是他们的班。"

于是赵子凡也不客气，与沈琳在刘捷和陈娴旁边找了一个位置坐下，开始休息。

夜已渐渐地深了。只有被火燃烧的树枝还有点不甘寂寞，发出"噼啪噼啪"的声响。

刘捷确实已经很疲惫，所以经胡骏这么一说，就与陈娴背靠背休息了，而陈娴将背包移到了胸前。

刘捷没有多少时间就进入了梦乡。而且还做了一个梦，梦见自己在参加太阳部落的祭祀活动。只见人们在印着太阳的那个棉帛下做着祷告，刘捷潜意识当中感觉自己是外来的，所以跪在了最后。在做祷告时，刘捷忽然发现前面排列的棉帛不是一个，而是有十个，而且每个棉帛还各不相同。不同点不是在颜色和圆圈的大小上，而是在圆圈的下面的波纹，有一根至十根波纹不等。刘捷想看看圆圈下面还有没有十一根波纹的？但风始终和刘捷作对，不断变换棉帛的方向，就是不让刘捷看清楚。刘捷心想：既然不想让我看清楚，那就等祷告结束后，找那个跪在祭坛上的首领问问这些波纹到底是什么意思。就在刘捷胡思乱想的时候，原来晴朗的天一下子变得乌云密布，而且还刮起了大风，不但将这些棉帛刮得不知去向，就连做祷告的人也不见了踪影。而那乌云就盘旋在刘捷的头顶上，像一个夸父的人形，右手拿着青蛇，左手拿着黄蛇，朝刘捷追了过来。刘捷吓坏了，赶紧往有城池的方向跑，但任凭刘捷怎么跑都跑不快，低头一看，原来是在沙漠上跑，而且这些沙子还是流动的，脚踩在沙子上不断地打滑，眼看那夸父的人形越来越近，后面好像还跟着两个人，一个拿着弓箭，一个拿着一把斧子，拿斧子的人还没有头，刘捷一紧张却惊醒了。

刘捷摸了摸额头，好像还出了点汗。刘捷这才长长地出了口气：幸好是一个梦。

洞穴外的天空还是那么的黑，只有洞口石堆上燃烧的那五堆火的火苗在不停地跳跃着。刘捷的目光随着那跳跃的火光不停地移动，忽然，刘捷看到洞穴顶端边沿有一条印痕特别明显，心里一动，这印痕似乎与洞壁不一致，但又说不上来是什么，还是等天亮再说吧。刘捷一转头，正好看见王医生那张似睡非睡的脸正在朝刘捷这边张望，于是刘捷对王医生用手指了指她背后的那条印痕，让她看看那是什么。

王医生回头一看，立即吓得大叫了起来："蚂蚁，这儿有巨型的蚂蚁。"

大家一下子被王医生的叫喊惊醒了，许多人都在问：在哪儿？在哪儿？

顺着王医生手指的方向，沿着洞穴的角落有一条黑线缓缓穿过人们打坐的休息区域，爬向堆在草垫中间已烧烤完毕的烤鱼之中。人们不看还好，一看头皮就开始发麻，因为这堆烤鱼上密密麻麻地爬满了巨型蚂蚁。这些蚂蚁有食指那样粗，3厘米多长，前面还有两个像小龙虾一样的钳子。

刘捷马上联想到了张骞在竹签上的警告，于是马上大声向大家喊道："这是蚁虫，大家务必小心。"

人们吓呆了，什么时候看到过有这么大的蚂蚁，而且还是能毒死一百多人的蚁虫。

就在人们手足无措的时候，张晓军发话了："大家赶紧拿着点着火的木柴，将这些蚂蚁烧死。"

胡骏赶紧补充说："要将洞口外面和里面的蚂蚁用火隔断，然后再把进入洞内的蚂蚁消灭。"

于是人们开始手忙脚乱地从火堆中拿起了燃烧的树枝，并将这些树枝伸向那些正奋力爬向烤鱼的蚂蚁。刚开始时,也确实好操作,只要把这些燃烧的树枝戳向蚂蚁,就听见"嘶"的一声,一只蚂蚁被消灭,有时几只蚂蚁一起被消灭。就在人们踌躇满志要消灭洞内蚂蚁的时候,这些蚂蚁好像忽然有了灵性,不再爬向烤鱼,而是开始进攻人类。

它们挥舞着双钳,跳跃着扑向人们,而且弹跳的高度和速度非常惊人。人们虽然不畏这些蚂蚁,但架不住这些蚂蚁数量众多,一旦让它们进入衣服的领口和袖口,那被咬是在所难免的,而且还特别的疼。王医生提醒大家要注意蚂蚁尾部的刺,可能有毒。这样一说,更加引起人们的恐慌。

陈娴拖住刘捷,说是有一只蚂蚁已跳到了她的背上,让他赶紧处理掉。刘捷一看,陈娴背部的衣服上果然有一只蚂蚁。这一只还没有处理掉,陈娴说旁边的袖子上又跳上了一只,刘捷手脚并用刚把这两只处理掉,谁知自己身上又跳上了两只,吓得陈娴赶忙手忙脚乱地把背包也丢在了地上,去帮刘捷处理。

正在此时,张小飞在洞口喊:"赶快再来两个人,洞口的蚂蚁实在太多了,堵不住。"赵子凡马上叫上沈琳,赶紧去洞口支援张晓军和张小飞。

赵子凡还没有到洞口,王胡子却叫了起来:"当心,又有东西飞进来了,我到洞口去堵住它们。"

大家一看,又是那紫鼠。原来火势减弱以后,紫鼠认为有空子可钻,所以又飞了进来。

如此一来,大家更加忙了,不仅要火烧蚂蚁,还要去驱赶紫鼠,关键的是紫鼠不是飞进来一只,而是一只接一只的飞进洞穴,弄得人们根本来不及驱赶。

刘捷心想:这样下去可不行,蚂蚁会咬人,这些紫鼠与人对立后,说不定也会咬人。于是马上叫喊张晓军和胡骏。张晓军不等刘捷说话,马上说:"刘教授,不能再拖,我们必须马上撤出洞穴。"

胡骏也不考虑,马上对大家喊道:"所有的人,带上重要的东西，赶快撤离洞穴，到昨天洗鱼的小溪旁集中，"胡骏又补充了一句，"特别是吃的东西要带好。"

于是人们乱哄哄的涌向洞口。

幸好此时的天空已有点微微泛白，已经出现一抹亮光。

刘捷和陈娴已跑到了洞口。

刘捷问陈娴："你的背包呢？"

"不是你拿着的吗？"陈娴回答。

刘捷看了看手上拿着的包裹，说："不对，我拿的是装鱼的包裹，不是你的背包？"

陈娴面色顿时煞白："帮你身上抓蚂蚁的时候，我丢在地上了。"

刘捷什么也没说，将装鱼的包裹往陈娴手上一塞，又翻身进了洞里。

洞内虽有一点亮光，但还是有一点黑漆漆的感觉。刘捷回到他们打坐的地方，找了一遍没有找到，又去找一根燃烧的树枝，打着火把找了一圈还是没有找到。这真的奇了怪了，难道有人拿错了不成，刘捷心想。

洞内此时已是紫鼠和蚂蚁的天下，原来堆在草垫上的烤鱼早已面目全非，剩下不多的吃食已成了紫鼠和蚂蚁争夺的对象。有几只蚂蚁又跳到了刘捷的身上，刘捷赶紧把它们抖落下来。

刘捷心想：如果自己再不退出，也有可能成为它们争夺的对象，自己虽然没有找到背包，但说不定有人帮他拿出去了也未可知。

于是刘捷挥舞着火把立即退出了洞穴。

第三十九章　都广之野

刘捷失落地回到了曾经洗鱼的地方,他的脸色比哭还要难看,因为这个背包对他是非常重要的,所有的贵重物品都在这个包里面,而这些物品件件都是无价之宝。

此时的天空已渐渐开始放亮,人影已清晰可辨。

胡骏正在清点人数,看见刘捷回来,马上就问:"包找到了吗?"

刘捷摇摇头。

陈娴的脸色变得更加难看。

胡骏一脸认真地说:"你不用找了,肯定是被他们拿走了,"见刘捷不解,胡骏又说,"我刚才在清点人数时,发现老金、王胡子、小虞,还有那个女的,四个人都不见了。"

"不见了?"刘捷有点想不通,"四个大活人能去哪儿?"刘捷说完还环顾了一下四周,"向西又没有路,难道他们继续向东了?或是先行进入了这块草甸?"

胡骏也摇摇头:"不可能,向东是沿着山脚走,走得再远,我们也能眺望到。刚才我让小飞站在这块巨石上看了看,没有他们的影子。要不他们先行进入了草甸?但是他们难道会不知道这草甸里面也潜伏着巨大的危险?我们找到张骞的竹简时,他们也都在一旁,草甸里有哪些吃人的动物他们应该全知道。"

张晓军在一旁说:"那就奇了怪了,就凭他们四个想穿越这片草甸,几乎完全没有这个可能。而且他们的本事我们也知道,四个人连两头狼都对付不了,如果不是我们帮忙,他们早就葬身于狼口了。"

"那他们为什么还要走?"胡骏也想不通,"难道还有比这更重要的事情要做?"

陈娴在一旁气地跳脚:"他们随便怎么走我不管,但不要把我的背包拿走,我的洗漱用品、证件还都在里面呢。"

胡骏看着陈娴说:"你的这些东西并不是这些人的目标,他们看中的是刘教授的宝贝。"

张晓军接着说:"如果是这几个人拿的,我估计也是冲着刘教授的这些宝贝去的。"

刘捷叹了一口气:"其实也没有什么宝贝,就是一张羊皮图和一卷张骞记录的竹简。"

胡骏叫了起来:"这还不够?这两件东西都是无价之宝,随便哪一件都是国宝,价值不菲。哦,不对,还有两样更重要的宝贝,就是棉帛和玺印是不是也放在这个包里?"见刘捷点头了,胡骏又接着说,"这么多的宝贝放在一起,还说没有什么宝贝。而且你一看遇到好东西,王胡子就会提出用钱买下来。现在不用买,见你们丢在地上,那最好不过了,他们拿了就走。"

赵子凡忽然说:"我想起来了,当紫鼠大量飞进来的时候,大家都在忙着灭鼠和消灭蚂蚁,我看见王胡子从我身边挤过,好像还说了一句:去外面挡住紫鼠。我当时心想:紫鼠都已飞进来了,你去外面干什么?"

"那你有没有看到王胡子手里拿着一个包?"胡骏迫不及待地问。

"印象不深,好像有一个包,好像没有。"赵子凡有点吞吞吐吐。

"到底有还是没有?"胡骏追着问。

张晓军阻止说:"大家都在忙着干活,又不是干侦探的,会一直盯着人家。子凡能记起这些已经不错了。"

刘捷还是想不通："他们带走这些干什么？想出手换钱，好像不对？我们一旦脱困以后，这些肯定不会是秘密，包括这四个人的身份也不再是秘密，他们还怎么换钱。"

"如果他们把我们当作死人呢？"胡骏有点激动，"在这如此荒凉的地方，不是没有这种可能。张骞不是在这儿死了一百多人吗？！"

刘捷被胡骏这么一说，也有点激动，"你说得对，宝贝是没有了，现在你说怎么办？"

张晓军阻止刘捷和胡骏再争论下去："他们带走以后派什么用场我们以后再讨论，关键的是他们去了哪儿？向西去不可能，进入草原的可能性估计也不大，难道他们除了这两条路以外还有另外一条路？"

张小飞分析说："这可能性也不大，会不会他们想到了我们出来的那个通道？再从那个通道通过洞窟回去。"

张晓军打断张小飞的猜测："这更不可能，我们出来虽然只有两天时间，但按照狼群的习性，它们不可能马上退却，说不定还在洞窟里面转悠呢。"

胡骏总算平静了下来，他咳了两声后说："如果狼群进入了那个洞窟，再想出去却没有那么容易。"

刘捷忽然想到了什么，说："我总觉得这件事没有这么简单，这四个人有可能就是冲着这个地方来的，拿走宝贝只是他们的顺手牵羊而已。"

"你说他们是冲着现在这个地方来的？"胡骏一脸的不信，"这不可能，这个地方我们又不是事先设计好的，我们也是在无意中闯入的，或者说是在逼不得已的情况下才进入这个区域，难道他们能未卜先知？"

"这倒不是什么未卜先知，"刘捷看着胡骏说，"人心叵测，我们是来旅游的，如果我们假设这四个人不是来旅游而是有目的来寻宝呢？"

"寻宝？"胡骏满脸惊诧。

"对，寻宝。从他们进入波谜罗川开始，就是为了寻宝，而且他们的目的非常明确，就是想寻找波谜罗川或与波谜罗川相关联区域里面的宝贝，"刘捷分析说，"但在波谜罗川他们没有成功，这一点赵子凡夫妇可以作证，他们看见这四个人从波谜罗川里面逃了出来；第二次当我们穿越雪山来到戈壁滩时，也是他们先离我们而去，结果在边城看到我们过来又躲避了我们，这大家都可以作证；我们被狼群逼得穿越死亡谷，进入帕米尔高原的腹地，而他们不是为了求生，等待救援，相反也同样钻入了帕米尔高原的腹地，而且可以绕过死亡谷，如果不是事前设计好的路线，他们怎么这么容易到达古城。当然，如果不是我们在古城救了他们，不知道他们是不是还有命活着；而这一次他们更是恩将仇报趁机拿了我们的包又离我们而去，你说他们不是为了寻宝又是为了什么？"

"可波谜罗川或周边区域能有什么宝贝，是唐僧遗留下来的宝贝吗？"胡骏还是不相信。

"我们一路过来的宝贝还少吗？无论是边城还是古城，随便宣布一个就足以引起世界的轰动，"刘捷也是得理不让人，"更何况还有你说的包里的那四件宝贝。"

"这又有谁能知道，这些宝贝也是在逃亡过程中遇到的，他们怎么会提前知道？说不定是这些财宝勾起了他们的贪念也未可知。"胡骏也是针锋相对。

"财宝是财宝，我说的是他们来的目的就是为了寻宝。"刘捷也寸步不让。

"你们两个不要再争了，就算它们是为了寻宝。目的我们也知道，是波谜罗川或波谜罗川的周边区域，但他们现在能去哪儿？这儿又不是波谜罗川？"张晓军阻止俩人再争论下去，"关键的关键是他们从哪儿离开的？"

"我估计这四个人是有目的的，而且手头的资料还比我们多，"刘捷转头问陈娴，"你还记得昨晚他们问我们借羊皮图吗？"

陈娴点点头。

"我估计是拿我们的图去完善他们的线路。"刘捷说。

"照你这么说,他们的手上是否有比我们更完备的资料?问你借羊皮图是为了离开,而带走陈教授的那个包是顺手牵羊,不是有意为之?"胡骏问刘捷。

"我想应该是的。"刘捷回答。

张晓军沉思了一下,然后说:"你的意思是除了我们过来的一条路和通往草甸的一条路之外,这儿还存在着另外一条路?"

刘捷想了想,慎重地点了点头。

周边的人听了都往四周看了看,站在这个位置只能看到来路和往前的路,旁边沿着小溪虽然能看到山顶,但狭窄艰险,还有一股瀑布从上面下来,没有专用工具是不可能攀登的,所以这根本不是让人可以走的路。

人们打量着四周,也都非常困惑:刘捷所说的另外一条路到底在哪儿?

胡骏提议说:"我们把过来的路再走一遍,反正这段路也不长。说不定我们过来时没有留意,一不小心错过了旁边的小路也有可能。"

张晓军赞同说:"我同意,但不要这么多人一起走,去五六个男生走一圈,这也用不了多少时间。"

刘捷点点头:"算我一个。"

张晓军开玩笑地说:"你就是不想去我们也会想办法拖着你去的。"

刘捷、张晓军和胡骏他们又回到从洞窟钻出来的地方。

洞窟就开在山的脚下,山势在洞窟这儿转了个弯,一直向草甸的中心延伸,草甸的茅草已长到一人多高,而且密密麻麻,如果不是这种山体缺少泥土,很有可能会长到山顶上去,所以从这儿进入草甸是不可能的。堵住洞口的那块巨石还是堵在那个洞口上,严丝合缝,没有一点空隙,原有的一点空隙也让朱万豪给填补了,看着这块巨石让刘捷不得不感叹古人的智慧。

再环顾一下四周，只有向前有一条路，其他地方根本没有路。刘捷又一次看了看洞窟后面的那座山，它坐落的位置应该与波谜罗川是同一个方向，都是向西，如果能翻越这座山，也就不用穿越草甸了，估计直接就可以到达波谜罗川了。但这座山不要说没有路，还根本无法攀爬。刘捷心想：当时的张骞会不会也是从这儿翻越这座山而逃离此地的呢？那他又是怎么翻越此山的呢？此时就算刘捷把头想破，也理不出一个头绪来。

　　洞窟里面传来窸窸窣窣的声音，堵在洞口的巨石也在轻轻地晃动，把在洞口外面看地形的人吓了一跳。张晓军趴在洞口听了一会，站起来说："狼群已集聚在洞口里面，估计是闻到了我们的气息，我们还是早点离开吧，万一它们发起疯来，会产生什么样的意外谁也意料不到。"

　　几个人只得离开洞窟往前走，就是他们刚才来的那条路，一边是山，一边是草甸。山，无法攀爬；草，长得有一人多高，中间根本无法行走。

　　张晓军又来到了他们发现张骞竹简的那条裂缝的地方。裂缝无规则的向上延伸。这儿的石头虽然表面上没有砂石，但想爬上去却不容易，因为没有抓手，也没有踩脚的地方，不要说那个女的爬不上，就是老金也不可能有这点本事。张晓军觉得自己也不一定能爬得上，所以他们想往这儿走也不可能，那他们去了哪儿？

　　刘捷看着张晓军站在那条裂缝边不走了，就问："你是否觉得这条裂缝能爬上去？"

　　张晓军摇摇头，但好像在思考着什么。随后抬头对刘捷说，"如果有工具，我就能爬上。"

　　胡骏走了过来，拉着张晓军就走，"逃难进来的谁还带什么工具？我在来的时候就已经看过了，他们不可能从这儿走，他们爬不上。"

　　胡骏一边走一边还说："我们这些人中估计也就是你和张小飞还可以勉强对付，但也不一定能爬上去。还是走吧，大部队还在等着我们。"

"如果他们带了工具呢？"刘捷突然来了这么一句。

胡骏一听顿时呆在那儿。是呀，他们如果带了登山的工具，那这些山根本不在话下。他们是有备而来的呀，那他们肯定是带了工具。那四个人谁会带着呢？只有小虞随身有一个很大的包，里面装的会是工具？

张晓军看见胡骏呆呆的样子，就说："好像也不可能，因为出洞穴的时候，我们跟他们四个人应该差不了多少时间，他们就算带了工具，也不可能爬得这么快。"

那四个大活人去了哪儿？会不会他们不怕毒蛇猛兽，真的进入了草甸？刘捷真的想不通。

听了张晓军的话，胡骏总算醒悟过来，于是对刘捷说："这事还得你拿主意，我们已被紫鼠和蚂蚁赶出了洞穴，今晚的宿营地还没有着落。是穿越眼前的这个大草甸？还是继续往前走？趁着现在还是早上，还有时间来决定，走吧，去和大家商量一下。"

来到小溪旁，大伙儿都在那儿等着。刘捷看看张晓军，张晓军却在看着他。再看看其他人，其他人也都看着他。刘捷忽然想通了，暗暗地叹了口气，心想：去哪儿才是大事，自己却纠结在那个包袱上，格局确实太小了。

刘捷深吸了一口气，又缓缓地吐出。然后对大家说："这个洞穴虽然被紫鼠和蚂蚁赶出来了，但人没有伤。现在怎么办？我个人的意思还是穿越这个草甸，因为这是我们到达波谜罗川最近的路，而且还不走波谜罗川的全程，是从波谜罗川的中间插进去的。唐僧走了全程，是从大龙池进入的，共走了十几天，我们估计用不了这么多天。而且从目前的情况来看，我们也没有其他更好的路可走，唯一的一条就是继续向前，沿着山势向北。有可能会到达唐僧出去时候的那座山：凌山。但这条路要走多远？要走多少天？我心里实在没底，所以不敢试。"

胡骏插话说："我同意刘教授的建议。有些团员说这大草甸太可怕了,要走回头路。现在看来根本不可能。我们刚才去寻找那四个人的时候,特意去看了那个我们逃出来的洞窟。晓军还趴在那块巨石上听了一下,狼群已经聚集在那巨石的后面,只是苦于出不来,难道我们还想回去?不可能,还是断了这个念想。"

刘捷接着说:"但到底怎样走?我还是想听听大家的意见,有问题我们大家一起探讨。"

"我能说吗?"有一个声音弱弱发出来。

刘捷一看,是张晓军雇车的那个驾驶员,叫什么来着,对,叫额齐格。

"我虽不是汉族人,但我却在当地居住了三十多年,"额齐格对刘捷说,"当年我在看电影《侏罗纪公园》的时候,我有一个族叔曾对我说:这种恐龙并不算厉害,在我们的东北有一个地方,叫潢渚坝。那里面的动物比电影里面的恐龙还要厉害得多。我那个族叔曾参军巡视过边疆,到达过这个地方,有一次巡逻的时候还误入一个峡谷,最后九死一生才逃了出来。现在听说你们要穿越这个草甸,我估计就是我族叔所说的那个潢渚坝。如果真的是,那你们能不能改个方向?不要穿越这个可怕的草甸。"

刘捷听到"潢渚坝"时心里咯噔了一下。

而众人听他这么一说,草甸里面的动物竟有这么厉害,所有的人都木然了,不知道怎么说才好。

胡骏也没有直接回答,他又问大家:"其他人还有什么要说的?"

朱万豪却坐不住了,马上问额齐格:"你说的潢渚坝是不是刘教授所说的都广之野?"

额齐格回答:"这我不知道,我只知道那个地方叫潢渚坝。我曾问过族叔潢渚坝在什么地方?他的回答是在我们石头城的东北方向。"

"东北方向?"朱万豪转头问张晓军:"那按现在的位置石头城是不是在我们的西南方向?"

刘捷对朱万豪说:"你不用问了,都广之野就是潢渚之野,这在皇甫谧的《帝王世纪》中有记载,我估计潢渚之野就是潢渚坝,不然不会这么巧。"

所有的人都不说话了。

胡骏急了,你们不说话也不是办法,这儿也不是久待的地方。胡骏想了一下对大家说:"我们用排除法,现在放在我们面前的一共只有三条路,我一条一条报,同意的请举手,"胡骏接着开始报,"第一条,我们过来的路,重新回那个洞窟,优点是这条路我们比较熟悉,缺点是狼群,还有一段我们需要寻找的,也就是王胡子他们过来的路,我们当然不会重走死亡峡谷。这条路有谁报名?"

"这条路我们需要走几天?"有人问。

"估计一个礼拜差不多,"胡骏回答,"因为我们车辆开了两天,现在全部靠步行。"

有人在底下嘀咕:狼群怎么办?

等了一会儿,没有人说话,也没有人举手。

"好,没有人举手?那我开始说第二条路,"胡骏看看没有人响应,又继续说,"第二条路是沿着我们右边的山脉继续向东走,刚才刘教授说了,这是通往凌山的路,优点是不用穿这个草甸,只要沿着山脚走就可以了,缺点是唐僧在翻越凌山时死了十多个人,两个徒弟也死在了那儿。唐僧是由东向西翻越,我们是由西向东翻越,有谁报名?"

大家只是面面相觑,没有人说话,也没有人报名。

朱万豪说:"这条路唐僧都不敢走,回去的时候有意绕道南线,我们现在再去走,有病啊。"

"看来也没有人报名,"胡骏又说,"那现在我再说第三条路,如果再没有人报名,我们就在原地搭帐篷,哪儿也不去了。但在这个地方是不是能够等得到救援,我可不敢保证。第三条路就是穿过这个草甸,进入波谜罗川,然后到达公主堡。这条路的缺点就是张骞所记载的有许多野生动物,还有唐僧在穿越波谜罗川时死了十多个人。而优点是我们不用全程穿越,只要穿越波谜罗川的一半就可以了,或许一半都不到。你们有谁报名?"

见没有人应声,胡骏又问了一遍。只见叶诗意看了张晓军一眼,慢慢举起了手,随后张晓军也举起了手。

刘捷与陈娴对望了一眼,俩人都举起了手。

"你们两个专家都举了手,我这条小命还怕什么!"朱万豪嘟囔着也举起了手。

随后人们都陆陆续续举起了手,就连不想走的额齐格也举起了手。

"你不怕那些比恐龙还要凶猛的野兽了吗?"胡骏问额齐格。

"你们都走了,就留我一个人在这儿搭帐篷吗?所以我也要跟着走。"额齐格回答。

大家都笑了起来。

但刘捷知道,这笑中含着辛酸和无奈。

胡骏看着刘捷,意思是我的任务完成了,接下来就看你的了。刘捷领会胡骏的意思,暗暗地给他翘了一下大拇指。

第四十章　不周之山

到底怎么个走法？今晚去哪儿宿营？刘捷认为这是目前遇到的最大的两个问题。

刘捷让张小飞再一次登高望远，后又不放心，与张小飞一起登上了在山口曾经眺望过草甸的那块巨石上。

这一次的能见度比上一次还要好，远处半山腰的云雾都已消失不见，只有绿色的草甸一直向东延伸，无法穷尽，草甸的上方似乎有几只鹰还在忽高忽低的盘旋。太阳已经在东边的山头上露出了半个脸，凝视着这块峡谷中的草甸，看时间应该快接近中午了。草甸的中间那片树林依旧突兀地矗立在那儿，通往那儿的路依旧还是原来到黑水河边去打鱼的那条路，也不算路，就是他们曾经踩出来的那条小道。但眼前所能目及的就只有到黑水河的这一段路，因为这一段路草木稀少。延伸出去就根本看不到路了，全部被各种草木所覆盖，唯有黑水河在草甸的中间向西逐渐蜿蜒还能看得清楚，但西面的草甸却看不到边。

刘捷又回首看看后面的山以及沿着山脚向东的路，这条路倒也依稀可见，能分辨得出是沿着山势一直向前的。估计古人踩得太结实了，到现在还是没有让这些荒草完全覆盖上去。刘捷叹了一口气，与张小飞下了巨石。

胡骏赶忙上来问："怎么样，有其他的路吗？"

张小飞回答:"和上次一样,进入草甸只有我们去捕过鱼的那条小道,但从黑水河到那片树林却看不到路。"

"那就走呗,还思考什么。"胡骏直截了当地说。

胡骏把人分成三拨,开始开拔。

刘捷看了看胡骏,没有说话,只是跟着大家一起走。看到路边有一种开着黄花结着红果的植物,刘捷也不客气,上前摘了几个。

张晓军在一旁说:"这些不知名的植物我可不敢乱吃,希望你也不要吃。"

刘捷没有吃,只是拿在手上看了又看。

没有一会儿,大部队就来到了河边,几只不知名的飞鸟在河床上被惊起,在黑水河的上空盘旋了几圈,飞走了。

人们对这片区域已经是非常的熟悉,毕竟抓了两天的鱼,所以有人就提出在河道边休整一下。因为找不到可以通往树林那边的路,胡骏让张小飞到黑水河的对岸去看了,同样也没路,再加上刘捷也没有指方向,所以胡骏也就放任大家在此休息一会。

胡骏想听听张晓军的意见,对是不是要到草甸中心的那片树林去宿营谈谈看法。张晓军爬到了裂腹鱼跌下来的那个高地眺望了一下,那片树林看上去并不远,估计也就一个多小时的路程。但问题是到达那片树林根本没有路,也没有像河床之类的荒地,中间全部是野草丛生,而且中间还要穿过一片将近一人多高的荒草林,而这荒草林距离那片树林目测还有一公里的路程。朱万豪也看到了这一情况,向胡骏提出一个方案,到了前面的那个一人多高的荒草林前,组织六七个男生在前面打头阵,用木棒在草丛中打出声势,将那些猛兽吓跑,然后一个冲锋就到树林底下了。对于这个方案张晓军死活不同意,说这些草丛里面的危险性不亚于在野生动物园的猛兽区里面步行。最后大家都把目光转向了刘捷,刘捷也不敢盲动,提出采用保守的做法,先沿着黑水河朝南,转到树林的下方去看看有没有路可以通向树林,或者找到一个可以躲避野兽攻击的场所也可以,如太阳族人留下的居住场所或洞穴，并非一定要到树林里面去宿营。

被刘捷和张晓军这么一说，胡骏也没有方向了。因为到树上去宿营是胡骏认为在荒郊野外躲避野兽袭扰的最佳方案。

刘捷站在黑水河边，看着流淌的河水，脑海里忽然闪过一个念头。他重又回头看了看后面的山，终于会心地笑了，并把那些红果逐一放进了嘴里，吃了起来。一边吃一边还说："味道不错。"

张晓军被刘捷的举动弄傻了，赶忙问："这红果是不是真的可以吃？"

"当然可以吃，"刘捷看了看张晓军，又望了望胡骏说："这些植物不仅能吃，而且还不容易饥饿。最为关键的是我终于想清楚了我们现在是在什么位置。"

胡骏一听喜出望外，"什么位置？"

"峚山。"刘捷回答。

"峚山是什么地方？"胡骏听了后一脸茫然。其他人也是一头雾水。

"峚山我好像听说过，但具体在什么位置我却不清楚。"张晓军说。

"我来跟你们捋一捋，你们就知道了，我也是刚想通，"刘捷对大家说，"我们知道，那张羊皮图上有昆仑丘、轩辕丘、长沙山等地名，我记得当时胡骏还问我：长沙山离流沙湖这么近，它应该是那座山？我当时回答不出，现在我可以明确地告诉你，长沙山就是白沙山。至少在《山海经》中明确了它的位置。"

"你的依据是什么？"胡骏不解地问。

"《山海经》的西次三经中有记载：东边的第一座山是崇吾山，它的位置在黄河的南岸，崇吾山西北三百里就是长沙山。"刘捷侃侃而谈，说起《山海经》刘捷就特别健谈。

"不对，"胡骏马上打断刘捷，"黄河的源头在青海，这是常识问题，你怎么跑到帕米尔高原来了。"

刘捷笑了笑，"这不是我说的，这是《山海经》中所记载的,'河出昆仑'也是《山海经》中说的,你说的也没错,现在黄河的源头是在青海,那五千年以前呢?"

"这个我没有考证过,我不能乱说,"胡骏无可奈何地说,"反正说《山海经》你最在行。"

"我说的也是有根有据,不是乱说的,"刘捷解释说,"如刚才我讲到的崇吾山,《山海经》里有一句:北望冢遂,南望䍃之泽,西望帝之搏兽之丘,东望螞渊。如果单单就是《山海经》中的这几句话,谁都理解不了这是在哪儿?因为山川早就变化了许多,有的名字还不一样。但我们如果把这和羊皮图联系起来看呢,那就非常清楚了,"刘捷习惯地去拿包,"哦,包被人偷走了,但没有关系,我一说大家就清楚了。羊皮图上标着的流沙湖很大,张晓军曾说有六千多平方公里,它的左下角是昆仑丘,实际上昆仑丘就是崇吾山,昆仑丘的南面很大一块也是流沙湖,也就是䍃之泽;西面偏北的地方是轩辕丘,也就是帝之搏兽之丘;而东面是螞渊,也就是塔里木盆地,只有北望冢遂,羊皮图上没有,但我估计是慕士塔格峰,因为当地有个悲情传说,说那伟岸的父亲化作了山峰,我和我的夫人说起过这个故事。"

陈娴笑着说:"你这也能联系在一起?"

胡骏却说:"这个悲情故事我也听说过,确实能和'冢'字联系在一起。"

"关键的还在后面,"刘捷继续说,"我刚才说了长沙山就是白沙山,就在崇吾山西北三百里的地方,实际上是在原来流沙湖中间的位置。而昆仑丘和长沙山之间应该还有一条河流,那就是黄河,所以这么说来流沙湖就是远古黄河的源头。古代一里是现在的四百五十米,那从昆仑丘到长沙山就是一百三十五公里;最为关键的是长沙山西北三百七十里的地方是不周之山,换算一下也就一百六十多公里左右,"刘捷停顿了一下,看了一下大家,见大家是一片茫然,又接着说,"刚开始我和大家一样,不周山肯定是一座非常高大的山,共工怒触不周之山这个故事大家都耳熟能详。那我们一路过来有没有看到过有这样一座山?"

大家你看看我，我看看你，都不清楚哪一座山才是真正的不周之山。

刘捷对大家说："肯定都没有看到。我原来也想不通，那可是天柱，应该是很高很高才对，《山海经》中的记载难道是道听途说？还是说此昆仑不是那昆仑？后来我想明白了，不周之山被共工怒触之后，形成了现在的死亡之谷，就是我们穿越过来的那个死亡之谷。"

"死亡之谷？"大家的惊讶无法用语言来表达，"怎么可能是死亡之谷？"

不周山，死亡之谷，再怎么联系也联系不上。大家都吃惊地看着刘捷。

刘捷继续说，"可能不周之山在共工怒触之前是很高大的，怒触之后就变成了现在的模样。当然，用现在的科学来解释死亡之谷的成因无非是地震和火山喷发，而死亡之谷两侧的玄武岩也能证明这一点，至于共工那个时代究竟发生了什么？是地震，火山喷发，或核爆炸？我们现在都不得而知，但现在死亡之谷的模样看上去就让人不寒而栗，真正的成因还是让后来人去考证吧。而从白沙山到死亡之谷的距离差不多就在两百公里以内，但具体距离没有测量过，应该差不多是《山海经》中所描述的距离，"刘捷也不让大家发问，继续说，"不周之山又西北四百二十里就是峚山，喏，我们身后的那座山就是峚山。"

刘捷的一席话真的把人们给整糊涂了，就连张晓军学地质出身的也是一脸懵圈。不周之山的出处还没有想明白，又来了个峚山，也不知道刘捷这个脑袋是怎么想的。大家看看后面的山，又看看刘捷。

但张晓军细细想来，刘捷的分析还是有道理的。我们从白沙湖旁一路逃难过来，车辆开了两天，又是穿戈壁，又是穿沙漠，大概每天开了五六小时的车，时速也就是十多公里，如此看来，到死亡之谷的距离确实与《山海经》所描述的距离相吻合。但从死亡之谷到峚山的距离却有些问题，哦，古城那个位置被人为的封闭了，如果这条通道也能通的话，应该沿着古城外面的河谷一路向前，沿着山势去绕半圈，从垒山的前面过来，这样一算两百公里的路程也确实差不多。而我们现在是走了捷径，在大山里面发现了一个洞窟，并从洞窟里走了出来。这样一想就完全想通了，刘捷这个大脑确实不一样，智商起码在一百四十以上。"

张晓军对刘捷说："你所说的这些我都能理解，你的意思是我们现在就在垒山旁的峡谷里，对吗？"

"对，"刘捷为有这么一个知音而感到欣慰，"你再看前面的那座山，名叫钟山。《山海经》中也有记载：自垒山至于钟山，四百六十里，其间尽泽也，是多奇鸟、怪兽、奇鱼，皆异物焉。说的就是这片土地，这与张骞在竹简上所描述的在都广之野有大鹜、齿虎等有太多相似的地方，现在清楚了吗？"刘捷既是对张晓军说又是对大家说。

"不是太多相似的地方，这根本就是同一个地方，"叶诗意接着问刘捷，"那为什么有这么多人研究《山海经》，却没有发现这个问题？"

"那是因为理论和实践没有统一起来，"刘捷笑着回答，然后又说，"如果我们没有这么多的巧遇，没有误入死亡之谷，没有那张羊皮图，没有张骞的竹简，就是打破我的脑袋也不会想到这里面可以这样串联。"

"也不能完全这么说，如果没有您这么熟悉历史，特别是上古史，如果没有您对《山海经》的倒背如流，我也无法做到把这些串联起来，"叶诗意羡慕地说，"至少我就没有办法把这些都串联起来。"

"那你刚才吃的红果在《山海经》中也有记载？"张晓军问刘捷。

"对啊，"刘捷随口就来，"垒山上多丹木，员叶而赤茎，黄华而赤实，其味如饴，食之不饥。所以既然有这么好吃的东西，我怎么会不尝尝呢。"

"这《山海经》还真的是一部奇书，怪不得你胆子这么大，我也去找一点吃吃看。"张晓军边说边到路边去寻找。

胡骏对刘捷头头是道的分析的兴趣并不浓,他最关心的问题是什么时候能到公主堡,于是就问刘捷:"那这个峡谷并不是波谜罗川?"

刘捷摇摇头,"肯定不是,但我估计翻越了前面那座山就是波谜罗川,外面谣传波谜罗川里面有钟鼓之声,而恰恰《山海经》里面就记载钟山的山神就叫鼓。"

"你的意思是我们要在这个山谷里走四百六十里,然后翻过前面的钟山,才可以进入波谜罗川,再走十几天,才能到达公主堡?"胡骏有点失望,"这要走到哪年哪月?"

"也没有你说的那样长久,"刘捷分析说,"《山海经》记载的是从崒山的顶端开始算起,我们是从中间穿进来的,四百六十里至少要减一半吧。再说我们翻越钟山也是从中间进入波谜罗川,所以时间上也得减少一半吧。"

"你说的也对,"胡骏灰心丧气地说,"就算是这样,至少也需要一个礼拜的时间。"

"那我们现在怎么走?"张晓军在路边找了一圈红果没有找到,过来问刘捷。

刘捷对张晓军说:"我已经想好了,我们往河的下游走,那儿应该有一个湖泊,叫稷泽,《山海经》中也有记载:丹水出焉,西流注于稷泽,丹水就是指这儿的黑水河,"刘捷又继续说,"我刚才也看了一下,往东北方向到那树林没有看到路,而且草木太茂盛,不利于安全。相反,我们沿着河床走,视野开阔,有利于我们在遇到猛兽时能多一些反应的时间,也便于我们团体作战。"

张晓军表示赞同,但随即又提出一个疑问:"这儿既是黑水河,怎么又是丹水呢?这丹可是代表红色的。"

刘捷指了指身后的崒山,"你看见那山了吗?上面全是丹木,而且连树干的颜色都是红的,再加上红红的果子,从那儿流出来的水不就是丹水了吗。至于为什么又叫黑水河,我估计与这条河有关，因为水底下的这些石头有些偏黑，所以让人看上去像是黑水。"

"那这些黑石头是什么地方来的？"张晓军又问。

刘捷摇了摇头，说："我还没有想明白。"

"那你慢慢想吧，"张晓军又对胡骏说："我放弃原来去树林的想法，同意刘教授的意见，你怎么看？"

"你们的意见都一致了，我还有什么可说的，就照这意见办吧，"胡骏也同意了刘捷的想法，后又补了一句，"但愿刘教授的这些分析都是对的。"

此时已是中午，远远地望去，能见度似乎特别的好，一直可以看到远处的山腰，有一层薄雾像纱一样簇拥着黛墨色的山峰。一切都是那样的安宁。连陈娴也不得不感叹道：这真是个世外桃源。

方向已定，大家沿着黑水河的河道开始一路向前。

越是往黑水河的下游走，河床就越开阔。人们发现一个奇怪的现象，就是水中有许多一块一块白色的东西。刘捷说这是玉。张小飞不信，去河中捡了几块，果然是玉，但这种玉好像与和田玉不是一类。

叶诗意忽然说：这类玉好像与祭祀用的石头非常相近。吓得张小飞又赶紧把玉石丢回了水里，其他的人原来想捡一块回去的现在都不敢了。

刘捷笑了笑。

叶诗意见状赶紧问："老师，难道我说错了吗？"

"没有，"刘捷回答："这种玉石是祭祀用的也有可能。但我想说的是这条河里会产生一种玉膏，有白色和黑色二种，黄帝经常服用这种玉膏。而这种白玉有可能就是这种玉膏的结晶。"

张晓军马上就问："这也是《山海经》里面讲的？"

"对啊，"刘捷一点都不否认，"丹水是有玉膏，其原沸沸汤汤，黄帝是食是飨。"

叶诗意接着说，"按字面的意思理解，这水里面的玉膏应该是从地热水中带出来的,那东西能吃?"叶诗意说完看着刘捷。

刘捷马上说:"这玉石能不能吃我不知道,因为这是《山海经》中记载的,但这丹水浇灌出来的丹木果我却吃过,很好吃,还带有一点甜味。"

张晓军接口说:"你说的是那红果吧,这东西估计长在崒山上,因为我这一路过来在河床的两侧寻找,结果一颗都没有看到。"

叶诗意对红果没有兴趣,但对那河水里面的石头却非常感兴趣,而且胆子也大,她从河中捞起黑白两块石头仔细看了看,果然与拜火教祭祀用的石头完全一样。看完后,叶诗意又把这两块石头抛回了河里。

张晓军在一旁问叶诗意:"怎么样,和祭祀用的石头真的一样吗?"

叶诗意点了点头,然后对张晓军说:"这至少说明了两个问题:一是拜火教用于祭祀的石头产地就在这儿,二是拜火教的发源地可能就在帕米尔高原。"

"那你知道拜火教的祭祀为什么要用这种石头吗?"刘捷在一旁问叶诗意。

叶诗意摇摇头。

张晓军忽然对叶诗意说:"小叶,你看,这河床里的水在沸腾?"

"没有吧,我刚才从河中捞的时候,河水并不是很烫,"叶诗意回答。

"你刚才是在河水的边缘捞的,由于是雪水的缘故,所以不会很烫,"张晓军解释说,"但你现在看河的中间,水在往上冒,而且那个凹陷处还把那白色的石头一块一块地往外吐。"

"咦,还有这种情况?"叶诗意也发现了,她随后问刘捷,"老师,这是什么情况?"

刘捷回答:"说明这地底下有活火山,"刘捷停顿了一下又说,"《山海经》记载的一点都不差。我终于知道了,这黑水河是怎么来的。是底下的岩浆把黑色的岩石喷出地面，进入这河道，让人看上去这水有些浑浊，所以人们把这条河称之为黑水。而且这些石头由于来自地底下，按古人的意思是带有人的灵魂，所以用作祭祀是最好的用品。"

叶诗意忽然说："老师，我知道了，这石头名字叫玉英，因为屈原的《楚辞·涉江》中有一段：登昆仑兮食玉英，与天地兮同寿，与日月兮同光。"

叶诗意的话还没有说完，张小飞忽然在一旁拉住刘捷，悄声地对刘捷说："我又看到那个祭坛了。"

"在哪儿？"刘捷赶紧问。

"呶，就在前面。"张小飞指着黑水河的下游。

刘捷远远望去，果然有一个非常像祭坛的土堆，高出地面约三米，而且还在前面的不远处。看上去人为的痕迹非常明显，难道是千年以前哪个大人物的墓葬之地，又或是那个高僧的坐化之地？又或者什么都不是，还是自己想多了。

刘捷已无心向他们解释，加快脚步，朝那个土堆走去。

张小飞却抢在刘捷的前面："你们慢慢走，我先到前面去看看。"

胡骏也说："这次就让我和小飞打前阵吧，"说完，跟着张小飞先走了。

第四十一章　人性的贪婪

老金等四人并没有走远,而是躲在小溪后面的夹角处。刘捷等人在小溪旁的争论他们全部听得一清二楚。当张小飞登上巨石向前面眺望时,把他们吓得半死,只要小飞转一下头,向小溪这边看一看,就能发现这四人的藏身之处,可惜小飞只是向前看了看就下来了。

也难为这四人,在这狭窄的空间能躲一个多小时。一直到刘捷他们离开后进入草甸,他们才敢出来。

原来今天凌晨,刘捷在洞穴内发现了蚂蚁,后又飞进了许多紫鼠,人们一片慌乱。而陈娴为了帮刘捷驱赶蚂蚁,将包放在了地上。老金感到机会来了,就向王胡子努了努嘴,王胡子心领神会,借驱赶紫鼠的机会,接近刘捷坐的地方,随后拿起地上的包,并向洞口跑去,边跑还边说是去洞口挡住紫鼠。老金等其他三人见状,也赶紧溜出洞穴。

出了洞穴后,王胡子不知道往什么地方跑,老金赶紧指了指原来过来的那条路,于是王胡子先溜了。老金等三人先在洞口装模作样的在驱赶紫鼠,后见没人注意,也赶紧循着王胡子的方向跑了。一直跑到小溪边,看到了王胡子,想歇下来。谁知王胡子看到他们三个过来了,他又开始往前跑了。急得老金赶紧叫住他,说走错了,然后四人躲进了小溪旁巨石后面的夹缝里。

王胡子还有点诧异:"你怎么知道这儿可以藏身啊?"

"我们不是来洗过鱼吗?"老金神秘地说,"我借解手的机会特地到这个小溪内转了一圈,才发现了这个隐秘的场所,怎么样?不错吧。"

"就这点小事,还要挂在嘴上,"那女的对老金说,"你已经失误了多少次不用我说了吧,如果这件事情再做不好,凯哥怪罪下来,我可不帮你兜着。"

"是是是,艳姐说的对。"老金低头哈腰。

就在这四个人刚藏好,后面的人都陆陆续续跑了过来。然后就听见胡骏在小溪边清点人数。当胡骏发现少了老金等四个人后,还在问叶诗意:"洞穴里面那四个人不是在你旁边的吗?人呢?"

叶诗意回答:"我怎么知道,你又没有交给我管。当时我的旁边有无数只蚂蚁,处理它们还来不及,谁有空还去管这四个人。"

胡骏又问何晓晓,何晓晓也说不知道。

后面是张晓军的声音:"我估计趁洞穴内混乱的时候,他们又跑了。"

朱万豪说:"跑了就跑了呗,当初在古城的时候就不应该救他们。"

正当他们说着的时候,刘捷来了。随后又听见张晓军等人要回到洞窟那边找找,回来后胡骏说了三点让大家表态,结果大家选择了进入眼前的草甸。这些情况老金等四人都听得一清二楚的。

他们终于走了,老金从夹缝里出来后长长地出了一口气。因为他的任务已基本完成,现在就是商量怎么回去的事,于是老金对艳姐说:"我们大事已办的差不多了,凯哥要找的地方也找到了,现在的关键是我们怎么回去。"

"你想回去了?"艳姐问老金,"你没有搞错吧。"

"没有啊,合同里的三个要件我已完成了,一是确定方位,二是确定进去的路线，三是搞清楚里面有哪些野生动物，这些我都完成了，应该可以向凯哥老总交差了。"老金回答。

"确定方位和进都广之野的路线，你可以在你的路线图上加以完善；但里面有哪些野生动物你可不能把张骞的竹简往凯哥桌上一放就说完成了。如凯哥问你大鸷长得怎么样？你怎么回答？齿虎就是剑齿虎吗？你又怎么说？"艳姐也是个厉害的人物，不停发问。如果这一场景让胡骏等人看到，非惊掉下巴不可。

"你的意思是让我们也跟着他们进入草甸，把里面的动物拍下来才能交差？"老金问艳姐。

王胡子插话说："老舅，这不行，草甸里面可去不得，那里面实在太危险。"

"什么时候轮得上你说话啦，"艳姐斜了王胡子一眼，然后对老金说，"也不是简单的拍几张照，我们要了解都广之野的范围，里面有哪些野生动物，有多少是绝迹的？有多少是史前动物？只有这样，你的合约才算完成得漂亮。"

"我们不是还有一个活的紫鼠吗？"老金争辩说，"也能证明这儿生物的多样性。"

"这些肯定不够，如果单凭一只紫鼠就让凯哥来投资，你说凯哥会来吗？"许艳继续追问。

"这……"老金看了王胡子和小虞一眼，心里实际上非常清楚，如果按照这个许老太婆的说法，他这一百多斤可能就要交代在这儿了，他希望王胡子和小虞帮他说一句话。

小虞倒很知趣，一看老金的表情就知道老金有求于他，所以他对艳姐说："艳姐，这事得慢慢来，我们能否先把到手的东西交给凯哥，然后再准备了充分再来，可能要比现在这样盲目的闯入这个草甸要好得多，"小虞见艳姐没有说话，又接着说，"里面到底有哪些猛兽，我们现在谁也说不清，只知道里面有大鸷、齿虎、蚁虫，实际上从草甸外面现在已经碰到的已远远不止这些，如果进入草甸，我们这些人是烂命一条，而像你这富贵的身体缺胳膊少腿的，那我们可真对不起凯哥了。"

艳姐横了小虞一眼,"你这小子倒会说话,前两天怎么没有发现你有这个能耐,"然后话题一转,对老金说,"我也是为你们好,你们现在确实讲不清楚,因为我们现在只是到了都广之野的边缘,范围我们可以蒙,大致就在这个峡谷里面。凯哥肯定要问你们在这个峡谷里面看到了哪些野生动物?我们不可能回答不知道。或者用张骞竹简里面的大鹜、齿虎来搪塞,如果我们有活的生物,再加上一些照片,那说服力就大了去了,"艳姐说着又看了看面前的三个人,"我说的是不是事实,你们三个人自己去甄别,我这个人还属于比较好说话的,而凯哥他可没有那么好说话。说真的,那两千万可没有那么好赚。"

"对对对,"老金赔着笑脸,他自然听懂了艳姐的话,"活要干得漂亮,"然后老金转头对王胡子和小虞说,"既然艳姐发话了,那我们必须往草甸中心去走一遭,初步了解一下有哪些动物,当然,我们没有必要像他们那样横穿这个峡谷,"随后老金又说:"为了艳姐的安全和我们自身的安全,必须牢牢记住:一定要跟在这帮人的后面,当看到野生动物时,一是注意安全;二是只要在旁边拍几张照即可。积累了一些照片后,我们就可以撤退了,我估计时间不会超过两天。"

王胡子听了在一旁嘟囔:"早知道这样,还拿人家的包干什么,万一在草甸中碰到那有多尴尬。"

老金骂道:"你又不是什么好鸟,还想立牌坊啊,给我滚到草甸中去。"

"我就随便这么一说,老舅这么凶干什么?"王胡子一脸的委屈。

老金对艳姐哈腰说:"艳姐,你看这样可以吗?"

艳姐也客气了一下:"你老金办事滴水不漏,没话说。"

小虞在一旁说:"金老,我们下一步是不是跟在这帮人的后面也进入草甸啊。"

老金笑呵呵地看着小虞说:"你说到了重点了,刚才在岩石后面你也看到了,这批人实际上也在找我们,现在他们的宝贝都在我们手上,如果给他们拿了回去,那我们更不可能向凯哥交差了。所以我们要和他们至少保持五百米的距离,只要能看到他们的人影即可。"老金说着又看了看艳姐。

"你不用看我,我不参与你们的具体事务,凯哥说了,我是来监督你们的,至于你们怎么做,用不着问我,你老金说了算。"艳姐回答。

"那我就布置了,"老金对王胡子和小虞说,"我们跟在这帮人的后面立即进入草甸,我再提醒一下:不能惊动他们。我们的任务是拍照,只要把这些照片往凯哥面前一放,我们的任务就算完成了,知道了吗?"

俩人点点头。

小虞问老金:"这草甸之中全是猛兽,万一情况不妙我们能不能开枪?"

老金回答:"我只能说,一般情况下不能开枪,一开枪就会惊动前面那帮人,只有在迫不得已、生命受到威胁的情况下才可以。"老金说完,看了一下一旁的艳姐。但艳姐像是没有听到他的话一样,自顾自地在看自己右手的指甲。老金对于这个艳姐好像很无奈,只得苦笑了一下。

"你们说完了吗?说完了我先去解手,解完手再跟你们一起进入草甸。"艳姐说着,也不等回话,自顾自地走到前面无人处去解手了。

王胡子有点愤愤不平:"这他妈的是个什么人,这许老太婆就像真的一样,好像她就代表着凯哥,出力的是我们,她什么都不干,还监督我们。"

老金眼露凶光,对王胡子说:"轻点,她可是凯哥的人,我们少得罪她。"

"什么凯哥的人?真的是凯哥的人,怎么会放她跟我们一起进入草甸?实际上也是别人丢掉的垃圾,"王胡子看上去依旧愤愤不平,但他还是忍不住往前面方向看了一眼。

小虞在一旁笑了笑,什么都没说。

艳姐大名叫许艳，据传是西北集团总裁陈凯的相好。老金在和陈凯吃饭签约时见过一次，那次许艳就坐在陈凯的旁边，陈凯没作介绍。

老金名叫金顺福，曾在帕米尔高原上跑过运输，对帕米尔高原上的一些情况比较熟悉，关键的是他曾到处吹嘘帮国家地质队员在帕米尔高原上送过补给，据他自己说还曾进入过一个不为人知的峡谷，里面有许多现在已经绝迹的野生动物。而凯哥听了这段吹嘘以后认定金顺福所到的这个峡谷就是都广之野，所以与金顺福签了合作协议，并帮助金顺福成立了一家旅游公司，答应等都广之野开发成旅游区后，让他来管理。而现在他的任务就是立即找到这个地方，摸清都广之野的底细，完成约定之后再给他两个亿的启动资金，其中两千万是奖励他个人的，于是金顺福顺理成章的成了凯哥的合作伙伴。

金顺福知道自己这次的任务不轻，而且还不能大张旗鼓，于是找了自己的外甥王胡子当下手。王胡子的真名叫王宝魁，曾跟着金顺福跑过一段时间运输，这一段时间正好没事干，金顺福一叫就跟着来了。后来一想到那些人迹罕至的地方经常有狼群出没，自己的生命也不一定有保障，于是又聘用了小虞。小虞大名叫虞尚，曾在州里面拿过散打名次，而且还摸过枪，这次出来不知道他从什么地方还专门搞了一把枪备着。金顺福当时不容许，因为国内是禁枪的，万一被查到可不是开玩笑的，后来为了安全也只好默认了。但一般情况下不让小虞随身带着，而是藏在车上。上次在峡谷里发生遇到野狼事件，就是由于没有随身携带而又不得不转回车上去拿导致的。

目前双方合同的标的奖励费用只写着二千万，还有一亿八千万的启动资金没有写在上面，但在条款里面约定这两千万费用里面还要包括王胡子的费用、聘用虞尚的费用和来监督他们的许艳的费用。王胡子和小虞的费用也就算了，你那个相好的费用也要我来承担，这好像不太公平。但金顺福也只能暗地里骂凯哥真他妈的抠门。

当然凯哥也有地道的一面，把专家在研讨会上所形成的一些有关帕米尔高原的材料全都复印了一份给了金顺福。而金顺福为了赚这两千万以及以后的合作开发也做足了功课，不仅查阅了资料，还手绘了地图。一切准备妥当后，这才踏上帕米尔高原的旅游之路。

敢于接这个大单，金顺福心里也算是有底的。七年前，国家有一支考古队要重走玄奘西游之路，进入了波谜罗川，结果在里面迷了路，幸好那时已有户外对讲机，接通到了大本营，大本营又是送给养又是接人，而金顺福就是这个时候被抽调派往进入波谜罗川给考古队送给养的，谁知他在波谜罗川也走错了路，不但给养没送到，自己也走不出来了。所幸的是车上不缺吃的，还有一桶备用的油，就这样在波谜罗川里面混了九天，到第十天终于出来了。运输队的人联系不上他，大家以为他在里面已经光荣了，开始着手准备给他开追悼会。这件事曾一度在运输公司里面成了人们饭前酒后的话题。至于金顺福在波谜罗川里面碰到了什么或看到了什么，也只有金顺福自己知道了。但这件事情以后，一般的考古队就不容许再进入波谜罗川，运输公司一谈起波谜罗川也都神色俱变，不再承接类似的业务。

三年前，由于经营不善，运输公司倒闭，金顺福成了一个无业游民，到处打零工。这一次西北集团找到他，让他再一次进入波谜罗川，他开始没有答应，因为七年前的那件事所留下的阴影自始至终伴随着他。但后来看在两千万的面子上，金顺福咬牙答应了，人生不就是一搏嘛，有了这两千万后半生不就有了保障。

但此事的开局并不顺利，原来说好此事全部由金顺福说了算，西北集团只要求条约约定的内容，但正当金顺福等三人聚集喀什，准备进入帕米尔高原时，凯哥打来了电话，要求金顺福必须晚一天进入帕米尔高原，说公司也要派人参与。结果他们在喀什多等了一天。而在等候的时候，金顺福带着俩人去了一次盘橐城，说是先熟悉一下沙漠中古城的环境。等第二天许艳到了，他们才一起上了帕米尔高原，名义上许艳是老金的表妹，叫金宵，是来考察旅游的。但实际上三个人都知道这是集团派来监督他们的，但为什么要派一个女的，他们就是想破脑袋也想不清楚，最后答出一个结论：就是集团的凯哥想甩掉她。但四个人的出师很不利，从公主堡进波谜罗川时，看上去是晴天，但没多久就遇到了狂风，那风刮得不是一般的大，简直可以把人吹到天上去，而且这风里面还裹着金戈击打和低沉的鼓声，三米开外就已看不清人影，吓得他们赶紧逃了出来，所以这件事至今想来还心有余悸。后来听当地的牧民说，前两天他们还进入这个峡谷中找羊，天气很好。不知道这四个人进入峡谷后天气为什么就变了，是不是他们四人中间有人触怒了神灵；随后他们回到塔县后又遇到了地震。用王胡子的话说：这个女人就是扫把星，谁碰到她谁倒霉。后来逃到戈壁滩后，也是这个女人要单独行动，结果在古城前的峡谷里差一点被狼吃掉。如果不是王胡子和小虞拼命解救，她哪还有今天。

王胡子看许艳是满眼的不顺，如果不是金顺福压着，早就给她点颜色看看了。

金顺福等四人开始进入草甸，按顺序王胡子第一个进入草甸，跟着的是老金，第三个是艳姐，最后压阵的是小虞。他们的次序一直是这样，从不改变。

金顺福把陈娴的包背在肩上，那包里可全都是宝贝，交给别人还不放心。

草甸的入口到黑水河这一段王胡子和小虞走过，是为了捕裂腹鱼。而金顺福和许艳却没有走过。王胡子并不当回事，因为这段路并没有什么危险，所以走得很快。金顺福和许艳在后面一直轻声叫喊：慢点，慢点。唯恐大声叫会引来野兽，而王胡子肚子里本来就有一股气，装作没听见，一路走得很快。

当王胡子快要到黑水河的时候，忽然发现黑水河边有一头动物正在喝水，把王胡子吓了一跳。那个动物从来没有见过，看上去有点像驴，但身体又不像驴，看上去有点像狼的身体，但比狼却大多了。

那个动物好像听到了什么响动,回头朝王胡子这边望了望。王胡子还算比较警觉,一看到那个动物时就躲进了旁边的草丛中。

看看没有什么,那个动物又自顾自地低下头去。王胡子心想:真是驴一样的动物,一点警觉性都没有。那个许老太婆不是要照片吗?我就把它拍下来交差,于是拿出手机把这个动物拍了下来。还没有等王胡子藏好手机,后面传来了金顺福和许艳的叫声,虽然声音不大,但那头动物却抬起了头,嘴上还叼着一条鱼。妈呀,这肯定不是驴,也不是食草动物,吓得王胡子头皮发麻。还是赶紧跑吧,于是向来路拔腿就跑。那头驴一样的动物在后面紧紧地追赶。

王胡子往回跑了没有多少路,就碰到了金顺福和许艳。王胡子对他们说:"快跑,快跑,后面有吃人的猛兽。"这可把金顺福和许艳都吓了一跳,于是跟着王胡子一起往回跑。

小虞听到前面有动静,赶紧赶了过来。忙问什么事?金顺福说:有食人的野兽。小虞赶紧四处张望,没有看见,就问:在哪儿呢?王胡子回头看了看,果然没有了。再仔细打量一下四周,也没有看到那头野兽。

王胡子拍拍胸脯,长长地嘘了一口气,说:"吓死我了。"

金顺福说:"吓死谁啊?谎报军情。"

"谁谎报啦。"王胡子不服气,拿出手机里拍的照片给他们看。果然,照片上有一头动物在水边低着头,不知道是喝水还是在寻找食物。

"这有什么可怕的,"许艳不耐烦地说,"一头食草的动物在喝水,你就害怕成这样?"

"你说这是食草动物?你看见它吃鱼的样子吗?"王胡子发起飙来,"如果不是你的叫喊把它引来我还不会跑。"

"那它在哪儿?你叫它过来让我看看。"许艳也拔高了声音。

"好呀,从现在开始你打头阵,老子不干了。"王胡子也充满着火药味。

此时金顺福却发火了:"你们吵什么吵?想把前面的人引来吗?"然后他压低了声音说,"是我疏忽了,在这草甸中我们尽量少叫唤,不然,真的会引来麻烦。"

小虞问金顺福:"金老,现在我们怎么办?"

"我们还得继续向前,前面不是快到黑水河了嘛,"老金转头问王胡子,"他们是往什么方向走的?"

王胡子回答:"应该是往前面黑水河的下游走的。"

"那我们也沿着河床往下游走,那儿的视野还比较开阔,"金顺福说,随后金顺福又去安慰王胡子,"贤侄啊,你也不要往心里去,我们是为谁啊?我们是为自己,所谓打仗亲兄弟,上阵父子兵,所以还是要靠你打头阵哦。"

王胡子横了许艳一眼,没有说话。

第四十二章　后稷的祭祀坛

河道好像越向前越开阔，河道两侧几乎寸草不生，只有大小不一的石头。虽说视野开阔，但路并不好走，而且还有点往低处走的感觉。想想也没错，水是往低处流的，沿着河道就应该往下走。

时而有一些小动物从河床上蹿过，引起一些女生的尖叫。刘捷并没有受到影响，还让张晓军关照下去，尽量不要发出叫喊，以免引起其他猛兽的关注。自己只是手拿木棒，警惕地看着四周。

张晓军一边紧跟着刘捷一边关注着黑水河的两岸。张晓军对刘捷说："看来黑水河也经常发大水，不然两边的河床不会寸草不生。"

"是啊，河床上的石头也被河水冲得圆润了许多，看来这儿不仅仅是经常有流水冲刷，应该用大水频发形容比较确切，"刘捷回应说，"不过，这条路在以前可能也是古人到前面湖边取水的路。"

"不过这个地方我总觉得不靠谱，"张晓军看了一下四周后又说，"这段时间眼皮老是在跳，我们可得小心一点。"

刘捷也四处张望了一下："要把这些人平安带回去，真的要小心加小心，不仅要防大水，更重要的是要提防草丛中的危险分子,"刘捷又补充说,"我估计越是走向草甸的中心,危险的系数就越高。"

俩人正小心说着话,张小飞从前面赶了回来,对他们两人说:"前面河床边有很重的人为痕迹,而且中间有一个很大的湖,胡导让我来请你们过去看看。"

刘捷和张晓军对视了一眼,然后急匆匆地赶了过去。

黑水河到了这儿已不是河道了,而是一个湖泊。湖泊并不大,看上去比杭州的西湖要小。最突兀的就是湖的对面长有一棵树,这棵树却是非常的高大,而且挺拔,在周边的草木中简直就是鹤立鸡群。最惊奇的是湖泊中的水以这棵树为界,到了它的底下就分成了两条河流,一条估计是朝西南方向,一条估计是朝东南方向,由于前面还有一片树林,看不清河流真正的流向,会不会到了前面再汇合成一条也未可知,但现在却是朝两个方向流动的。湖泊的右侧是一片一人多高的茅草,只有茅草到湖水之间是个斜坡,是一条约有三米宽的河床,河床上面堆了一些大小不一的石头,河床从刘捷站立的位置开始,估计一直可以延伸到湖对面的那棵高大的树底下;但湖泊的左侧却正好与右侧相反,不但看不到河床,而且还有一大片芦苇,芦苇同样沿着湖岸向前延伸,也到那棵大树的底下。刘捷有点惊奇,同一个湖一半一半划分得这么清楚,这在大自然中也属少见。更惊奇的是芦苇的后面却不是茅草,而是一大片树林,像是人为种上去的,估计这片树林的面积不会比刚才准备去的草甸中心的那片树林小,但却看不到可以通向那片树林的路;而正对着湖泊的就是张小飞所告知的所发现人为痕迹的祭坛。这是什么人的祭坛?会有这么好的风水?

刘捷仔仔细细地观察着这个用石头砌成的祭坛。

祭坛的外圈为方形,内圈为圆形,代表着天圆地方。到达方形的平台有四级台阶,而到达圆形的顶端有五个圈,也就是五个台阶,底下的圈为最大,上面的圈为最小。在最大圈的四周还立有四根圆柱,圆柱顶上还雕有动物,在最小圈的上面还有一个土墩，而这个祭坛就是为那个土墩而作。最为惊奇的是土墩的外面也有石头围成的三个圈，而这石头也是黑白相间，与在戈壁滩看到的拜火教的祭祀方式完全一样，难道这儿也是拜火教的一个遗址？

一想到这一点，刘捷一激灵，忽然记起了什么，马上对还在土墩上用树枝在拨拉的人们说："大家别动，这是后稷的墓葬。"

朱万豪问："什么后稷的墓葬？后稷是谁啊？"

叶诗意回答说："后稷是帝俊的儿子，也是我们周朝这些国王的祖先，更是我们的农神，因为我们现在吃的这些稻米、小麦，还有一些豆类都是他发明种植的。"

"这么伟大！"朱万豪非常惊讶，"既然是这么伟大的先祖我倒要拜上一拜。"朱万豪为人直爽，真的就在墓葬前拜了三拜。

"你怎么知道这是后稷的墓葬？"胡骏不解，问刘捷，"这儿又没有墓碑，也没有文字。"

"《山海经》中的海内经曾有记载：西南黑水之间，有都广之野，后稷葬也，"刘捷解释说，"我们已知道这儿是黑水河，张骞的竹简也点明了这儿是都广之野，再加上这个祭坛天圆地方，九级台阶，四根立柱，而且还有这么好的风水，说明了这个人的身份不低，所以我才敢肯定这儿所安葬的就是后稷。"

"那为什么不立一块墓碑呢？"张晓军有点不解，"汉族的传统习俗就是人死为大，不仅是要立碑，而且要对族群有贡献的人还要立功德碑，以永久纪念。"

"你知道后稷离我们有多少年吧，"刘捷看着张晓军说，"他是和黄帝同时代的人物，那个时候肯定还没有墓碑，而且有没有文字还要好好地考证一下，就像我们曾在戈壁滩上看到的祭祀，围了三圈石子已经算是很隆重的。当然，后稷在那个时候的地位要比用石子圈起来的祭祀重要得多，应该也算是有些特别的地方。"

"没有文字的记载总不能让人信服，"胡骏摇了摇头说，"现在只有你能根据文字上的点滴记载推断出这儿是后稷的祭坛，其他人根本不知道。"

"这也是我所疑惑的地方,"刘捷一边说一边在仔细观察上面五个圆的外侧,"你们也再仔细看看,我猜想这儿应该有文字记载。因为仓颉造字就在黄帝时代,不可能会把这么重要的人物遗漏。"

朱万豪忽然指着那圆柱顶上,问张晓军:"这圆柱顶上雕着的那个是什么鸟?"

沈琳在一旁回答:"这种飞鸟我老家最多了,是大雁,它的特征就是颈长嘴长。"

"那为什么会雕刻在柱子上,后稷难道与大雁有什么关系?"朱万豪不解地问。

"实际上这四根柱子就是华表,是古代有成就的人和有威望的人才配享受,现在演变成了宫殿前的装饰物,"刘捷笑着回答说:"后稷这个家族的图腾就是大雁。因为大雁是一种迁徙的鸟类,与季节的变换和农作物的生长周期相关联,而后稷是农业的始祖,将大雁作为图腾也是一种不错的选择。"

"哦,还有这样的说法,看来学无止境呢,"朱万豪感叹,"我就是学的太少。"

这个祭坛是用石块和泥土砌成的,由于年代久远,五个圈内的外围有许多泥土已经缺失,靠一些石块相互支撑着,有部分石块已经坍塌,但幸好下面有个方坛,它完全承接了圈内坍塌下来的泥土和部分石块,所以还能保证最上面的那个土墩完好无损。

叶诗意看了一阵祭坛中间的圆圈,然后对刘捷说:"老师,您说的一点都没错,圆圈外围的泥土和石块上应该是刻有文字的,但随着这些泥土的缺失和石块的坍塌,刻在上面的划痕也随之消失。你们看,这边没有坍塌的地方还依稀可辨那些划痕,唯一的不足就是我们不知道这些划痕代表着什么意思。"

刘捷过去看了,这些划痕所展现出来的文字一个都看不懂。张晓军和胡骏也看了,大家也全都是一头雾水。

张晓军对刘捷说:"会不会这就是一些简单的划痕,根本不是什么文字。"

刘捷摇摇头，一边仔细观察一边说："这些肯定是文字，而且估计是早期的石鼓文，也就是刻在石头上的文字，只是我们的功底不够，不知道它们表达什么意思。"

"连你都不知道表达什么意思，我们更不用看了。"胡骏打趣说。

"这个石鼓文估计连吴昌硕先生也要好好斟酌一番，他虽然是书写石鼓文的大师，但这毕竟是早期的石鼓文，有许多字还需考证，"刘捷说着向张晓军招招手，"这可是与甲骨文同时代的文字，你不过来看一下？"

张晓军边走边说："你是专家，你看了就可以了。"

刘捷一把把张晓军拉过蹲下来："你来看这个字，中间一横，上下各两点，这肯定是个文字，或许这些字体在仓颉造字之前的文字也未可知。"

"你说的再高大上也没有用，因为它认识我，我却不认识它。"张晓军朝前凑了凑，用手摸了一下那个字，感叹道。"唉，缺少知音呢。算了，我也不看了，让那些文字专家去伤脑筋吧。"刘捷说着站了起来。

叶诗意在一旁却说："传说仓颉发明了二十八个字，会不会这二十八个字里面与这儿的划痕有相同的字体？他们毕竟是同时代的人。"

刘捷却笑了笑："说是同时代，其实都是传说中黄帝时代的官。一个是左史官，一个算是司农官，后稷这两个字后来就成了司农官的代名词，但传说黄帝活了一百一十三岁，他们两个谁先谁后？还是同朝为官？这些我们都吃不准。更何况后稷是活在这儿，葬在这儿，而仓颉是远在洛阳。俩人是否照过面还很难说。"

刘捷一边说一边走向站在湖边的陈娴。

陈娴却没有去理会那些所谓的文字，反而对着湖面凝视着。刘捷问她在看什么？陈娴用手一指湖面，对刘捷说："你看这湖面多漂亮，上面覆盖着薄薄的一层云雾，已分不清这是湖水还是云海，真的像仙境一样。"

刘捷却随口说："后稷的墓葬位置选的真不错。"

此时湖面上正好有一层雾气缓缓地飘过，使湖对岸的那棵树在雾气中时隐时现。刘捷感觉这雾气是越来越浓，已经覆盖在整个湖面之上，而雾气下的整个稷湖也显得越来越朦胧。

陈娴指着湖对面那棵树后面的一个向前延伸的峡谷，问刘捷："会不会那个峡谷就连接着波谜罗川？"

一听说是波谜罗川，大家都不去看后稷的墓葬了，都转身向湖的对岸眺望，但薄薄的浓雾不但把湖面覆盖了，连同把那个峡谷也都覆盖了，只有那棵高大的树还挺拔地站立在云雾的上面。

大家朝着那峡谷深处看了一会，由于云雾的遮挡基本看不出什么名堂来，结果都回头看着刘捷，希望刘捷能给出一个答案。

"你们看着我干什么？"刘捷有点愕然，但还是想了想对大家说，"你们要的答案我给不了，对面是不是通向波谜罗川的峡谷，就算没有云雾遮挡，我也真的不知道。按照《山海经》中的记载，应该是过了钟山才是波谜罗川，至于这条峡谷能不能通到钟山背面的那个峡谷，或者中间还有另外的岔道，这我就说不清楚了。但我可以给你们另外一个答案。你们看见湖对岸的那棵树了吗？"

大家点点头。

陈娴对刘捷说："这棵树似乎有些特别，你看它孤独的一棵，像鹤立鸡群，飘浮在云雾之上，旁边的这些树木连它的三分之一都不到，比湖边的那些芦苇还要低，而且你看这棵树还特别的粗壮、挺拔，树身不长一根叶子，还全部长到了顶上，也不知道这是棵什么树？"

"这是建木，"刘捷像是回答又像是背书，"《山海经》中的海内经中曾记载：有木，青叶紫茎，玄华黄实，名曰建木，百仞无枝，上有九欘，下有九枸，其实如麻，其叶如芒，大皞爰过，黄帝所为。《淮南子》中也有记载：建木在都广，众帝所自上下，日中无景，呼而无响，盖天地之中也。"

胡骏笑着说："你不要弄得像老学究一样，还是给我们解释一下，《山海经》和《淮南子》讲的是什么？"

刘捷也笑了："不好意思，没有顾及大家的情绪。《山海经》讲的是建木的形状，大家可以看看湖对岸的那棵树，高大而又挺拔；而《淮南子》讲的是那棵树的用处，是供那些天子们上下天庭所用的天梯，太阳照到那棵树时，它是没有影子的；站在树下叫喊是没有回音的；这棵树的位置就是天地的中心。"

"天地的中心？而且还没有影子出现？"张晓军有些疑问，对刘捷说，"你说天地的中心，我一时还找不到依据来反驳。但你说没有影子我却不信。"

见刘捷没有答话，张晓军接着说："我们现在这个位置应该是在北回归线以北了吧，太阳一直在南北回归线之间摆动，只有这之间的某个点在某个时间段才会没有影子。譬如：夏至时，太阳直射北回归线，北回归线上某个点的物体才会没有影子，而建木所在的这个地方已经是在北回归线之外了，那肯定就会有影子。"

刘捷笑了笑，没有辩驳："等太阳从云层里面出来时，我们不就知道了。"

由于四周都是山，此时的太阳又正好在云层之中，不过天边所裸露出来的云彩已经色彩斑斓。要赶路也不差那几分钟，所以大家都等着看结果，更何况这儿的景色不是一般景点可比。

"这儿真的是太美了，"叶诗意感叹说，"蒹葭苍苍，白露为霜。所谓伊人，在水一方。真的美，我觉得《诗经》里所描写的地方就是这儿了。"

叶诗意也不在意大家都在看着她，继续面对着湖面高歌朗诵："溯洄从之，道阻且长。溯游从之，宛在水中央。蒹葭萋萋，白露未晞。所谓伊人，在水之湄。溯洄从之，道阻且跻。溯游从之，宛在水中坻。蒹葭采采，白露未已。所谓伊人，在水之涘。溯洄从之，道阻且右。溯游从之，宛在水中沚。"

大家被叶诗意的朗诵和眼前的美景所感染，没有人说话。张晓军更是目不转睛地看着叶诗意，有点看呆了，以至于胡骏举着手在他眼前晃动他都没有感觉。

胡骏笑着对叶诗意说："好了，你再朗诵下去，有个别人快成泥塑了。"

陈娴在旁用手推了一下张晓军。

张晓军这才醒悟过来，还不忘说一句："好一个宛在水中央。"

胡骏打趣道："是小叶在水中央还是那棵树在水中央？"

张晓军见这么多人都笑着看着他，这才感觉自己有点失态，连忙说："是那棵树在水中央，那棵树。"

人们更是哄堂大笑。

叶诗意的表现倒没有什么，张晓军恨不得躲到后稷墓葬的背后。

太阳终于从云层中探出头来，阳光洒在那颗"建木"上，果然没有影子。虽然太阳是斜照在那棵树上，应该有长长的树影才对，但树底下飘着的云雾把树影给吞噬了。

刘捷解释说："这与这儿的气候有关。当这片峡谷气温增高时，与这儿湖水的温度形成反差，容易产生雾气，而在这峡谷中雾气又不容易散去，所以那棵建木才会没有影子。什么时候这个峡谷没有云雾，只有太阳，那树的影子就会出现。可惜没有云雾的天气那只有等阴天或天气不好的时候，但那个时候往往不可能有太阳。"

"这真是个悖论，"胡骏感叹，随后又问刘捷，"你是怎么看出来的呢？"

"早上刚来的时候，湖面上只有一层很淡的薄雾，证明晚上这个峡谷内的气温与水温差不多，"刘捷侃侃而谈，"随着白天的温度越来越高，雾气也就越来越浓，说明水温和空气中的温度反差越来越大。这水是雪水，温度肯定低，而太阳光线越强烈，水面的雾气只会越浓，也就没有了影子。"

"那它是天地的中心又怎么解释？"张小飞问。

"你看到那棵树吗？"刘捷反问张小飞。

"看到了，怎么啦？"张小飞一脸疑惑。

"那你有没有看到树底下的河流？"刘捷又问。

张小飞看了看那棵树底下的云雾："看不到河流。"

"现在是看不到，全部被云雾遮住了，"刘捷话题一转，"但我们刚来的时候，那时候还没有被遮住，只看见以树为界，一条河流向东流，一条河流向西流。我早就在古籍中看到了昆仑山中有一个湖泊，它是世界的最高极，一边是河水向东流，一边是河水向西流，这就是世界的中心，没想到这个中心却是在这儿。所以《淮南子》也说都广之野中的建木是'盖天地之中也'。"

何晓晓问刘捷："你说那棵建木神树是供神仙们上下的天梯？"

刘捷笑着回答："不是我说的，是《淮南子》中记载的。"刘捷又接着说，"可能在某一段时间内这儿曾经是一些伟大人物居住过的地方，譬如黄帝，又譬如西王母。"

"我们又成不了神仙，不可能从那棵树去往天庭，"胡骏打断刘捷的话，突然来了这么一句，然后又问刘捷，"时间已不早了，我的大教授，我们今晚在那儿宿营都不知道，该定个方向了。"

刘捷知道在这儿不能待的时间太长，虽说这儿还属于草甸的边缘，但危险始终存在。刘捷朝后稷墓葬的后面望了望，那儿是一片树林，他原来设想是在那边宿营。但现在看来没必要，因为今早在山洞那边看不到这儿的湖泊，只看见那片树林。所以计划要改变：要走出这片草甸，通过波谜罗川回到公主堡去。

刘捷对胡骏说："方向我基本有了，不过我们得商量一下，把问题想得透彻一些，方向嘛就是前面建木旁的那片树林，"刘捷说着用手指了指前方，"这是波谜罗川的方向，我们早晚都得走，另外一个好处就是可以打量一下前面的那个峡谷，能不能有便道可以通往波谜罗川。"

说是商量，实际上就是刘捷与胡骏、张晓军三人的商量，这已形成了惯例。

　　胡骏和张晓军都同意刘捷提出的方案，就是向建木神树背后的那个峡谷出发，因为这是向西的方向，至于这个峡谷是不是波谜罗川目前谁都不知道，这是刘捷根据《山海经》里面的记载推断的。

　　方向定了后，胡骏向大家做了解释，告知曙光在前头。但心里却暗暗在祈祷这个峡谷内最好不要有毒蛇猛兽。

　　湖的面积大概在三平方公里，两边都可以通向那颗建木神树。刘捷选择了走右侧，因为右侧的湖边比较开阔，毕竟从草丛到湖边有三五米的距离。

　　张小飞和朱万豪打头阵，刘捷嘱咐他们小心再小心。谁知刘捷叮嘱的话音未落，右侧的草丛中忽然惊起了一大群飞鸟，张晓军和刘捷对望了一眼，俩人都开始担心起来。

第四十三章　牦牛的斗志

张小飞与朱万豪也看到了惊鸟，两人在向前探路时更加小心翼翼。果然沿着湖边走了不到五十米，就看见从两块巨石之间游出了一条两米来长的蟒蛇。张小飞眼尖，故意拿木棍在石头上敲了几下，想把这条蟒蛇吓走。但蟒蛇根本不吃这一套，反而支起身体，昂起头，嘴里"嘶、嘶"地吐着舌头，虎视眈眈地盯着张小飞和朱万豪。

朱万豪想上前，张小飞拦了一下："不急，我们先往后退，不去触怒它，看它会不会自行离去。"于是两人将木棍对着那蟒蛇，身子慢慢往后退。谁知刚退了几步，就看见一个黑影飞快扑向蟒蛇，与蟒蛇滚在了一起。由于速度非常快，两人根本没有看清是什么动物，只感觉这个动物像猫一般大。

张晓军和胡骏带着大部队的人赶了上来。

张晓军问张小飞："怎么不走啦？"

张小飞用手指了指："你看。"

两个动物此时还没有分出胜负，只见那个猫一般大的动物死死咬住蟒蛇的要害，而蟒蛇蜷缩着身子，将该动物紧紧地捆住。

"是狼獾。"张晓军终于看清了那只像猫一样的动物。

有些人听说过狼獾，有些人根本不知道狼獾是什么动物，大家都紧盯着这两只正在搏斗的动物，不敢向前一步。蟒蛇和狼獾整整相持了十分钟，蟒蛇终于松开了身子，而狼獾还没有松口，一直到蛇身不动了，这才拖着长长的蛇身向旁边的草丛里面移动。

大家像看了一部大片，终于松了口气，但下一秒的事情让大家的神情又全部绷紧。只见草丛边出现一个巨大的黑影，三步两步就到了狼獾的跟前，还没有等狼獾反应过来，一个巨大的翅膀就已经扇在了狼獾的头上。

"呜……"狼獾发出了哀号，这是毙命前的哀号。

狼獾倒在了地上，谁知那条蟒蛇还没有死绝，游动着身子想离开，却被一只大爪死死踩住了蛇头，那尖尖的像老鹰一样有倒钩的大嘴毫不留情地啄了下去。

人们都被吓呆了，不知道是走还是留。

"这是恐怖鸟，"张晓军稳住心神后对大家说，"我们不要乱，有序往后退。"

人们一听说往后退，都"呼啦"一下子往后跑，叫都叫不住。那恐怖鸟只是朝人们逃跑的方向看了一眼，然后用嘴叼着狼獾、用爪拖着蛇身一步一晃地往草丛里面走去。

尽管刘捷在后面低声叫喊："不要跑，不要跑……"但根本没有人听他的，大家一直跑到祭坛才算停住。

刘捷气喘吁吁地说："你们跑什么？不想过去了吗？"

张晓军回答说："怎么过？难道也像那狼獾一样吗？你可知道那恐怖鸟有多厉害吗？那嘴、那翅膀、那爪子，不要说狼，就是老虎，估计也不是它的对手。"

"我不是说它不厉害，我是说刚才有这么好的机会，那个恐怖鸟正好有丰盛的食物，所以不会顾及我们，我们可以利用这个机会穿过这片河床，你们倒好，放弃了这么好的一个机会。"刘捷解释说。

"这倒没有想到，"张晓军摸了一下自己的头，"被刚才那情景吓晕了。"

"还是刘教授说得对，"胡骏跟着说，"因为我们已没有回头路，而这儿又不可能住宿，只能向前去。"

"那我们现在向前还可以吗？"张晓军不无遗憾地问，"估计那个恐怖鸟还在享用那丰盛的食物。"

"不一定，按它那身子，就这两个食物估计只能吃半饱，我们现在过去说不定撞在枪口上。"刘捷回答。

胡骏看了看天，然后对刘捷和张晓军说："估计还有两个小时太阳就下山了，我们要早做准备。"

刘捷也抬头看了看天，然后对胡骏说："看来还得从长计议，今天再想穿过前面的那段河床，估计人们都有心理阴影，还是换一个地方试试看。"

"是哪儿？"胡骏马上问。

刘捷指了指左侧的树林："我们去那儿，在树上先过一晚上再说。"

"你也同意住在树上？"胡骏有点惊喜，"我还以为你会反对呢。"

"我怎么会反对，"刘捷回答说，"旧石器时代，人们都是在树上筑巢以躲避猛兽，我们现在为逃避猛兽躲到树上，这是同一个原理。至于你第一次说的那片树林，那是因为没有路，而不是反对。"

"通往这儿的树林也没有路呀。"张晓军疑惑不解。

"这是没有办法的办法，原想穿过河床到达那棵建木神树下的那片树林，但这个希望破灭了，那只能退而求其次，"刘捷解释说，"想办法通过这片芦苇就能到达那片树林，因为我们不可能回到那个洞穴去。"

"实际上今天给我们的时间已经不多了，"胡骏对刘捷说，"因为到达树林后我们还要做一些准备，别的不说，这些人能爬树的估计没有几个，还要想办法把他们弄到树上，最后还要在树上弄几个简易的巢穴，这些都需要时间。"

"胡导说得对，实际上也不用多讨论，我们只要想办法到达那片树林就是胜利，"刘捷赞同胡骏的说法，"那就请胡导布置吧。"

"这还不行,我还得和晓军商量一下,"胡骏指着那片芦苇说,"那里面说不定有沼泽或水潭,怎样才能过去?"

刘捷脸色有点严峻:"那我们要快一点,或者边走边商量,因为我担心那只恐怖鸟会过来。"

一听到恐怖鸟,胡骏马上一激灵:"对,我们确实应该抓紧。"胡骏回答。

张小飞和朱万豪又开始准备打前阵。

从祭台到湖边左侧的那片树林,直线距离并不遥远,估计也就五百米的距离,前面四百米是河床,也就是早上沿着黑水河过来时先看到的湖边河床部分,过了河床才是芦苇荡,芦苇荡约有一百米的宽度,而蹚过了芦苇荡才能到达那片树林。河床现在看来没有问题,一目了然,好像还有几只羚羊在靠近芦苇旁的河床上寻找食物,说明那边没有猛兽。所以现在的关键是要想办法蹚过那片芦苇荡,只有蹚过了芦苇荡到达树林才算真正的胜利。但估计那片芦苇荡却没有那么好过,因为底下的水或沼泽还不知道有多深。

羚羊非常警觉,看到远处有人慢慢过来,赶紧几个跳跃就逃进了芦苇之中。

刘捷看到这一幕非常高兴,马上对胡骏说:"我们就走羚羊蹚进去的路,说明这儿肯定不是沼泽。"谁知话音未落,从芦苇里忽然蹿出一头牦牛,随即后面又蹿出四头像驴一样的动物。

"这是驴头狼,"张晓军眼尖,一眼就看出是什么动物,并马上叫了起来,"这是已绝种的动物。"

胡骏听见叫声,赶紧让张小飞和朱万豪回来。大家神情紧张,躲在祭坛的背面,紧盯着前面河床上的动物。

而此时的河床上,牦牛正和四头驴头狼斗得难舍难分,牦牛的腰部、腿部和屁股上已经有许多深深的血痕,简直可以用伤痕累累来形容,让人不敢直视。但驴头狼也没有好到哪儿,一头驴头狼的肚子已被牛角顶破,肠子已裸露在外,正躺在地上喘气。

大家目不转睛的紧张地看着。

陈娴紧抓着刘捷的手，身体还有些微微的颤动，脑子却在想：那驴一样的动物难道不吃草，也要吃肉？刘捷用手轻轻拍了拍她的背部，让她安心下来。

河床上又是一阵紧张的搏斗声。

忽然，又传出一声哀号，只见又有一头驴头狼被牛角挑起，甩得很远。剩下的两头狼已没了斗志，对牦牛不敢逼得太近，只是围着牦牛在兜圈子。而牦牛似乎是越战越勇，一忽儿跑向这一头，一忽儿又冲向另一头。两头驴头狼被牦牛驱逐得只能往两边躲闪，终于，有一头再也支撑不住，掉转头逃进了芦苇里面，另一头随即也跟着跑了。

大家被牦牛的斗志给感染了，恨不得要叫喊"牦牛万岁"！但大家在这样的环境下，也不敢太放肆。

此时的河床上只剩下那头牦牛和那两头受伤的驴头狼。

牦牛"哞、哞"叫了两声，像是在宣示着胜利。它围绕着那两头受伤的驴头狼转了一圈，然后甩了甩尾巴，得意地朝湖边走去。

张晓军暗暗对刘捷喊了一声："精彩！"

谁知张晓军的话音还未落，只见从芦苇里面又窜出五六条鬣狗。鬣狗并没有去追赶牦牛，而是围绕着两头受伤的驴头狼在转圈，嘴里还在发出"呜……呜……"的叫声，真不知道它们是如何闻到血腥味的。

一头受伤的驴头狼还想站起来逃离这个地方，但刚迈了两步又倒下了。

鬣狗好像并不着急，看着那头站起来又倒下的驴头狼，并没有发动进攻，只是上前闻闻，欣赏着即将到口的猎物，但又不靠得太近。

这时又有几只飞鹰降落在河床上，这几只飞鹰并没有直接飞到那猎物的身旁，而只是待在一边远远看着。

"这是胡兀鹫，有鸟中鬣狗之称。"张晓军低声说。

大家都不敢大声喧哗，唯恐惊动这些畜生，只是静静看着。

但面对刚才那一幕弱势变成了强势，而原本强势的一方却逃得无影无踪的情况来看，刘捷好像忽然悟出了一个道理：在这弱肉强食的世界里，没有固定的谁强谁弱，只有强者恒强才是永恒的真理。

牦牛在刚才的搏斗中好像消耗了不少体力，所以甩着尾巴到湖边去饮水。几只鬣狗只是朝牦牛这边看了看，并没有追赶。

正当人们把注意力集中在河床上的那些鬣狗和两头驴头狼的时候，湖边却传来了巨大的声响，只见湖中有一个像狗一样的生物咬住牦牛的一条腿，正在把牦牛往湖水里面拉。那生物肯定不是鳄鱼，因为除了像狗头一样的头以外，还有两个角和很粗的两根须。此时牦牛的另外三条腿正在扑打着水面，溅起很大的浪花。

只见那狗头一样的生物正在用力将牦牛拖入水中，可怜牦牛空有牛角却没有地方使劲，只一会儿工夫，整头牛全都没入水中，河水翻腾了一会儿又恢复了平静，湖面上开始涌出一大片鲜红的血。

陈娴与刘捷面面相觑，俩人同时说出了两个字：龙见。

众人一听这两个字，都呆住了。他们只是听刘捷说起过这个动物，在相机中也看过这个动物，但从没有和眼前的动物联系起来，更没想到是这么厉害的一个动物。

鬣狗们好像被牦牛的血腥激起了斗志，开始向两头受伤的驴头狼发动进攻。其中一头驴头狼毫无招架之功，只一忽儿的工夫就成了鬣狗的盘中之餐；另一头驴头狼与鬣狗周旋了几下，硬撑着逃进了芦苇丛中，有三只鬣狗追了进去。

几只胡兀鹫只在一旁静静看着，好像事不关己，即不参与抢食盘中之餐，也不去追赶那只已经逃进芦苇的驴头狼。忽然又从芦苇中蹿出一只羚羊，羚羊没跑了几步，就看见两头围着驴头狼在打转的鬣狗，于是赶紧转身又往芦苇中逃，但还没有逃进芦苇，就见芦苇中又蹿出两条鬣狗，向它扑来。羚羊见没有路，又返身向祭坛这个方向跑来。

羚羊的跑动惊动了胡秃鹫。

胡秃鹫飞了起来，其中一只胡秃鹫一个俯冲就抓住了羚羊。可怜的羚羊在胡秃鹫的爪子中竟没有一点反抗之力，被带上了半空，然后又丢了下来。

掉在地上的羚羊并没有死去，翻身刚想站起，被后面追上来的鬣狗扑倒在地。不多一会儿，鬣狗拖着羚羊朝驴头狼那个方向走去。

而胡秃鹫抛下羚羊后并没有与鬣狗去争抢，而是收起翅膀在一旁看着鬣狗进食。

胡骏小声问刘捷："现在我们怎么办？"

刘捷知道此事拖不得，难道我们也跟着鬣狗的方向冲进芦苇丛中？但这肯定不妥，现在不是逞能的时候。右边的道路有恐怖鸟，左边的道路有鬣狗和驴头狼，湖里面还有龙见。怎么办？刘捷第一次感到自己有点黔驴技穷。

其他人一时也拿不出好的办法，所以大家都不敢表态，最后还是张晓军说："我刚才在找丹木的红果时，发现有一条兽道是可以通往树林这个方向的，"随后张晓军对刘捷说，"我们能不能不走河床，原路返回一段，然后从兽道直接插向树林，你看这个方法是否可行？"

"你确定有兽道？"刘捷好像看到了希望，拉住张晓军问。

"我肯定，"张晓军回答，"我们在沿河过来时，我在找红果时看到河边有一条羊肠小道，因为上面的茅草被压过，约二尺的宽度，因为这儿没什么人，所以我估计是野兽走的道。"

"走兽道？"刘捷想了想，叹了口气说，"还是这个办法稳妥一些，虽然不知道走这条路有多少危险因素，但至少没有心理阴影。"

胡骏也表示同意，不过胡骏提出不是悄悄地进入，因为再悄悄也无法躲避动物捕猎的天性，所以重又提出了朱万豪当时提出的冲刺法。

"既然这样，事不宜迟，必须马上走，狭路相逢勇者胜。"

刘捷说。

三十多人一下子从祭坛后面涌出，把几只正在啃食的鬣狗和一旁观战的胡兀鹫都吓了一跳。鬣狗立即停止了啃食，紧盯着这群不速之客，担心会不会和自己抢食；而胡兀鹫更是原地起飞，在人们的头顶上空盘旋。

张晓军对大家说："把木棒对准天上的胡兀鹫，不要让它俯冲。不要睬鬣狗，我们走我们的。"

人们快速而有条不紊地穿过湖边的河床，进入了黑水河区域。

胡骏回头看了一下，那几只鬣狗又在低头啃食了，而胡兀鹫盘旋了几圈以后，仍旧停在了河床上。

张晓军对刘捷说："前面河道的拐弯处就是那条兽道了。"话还没有说完，就听见急促的跑动声，三只羚羊蹿出草丛，跑进了那条兽道，一头驴头狼也从草丛中跑了出来，看到人们时一呆，但随即跑入兽道追赶羚羊去了。

"我们怎么办？"张晓军焦急地问。

"我先看一看，你们帮我护着身后，"刘捷站在张晓军所说的那条兽道的前面，果然这条道被野兽压过，而且是大型野兽压出来的道，道两侧所有的茅草都是往两边倒的，这一点小型野兽是无法做到的。

"按原定的方案办，"刘捷对张晓军说，然后向陈娴看了一眼，又说，"我来打前阵，你在后面压阵。"

张晓军马上拒绝："那不行，还是我打前阵，你在后面压阵。这一点你不用争了，论身体素质我肯定比你好。"

刘捷也不争了，只说了一句："虚张声势，重点两侧，压住脚步，快速通过。"

张晓军答应了一声，然后回头看了看："都跟紧了，我们冲。"然后与张小飞、朱万豪呈品字形进入了兽道。木棒在茅草丛中飞舞，弄出很大的声响。

胡骏带着大部队居中，与张晓军保持十步左右的距离，刘捷带着赵子凡、辛勤殿后。

从黑水河边到树林也就两百多米的距离，一个冲刺也就到了。但在冲刺过程中先是飞起了几只五彩斑斓的鸟，随后又听见茅草丛中到处都是动物逃窜的响动，但就是看不到动物的身影。

但在快要到达树林的时候，张晓军发现了一条两米宽度的小溪，而兽道却沿着小溪向右手拐了过去。张晓军向左边看了看，但看不了多远就被茅草给堵塞了，心想：这条小溪会不会是从我们洗鱼的地方一路流过来的？这条说是小溪，张晓军用木棒却插不到底，这木棒好歹也有一米多，不知道这条小溪为什么会这么深，也不知道这小溪里隐藏着什么生物。张晓军不敢贸然涉水，他想找一根类似树干的东西架在小溪上，但周边找了一圈却没有找到，这儿除了草还是草。忽然，张晓军看到小溪对面的林间躺着一根树干。

张晓军马上对张小飞和朱万豪说："办法有了，你们让开一点，我跳过去。"果然，张晓军往后退了几步，一个跨越就跳过了小溪。

还没等张晓军站稳，又有几个黑影也跟着蹿过了小溪。张晓军定睛一看，是三只羚羊，跳过小溪后正快速地穿过树林。张晓军马上对张小飞和朱万豪喊："当心驴头狼。"

张小飞和朱万豪也被三只从身旁蹿过的羚羊吓了一跳，他们不是害怕羚羊，而是害怕羚羊身后的那个家伙。俩人严阵以待，举着木棒对着羚羊蹿出来的草丛。

正好此时，胡骏带着大部队赶到了，问张小飞怎么回事。张小飞回答：那草丛里有驴头狼。胡骏马上对大家说：注意周边的草丛，有动静立即用木棒招呼。

张晓军拖着那根树干来到小溪边，看了看树干的长度和小溪的宽度，好像这根树干是专门为小溪准备的，长度正好。于是把那根树干竖了起来，倒在了小溪上，并喊张小飞和朱万豪看一看是不是牢固。

听见叫声，胡骏让张小飞和朱万豪先去保护那根树干，女生们先过，其他男同胞们还得关注后面的草丛。

刘捷的殿后人员到了。刘捷让胡骏带着所有的人先过，自己殿后。

张晓军对过了小溪的胡骏说："胡导，这根树干必须带走，不然的话，那个恐怖鸟可能也会踩着树干跟过来，当然，没有树干估计也能过来。"

"这没问题，我马上派人将这根树干搬至树林底下，"胡骏回答，"这根树干我还用得上。"

刘捷过了小溪后，却有点疑惑，前面的湖边都是芦苇丛生，这里的小溪边怎么没有一根芦苇；而且刚过来的那一片野草丛生，而一过了小溪却几乎没有野草，只有树林。假如这树林底下也是野草丛生，那危险性岂不是比那河床的危险性还要大。

这是一片不大的树林，估计也就一百来棵树木，树木的高度都在五米左右，最高的也不会超过七八米。这些树估计年代已非常久远，因为树干的直径都在一米以上。但让人最惊奇的是这些树木并非无序地生长，而是围成一个圆。

胡骏一看到这些树木就笑了：真是天无绝人之路，这些红豆杉可是我们最好的护身符，它是吉祥、长寿的象征。

张晓军做事非常踏实，围着这些树转了好几圈，最后才确定了在树林的边缘有六棵相似的树作为所有人晚上休息之用。

一旦确定，胡骏就开始催促所有的人赶快上树。

第四十四章 共工造成的水患

胡骏让大家赶快上树，大家却是大眼瞪小眼地看着，几乎没有人响应，只有赵子凡和沈琳爬到了树上。

刘捷对胡骏说："你这不是办法，这儿没有爬过树的人占绝大多数，他们不是不想爬，而是爬不上，能不能让赵子凡夫妇教一下。"

"你觉得还有时间吗？估计这些猛兽马上就会进入树林的，"胡骏是真的急了，随后感觉这样的口气不对，又补充说，"要不这样，留六个男生监视小溪对面的草丛，一旦发现有猛兽立即预警，其他的人赶快上树。"

"这可以，让赵子凡夫妇不管用什么办法以最快的速度把人弄到树上去。"刘捷接着说。

对于爬树赵子凡和沈琳都是内行，因为他们从小就在大山里面长大，所以这样的树干几下就能爬到树顶。但让他们教人确实有点为难他们。他们也没有办法，只能一次一次演示，一次一次地苦口婆心，总算有一半人在众人的千拉万扯下上树了，剩下的不能上树的基本都是女生。

胡骏是真的急了，他催促赵子凡他们能不能快一点，不能再拖了，因为对面的草丛里面已经出现了一些骚动，估计已有猛兽潜伏在其中了。

沈琳也急得快哭了，嘟囔着说："这些人的手上又使不上劲，再教也是白搭。还不如用绳子把他们一个一个吊上去来得方便。"

一言惊醒梦中人。

张晓军马上对胡骏说："我有办法了。"

不等胡骏回复，张晓军就让朱万豪跟着自己，跑到树林靠湖边的一角，也就几十步路，只见这儿有几棵红豆杉都被藤条给缠满了，也不知道这些藤条为什么能爬这么远，从远处的草丛一直攀爬到这儿，生命力还挺顽强的。但眼前的张晓军根本没有心思顾及这些，抓着藤条三两下就爬到了树顶，与朱万豪配合用小刀割了几根比较粗的藤条，然后俩人拖着回来，交给了刘捷。刘捷也当仁不让，帮着赵子凡他们把人一个个吊到树上去。

胡骏等几个防守的人已经是高度紧张，他们拿着的木棒的手都已经在微微发颤。而对面的茅草丛中不断传出"咿、咿"的声响，但就是看不到有动物出现。

在大家的齐心协力下，所有的女生全部上了树。胡骏也不算能爬树，折腾了几下，在其他人的帮助下也上了树。赵子凡夫妇等所有人上了树以后才退到了树上。不要小看这么一个爬树动作，把那些不会爬树的人折腾得够呛，都在大口喘气，幸好想象中的动物最终还是没有出现。

胡骏等喘气少许平息后对大家说："我们不去管那些猛兽，先把自己晚上休息的地方加固好。"

树干也被拖到了树上，架在两棵树之间。幸好这些人当中有十几个是地质学院出来的，有一定的野外生存经验，所以在红豆杉的树杈之间又搞了许多树枝，交叉铺在上面。虽然不能让人躺平，但靠着树干休息一下还是可以的。唯一的缺点就是树叶有点硬，搁在身上还真的有点疼。

夕阳已挂在对面的钟山上，几缕光线透进树林，使树林里披上了一层淡淡的朦胧，让人感到非常恬静。虽然大家都已躲到了树上，离地面的高度估计也有五六米，树枝也算茂密，但地面上的情况还是能看得一清二楚。现在的关键是大家对刚才河床上的一幕还心有余悸，就算躲到了树上还是感觉到有些后怕。

胡骏对还在忙活的张晓军说："你找的地方不错，这个高度正好，而且地面上的情况能一目了然。"

"地方不是我找的，"张晓军谦虚地说，"这是刘教授的功劳。"

"你们两个都有功劳，"胡骏没有否认，又问，"刚才在河床上，你怎么知道这是恐怖鸟，而不是大鹜？"

张晓军笑着回答："这可能是两种动物。恐怖鸟是地上跑的，而大鹜可能是天上飞的。当然也有可能是张骞把恐怖鸟误认作大鹜。因为发现和命名恐怖鸟的是在南美洲，但据说是从欧亚大陆迁徙过去的，现在这种说法看来是真的，我们这儿还有活的恐怖鸟存在，而他们那儿只有五千万年以前的化石。因为这是一种生活在六千五百万年至一万年前的动物，是恐龙灭绝之后地球上最大的统治者。而至于大鹜到底是什么动物我可说不清楚，也从未看到过。"

刘捷却接着张晓军的话说："大鹜出自《山海经》的大荒西经：有三青鸟，赤首黑目，一名曰大鹜，一名少鹜，一名曰青鸟。按《山海经》的说法这是为西王母报信和取食的一种鸟，所以大鹜应该是一种飞禽。至于张骞说的大鹜，我肯定他不会说错，因为在古代这种飞禽应该是不会少的。我估计应该和我们刚才在河床上看到的胡秃鹫有点像，它们之间唯一区别的就是大鹜是赤首黑目，而胡秃鹫虽然是黑目，但头却是灰白色的。"

张晓军争辩说："可能这两者也不是同一种飞禽。因为胡秃鹫喜欢吃腐尸，特别是骨头，而大鹜有可能会直接袭击人，所以张骞直接把它记录了下来。"

"你说得不错，"刘捷解释说，"所以我说两者有点像，都是天上的飞禽，没有说大鹜就是胡秃鹫。"

胡骏忽然又问了一句："那我们在刚进入这个草原时，有一只飞鹰直接向我们俯冲，张晓军让我们用木棒对着它。那个家伙是不是大鹫?"

刘捷反问了一句:"那飞禽的头是不是红的?"

胡骏回答:"没看清。"胡骏说完后又看看其他人,希望有人能看到,但大家都在摇头。

"好啦,是或不是实际上我们也不用去纠结,也不用去想那么多,"刘捷说,"我们只要当心天上的飞鸟就可以了。"

胡骏笑着说:"想那么多还不是你造成的。"

刘捷无可奈何摇了摇头。

何晓晓有点后怕地问张晓军:"那恐怖鸟会不会飞?"

张晓军回答得很干脆:"我估计不会,你看那家伙的翅膀短而粗,击打狼獾的时候完全是靠翅膀的力量,估计这翅膀已经进化成了攻击的工具,而不是飞行的工具。你再看胡兀鹫的翅膀,展开后是它躯干的几倍,这样的翅膀才是用来飞行的。"

人们无语了。

树林里面也安静极了,听不见鸟叫虫鸣,只听见微风吹过红豆杉的树叶时所发出的沙沙声响。几个人的对话大家都听着,既紧张又好奇,但由于紧张了一天,现在一放松,有些人听着听着就开始昏昏欲睡了。

胡骏有些急了:"你们不能这样就睡,危险并没有解除,每棵树必须有一个人值班,以防意外。"

张晓军和刘捷也同意胡骏的说法,要求六棵树上的人分一下工,每人注视一个面,不能留有死角。胡骏补充说:"为了保持联系,每过十分钟,值班人员就要相互提醒一次。或者相互之间讲讲话、吹吹牛都可以,就是不能睡觉,也是两个小时轮岗一次。"

刘捷和陈娴、张子凡夫妇、叶诗意在一棵树上。

刘捷对他们说:"你们困的话,先休息吧,我来值班。"

谁知陈娴缠着刘捷说:"我有一个问题,这个问题不解决,我睡不着。"

"好,好,有什么问题你就问吧。"刘捷没有办法,只能哄着说。

"我们在稷湖看到的'龙见'是不是和在喀拉库勒湖看到的是同一条?"陈娴问。

刘捷想了一下回答:"应该不是同一条,不然的话,它是怎么上来的呢?"

"老师,我也能问一个问题吗?"叶诗意问刘捷。

刘捷笑了笑,说:"你想问就问吧。"

"你怎么推导出死亡之谷就是不周之山?这不周之山不仅没有山的形状,而且还是个峡谷,你又是怎么认定的?这山和峡谷的差距可不是一点点。"叶诗意不解地问。

"你知道'不周'的含义吗?"刘捷反问,见叶诗意摇头,接下去又说,"不周之山就是不周全的山,或有缺陷的山,晋朝的郭璞曾经对不周之山有过注解:此山形有缺,不周币处,因名云。《山海经》大荒西经中也有'西北海之外,大荒之隅,有山而不合,名曰不周负子'。如果按《山海经》的记载,这座山的山名原来应该叫负子山,被共工碰撞以后,它就成了一座有缺陷的山,所以称为不周。后又由于共工的故事流传甚广,盖过了此山的原名,流传到今天就变成了不周山。"

"哦,我明白了,不周之山原本是一座完整的山,名叫负子山,后由于共工的怒触,变成了现在的不周山。而负子山原来是支撑着天的天柱,被共工撞了以后,形成了现在的死亡之谷,"叶诗意用理解的口吻又问刘捷,"那为什么只有《山海经》有记载这是负子山,其他古籍都没有记载吗?"

"至少我没有看到,"刘捷解释说,"当然,除了《山海经》称之为'不周负子'之外,其他我所看到的一些古籍都称这座山为不周山。"

沈琳在一旁插话问:"那共工为什么要去怒触不周之山啊?"

"这在中国神话传说中是一件大事,几乎所有的古籍或多或少都有所涉及,"刘捷侃侃而谈,"《山海经》我们就不说了,因为它把共工的祖宗十八代都列了出来,一句话,共工是炎帝的后裔。其他的书籍如《尚书》《左传》《国语》《列子》《荀子》《韩非子》等都有涉及，而纪录最多的当属《淮南子》和《史记》。"

刘捷的声音不大，但寂静的树林却像是录音棚，声音在回荡，大家都能听清。

刘捷接着说："中国神话传说中有几大神，《左传》中有记载：黄帝是云神；炎帝是火神；而共工是水神；共工的儿子后土是土地神。那为什么共工是水神呢？因为他治水有功，老百姓把他封为水神。但我们有一点要搞清楚，共工既是个人名又是一个部落名，部落的首领叫共工氏，部落名就是共工部落。善于治水并不是只有共工一个人，而是这个部落的人都善于治水。为什么这么说呢？因为史书上记载的共工是从颛顼帝开始的，中间经过了帝喾、挚、唐尧、虞舜，最后到大禹为帝的时候，都有共工的影子，这中间少说也有几百年了吧。《淮南子》《列子》的记载是共工与颛顼争为帝，怒而触不周之山；到了帝喾的时候，《史记·楚世家》记载共工氏作乱，帝喾让重黎诛杀作乱者但未杀尽；到了尧为帝的时候，《史记·五帝本纪》和《尚书》中记载的是尧帝和大臣讙兜的一段对话，大致意思是讙兜说：共工在治水方面具有成效，可以用。尧的回答是：共工好讲漂亮话，用心不正，貌似恭敬，却欺骗上天，不能用。到了舜帝的时候，《孟子》中记载舜流共工于幽州；到了大禹时代，《荀子》中记载大禹治水有功，疏导洪水，为民排除祸害并驱逐流放共工。所以史书上表述的共工是指共工部落。"

叶诗意惊讶万分："老师，那么多的史书你都能记得这么清，你是怎么记的呀？"

"这有什么难的，你只要感兴趣就能记住了。"刘捷不以为然地说。

朱万豪对着刘捷大声说："共工真的是用头去触不周之山吗？"

"怎么可能呢？"刘捷笑着回答。

"那他是用什么办法或者什么工具把不周之山撞塌的呢？"朱万豪又问。

"《淮南子》中的兵略训中记载：共工为水患，故颛顼诛之。意思是共工制造了水灾，所以颛顼把他杀了，"刘捷笑着回答，"实际上当时的共工部落非常强盛，《管子》中曾记载：共工之王，水处什之七，陆处什之三，趁天势以隘制天下。意思是共工这个部落已经管理了十分之七的水域面积，十分之三的陆域面积，想利用这个天时地利的优势来争夺天下，当时为王的是颛顼，而争霸的地方应该是中原。"

"既然争霸的地方是中原，那为什么要到西部来撞山呢？"胡骏也被刘捷的解释吸引了，"是不是也像太阳部落那样打不过，就逃到西部来了？"

"你说的这种情况也有可能存在，"刘捷继续解释说，"从黄帝开始有记载以来，我们这个民族都是在中原逐鹿，为什么要在中原逐鹿？因为那个地方是关中平原，土地肥沃，是农耕民族的鱼米之乡，不像现在平原很多，如东北平原、华北平原、长江中下游平原，都是关中平原的几倍，但这都是后来开发出来的，所以当时谁能占据中原，谁就是老大。共工在与颛顼争霸失败后，逃到了帕米尔高原。我们都看到过那张羊皮图，图中的流沙湖是特别的大，胡导也说过，有六千多平方公里。什么概念？就是相当于一个上海市的面积。你们知道：共工是水神，对于这个天上湖的存在是非常清楚的，这也是共工为什么要逃到这儿的根本原因。"

叶诗意接过刘捷的话："老师的意思是共工打起了流沙湖的主意，准备用湖水去淹没在下游的平原地区？"

"对，你说得没错，"刘捷继续说，"《国语》中说共工还准备堵塞百川、坠毁山陵、填塞池泽、为害天下。所以后世把共工、讙兜、三苗、鲧列为'民害'的四凶。而共工怒触不周山之后，折断天柱，绝断地维，所以天向西北方向倾斜，日月星辰都向西北方向运动；地向东南方向陷落，江河湖水都向东南流淌。这说明共工所造成的后果是不可估量的，可能黄河改道就与共工的怒触有关，说得再严重一点，后世黄河中下游的泛滥、塔里木盆地的沙漠化可能都与共工有关。"

"有这么严重啊,"叶诗意被刘捷的分析给吓了一跳,"共工怒触之后,不是还有女娲补天吗?"

"那是两件事,我的高才生,"刘捷马上打断说,"女娲补天是史前大洪水的时候,与共工中间隔了一千年或二千年甚至更长时间都有可能。那是创世纪的神话,与我刚才说的传说是两回事。当然,女娲补天也是天塌地陷,与共工怒触不周山的后果差不多,但时间上却有差别,先秦的《列子》《山海经》等古籍将此事阐述得很明白,是不同的两件事,但随后王充的《论衡》、司马贞的《补三皇本纪》却将两件事合并成一件事,最后以讹传讹就形成了刚才的提问,但我们学历史的,不能犯这些低级错误。"

胡骏赞叹刘捷分析的有道理,然后脑洞大开地说:"不仅黄河的泛滥、土地的沙漠化与共工的怒触有关,就是野兽的迁徙与集中也与共工有关。"

"此话怎讲?"张晓军不解地问。

胡骏回答:"我猜想原来帕米尔高原上动物的分布应该也相对均匀,但经共工的怒触之后,有许多地方开始荒漠化了,就像我们在古城里看到的那条河道,以前肯定是有水的,因为河道旁胡杨就是最好的一个证明,但我们看到的时候就已经干枯了,这说明黄河改道以后对它的影响。动物也同样,河道干枯后,它们为了生存,不得不迁徙到都广之野,所以我们现在在这里看到的动物就特别多。"

"胡导的分析有一定的道理,"刘捷肯定地说,"史前大洪水时,据说海平面上升一百多米,那现在地球上许多地方都在海平面的下面,所以《圣经》中出现了挪亚方舟。而中国没有方舟,因为帕米尔高原有可能就是中国当时的挪亚方舟,成为躲避洪水的地方。一直到洪水逐渐退去,人们才开始走下高原并逐鹿中原,中华文明才逐渐升华,成为人类繁荣的指路明灯。而那时的帕米尔高原,还是人们赖以生存的地方,直到共工怒触不周山之后,这里的生态失去平衡,人们逐渐退出都广之野及周边地区,而兽类却向这儿集中，形成了类似像侏罗纪公园那样的区域。"

"有道理，不然打死我都不可能相信这儿还有这样一个世外桃源，而且还是动物的世外桃源。"胡骏赞叹地说。

"胡导说的没错，这儿真的是动物的世外桃源，你看，又有动物来了。"张小飞提醒大家说。

人们都不说话了，都紧盯着小溪那边看。果然，有两头像鹿一样的动物一步一张望地进入了树林。但它们并没有朝人们所躲藏的这个方向走来，随后又有五六头像鹿一样的动物跟了进来。这些动物只有嘴巴和屁股以下部分还看得清，因为嘴巴是白色的，屁股及以下部分也是淡灰色的，而身体已经与树林中的黑暗融为了一体。

张晓军对在同一棵树上的董依卿轻声说："这是白唇鹿。"

董依卿拍了拍胸口，吐了一口气："这下我总算放心了，只要不是吃人的野兽就好。"

"也不一定，"张晓军轻声说，"一般食草动物的背后总有食肉动物跟着，"说着，又向董依卿"嘘"了一下，"这是很精明的动物，你看它已经有点感觉到了，现在正在东张西望。"

果然这六七头白唇鹿好像感觉到了什么，呼啦一下子向南窜出了树林。

张晓军叹气道："可能是刚才的说话声让它们感觉到有什么东西藏在这片树林里。"话音未落，忽见一条白色的影子蹿林而过，向白唇鹿逃走的方向追了过去。这条白色的影子只是一闪而过，人们根本看不清是什么动物。

董依卿安慰说："可能不是我们说话的缘故，说不定那白色的东西让它们感到了危险，只是不知道那白色的东西是什么？"

"有可能类似于我们曾看到过的天狗也未可知，"张晓军随口说着，忽然感觉不对，马上压着声音对大家说，"请大家做好准备，要保持高度警惕，如果是类似于天狗那样的动物，它们是能上树的，而且速度非常快。"

大家给张晓军这么一说，浑身都紧张了起来。

第四十五章　树林中的恐怖之夜

　　天色已完全暗了下来，树林里面好像还特别的黑，而林子外面由于湖水的折射和月亮的照耀还有点依稀可辨。刘捷看了看天上，满天星斗特别灿烂，感觉上比湖北的天空多了一倍都不止，就连月亮也特别近，好像一伸手就能碰到似的。再看那稷湖，从这个角度看过去更加清晰，尤其是那湖面在月光的照耀下，还有点波光粼粼，一条月牙弧在夜色中显得更为明显，这是河床和茅草颜色的反差。这哪像是荒郊野外，分明就像是一个人造的公园。但这儿怎么可能是一个公园呢？忽然刘捷的心像是被什么东西触动了一下，会不会这稷湖也像后稷的祭坛一样是史前遗留下来的人工湖呢。于是，刘捷马上低声喊叫张晓军，因为刘捷是在六棵树中靠近最北面的那一棵，而张晓军是靠近最西面的那一棵。

　　张晓军听见刘捷叫喊，以为发生了什么事，谁知是刘捷让他看一看西面的远处有什么。

　　张晓军眺望了一下，看不清什么，于是回复刘捷说："除了那棵建木神树和那片树林外，其他什么都没有。"

　　刘捷提醒说："你给我再仔细看一看那棵神树和那片树林的位置，和我们原来在祭坛那儿看到的是不是一样？"

　　这怎么会一样，我们的位置变了，那看出去的肯定不一样，张晓军心里在想。谁知仔细一看，还真让张晓军发现了问题。在祭坛那儿看时，树林的位置是在那棵神树的旁边，当时三人还商量着怎样通过河床穿到那片树林里去，但从这儿看出去，树林却跑到了神树的前面，与我们现在所待的树林成了一条直线，更离奇的是对面的那个树林好像是在水的中央，因为周边都是波光粼粼的湖水。如果当时走河床的话，根本不可能到达那片树林。张晓军看了后直冒冷汗，幸好当时没走。直到刘捷喊了好几声，他才回过神来。

"是不一样，是不一样，"张晓军刚想解释，张小飞忽然说："大家都不要说话，又有东西进来了。"

大家定睛一看，果然有一个黑影蹿进了树林，看身影可能是野牦牛，那家伙呆头呆脑地围着树干转了两圈，然后从南面跑出了树林；接着又有几个黑影穿林而过，也是从南面跑出了树林，从黑影的形状来看，好像也是白唇鹿，因为有几只头上有角，但嘴巴部分的白色是骗不了人的，关键是它们的速度太快。这几头白唇鹿刚走，在树林的北面，靠近小溪的旁边又出现了一个黑影，那长长的颈部、粗壮而又弯弯的嘴喙一伸一缩，让人记忆特别深刻。

"恐怖鸟。"人们开始紧张了起来。

张晓军提醒大家说："大家不要自乱阵脚，那家伙上不了树。"

恐怖鸟好像对前面那些逃走的动物并不感兴趣，东张西望，迈着独有的方步走进了树林。这恐怖鸟肩高约有两米，加上颈部估计有三米。这家伙长得也太高大了吧，如果跳一跳不就够得上我们啦。树上的人开始担心自己的位置还不够高，所以有的人开始向更高的树枝爬去。但更多的人却是屏住呼吸，紧张地看着那怪鸟的一举一动。

恐怖鸟已经发现了藏在树上的人们，两只脚在六棵树之间停了下来，翻着两只绿绿的怪眼不断朝树上打量着。

人们这才看清恐怖鸟的面目。恐怖鸟的身子有点像鸵鸟，但两只脚却比鸵鸟要粗壮得多,尤其是那张嘴,长长的喙比前面在河床边看到的胡兀鹫的喙还要长,还要粗壮,尤其是那弯弯的上喙,让人看了就心惊胆战,还有那两只怪眼,绿绿的,在不停朝树上的人们看。

胡骏见恐怖鸟的那对怪眼不停朝他这边翻看,就对树上的其他四人说:"可能被这家伙盯上了,大家当心点。"实际上其他四人见恐怖鸟走近树林的时候,都已骑到了比较粗壮的树杈上,现在听了胡骏这么一说,都双手交叉紧紧地抱着树干,唯恐一打战就掉了下去。

果然,恐怖鸟向后退了几步,然后对着胡骏所在这棵树展开翅膀跳了起来。人们所有的目光都集中在这只恐怖鸟身上,见它张开翅膀向胡骏所在的那棵树跳起来的时候,心也被一下子提了起来。幸好,恐怖鸟展开翅膀的那一跳至多不过一米,离胡骏他们所抱树干的位置至少还有一米多,大家提着的心一下子放了下来。这家伙跑步还行,跳高却差得远呢,飞行更是不行。这一下心里总算有底了。

但恐怖鸟并没有罢休,来回又跳了两次,但实在够不着,气得恐怖鸟在树下不停地翻着怪眼。

人们开始轻视这家伙,有几个男生在其他几棵树上叫喊了起来:"来呀,来呀,到我这儿来。"恐怖鸟听见叫喊,不断地翻着两只绿眼这边看看,那边瞧瞧,忽然它跑到辛勤所在的那棵树下,张开翅膀,一下子就拍到了树干上。那翅膀果然厉害,红豆杉的树干立即产生剧烈的晃动,原来铺在树干上的一些树枝纷纷的往下掉。而与辛勤在同一棵树上的还有赵子凡、沈琳、张小飞和何晓晓,谁都没有想到这怪物会来这么一手。辛勤和赵子凡眼疾手快,立即抱住了身边的树干;沈琳因靠着树干,坐在赵子凡的旁边,没地方抱,就顺势抱住了赵子凡;张小飞更没有问题,一见恐怖鸟跑来,就知道是冲着自己这边来的,立即用左手抱着树干,右手拿起了木棒,准备在关键的时候可以一搏;而何晓晓原来也是背靠着树干骑在树杈上休息,一听见有恐怖鸟,人也清醒了，看着那恐怖鸟在胡导那棵树下跳跃，还在为他们担心，谁知恐怖鸟一下子就冲着他们这棵树来了，而且还用翅膀拍打着树干，使树身产生激烈的晃动，何晓晓来不及抱住树干，人往前扑，想抱住前面树干的枝杈，张小飞一看不妙，立即将手中的木棒插在树干的枝杈之间，何晓晓扑在那木棒上，但那木棒没有支撑点，禁不住何晓晓扑上去的那股力道，向下滑去，何晓晓赶紧又抓住旁边的树枝，这才没有摔下去。虽然人没有摔下去，一只脚却滑了下去。

恐怖鸟当然不会放过这个机会，张着嘴跳起来就往何晓晓的脚上咬去。人们都轰的一下叫了起来，张晓军更是把手中的木棒朝恐怖鸟甩了过去，叫声和木棒把恐怖鸟吓了一跳，原本就跳不高的恐怖鸟现在就跳得更低了，鸟嘴擦着鞋底没有咬到，恐怖鸟还想再跳，何晓晓已感到了危险，赶紧把腿收了回来，在张小飞的拉扯下，重又回到了树杈上。恐怖鸟又用翅膀拍打着树身，虽然树身又是一次剧烈的晃动，但这一次五个人都有准备，没有一点惊险。

张晓军担心这家伙这样拍下去，这棵红豆杉会吃不消，于是敞开喉咙对那恐怖鸟叫喊："来呀，有种的到我这儿来。"刘捷、朱万豪等人也一起叫了起来。

叫声惊动了恐怖鸟，它看也不看，顺着声音直接朝着张晓军所在的那棵树就蹿了过来。张晓军等人已早做准备，坐稳了身子，抱紧了树干，当恐怖鸟的翅膀拍打在树上的时候，树干只是轻微晃动。"不用怕，这家伙已经没有力气了。"张晓军兴奋地对大家喊道。

胡骏和刘捷同时又叫了起来，恐怖鸟又蹿了过去，但此时的恐怖鸟已完全没有了刚才的那股气势，只是两只怪眼不停向树上的人们翻动着。人们此时更来劲了，不停叫喊，恐怖鸟又蹿了几个来回，最后实在跑不动了，站在树下不停喘气，走也不是，留也不是。

又过了一会儿，树林外好像有了动静，这给了恐怖鸟一个台阶，它看也不看树上的人们，一路小跑出了树林，树林中终于又恢复了平静。

人们经历了刚才的斗智斗勇，胆气好像振作了许多。

胡骏得意地对大家说："你们看，只要我们齐心协力，就没有克服不了的困难，现在大家继续休息，养足精神，争取明天穿越波谜罗川，"胡骏又补充说，"不要忘了值班，这是最重要的。"

张晓军也跟着说："大家还得有所准备，说不定那家伙找不到食物还会回来。"

给张晓军这么一说，大家刚放下的心又被提了起来。

经恐怖鸟这么一折腾，大家哪里还有心思睡觉。但又不敢下树，只能在树上你一句我一句地说着话。

朱万豪心有余悸："幸好我们在树上，不然的话我们还真斗不过那个什么的恐怖鸟。"

刘捷解释说："这都是我们老祖宗实践的结果。"

"这和老祖宗有什么关系？"朱万豪不解地问。

叶诗意抢着回答："当然有关系，韩非子的《五蠹》里面写得明白：上古之世，人民少而禽兽众，人民不胜禽兽虫蛇，有圣人作，构木为巢以避群害，而民悦之，使王天下，号曰有巢氏。我们今天也算是构木为巢。"

"看来不读书真的要害人害己。"朱万豪感叹地说。

"也不能这么说，你提的打草惊蛇的方案也是和古人的想法相吻合的。"刘捷开玩笑地对朱万豪说。

"惭愧，惭愧，我那是乱说一通的。"朱万豪不好意思地说。

刘捷和大家都笑了笑。随后刘捷问张晓军："我让你看湖的那一边，你看了以后还没有回答我呢？"

"哦，对，"张晓军说，"刚才给恐怖鸟这么一闹，把这事儿给忘记了。你说得不错，是发生了变化，那建木神树和那片树林根本没有在一起，建木神树还在岸边，而那片树林却在水的中央。"

"那就对了，"那片树林的位置和刘捷想的完全吻合，他对张晓军说，"我猜测这是一个人工湖。"

一听是人工湖，胡骏立即就来劲了："你是说这儿有人居住？"

刘捷泼了一盆冷水："你先不要激动，就是有人居住也是几千年以前的事情了，"刘捷也不做解释，直接说，"我发现了一个问题，这儿的稷湖带有人工的痕迹，而且非常像一张八卦图，你们看我们现在所在的位置，它是一片树林，面积不大，但它却是一个圆形。如果是自然生长，它不可能是一个完整的圆形。"

"圆形？"大家听了刘捷的解释都狐疑起来，许多人四处张望，想看清这片树林是不是圆形，可惜由于黑暗，看不清树林的周边。

"我能证明这片树林是圆形的，"张晓军忽然说，"我在进入这片树林的时候看过，确实是圆形的。"

"就算这片树林是圆形的，那和旁边的湖有什么关联？"胡骏问。

"不是和湖有什么关联，而是与旁边的湖根本就是一体的，"刘捷回答，"而且我还能断定刚才张晓军看到的在湖中心的那片树林也是圆形的。"

"也是圆形的？"大家都朝湖中心的那片树林张望，可惜虽有湖水的反光，能看见黑黝黝的树林，但就是看不清那片树林是方的还是圆的。

"你有什么依据？"胡骏问刘捷。

"你记得我们站在后稷的祭坛时，曾看到稷湖对面的建木神树和它旁边的树林，以此为中心，右侧是河床，左侧是芦苇，泾渭分明，"刘捷解释说，"河床从树林那边，实际上是建木神树那边，经过我们在祭坛站的位置到芦苇旁牦牛和驴头狼搏斗的位置是不是带有圆弧的？"

"听你这么一说，好像是圆弧的，"胡骏认可刘捷的说法，"你的意思是这圆弧是人工做出来的？"

刘捷并没有直接回答，而是反问胡骏："那你们有没有发现这片芦苇从野兽搏斗的场所一直到建木神树底下也是圆弧的呢？"

胡骏愣住了，人们也愣住了，想了好半天，才有人说："好像是圆弧的。"

"不是好像，肯定是圆弧的，"刘捷肯定地说，"这稷湖本身就是一幅八卦图，我们现在所待的树林和水中的那片树林就是八卦图中的阴眼和阳眼，而那两个圆弧就是八卦图中的两条鱼，指太极中的阴阳二极。"

"老师，"叶诗意插话问，"你是说伏羲所创的八卦图就是在这儿？"

"这儿应该不是伏羲所创，但这儿是确确实实是一幅八卦图，"刘捷回答，"等天亮了，我就能知道这幅八卦图是谁所创。"

"你们不要再讨论，"张小飞嘘了一下，然后谨慎地说，"又有东西进树林了。"

大家定睛一看，果然又有几个黑影蹿进了树林。

"是斑鬣狗！"张晓军提醒说。

胡骏看了张晓军一眼，"你看了进来的几个黑影就知道这是斑鬣狗？"

"你没有看到它们的走路是一瘸一拐的吗？"张晓军反问胡骏，"斑鬣狗是前腿长后腿短，所以走起路来才会一瘸一拐，在兽类中是最好辨认的。"

"我们在河床上看到的就是这种斑鬣狗吗？"叶诗意问。

"对，它也是鬣狗的一种，"张晓军回答，"但它也是鬣狗家族中最危险的一种，因为它会袭击活的生物。"

树上的人们惊恐地看着在树下兜圈子的斑鬣狗。树下有三只斑鬣狗，它们这儿闻闻，那儿嗅嗅，围绕着人们躲藏的几棵树不断兜圈子。兜了一阵子后，其中一只抬起头往树上看了看，竟然咧开嘴笑了起来。这笑声既像是冷笑又像是在哭叫，而且这声音比其他任何动物的叫声都难听，把躲在树上的人们吓得汗毛都竖了起来。如果在平地，估计许多人连逃跑的勇气都没有。

刘捷很清楚斑鬣狗的劣迹，平时在看探索频道时也知道这种生物在欧亚大陆早已绝迹，没想到在这儿还能看见。由此更加确定这儿是史前遗留下来的动物的伊甸园。

张晓军看到斑鬣狗时，心里的担忧比以前浓烈了许多，因为它知道这是一种很难缠的食肉动物。斑鬣狗牙齿的咬合力绝对不逊于雪豹和狮子，甚至还有过之而无不及，平时虽然以吃腐尸为主，但饿急了连大型食肉动物也敢袭击，更不用说人了，而且还敢于从雪豹和狮子口中夺食，现在在树下转着圈不肯离去，说明它们已经饿急了，所以绝对不能掉以轻心。

于是，张晓军对大家说："这种斑鬣狗很难缠，大家绝对不能大意。不过，它们也上不了树，大家只要关注它们的行动就可以了。"

此时，树林外又闯进了几只斑鬣狗，会同原来的三只，共有八只。这群斑鬣狗就像平时看到的野狗一样，低着头在树林里面转来转去，就是不肯离去，嘴里还发出一种"呜呜"的叫声。这种叫声不合节拍，弄得人们的心像被猫抓似的，非常难受，有几个女生已经把耳朵捂了起来。

人们都希望这几只斑鬣狗早点离去，但斑鬣狗好像知道人们的想法，就是不愿离去，有几只还干脆伏在树下，耷拉着舌头，在等待着树上掉馅饼。

人们和斑鬣狗就这样对峙着，大家都在比耐心。张晓军还提醒大家，不要去招惹这些家伙，一定要耐心等待它们的离去。

树林中由于有斑鬣狗的存在，已经再也看不到有一头动物从这儿经过。夜开始渐渐深了，树林里的夜晚要比白天冷了许多。

张小飞对张晓军说："这样下去也不是办法，还不如我们吓唬它们一下，说不定还可以赶走它们。"

张晓军马上问："你有什么好办法？"

张小飞没有直接回答，只是说："看我的。"

张小飞忽然发出了京剧里经常听到的那种叫喊:"哇呀呀——"。树下伏着的斑鬣狗吓了一跳,一下子全部站了起来,并竖起了耳朵;而还在兜圈子的斑鬣狗也不兜了,全都抬起了头。胡骏一看有门儿,立即对大家说:"我们一起叫。一、二、三。"

"哇呀呀——"。

二三十人的叫声确实惊天动地,张晓军想阻止也已来不及。林中歇息的鸟儿呼啦啦的都飞上了天,斑鬣狗也受到了惊吓,一下子都朝树林外窜去。

张小飞有点得意洋洋地对大家说:"怎么样,还是我有办法吧。"

谁知话音还未落,树林外就响起了斑鬣狗那刺耳的叫声。张晓军暗叫不好,这是斑鬣狗呼唤同伴的声音。于是赶紧说:"它们已在召唤同伴。我还是得提醒一下,等一会儿可能有更多的斑鬣狗会来,我的意思是我们一定不能主动去招惹它们,这种动物很会记仇,一旦被缠上很难脱身,所以我们要在迫不得已的情况下才能反击。"

果然,没有多少时间,树林里就窜入了二三十只斑鬣狗,"呜呜"的叫声直刺人的耳膜,让人恨不得马上捂起耳朵。这一次斑鬣狗不像上一次只伏在树下,它们玩起了新花招。有四五只斑鬣狗来到张小飞所待的那棵树下,一只体格强壮一点的斑鬣狗趴在最下面,前爪搭在树上;第二只斑鬣狗爬上了第一只斑鬣狗的颈背,趴在树上;第三只又开始往上爬。但由于斑鬣狗的前肢比后肢长,爬动的样子非常难看。

人们愕然了,什么时候斑鬣狗也拥有人的智慧啦?这样的动作分明是叠罗汉。

何晓晓心里想:自己今天算是倒霉到家了,什么动物都喜欢自己这棵树,自己到底哪儿得罪他们了?

张晓军却急了,马上对张小飞喊:"要用木棍,不能让它们上树。"

张小飞知道这棵树上有三根木棍，所以对于斑鬣狗的攀爬根本不惧。

　　而斑鬣狗虽然能叠罗汉，但四肢却没有抓力，尤其是四腿的前后脚长短不一致，导致它们在攀爬时很费力，好不容易有四只叠在了一起，结果被木棒一触，最上面的那只立即滚到了地上，底下的三只也受到了牵连。几次一来，二三十只斑鬣狗只能发出低沉的像牛一样的吼叫，表示抗议。

　　经过这样的几个来回，斑鬣狗干脆不玩了，重又回到树下伏在地上。

　　夜色已完全笼罩了树林，只有月色把大地照得一片明亮，人们可以清晰地看到斑鬣狗伏在地上的样子。但随着月亮升到了天空，不知什么原因，斑鬣狗又重新兴奋了起来，开始发出鬼哭狼嚎般的叫声。

第四十六章　伏羲的先天八卦

　　斑鬣狗好像很有耐心，一会儿伏在树下一动不动，一会儿又嬉闹乱叫，全然不理会树上的人们。

　　而大家由于有了张晓军的提醒，也不愿去招惹这些癞皮狗一样的家伙，所以有几个人干脆就在树上打起了瞌睡。但更多的人却是睡意全无，默默地看着它们的一举一动。

　　月色好像比刚入夜时要明亮得多，层层薄雾在月亮的前面缓缓地飘过，这样的夜晚应该是最容易让人产生遐想的时候，但人们在斑鬣狗的骚扰下，只能注视着月亮慢慢走向头顶。

　　鸟儿比白天要忙碌了许多，白天几乎看不到，而夜晚的鸟儿回树林就像是回娘家一样，一会儿进，一会儿出。曾几何时，张晓军忽然发现树林中一下子多了许多双眼睛，这些眼睛基本上都是隐藏在树叶丛中，而且还特别明亮，每一双眼睛的后面都有一个黑影在树林中窜来窜去。但这些黑影也非常聪明，人们所待的那六棵树基本不过来，偶尔有过来的，也不停留，擦着树干就走了。

　　大家也懵了，这些小动物是什么时候过来的，怎么没有看到呢？如果要袭击我们怎么办？经历过刚才河床上动物的厮杀，加上斑鬣狗还在树下，人们不由得警觉了起来，有几个已把木棒提在了手中。

黑暗中那些眼睛好像还特别的亮，尤其是月光照着树林的时候，那些眼睛还能发出一丝光芒。让人一看到那些点点的亮光，浑身就会不舒服。

张晓军对大家说："大家也不要过分害怕，可能都是一些猫科动物，只要提防它们，不让它们蹿到我们所待的树上即可。而从这些动物眼睛反光的程度来看，很有可能是类似猞猁的动物。如果是猞猁，一般不会主动袭击人类；当然也有可能是雪豹，如果是雪豹，那就麻烦了，但雪豹一般以白色的居多，所以希望这些不是雪豹。不过我们还得打起精神，严防死守，这六棵树就是我们的领地。"

有几只尾巴白色的鸟儿飞进了树林，引发了树枝的轻微晃动。谁知过了没有多少时间，鸟儿歇息的树枝产生了激烈的晃动，几只鸟儿急速冲向天空，并发出了类似乌鸦一般的尖叫，往西飞去；而原本在树下伏着的斑鬣狗却急速朝那棵树冲去。围着那棵树，斑鬣狗都扬起了头，耷拉着舌头，而那棵树却已恢复了平静。又过了一会儿，另一棵树的树枝也发生了激烈的晃动，好像还伴有动物的撕咬声。斑鬣狗们又急速地朝那棵树下冲去。

当人们的注意力都集中到那棵树上时，旁边的另一棵树上又出现了动物的搏斗声和撕咬声。人们透过月光隐隐约约的看见有两头猫一般大小的动物在树枝上追逐着。一只是通身黑体，另一只是灰带白，也不知是什么动物。其中那头灰带白的动物像是被逼急了，像没头苍蝇似的在林中乱窜。

张小飞好像预料到这两只动物会窜到他这棵树上，所以早已举着木棍守在树上。两只动物在树林中追逐得实在太厉害，果然一不小心窜上了张小飞所待的那棵树。张小飞一点都没有手软，拿着木棍就横扫了过去。前面的那头动物似乎特别灵活，一翻身就窜上了枝头，没有被扫中。而后面的那头却避让不及，一头撞上了木棍，嘴里发出"呜呜"的叫声，掉下了树。

这一下可不得了，已伏在地上等候多时的几十条斑鬣狗一拥而上，那头不幸的动物还未来得及翻身就被分解了。还有许多分不到粪的斑鬣狗在树底下来回乱窜,看得树上的人头皮一阵阵发麻。

骚乱了一阵后树林中又恢复了平静。

树林外不时传来驴头狼的叫声,人们已完全没有了睡意,看看月亮已从头顶转向了西面,估计已是后半夜了。刚才在树林中发现的许多双发光的眼睛,现在连一双都看不见,就连飞进飞出的鸟儿也少了许多。只有那伏在树下的斑鬣狗像癞皮狗一样迟迟不肯离去。

刘捷的眼睛虽然看着树下的那些斑鬣狗,但脑子却在飞快地转,思路也基本理清了。自己所居住的这个星球上曾经发生过全球性的大洪水,这在《圣经》《吉尔伽美什史诗》,还有中国的《淮南子》中都有记载,古巴比伦人、古印度人、古希腊人还有已经消失的玛雅人等都有洪水的传说,说明世纪大洪水确实光临过这个星球,时间大约在五千年之前,也就是在黄帝的诞生之前,同时也诞生了"女娲补天"等神话故事。世纪大洪水光顾后,《圣经》中曾记载有挪亚方舟帮助人们和生物躲避洪灾,而中国人不需要挪亚方舟,因为这个都广之野及其周边的帕米尔高原都是华夏民族的挪亚方舟,许多部落都在这儿落脚。当然,这儿也是禽兽们的天堂,所以才会有"有巢氏、燧人氏"等出现。至于世纪大洪水的形成有多种说法——流星撞击说,火山爆发说,全球变暖降雨量增加说,等等,但不管什么原因,海平面上升一百多米却是真的。而世界上许多文明的诞生都与大江大河有关,人类都居住在大江大河的两岸,所以海平面上升一百多米,许多文明就随之消失了,如两河流域的美索不达米亚文明,中国长江流域的良渚文明、黄河流域的龙山文明等。经过大洪水之后,中国的东部地区基本都淹没在海水之下,而中部地区的人们由于洪水泛滥和海水倒灌,也好不到哪儿去,于是纷纷开始向西部逃离,西部的高原和帕米尔地区也就真正成了人们躲避洪水的挪亚方舟。再说帕米尔高原在五千年前,先天条件并没有这么恶劣,这有一些记录可以佐证。如汉朝的时候,西域还有三十六国,与帕米尔高原有关的就有疏勒国、蒲犁国等,就是在塔克拉玛干沙漠里面还有楼兰古国等,说明当时的条件要好于现在。那么在五千年以前呢?是不是要好于二千多年以前的汉朝?如果这个假设成立,那么是不是这个区域在五千年以前要好于现在,气候条件也比现在要好,是一个适应人类居住的地方,相反现在我们认为是好地方的区域,当时却不适合人类居住,天气潮湿,蛇虫居多。如唐宋时期,岭南还是流放地,苏东坡就曾被贬到岭南,而现在岭南却是我国的经济发达地区;如到了明朝,离现在也不过五六百年的时间,王阳明还被贬到贵州龙场。这一地方过去看不怎么样,现在看肯定要好过帕米尔高原。而五千年前的那场洪水迫使人们从流动的采集和狩猎生活转向相对固定的农耕生活,因为洪水让人们无法周转回旋,只能采取相对固定的农耕文明,而中国历法的产生就是为了适应农耕的需要,二十四节气的设置是为了更精细化的农业种植。也就是说,就在那个时候,部落文明开始显现,国家的雏形开始出现,相对固定的农耕文明已经上升到最重要的位置,因为生存本来就是人类的最主要的目的。为什么部落文明恰恰在这个时候上升为部落联盟?因为面对的是自然灾害和部落之间抢夺可怜的生存资源。为了提高生存的机会,不得不与其他部落展开合作,部落联盟就此形成。而这一形成为国家的诞生提供了坚实的基础。同样原理,国家雏形的产生,又为农耕文明提供了保障。炎黄大战、黄帝与蚩尤的战争等都是为了争夺生存的农业资源,即关中平原而战。而共工与颛顼的战争,也是为争夺关中平原而战,问题是共工战败后,利用他防水治水的长处,制造了神州大地上的又一次大洪水,而这次大洪水应该与世纪大洪水无关,但这次大洪水却对帕米尔高原造成了极大的破坏,估计流沙湖就是从那个时候开始缩小的,缩减成现在的白沙湖和喀拉库勒湖。相反从颛顼开始一直到大禹都在治水,乃至以后的一些朝代也在治水,所以中国的历代统治者才会把共工列为"民害"的四凶之一。而共工的儿子后土为什么能被后人尊崇到神仙的位置?因为他为后人留下了许多耕地。我们现在所处的都广之野由于在帕米尔高原的深处，或者说在流沙湖的上游，所以基本没有受到影响，这也是从黄帝到现在五千年的时间长河中唯一没有遭受破坏的净土。虽然黄帝以后的太阳部落和揭盘陀国都曾逃到过这儿，但这儿的动物已成气候，再加上这两个部落的成员本来就不多，所以相持了一段时间以后，最后人类不得不退出这片区域，这儿也就顺理成章地变成了动物的世外桃源。

想通了其中的几个环节，刘捷终于长长地舒了一口气：来了一次帕米尔，总算把大洪水的事情搞清楚了，也把这儿为什么有这么多史前生物也清楚了一个大概。

叶诗意见刘捷舒了一口气，猜测说："老师，是不是你又想通了什么事？"

"对呀，"刘捷高兴地点点头，"原来以为帕米尔高原属于中国偏远的边疆，现在看来我们是错得离谱。"

"这怎么说？"叶诗意不解。

刘捷回答："实际上世纪大洪水之后，帕米尔高原就是中国的挪亚方舟，承载着中华民族的发展。"

"有这么重要？"叶诗意的眼睛开始发亮，"那为什么帕米尔高原没有成为中华民族发展的中心？"

"我说的重要是指世纪大洪水之后，中华民族曾有一段时间在这儿生存，曾是发展的中心，就算是黄帝，在涿鹿中原之后，还把这儿作为夏都，说明这块区域他并没有放弃。你也知道，这儿地处高原，土地奇缺，动物更是稀少，但对承载当时的这点人口来说也并不算困难，"刘捷解释说，"一直到共工制造了大洪水，帕米尔高原才逐渐成为荒凉之地，现在已考证出来距今五千年左右地球开始逐渐进入寒冷期，本来就少得可怜的土地变得更少，迫使人们走出帕米尔，不得不去寻找新的生存之地。"

"有依据吗？"陈娴不知什么时候醒了，问刘捷。

"有，"刘捷很有信心地说，"就以周王室为例，周王室共有七次迁徙，后稷是他们的始祖，这有我们看到的后稷的祭坛为证。第二次公刘迁豳和第三次亶父迁岐下,这些《诗经》里面都已叙述得很详细。而第一次肯定是从这儿迁出的,时间在后稷之后约八世孙,名叫不窋,因为丢失官职,自己从这儿搬迁出去流窜于戎狄之间,这一段纪录可见《史记》中的《周本纪》和《刘敬列传》,"见陈娴和叶诗意都看着他,刘捷又接着说,"后稷是农耕部落,而戎狄是游牧部落,所以到了不窋的孙子公刘手中又进行了第二次迁徙,而且特别强调要复修后稷之业,后稷之业是什么?我们都知道是农业。"

"你讲的是周王室的搬迁史,这和共工有什么关系?"陈娴不解,丢官就必须迁徙吗?

"因为共工触发了大洪水,我猜测当时除我们眼前看到的这一块都广之野以外,所有被后稷开发出来的农田全部被淹没。可后稷的族人只会种植,没有土地让他们怎么种?更何况还有这么多部落的人口需养活,再加上人口的繁衍,虽然帝喾让共工的儿子后土开始修复土地,但这也有一个过程。所以后稷这个官职被罢免是最正常不过的事情了。"刘捷坦然回答。

"老师的意思是共工制造的洪水还有一个正面的作用,就是逼着人们走出帕米尔高原,到全国各地去生存。"叶诗意解释说。

"可能还有一重原因,因为在流沙湖的东面还有一个部落,叫'中輻国',是颛顼的儿子所建立,这在《山海经》的大荒北经中有记载,共工怒触的目的有可能是冲着他去的,"刘捷笑着解释,"当然,由于共工的原因,有许多部落走出了帕米尔高原,造就了中原大地上到处都是炎黄子孙,就像后稷一样,先是一个人生活在帕米尔高原,后是一大家子,再后来是一个部落,一千年以后变成了一个国家。中华民族的十多亿人口就是这么来的。"

"后稷肯定不是帕米尔的原住民,那他是不是世纪大洪水时逃到帕米尔的?"陈娴问。

"完全有这个可能,但估计是后稷的祖先先上了帕米尔,才有了我们今天看到的稷湖这个规模，因为这个稷湖的建成也不是一朝一夕所能建成的，而且这个稷湖还是一个后天八卦图，所以不可能是后稷一人所为。"刘捷回答。

一听是八卦图，胡骏的第一个反应就是我们会走不出去，所以隔着树就问："我们会不会被困在这里？"

刘捷笑了，说："怎么可能呢，最不济我们从原路退出，沿丹水返回总可以吧，我估计这是最早的后天八卦图，还没有配上后世迷宫这样的概念，也就是九宫的理念。"

"也不一定，"胡骏说起老本行也确实在行，"要说八卦图，国内现在有七个地方与八卦有关联。最大的就是新疆伊犁的特克斯八卦城，在城中心设置阴阳两仪，然后八条主街按八卦方位向外辐射，形成了一环八街、二环十六街、三环三十二街、四环六十四街的布局，象征易经的六十四卦。刚才刘教授说这儿也是八卦图，估计也离不开这一理念。"

"那特克斯八卦城是什么时候建成的？"刘捷问胡骏。

"好像是南宋。"胡骏回答。

"那不就对了，"刘捷不以为然，"这儿的八卦距今约五千年，就是距离南宋也有四千年的时间，而且还是早期的后天八卦。这八卦刚开始是用来占卜的，也就是算命的，我们现在流传下来的是《周易》，后来经过不断的演绎才形成了今天的八卦，而今天的八卦要比五千年前的八卦复杂得多。"

"你老是说这是后天八卦，难道还有先天八卦？"胡骏不解地问。

"当然有先天八卦，"刘捷介绍说，"伏羲作八卦，我们谁都知道，但他作的是早期八卦，是根据天地的形成过程所制作出来的八卦，也就是天地风雷山水火泽，相对应的就是乾坤巽震艮坎离兑。"

"这我们知道，甘肃天水还有一个卦台山，那就是伏羲画八卦的地方，"胡骏比较急，他自认为的强项却总有缺陷，"我们想听的是先天八卦和后天八卦的事。"

"我说的就是此事,"刘捷解释说,"简单地说,伏羲作的八卦就是先天八卦,就是你说的卦台山,后天八卦却有三个,夏朝有《连山易》,商朝有《归藏易》,周朝有《周易》,前面两个都已遗失,唯有《周易》留存了下来。而《周易》据传为周文王所创,经孔夫子收录为儒家经典,这才保存了下来,后经过两千年的发展,才成为今天的八卦。"

"哦,受教了,"胡骏不得不服,刘捷肚子里面的货确实不少,但胡骏也会举一反三,"那兰溪的诸葛八卦村,虽同样是按九宫八卦排列的,但与伊犁的特克斯八卦城还不完全一样。是不是有可能特克斯八卦城要比诸葛八卦村来得复杂?因为后者要比前者还要晚。"

"理论上是这么说,但与人为的因素、领悟的能力、后世的完善等都有关系。"刘捷进一步解释说。

"那既然我们现在流行的是周文王制作的八卦,那眼前的八卦也属于后天八卦,但这是后稷所做,难道是周文王抄袭他们祖先的吗?"胡骏也进一步问。

"不存在抄袭的问题,因为八卦的发展本身就是一个不断完善的过程。先天八卦和后天八卦最大的区别就是乾坤的位置不同,先天八卦是上南下北,乾在上,坤在下;而后天八卦却是乾到了西北,"刘捷解释说,"我记得我在给你们介绍建木神树的时候,好像谁问了我一句,那棵神木是供神仙们上下的吗?胡导还说了一句:我们不是神仙,用不着上下。"

胡骏回答:"我是说过。"

刘捷接着说:"那是后天八卦图中的乾位,即西北,那棵树正好在西北方向。而乾又恰好代表天,所以那棵树就成了与天连接的通道,也就成了供神仙们上下的神树。"

"那后稷为什么要在这儿制造一个后天八卦图呢?"胡骏不解,问刘捷。

叶诗意抢着回答:"与卦台山可能是同一个原理。"

刘捷笑笑说:"卦台山是天然的,而这儿却是人工的。当然，也不完全是人工的，是当时的人对自然加以适当改造所形成的，"然后对胡骏说，"不过，你说的后稷为什么要在这儿制作一个八卦，这也是我想知道的。"

陈娴对刘捷有点嗔怪地说："你这样思考累不累啊，还是休息一下吧，哪怕是闭目养神也是好的。"

刘捷却回答说："不累，只要能把问题想通，精神自然会上来。"

就在人们说话间，东方已渐渐泛白，天要开始亮了。

斑鬣狗好像在与人们比耐心，伏在地上，一点也没有要离去的意思。

人们待在树上，看着这些斑鬣狗，只能苦笑。张晓军对大家说："现在我们比的就是耐心。"

胡骏也苦笑着说："我们不去管它，包里面不是都有烤鱼吗，先垫一下肚子，我们可不能自己对不起自己。不过，你们的水要省着一点喝，现在去取水可是有难度的。"

"取水我有办法，"张晓军忽然醒悟过来说，"你们谁有塑料袋，把它绑在树叶上，等太阳一照，蒸汽水就会在塑料袋里面产生"。

胡骏哈哈笑："我们的张大教授还是有办法的，看下面几个小样儿的，看谁能熬死谁。"

比耐心确实是一件艰难的事。斑鬣狗也很聪明，它们轮流开始外出，估计也是去喝水什么的，但回来后又伏在地上，就是不肯离开。看着这群癞皮狗，人们倒寄希望于恐怖鸟再回来，把这些癞皮狗赶走。

时间在一点一滴地过去，已快接近中午，斑鬣狗还是没有离去的意思。人们开始感到害怕，如果这群斑鬣狗再与他们相持个三五天，他们全都会发疯。张晓军安慰大家说："大家不用怕，我们至少还有点吃的，斑鬣狗也需要吃喝，单喝水肯定是不够的，它们更需要食物，所以坚持下去就是胜利，胜利一定是属于我们的。"

时间来到了晚上，月光洒进了树林，那些斑鬣狗们终于忍耐不住了，开始朝着树上的人狂吠。这声音笑不像笑，哭不像哭，难听得要命。

　　张晓军笑着对大家说："我们快要胜利了，它们已忍耐不住了，我们不要去睬它们，任由它们去叫。"

　　果然，叫了没有多久，林子外传来了另外一群斑鬣狗的叫声，这些斑鬣狗像是接到了命令，陆陆续续跑出了树林。

　　人们终于长长地出了一口气。

第四十七章　沙犷和驴头狼

东方终于渐渐地露出了晨曦，人们的心也像天空那样渐渐有了光明。自昨晚斑鬣狗走了以后，树林内果然一夜太平，什么驴头狼、恐怖鸟统统不见，就连原来嘈杂的鸟叫也听不到，更不用说那猞猁一样的动物了。唯一的不足就是没有睡好，因为这毕竟是在树杈上，坐都坐不好，睡就更加不用说了，躺下是根本不可能的事，最好的方式就是打个盹儿，但就是打盹儿也要时刻提防摔下树去。

因为看不到野兽，有人提议到树下去活动活动，张晓军赶忙拦住大家："大家先不要动，我先下去到周边看看，如果有危险，我逃得也快"。

赵子凡也一溜烟下了树："我跟你一起去，因为我逃得还要快。"

张晓军朝赵子凡笑了笑，"那就走吧。"

张晓军领着赵子凡小心翼翼地往树林的南边出口而去，这是刚才恐怖鸟进来的地方。因为这片树林只有南北两头有动物踩踏出来的小道，西面是刘捷说的稷湖，东面是非常茂盛的茅草，看不出有动物踩踏的痕迹，也不知道东面的外面是什么，估计进出不易，所以没有发现有野兽踩出来的小道。

树上的人们都紧张地盯着南面的那条被野兽踩踏出来的小

道，希望张晓军他们早点归来。谁知这一等就是一个多小时，人们的紧张情绪也到了极点。终于两个人影出现在南面的小道，是张晓军他们，正快速朝树林跑来。

张晓军向大家喊："都不要下树，有猛兽。"喊完就近爬上了树，赵子凡比张晓军还要快，几下就到了树的上面。

果然，两头驴头狼接着闯进了树林。一看俩人上了树，赶紧朝树上扑，可惜晚了好几步，气得这两头驴头狼只能在树下打转。

刘捷知道这两头驴头狼对这俩人已没有了危险。赶紧问张晓军："树林外的情况怎么样？"

"情况不太妙，"张晓军回答，"出了这片树林就是一人多高的茅草，就像我们进来时穿过的那片茅草一样。出了茅草地前面是一个大草原，草原的左侧是山脉，中间是那棵建木神树，建木神树往右也是大草原，一直延伸到你说的那个钟山的山脚。而从建木神树旁流出的向西的那条河流就在这草原中间流过。"

"你说这片茅草地外面是草原？那能不能望到边？"刘捷有点愕然，按他的推理茅草地应该是阴阳八卦的一部分，而建木神树应该是整个都广之野的中心，所以过了建木神树后应该是戈壁滩，至少应该是与波谜罗川相同的地理环境。"哦，那是我大意了，《山海经》中明确记载垒山和钟山之间是都广之野，那就应该想到这儿有可能全都是大草原，而我却被西部都是戈壁的所谓常识和唐僧的《大唐西域记》中所记载的波谜罗川所迷惑了。"

"草原是肯定的，而且还一眼望不到头，因为前面好像还有巨石横在那儿，"张晓军为了证明自己没有说错，"子凡，你是否也看见了那个巨石？"

赵子凡肯定的回答："对，确实是巨石，是在草原的中间，好像还不止一块，有许多块。"

"草原中间没有雾气吗？"胡骏问。

"没有，"张晓军回答，"但有几只老鹰在盘旋。"

"太阳应该还没有升上来，所以不会有雾，而且能见度还特别得好，"刘捷替张晓军解释说，随后刘捷又问张晓军，"草原中间有路吗？哪怕是羊肠小道？"

张晓军想了半天，又看了看赵子凡后才回答："没有，就连中间的那条河的旁边也看不见有河床，"停顿了一下又说，"好像沿山脚的地方草比较少一些。"

"那你们有没有看到可以提供歇脚的地方，如树林、山洞什么的？"刘捷又问，后又感觉问得不对，又补充一句，"离那些巨石有多少距离？"

"好像有三五公里。"张晓军回答。

赵子凡插话说："我看到山那边有一条裂缝，有点像我们洗鱼的那个山涧，就是不知道那儿有没有山洞。"

"咦，子凡，这事你可没跟我说。"张晓军对赵子凡说。

"你又没问，我也是刚才突然想起的，"赵子凡解释说，"刚看到那条裂缝时我就想说，你不是提醒我有老虎吗，所以我们就撤了回来，还没撤到一半，不就碰到那驴头狼了嘛，根本就来不及说。"

"还有老虎，是不是张骞纪录的齿虎？"胡骏紧张地问。

"是不是齿虎不知道，因为离得还较远，看不清，只知道样子像老虎。"张晓军回答，然后张晓军又问刘捷："是不是还要继续走这条道？"

"你还有其他路可走吗？"刘捷反问。

"齿虎总算出现了，"胡骏自言自语，然后对张晓军说，"就是有齿虎也不怕，我们要坚定信心。"

刘捷有点忧虑，"为防意外，如果这驴头狼也像斑鬣狗那样不走的话，我们今天还是待在树上，等明天寻找机会。不过我想亲自去看一下。"

陈娴对刘捷说："你往下看一看，估计你明天也走不了"。刘捷低头一看，刚才只有两头驴头狼，现在怎么变成五头啦，看来是真的走不了了。那五头驴头狼在树下不停地来回走动，还时不时抬起头朝树上瞧上一眼。

既然走不了，还不如再问得仔细一点。于是又问张晓军："晓军，我再问一下，那左侧的山是不是和我们刚进入这个草原时所看到的山差不多吧？"

"应该差不多，山体的形状几乎一样，"张晓军想了想回答说，"有可能是我们看到的那座山的延伸。"

"那山脚有没有一条路？"刘捷又问。

"真的看不清，只看清靠近山脚的地方草好像少了一点，有没有路真的不好说，只有等走近了才能看清，"张晓军回答，"我原来是想去看一看，谁知有老虎出现，所以就没有冒这个险。"

"你知道驴头狼绝迹了多少年吗？"刘捷换了一个话题。

"绝迹的时间应该不长，因为六十年代还有人在湖北、河南看见过，近期好像在神农架也发现过。"对于这些话题，张晓军讲起来还是头头是道。

"但你是不是知道我们现在所看到的并不是驴头狼，而是史前动物沙犷呢？"刘捷问张晓军，随后又补充说，"我先申明，这两种动物我都没有看见过，有可能是学名叫沙犷，小名叫驴头狼？也有可能史前叫沙犷，后经过五千年的进化，成了现在的驴头狼。"

"这我也说不清。"张晓军回答。

"那驴头狼身长一般多少？"刘捷又问。

"如果属于狼的一种，应该在一米以内。"张晓军对于这一类的问题还是比较在行的。

"那不对，你看着几头驴头狼身长都要在一米二三以上，所以不一定是驴头狼，而可能是史前动物沙犷。"刘捷比较后肯定地说。

"我看不一定，"张晓军说，"你自己不是说过，这儿是高原，高原的动物就要比平原的动物来得大。"

刘捷不说话了。

那五头驴头狼在树下走得有点不耐烦了，其中一只趴到了赵子凡所在的树上。沈琳有点担心,问张小飞:"那驴头狼真的不会爬树?"

张小飞看了那驴头狼一眼:"你放心,那驴头狼前脚长,后脚短,跟那斑鬣狗差不多,爬不了树。如果能爬树估计早就爬了。"

果然,那家伙只是装装样子,根本不会爬树,不一会儿就把前脚放下来了。

又过了好长一段时间,那五头驴头狼见猎食无望,这才依依不舍地从那树林的南边离开了。

刘捷看了看陈娴。

陈娴轻声对刘捷说:"幸好我不是乌鸦嘴。"

又过了一阵,见树林里没有了动静,刘捷和张晓军、赵子凡溜下了树,出了树林。果然,张晓军说得一点也没错,穿过茅草就是草原,这片草原给刘捷的震撼太大了,因为这片草原就像是一个山坡,缓缓向下倾斜,一直延伸到有云雾的地方,草原中的草虽然没有茅草长得高,但也超过了膝盖。此时的太阳已经渐渐升起,虽不强烈,但已经有一层淡淡的薄雾覆盖在草原上,怪不得在后稷的祭坛那儿是看不到这个斜坡的。由于有薄雾的覆盖,张晓军所说的巨石刘捷并没有看到,但赵子凡所说的山的裂缝刘捷却看到了。

为了看得更明白,刘捷建议必须走近点看。赵子凡心有余悸地说:"这儿可是有老虎出现的地方。"

刘捷叹了口气说:"这我知道,这样做也是一种没有办法的办法,我们小心一点就是。因为这片草原我们还得穿越,现在我们就是为他们能够安全穿越打好前阵。"

靠近山脚的地方原来有一条路,但由于年代久远,杂草已经覆盖了路面,但与草原中心比起来草要少了许多。

不过十来分钟的时间,刘捷他们三人就来到了山的裂缝前。这个裂缝比前面洗鱼的地方大多了,这儿也有瀑布,水流通过眼前的小涧流向草原中心的那条河去了。刘捷随着那瀑布的来源往上移，忽然在顶上又看到了太阳部落的标记，而且这个标记还特别明显，是在瀑布上面的一块巨石上，只要看到瀑布，就能看到那个标记，看来这儿曾经确实是一个人兽共存的地方。刘捷忽然产生了一个灵感，既然是人兽共存，那人住在那儿呢？不可能是草原吧。刘捷又回首看了看草原，苦笑了一下，这是不可能的事。那他们住哪儿？古人又能住哪儿？刘捷又朝那瀑布看了看，会不会是水帘洞？但看看又不像，水帘后面没有洞啊。会不会在悬崖的两侧？这有可能。于是刘捷对张晓军说："你扶我一把，我想到这块石头的上面去看看。"

赵子凡阻止说："这种事情就不用劳驾您了，爬这种石头我是老本行。"果然没几下，赵子凡就爬上了石头，然后转头问刘捷："您上来想看什么？"

"你看一看瀑布流下来的山崖两侧有没有山洞？"

赵子凡在巨石上换了一个角度一看，果然有一个山洞，于是兴奋地对刘捷说："是有一个山洞。"

刘捷也兴奋起来，马上说："你走近看一下，是不是干燥，可以住人不？"

赵子凡不但走近看了，而且还爬到洞里面去看了。谁知刚一进洞，就从里面飞出了许多蝙蝠，把三个人都吓了一跳，赵子凡赶紧逃了出来。

刘捷马上对张晓军说："我们也上去看一下。"两人相互帮衬着也爬上了巨石。

刘捷和张晓军去洞口张望，赵子凡却说："刘教授，刚才我已进去看了，那个洞好大，外面还比较干燥，就是洞里面的顶上有许多蝙蝠。"

"好，好，生态还可以。"刘捷连声说好，因为自被蚁虫和紫鼠从那个洞穴赶出来以后，他太迫切希望再有类似的洞穴让他们能够得到较好的休息，因为树林中实在太不安全了，骑在树上休息不好不说，那些猛兽还时常在树下打转，所以就是让你休息你也不敢休息。

"有这么多蝙蝠,说明这儿没有其他野兽。"张晓军接着说。

刘捷和张晓军也进洞看了,但为防蝙蝠的袭击,俩人都把衣服包在头上。刘捷又不放心外面的草原,所以让赵子凡留在巨石上,注意观测草原上的动静。

这个洞穴比原来那个洞穴要大得多,靠近瀑布的地方有一点潮湿,再靠里面一点就干燥了,但最里面还有几个很深的小洞穴。这些小洞穴倒是个麻烦,刘捷心里想。又没有时间去检查,先搁置一边再说,现在就外面的这点场所,住上二三十个人还是绰绰有余的。刘捷在看的时候忽然发现洞壁上有许多划痕,但光线不足,看上去有点模糊,如果有个火把就好了。这些会不会是太阳部落留下来的印迹?这样一想,刘捷又开始激动了起来,以至于张晓军叫了他数次都没有听到,完全沉浸在这些痕迹当中。直到张晓军跑到跟前他才知道。

"子凡已经叫了两声,说前面发现了恐怖鸟,"张晓军着急地对刘捷说,"我们是不是去看一看。"

刘捷一听恐怖鸟就头皮发麻,赶紧和张晓军急匆匆地赶到洞口,果然看见赵子凡拿着木棍对着那恐怖鸟,在与恐怖鸟周旋,而恐怖鸟正想方设法拍打着翅膀要跳上那块巨石。

恐怖鸟见又来了两个帮手,但它并不惧怕,退后了几步,然后一个冲刺,想借力跃上巨石。可惜巨石上的人并不给它这个机会,三根木棒把它捅了下来。恐怖鸟一翻身又站了起来,翻动着绿绿的眼睛盯着巨石上的三个人。

"不好,有一只老鹰正朝我们这边飞来。"张晓军叫了起来。

刘捷抬头一看,果然有一只老鹰急速朝这边飞来,于是立即对赵子凡叫道:"子凡,你一人对着恐怖鸟,我们先对付那老鹰,有问题叫我们。"两根木棍立即对着老鹰飞来的方向,张晓军还把木棍舞了一圈。

老鹰的速度也确实快,一眨眼的工夫就飞到了三人的头顶。但盘旋了两圈,却始终无法下手。

"红头的,这是大鹫。"张晓军这次看清了这只老鹰的真面目,这大鹫果然大,翅膀一展开比胡秃鹫还要大。刘捷也看清了,心里感叹张骞一点都没有说错,该来的终究还是要来。

恐怖鸟见来了帮手,立即来劲了,于是又退后几步。赵子凡见状,立即对刘捷叫道:"恐怖鸟又要冲刺了。"实际上刘捷的余光早就注意到恐怖鸟的动作,所以立即对张晓军说:"你注意上面,我去帮子凡。"

大鹫好像与恐怖鸟操练过一样,恐怖鸟要冲刺跳跃,它也来一个展翅俯冲。但张晓军把那木棍舞得像个风车似的,让那个大鹫根本无从下口,俯冲到离三人还不到一米的上空又折返向上了,因为被那木棍砸一下也是要命的。大鹫又在三人头上盘旋了一圈,见实在无从下口,只得无奈飞走了。

恐怖鸟好不容易跳上了巨石,但还没有站稳,就被两根木棍扫下了巨石。恐怖鸟又一次翻身站起,这一次它学乖了,头也不回就往草原的中心跑去。

三个人瘫坐在巨石上,面面相觑,这是他们第一次正面对抗两头巨兽,居然还赢了。还是刘捷说:"我们得赶紧回去,不然的话胡导要急的。"

胡骏还真的急了,见已经快两个小时了,还不见三人回来,于是带了朱万豪、张小飞,还有沈琳赶了过来。沈琳是自己溜下树的,因为她实在是太担心赵子凡了。四人刚到草原的边缘,就看见刘捷等三人在急匆匆往回赶。

两拨人终于碰在了一起,沈琳喜极而泣。刘捷却没有心思关注这些,赶紧对胡骏说:"我们找到了一个洞穴,现在要把人全部转移到那个洞穴去,你去组织,张晓军跟你一块去。我带张小飞和赵子凡夫妇先去抢占那个洞穴。"

"好,那就让张晓军和朱万豪跟我回去。"胡骏的执行力还是不错的。

刘捷又补充说:"让大家多带一些树枝,我们晚上要多燃几堆火,以驱野兽和取暖。"

"知道了。"胡骏带着俩人立即走了。

等胡骏将人带到洞穴时，刘捷等人已经洞穴内燃起了两堆火，说是要驱除洞穴内所有的污秽之物，包括蝙蝠等所有的生物。胡骏等人也带了许多树枝，又燃起了两堆篝火，烟雾把蝙蝠赶出了洞穴，但这些蝙蝠在瀑布前盘旋，久久不肯离去。刘捷还不放心，让张小飞去洞穴前的那块巨石上也燃起两堆火，以防猛兽的突然袭击。又让朱万豪去子洞穴的前面也燃两堆火，以防不测。

胡骏感叹说："燧人氏真的伟大，发明了钻木取火。多少年过去了，我们还在享受他的红利。"

"好了，不要感叹了，"刘捷对胡骏说，"这儿交给你和晓军了，我又要去研究了。"

"你难道又有发现？"胡骏惊讶地问。

"呶，在那洞壁上有许多划痕，我去看看，说不定是有价值的东西也未可知。"刘捷指着那洞壁回答。

"好，你忙你的，其他的事情交给我，"胡骏豪气地说，"让晓军也跟你一起去研究吧。"

刘捷举着火把走近洞壁，陈娴和叶诗意跟在后面，张晓军走在最后。洞壁上果然有一些简单的线条，但更多的是浮尘，刘捷用树叶清扫了一下，比刚才清晰多了。这不是简单的划痕，而是画着一些动物，最边上的是一头鹿，头上有角，很好分辨。

叶诗意对刘捷说："老师，这鹿我们看见过，在恐怖鸟之前进树林的白唇鹿，你看样子差不多，只是嘴巴显示不出白色而已。"

刘捷"嗯"了一下，他用树枝在清扫更大面积的浮尘。张晓军见状，也一起帮着清扫。

叶诗意跟在后面，一边清扫一边又指着旁边所画的一个动物对刘捷说："老师，这个动物也看见过，应该是紫鼠，你看，老鼠的头，还有两个翅膀。"

刘捷看看清扫得差不多了，然后退后几步，看了看洞壁，自言自语地说："这些壁画差不多有两百平米，画的全部是各种动物，这在帕米尔高原恐怕是唯一的，就是在国内也并不多见。"刘捷转身对叶诗意说："小叶，你眼睛好，你数一下，一共有多少个动物？"

陈娴在一旁对刘捷说："我估计上面画的全部都是都广之野里面的动物。"

刘捷点点头："应该是的，看来这都广之野里面的动物还真不少呢。"

叶诗意一边触摸着这些划痕一边感悟："上古时候的人类生存还真不容易，就像太阳部落，被其他部落赶到了这儿，好不容易扎下了根，结果又被这些野兽给赶走了。"

"这就是韩非子说的：人民不胜禽兽虫蛇，"陈娴也跟着感叹，"看来这儿的野兽还是蛮厉害的。"

"这也是动物的一种悲哀，表面上看这是动物的伊甸园，是这些猛兽把人类赶出了这个区域，但实际上又何尝不是人类把它们圈养起来，"刘捷插话说，"如果把这儿开发成一个野生动物园，效果会怎样？"

"这个建议不错，"叶诗意惊喜地看着刘捷，"看来老师做生意也是一块料，野生动物园，把这儿开辟成野生动物园，这个想法不错。"

"动物园，野生动物园，"张晓军在一旁喃喃地跟了几句，忽然叫了起来，把洞里的其他人吓了一跳。"我知道了，我知道了，当时我说那个声音很熟，这个声音就是老金，他们也说到过野生动物园。"张晓军拉着刘捷说。

第四十八章 野生动物园

张晓军说得没错，金顺福确实见过莫家蓬院长，他是跟着陈总一起去的。那天张晓军正好去莫院长的办公室，听到莫院长的办公室里有客人，于是就在门外站了一会儿，办公室里面传出了笑声，说明谈得还比较顺利，有一个声音还说如果能办成野生动物园，莫院长当属首功。当时张晓军心想：这人笑起来怎么这么放肆？办野生动物园找我们莫院长干什么，莫不是请我们莫院长去做顾问？而且"野生"两个字还带有一点地方口音，不像标准的普通话。后来由于等了一段时间莫院长还没有结束，张晓军也就先离开了。

帕米尔高原遇到了有记载以来的最大地震，震级为九点六级，整个高原都为之震动。最急的还是莫家蓬院长，因为张晓军等十几个人上帕米尔高原还是他动员去的，说学地质的人不到帕米尔高原去现场体验一下，只能学到理论上的东西。于是张晓军等人就去了帕米尔高原，而且什么时候去，什么时候回，都向莫院长汇报过。

地震的前一个晚上，当下属的地震观测站来汇报帕米尔高原即将发生特大地震时，莫院长吓了一跳，他的第一反应就是要查找张晓军等人的位置。当通过旅行社知道张晓军等三人因地震前的一些预兆而提前离开时,一方面为他高兴,毕竟自己的高徒是学有所成;另一方面又严令旅行社必须找到已失联的三人,并且将他们带回。但当半夜莫家蓬再一次询问旅行社是否找到人时,旅行社的回答却让莫院长伤心至极,因为旅游团已失去了联系,张晓军等三人不知所踪,但同时又留了个希望,说地震前夕已致电314国道旁的驻军,让他们接应。莫院长通过学生好不容易询问到了314国道旁的驻军,但驻军的回答却让他五雷轰顶,因为驻军昨晚在地震发生后的一个小时就已经派部队沿着314国道进行搜索,但由于塌方的地方实在太多,到处是堰塞湖,道路已完全被堵塞,工程抢险车又根本上不来,所以他们自己也感觉为难,而且在314国道旁已经发现了十四具遗体,也不知道这里面有没有莫院长想找的人。现在政府正在集中力量抢修通往灾区的道路。

这一消息让莫家蓬一个晚上没有睡好,于是第二天一早,也不管帕米尔高原是不是还有余震,就随搜救队进入了地震灾区,因为谁都知道黄金72小时最为珍贵。

莫家蓬先去了驻军的驻地,看了他们搜救出来的十四具遗体,没有发现张晓军,也没有看到其他的学生,悬着的心算是放下了一半。于是立即打电话回学校,联系了几位地质方面的专家,要求大家进入帕米尔高原一起搜救,当然,这不仅仅是为了十几个地质学院的学生,更重要的是为了观察帕米尔高原这次地震后所发生的变化,尤其是对公共服务设施和基础设施进行抗震性能鉴定,为工程建设标准提供科学依据。

但要进入地震中心地区也并不是一件容易的事。因为地震后帕米尔高原上的314国道已被截成了几段,并生成了五六个堰塞湖,整条峡谷已全是积水,而喀拉库勒湖和白沙湖已连成了一片,塔县的县城也已基本破坏,原来的314国道从塔县开始一直到奥依塔克镇的道路已基本破坏殆尽。不要说去救援,就是想上去也没有路,政府现在正在竭尽全力,从莎车绕到塔县的西面去进行救援,但这条路也被地震震塌了,但相比314国道要好一些。

搜救队正在劈山开路，想尽办法接近震源的中心：公格尔峰一带。

幸好有驻军帮忙，正好有一架直升机从喀什要运送一批救援物资到塔县，路过他们的驻地，于是莫家蓬让驻军帮忙把专家带过来，并跟着救援物资坐直升机直接到了塔县。到了塔县后，莫家蓬并没有闲着，先去找冰峰宾馆。宾馆很好找，但可惜宾馆已经在地震中倒塌。通过打听莫院长终于找到了冰峰宾馆的老板，此时的他正双腿绑着石膏躺在医院里，老板把他所了解的情况和旅行社连夜下山的情况以及有三名学生提前下山的情况都一一向莫院长做了汇报。莫院长根据他们下山的时间以及车速计算出了他们大概的位置，然后又与塔县的救灾指挥部商量，动用直升机飞临到喀拉库勒湖和白沙湖的上空进行搜索，终于在雪山之间发现了车辙。然后又让直升机一路追踪到沙漠，却发现车辙印不见了。莫院长让直升机扩大范围搜索，驾驶员以沙漠为中心，扩大到一百公里范围进行搜索，还是一无所获，既没有发现车辙印，也没有发现抛弃的车辆。

莫家蓬不死心，既然有车辙印，那肯定不是千年前留下的，而这条古道肯定在一千年以上，如果说这是人的痕迹，那还有可能，说不定有人误入这儿也有可能，但车辆绝对不会驶入，因为这条古道走不了车，所以最后得出结论：车辙肯定是这些人逃离时留下的，而且在检测时发现有福特的轮胎印，当然也有其他的轮胎印，这更加让莫家蓬确信这就是张晓军等人逃离的路线。但他们去了哪儿？如果碰到了猛兽，那车辆总应该留下吧。既然什么都没有，这儿也没有其他路可走，唯一的解释就是他们穿过了沙漠，进入了一个不为人知的地方。听冰峰宾馆老板的介绍，这支队伍有三十多人，所以莫院长更加不敢怠慢，想从塔县调车辆过来，但根本不可能，因为喀拉库勒湖一带已完全被地震破坏，根本没有路。于是他只得马上联系自治区政府，要求借调两辆四轮驱动的车来，自己和四位专家要去寻找已经失踪的三十多个人的旅游团队。一听有三十多人失踪，自治区政府也非常着急，立即给予大力支持，唯一的要求就是让他们在驻军的驻地再等一天，一是通往白沙湖旁高地的路还没有完全打通，被山体塌方所堵塞的路面还没有清理好；二是需为他们配备向导和武警等人员。莫家蓬听闻后也没有办法，只能等待。谁知等了不是一天，而是两天半，车辆总算送过来了；旅行社也来了两个人，一个副总，一个安全员；武警来了四个人。

与旅行社一起过来的还有一辆SUV，车上下来的人莫家蓬也认识，是西北集团的总经理陈凯。

"咦，你怎么会来这里？"莫家蓬有点惊讶。

"我怎么不能来，我有四个员工也在帕米尔高原的这次地震中走失了，所以必须得找啊。"陈总笑嘻嘻地回答。

"那真是太巧了，我也有十几个学生在这次地震中走失，如果有陈总的配合，那肯定事倍功半。"莫家蓬也客气地说。

"哪里哪里，我只有跟着莫院长才不会在这高原上迷失呀。"陈总也是客气回答。

陈总的真名叫陈凯，是西北集团的总经理，而他的弟弟叫陈旋，是西北集团的董事长。为什么哥哥是总经理，弟弟却是董事长，据说这是他俩的父亲在临终前的安排，说弟弟能沉得住气，不太喜欢抛头露面；而哥哥点子多，喜欢交际，说这样的安排有利于家族企业的发展。

西北集团是靠农产品起家的，说直白一点，就是靠哈密瓜起家，后来又投资了棉花、矿产，总算积累了一定的家当，员工的规模已经达到五六千人。但自从公司移交到他们两兄弟手里后，却辉煌不再。虽然原来的一些拳头产品仍在创造利润，但同类产品的竞争却是越来越激烈。陈旋和陈凯一直想转型，但这么大的一个集团岂是想转型就能转型得了的？就在彷徨之际，陈凯在一次聚餐会上听到一个朋友说在中国西部地区还有一块净地，叫都广之野，是史前遗留下来的宝地，里面鸟兽聚集，还有许多世界上已经绝迹的史前动物，政府目前正在组织人员寻找。听到这些话后陈凯心里一动，史前动物，而且还在西部，那是多么吸引人的地方，一部《侏罗纪公园》电影已经让人们如痴如狂，如果西部真的有这么一个地方，那人们还不发疯。更何况自己的企业正想转型，如果把这个区域拿下来，那今后还愁什么利润的事，哪怕是躺平也是要啥有啥。于是陈凯开始留意这个地方，但想要打听这个地方还真不容易，打听了几个月，翻了许多资料，甚至陈凯还亲自跑了七八个地方，竟没有一个是符合标准的，会不会是人们传错了？陈凯心里开始打起了退堂鼓。谁知这边还没有等他打听清楚，那边却听到一个惊人的消息，说目前国家正在规划，想把这个区域开辟成国家公园，但由于不知道都广之野的具体情况和位置，只是把此事委托给天山大学，让大学组织一个考察队，对都广之野进行全方位的考察，而牵头的正是地质学院的副院长莫家蓬。由于此事只是刚开了个头，这个国家公园的一切还有待进一步规划，所以莫院长也没有对他的学生讲。而陈凯从其他渠道知道了此消息后，他比任何人都着急，立即拜访了莫院长，提出了想和莫院长合作共同开发的建议。莫院长当场就给回绝了，不要说此事八字还没有一撇，就是有一撇他也不敢和西北集团合作。

但陈凯并不死心，想：你们不是成立了一个考察组吗？我也可以成立一个考察组，而且还搞了一个旅游开发预案，想走捷径，在规划落地之前向自治区政府先租用这块地，做成既定事实，然后从中分得一杯羹。但目前陈凯碰到最大的问题是租用的这个地方在哪儿？这块地的范围到底有多大？没有这些标的，与政府去谈等于白谈。所以陈凯一狠心，先干起来再说。把人先撒出去，就不信找不到这个地方。谁知五六十人找了一个月，就是找不到都广之野，不要说那里有多少史前动物，就连史前动物的尸骨都没有看到。不知是谁出了个主意，请国内的一些专家来定个位，大致有个方向，那寻找起来就方便多了。陈凯一想这个办法不错，可以少走一些弯路，于是就请了许多国内专家来专题研讨《山海经》中的都广之野，它具体在什么位置，莫院长也在邀请之列。谁知不研究不知道，一研究吓一跳，专家都各说各的理，有证有据，陕西说、四川说、新疆说都有，还有更离谱的说都广之野在国外。陈凯傻了眼，后来还是莫院长定调，根据《山海经》的描述，这地方肯定在我国的西部，而且就在新疆，如果从昆仑山、西王母、周穆王西游等一些古籍中记载的情况来看，应该就在帕米尔高原。但帕米尔高原有十万平方公里，而且还涉及阿富汗、塔吉克斯坦等国家，有许多还是无人区，所以并不是那么好找。但不管怎样，大致方向总算有了，于是陈凯马上以集团公司开发旅游项目的名义寻找合作伙伴。

后经人介绍，陈凯认识了金顺福。听了金顺福的一顿吹嘘，陈凯知道此人所讲的有许多夸张的成分，但由于没有人比他更接近真相，所以最后还是决定跟他合作。帮他成立了旅游公司，还和他签署了合作备忘录，带他与莫院长接触了两次，还把座谈会上许多有用的东西全部复印给他，目的就是让他能尽早进入角色。但到了金顺福他们即将进入帕米尔高原时，陈凯又有点不放心了，所以才想出让许艳代他一行，答应回来之后许她两百万，并许诺集团公司总经理助理的位置。而许艳原本只是一个秘书加保镖，就算没有两百万和总经理助理的位置，老板吩咐了，她能不做吗？她知道这是老板给的恩惠，但能升至总经理助理那就是天上掉馅饼了，这是天大的好事，所以满口答应。

于是许艳就跟着金顺福上了帕米尔高原。

莫家蓬请驻军在白沙湖原来的便道上修建了一条简易的路，便于他们穿越白沙湖、翻越白沙山。

莫家蓬等人寻着车辙印一路追寻，终于在沙漠中看见一辆漏完汽油的SUV，他们围着这辆车周边查看了一番，结果只看到人们遗弃的一只破包和几件已破碎的衣服。

莫院长对四位专家说："看来他们的人没事，我们寻找的方向也没错。"

专家们都同意莫院长的说法。

于是莫院长一行人又马不停蹄继续向前。在沙漠中又看到了几堆燃烧过的树枝，莫院长下车看了看，又拿起一根树枝用手摸了摸,在枝头上捻出一点灰,然后点点头,转身对专家们说:"他们烧过狼烟,求救过。"站起身,看了一下周边,又自言自语道:"这地方,就这点狼烟根本不起作用。"

莫院长又启动车辆继续向前。

过了沙漠,又是一片无人的戈壁滩,莫院长又看到了车辙印。这车辙印还在不断向前延伸,莫院长有点搞不懂,为什么他们不就此打住,往回走或者等待救援?他们为什么要往前走?动力是什么?是前面有村庄还是能回到主干道,不对呀,莫院长清楚这个方向只能走向无人区。虽然这儿有古道,但那都是一千多年以前的呀,唐朝以后这些古道已基本废弃,张晓军等人难道不知道?

有位专家问莫院长:"我们是不是还要往前走?因为前面基本是无人区。"

莫院长回答:"当然要往前走,我倒要看看他们能走到哪儿去。"

莫院长又在戈壁滩上行走了一段,终于在道旁看到了几头野狼的尸骨,还算新鲜的尸骨,说明死亡的时间还不长,看来是被前面旅游团的人给打死的,那也说明一点:前面旅行团的人不是自愿想往前走的,而是被狼追着往前走的。莫院长想看看有没有人的尸骨,转了几圈没有看到。向前又行了一段路,他又看到了几具倒地的野狼的尸骨,总共有五具野狼的尸骨。莫院长心里想:看来这批人当中有能人,能干掉五头狼而自己没人死亡,至少没有看到有人被狼袭击的迹象。

在戈壁滩上又开了一段路,前面总算开出了戈壁滩,草木开始多了起来。前面有一个分岔路口,一边是前行,一边是右转。前行的道路旁竖着一块牌子,写着:前面危险,禁止通行。一个专家说:"这估计是当地的驻军竖的,前面危险的地方有可能是通向死亡谷的,所以在这儿竖了一块牌子作为警示。"

莫院长看了看前面的雅丹地貌,说:"你说得一点都不错,这条路是通向死亡谷的。这旁边有这么大的八个字,他们应该不会往前走。"

不往前，那就是往右开。车辆跌跌撞撞又往右开了一段路，总算看到了一辆遗弃在山道旁的越野吉普。陈凯点点头，对莫院长说："这辆车是我手下员工的。"

"这说明你手下的员工和旅游团的人在一起，"莫院长下车看了看越野吉普，"估计是没有油了。"说完又朝四周看了看，希望能看到其他车辆的影子，结果一辆都看不到。

一位专家说："其他车辆会不会又朝前开啦？"

莫院长摇了摇头："好像不可能。"随后又对那位专家说："老王，你看右转后已经没有了道路，不要说这路不能开，估计油也用得差不多了。"

"你说的也有道理，但关键是他们的车辆会去哪儿？"那个老王想不通，"只有前面有两山之间有一条道，但那是人走的道，车辆根本不能通过。"

"我们也下车走过去看看。"莫院长提议说。

于是大家下了车，沿着很窄的小道翻过一个小丘进入了一个峡谷。峡谷内都是一块一块的巨石，远处有一个瀑布从半山腰挂了下来，但水没有流进峡谷，也不知道流到哪儿去了。沿着峡谷一路往前，莫院长看到有些树枝有被折断过的痕迹，就对其他人说："他们应该来过这儿，你们看，这些都是新折断的痕迹，因为这儿不会有其他人，所以只能是他们。"

陈凯问莫院长："我手下员工的车辆找到了，那旅行社的车辆呢？他们不会只靠两条腿走到这儿吧？"

"我也说不清楚，"莫院长摇了摇头，随后又猜测说，"可能是陷在什么地方了，而我们又没有看到；或者还有另一种可能，就是他们把车辆开到前面写着牌子的地方，估计雅丹地貌里面很危险，他们把车辆弃在那儿，人通过这条小道进入了这个峡谷。"

这个峡谷都是高低不平、大小不一的石头，人走都不容易，更别说开车了。莫院长说："我们先不去管它，看看前面有没有路可以出去。"

这是一条很深的峡谷，旁边的河床已经干枯了很长的一段时间，刚才从瀑布那儿流下来的水也不知流到哪儿去了。

峡谷走到了尽头，根本没有出路。想要出去，就必须得翻越面前的这座山丘。但这座山丘却根本不是人爬的，莫院长冥思苦想了很久，也没有找到答案。

专家老王说："这条道他们是不可能翻越的，唯一的可能就是他们走了其他的道。"

"你说的完全没错，"莫院长一边回答老王一边眺望着眼前的山丘，人会怎么过呢？看着山丘上的两条向下的滑痕，莫院长摇了摇头，"他们不可能过去，那他们会去哪儿？"

陈凯问莫院长："除了眼前的小山包不能过之外，其他还有什么路可走？"

莫院长想了想说："他们肯定不会翻越这个小山丘，因为无法翻越，我们顺着来路再去找找看，说不定旁边有一条出路我们却没有发现也未可知。"

莫院长又回到了车旁。心里却在嘀咕着；痕迹到此为止了，抛弃的车辆也在这儿被发现了，当然旅行社的车辆还没有被发现，那他们能去哪儿呢？会不会他们进入了死亡之谷？一想到这儿，莫家蓬开始坐立不安。

第四十九章 史前的壁画

张晓军此时正陪着刘捷在洞穴内看洞壁上的划痕。

刘捷边看边用树枝在清除上面的灰尘,这上面有些划痕是有色彩的,由黑色和红色组成,刘捷断定这些划痕是用木炭和含铁的有机石绘成的,所以至今还没有消失。

等洞壁上的灰尘被全部扫尽,刘捷惊呆了,这哪是划痕,这分明就是壁画,而且根据这两组颜色可以断定这些壁画很有可能是史前壁画。

刘捷压制住内心的惊喜,先粗粗地看了一下壁画上画的东西,都是飞禽走兽,虽没有山水花木之类的,但也算不错了。这么多飞禽走兽画在同一个洞壁上,不要说国内绝无仅有,就算整个世界也是独一无二的。

张晓军也在看,他在看了几只动物的形象后说:"有几只动物我们已见过,你看这一只——"张晓军手指一只动物,刚想说。

"这是一只驴头狼,"叶诗意回头看了一下说,抢着说,"我刚才在数这些动物的时候就已经看到了,那边还有大鹫和恐怖鸟。"

"在那儿?"张晓军问叶诗意。

"在你前面的右下方,你仔细辨别一下,好像齿虎也在那个角落。"叶诗意回答。

张晓军过去看了,果然找到了那三只动物,"哦,齿虎的牙齿是这样长的,跟驴头狼也差不多,就是二只獠牙特别长,实际上和现在的老虎也没差多少,现在的老虎是四只獠牙,但没有那么长,可能是进化的结果。"张晓军一个人在自言自语。

被张晓军这么一说,刘捷也过去看了,果然壁画中齿虎的两只上獠牙特别长,虽然没有大象的獠牙长,但长在老虎的嘴里也不算短了,其他的好像与现在的老虎也差不多。而老虎的上方是一条蛇,这条蛇是两个身子,一个头。刘捷心里想:还有这样的蛇,哦,想起来了,我看到过,《山海经》里面有。

叶诗意把这些壁画一一细数了一遍,最后得出的结论是这洞壁上共画了三百六十五个动物。让叶诗意困惑的是:许多动物不要说没有看到过,还有些是违背自然规律的,如其中有一只动物,蛇的身子,却偏偏长了六只脚和四只翅膀。还有一只动物,长着一个蛇头,但却有两个身体。这说明这洞壁中画的不一定是现实世界,叶诗意把这一情况和刘捷说了,并指给刘捷看。

刘捷摇摇头,对叶诗意说:"我刚才已经看到了,你也真会找,你应该把另外一个也找出来。"

"什么另外一个?什么意思?"叶诗意不解。

刘捷先不作解释,而是在壁画中寻找了一番,最后用木棒指着壁画上面的一个鸟说:"就是它了,它和前面你跟我说的那两种动物都有同一个名字。"

这是哪儿跟哪儿呀,它们怎么会是同一个名字。叶诗意被搞糊涂了,就连旁边的张晓军和陈娴也被搞糊涂了。

陈娴说:"小捷,你没有说胡话吧。"

"我说什么胡话,这三种飞禽走兽都叫肥遗,"刘捷看了这几个人一眼,"《山海经》的西山经曾记载:有蛇焉,名曰肥遗,六足四翼,见则天下大旱;《山海经》的西山经还记载:有鸟焉,其状如鹑,黄身而赤喙,其名曰肥遗;而《山海经》的北山经却记载:有蛇一首两身,名曰肥遗,见则其国大旱。你们看,是不是同一个名字。"

张晓军搔了搔头皮："真是怪事，这写《山海经》的人也不去考证一番，把道听途说的事都记载在了这上面。这说明《山海经》这本书还不够严谨。"

"不是《山海经》这本书不够严谨，传说此书是大禹治水时的记录，所以你们看它是不是只记录历史宗教、山川地理、鸟兽昆虫、金玉矿藏等一些事情？"刘捷解释说，"其实这也不是什么问题，而是作者在记录时有人反映这种动物叫肥遗，他不可能记录成其他名字吧。但我们只要知道有这种动物即可。就像这个草原，它能标明这种动物叫什么，是什么样子就不错了"。

"也不能这么说，"陈娴不同意这种说法，"既然记录了这种动物，那就必须有这种动物的存在。不然的话，虚无缥缈，让人怎么去理解。"

"夫人说得有理，"刘捷无奈地笑着说，"假如现在有一种动物，描写的和《山海经》中的一样，但名字不叫肥遗，你怎么说？"

"有这样的动物吗？"陈娴问。

"有，我们现在的蝗虫就是这样的一种动物，蛇一样的身子，六足四翅，见则天下大旱，"刘捷回答，"不过就是小了一点，我们统称为蝗虫，而不叫肥遗。"

"蝗虫真的有蛇一样的身子吗？"陈娴又问。

"肯定没有蛇一样灵活的身子，但样子有点像就可以了。"刘捷回答。

"真的不可想象，我们的脑子里想的都是像蛇一样的东西，现在却忽然变成了飞虫，而且是一个大一个小，你让我们怎么联系的上。"张晓军埋怨说。

"所以我们要灵活运用呀，"刘捷说，"就像死读书是没有用的。"

"那你是说我死读书咯。"陈娴有点不高兴了。

"没有没有，我怎么会说夫人呢？"刘捷赶紧打圆场。

"记录有误也是有可能的，"叶诗意赶紧岔开话题，问刘捷，"老师，这洞壁上共画有三百六十五种飞禽走兽，你能认识多少？"

"最多十分之一吧。"刘捷回答。

张晓军却对刘捷说："那非常不错了，我最多能认出十个，这还是到这儿来了以后跟你学的。"

胡骏忽然跑进来说："你们不要学不学的，快去外面看看，外面发生怪事了。"

"什么怪事？"刘捷边跟着胡骏朝外跑边问。

"你出洞口就知道了。"胡骏回答。

洞口外确实发生了怪事，瀑布下来的溪水里躺满了蝙蝠的尸体，而还有许多蝙蝠在撞击瀑布旁的山崖。这是在自杀！刘捷心里充满着狐疑。

叶诗意跟在后面说："会不会是我们抢了它们的老巢，它们想不通，所以选择了自杀。"

张晓军在一旁说："不对，这不是主要原因。"

"那主要原因是什么？"叶诗意盯着张晓军问。

"你不要这样盯着我，我有点受不了。"张晓军回答。

叶诗意脸色一红，不再盯着他看。

张晓军指着那火堆说："喏，有可能就是这些火堆造成了他们的自杀，因为它们见不得亮光，"想了一下又说，"也不全对，这只是原因之一。嗯，声音不对，"张晓军感觉奇怪，赶紧走到瀑布底下，"声音是从这儿发出来的，那我们来的时候怎么没有这个声音呢？"

"哦，我当什么事，那是刚才我们在洞口旁看到一个像石钟一样的东西，上面都是泥土，而且这泥土不像是灰尘，是有人故意弄上去的，于是我就和子凡、万豪把它滚到了瀑布下面，让瀑布把它冲干净，"胡骏解释说。

朱万豪问张晓军："这样做有什么问题吗？"

"你没看见这些蝙蝠都自杀了吗？"张晓军回答。

"这应该和蝙蝠自杀无关吧,"朱万豪解释说,"你刚才不也是说和火堆有关嘛。"

"我只是说火堆是原因之一,最重要的原因就是你们滚过去的那个石钟,"张晓军又指着那石钟说,"这肯定不是石头的,而是青铜的。"

"不会吧。"胡骏有点愣住了。

刘捷一听是青铜的,也不管水塘里面漂着一些蝙蝠的尸体,赶紧冲入瀑布,跳到水塘里面,并顺手在瀑布的后面找了一块石头,在那石钟表面轻轻一敲,果然是"嗡"的声音,比那水流冲击石钟的声音要响多了。刘捷惊喜地对水塘边的人叫道:"果然是青铜的。"

朱万豪赶紧过来帮着刘捷把石钟又重新拖到了岩石上。

刘捷刚想从水塘里爬上来,就听见洞穴里面有人叫喊:"快来人,里面有蛇,已经把人卷住了。"

一听这惊恐的叫喊,张晓军和胡骏也不管刘捷了,赶紧往洞穴里面跑。

果然有一条很长很粗的大蛇卷着一个人,那人正用木棒顶着蛇的上颚,而蛇正用身子紧紧箍着那人的身体。张晓军一看,是辛勤。而此时的辛勤已经发不出声音,正用最后一点力气抵住那即将弯下来的蛇头。

张晓军也不知从哪儿借来的神威,发疯似的冲了过去,抡起木棒就向那蛇头砸了过去。其他的人也已赶到,不管三七二十一就是一顿猛砸,那条蛇吃痛后很不情愿的松开了身子。但那顿猛砸并没有给蛇带来致命的打击,那条蛇昂起头,吐着舌头,想与人们进行决斗。人们这才看清,这条蛇的蛇身恐怕有一尺粗,有五米多长。乖乖,如果辛勤进了那蛇口,想想就后怕。

但人多势众,大家在气势上并不怕它。一个个拿起木棒对着它,还不时给它来一下。那条巨蛇见讨不到好处,只得灰溜溜的溜回刚才出来的那个小洞穴。

刘捷刚好赶到,见那条蛇游回洞里,赶紧问张晓军:"辛勤怎么样?"

"还好,我们赶回得及时,没有造成什么伤害。"张晓军回答。

"好,"一听辛勤没事,刘捷放下了心,对张晓军说,"我们得把那个洞口堵住,不然我们晚上会睡不安宁。"

胡骏看了一下四周,回答刘捷:"拿什么堵啊,泥土肯定不行,小石头肯定也不行,大石头这儿也没有,需要到草原上去搬。"

刘捷马上接口说:"你嘀咕什么,就用那石钟,我看大小也差不多,"又对朱万豪说,"来,搭一把手,把那石钟推到那洞口。"

刘捷和朱万豪把石钟推到了洞口,一比量,石钟直着放比那洞口还大了一点。刘捷对朱万豪说:"没问题,我们四十五度放,正好。"

果然,石钟以四十五度角正好嵌在那洞口。刘捷对大家说:"我们每人再来敲一下,把它再嵌得结实一些。"所以每个人又上前"哐、哐"一顿乱敲。敲完后,刘捷又用手去摇了摇,没摇动,可以了。

胡骏对刘捷说:"你这个宝贝不研究啦?"

"命要紧,先放在这儿再说,下次来的时候再研究。"刘捷笑着回答说。

"你能放下,倒是我们大家的幸事,"胡骏也笑着说,"接下来我们可以研究怎么找到波谜罗川。"

刘捷马上阻止:"你先别急,我来问一个问题,"刘捷对大家说,"刚才那条蛇叫什么名字?"

叫什么名字?蝮蛇?蟒蛇?还是岩蛇?没有人能回答得出。

见大家都没有回答,刘捷就指定叶诗意来回答,说她肯定知道。

叶诗意看着刘捷,忽然灵机一动,吞吞吐吐地说:"那条蛇会不会就是肥遗?"

"对，我估计就是肥遗，"刘捷信誓旦旦地说，"你们在里面可能什么都没有看清，只知道是一条巨蛇，但我从外面刚进来的时候，还以为是两条蛇，一条白的，一条黄的，后来仔细一看，是蛇身的两面，肚子是白的，背部是黄的，所以我估计这可能就是《山海经》北山经所记载的一头两身的那个肥遗。"

"哦，这条蛇和洞壁上画的还不一样，洞壁上可确确实实是两个身子。"张晓军说。

"被你这么一说，我们也可以为《山海经》作注解了。"刘捷笑着对张晓军说。

"如果这么说的话，我们要为《山海经》作注解的地方可多了去了，"张晓军兴奋起来，给刘捷数了起来，"喏，不周之山可以算吗？建木可以算吗？稷湖是后天八卦可以算吗？等等，简直可以给《山海经》重新作注解了。"

"哎，哎，你们还是省着点吧，"胡骏打断张晓军的话，赶紧对大家说，"大家今天也够辛苦了，提心吊胆了一天，加上前两天也没有好好睡，所以还是先休息一下，两小时后我再叫醒大家，到时你们再讨论。"

朱万豪补充说："不过休息之前麻烦大家再拾一点干柴，把火势再烧旺一点，这样可以防野兽，"说完又对胡骏说，"我是代你说的。"

胡骏横了朱万豪一眼。"你说我说又有什么区别，"随后又接着说，"还必须加强值班，尤其在外面的巨石上必须有人值班。"

大家都笑了起来。

笑归笑，胡导布置的任务还得完成，大家就在洞口的巨石旁弄了一点柴草，也不敢深入草丛。巨石上有人在瞭望，安全也算有保障。人多力量大，不一会儿就搞了一大堆柴草。有几个人还将草铺在地上，充作休息之用。

胡骏看看他们，无奈地摇了摇头。一切收拾完后，人们开始休息。

叶诗意却没有一点睡意，她问张晓军："你怎么知道蝙蝠的自杀和石钟有关呢？"

"我知道你搞不明白肯定不会睡觉。那是最简单不过的事情了。"张晓军回答。

叶诗意见张晓军没有直接回答，就说："你爱说不说。"说完就显出一副爱理不理的样子。

"我不是在给你说嘛，你对我和对刘教授完全是两种态度。"张晓军也有点赌气地说。

陈娴在一旁笑出了声，并对张晓军说："男人嘛，要大气一点。"

叶诗意脸一红，转头对刘捷说："老师，我问你一个问题，那洞壁上三百六十五个动物你能认出几个？"

刘捷愕然了一下，你不是问过我这个问题了吗，怎么又问我？转头看了一下张晓军，见张晓军正赌着气。刘捷笑了，然后回答叶诗意："这些动物我猜测可能都是生存在前面这片草原中的。如果让我认，洞壁上面至多只有十分之一的动物我还能认识，还有十分之九的动物我根本不认识。"

叶诗意故意放大声音，"老师，你看，连你这个大教授也只认识十分之一，有个别人稍许认识几个就感觉自己了不得了。"叶诗意虽没有指名道姓，但大家都知道她在说谁。

张晓军刚想回话，陈娴向他"嘘"了一下，让他不要说。

刘捷听了笑了笑："你呀，我有我的长处，因为我是靠这个吃饭的。而晓军有晓军的强项，有许多地方我还真的不如他。"

"谁提他啦，他和我有什么关系。"叶诗意头一别，不说话了。

"好啦，好啦，"陈娴拍拍叶诗意的肩膀，"年轻人只要多一点理解，什么事情都能挺过去，"然后又说，"晓军说那蝙蝠的自杀和那石钟有关，因为那石钟是青铜的，瀑布的流水冲在那青铜身上会产生出一种声波，干扰了蝙蝠的声波，使蝙蝠成了聋子，而火和流水的亮光又恰恰是蝙蝠所畏惧的，因为它是夜行性动物，所以它才会撞岩自杀。这些我们大家都能猜得到，我估计你这么聪明的人也能猜得到。"

"可有些人自以为是。"叶诗意跟着说了一句，后来忽然意识到这句话有点不对，低下头不说话了。

刘捷故意岔开话题，对叶诗意说："我记得在黑水河时你曾问我古人为什么要拿河里面的黑玉和白玉去祭祀，现在有空了，我可以告诉你。"

"为什么？"叶诗意抬起头，问。

"因为这些玉石都来自地底，你看到的是河底的洞穴是一块一块地往外吐，实际上这是地底下的火山在往外喷，但又由于受到外面雪水的冷却，所以变成了一块一块的在往外吐，"刘捷说得很形象，"由于是来自地底，人们很容易联系到地狱，而眼前的这个区域又是神仙们上下天庭的地方，从地狱来到天堂这就是活着的人们对于下辈子寄托的希望，所以这河床中的玉石也就成了人们祭祀的必需品。实际上这也是上古时期人们对外界空间的追求和探索的一种表现。"

"哦，原来是这么一回事？"朱万豪终于明白了，"但那个小伙拿了以后被人索命又是怎么回事？"

"那是艺术性的夸张，"刘捷笑了，"用这样的故事来证明这些石头是拿不得的。"

朱万豪也笑了："也就是说，所有的鬼故事都是用来吓唬人的。"

人们说说笑笑，瞌睡全无。只有辛勤一人在呼呼大睡。"可能刚才在与蛇的搏斗中耗尽了力。"胡骏说着看了一下辛勤。

"辛勤其他地方没什么损伤吧？"刘捷问胡骏。

"我让王医生帮他全身检查过了，没什么问题，"胡骏回答说，然后摇了摇头又说，"就是刚才辛勤与蛇搏斗的样子实在太吓人，现在回想起来还心有余悸。"

"人类是进化了，但与猛兽单打独斗的能力却是退化了，"张晓军插话说，"如果是一对一的话，那消失的肯定是辛勤。"

"一点不错，"赵子凡也跟着说，"就连最简单的爬树，过去是人人会爬，因为这是生存所必需的技能，你看现在城市中的人哪个会爬？"

刘捷笑着问赵子凡："那你说是进化好还是不进化好？"

"当然是进化好。"赵子凡说。但沈琳却在一旁跟着来一句："有些必备的技能还是要学的。"

"嚯，还真有点夫唱妇随的味道，"陈娴说着，还有意看了一下叶诗意。叶诗意被陈娴这么一看，一下子满脸通红，低着头去不说话了。

胡骏在一旁插话说："既然你们都不想睡，那我们还不如探讨一下怎么走出这草原，进入波谜罗川。"

"要走出这草原，也不是在这儿讨论，"张晓军回答胡骏，"应该去洞口的那块巨石上，在那儿讨论怎样走出草原还实际一点，反正你们也睡不着。"

"有道理，"胡骏一骨碌站起，"那我们就到外面去讨论。"说完用眼睛看着刘捷。

刘捷没有办法，只得起身。

第五十章 鸾凤翱翔

太阳已挂在钟山的顶上,红彤彤的,几片云彩半遮半掩的将光线给了峡谷中还在忙碌的动物们,让人们暂时忘记了这片草原还有血腥的一面。

刘捷和张晓军、胡骏等人站在巨石上,眺望着草原上的一切。由于太阳已经不是很热烈,所以草原上的雾气已开始渐渐地散去,此时的草原能见度特别得好,草原上基本一览无余。

张晓军对刘捷说:"我知道了。"

"知道什么?"刘捷不解。

"我知道这片草原为什么能不被卫星发现,"张晓军指着前面的草原对刘捷和胡骏说,"因为它地处高原,是高原中的峡谷,但卫星经过上空时,看到的是覆盖在上面的云雾,而这云雾看起来就和高原上的雪没有什么两样。而且这儿还临近波谜罗川,原本就是经常飞沙走石、白雪皑皑的地方,所以任何人都不会怀疑这儿还藏有一个绿草茵茵的世外桃源,而且还是动物的世外桃源。"

刘捷笑了笑:"你的解释有一定的道理,如果早就被发现的话,那动物的世外桃源可能就不存在了。"

"现在发现也不算迟,如果真的开发成野生动物园的话,那这个项目一定会非常火热,"胡骏好像有一种热切的愿望,"如果开发成功，我一定第一个报名做志愿者。"

张晓军看了看胡骏："你这个愿望肯定能实现。"随后指着草原中间的那些巨石对刘捷说："你看见了没有，在草原的中间，就是我说的那几块巨石，它们好像横躺在草原的中间。"

果然，有几块巨石横卧在草原的中间，看着这些巨石，刘捷表面看似很平静，实际上心里却已经是四海翻腾。脑海中早就浮现出两个字：夏都。黄帝的夏都，这在考古界是多少人向往而不可得的地方，今天终于出现在他刘捷的面前。刘捷深深地吸了一口气，平复了一下心情，这几块横卧的巨石是不是黄帝的夏都还有待于考证，估计是，目前不能操之过急。特别是想要到达那个地方，还要穿过这片草原，现在这片草原充满了危险，得好好想个万全之策。

刘捷平静地对张晓军和胡骏说："我估计前面的那些巨石就是五千年前黄帝的夏都。"

"黄帝的夏都？"张晓军吓了一跳，"你确定？就那几块巨石？"张晓军的历史知识就算再不济，作为炎黄子孙，黄帝还是知道的，夏都不就是黄帝避暑的宫殿吗！

"从我推理和思考的角度看，基本可以确定这是黄帝的夏都，"刘捷没有把话说死，"但还要上前考证一番。"

张晓军又眺望了一番，"你不会搞错吧，就那几块巨石就是黄帝的夏都，也太简陋了一些。"

"这是你距离太远，等走近你就知道了。"刘捷说着就想返回洞里。

胡骏拉住刘捷："你等一等，我们是不是要穿过这个草原才能到达波谜罗川？"

"对呀，"刘捷回答说，并用手指向钟山那个方向，"我们必须横穿这个草原，到达对面钟山的山脚，再寻找有没有便道或峡谷可以穿越钟山。如果实在找不到便道或峡谷，那就必须翻越钟山才能到达波谜罗川。"

"你是说这大草原我们无论如何都是要穿越的，而沿着我们现在所处的这个山脚走不到波谜罗川?"胡骏下意识地问刘捷。

"你说的没错,这有什么问题吗?"刘捷反问,"我知道你是害怕这草原中的猛兽。"

胡骏没有回答,只是呆呆地看着前面的草原。

刘捷转身又想回洞中去,张晓军忽然拉住刘捷说:"你看,那是什么?就在你说的那个黄帝夏都的右上方,那个方向飞起两只鸟,而且还是彩色的。"

刘捷转身一看,却呆住了。过了半晌才醒悟过来,对张晓军说:"快,快,把他们都叫出来看,这是凤凰,是现实世界中已经灭绝了的凤凰。"

"凤凰?"张晓军面露喜色,"有凤凰出现可是个好兆头,我这就去叫他们来看。"

一听是凤凰,人们都喜出望外,这可是谁都能挂在嘴边但谁都没有看到过的吉祥之鸟,于是大家纷纷涌出山洞。巨石上站不下,就轮流替换着看。

果然,远处草原上有两只五彩的鸟在自由地翱翔。那斑斓的羽毛在晚霞的照耀下更加缤纷多彩。叶诗意却挤到刘捷的身旁,问刘捷:"老师,这是凤还是凰?"

"要看他们的尾巴,"刘捷头也不回地说,"三根尾巴的是凤,二根尾巴的是凰。"

"这么远却无法分清。"叶诗意嘟囔着。

"那就从它们的叫声中去分辨,"刘捷提醒说,"凤的叫声是即即,凰的叫声是足足,凤凰和鸣的叫声是锵锵。"

"这么远也听不清啊。"叶诗意又嘟囔了一句。

"还有一个方法,你们看哪个舞动的最厉害哪个就是凤。"刘捷又说了一个方法。这样一看,果然有一只凤凰舞动得相对厉害,上下穿越,煞是好看。原来这就是凤。

"为什么舞动厉害的是凤,舞动相对不厉害的就是凰?"叶诗意又问。

"你的问题还挺多的,"刘捷看了叶诗意一眼,"不能说舞动相对不厉害的就是凰,《山海经》海外西经有云:鸾鸟自歌,凤鸟自舞。意思是凰会唱歌,凤会跳舞。那不是明确告诉我们会跳舞的那个是凤,会唱歌的那个是凰。"

叶诗意暗暗翘了一下拇指:"做教授的,水准就是不一样。"

何晓晓也在一旁叹息道:"以前只认为只有鸳鸯是双宿双息,现在看来凤凰才是比翼双飞。"

陈娴也感叹说:"人间最美的景致也莫过于此。"

"实际上在这儿发现凤凰也不必太惊讶。"刘捷说。

"为什么?"叶诗意问。

"因为这个地方本来就和凤凰有着千丝万缕的联系,"刘捷回答,又接着说,"凤凰还有一个名字,叫太阳神鸟。"

叶诗意接口说:"老师的意思是原都广之野是太阳部落占领的区域,所以和在这儿展翅飞翔的凤凰有关?"

"不完全是这样,"刘捷解释说,"最近在成都金沙出土一件文物,是殷商时期的金饰品,有四只凤凰围绕着太阳在展翅飞翔,而这种鹰的形状、带有美丽的孔雀羽毛的鸟就叫太阳神鸟。我以前解释过,太阳部落和帝俊有着密不可分的联系,而少昊在与黄帝逐鹿中原时与帝俊也有密切的关系,这我在古城的时候也讲过。少昊的图腾就是凤凰,所以少昊氏又称凤鸟氏。《诗经》有云:天命玄鸟,降而生商。而这玄鸟,就与凤凰有关,说明我国商朝的建立与少昊这个部落有关。"

"我知道了,老师要说的就是周朝的建立与后稷有关;而商朝的建立与少昊有关,"而后叶诗意又问,"那夏朝呢?与哪个有关?"

"和黄帝有关,颛顼是黄帝的子孙,《汉书·律历志》里面记载'颛顼五代而生鲧',鲧生禹,禹建夏。"刘捷回答。

"这次出来旅游真的学了不少。"叶诗意由衷地说。

凤凰还在不断的展翅高飞,其他的鸟儿也借机在天空漫舞,一派和谐的景象。

"咦,我发觉一件怪事,"胡骏忽然醒悟了过来,对大家说,

"那大鹫为什么不去袭击凤凰呢？你们看凤凰一出来，大鹫就不知飞哪儿去了，一个都找不到。"

"这也没什么好奇怪的，"刘捷解释说，"因为凤凰本来就是百鸟之王，大鹫看到它躲得远远的也在情理之中"。

"好像也不应该呀，那大鹫毕竟是猛禽，难道它会害怕凤凰？"胡骏有点想不通。

"你还别说，大鹫还真的害怕凤凰，"刘捷笑着为胡骏解释，"实际上凤凰也是一种猛禽，不过它吃的东西比较杂而已，它既吃坚果又吃小型哺乳动物，估计那大鹫还不一定是它的对手。"

"那它会袭击人类吗？"叶诗意又问。

"估计不会，"刘捷想了想说，"张骞在竹简里面也没有提到凤凰的危险性，相反的人们在传说中只要凤凰一出现就会给人们带来吉祥，所以凤凰应该不会主动袭击人类。"

忽然，胡骏指着远方说："你们看，那是什么？"

大家一看，是从钟山的左侧山脚扬起一路灰尘。而且这路灰尘一直在向前延伸，到了钟山山脚的中间，灰尘终于尘埃落定，有三只动物开始在巨石的前面向草原的中间跑来。有人叫起来："是马，是马。"大家定睛一看，果然是三匹骏马。这三匹骏马从钟山的山脚跑进草原的中间，又从草原的中间跑向人们这边的垒山，然后沿着垒山的山脚跑了一小段，又折回草原的中间，接着又回到钟山的山脚，然后沿着山脚渐渐远去。

刘捷心想：这三匹骏马确实有趣，把这草原当做一个舞台，上台表演了一番又离去了。

张晓军却拉住刘捷说："这三匹骏马的出场正好印证了唐僧的偈语：流沙西，夏都旁；舞鸾凤，驰骈骦。"

胡骏一想：对呀，唐僧说的就是这个地方，我怎么把这事给忘了。但这儿毕竟存在着恐怖鸟、齿虎这样的猛兽，那这些骏马这么会没事呢？于是胡骏问刘捷："这些骏马每天出来跑一次，难道它们不怕猛兽吗？"

刘捷笑了："说出来你可能不信，因为《山海经》中存在着一种专吃虎豹的猛兽，样子就像马。它记载于海外北经中：北海内有兽，其名曰駮，状如白马，锯牙，食虎豹。当然，至于前面跑的是不是这个駮，我就说不清楚了。"

"竟然还有这种猛兽，我还是第一次听到，"胡骏非常诧异，随后又话题一转，"那唐僧的偈语到底是指我们过来时的古城？还是指这儿？"

刘捷没有回答，心里却一动：唐僧交代揭盘陀国的地方应该不是这儿，而是我们过来时的那座古城，即乌即城，因为表明是在夏都的旁边，二者之间就隔了一座崒山；而流沙西也没错，我们就是穿过沙漠，误入了死亡之谷，如果不走死亡之谷，也可以从沙漠直接到那墨玉河谷，然后通过墨玉河谷再到达乌即城。估计王胡子一行四人就是从沙漠到达墨玉河谷，最后出不来是我们救了他们。最后两句的"舞鸾凤，驰骍骦"就是形容这个地方的。

一想到王胡子他们，刘捷心里就有一个绕不开的疙瘩，也不知道他们逃到哪儿去了。

其实王胡子他们哪里都没有去，而是紧紧地跟在刘捷等人的后面，现在正是他们最痛苦的时候，进也不是，退也不是。

自从在丹水旁看见那头驴头狼之后，王胡子在前行的时候更加小心翼翼。虽然他叫不出驴头狼的名字，但知道这是个食肉动物，一不小心就会命丧黄泉。所以在沿着河床走的时候，半天还走不到一百米，金顺福还不敢催他，也正由于这份小心，才没有让刘捷他们碰上。在离那条兽道还有一百米距离的时候，正好看见刘捷他们从后稷的墓葬那边回来，正朝他们这个方向过来，吓得他赶紧躲在路边的草丛中一动都不敢动。幸好刘捷他们转道那条兽道离开了，离开的时候还发出很大的声响，王胡子在心底里还暗暗骂他们是神经病。正当王胡子他们也想跟着进入兽道的时候，几只斑鬣狗已领先一步进去了。王胡子没有方向了，到底还要不要进。请示老金，老金却看着许艳。

许艳对老金说:"看我干什么,你们自己定。"

老金对后面过来的小虞说:"你刀和枪都带着吗?"

小虞说:"都带着呢。"

王胡子在一旁也说:"我也带着。"说着,还亮了亮那闪闪发光的刀,这是一把猎刀,比匕首稍许长一点。

"既然这样,那就上,我们也走这条兽道。"金顺福终于咬牙做了决定。

谁知就在此时三只羚羊跑了过来,蹿进了兽道,后面却跟着一只怪鸟。那只怪鸟跑到兽道口,先是朝王胡子这边翻了翻怪眼,然后也一头扎进了兽道,去追赶羚羊了。

这怪眼看得金顺福的心里直发毛,难道这只像袋鼠一样的怪鸟就是大鹜?金顺福被自己的这个忽然冒出来的想法吓了一跳,肯定是大鹜,不然自己的眼皮不会在这个时候莫名其妙地跳起来。

王胡子看着他,意思是我们还要不要跟进去。

金顺福知道王胡子的意思:"还跟什么跟,去找死啊。"

这是王胡子最听得进的话,谁愿意到里面去送死:"那我们撤?"

"不能撤!"许艳终于发话了,"好不容易到了这儿,说撤就撤了,那不是要前功尽弃吗?"

"那你进?"王胡子对这个女人并不买账。

"你们不要争,"金顺福阻止了他们,又对那许艳说,"你知道刚才进去的那个像袋鼠一样的大鸟是什么吗?是大鹜。那个吃掉一百多人,张骞警示过的大鹜。"

王胡子更吓了一跳:"那就是大鹜?"知道这是大鹜王胡子更不敢进了。

许艳也吓了一跳,紧张地看着金顺福:"你确定那是大鹜?"

"你看羚羊逃跑的速度,你再看那怪鸟的一脸凶相,不是大鹜是什么?"金顺福回答。

"那你说怎么办?"许艳终于松口,没有再坚持不能撤。

"现在就跟进去危险性肯定大，"金顺福解释说，"我们先回去商量一下，是不是明天再过来。"

王胡子和小虞都举双手赞成，许艳也没办法，只得同意回去商量了再说。

但回去也难，回哪儿去呢？那个被紫鼠和蚁虫占领的洞穴肯定是回不去了，要不还是去那溪水的旁边，那条石缝还可以再躲一下。金顺福把这个想法说了，许艳不同意，说那条石缝根本不可能休息。

王胡子说："还休息什么，干脆回去得了，大鹫也看到了，那像驴一样的动物照片也有了，没必要再进去送命。"

还是金顺福提了个折中方案，先去原来的那个洞穴看看，如果能住就住那个洞穴，不能住再想办法。

许艳没有说话，王胡子催着往回走，于是一行四人沿着丹水开始往回走。

许艳问金顺福："如果要回去我们怎么走？"

金顺福一听有门，赶紧说："只要你想回去，路就在眼前，这是我花了半个月从地图上拼接出来的。"

"待一会有空的时候你给我看看。"许艳说。

金顺福满口答应。

四人来到洞窟前，用手电朝洞里照了照，实际上不用手电也能看得清。紫鼠好像不见了，但蚁虫却是越来越多，密密麻麻的，看了让人头皮发麻。这种地方根本不可能住人，于是四人只能放弃。

那去哪儿呢？金顺福提议还是去溪水那边。许艳坚决不同意，那儿绝没有办法过夜。金顺福神秘一笑："那儿不是过夜，是回去。"

"回去，那儿又没有路，怎么回去？"许艳不解，盯着金顺福问。

"这你不用管，你只要跟着我走就是了。"金顺福神秘地说，然后带头向溪水那边走去。

三个人跟在后边，不一会就到了溪水旁。

许艳看了看周边，这儿根本没有出路，于是问金顺福："老金，你说的路在哪儿呢？"

金顺福抬头，用手向上指了指，"在上面。"

"在上面？"许艳用怀疑的目光朝上看了看，只见上面除了太阳部落那个标记以外，其他什么都没有，更不用说有一条路了？"这上面怎么上去？"许艳问了一句。

"我有办法，"金顺福叫了一声小虞，"把我们带来的工具拿出来。"

小虞从背包里拿出一套攀登的工具。

许艳一看，眼睛立即亮了："嚯，手套、主锁、扁带、岩塞、登山绳等一应俱全。"

"你也懂这些？"金顺福有点不信。

"我懂的事情多着呢！"许艳对老金的问话不屑一顾。

只有王胡子对许艳的回答"哼"了一声。许艳只是看了王胡子一眼，没有反应。

金顺福对虞尚说："小虞，你先上，把绳子挂上去，我们再上来。"

小虞抬头看了看小溪上面的悬崖，在他爬过的悬崖里面不算太高，也不算难爬，大概有三十多米。一条白练从上面挂了下来，看上去挺和谐的。白练的两侧都有一些不规则的裂缝，虞尚选了一处稍许干燥一些的峭壁开始攀爬。金顺福不放心周边，让王胡子盯着小溪的两侧，他和许艳俩人只关注着虞尚的攀爬。

虞尚的攀爬技术还算熟练，一看就是野外训练过的。不多一会儿，虞尚就攀爬了有十多米高。金顺福心想：只要逃出这个都广之野，那件事情就算成功了。所以两只眼睛盯着虞尚的攀爬，看着虞尚将一个个岩塞放进裂缝里，心里只想着：快点，快点，再快点，现在只要爬到山顶，把绳子放下来，逃离这儿的事情就成功一半。但很快金顺福就发觉自己眼花了，好像在虞尚的头顶有东西在移动，他赶紧擦了擦眼睛，不好，是一条蛇，正向虞尚攀爬的路线方向游动。因从下面看上去,所以看不出蛇的大小。但从蛇游离的一段来看,估计该蛇不会小。

金顺福吓了一跳,赶紧对虞尚大喊:"快下来,你的上面有蛇。"

虞尚的反应相当敏捷,赶紧一蹬腿,远离了悬崖,再把绳索一放,就下来了五六米。谁知就在绳索荡回到悬崖旁的时候,那条蛇像闪电似的咬住绳索,把在下面的金顺福和许艳吓得乱叫,让虞尚赶紧下来。虞尚倒没有手忙脚乱,又是一个下滑,又下来了五六米。可是那条蛇并没有放弃,反而游动到绳索上,卷着绳子向下袭来。

那是一条巨蟒,估计有六七米长。金顺福被吓呆了,倒是许艳不惧危险,拿着一把不知从哪儿藏着的刀,跳了起来,向绳索斩去。

虞尚脚刚沾地,那条巨蟒就跟着下来了。但许艳的刀也到了,想砍那蛇头,蛇头一偏让过了,蛇头没有砍到,却把绳索给砍断了。就在蛇头一偏的刹那间,虞尚被许艳拉了过去。

从金顺福叫喊有蛇开始,王胡子就开始回防,虽只有几步路的距离,但等王胡子赶到,虞尚已被许艳救了回来。而许艳的一系列动作把其他三人都吓了一大跳,但眼前顾不了许艳的事,还是先对付蟒蛇要紧。

四个人手里都拿着刀,围了个半圆,紧盯着蛇的一举一动。而蟒蛇也昂起头,紧盯着眼前的四个人。双方相持了一段时间以后,金顺福心想:这样下去不是个办法。于是对其他三人轻声地说:"我们先撤。"

于是四人面对着蟒蛇,手举着刀,慢慢地向后退去。

第五十一章　内斗和馊主意

金顺福打量了四周，见又退到张晓军发现张骞竹简的裂缝处："我们怎么退到这儿来了？"

王胡子回答说："是你说撤我们才撤的。"

虞尚说："撤哪儿不是撤，这不是问题。"

"这儿也不错，"金顺福忽然惊喜地说，"顺着这条裂缝爬上去应该也能翻过这座山，到达我们过来时的沙漠。"

虞尚接着说："这条裂缝我能徒手爬，金老，你能吗？"

"你这个笨蛋，你不会把登山绳放下来，我就能上去了嘛。"金顺福骂道。

"登山绳？"虞尚瞪大了眼睛，"你不是看到登山绳用在了小溪那边了嘛。"

"嗯……"金顺福想想也对，那条绳索还挂在半山腰呢，那怎么办？

"要不我们等那巨蟒离开后去把那绳索拿回来？"王胡子插话说。

金顺福顺手给了他一下："你有拿下来的功夫不会从那儿再爬上去？不动脑筋。"

许艳插话说："天无绝人之路，我们再往后退，不就到了我们出来的那个洞窟了吗？"

"那个洞窟?"金顺福狐疑地看着许艳,"你没有听他们说那些狼都挤在了那个洞口吗?"

许艳看看天,说:"已经快一天过去了,你说它们还会挤在那儿吗?又没有吃的,说不定早就离开了。"

金顺福想想也是,又看看那条裂缝,自己徒手爬肯定不行。还不如听这老娘们的,去那个我们出来的洞窟碰碰运气。

王胡子摇摇头,心想:听那老娘们的肯定晦气。

一行四个人来到了洞窟的通道口,巨石还是挡在通道口的前面。金顺福有模有样地趴在巨石上听了听,什么声音都没有听到。金顺福朝许艳点点头,这个建议或许有点道理。然后对王胡子和虞尚说:"你们来,把这块巨石移开。"

王胡子和虞尚上前正要搬动石头,金顺福又说:"你们搬得慢一点,万一里面有狼蹿出来,我们还有点时间准备。"俩人听了点点头。

王胡子和虞尚俩人慢慢地向旁边移动着巨石,移出了一个手掌大小的缝隙。金顺福叫了一声:"慢!"然后低下头去顺着裂缝朝通道里面张望了一下,通道里面黑漆漆的,什么也看不见。谁知就在金顺福想吩咐俩人移开巨石的时候,一个爪子从那裂缝中伸出来,抓在了金顺福的脸上,金顺福顿时大叫了起来。

许艳也在一旁大叫:"快,快,把洞口封住。"

王胡子和虞尚又把石头移了回来。

大石头是移了回来,但还有一小块是朱万豪用力敲进去的那块石头,在他们俩人移动的过程中脱落了下来,这俩人并不知道,只知道已将大石头移了回去。

虞尚从包里拿出餐巾纸在替金顺福擦去脸上的血迹。金顺福还在不断地叫疼,许艳听不下下去了:"叫,叫什么叫,不过就是被爪子抓了一下,如果被狼咬了,你是不是还要哀号啦。"

王胡子却在一旁打抱不平,"你这个娘们怎么这么吵,你去被抓一下试试。"

许艳看着王胡子并不买账:"你这个小兔崽子就是缺少管

教，再胡说八道，我第一个拿你开刀。"

"来呀，不要以为你会两下，我就怕你了，跟小爷比你还差远了。"王胡子就像一个好斗的公鸡，迎着许艳就走了过去。

"你们干什么？"金顺福大叫了一声，"我还没死呢。"一把推开虞尚，想去阻止王胡子。谁知眼睛的余光忽然瞟到石头的缝隙之间已钻出了半个狼身。金顺福被吓傻了，指着那个狼却说不出话来。

还是许艳眼疾手快，手上的那把刀却已飞了过去，把那狼头给砍掉了。许艳随即跳了过去，在那石头旁拾起刀，拉过旁边的茅草，擦了擦刀，然后故意抬起头从王胡子旁边走过，意思你行吗？

王胡子没有说话，脸上的肉却在不停地抖动着，而两只眼睛像鹰一样盯着许艳。一旁的虞尚担心王胡子说不定会乱来，但王胡子自始至终没有动。

金顺福缓过气来："你们也不用斗了，赶快离开这儿。"

虞尚指着巨石的上面："是要赶快离开了，它们已经从上面爬出来了。"

金顺福一看，果然在巨石的顶上也有半个狼的身子，正俯瞰着下面的四个人。金顺福叹了一口气："你们搬的巨石肯定没有恢复到位，还是赶紧走吧。"

于是四个人赶紧逃离了这个地方。

金顺福现在是真的没了方向。去草原？不敢去。回去？不知道从哪儿走。还是虞尚提议先找个地方躲一躲，等石窟里面的狼全部出来以后，我们再通过那儿回去。金顺福一想，这也是个办法，也只好这样了。但躲到哪儿去却成了关键。

已有狼从顶上的缝隙爬出了那个通道，金顺福一看，幸好只有一头，还可以对付。而那头狼从巨石上跳下来以后并没有立即扑上来，只是跟在四个人的后面。你走，它也走，你不走了，它也站着不动。金顺福心想：这样下去，不是办法，于是让王胡子想办法把那头狼干掉。

狼很聪明，看见王胡子拿着刀向它走来，立即翻身向后跑，等王胡子往前走了，它又跟上来了，这样反复了好几次，王胡子对它是毫无办法。许艳实在看不下去了，一把匕首随手而出，只见一道白光飞进了狼的肚子。狼"呜呜"叫了几下，随即躺在地上不动了。

许艳高傲地瞟了王胡子一眼，慢慢走过去，从狼的肚子上拔出匕首，像前一次一样拉过路旁的茅草将匕首擦了擦，然后插回小腿旁的皮靴里。

虞尚向王胡子伸了一下舌头，然后朝许艳方向暗暗地翘了一下大拇指。金顺福也朝王胡子看了看，然后叹息着摇了摇头。

金顺福知道他们扛上了，现在去劝解也不会有什么效果，加上后面的狼群估计很快就会追上来，于是加快脚步朝前跑去，其他三人也跟了上去。很快他们就来到了进入草原的通道前，王胡子问金顺福怎么走？金顺福朝草原看了看，随后又稍许思考了一下，把手一挥，说："我们不进去，继续向东走。"

"往反方向走，那不是越走越远了吗？"许艳狐疑地看着金顺福，"难道向东也有出去的路？"尽管心里有想法，但在行动上并没有表现出来，只是紧紧跟在三人的后面。

走了约两三公里路，前面有一条小河横在四人的面前，右手边是个山谷，小河的水就是从那山谷里面流出的，而且这个山谷不是很深，因为一眼就能望到山谷里面有瀑布从山上挂了下来；而眼前的这条小河穿过草原的中心，汇入黑水河，然后向西流去。

虞尚提醒金顺福，必须要找晚上住宿的场所，因为太阳马上要躲到山的背后去了。

金顺福点点头，朝四周看了看，结果看到了小河的下游有一片红杉林，沿着河床过去没有多少距离。

这条河通往刘捷带人捕鱼的地方，王胡子因为围过鱼塘，又随张小飞寻找过玉石，所以对这样的环境还有点熟悉。其他三人因为都没有来过，所以都不熟悉。

王胡子在前面开道，河床有宽有窄，虽看出去视线较好，但却不敢大意。走了约半个小时，王胡子忽然看到了前面草原旁孤零零的长着一棵树，就是那种曾经藏满松熊蜂的树，叶子还带着锯齿，当然这肯定不是原来的那棵，原来的那棵还在这条河的下游。王胡子朝后面看了看，只见金顺福和许艳跟在后面，金顺福上身穿的是冲锋衣，而许艳上身穿的是紧身衣。王胡子嘴角露出了诡异的笑，谁让你得罪我王胡子的，让你也尝尝被蜜蜂叮蜇的厉害。

王胡子从河床边捡起一块石头，朝那棵树丢了抛了过去。不出王胡子所料，果然从那棵树上飞起了许多松熊蜂，看见河床上王胡子等人，就立即群起而攻之。王胡子早已做好准备，从抛完石头开始，就把衣服包在了头上，并大喊："有蜜蜂袭击，赶紧把头包上。"

金顺福和许艳看到过其他人被蜜蜂蜇过的样子，许艳在几个女生被蜇后还去帮忙涂过药。但没有想到现场是这种样子。金顺福听到王胡子的叫喊后，立即将外衣包在了头上。可怜的是许艳，没有外套，紧身衣是束在裤子里面的，没有衣服可以包在头上，尽管她的两只手像舞龙灯似的，但还是防不胜防。王胡子透过衣服的空隙看着这女人的丑样，心里乐开了花：跟我斗，有你好果子吃的。

许艳也够机智，一看这样还不行，立即跳入了旁边的小河里，并深吸了一口气，把头埋进了水里。

王胡子一看：这女人也够狡猾的，以后可要当心着点。

他们两个在较量，虞尚却从后面跑了上来，嘴里还在喊："不好了，狼来了，狼来了。"

果然，在虞尚的后面跟着一大群狼，把其他三人都吓了一大跳。此时什么蜜蜂都不管不顾了，头也不包了，都一个劲地朝前面的红杉林跑。许艳也立即从小河里跳了上来，跟着往前面跑。

蜜蜂并不知道这几个人为什么这样跑，都在后面紧紧地追赶，后又看到这几个人的后面有一群狼，所以又忽地一下去对付狼群了。

狼群好像对付松熊蜂很有经验，见松熊蜂过来，一只只都跳入河水，在河水中翻滚了几下，又跳上岸去追赶前面的几个人去了。

人和狼都没有工夫去搭理那松熊蜂，而蜂鹰又开始出现，所以松熊蜂又只得回了老巢。

王胡子第一个爬上树；金顺福对于爬树不太在行，但还能够爬，所以在王胡子的拉扯下，也总算上了树；虞尚爬树本来就在行，所以三两下就上了树；许艳是最后一个赶到树下，那些狼唯恐她也爬上树去，纷纷围着她，不让她靠近树。许艳没有办法，拿着刀对着那群狼。

金顺福骑在树杈上只能干着急，而王胡子嘴上不说，心里却在说：你不是逞能吗？我看你这一下怎么能。

只有虞尚是真的着急，不管怎么说，许艳在这里折损了，凯哥那儿肯定不能交代。于是对许艳说："艳姐，朝我这边来，我有办法。"

实际上许艳心里也明白，这三个人里面也只有虞尚还靠得住，所以她已经在向虞尚这边靠拢。

群狼好像也明白这女人要向谁靠拢，所以拼命阻止许艳向虞尚这边靠拢。许艳也确实勇猛，已经伤了两条狼。但这些狼已经饿了好几天，好不容易逃出了那锁住它们的洞窟，所以眼前的猎物是绝不想放过的。

金顺福看那狼的意思是不想放过眼前的猎物，许艳看来是凶多吉少。于是对王胡子说："金魁啊，你想想点子，用什么办法可以救她。"

"舅啊，我们毕竟是一起的，有办法我肯定救她，"王胡子双手一摊，"现在下面有二十多头狼，我如果下去，不但救不了她，反而还会多送上一条命。"

金顺福摇摇头，叹了一口气。

地上又多了两条受伤的狼。

虞尚从包里拿出半截绳子,这是被许艳斩断的绳子,虽然不算太长,但还有六七米。

虞尚对许艳说:"我现在开始荡绳,等一会你沿着绳子荡的方向,借力翻上对面的树。"说着,虞尚将绳子的一头缚在红杉的树干上,打了死结,然后一只手在来回荡这绳子,一只手却抱紧树干。

果然,当绳子荡到许艳面前时,许艳抓住绳子,开始助跑。虞尚一看许艳已经跑起来,赶紧放掉绳子。许艳也果然了得,跑到离那棵树还有五步远的时候,立即腾空,然后一个后空翻就跳到了树上。

虞尚鼓起掌来:"不愧是女中豪杰。"

金顺福也鼓起掌来,"真是当代的女杰,"然后转身轻声地对王胡子说,"你也鼓掌,我再一次提醒你,不要再去惹她,不然你怎么死的都不知道。"

王胡子随意地也拍了几下。

四个人暂时的危险算是解除了。但树下的狼并没有离去的意思,相反的是那四头被许艳砍伤的狼已经被群狼吃得只剩下骨头。

暮色已渐渐降临。

静下来后,四人才发现肚子饿了。虞尚背包里还带着一些烤鱼和野核桃,其他三人都没有带。

许艳对虞尚说:"可以给我来一点吗?"

虞尚看了看距离,大概有七八米的距离,于是回答说:"应该没问题。"虞尚拿了一条烤鱼,抛了过去,可惜烤鱼太轻,只飞了五六米就掉了下来。

掉下来的烤鱼立即被下面的狼给抢走了。

许艳阻止说:"你这样不是个办法。我教你,你把鱼绑在你那根绳索上,然后连绳索一起抛过来,"许艳又补了一句,"抛重一点。"

按许艳的说法,虞尚果然将绳子抛到了许艳所在的那根树干上，还在树杈上绕了一圈。

几头狼跟着抛出的绳子跑到许艳所在的那棵树下，可是烤鱼并没有掉下来。那些狼只得在树下咂咂嘴巴。

许艳笑笑，说了一声："多谢。"

而金顺福和王胡子的那棵树离虞尚的距离有十多米，虞尚实在没有本事将烤鱼抛过去，只能让他们挨饿了。金顺福责怪王胡子："胡导让你带一点烤鱼，你偏要逞能，偏说这么大一个草原还怕没有吃的，现在好了，真的没东西吃了。"

"谁知道会被狼困在这树上。"王胡子嘟囔着说。

"这还不都是你干的好事？"金顺福对这个外甥有点恨铁不成钢，"一点用处都没有。"

"这你不能怪我，是你让我拿人家的包，"王胡子辩解说，"如果不拿，我们跟他们在一起，要吃有吃，要喝有喝，还不用动脑筋。"

"那你去呀，我又没有让你跟着我，"金顺福真的发火了，"你现在可以过去，也可以回去，我不拦你。"这声音连隔着十几米远的俩人都听得一清二楚。

王胡子见金顺福真的发火了，也只好默不作声了。

谁知狼的功夫比斑鬣狗的功夫要深多了，知道树上的人也没有多少食物，所以在树下待着就是不离开。这可苦了树上的四个人，虞尚和许艳还好一点，因为毕竟虞尚的包里有一些存粮，对付个一两天还没问题，但金顺福和王胡子就苦了，包里一点吃的东西都没有，唯一随身带的就是两大瓶水，这也是他们过去跑车的习惯。

金顺福想让虞尚是不是也能抛一点吃的东西过来，虞尚摇头，这毕竟有十多米的距离，而且中间还隔着两棵树。现在最金贵的就是食物，不可能再作无谓的浪费。

金顺福和王胡子也没有办法，他们也不可能而且也不敢下树到虞尚这儿来拿。

四个人与狼相持了两天，又饥又饿。而狼群还是没有走的意思，而且口水是越流越长，已笃定他们四人已快熬不下去了。王胡子又开始埋怨起金顺福，如果不是金顺福拍板，他们不可能进草原，说不定早已回去。

而金顺福也开始责怪王胡子，说他干什么事都是一事无成。虞尚和许艳只是在一旁看着，并没有搭腔。

虞尚心里暗暗在想：不团结是一切事情的败因，不要小看刘捷这个团队，刘捷、张晓军、胡骏绝对是这个团队的主心骨，而且关键还没有私心，不像我们虽只有四个人，表面上以金顺福为主，但私底下老是在钩心斗角，这样的队伍如果有战斗力谁都不会相信。也不知道刘捷、张晓军他们现在怎么样了。

此时的刘捷和张晓军正举着火把在研究洞穴里的壁画。

刚才在外面欣赏凤凰、骏马的时候刘捷就想回洞穴里来研究，但被张晓军几次三番拉住。现在好了，天暗了下来，你想在外面看也不让你看了。

胡骏安排好后走了进来，问刘捷："研究得怎么样了？"

"这儿也不是纯粹的史前动物，"刘捷指着一个动物说，"你看：这个动物像不像现在的豪猪，满身是一根一根的刺；还有，你看这儿，这是不是我们看到的牦牛？"

"哎，你不要说，这画还画得挺逼真的，"胡骏用手摸了摸，"你看，这些毛还画得挺密的。"

"还有这头动物，头像个牛，但在前半部分长了一个角。"刘捷接着又指着一个动物。胡骏跟过去看了："这不是犀牛吗？"刘捷回答说："对，形象是犀牛，但你不觉得它这个角要比现在的犀牛长得高大吗？"

"这可能和进化有关系。"张晓军在一旁说。

"还有雪豹，"刘捷接着对胡骏说，"和我们现在看到的也差不了多少。"

胡骏指着一个壁画上的动物说："什么差不了多少，这个动物和你看到的雪豹是一模一样的。"

"会一样吗？我来看看，"刘捷不信，举着火把靠近胡骏指着的地方，果然是一个和雪豹差不多的动物，而且画的动作也差不多，刘捷仔细比较了一下，结果还是找出了不一样的地方。于是对胡骏说："你仔细看一下，它们还是有所不同，这一边的一个脑袋上有斑纹，而那一头却没有。"

胡骏上前看了一眼，果然是这样："这有什么区别吗？难道是两种动物？"

"你这么一说我倒想起来了，"刘捷恍然大悟，"《山海经》中确实有一种类似雪豹一样的动物，名字叫㺊，也是一种食肉动物，也会爬树，但咬合力没有雪豹强。你不要老是盯着这个，这儿还有许多动物是我们所没有看到过的，你过来，看这个，"刘捷指着角上的一只动物说，"这只动物样子像马，但头上却像犀牛一样长一个角，这儿我没有看到，但在《山海经》中我却看到过，好像叫孛马。"

"这倒是个稀有动物，"胡骏附和着说，"不过，你现在的任务不是研究这些，而是商量我们怎么穿过这个草原，这才是正事。"

"这些在和张晓军进洞的时候简单商量过，"刘捷说着看了张晓军一眼，"明天我们沿着山脚，就是骏马驰骋过的路线，到前面骏马调头的地方，然后横向穿过草原，到达黄帝的夏都，再穿到对面钟山的山脚，沿山脚向前找山谷穿到波谜罗川。"

"这是个办法，"胡骏对刘捷说，"那今晚大家好好休息，养足精神，明天争取一口气穿越。"

刘捷没有回答，只是和张晓军对望了一眼。

第五十二章　乌即城和玄圃

山洞的夜晚要比树上的夜晚舒服多了，人们背靠背休息，还有的像朱万豪、辛勤干脆找了一些干茅草铺在地上，躺平了。刘捷看着笑了笑，让他这样躺平感觉不是很得体，因为毕竟有这么多女生在，再说陈娴也需要有人给她靠。

刘捷有一个不好的习惯，就是一旦有什么问题没有想通，晚上的睡眠就要大打折扣。刚才，叶诗意问了他一个问题：唐僧是怎么知道这儿有一个乌即城的？这一问，却把刘捷给难住了，唐僧出生在中原，接触的都是中原文化，而中原文化恰恰把西域给忽视了，只有少数典籍有所涉及外，基本没有多少记载，那唐僧是怎么知道的呢？

刘捷陷入了沉思。传说中有唐僧的偈语，应该不是空穴来风，而且还传了一千多年。那唐僧是怎么知道乌即城和夏都的呢？不可能就因为是得道高僧就能冥冥之中知道一切；也不可能是从中国的古籍当中看到的，因为现在的人看到的资料要比古代的人看到的要多得多。那唐僧又是怎么知道的？看着在暮色中不断跳跃的火苗，加上刚才的冥思苦想，刘捷终于理出了一个头绪。

刘捷叫醒了叶诗意："你把我搞的睡不着觉，所以你也不要想睡的舒服。"

叶诗意却惊喜地说:"你有答案了?"

刘捷点点头。

"那你说说看。"张晓军说。刘捷转头一看,不仅是张晓军,就连何晓晓、陈娴等人也都看着他。

刘捷有点不好意思:"我试着解答一下,你们看看是不是这个答案?"于是刘捷开始解答唐僧是怎么知道的。

唐僧点拨竭盘陀国国王的几句偈语是让竭盘陀国举国迁徙到乌即城,位置说的很明确:流沙西,夏都旁。不是直接迁到夏都,而是迁到夏都旁的乌即城。现在的关键是那唐僧,他是怎么知道在夏都旁有一个乌即城的呢?唐僧精通中国的历史不假,但西域的历史只是在中国史书中有一些碎片,而且还都是以神话的面目出现。特别是对于那个乌即城,在东汉以后就直接湮没在了历史的长河中,没有人知道它的确切位置,那唐僧又是怎么知道的呢?现在我总算想清楚了,唐僧在印度待了十五年,他肯定学习了佉卢文。因为佉卢文是印度孔雀王朝的文字,后贵霜王朝也沿用了这些文字,一直到贵霜王朝的灭亡,这些文字也随之消失。但随即在我国的西域地区开始流行起来,时间应该是在公元四世纪以后,那时的中国正处于西晋时期。佉卢文创建于公元前三世纪,结束于公元七世纪,存在大约一千年的时间。而这一千年正是佛教大发展时期,佉卢文流入中国的西部也正是佛教的进入,因为许多佛经都是用佉卢文写成的。而唐僧要研究佛经,就必须涉及佉卢文,由此可以得出唐僧是从佉卢文中印证了帕米尔高原有一个已为世人所遗忘的场所,那就是原疏勒国的都城:乌即城。由此在帕米尔高原发生强烈地震后点拨了竭盘陀国的国王到这儿来生存。

"你的意思是佉卢文记载了乌即城,"张晓军很惊讶,"但我没有听我导师说起过。"

"可能是唐僧涉及的佉卢文的文献比较多,而你导师只是对有限的一些文物进行考证,这中间肯定有很大的差异。"刘捷解释说。

"也对，怪不得我导师对半截佉卢文的石碑也宝贝的不得了。"张晓军承认刘捷的说法。

"那唐僧知不知道都广之野？"叶诗意又问了一个刁钻的问题。

刘捷回答："对于都广之野，我估计唐僧可能知道，因为按史书记载这儿有一个黄帝的夏都，唐僧应该也知道，才会有'夏都旁'的偈语，因为《山海经》不是现在才有的，早在战国以前就有了《山海经》的读本，到了汉朝已经被广泛阅读和研究，所以到了唐僧所在的唐朝，那就更不用说了。至于黄帝的夏都就在都广之野，唐僧是不是清楚我就不知道了，但都广之野是动物的乐园肯定不知道，特别是后稷及其后人们把这儿布置成一个大的五行八卦，利用山川把所有的生物都圈在其中那就更不知道了。所以，假如唐僧知道，那《大唐西域记》里面肯定有一笔。"

"你分析得有道理，"张晓军赞同刘捷的观点，"如果当初西域的那些皇帝们知道有这么一个动物的乐园，不把这儿当狩猎场才怪呢。"

"那肯定会把这儿当狩猎场，"叶诗意赞同这种说法，然后又说，"会不会唐僧有慈悲之心，故意隐瞒不说，才让这些动物逃过一劫。"

"也有可能。"刘捷笑了笑，这些历史的真相谁又能真的完全说清楚。

火苗在窜动，这荒野的夜晚还真的有点寒冷。刘捷往火堆中加了两根干枯的树枝，以此来增加一点热量。

胡骏拿了一些树枝走了过来："看来我们的大教授缺少一点热量，我再帮你生一堆火。"胡骏说着就在刘捷旁边又生了一堆火。

胡骏就在刘捷的旁边坐了下来。

刘捷诧异地看着他："你不睡觉？"

"你们说得这么起劲，我怎么睡得着。"胡骏也是实话实说。

刘捷双手一摊说:"我们已说完了。"

胡骏却说:"你说完我还没说呢。"

"你也有问题要问?"刘捷故意这么问。

"对啊,"胡骏回答,"不过我要问的问题与他们不同,我是想问:我们明天什么时候出发?"

"你既然问了,那我就告诉你,本来我是想明天早上再告诉你的,因为我今晚还有时间可以考虑完善一点,"刘捷回答说,"我在看到凤凰骏马的时候就想到了,明天应该在傍晚的时候穿越草原。"

"为什么不是一早走呢?"胡骏有点不解,"万一在黄帝的夏都不适合休息,那我们还有时间穿越另一边的草原到达钟山的山脚。"

张晓军插话说:"这件事我和刘教授谈起过,因为早上是飞禽走兽觅食的时间,我们不是经常说早起的鸟儿有食吃,这是动物的习性,所以我们必须避开这个时段。"

"那为什么一定要在傍晚的时候穿越呢?"胡骏还是想不通,"等我们穿到黄帝夏都的时候已经是晚上了,而对于黄帝夏都里面是什么样子,我们心里一点底都没有,这样合适吗?万一藏一群猛兽什么的,那可是万劫不复。"

"你说得一点没错,"刘捷回答说,"我先回答你第一个问题,为什么选择傍晚,你昨天也看到了,当凤凰骏马出场时,所有的飞禽走兽都不见了,那我们在这个时候穿越是不是相对安全点?"

"嗯?这我倒没想到。"胡骏愣了一下。

刘捷接着说:"至于为什么凤凰骏马一出场,那些飞禽走兽都会回避,这我也说不清楚。"

胡骏没有说话。因为那个场景他也看到了,至于是什么原因他想都没有想过,更不用说其中的关系了。

"那我们再说第二个问题,"刘捷接着又说,"至于到了黄帝夏都是晚上的事我也有所考虑,为了确保安全,我们必须有人打前阵，还得保证前后联络不间断。但这个问题我确实还没有考虑完善，所以还没有和你商量。"

"我们现在反正都没有睡意，不如商量一下，看一看能不能找到一个十全十美的方案。"胡骏建议说。

"十全十美就不要想了，"刘捷苦笑着说，"有一个七全八美的方案就不错了，"刘捷停顿了一下又说，"晓军曾给我提过一个方案，就是利用烽火来加强人员之间的联络，但我想了一下还是不行，一旦有火起，原来要出场的凤凰和骏马都不出场了。它们一旦不出场，那些飞禽走兽是不是全都要出场了，那这个草原我们还怎么穿越？"

"这倒是个问题，"胡骏思考了一下后问刘捷，"你估计从山脚到黄帝的夏都有多少距离？"

"我数学不算太好，只能靠目测，估计在两公里多一点。"刘捷回答。

"那距离还是有点远，"胡骏点点头，"不像我们进树林的那片茅草地，两百米都不到。"

"看来是有点远，"刘捷叹气说，"想要在这段时间内避开那些飞禽走兽还是有点难度的，"刘捷转头又问张晓军："我让你看的凤凰飞行的时间是多少？"

"大约二十分钟。"张晓军回答。

"时间上稍许有点紧张，只有用奔跑的速度才能穿过这片草原，"刘捷分析说，"但在草丛中奔跑又谈何容易。"

"这只是从我们这边山脚到达黄帝夏都的距离，"张晓军摇头说，"还没有算上从夏都到对面钟山山脚的距离，那段距离可能还要远，估计三四公里都不止。"

"那怎么办？"叶诗意有点担心起来，说完后还把目光投向刘捷。其他人也把目光转向刘捷。

刘捷想了一下说："能不能这样：先派三四个人打前阵，到了黄帝的夏都以后，用一种特殊的方式与大部队联系，譬如红色的衣服表示没有危险，白色的衣服表示有危险。如果没有危险，大部队利用凤凰飞舞的时候，快速通过草原，进入夏都；如果有危险，立即撤回，大部队在山脚接应，最后还是回到这个洞穴，"刘捷说着看向胡骏，"不知这样是不是可行？"

胡骏回答说："这也算一种方法，就是举起红衣服的时候不知道能不能看得清楚？"

"这没问题，"张晓军说，"我们站在巨石上看到对面的巨石时，巨石上那些白色的斑痕还是看得一清二楚的，包括凤凰在巨石那边翱翔时，色彩也都分得清。"

"我们还可以更进一步，"刘捷接着说，"到前面山脚的地方去找一块巨石来眺望夏都巨石上的红衣服，那距离只有两公里，应该能看得更清。"

"就这个方案吧，"胡骏算是同意了，"不过谁打前阵？"

刘捷说："方案是我提出来的，我打前阵吧。"

张晓军却说："这怎么可能呢？打前阵的肯定是我。"

最后胡骏笑着拍板说："我看还是晓军吧，刘教授打前阵看到史前的宝贝容易误事，"胡骏接着又对张晓军说，"我再为你配备张小飞、朱万豪、赵子凡，你们四个人打前阵应该可以吧。"

张晓军回答说："没问题。"

刘捷也不再争了。

不过，张晓军又提了一条建议：就是明天上午想办法去前面的山脚，看看那里的地形环境，为下午的穿越做准备。

刘捷和胡骏都表示同意。

然而穿越草原并非一件易事，主要就是草丛里潜伏的猛兽太多，有点防不胜防。

第二天一早，刘捷和张晓军带着几个人去前面探路了。虽然草原的清晨，空气是特别清新，但刘捷等人不敢有一丝一毫分心，时刻关注着路边草丛里面的动静及天上的飞鸟。而山脚的道路又非常狭窄，所幸骏马踩出来的便道还算不错，有一人多宽，还算能行走。

走了没多远，张晓军忽然发现了几棵油桐树，马上指给刘捷看："那油桐树的果子可是好东西，燃点比较高，但生火的时候放一点桐油会越烧越旺。"

而刘捷听了眼睛开始发亮。

几个人立即上前采了好多果子，刘捷对张晓军说："我们先放在路边，回去的时候带走。"

"我也是这么想的。"张晓军回答。

大家继续向前，但就这么一条小道，也并不太平，偶尔会有一些小动物穿过。走了一会儿，张晓军忽然站住了，刘捷刚想问，晓军向他"嘘"了一下，并用手指了指前面的那棵树。

刘捷定睛一看，嚯，两条巨蛇盘在那树上。黄背白肚，又是那肥遗，看来肥遗跟我们杠上了。而那两条蛇见有人来了，正抬着头，吐着舌头，紧盯着人们的一举一动。

"怎么办？"刘捷轻声地问张晓军。

"应该不是问题，"张晓军轻声回答，对张小飞等几人说，"帮我盯住了。"

张晓军看了一下四周，找了几根干树枝，捆扎在一起，然后用打火机把它点燃了。张晓军举着火把向那棵盘着肥遗的树走去，肥遗明显感到火的热量，不情愿地离开那棵树，向那草丛中钻去。

刘捷一看：哈哈，有门。我们不是有桐油吗？等一会儿我们每个人都举着火把不就可以穿过草原了吗？刘捷把这个想法同张晓军说了。张晓军回答：未必，因为蛇是靠热感应和嗅觉来捕捉猎物的，所以对明火有着强烈的恐惧感，而其他动物却不一定。

刘捷没有话了，在野外和动植物方面，张晓军确实有他自己的强项。

他们来到了山脚的尽头，出现在他们眼前的是一个很大的湖泊，而这个湖泊比前面看到的那个稷湖要大多了，从这儿望出去只能看到湖的一角。张晓军心想：怪不得那几匹骏马跑到这儿要掉头回去，因为这儿前面是一个湖泊，根本没有路。

刘捷却对这个湖泊非常诧异,这儿怎么会有一个湖泊,羊皮图上好像没有呀。就像那个稷湖,羊皮图上也没有出现过,但你可以说稷湖小,用不着标记,但眼前的这个湖是个大湖,羊皮图上应该有标记呀。难道这儿是瑶池?如果这儿是瑶池的话,那这片草原就是玄圃,黄帝的夏都就在玄圃之中。难道都广之野就是这个玄圃?这也太玄乎了吧。这样说来以前的想法错了?还是羊皮图上画的距离不对?或者都没错,是洞窟的那条通道错了,把人们的定势思维搞成了错觉。

张晓军接连叫了几声,刘捷才醒悟过来。张晓军倒很理解他:"又走神啦?"

刘捷笑笑:"有什么吩咐?"

"你看那块巨石可以吗?"张晓军指着前面的那块巨石问刘捷。

"我在想,用衣服传递信号是没有办法的办法,"刘捷回答说,"我的意思是我们不用这么做。"

"那用什么办法?"张晓军心想:你怎么经常变,昨晚不是说好了吗?

"举着火把快速的通过这片草原。"刘捷回答。

"这个办法不是不可以,"张晓军说,"但万一有人不小心把这片草原点燃了怎么办?那可不是一般的损失,如果把黄帝的夏都烧没了,那你可是人类的罪人了。"

"这倒是个问题,"刘捷想了想,然后说,"这样吧,我们先登上那块巨石去看一看再说吧。"

刘捷和张晓军登上了巨石。果然,从这个角度看夏都确实近了许多,不要说一件红衣服,就是再小一点的目标,也是一清二楚。从这儿望过去,也有几块巨石,但由于距离近了许多,刘捷感觉这些巨石有点像城墙,关键的是刘捷还发现了一条兽道,是从自己站的巨石这边一直延伸到对面巨石那边。既然是黄帝的宫殿,那外围的一圈肯定有城墙,这也正常,这些巨石就是城墙,刘捷心想。

回来时，几个人又去采摘了一些油桐树的果子。

回到洞穴，刘捷一直在想瑶池的事。帕米尔高原在中国境内有三个草原，一个是石头城下的乌拉尔圃，即塔县的金草滩；第二个是古城前面的乌圃，自己以为那片草原荒废了，河道也改道了，就不再认定它就是乌圃，而把洞窟外面的都广之野误认是乌圃，实际上这是大错特错了，洞窟里面、古城前面的这一块就是乌圃；第三个是玄圃，既然乌圃已确定，那这一片就是玄圃了，但为什么又叫都广之野呢？刘捷有点想不通。

张晓军带着人在碾压桐籽，把碾压出来的桐油放入火堆中，果然火旺了许多。张晓军让大家把所有的桐籽都碾压了，把树枝都扎成一个个火把，并淋上桐油。

刘捷看着张晓军带着大家劳动，笑了。

时间已近中午，大家稍许填了一下肚子。在洞穴外面巨石上放哨的赵子凡进来报告说，外面有乌云密聚，看来要下雷阵雨了，不知道傍晚凤凰还会不会出来。

正在思考的刘捷一听雷阵雨，马上跳了起来，跑到洞外的巨石上一看，果然有一大片乌云正朝这边涌来。刘捷说了一句：天助我也。赶紧跑进洞来，对张晓军和胡骏说："我们赶紧走，现在就去黄帝的夏都。"

胡骏吓了一跳："你发什么神经，马上要下大雨了。"

"就是要利用下大雨，"刘捷急着说，"我们举着火把过草原，一般的飞禽走兽不敢靠近我们，而万一把草原点着了，有大雨帮我们去浇灭。"

张晓军一听也立即跳了起来，"对呀，我老是担心举着火把会把草原点燃，却没有想到老天爷会赶来帮忙。来，来，大家不要待着了，赶紧动身，我们直奔夏都。"

人们都动了起来。胡骏虽然还没有完全想通，但也跟着安排起人员来。人员共分成三波，第一波由张晓军带队，走在前面开路；胡骏带大部队走在中间；最后一波有刘捷带队压阵。虽然人们都是急吼吼地出了洞穴，但一切还是有条不紊地进行着。

胡骏意思是既然不怕把草原点燃,那我们就举着火把斜着穿过草原,不是更近吗?

刘捷说这样走不方便,因为茅草已超过膝盖,一步一步跨出去不是很方便,还不如沿着山脚走兽道来得方便。

胡骏不说话了,他的愿望就是快点走出这个区域。既然刘捷和张晓军他们都在朝这个目标努力,他就没有必要再说三道四了。

洞穴外果然已经是乌云密布,但还没有到头顶。张晓军让大家加快脚步,对于沿途有干枯的树枝不要放过,加入火把之中,以增加火势。还有那几棵油桐树上的桐籽也不要放过,全部带走。

不一会儿,大家就到了山脚的尽头。

刘捷见前面的张晓军和胡骏都在等着自己,就说:"不要停,一鼓作气,越快越好。"而此时的乌云已罩在了头顶,雷声已经在草原的上空滚动,但雨还没有下。

张晓军带着三个人举着火把已冲进了草原。没有燃尽的枯枝掉进了草丛,引发了火光。后面冲到的大部队不客气地把火踩灭,刘捷最后跑过时又补踩了一下。

胡骏看到前面的张晓军不走了,就着急地问:"怎么不走啦?"

张晓军回答:"碰到拦路的了。"

胡骏一看,头立即大了起来,是恐怖鸟。

此时那头恐怖鸟正在一棵树旁探头探脑地看着跑过来的人们。后见人们站着不动了,它开始跑动起来,向人们站的方向冲了过来。

张晓军叫道:"不用怕,拿着火把迎上去,这家伙肯定也怕火。"随后领着六七个男生举着火把向那恐怖鸟冲了过去。

不知哪个女生又叫了一声:"有斑鬣狗。"

"不要怕,面朝外,围成一圈。"这是胡骏的声音。

恐怖鸟见人们不仅没有逃跑,反而举着火把向它冲来,吓得它赶紧往回跑，但这批人好像不想放过它，举着火把继续向它冲来，它只得赶紧往草原的深处跑。

张晓军的目的是黄帝的夏都，见恐怖鸟跑远了，也就放弃了追击。夏都已在眼前，那些巨石果然是城墙，不过有的地方已经被绿藤爬满，所以从远处看过去城墙是没有连在一起的。现在唯一的难处就是城墙前面有一条宽五米的壕沟，而且这壕沟还非常深，起码有七八米。张晓军让其他人注视着周边，他开始寻找树干之类能够跨过壕沟的东西。

胡骏这边有十几条斑鬣狗围着，但没有一条斑鬣狗敢上前，因为大家手上都拿着火把。

刘捷赶到，驱赶着斑鬣狗，但这些斑鬣狗就是迟迟不肯离开。刘捷也不去管它，先向黄帝的夏都靠拢要紧。

雷声已经在人们头上盘旋，估计大雨即将倾盆而下。

第五十三章 恐怖鸟和剑齿虎

张晓军找了一圈也没有找到可用的树枝,怎么办?张晓军把眼光看向了对面,对面有一根很粗的树干,或许这与树林里面看到的树干一样,是人们进出这壕沟的跳板。但怎么过去呢?

张晓军再一次打量着四周,终于看到前面壕沟旁有一片松树林。这是乔松,也算高原的稀有物种。其中有一棵乔松长得有点斜,有一点向壕沟倾斜,再加上树枝,已超过壕沟的一半。张晓军也不和大家商量,赶紧跑到前面,三两下就爬上了那棵斜着长的乔松,然后顺着树枝爬到树梢,再向对岸跳去。

刘捷和胡骏等人却已到了最艰难的时候,又有十多条斑鬣狗赶到,二十多条斑鬣狗开始向人们进攻。因为在这个草原上斑鬣狗还没有与人交过手,自然无法领教人的力量。

见张晓军已经跳到了壕沟的对岸,张小飞和朱万豪等人又赶了回来。赵子凡的木棍已打到了一条斑鬣狗的身上,斑鬣狗却一口咬住木棍。正在相持阶段,又有一头斑鬣狗扑到赵子凡身上,死死咬住赵子凡的衣服。

刘捷一看不对,不顾自己面前的那条斑鬣狗,呼的一棍就打到了咬住赵子凡衣服的那条斑鬣狗的头上,而与刘捷对峙的那条斑鬣狗见有机可乘,猛的一下朝刘捷扑了过来,而朱万豪却把木棍一扫,把那头斑鬣狗打落到壕沟底下。刘捷一看这是个办法,马上对大家喊:"把它们逼到壕沟里去"。这一招果然灵,斑鬣狗不敢在壕沟的边缘向人们发动进攻,只能在人们的正面与人们对峙着。

斑鬣狗是抱团的动物,落单的时候体现不出优势。

谁知就在人们占据上风的时候,那头被张晓军赶走的恐怖鸟,绕了一个大圈子又赶了回来,刘捷又发现了远处又有两头恐怖鸟向这儿跑来。而斑鬣狗非常聪明,知道眼前的人非常难缠,又一见恐怖鸟来了,马上四散跑开。而此时的辛勤又叫了起来:有几只大鹫正向这儿飞来。看来情况已到了非常危急的时刻,胡骏真有点后悔为什么不等到凤凰起飞的时刻过来,但现在根本就没有给他考虑的时间。只听见刘捷在喊:"马上点燃面前的茅草,人往壕沟旁退。"

霎时,围着人们的半圈的茅草燃起了熊熊火焰。巨大的热量隔绝了人们与动物之间的联系,人们都退到了壕沟旁。等待着壕沟对岸的张晓军把树木架起来。

而此时对岸的张晓军正以无比的毅力把那根树干拖到壕沟旁,那根树干实在太过沉重,也不知道古人是怎么搬动的。而这一边只有他张晓军一个人,想找人帮忙也不可能,只有靠他自己。没有办法,张晓军用尽了全身的力气才算把那树木竖起来,倒在了壕沟的缺口上。

胡骏马上上去踩了踩,还算结实。于是跳在一旁,让人们赶快过去。但壕沟对岸的情况却并不好,两只大鹫见壕沟的这一边被火烧得烟雾腾腾,但壕沟的另一边却并没有多少烟雾,而且还只有一个人,于是对着张晓军就俯冲了下来。而这一幕正好被跳在一旁的胡骏看到,胡骏立即大喊:"晓军,当心头上的大鹫。"

张晓军被胡骏一叫,吓了一跳,余光已经看到有一个黑黑的家伙向他飞来,而手中的木棒此时因为搬那树干而丢在了一边,所以只得将两支手臂开始乱舞一气,谁知正好有一下砸在一只大鹫上,大鹫被这一砸给惊飞了,另一只看到后,只是在张晓军的头上盘旋,再等机会。张晓军被大鹫这一撞也好不到哪儿去,舞动的速度明显慢了许多。

当另一只大鹫又准备俯冲时,张小飞和朱万豪赶到了。

原来壕沟那边的胡骏一看大鹫在向张晓军俯冲时,一边提醒张晓军一边让张小飞和朱万豪赶紧过壕沟帮张晓军去对付大鹫。两根木棍对着那大鹫,使得大鹫不敢轻易俯冲。

人们开始陆陆续续地通过树干跨过壕沟。

大雨也开始倾盆而下,其中还伴随着闪电。

刚才还是火光冲天的大火被大雨一浇,马上开始熄灭,但还有烟雾在缭绕。此时还有六个女生没过壕沟,里面还包括陈娴,而男生只剩下刘捷和赵子凡两个。远处三团黑影正从三个方向快速向刘捷这边扑来。刘捷也急了,冲着六个女生大喊:"没时间了,快冲过去。"

刘捷是跟在赵子凡的后面最后一个跨过壕沟的。

等刘捷一过,张晓军已经在组织人们把架在壕沟上的树干抽回去,谁知两只恐怖鸟也跟着追了过来,其中有一只恐怖鸟已踏上那树干。张晓军那边吃不住恐怖鸟的重量,于是恐怖鸟和树干一起掉入了壕沟里。另一只恐怖鸟收不住脚,也一头栽入到壕沟里。

刘捷擦了擦头上的汗,总算松了一口气,恐怖鸟总算被壕沟拦住了。刘捷对张晓军说:"不用去管它了,我们撤到夏都里面去再说。"说着就往城墙边跑。

胡骏过了壕沟,一时找不到进入夏都的门,就拉着爬墙的山藤翻墙进入了夏都。所以其他人只能跟着胡骏趟出来的路进入,但这样一来,速度就慢了许多。等刘捷赶到时,还有近一半的人没爬上墙。而两只大鹫并不想给人们更多的机会,俯冲了好几次,都被人们用木棒赶走。但其中一次非常惊险,两只爪子已抓住攀爬人的肩膀,被站在城墙上的朱万豪一棒打飞。

刘捷不想给大鹫机会,再加上地上的猛兽暂时过不了壕沟,所以就暂停了人们的攀爬,大家都举着木棒对着在空中盘旋的大鹫。

大鹫见实在没有办法下口,只得在上空盘旋,但就是迟迟不肯飞走。

没有了恐怖鸟和斑鬣狗，人们总算松了一口气。此时的雨越下越大，简直可以用大雨如注来形容，虽然人们浑身湿透，大鹫还在空中盘旋，但心情还是愉快的。

胡骏又回到了城墙上，对刘捷喊："我在里面找到了一处可以避雨的房子，让大家赶快过去吧，"随后又对大家喊，"按照我们原先划分的三个组，相互帮衬，赶快通过城墙，要注意天上的大鹫。"

大鹫终于对阵阵的雷声有了敬畏之心，终于不再盘旋，振翅向远处飞去。

没有了大鹫的威胁，人们一个个拉着山藤爬过了城墙。胡骏指着前面的一座房子对刘捷说："你看，前面可以避雨，我们赶过去吧。"

在雨中，隐隐约约有一排房子在这座城的中心，由于有许久没有人来过，所以原来的街道上已长出了茅草，只不过长得稀稀拉拉而已，看过去，那排房子就像长在茅草的中间。

刘捷对这陌生的地方留了个心眼，他对胡骏说："我们先去城门的过道旁避避雨，等雨停了我们再过去。"

"城门旁的过道，在哪儿？"胡骏问。

刘捷指着城墙内侧的那个斜坡说："就是那儿。"

"那儿有城门的过道？"胡骏不信，因为他在城墙外就看过，那儿根本没有进出的通道。

"对啊，我估计那儿应该有通道，"刘捷好像了解胡骏的想法，"外面可能没有设置进出的通道，但城楼底下的通道还是应该存在的。"

反正过去也没有多少路，张晓军带着朱万豪先过去看了。刘捷说的没错，那儿果然没有进出的通道。张晓军向胡骏他们招招手，让他们赶紧过去。说明那儿确实存在着通道，人们也不等胡骏的指示，都冒着雨向张晓军那边跑去。

那儿果然有一个城门洞，而且还是三个洞组成的城门，躲二三十个人也不显拥挤。刘捷肯定这儿以前是一个进出的主要通道，后来不知什么原因，把靠近外边的门洞给封了，形成了现在的死门洞。

张晓军用手肘碰了一下刘捷说："现在反正衣服也湿透了，再淋一下雨也无所谓，所以我们是不是到城墙上去看看？"

刘捷点点头说："我跟你一起去看看，从高处眺望可以看得远一些。"

俩人沿着一米宽的斜坡爬上了城墙。城墙上原来应该有门楼，但估计年代久远，门楼已经坍塌。刘捷站在坍塌的土堆上朝城外看，茫茫的大雨影响了视线，只能看到二十米远的地方，再远就看不清了，整个草原都是一片雾茫茫的，但壕沟里大鹫在追逐斑鬣狗的情景还能稍许看到一些；再看城内，能见度要比城外要好，因为稀疏的茅草遮挡不多，但也不算太好，只能看见那几排房屋，中间的那栋房子比旁边两侧的房子要高一点，而再远一点就看不清了。

张晓军忽然对刘捷说："你看前面的房子里好像蹿出一头鹿。"

刘捷一看，果然有一头鹿站在道路中间，因为头上的两个鹿角是最明显不过了。这头鹿站在雨中，头朝着房屋，不进也不逃。刘捷心想：这房子里面肯定有古怪，不然这头鹿不可能这样，那是什么原因促成的呢？刘捷心头一跳：唯一的解释就是房子里面有这头鹿害怕的东西。于是刘捷赶紧把这个想法同张晓军讲了，让张晓军马上把人从洞门中叫出来，全部转移到城墙上并守住斜坡的两侧。

张晓军下去叫了。

刘捷紧盯着那头鹿，看它有什么举动。果然，那头鹿返身向刘捷这个方向跑来。就在那头鹿返身的时候，刘捷看见又从房子里蹿出来一群鹿，跟着那头公鹿拼命地往刘捷这个方向跑来，而跟在那群鹿后面从房子里面又蹿出一只动物，是剑齿虎，看来这才是罪魁祸首。那剑齿虎停顿了一下，然后也朝刘捷这个方向追来。

刘捷吓得胆战心惊，这几天担心的"齿虎"终于出现了。

幸好人们都陆陆续续地上了城墙。虽然此时大雨并没有停息，但人们已经顾不上这些了。

逃过来的那群鹿估计是奔着城墙来的，一看城墙上站着这么多人，马上一个急转弯，奔着人们刚才过来的那条路上去了。那剑齿虎也看到了人，一个紧急刹车停了下来，两只虎眼打量着站在城墙上的人们。

人们这才看清了剑齿虎的模样。长相和现在的老虎还是有区别的，特别是头部，下颚骨明显突出，长而弯的上犬齿长到了嘴巴外面，身上的斑纹也不像东北虎那样清晰。

这剑齿虎和一般的猛虎区别也不大，只不过多了两根长长的犬齿而已，刘捷心想。

由于猛兽见得多了，人们也没有像刚看到恐怖鸟时的那种惊恐。大家严阵以待，手举着木棒，看着那头剑齿虎。

剑齿虎从来没有碰到有生物敢这么大胆与它对峙，所以对着人们狂吼了一声。果然是虎威犹存，胡骏心里不由暗暗赞叹。但赞叹是一回事，怕不怕却是另外一回事。所有的人都紧盯着那头剑齿虎，只要它敢上来，大家肯定会倾全力一搏。

剑齿虎见城墙上人多势众，可能觉得并不好惹，于是也一个转身向那群鹿逃走的方向追去。

望着剑齿虎渐渐离去，人们总算恢复了活跃的气氛。罩在草原上的乌云已渐渐地离去，雷声也已停息，雨势也不再倾盆，而是变得淅淅沥沥。

胡骏紧张地问张晓军："这座都城的周边估计都建有一圈的壕沟，那只剑齿虎是怎么过来的？"

"这很简单，那些鹿可以跳过来，那只齿虎也可以跳过来，"张晓军回答说，"五米宽的壕沟对于这只老虎来说，简直是小菜一碟。"

"那这儿发现了一只剑齿虎，会不会其他地方也会出现？"刘捷问张晓军。

张晓军回答："这片草原不可能只有这一只老虎，其他地方肯定也会有，说不定这座城里面就有。"

胡骏听了暗暗摇头，去个波谜罗川还真的麻烦。他问张晓军："你的意思是前面的房子还不能去？"

"这我怎么知道。"张晓军回答。

刘捷却接着说："那栋房子我们肯定要去，至于怎么个去法要好好斟酌一番。"

草原上的暴雨来得快，去得也快，一忽儿的工夫雨停了，太阳又开始露脸。

刘捷看看天，又看看那栋房子。对张晓军和胡骏说："我们大家全身都已湿透，必须要找个地方烤火，不然有可能会生病。"

王医生也对胡骏说："刘教授说的对，我们应该马上找一个能避风的地方，让大家烤烤火，最好喝一碗姜汤，没有姜汤就是热茶也行，不然的话，到了晚上大家还是这套湿衣服贴在身上，那肯定会生病。"

胡骏点点头："那就让张晓军带两个人先去前面的房子探探路。"

张晓军二话不说，带着张小飞和朱万豪就想走，刘捷出手拦住了。刘捷转身对胡骏说："这样人单势薄，很容易受到猛兽的袭击，尤其是类似于剑齿虎这样的猛兽。还不如我们以前组团式的方法，大家前后可以相互支援。"

"你的意思是大部队一起开拔？"胡骏问刘捷。

"对，这样相对安全些，"刘捷回答，"也不需要心顾两头，打前阵的人再增加几个。"

"听你的，就这样。"胡骏拍了板。

阳光洒在都城的泥泞的道路上，能见度比刚才不知好了多少倍，但人们依旧小心翼翼，一步三顾地向前搜索着。

不知谁说了一句："那大鹫又来了。"

刘捷朝周边看了一下，果然有两只大鹫从两个方向飞来，看来它们并不死心呢。刘捷对胡骏说："我们得加快脚步，先进那屋子再说，不然地上再来个猛兽，我们应付不了。"实际上不等胡骏吩咐，张晓军等人已在加快速度。

人们对付大鹫的套路也已熟门熟路，木棒都已竖立起来，朝着大鹫飞来的方向。但脚下的速度却比刚才快多了。

大鹫也不敢莽撞，只是在人们的头顶盘旋，等待着机会。

张晓军看见了房子。这房子就像庙宇前的大殿，张晓军也来不及细看，就带着人闯了进去。大殿前后是相通的，因为已没有了门。还没有走到后殿，张晓军忽然看到了血腥的一幕，有五六只类似雪豹的动物正在啃食一头鹿，于是带着打前阵的人又退了出来。

刘捷上前问怎么回事？

张晓军回答："里面有几头你说的那种叫'拗'的动物在啃食一头鹿。"

刘捷考虑都不考虑，立即说："赶走它们。"

张晓军带着几个人举着火把立即冲进大殿里面。果然那几头拗一见人们举着火把冲进大殿里面，立即向后面逃去。刘捷也跟着冲进大殿，对张晓军说："占领夏都，把所有的野兽都赶到壕沟外面去。"

"好嘞，这我有办法。"张晓军回答。

张晓军开始帮着人们把房子里面倒塌的房梁及一些草垫都拿了出去。

刘捷特意关照殿内的东西少拿，因为很有可能都是些价值连城的宝物，而这些宝物是没有办法复制的，不能因为我们的到来而将这些宝物毁坏。

张晓军也实事求是地说："刚下过一场大雨，外面的那些草都是湿的，一下子无法引燃。"

刘捷也只得无奈地说："你到偏殿去看看，最好有一些草堆什么的，但要注意安全，"刘捷又叫住张晓军，"围绕着夏都从里到外开始点火，但不能把房子点燃，还有，火把不能离身。"

刘捷又与刚进殿的胡骏商量:"能否让大家寻找一些可以燃烧的树草之类的东西,另外,这儿还有一些猛兽,所以大家不能走得太远。"

"这儿会不会还有一些大型猛兽?"胡骏心有余悸地问。

"应该不会,你不是刚才看见剑齿虎了吗?这儿如果出现了剑齿虎,就不应该再出现其他的猛兽,"刘捷解释说,"当然,小型的食肉动物还是有的,譬如刚才像雪豹一样,但体型比雪豹小的拗。"

"那剑齿虎会不会回来?"胡骏又问。

"剑齿虎肯定会回来,"刘捷回答说,"所以我布置了火堆,目的就是要把剑齿虎驱赶走。"

"那如果现在就回来了呢?因为它的猎物还躺在这儿。"胡骏指了指那头已被啃得面目全非的鹿。

"真的回来也不怕,估计我们三十多个人也能对付它。"刘捷胸有成竹地说。

俩人正说着,只听有人在喊:"剑齿虎来喽!剑齿虎来喽!"刘捷看了一眼胡骏,说了一句:"乌鸦嘴。"随后对外面吼道:"不要慌,封住道路,不要让它过来。"一边吼一边跑出了殿外,胡骏随即跟了出去。

殿外,张小飞已经组织人员把持着进入大殿的通道,十几根火把对着慢慢走近的剑齿虎。人们开始往后退,刘捷赶忙阻止,"我们不能退,相反要向前,狭路相逢勇者胜。"

大家举着火把一步一步地向前。剑齿虎先是不动,后来大概感到火的热量,人们向前走一步,它就退一步;人们走几步,它就退几步;后来人们干脆举着火把向它冲去,并发出呐喊声,剑齿虎见势不妙,立即转身逃之夭夭。

刘捷立即让人在周边生起了火堆,幸好张晓军在屋檐下找到了一些干枯的草,又在火堆中加了许多碾碎的桐油籽,火势是越烧越旺。刘捷还关照了几句,不要让火焰烧到旁边的房子。

张晓军对刘捷说:"这你放心,不可能会烧到旁边的房子,每一堆火我都让人看着。还有，现在天已晴了，我已让人在收割城墙内的茅草以及一些可以燃烧的东西，估计坚持个一两天应该没有问题。"

刘捷点点头。"这些看来不是问题，关键是这儿的进出通道，我们得马上去查看一下，"然后又对张晓军说，"你把这儿交给胡导吧，我们去沿着城墙走一圈，看看哪些地方还需要补救。"

胡骏在一旁说："没问题，这儿交给我，你们去吧。我这儿还有一头鹿要组织烧烤。"

王医生马上在一旁说："被野兽咬过的食物，往往带有许多病菌，还是不吃为好。"

胡骏反驳说："这些常识我们都知道，我会小心处理的，如果这时候把这么好的鹿肉丢了，那才是最大的可惜。"

"你们别争了，"刘捷劝阻说，"这座城池应该不大，张骞记录的是长两百寻，宽五百围，是不是就是指这儿？我们去兜一圈，马上就回来，你们把这儿守好。"

第五十四章　黄帝的夏都

黄帝的夏都正如张骞所描述的那样，城墙的范围内，宽约一百米，也就是五百围；长约三百米，也就是两百寻。刚才发现那座被堵死的城门是一座边门，而他们驱赶拗的地方属于前殿。从前殿向南望出去，前面城墙下有一个很大的圆洞门，估计那就是前门。现在刘捷所站的位置就是这座城池的中轴线，而向北望去，有一个二层的建筑，那应该就是中殿了，后面估计还有后殿。

让人震撼的是前殿和中殿之间有一个圆台，这个圆台像个远水岛，周边环水，而进出圆台的是四座小石桥。要想从前殿到中殿，必须要经过这座圆台，也就是先经过一座小石桥到达圆台，再经过一座小石桥才能到达中殿，周边都是一个很大的水池，没有其他路可以到达中殿。

张晓军问刘捷："造这样一个圆台派什么用场？"

"估计是表演用。"刘捷回答。

刘捷和张晓军带着几个人通过小石桥、经过圆台朝中殿走去。到了中殿后所看到的一幕把刘捷震惊了。那是一座非常宏伟的建筑，虽不能与故宫相比，但五千年前肯定是首屈一指了。

中殿的门前放着两只青铜兽，刘捷上前打量了一下，并用手摸了摸，擦去一点灰尘，对张晓军说："这两只神兽应该是狻猊。"

"狻猊？"张晓军显得很诧异，"你说这守门的是狮子？怎么看上去一点也不像。"

"龙生九子，这是第五子，"刘捷边走边说，"狮子是东晋的时候西域进贡的，并不是中原的产物。因为狻猊和狮子有点像，所以东晋的郭璞注解《山海经》的时候认为狻猊就是狮子。你现在可以看它们之间到底像不像。"

张晓军摇摇头说："不像，如果一定要说像的地方，那就是它们的头部还有点像。"

刘捷笑了笑，没有接话。

中殿共有五个大间，只有中间的是一个两层楼，楼的外侧还有一圈回廊，两层的屋顶全部是用很粗的圆木支撑着，虽然有一些地方已经坍塌，但总体的样子还在，底层的中间还向南延伸出一个顶，有九个柱子支撑着。

"这就是看表演的场所。"刘捷对张晓军说。

张晓军回头看了看刚才走过的那个圆台，果然这点距离是最佳的观赏距离，而且还有点居高临下的感觉。

但最让刘捷惊奇的是屋顶上的瓦片和地上的青砖。根据现有典籍的记载，我国瓦片的利用是在西周时期，而现在看到黄帝的夏都上面已经覆盖了瓦片，虽然有许多瓦片已经破碎，但瓦片的烧制和利用却整整提前了两千年，这是什么概念？说明我国早在五千年前就脱离了野蛮状态，进入了文明社会。具体讲，就是没有在树上筑巢，没有住山洞，而是自己会建造房屋，有城池，有国家。我们再也不用去向那些不认可我们有五千年文明的人去解释，因为这座城池、这瓦片，还有地上的青砖就是最好的证明。

刘捷又把眼光投向了地上铺满的那些地砖，看着这带着青色的地砖，刘捷的第一感觉就是烧制的，而不是依靠太阳来晒干的，因为它的光洁度说明了一切。但后来为什么弃而不用？那是因为保暖性能没有木板来得好，而木板的成本也比砖瓦来得低，所以几千年沿袭下来的都是小木屋，那砖瓦到什么地方去了呢？

造长城、造宫殿以及后来的庙宇。

走近外墙,刘捷发现四周的墙体很不一样,都是一种烟熏色,而不是白色,刘捷专门用木棒敲了敲墙体,有实心的,也有空心的。刘捷想了想,最后得出个结论:这墙体的中间估计用的是圆木,内外两侧用的是草浆加泥土,然后用火烤,才形成了现在带有烟熏色的墙体。

刘捷一边想一边走进了大殿。一进大殿,刘捷就被震撼住了,这才是真正的大殿。

雄伟高大不说,就大殿左右两侧的一块白玉和中间一块绿玉就把人们震撼住了。白玉有一米五左右的高度,而绿玉有三米左右的高度,对于这么大的白玉和绿玉大家都是第一次看到。刘捷走近一看,上面都有划痕,说得明白一点,都有雕琢的痕迹。刘捷心跳开始加速,这肯定是五千年前的宝贝,虽说由于时间久远,上面蒙着一层灰尘,但肯定难掩玉的光辉。

刘捷找了一块树叶擦了擦,果然看见了白玉的光滑细腻,而且上面还有一些圆圈,刘捷正想看个仔细,陈娴在后面用手碰了一下刘捷,轻声地说:"我碰到怪事了。"刘捷诧异地回过头,看着陈娴。陈娴又说:"不知怎么的,我贴身挂着的那块玉佩在震动。"

"不会吧,"刘捷想不通,"这玉佩是死的,怎么会震动呢?该不会是你自己在颤抖吧。"

"你说什么呢?玉佩挂在我身上我自己会不知道?"陈娴有点责怪刘捷,"而且是进了这间大殿才会震动,刚才我也试过了,只要退出大殿就没有这个感觉。"

"你给我看看,"刘捷还是不信,伸手拉出陈娴吊在脖子上的那块玉佩,果然拿在手上有震动感,"是不是所有的玉到了这儿都会产生震动?"刘捷心里想,然后随口问一起进来的人:"谁身上还带着玉?"

跟着进来的几个人都摇摇头。

陈娴对刘捷说:"你身上不是有一块玉吗?"

"我那块玉是在戈壁滩上找到的,不知道它是不是真正的玉,而且它没有产生震动呀,"刘捷说着掏出了那块玉。陈娴拿来握了一下,果然没有震动:"你那块不是玉,所以不会产生震动。"

刘捷也说不上个所以然来,就去问张晓军。张晓军摇摇头,"这种事情我也说不清,不知道张小飞能不能说得清。"

刘捷让人去找张小飞。

张小飞来了,他也说不清,说这种事从来没有碰到过。

刘捷问张小飞:"你身上有好几块玉,那你有没有感到震动?"

"没有。"张小飞掏出了几块玉,刘捷接过来拿在手上,果然都没有震动,于是回过头来对陈娴说:"你不能说这几块都不是玉吧?"

"这真是怪事,"张小飞拿过陈娴从脖子上取下的那块玉佩,反复看了几遍,然后说:"唯一的解释就是这块玉的磁场与这房间里的玉的磁场产生了共振,才会使你脖子上的玉发生了轻微的震动。"

刘捷感觉很惊奇:"玉有磁场我们都知道,但磁场大到产生共振,好像超出了我们的思维。"

张小飞看了看刘捷:"我也是第一次碰到,但我在一本介绍玉的书中曾经看到过,当子玉和母玉碰到时产生的磁场要比一般的玉来得大,因为是同一磁场的频率。"

张晓军听了后非常惊讶:"你的意思是陈教授所佩戴的这块玉是与这房间里的这两大块玉有血缘关系,不然不可能产生同一磁场。"

"可以这么说。"张小飞回答。

"不可思议,"张晓军问陈娴,"你这块玉佩是从哪儿来的?"

"祖上传下来的。"陈娴回答。

"这块玉佩传了多少代?"张晓军追着问。

"不知道。"陈娴确实是不知道。

"那你的祖上来过这儿?"张晓军又问。

"这更加不知道了,"陈娴回答,"说不定五千年前来过这儿。"陈娴开玩笑说。

"看来这块玉佩真的传承了五千年,"张晓军苦笑着摇摇头,"张小飞的分析也合情合理,不然解释不通。"

何晓晓在一旁说:"你们对这块玉佩分析了这么久,还不如把这两大块玉擦干净,看看上面雕琢的东西是不是和陈教授的玉佩一样?"

"有道理,"刘捷说,"我们先把这两块玉擦干净,看看上面这些雕琢的东西有什么参考价值,再来评判它们之间是不是子母玉的关系。"

大家手忙脚乱地把两大块玉擦干净。刘捷一看,竟然是河图、洛书。看到这两个图案,刘捷一时愣在那儿,脑子里是一片空白。

叶诗意在一旁对刘捷说:"老师,这是河图、洛书,"见刘捷没有反应,又补充了一句,"可能这儿是河图、洛书的出处也未可知。"

此时刘捷脑子里出现的却是另外一幅场景。那就是在四川阆中时,当陈娴把脖子上戴着的那块玉佩递给那个自称是袁天罡的后人时,那人脸色当场就变了,还惊讶地说了一句:这是河图、洛书。接着就像刚才张晓军追问陈娴的那样:这块玉佩是哪儿来的?传了多少代?当他得不到所需要的答案时,就告诫陈娴说:这块玉佩里面蕴含着两千年的历史,你要好好保管。当时的刘捷只是笑笑,因为算命的总是把时间说的越久远越好,越神秘越好,所以并没有在意。而现在看来,那个袁天罡的后人已经看出了这块玉佩的来历。现在让刘捷想不通的是:这块玉已有了五千年的历史,那袁天罡的后人为什么只说蕴含着两千年的历史,难道我国历史上失落的两千年时间可以在这块玉佩里面找到?还是这块玉可以打开某个给历史尘封的记忆库?

陈娴拉一拉刘捷的衣服:"喂,你怎么啦?是不是失忆啦?

小叶在和你说话呢。"

"哦,说什么?"刘捷醒悟过来,看向叶诗意。

叶诗意又说了一遍。

"对,这两块玉所雕琢的确实是河图、洛书,"刘捷回答,"但出处肯定不是黄帝时期,因为从河图、洛书的成熟时间上可以看出,河图、洛书成书的时间可能更早,至于黄帝的夏都里面为什么要放河图、洛书,答案是显而易见的,因为这代表着当时的成就,用现在的话说,就是代表着先进生产力。"

"代表先进生产力?"叶诗意用手抚摸这凹凸不平的玉石上的那些圆点对刘捷说:"这图案就是河图、洛书,老师也说过现在的阴阳八卦就是由河图、洛书推演而来,现在你又说这是代表着先进生产力,有什么依据吗?"

"当然有依据,"刘捷反问叶诗意,"我国是个农业大国,农业最注重的是什么?"

"当然是时令节气。"叶诗意不用考虑就直接回答。

"那时令节气是怎么来的呢?"刘捷又问。

"是劳动人民长期劳动生活的结晶。"张晓军抢着回答。

"你这是概括性的一句话,"刘捷笑着说,"实际上河图与洛书是中国古代流传下来的两幅最神秘的图案,它不仅与农业的时令节气有关,与天文学有关,与我们的衣食住行有关,而且与我们的生老病死也有关联,"刘捷又对叶诗意说,"你不要小看这些小圆点,这些凹凸的组合体现了自然界的规律和宇宙的奥秘。"

张晓军插话问:"会不会河图、洛书是史前文明所留下来的经典?"

刘捷摇摇头:"这我可说不清楚,"随后又说,"我们在这儿不能待的时间太长,先巡视一遍再说,等有空的时候我再做解释。"

出了中殿,就能看到后殿。后殿的建筑都是平层,顶上也披着瓦片,地上也是青砖。唯一可惜的是五间房屋已倒塌了一大半。

而后殿的后面,却种了一大片菽,估计这也是五千年前种的,现在却是自然生长。刘捷看着这片无序生长的大豆,明白了那些鹿为什么要到这儿来,实际上它们是冲着这片大豆来的,现在正好是九月份,正是大豆成熟的季节,可能高原上要晚一些,但也快成熟了,这对我们来说是一件好事。于是刘捷吩咐张晓军马上组织人把这片大豆抢下来,作为我们自己的粮食。张晓军带着几个人去落实了。

刘捷穿过这片大豆区,来到后城墙的地方。后城墙的门洞也被堵死了,刘捷看了看周边,心里在想:刚才那几头拗应该是向这个方向逃走的,那它们是怎么逃出城墙的呢?刘捷终于发现了在城墙的一个角落有一堆泥土,会不会从这儿可以进出?走过去一看,果然在巨石之下不知被什么动物刨出了一个洞,原来巨石是墩在泥土上的。

刘捷对大家说:"我们先把这个洞穴堵死,以确保今晚的安全。"于是大家一起动手,把原来堆在洞口的泥土又推进洞穴里面,然后用脚踩实。

这儿也有一个斜坡可以上城墙。刘捷带着几个人沿着斜坡上了城墙。

从这一边望出去,这边草原中的草要比他们过来时的那边草原中的草要来得茂盛,而且还不是一般的茂盛,那一边只到膝盖,而这一边可以把人完全淹没。所幸的是,有一条河道一直向北延伸,看上去好像一直可以延伸到钟山的山脚。如果真的要去波谜罗川的话,那唯一的办法就是沿着这条河道一直走到钟山的山脚,然后沿着那骏马跑过来的路线向西穿越钟山到达波谜罗川。刘捷在心里思考着。

张小飞发现了一个奇怪的现象,从城墙上看出去,这座城是个圆的。张骞还记录了长两百寻,宽五百围,难道这个数字是估计出来的?张小飞把这个发现告诉了刘捷,刘捷也说不上所以然来,只能摇摇头。

刘捷沿着城墙又走了一圈。城墙外的河道城里也有一段,两头各有一个进出口,刘捷不放心,与张小飞等人在河道中各插了一根与洞口差不多的树干,保证水能正常流动、而野兽又爬不进来,这才放心。

随后刘捷沿着城墙又检查了一遍。

但陈娴还有点不放心:"那剑齿虎,还有那拗,包括那些鹿难道只有刚才那个被我们堵死的出入口?"

"刚才那个肯定是出入口。"刘捷回答。

"那它们又是怎么出去的呢?因为我们明明看见它们是朝东南方向跑的。"陈娴还是有点担心。

"这我知道,你看见南面的城墙了吗?"刘捷问。

"看见了。"陈娴回答。

"南面的城墙和其他几面的城墙一样,都有一个斜坡,我估计那些鹿和剑齿虎就是通过斜坡上了城墙跳出去的,"刘捷解释说,"刚才我上南面的城墙去看了一下,只见城墙外面的土堆要比其他三面来得高。"

"那怎么办?它们能跳出去,也还会跳进来的。"陈娴不无担心地说。

"我已经想到了,唯一的办法就是用火来阻断它们。"刘捷想了一下说。

刘捷想找张晓军,结果发现张晓军不在,于是对张小飞说:"马上要到凤凰飞翔的时刻,你先上二楼的回廊去看看,它们什么时候开始,什么时候结束。尤其是要观测凤凰飞舞的时候,其他动物在干什么?"

张小飞答应着去了,何晓晓在旁说了一句:"我也去。"也没等刘捷回复,跟着张小飞走了。

此时的张晓军和叶诗意正站在二楼回廊的廊檐下,他们刚干完收割大豆的工作,由于大豆不算多,所以七八个人一下子就干完了,而大豆剥壳的事就交给胡导了。张晓军刚和胡骏交接完看见叶诗意站在一旁,就问叶诗意想不想看凤凰的展翅翱翔。叶诗意当然想看,于是张晓军就带着叶诗意到中殿的二楼回廊来了,希望能一睹凤凰翱翔时的风采。

两人到了中殿两楼的回廊时凤凰还没有起飞。

"你毕业后最大的愿望是什么?"叶诗意问张晓军。

"我想回去后再申请一门不同门类学科的硕士研修。"张晓军回答。

"是哪一门学科?"叶诗意迫切地问。

张晓军看了叶诗意一眼,然后轻声说:"你不会介意我做你的学弟吧。"

"学历史?我怎么会介意呢,"叶诗意悄声地笑着说,"多一个学弟供我差遣,我还求之不得呢。"

"那你呢?"张晓军反问。

"我?还没有考虑,"叶诗意回答,见张晓军没有说话,又接着说,"研究生毕业后,我也不知道是不是再继续深造。"

"我建议你还是继续研读历史,这次若能成功返回,我觉得这是很有价值的一件事,特别是我们这次所遇到的一系列事情,对我们研究中国的古代史,尤其是上古史是非常有帮助的。"张晓军建议说。

"学历史也要讲究缘分的,如果要让我达到刘教授那样的水准我肯定不行,"叶诗意想了想又说,"我曾思考过,是不是再去研读一门生物学,想想也不错,因为我父亲就是这门学科的专家,而且女生一般来说都对生物有天赋。"

张晓军没有说话。叶诗意忽然指着前面说:"你看,凤凰真的展翅翱翔了"。

果然,有两只凤凰在翩翩起舞。在黄帝的夏都看凤凰起舞,要比昨天站在巨石上要看的清晰得多。

张晓军看了一会儿,忽然对叶诗意说:"你知道吗?对着凤凰祈祷比到寺庙里求签还要灵验呢。"

"真的吗?"叶诗意问,"那我们都祈祷一下,看看是否真的灵验?"

俩人果真双手合十,闭着眼睛开始祈祷。

还没等俩人把眼睛睁开,何晓晓和张小飞过来了。"喂,你们俩人在干什么?"何晓晓问。

俩人都吓了一跳,叶诗意解释说:"我们在看凤凰。"

"看凤凰有闭眼睛的吗?而且还是两人同时闭眼,"何晓晓笑着说。

"这还不懂吗?"张小飞打趣地说,"两人闭着眼睛肯定在说:在天愿作比翼鸟,在地愿为连理枝。"

"你胡说什么呢?"羞的叶诗意追着要打张小飞。

"不吵了,不吵了,"张小飞赶紧讨饶说,"我是带着刘教授的任务来的。"

见是刘教授交代的任务,叶诗意也只得作罢:"下次再胡说八道绝不轻饶。"

张小飞问张晓军:"凤凰已起飞了多长时间?"

"最多两分钟。"张晓军回答。

张小飞看着城池外的草原,真的奇怪,凤凰一起飞,所有的动物都不见了。凤凰舞到一半时,骏马又出场了。这次看清了,骏马是从钟山最西边的山脚开始驰骋的,先一路向东,到了草原的中间,再折向南,然后到了垩山的山脚,又折朝西。向西一路到了瑶池边,再折回,沿着来路回去了。等骏马跑回了原来的出发点,凤凰的翱翔也就结束了。

张小飞看了一下时间,凤凰共翱翔了十九分钟。

张晓军忽然指着前面的草原说:"你们看,动物都出来了。"大家朝前面望去,前面草丛里密密麻麻的都是动物,看的人们头皮都发麻。但还是小动物居多,尤其是食草动物居多。

"难道它们也是来看凤凰飞翔的?"叶诗意问张晓军。

"有可能,"张晓军回答,"因为凤凰是飞禽之首,动物们来瞻仰一番也是应该的。但为什么会形成这样的场面,我也说不清。"

"会不会动物也会朝拜?"叶诗意看着张晓军问。

张晓军看了看叶诗意,摇了摇头。

"你们看,前面的草丛中有骚动。"张小飞指着左上角的那片草原说。果然,那片草原的动静不一般,许多动物都四散逃窜。

大家正在张望之际,刘捷带着几个人上来了。

"情况怎么样?"刘捷问张小飞。

"凤凰共飞翔了十九分钟,"张小飞回答,"凤凰飞翔期间整个草原看不到一个动物,当然不包括帮凤凰伴舞的那些鸟。而飞翔一结束,整个草原密密麻麻的都是动物,这些动物都是以食草为主,"张小飞指了一下草原的东北角又接着说,"现在食肉动物也开始出现了。"

刘捷一看,果然,东北角上那些食草动物开始四散奔逃,两只剑齿虎已经各自扑倒一只动物在撕咬。

张小飞忽然指着另一个方向说:"东南角好像也出现了骚动。"大家都转头去看,东南角上不仅有猛兽,而且还有猛禽。刘捷看了一会儿,忽然感觉心里好像少了些什么,于是不再去看草原上的骚动,而是直接下楼去找胡骏了。

第五十五章　五千年前的疆域图

胡骏已经把那头鹿分得差不多了，正组织人员把那些鹿肉放在火上烤。

刘捷找到胡骏说："这草原上的猛兽实在是太多了，这座城池看着不大，但对我们来说在一些要道上设防还不够，如果全面铺开人手又不够，唯一的办法就是收缩防线。"

"你说的也对，但问题是怎么收？"胡骏问，"如果全部收缩到这第二层来，只要守在二楼的楼道口就可以了，但如果这些猛兽占领了整座城池，那我们怎么办，我们不可能一直躲在二楼。"

"我说的收缩防线不是这个意思，"刘捷解释说，"我说的是确保重点、以点覆面，譬如：容易进出的地方是重点，我们晚上休息的地方是重点，等等。"

"我理解了，"胡骏点点头，"你的意思就是先保重点，然后再顾及面。"

"就是这个意思，"刘捷肯定地说。

"那我去落实，"胡骏把烤鹿肉的事情交给沈琳，自己就带着人去布置防线了。

刘捷又回到中殿，中殿的中间放着一块巨大的碧玉，实际上这块碧玉起到了屏风的作用，但这么一整块玉大家确实都没有看到过。陈娴等人已经把这块碧玉的前面部分擦得很干净，这是一副巨大的山水图，刘捷到的时候，陈娴、叶诗意等人都已经在欣赏这玉中所显现出来的山水。

这块碧玉整体是绿色，但在绿色中飘有驼色，而就是这些驼色在碧玉中让人感觉有沙漠和山脉的存在。

叶诗意对进来的刘捷说："老师，这块玉中的山水好像与我们现实世界中的山水有相近之处。"

刘捷一听，立即凑了过来，仔细地分辨着碧玉上面像山水的那些驼色的形状。

谁知仔细一看果然有一些名堂。叶诗意在一旁解释说："这是你说的峚山，那一边的一块是钟山，山的颜色比较深一点，而两山之间的那块绿色就是都广之野，而都广之野中的一小块黑色就是我们现在所待的地方：黄帝的夏都。"刘捷一边听叶诗意的解释一边点头，但眼睛却向峚山之外的地方看去，因为钟山之外是什么样子谁都没有看到过，所以无法确认真实性。唯有过来的地方自己经历过，才能确定这块碧玉上内含的山水是否有价值。刘捷的眼光越过峚山，果然也有一小块黑色，那是乌即城，而乌即城外是一大片绿色，只有在这些绿色中飘有几片驼色，会不会这大片绿色就是流沙湖呢？而这几片驼色就是我们过来时的崇吾山、长沙山、不周山，这基本能对得上。唔，有点意思了。再回过头看钟山的外侧，这一片都是驼色，其中有几条颜色较深的都是山脉，刘捷比画了一下，口中念念有词：百八十里是泰器山，再三百二十里是槐江山，再西南四百里是昆仑丘。嗯，又回来了，先是朝北，后朝西，现在又朝西南了，西次三经的山系是这样走向的。哦，昆仑丘就是瑶池旁那座没有与峚山连起来的山丘，我知道了。刘捷欣喜地站了起来，书上的记载还真没有直接从地图上感受来得直接，这真是一幅好的地图。

但古人是怎样发现这么一块和真实的地形完全一样的碧玉的呢？还是古人有什么高超的手法在这块碧玉中注入这驼色？

叶诗意在一旁问："老师，我的解释怎么样？"

刘捷点点头："确实不错，这地形图也不错。"然后对陈娴说："如果有羊皮图在我们还可以核对一下。"

"羊皮图不是印在你的脑子里了吗？我现在想知道的是，那古人是怎样弄成这块地形图的呢？"陈娴问，"这可不是一般手工可以弄成的，估计现代人都没有这样的技术。"

"这很简单，"刘捷说，"现代人都没有这样的技术，那只有一个答案，就是古人发现了与当时地形一样的一块碧玉，然后把它雕琢出来放在这儿。"

这边还在争论，张晓军却在里面叫道："你们单看那块玉有什么意思，上面一个字都没有，还不如到我这儿看这张地图，上面还有文字。"

里面还有地图，人们一听都拥了过去。果然，墙上挂着一大块木雕，样子像地图，而且上面确实刻有文字，但最大的遗憾是由于年代久远，木雕地图已经损坏，许多地方已残缺不全。

刘捷却非常感兴趣，将这块木雕仔细看了个遍，发现该木雕绝大部分都已损坏，只有左上角还能分析出一个大概，右侧边缘还有几个文字可以辨别。

那木雕非常精致，如果不是损坏肯定又是一件精美的艺术品。沙漠和湖泊是用雕刻的阴型来体现，而阴型的底板上应该还标有字体，但时间久远，底板这一头贴墙面的都已腐烂，看上去只有黑黑的木屑还黏在后面的墙上；幸好山脉、城池是用阳型来体现的，上面的字体还能辨析。刘捷一一看过去，果然上面的山系和前面那块碧玉用驼色所表示的山系相接近。刘捷仔细辨别那些文字，与《山海经》中的西次三经完全一样，长沙山、不周山、崃山、钟山等依次排列，说明《山海经》确实成书于那个年代。而木雕的中间已全部损坏，只有黑乎乎的一片，估计与后面墙上的潮湿有关。右侧还有半幅木雕，但也损坏较严重，刘捷仔细看了一下，只有几个凸出部分还能稍许辨别，所以摇着头连叫"可惜可惜。"

陈娴对刘捷说："这半幅是不是黄帝逐鹿中原以后的疆

域图?"

刘捷赞赏说:"夫人高见,我猜测:前面那块碧玉上的地图是逐鹿中原之前的黄帝的疆域,后面那块木雕是黄帝逐鹿中原以后的疆域。可惜中间的一大块都没了,只有旁边的丸山、岱宗还看得清。"

"那也快到大海了,说明当时黄帝控制的区域还是非常大的。"陈娴说。

这或许就是五千年前的一幅中国的疆域图,刘捷心里在想。如果此时他的背包还在,把羊皮图与这幅木雕仔细地作个比较,就能发现这幅图与羊皮图有什么相同之处或不同之处。可惜这个背包被王胡子给偷走了,王胡子真不是个东西。刘捷只能在心里暗暗骂着。当然,凭着记忆,刘捷也能复原羊皮图的所有地名,但如果能对照岂不是更好。

没有办法,刘捷只能凭着记忆与木雕进行对比。两者的相同之处就是原羊皮图上有的地名、山川、湖泊,包括波谜罗川,木雕上全都有,尤其对都广之野标记得更为详尽,不仅将钟山、峜山标在上面,还将丹水、黑水河以及二者的分界稷湖,包括黑水河的下游瑶池也标在上面。当然,还有很大的一块是羊皮图上所没有的,那就是在木雕右侧的一块。虽然已残缺不全,但还算有一个大概。

张晓军看到这些标记,暗暗对刘捷伸出了大拇指,表示赞赏。胡骏不知什么时候进来了,对张晓军感叹说:"教授就是教授,非常人能比,以前的推理就像站在这张地图前讲解一样,竟然不差分毫。"

刘捷听了,马上纠正说:"也有错的,那就是波谜罗川的位置跟我想象中的还不一致。"

一听是波谜罗川,胡骏立即来劲了:"在哪儿?我怎么没有看到波谜罗川的字样呢?"

"我以为钟山和峜山之间就是都广之野,现在看来有一部分是错的,"刘捷指着那木雕说,"峜山的对面是钟山没错,你看,这一段就是钟山，但钟山没有延伸的这么长，它在崋山的一半处就断了，你看这儿，随之另一座山脉开始向西延伸，这就是泰器山，我们过来时，由于茅草太高，又没有注意看，所以认为钟山还在向前延伸，实际上已经是泰器山了；泰器山延伸到前面的戈壁又断了，取而代之的是槐江山，我们在向西眺望时，没有注意到两山之间的隔断，还以为是连在一起的，实际上西面的正前方是槐江山，而槐江山的外面就是波谜罗川。"

胡骏上前仔细看了，然后问刘捷："那我们怎么走才能到达波谜罗川？"

"走的方向倒是没有什么大的变化，"刘捷回答，"还是走骏马过来的路线，就是不知道从哪儿切进去比较近。"刘捷说着又走回到碧玉前面，胡骏立即跟了过来。

刘捷用手指给胡骏看："这两座颜色深一点的是槐江山和昆仑丘，这两山之间应该有一个峡谷，我们可以从这儿穿越到波谜罗川，我猜测从这儿进去离公主堡应该近一点，可惜这张图上没有标有公主堡；当然，槐江山和泰器山之间也应该有一个峡谷，但从地图上看好像远一点，穿到波谜罗川后还要回到这个点再到公主堡。"

"那还不如走槐江山和昆仑丘之间的峡谷，"胡骏认可刘捷的说法，但又不放心地问刘捷："你知道穿过这个峡谷后离公主堡还有多少路？"

"真的不知道，"刘捷回答说，"我只知道波谜罗川是南北走向，有一千多公里，当初唐僧也算是从中间插进去的，从大龙池到公主堡，走了十几天，死了十多个人。我们这一次也是从中间插进去，但至于要走多少天，我真的说不清，唯一敢说的就是距离肯定比唐僧走得要近。"

胡骏又对碧玉看了看，谁知天已经暗了下来，看不清。胡骏去火堆中拿了一根燃烧着的树枝，对着碧玉照了又照，然后又不放心，又去看了看后面的木雕，这才回到前面，拖着刘捷回到火堆旁坐下。

刘捷知道胡骏有话要说，就拖着张晓军一起围着火堆坐下，其他人也跟着一起坐下。

张晓军对胡骏说："我先出去，把火再点得密一点，这样的间隔容易给一些猛兽钻空子。"张晓军说着要出去，刘捷马上叫住他："把外面的人全部叫进来，晚上外面不安全。"张晓军点点头说："我也是这个意思。"

胡骏对张晓军说："我已备了许多柴草，放在后殿里，若需要可以去拿。"

张晓军答应着去了。

胡骏问刘捷："我们明天肯定是要等凤凰起飞的时候走，那万一发生意想不到的事情怎么办？"

"能怎么办？"刘捷叹了口气，"只有两个方案，一是逃回来；二是冲过去。"

"逃回来肯定不是个办法，因为逃回来还要想办法出去。"胡骏否定第一个方案。

"没事谁想逃回来？肯定是遇到意想不到的事情，没有办法解决才逃回来。"刘捷无奈地解释说。

俩人正说着，朱万豪从中殿的旁边一房间里跑了出来，对刘捷和胡骏说："我发现了一个地窖。"

"在哪儿？"胡骏和刘捷同时问。

"就在旁边的房间里。"朱万豪回答。

刘捷和胡骏对望了一眼。刘捷说："去看看。"俩人跟着朱万豪就到了隔壁的那个房间。

在隔壁房间的一个角落，刘捷和胡骏果然看到有一个地窖的口子，因为上面的盖子是用木头做的，由于年代久远已经腐烂了。走近一看，有现成的阶梯，但没有灯光，看不清里面到底有多深，有多大。

刘捷对胡骏说："我带几个人先下去探探底。"

"今天已经晚了，明天再下去探也来得及。"胡骏回答。

"明天恐怕会来不及，"刘捷提出不同意见，"越早探明越好,万一晚上有什么紧急情况,有一个去处也可以作为应急用。"

刘捷带着张小飞、赵子凡下了地窖。

楼梯不高,没有几步就下到了底,下面只是一个通道,有一人多高,也不知通向哪儿。但这个通道比乌即城的那个通道要差远了,这就是在泥地里挖出一个通道而已,两边也没有油灯可以照亮,而且还有点潮湿,脚踏上去还有点湿滑。刘捷用火把朝前照了照,通道很长,也不知道通向哪儿。

张小飞提议沿着通道往前再走个十分钟看看,刘捷同意了。于是三人举着火把沿着通道朝前走,通道很长,走了两个十分钟都没有到头,旁边也没有岔道,也不知道这些人挖这条通道是为了什么。

刘捷对张小飞和赵子凡说:"不能再这么走下去,因为这是晚上,万一前面有什么意想不到的事情就麻烦了。"

俩人都同意刘捷的说法,于是三个人又退了回来。

胡骏在上面等得非常着急,快一个小时了,怎么还不见回来,正当胡骏要派人接应时,三个人终于从地窖里爬了出来。胡骏赶紧问:"怎么样?"

刘捷回答:"不怎么样,还没有到头呢。"于是简单地把地窖里的情况讲了一遍。

胡骏问:"会不会古人也知道这个草原不容易过,所以在这儿挖一条地下通道通往对面的山脚?"

"不知道,"刘捷摇了摇头,"由于没有走到头,所以不敢确定这条通道通往哪儿。再说,这已是晚上,就算从那一头出来,估计也不一定能吃准是在什么位置,还是明天再想办法去探一次。"

大家正想往大殿走,张晓军闯了进来,带来了一个不好的消息:城池里面发现有五六只大鹜。

刘捷赶紧问:"人都进大殿了吗?"

张晓军点点头:"都已进大殿了,我让朱万豪他们拿着火把棍棒防范大殿的前后。"

"该来的终归要来，"刘捷说，"不过我们也不怕，唯一的遗憾就是今晚又是一个不眠之夜，"刘捷转头对胡骏说，"烦请胡导带几个人先把这个地窖暂时封住，我们明天再探，"又对张晓军说，"我们去大殿。"

大殿上所有的人都已严阵以待，注视着门外。果然，门外的火圈之外，有几只大鹫在向大殿里面探头探脑，但由于火圈的遮挡，它们一时还不敢进到大殿里面来。

刘捷不无担心地说："要是外面的火圈熄灭了怎么办？"

张晓军拍了一下胸脯，"这你放心，我把胡导放在后殿的柴草全部搬到了旁边的房间里，其中还有很大的几棵树身，用个一两天应该没问题。"

刘捷一听满脸惊喜，"这才是我认识的张晓军，好，好，现在我们只要一心对付那些畜生就可以了。"

"还有一个好消息，"张晓军对刘捷说，"我发现旁边的房间里有许多丝织品，上面也没有什么文字图案，我就拿了一点给大家包在火把上，再浸有桐油，燃烧的时间可以长一些。"

"这个方法虽好，但不能全部用完。"刘捷提醒了一下。

"不会，我尽可能少用。"张晓军回答。

刘捷转头问大家："你们有没有吃过烤大鹫？"

朱万豪大大咧咧地说："看都没有看到过，去哪儿吃啊。"

"眼前不是有了吗，"刘捷指着门外说，"我们对它们进行围攻，看一看这个世界由谁来主宰，"随后又轻声对张晓军说，"城墙上的火一熄灭，剑齿虎必进来，说不定还有其他的猛兽。"

"你不要说了，"张晓军打断刘捷的话，"我懂你的意思，先搞定眼前这几只飞的，然后再一门心思对付地上跑的。"

"知我者，晓军也，"刘捷赞赏道，然后对大家说，"前后门各留三个人，阻止大鹫的飞入，其他的人分成六个组，每个组必须保证两个男的，一个组对付一只，用火攻。"

果然，这个办法管用，火把所到之处，大鹫根本不敢与之抗衡，还真有点落地的大鸨不如鸡的感觉。大鸨被人们追得四处乱逃乱窜，连怎样飞都忘记了，这大概是它们有生以来第一次这样落魄。终于有第一只大鸨开始飞了，它不是在城池的上面盘旋，而是急速朝远处飞去，其他几只一见情况不对，也赶紧升空逃走了。

刘捷看着远去的大鸨，又朝南面的城墙看了看，对大家说："抓紧时间赶紧休息，等一会有我们忙的，"接着又对晓军说，"我们去城墙那边看看，争取把火再烧得旺一点，给大家争取一点休息的时间。"

张晓军跟着刘捷快速的朝南城墙那边跑去。谁知还没有跑近城墙，刘捷忽然拉住张晓军，指了指城墙上面："看来没时间休息了。"

张晓军定睛一看，果然城墙上面已经蹲着一只剑齿虎，正虎视眈眈地看着向前跑来的两个人。

刘捷叹了一口气：还是晚了一步。

张晓军对刘捷说："我们还是用火圈住前后两门比较保险，现在赶紧往回撤，我先提醒所有的人。"

张晓军的叫声惊醒了所有的人，因为已经有了前车之鉴，所以大家做起来熟门熟路。门前的火烧得非常旺，以至于刘捷和张晓军想进去都变得有点困难。

剑齿虎在火圈前停了步。

胡骏赶过来说："要不我们撤往二楼吧。"

"不能撤往二楼，一旦一楼被占领，我们想下来就麻烦了，"刘捷立即阻止，后又想了一下说："让女生们上二楼躲一下也是个办法。"

胡骏说："那我来组织。"

但女生们没有一个愿意上二楼。

刘捷却不管这些杂事，他对张晓军说："我有一个想法，不知能不能行？"

"你的办法肯定能行，"张晓军欣喜地说，"你说说看。"

"我们在树林里的时候,为了让大家上树,你不是砍过三根藤条吗,现在这几根藤条在哪儿?"刘捷问。

"为了以后可能要应急,我让小飞、子凡、万豪各带了一根,"张晓军回答,又不忘问一句,"你要藤条派什么用场?"

"和那剑齿虎对干一场呀。"刘捷笑着回答。

张晓军马上让张小飞把他手里的那根藤条先拿过来,交给刘捷。刘捷马上叫了起来:"你知道我的动手能力非常差,交给我干什么?来,你们听我的,小飞按我们木棍的比例把藤条裁下来做弓弦,你们几个找几根与藤条差不多粗细的树枝,用小刀把头上削成尖的,后面稍许有点圆弧,能托住藤条就行,你们完成后,看我与那剑齿虎大战一番。"

张晓军下手非常快,不一会就削成了几根木箭,张小飞也裁了两根藤条,并绑在了木棍上。刘捷像模像样地举起土制的弓箭,搭上木箭,拉足藤条,可惜射出去的木箭连火圈都没有射到,更不用说火圈外面的剑齿虎了。

张晓军笑了起来,说:"我来试试。"

刘捷把所谓的弓交给了张晓军。果然还是张晓军有力道,把木箭射到了火圈的外面,但并没有碰到来回走动的剑齿虎,而且那剑齿虎对射过来的木箭还不屑一顾。张晓军又拉了第二次,谁知藤条和木棒脱钩了,大喊:"这是什么破东西。"

朱万豪看了也摇摇头,"你们这张破弓还不如我的手,我甩出去的力量也比你们射出去的力量强。"朱万豪随手拿起一根削好的木箭,朝那剑齿虎甩了过去。果然,力道要比张晓军射出去的力量要大。木箭碰到剑齿虎的身上,并没有插进去,而是弹了回来。

剑齿虎吼叫了一声,像是在向人们示威。

刘捷有点傻眼了,理想和现实差得不是一点点远。

四头剑齿虎堵在了前后门,就等火圈上的火熄灭。

第五十六章　内讧的代价

张晓军想上前为火圈加一点柴火，剑齿虎立即大吼，做出了欲扑的动作，刘捷赶忙让张晓军回来。

张晓军无奈地对刘捷说："如果再不添加柴火，火圈内的火就要熄灭了。"

刘捷神秘地对张晓军和朱万豪说："我想到了一个办法，我们三个人打一个配合，至于有没有用就看你们俩了。"随即刘捷把这个想法给两位说了，两位不断点头。

火圈上的火势渐渐小了，剑齿虎已开始在火圈外来回走动，准备跃跃欲试。而就在此时，刘捷等三人忽然从大殿里冲了出来，把两头剑齿虎吓了一跳，一头掉转头就跑；另一头却伏下身子，对着冲出来的三个人狂吼。张晓军和朱万豪见状，立即将手中已经点燃的木箭向那狂吼的剑齿虎投了过去。由于距离近，张晓军的那一箭正好投中了剑齿虎的嘴巴，估计是碰到牙齿，给弹了出来；而朱万豪的那一箭投中了剑齿虎的前爪，而忙乱中，剑齿虎的前爪又踩在那燃烧的木箭上，疼得那剑齿虎只会吼叫。

刘捷根本不理会他们俩的木箭投到了哪儿，他只顾自己往那火圈上添加柴火。一会儿工夫，围着中殿大门的火圈上又燃起熊熊大火。

一只剑齿虎在远远看着；另一只剑齿虎却一瘸一拐地向后面

退去。虽没有重创它们,但也让它们知道这些人可不是好惹的。

刘捷一看这方法有门,立即如法炮制,将另外两头剑齿虎也赶得远远的,并加大了门口的火势。

火对野兽确实有效果,剑齿虎果然避得远远的,但却没有离开,只是在远处伏在地上,在等机遇。

胡骏一看剑齿虎都躲开了,赞赏刘捷说:"还是刘教授的办法管用。"

刘捷摇摇手说:"我就是出一些馊主意,要说功劳还是张晓军和朱万豪的。"

张晓军推辞说:"这一次如能安全回去,要说功劳最大的那肯定是刘教授。"

"这点我赞同,"胡骏接过话说,"刘教授就是我们这个团队的主心骨。"

"你们越说越离谱了,我不跟你们聊了,我再去里面看看。"刘捷说着又去看那碧玉了。

陈娴和叶诗意又跟了进去。张晓军见叶诗意进去了,他也跟着进来了。

刘捷用手在碧玉上比画着,嘴里还在唠叨:碧玉上的流沙湖好像没有后面木雕上的流沙湖来得大,要是那张羊皮图还在身边的话,就可以比较出哪一张图较为正确。

陈娴在一旁说:"也不一定,碧玉上的流沙湖小一点很正常,因为它是天然的。而木雕却不一样,它是人工按照实际情况雕刻的,所以我认为木雕上的流沙湖应该是正确的。"

"我赞同陈教授的观点,"叶诗意也在一旁发表自己的想法,"不过,能不能比较是另一回事,但那个包给王胡子偷走确实有点可惜。"

张晓军在一旁说:"那几个人确实不是东西,看见宝贝就红了眼,如果他们还在这个峡谷里的话,估计已经被野兽们吃了。只可惜了那些宝贝。"

一听大家又谈起了宝贝,刘捷叹了一口气,随便哪一件,确实都是无价之宝。

此时金顺福等四人并没有走远，因为狼群就在树下候着，他们也走不了。而此时的人和狼比耐力已到了最关键的时刻。狼果然比斑鬣狗聪明，知道人快熬不下去了，它们却轮流到河边喝水，喝完了继续在红杉树下趴着。

金顺福长期在帕米尔高原跑运输，没看到也听到过，狼的耐饥能力比人不知要强多少倍，但看看身边的这几个人，没有一个是省心的。我虽然年纪大一点，但社会阅历、野外生存能力不知要比你们强多少倍。如果我现在提出来，你们肯定不会听我的，只有当你们来问我，才能体现自己的价值。所以就这样先熬着，看谁熬得过谁。

刚开始两天，王胡子还有精神与这个争、那个吵，两天一过，争吵的力气也没了，只有喘气的份了。

金顺福刚开始时还劝，后来干脆不说话了，最后闭起眼睛养精蓄锐，等待脱困的时机。但心里却暗暗在想：如果你们能熬过三天，算我这几十年的饭白吃。

虞尚包里的烤鱼也吃完了。虞尚和许艳商量：能不能想办法先下去一个人，把狼群引开，其他三个人还有活命的机会，不然的话，四个人都活不了。

许艳瞪着眼睛说："你不用跟我商量这些，你们三个大男人不会让我去引开狼群吧。"

虞尚无奈地摇摇头："我并不是这个意思，我也不可能让你一个人去引开狼群，我们去逃生。"

"那你是什么意思？"许艳不客气地问。

"我们这儿数你的功夫最高，你先动，我们跟着动，这样或许有人还能逃出狼口。"虞尚回答。

"不行，"许艳回答得很干脆，"你们三个男的不动，让我一个女的先动，我心里不平衡。"

"那我们一起动。"虞尚提了个折中方案。

"这可以。"许艳回答。

于是虞尚和金顺福联络。虽然不能下树，但人与人之间的声音往来无法阻断。狼群也非常警觉，一看人们之间在相互联络，于是不再趴着，而是站起身，竖起耳朵，警觉地看着周边的一切。

金顺福一听：你们毕竟熬不过三天。但听了虞尚的方案后，觉得可行，现在还有跑动的力气，如果再过两天，那只有等死的份。关键是往什么方向跑？王胡子提出还是跟着刘捷他们走过的路线走，万一碰到他们还可以帮自己一把。金顺福反对，理由是草原深处的野兽只有多，现在还只有狼，一到了草原中心那些齿虎、大鹫都会出来，到时逃到哪儿去都是问题？还是虞尚提了个方案，还是从原路回去，狼已经从洞窟的通道里出来了，那就证明那个洞窟里已经没有了狼，回去不就安全了嘛。其他三人一听还有些道理，都选择了这个方案。

虞尚说：现在还是上午，事不迟疑，我们现在就走。

一听马上要走，王胡子不知从包的哪个角落掏出两块巧克力，给了金顺福一块："等一会跑起来可以增加一点力气。"金顺福感叹：毕竟是外甥，关键的时候还是能想到自己。

四人一起下了树，许艳和虞尚一发力就向来路跑去，有几头狼已经跟着追了过去。这里面只是苦了金顺福，他不会爬树，手里还拿着一根棍棒，从树上下来还摔了个四脚朝天，一旁虎视眈眈的两头狼趁机向他扑了过来，幸好王胡子立即跳下树帮他挡了一下。

此时他们想要和许艳、虞尚一样逃走已经不可能了，因为剩余的十几头狼已经把他们俩人团团围住。王胡子一边抵挡一边心里还在想：上了那个老女人的当了，如果朝草原深处跑，我和舅舅领先，因为我们两个所待的地方离草原近，逃起来也快；但如果朝来路跑，当然是他们领先。所以他们提出往来路去，自己也没有多考虑就同意了。现在倒好，他们俩逃走了，剩下的十几头狼全由我们来对付，这个娘们真的好狠。王胡子心里在想，手上却没有停,已有两头狼伤在自己的刀下。

狼已经知道刀的厉害,所以只是紧紧围着,并不贸然发动进攻,而是在寻找时机。

金顺福和王胡子只得暗暗叫苦,他们已经饿了两天,脚步已在虚浮,但在这生死关头,只得打起十二分的精神与狼抗衡。

谁知就在金顺福和王胡子苦苦支撑的时候,许艳和虞尚却向他们跑来。金顺福对王胡子说:"你看,他们还是有情有义的,知道我们没出去,来救我们了。"

王胡子转头一看,乖乖,他们俩的身后还跟着两只大鹫。王胡子不认识大鹫,以为恐怖鸟就是大鹫。"什么来救我们,他们是被大鹫追过来的。"

金顺福被吓了一跳,这十几头狼都没有办法对付,现在又来了两只大鹫,"那怎么办?"金顺福是第一次求教于王胡子。

"我又能怎么办,只能走着看。"王胡子嘴上说着,心里却在想今天都要交待在这儿了。

狼群见两个逃走的人又逃了回来,立即又分出几头狼去围捕。而虞尚和许艳并没有停下脚步,而是想穿林而过,但狼群并没有给他们机会,将他们俩人团团围住。

现在的许艳和虞尚也像金顺福和王胡子一样,背靠背对付眼前的狼群。

狼的注意力全部集中在这四个人的身上,没想到那刚刚赶到的恐怖鸟却并不管你什么狼群不狼群的,谁挡住它们捕食就对谁不客气。这不,恐怖鸟的翅膀只用了两下,就将两头欲与之相搏的狼一击毙命,吓得其他的狼顾不上被围攻的四人,而是将那两只恐怖鸟团团围住。

金顺福一看机会来了,马上对其他三人说:"我们沿着河道往下跑。"其他三个人一听,也不去管什么大鹫、狼群了,拔腿就拼命跑。

跑了不多一会,就到了他们两天前曾看见那所谓"大鹫"的地方,这一次也不管了,一头扎进那条兽道,穿过树林,前面是一片草原。

跑在前面的王胡子没有方向了，等后面三人到了后，问金顺福："舅，现在怎么走？"

金顺福没有回答，却看着许艳。

许艳摇摇手："不用看我，我不会代你们做决定的。"

还是虞尚灵活，他对金顺福说："左边的草好像踩踏过，是沿着前面的山脚走的。"

"那还讨论什么，跟着走就是了。"金顺福说着带头往前走了。王胡子一看，赶紧抢到金顺福的前面："还是我来带路吧。"

往前走了没有多少路，王胡子忽然发现前面的巨石上有火的痕迹，于是告诉了金顺福。金顺福就让王胡子到巨石上去看看。王胡子在巨石后不但看到了有人为用火的痕迹，而且还看到了后面的山洞里也有人为用火的痕迹。金顺福心想：这真是天无绝人之路。看看天色，已近傍晚，心想时间也不早了，今晚就在这儿住宿一晚，明天再走。于是四人一起住进了山洞。

入夜，金顺福让虞尚点起了几堆火，暂时就在山洞里面歇息。火光映衬了洞壁上的壁画，虞尚非常兴奋，对金顺福说："金老，这洞壁上有史前的画。"

金顺福对这些并不感兴趣："壁画就壁画呗，又不能变成钱。"许艳倒是产生了极大的兴趣，在洞壁旁这儿看看，那儿瞧瞧。看多了也会产生疲劳感，许艳打着哈欠到火堆旁休息了。草原的夜是非常寂静的，朦胧中好像听到有撞击声，但睁眼一看什么都没有。

虞尚倒很警醒，他对金顺福说："金老，我听到了这个洞穴深处有东西撞击的声音。"

金顺福正睡得蒙眬之际，就对虞尚说："既然有声音，你就去看一下吧。"

虞尚答应了，举着火把朝那发声的地方走去。

虞尚来到洞穴的尽头，见有几个半人多高的小洞穴，用火把照了照，也看不出什么，周边看了一下，也没发现什么，而且原来的响声再也没有听到。虞尚怀疑自己是不是听错了，于是转身打算离开这儿，还没走几步，猛听得后面"轰"的一声，一只像铜器一样的东西从他身边飞过，还没等虞尚反应过来，一条水桶一样的巨蛇已经把虞尚卷了起来，吓得虞尚大叫："艳姐，救我！艳姐，救我！"

巨大的声响把其他三人都吓醒了。

许艳一听虞尚叫唤，本能地从地上跳起，拔刀朝虞尚冲去，王胡子也不甘落后，拿起刀也冲了过去。

巨蛇已经咬住了虞尚想掏枪的左手臂，把虞尚疼得眼冒金星，但他知道这是生死攸关的时刻，所以右手拿着的火把并没有放弃，正拼命往蛇身上砸。蛇虽吃痛，但却是越箍越紧。虞尚的左手臂已经完全被吞进蛇的嘴里，蛇嘴已经快接近虞尚的脑袋，用不了多少时间，虞尚的整个身子都会被吞进蛇嘴里。虞尚感觉自己快要窒息了，因为已经发不出声音，而且右手拿着的火把也掉在了地上。

许艳果然是个决绝的人，上前砍了两刀，一刀把虞尚的左臂砍断，一刀直插蛇的七寸。王胡子也赶到了，挥刀砍断了蛇的尾巴。经过这两刀重创，蛇的身体开始瘫软了。老金也赶到了，把虞尚从蛇身中拉了出来。

王胡子瞪着眼睛责问许艳："你为什么把他的手臂砍了？你不用砍也能救他。"

"你信不信我把你的手臂也砍了。"许艳回了一句，然后拿起刀在蛇身上擦了擦。蛇身上好像有鳞，刀上的血迹并没有擦干净。

"好呀，那就试试，看谁能砍断谁的手臂。"王胡子并不买账。

金顺福责怪王胡子："金魁，你干什么？许小姐也是为小虞好，如果当时的一刀砍到其他地方，没有砍死它，很有可能小虞的整个身子都已进了这条巨蛇的嘴巴。"

"她才没有那个好心，"王胡子不服，"她巴不得我们都死绝，她可以独吞这些宝贝。"

许艳用嘴吹了吹刀上的蛇血，笑眯眯地看着怒气冲冲的王胡子说,"这些东西对你来说是宝贝,对我来说什么都不是。"

"好了,"金顺福立即打断王胡子的话,因为他知道再这样下去他们几个人全都有可能死在这个草原,"这件事到此为止,谁都不能以此事为借口内讧,"停顿了一下,金顺福又说,"我们只有团结一致才能逃出这草原。"

老舅发火了,王胡子这才不说话。

虞尚左臂没有了,人已经晕了过去。许艳也不再理睬王胡子,去火堆中抓了一把柴灰,覆在断臂处,又把虞尚右手的袖子扯断,用来包扎左手。一番下来,没有一点拖泥带水。金顺福看在眼里,提防之心又更进了一步,他借照顾虞尚的机会,将虞尚随身携带的手枪藏进自己的衣袋里。

王胡子一个人坐在火堆旁,谁也不睬,一个人斩了一段蛇身,在那儿烤蛇肉吃。

许艳和金顺福将虞尚放平,给他灌了一点水。

金顺福对许艳说:"这小子人不坏,就是没有见过世面,你不要和他一般见识。"

许艳笑了笑,没有回答。她也去用刀斩了两段蛇肉,递给了金顺福一段。俩人在火上烤起了蛇肉。

虞尚到半夜才醒来。醒来的第一件事就让许艳给他一点吃的,许艳就给了他一块烤好的蛇肉。

忽然,许艳听到洞穴外有一些嘈杂,立即纵身到了洞口,借着月光的影子看见有几只动物正蹿上洞穴外的那块巨石。许艳也不说话,一纵身跳上巨石,对那些猛兽就是一顿脚踢,把它们重新逼下巨石。在打斗中,许艳才发现这些猛兽都是狼。见金顺福也出来了,许艳对他说:"你在这儿燃起一堆火,阻止这些猛兽攻上巨石。"

"好。"金顺福立即回到洞里,幸好刘捷他们留下来不少枯草和树枝,给他们有了用武之地。

虞尚艰难地从地上爬起:"我跟你一起去。"

"添什么麻烦,你给我在这儿待着。"金顺福说着抱了一捆枯草出去了。王胡子见状也不等金顺福吩咐，也抱起一些树枝跟了出去。

巨石上燃起了一条火带，暂时隔离了人与动物。虽然暂时安全了，但洞穴外的那些猛兽，让金顺福、许艳他们没有了一点睡意。他们不断往火堆上添加枯草和树枝。

东方渐渐发白。曾几何时，许艳借着早晨的些许光亮忽然发现巨石的外侧聚集了很多猛兽，不仅有狼，就连大鹫（实际上是恐怖鸟）、老虎也来了。这老虎怎么还长着长长的獠牙，许艳心里感到一丝丝的寒意。

巨石底下，老虎占据了过来的兽道，那些所谓的大鹫（恐怖鸟）在草原的边缘探头探脑，狼更是在远处看着。

许艳看了看金顺福，金顺福是满脸惊恐。

许艳对金顺福说："这儿不是久待之地，一旦燃烧的茅草不够，这些猛兽就会扑上来。"

"原来还好一点，现在还要拖着一个残废，估计也逃不快。"金顺福回答。

"小虞必须带走，"许艳回答说，"这样，我们沿着这条路继续向前，估计刘捷他们也是走的这条路。"

"那就辛苦你了，"金顺福回头对王胡子说，"你和艳姐一起押后对付这些猛兽，我和小虞在前面探路。"

王胡子立即抗议说："我不同意。"

"你！"金顺福真的有点恨铁不成钢，现在什么时候了，你还在这儿较劲。

许艳也说："我也不愿和他在一起。"

金顺福看看这两个人，无奈摇摇头。他对王胡子说，"那你打前阵，我和小虞居中，艳姐押后，"说完又加了一句，"艳姐，你可要当心，那些都是猛兽。只要我们能逃离这儿，我会在凯哥那儿为你请功。"

许艳没有回话，只是紧了紧身上的衣服和鞋子，并从腰上抽出了一把锋利的佩刀。

王胡子看着许艳的操作,脸上没有任何的表情,但心里却翻腾开了:如果真的和这女人开打,自己肯定不是对手。以前是从靴子里拿出了匕首,这一次又从腰间拉出了佩刀,而这种佩刀可不是一般的刀,到了这种超薄的程度,它不仅需要千锤百炼,还要添加其他金属,就这把刀的本身来讲价值就不菲,更不用说其他了。说不定这女人的其他地方也有可能藏着锋利的器具,如果真的和她开打,那可要当心。

金顺福却不给王胡子想这些的时间:"事不宜迟,我们现在就走。金魁,你打前阵。"

王胡子也不再讨价还价,冲出洞穴,跳下巨石,守在路边。恐怖鸟见有人下了巨石,立即飞奔而来。金顺福扶着虞尚也下了巨石,不管王胡子与那大鹫(恐怖鸟)打得怎么样,一路急速的往前赶。

金顺福和虞尚赶了一段路以后,王胡子从后面追了上来。金顺福也不去问他,只是让他前面开路。

不一会儿,许艳也从后面也赶了上来。许艳浑身都溅满了血,鉴于许艳那把锋利的刀,许艳后面的一大群猛兽也不敢迫得太近。

又往前赶了一段路,王胡子向金顺福报告说:"前面已没有路,是一个湖。"

"那旁边呢?"金顺福赶忙问。

"旁边是茅草,这中间好像踩踏过。"王胡子回答。

"那还犹豫什么,赶快往踩踏过的方向走。"金顺福厉声地说。

"不可能了,两头猛虎已经占据了这个地方,"王胡子回答,"怎么办?"

"还能怎么办?"金顺福也没办法,总要找一个方向。"你去对付猛兽,我去砍树,我们往水里走,"金顺福还不忘叮嘱一句,"你们两个押后的要相互帮衬,一起走。"

"知道了,你们赶快走吧。"王胡子回答。

第五十七章　昆仑丘旁的瑶池

第二天一早，刘捷找了胡骏，告知胡骏自己准备先抓紧时间去探访一下那个地下通道，如果这一条通道能够抵达前面泰器山的山脚，那最好不过了，我们现在就可以走，免得在这儿夜长梦多。

胡骏认为有道理，现在时间就是生命，那就赶快落实吧。

刘捷又带着张小飞和赵子凡下了通道，不过，这一次多了一个张晓军。通道非常潮湿，有的地方还非常泥泞，刘捷也不去管他，他的目的只有一个，这条通道到底通向哪里？四个人走了将近四十分钟，才看到前面透出一丝亮光，又走了十分钟，才到达这条通道的出口。

刘捷隔着一个青铜制作的格栅对外面看着，外面已没有了杂草，是湖泊的一个湖床，由沙滩和一些石头组成；张晓军也朝外看了看，湖面风平浪静，什么动物都没有看到。

张晓军问刘捷："要不要到外面去看看？"

"当然要去看，不然我们怎么知道这条通道通往哪儿？"刘捷回答，"当然现在大致方向已经明了，因为前面是一个湖，应该是在瑶池的旁边，但还必须证实一下。"

"那就是要出去，"张晓军一边说一边想把格栅拿下。但格栅却没有这么容易拿下，因为毕竟是青铜的，分量还不轻。刘捷仔细打量着格栅，后发现这格栅是卡在石头的凹槽里的。古人真的聪明，刘捷心想。后刘捷和张晓军利用凹槽的缝隙终于把格栅打开了，张晓军第一个钻了出去，先在外面打量了一番，见湖面和后面的草丛都没有什么动静，这才让其他三人出来。

刘捷看了一下周边，自己出来的位置正好是峚山和昆仑丘的那个缺口，如果从这儿去波谜罗川，那就必须翻越昆仑丘。记得羊皮图上在流沙湖的中间一带也标有昆仑丘，会不会这儿是个起点，一直延伸到那儿。刘捷又仔细打量了一番，果然昆仑丘是沿着瑶池一直向西南方向延伸的，说明从这儿翻越过去到达公主堡的方向是对的。至于在这儿是否可以翻越昆仑丘？无法判定，至少没有看出有路可以上昆仑丘，因为就眼前还有一段湖床可供踩踏，再向西就是昆仑丘，而且昆仑丘是从湖里直接向上的，还是悬崖峭壁，根本没有缓冲地段可供攀爬。再向北看，瑶池的湖面就到昆仑丘为止，再往里好像是一大片沼泽，因为看上去都是波光粼粼，上面又生长着许多水草，可能过去也是瑶池的一部分，随着草原和戈壁滩的吞噬，变成了现在的沼泽。

刘捷又回头看了看黄帝的夏都，自己走的这条通道，走向是偏西南的，而他们想去的路线是西北，完全是两个方向。而如果从这个方向再到达泰器山的山脚，穿越草原的距离只有更长，危险的系数也更高。看来只有从夏都穿越草原才是最近的距离。

刘捷又眺望了一下瑶池。从这个角度望出去，瑶池可尽收眼底，如果要和慕士塔格峰下的瑶池相比，那应该是各有千秋。刘捷望着平静的湖面，心想：会不会地震前也会像前面的那个瑶池那样，也钻出一条龙见来。一想到龙见，刘捷心里十分害怕，甚至想不到有什么好的办法可以对付，但愿这儿没有龙见吧。

这应该是真正的瑶池，而前面那个瑶池应该是在流沙湖消失以后，后人曲解的。虽然同样在湖的旁边都是雪山，论雄伟的程度前面那个慕士塔格峰确实是一流的，但若比较一下水质的清澈，那现在的这个瑶池比慕士塔格峰下的瑶池不知好了多少倍。

就在刘捷胡思乱想的时候，猛然听到不远处有打斗的声音。

刘捷、张晓军等人立即钻入通道，用格栅将洞口挡住，然后紧盯着外面。

果然，没有多少时间，湖滩上漂来一根树枝，树枝上趴着两个人。张晓军一看，是老金和那个小虞。

张晓军惊喜地对刘捷说："他们没有死。"

"你没有看到那个老金的背上还背着陈娴的背包呢。"刘捷不以为然地说。

金顺福和虞尚上了岸后，惊恐地看着后面。远处有一条水的波纹正在向这边的湖岸靠拢。这条水波纹刘捷最熟悉了，当时在喀拉库勒湖就是那条水波纹，最后蹿上一条龙见。所以，刘捷本能地叫了出来："那条水波纹是龙见。"

张晓军立即问刘捷："要不要救他们？"

"他们不仁，我们不能不义，先救了他们再说。"刘捷回答。

张晓军推开青铜格栅，冲了出去。一边跑一边对老金喊："你们快过来，后面有龙见。"

听到叫喊，金顺福先是一惊，后是欣喜，他们终于有救了。但做出的第一个反应就是赶紧把拿着的枪丢进后面的瑶池里。

张晓军跑上前，第一件事就是先把老金肩上的背包先拿过来。

老金厉声说："你干什么？"

张晓军满脸堆笑："你保管了这么长的时间，我们都感觉不好意思，谢谢喽。"

金顺福看着被张晓军拿走的包，先是一呆，后看到刘捷也带着两个人跑了过来，立即满脸堆笑："对对对，你们逃得匆忙，没有来得及拿，是我们帮你们将这个包捡了回来。"金顺福嘴上这么说，眼睛却看着后面的湖面。

老奸巨猾的家伙，偷就是偷，还找什么借口，张晓军心想，但没有说出口。但张晓军和刘捷顺着老金看的方向望去，只见湖面上漂着一根树木，王胡子正拼命地划着水，朝这个方向过来。而那条水波纹正快速朝王胡子靠近。

刘捷知道大事不好，赶紧放声大喊："王胡子，赶快往这边划，你身后有龙见。"

王胡子听到叫声，更加拼命往这边划。刘捷已看得很清楚：王胡子用右手抱着树干，左手和两只脚在拼命地划和蹬，哦，还有一把刀，是拿在抱着树干的右手上。

水波纹已快接近王胡子。

王胡子也已感到危险逼近，立即将右手的刀转交左手，一边划水一边用刀击打着水面。

湖岸上的人只能在岸上干着急，因为帮不上忙。张晓军从湖岸上捡起一块碗大的石头，朝那水波纹抛了过去，但没有半点作用。

水波纹终于和王胡子抱着的树干无缝对接，王胡子的刀飞向了半空。紧接着只听见王胡子一声惨叫，抱着树干的王胡子不见了，然后树干旁冒出一大片血水。

湖岸上的人都看呆了，就这么一个活蹦乱跳的人没了，连吃他的那个水下动物都没有看见。金顺福惊得浑身打战，不明所以。而刘捷和张晓军等人知道这是龙见所为。

刘捷忽然看到湖面上又有一条水的波纹朝这边过来，吓得一哆嗦，赶紧对张晓军等人说："不好，龙见往我们这边来了，我们得赶紧退到通道里面去。"

于是大家赶紧往通道出口跑。

金顺福却呆在那儿，小虞用唯一的那只手敲打着老金的背："快走，不然就来不及了。"但金顺福没有反应，还沉浸在王胡子消失的刹那，觉得这是无法接受的。张晓军却不管这些，上前一把拖住老金，就往通道里拉。

忽然，后面传来声嘶力竭的尖叫："王胡子，你这个王八蛋，你不得好……""死"字还没有出口，声音戛然而止。这应该是那个老金妹妹的声音，大概也是凶多吉少，可惜王胡子已听不到她的叫骂声了，刘捷心想。

但此时的刘捷已顾不了那么多，一头冲进了通道里面，等张晓军等人进了通道以后，立即将青铜的格栅卡在了洞口的凹槽上。

刚卡好格栅，湖岸上已跳上两头龙见，直冲刘捷所在的通道而来。吓得刘捷等人赶紧往通道里面跑。

两头龙见把格栅弄得哐哐直响，但就是无法进来。刘捷见状，也不去管它能不能进来，带着大家深一脚浅一脚地往回逃。刘捷还不放心，回头望了一下，果然那两头龙见正在朝通道里张望。

"不去管它，我们先回去再说。"刘捷对大家说。

身后传来了敲打金属的声音，刘捷等人逃的速度更快了。到了洞口下面的楼梯，刘捷让张晓军等人不要说话，他伏在通道的壁上听了一下，没有传来声音，这才放心爬上了洞口。

胡骏正守在洞口，一见刘捷等回来了，刚想问，忽然看到跟在刘捷后面的是断了一个手臂的小虞。

"你怎么会在下面的这个通道里？你的手怎么啦？"胡骏紧张地问。

虞尚痛苦地摇摇头，没有回答，而是看了看跟在后面的金顺福。

听见胡骏发问，金顺福也没有回话。

张晓军上来了，将陈娴的包还给了她。陈娴一看到包立即激动起来："包确实是在他们手上？"

张晓军点点头。

"那王胡子呢？"陈娴问，因为包是王胡子偷的。

张晓军还没有回答，金顺福已号啕大哭："都是我不好，是我害了他。他可是我的亲外甥，我可怎么对得起我那姐姐呀。"老金这一哭，陈娴等人都懵了。

人死了？王胡子死了？

陈娴拉过后面上来的张小飞："王胡子是怎么一回事？"

小飞看了看正在大哭的老金，就轻声的把他们四人怎样到达湖边，怎样发现老金和小虞，怎样看见王胡子被水下生物拖入水下,以及那个老金的妹妹大声喊叫都简单说了一遍,大家听了都不说话了。

只有老金的哭声在夏都的上空回荡。

过了一会儿,胡骏忽然想起,"你们逃回来了,会不会把那两头龙见也带了过来?"

"等你现在想起来,龙见早就上来了,"张晓军回应说,"你放心,我们已看过了,它们没有跟过来。"

刘捷提醒张晓军说:"我们不能大意,如果格栅万一被那两个家伙弄开,这儿就不是安全的地方了,所以我们必须做好防范。"

"这我早就想好了,"胡骏兴奋地说,"你们下去的时候,我就在想:万一有猛兽从下面的通道上来怎么办?后来我终于找到了一个可以压在洞口,又不被猛兽轻易撞开的东西。"

"什么东西?"刘捷一边说一边朝房子里扫了一遍,"不会是河图、洛书吧?"

"什么事都瞒不过我们刘大教授,"胡骏苦笑了一下,"就是你的宝贝:河图、洛书。"

"这不是我的宝贝,这是国宝,我的胡导,"刘捷不客气地说,"你可不要为了逃生而把国宝给毁了。"

"怎么会呢,"胡骏讪笑着回答,"这河图就是一块玉,我们四个男人都搬不动,如果压上两块,那龙见肯定撞不开,而这些玉也不可能被损坏。"

"既然这样,那就压上吧。"刘捷同意了。

"哎,慢,"胡骏阻止了,"你们还没有告诉我下面的这条通道是通向哪儿的?如果是通向山的那一边,我们还要加以利用。"

"那我告诉你和山的那一边没有关系,只是通向西南方向的湖边,与我们要走的方向是南辕北辙的,你还要不要加以利用?"刘捷回答。

"哦,那就算了。"胡骏放弃了坚持,开始指挥大家将两块玉搬到洞口上面。

看胡骏开始忙碌，刘捷对张晓军说："我们去周边检查一下，尽量不要有漏洞。"

张晓军想了一下说："我们现在最大的问题就是燃烧的柴火不够，"张晓军叹了一口气又说，"上次摘的桐油果子还不够多，早知道这样把那些没成熟的也一并带来。"

"你的担心有可能是多余的，"刘捷笑着说，"因为我们今天就会离开这个地方，所以就算你搞再多，也不一定能派得上用场，除非我们出不去。"

中殿外面一圈都燃烧着火焰，而在圆台的另一面，两头剑齿虎还是伏在那儿，并没有离去的意思。刘捷皱了一下眉头：怎么这儿的猛兽都这么难搞。

"实在不行的话，把这一圈的火都撤了，只留圆台上面和这座小石桥上的。"刘捷对张晓军说。

"不行，"张晓军明确反对，"这种水池对于剑齿虎来说根本不是障碍。"

"那没有树枝可烧也是个问题。"刘捷说。

"实在不行，就是把夏都拆了当柴烧，也要保证人员的安全。"张晓军寸步不让。

"不行，"这一次轮到刘捷说不行了，"这儿所有的东西都是唯一的，我们就是牺牲自己，也要保证这些国宝完好无损。"

话说到这种程度，张晓军无话可说。

张晓军看了一下周边，原来长得还算比较茂密的茅草现在已经被砍得差不多了，张晓军也知道国宝能不动当然不动，但当人的生命与国宝产生了矛盾时，怎样处置才算是正确的。

张晓军摇摇头，显得很无奈。忽然，一个灵感钻入张晓军的脑海，张晓军立即对刘捷说："我有办法了。"

"什么办法？"刘捷立即问。

"老金和小虞不是带来两把大砍刀嘛，你看，城墙内部有许多大树，我们把这些砍下来当柴烧不就行啦，"张晓军指着城墙内这些大树说,"有这些大树做后盾,就是再烧个两三天也不是问题。"

"这办法不错,"刘捷沉思了一下又说,"城墙里面的几棵柏树不能砍,因为很有可能是黄帝种的。"

"这我知道,我尽可能找几棵树龄短一点的砍了,"张晓军回答,随后又说,"我看不用砍了,你看天边又起了乌云,马上又要下雨了。"

刘捷一看,果然,东北方向起了乌云。"看来这儿下雨是常态。"刘捷自言自语。转念一想:不好,如果这雨把火浇灭了,那旁边蹲在那儿的四头剑齿虎不就要进来啦?

刘捷带着张晓军立即返回中殿,把所有的男生都组织起来,目标只有一个,把剑齿虎赶出城墙去。

虞尚也想跟着去,刘捷阻止说:"你不用去了吧,我们还要照顾你,你就在家休息,"刘捷转头对叶诗意说,"你照顾小虞一下。"

"明白。"叶诗意回答。

老金想跟着一起去,刘捷同意了。

张晓军和朱万豪各拿了一把刀,其他人点着火把一哄而上,把北面的那两头剑齿虎吓了一跳,立即转身就跑,纵身跳过圆台旁的池塘,与守在南面的两头剑齿虎一起沿着南城门的斜坡爬上城门跳了出去。

刘捷却不管这些,赶着人们登上城墙。果然,那四头剑齿虎并没有逃远,蹲在外面的土堆上还想等机会。人们又一窝蜂地赶了过去,剑齿虎又远远逃开。人们跳下城墙又追了一段,这才返回。刘捷已在组织人员开始把那堆土铲平。几千年的沉淀,加上野兽的踩踏,这土堆已经很结实,所以铲起来非常不容易,幸好有两把大砍刀,总算铲下去一米左右。

天上开始下起瓢泼大雨。刘捷看看差不多,现在那土堆距离城墙有三米多,而再往下挖也挖不动了,只能这样,寄希望于剑齿虎跳不上来。

回到中殿，衣服湿了也没有替换的，大家把女生都赶到二楼去，围坐在火堆旁，脱了衣服放在火边烤。

胡骏不放心地问刘捷："这高度剑齿虎会不会够得到？"

刘捷还没有说话，张晓军却先回答："应该能跳上来，但难度很大，因为老虎的弹跳能力也就在这个高度左右。"

但愿它跳不上，胡骏心里在想，但嘴上却没有说出来。

衣服稍许干了一些。刘捷就到偏房去看那河图和洛书了。谁知医生王爱晖也在看。

"咦，你没有去二楼？"刘捷看到王医生很惊讶。

"她们都去了二楼，我想在二楼也没有什么事，所以就没上去，留点时间看看河图洛书也蛮好，"王医生回答。

"你也懂河图洛书。"刘捷诧异的又问。

"不是很懂，"王医生回头一看是刘教授，赶忙说，"我在学中医的时候，接触过阴阳八卦。那天在树上您讲了先天八卦和后天八卦的关系，对我很有启发，所以今天有机会，我就到这儿来看一下。"

刘捷笑了，自己胡说八道一番，人家却当真了："那你看出什么来没有？"

"非常有收获，"王医生欣喜道："你来看，先天八卦的乾卦是在正南方，后天八卦是在西北方。而后天八卦的乾位是离卦，离卦属火，我们能驱退那些飞禽猛兽靠的就是火，不知我这样是否说得通？"

"也算说得通。"刘捷肯定地说。

"当时我在想，稷湖既然是个后天八卦，那在黄帝那个时代，这儿会不会存在有一个先天八卦？"王医生急切地说，"所以我到这儿就是再想看一看，特别是后面的那块碧玉上能不能找到先天八卦。"

"那你找到了没有？"刘捷急切地问。

王医生摇摇头。

"那你有没有一点头绪？"刘捷又问。

王医生还是摇摇头。

王医生的话击中了刘捷,对啊,后稷既然在这儿搞了一个后天八卦,那这儿以前会不会有一个先天八卦,不然,这些野兽也圈不住啊。那先天八卦在哪儿?刘捷只顾自己思考问题,以至于王医生跟他打招呼离开也没有感觉到。

哦,我知道了。后稷为什么要在这儿建造了一个后天八卦,其主要原因就是这儿本身就是一个先天八卦,包括整个草原,包括瑶池,也包括两旁的山脉。这儿就像甘肃天水伏羲的画卦台一样,是个天然形成的八卦,然后在先天八卦里面再叠加一个后天八卦,把这些飞禽走兽都圈在里面。如果真是这样的话,那古人的智慧真的是了不得,刘捷不由发出叹息。随后刘捷又想,既然这儿整个都是先天八卦,那古人在这儿肯定会预留出路,那出路在那儿呢?

刘捷又一次端详了那块碧玉,想从碧玉上看出先天八卦的痕迹,但看了半天,也没有看出名堂来。又去看那木雕,也看不出所以然来。

陈娴过来了,问他是不是要吃点东西,刘捷摇摇头。陈娴又说:外面下很大的雨,所有的火堆都熄灭了,幸好我们把剑齿虎赶出去了,不然会有很大的麻烦。

嗯?水能灭火,那八卦中水的方位在哪儿呢?刘捷没有理会陈娴的问话,继续在那木雕上仔细查看。先天八卦的南方是乾卦,这木雕上的南方就是垒山,那西方有水的地方就是坎卦,而东南方的兑卦也和水相关联。它们和乾卦有什么关联呢?刘捷感觉自己像进入了一个死胡同,但又不死心,于是找了一块碎砖,在地上画了一个圆圈,分别标上东南西北以及东南、西南、东北、西北八个方位,又在外围标上了离、乾、坎、坤、兑、巽、震、艮八卦。谁知这一标上,刘捷感觉自己全身的毛发顿时都竖了起来,因为今天早上老金他们是沿着垒山进入瑶池的,垒山的山脚到了瑶池边是断头路,所以我们折朝北,到了黄帝的夏都。而老金他们却没有,直接闯入了瑶池,而从八卦中显示这个方向是死门。刘捷想着想着汗都下来了。陈娴一看不对，你怎么满头大汗，于是赶紧帮着刘捷擦汗。刘捷回过神来，长吁了一口气。

"你怎么回事？出了这么多汗。"陈娴一边帮刘捷擦汗一边问。

刘捷把刚才考虑的问题同陈娴说了，也把刚才八卦中显示的老金他们走入死门的事情也说了。

陈娴一听急了，马上问："那我们傍晚要往北走，是不是走得通？"

"我刚才看了，往北是休门，"刘捷指着地上的图案说，"休门也算吉门，但如果再沿着对面泰器山的山脚折朝西那就不好了，因为西面是个凶门。"

"那你还不赶快和大家说清楚。"陈娴着急地对刘捷说。

"我怎么说？我的老婆大人，这是理论上的推演，有没有人信还不知道，我去怎么解释，说是八卦推演的，他们会信吗？"刘捷按着陈娴的肩膀说。

"那怎么办？"陈娴没了方向。

"只能走一步看一步，大家现在一门心思都在那波谜罗川上，我再反对也没用，"刘捷回答，"幸好往北是休门，还算吉利。"

第五十八章 西去的艰险

一切按照原计划执行，就在凤凰起飞的那一刻，人们跑出了城池。

按胡骏的意思，沿着河床跑步向前，因为凤凰翱翔的时间只有二十分钟，能抢一点时间算一点。

刘捷反对，因为整条路线的距离估计有十几公里，如果走的话，没有两三个小时是走不到对面山脚的。而按胡骏的跑步向前，就是中间不停息，也要一个多小时，这还是在前面的河床与眼下的河床都是差不多路况的情况下。如果现在刚开始就拼命跑，等凤凰还巢了，能跑出多少路？万一到了草原中间，猛兽一包抄，我们怎么办？拼命吗？

张晓军同意刘捷说的，还是稳扎稳打比较好。

刘捷还比喻这一次出行是带一点试探性的，先利用凤凰翱翔的时候把触角伸出去，如果不行还可以缩回来，并不是背水一战。如果这次出行没有遇到什么大的状况，那到最后再来一个冲刺也行。

最后大家还是按刘捷说的去做。

一行人分三队出了城池，一切都平安无事，大家的感觉就像行走在森林公园里面一样。虽然这条河不是很宽，河床也不算宽裕，但大家行走在上面就像是散步，边走边欣赏着草原的景色。

时间在一分一秒过去，很快就过去了十五分钟，但大家只走了很短的一段路，回首还能看到出来的城墙，而这一段时间内，果然没有碰到一个猛兽。胡骏心里还在后悔，当时应该坚持自己的意见，应该跑步向前。

但事情的发展往往会出乎人们的意料。十五分钟正是一个时间窗口，胡骏并没有搞明白，十五分钟以后，猛兽为什么突然之间就多了起来，而且目的很明显，就是冲着自己这群人来的，但它们还没有发动袭击。更要命的是这儿河边的草原要比南边过来时的草原来得茂盛，猛兽埋伏在其中根本发现不了，但草丛中动物蹿动的声音却越来越密集。胡骏有点害怕了，神情开始高度紧张。幸好每个人手上都有一个火把，六个人一组，火把面朝外前伸，猛兽暂时还不敢靠近，但同样这样的速度也走不快。

刘捷心里暗想这样下去不行，他悄悄和身后的几个人说了一句："我先去找胡骏，你们注意一下周边。"

刘捷找到胡骏，把自己的担心说了。

胡骏也正有这个担心，他也坦率说："我也有这个感觉，好像草丛里面的野兽是越来越多了，就连旁边的河里面也有了动静。"

刘捷赶紧说："它们为什么没有发动袭击，估计是凤凰还在飞翔，所以我们不能再这样走下去，我觉得这样走下去我们可能会万劫不复。"

胡骏点点头同意刘捷的说法："你说得不错，前面的河道开始变宽，但河床却越来越窄，河里面估计也不太平，再加上草丛里的猛兽又多，我们确实要考虑一个万全之策，你先说说你的想法。"

刘捷想了一下说："水里不能走，我们短时间不可能造木船，就连扎个木排什么的也没有时间，而且你也知道了，老金他们砍个树枝就当木排，结果把王胡子喂了水底的龙见。草原也不能走，因为这茅草长得太高了，里面要埋伏几只猛兽不要太容易，所以我们唯一的路线就是河床。"

胡骏劝解说:"王胡子的事和你没什么关系,大家也都知道了,是老金在迫不得已的情况下这样做的,这才葬送了王胡子和许艳。"

"我倒不是怜悯他们,"刘捷痛苦地说,"我是从他们的身上看到了自己的影子。他们应该是我们的前车之鉴。所以接下去我们怎么办?是继续走?还是回去?继续走,要应付的野兽可能会越来越多,我们根本没有那么多的精力,一旦我们力竭的时候,结局就会像王胡子和许艳他们一样。而且那些野兽已经在我们的周边虎视眈眈,一旦凤凰还巢,就是他们对我们发动进攻的时候。所以我来跟你商量,我的意思是回夏都。"

"回夏都,"胡骏诧异地说,"我们好不容易抓住机会出来了,现在却要回去?"胡骏说着,抬头看了看天,因为天边已响起了雷声。

"回去总比送命好,"刘捷一边回答一边也看了看天,在东面的天边有一大片乌云区,"有命在,我们还有搏的机会,命没了,那什么都没了。"

见刘捷把话说到这份上,胡骏一时也没有方向,稍许思考了一下,就说:"还是让张晓军一起来表决吧。"实际上胡骏也知道,张晓军肯定会投刘捷的票,但这样至少是集体决定,而不是我胡骏的退让。

果然,张晓军投了刘捷的票,并说:"情况已完全不对,草丛中已经不知隐藏了多少猛兽,有些已经开始争斗,估计凤凰一还巢,就会开始袭击我们。"

"那我们还等什么?立即发信息返回。"刘捷拍板说。

赵子凡吹响了枫树的叶子。三声短促而急速的声响立即让所有的人警觉起来,同时也让动物们警觉起来。

人们都返身快速往城池里面收缩,刘捷还在催促着所有的人快往城池跑,自己带着五六个人组成一个扇面防范着草丛中和河道里可能带来的危险。

前面的河床上已经蹿出两头剑齿虎,一步一步朝人们逼来。

而剑齿虎后面的草丛中还有两只恐怖鸟在探头探脑。刘捷知道，凤凰的飞翔时间已经结束。

大家已感到了危险的降临，所以都加快脚步往城池那边跑，有的人已跑过了壕沟，胡骏在那儿指挥，让大家赶快顺着藤条爬回到城墙里面去。

河面上也泛起了波澜，估计这河里面也不平静。因为河道不算很深，还能隐隐约约看清河里的生物，像是一条很大的黑影，但看上去并不像见龙，刘捷心里稍许轻松一点。但现在不放心的还有天上，有十几只飞鹰在天上盘旋，还不仅仅是大鹫。

刘捷护着人群在快速往后退，而飞禽猛兽却越聚越多，有些猛兽相互之间还开始争斗，但更多的是紧盯着这些人，步步紧逼。

刘捷的眼角忽然瞟到河床边有一种树，这种树叫什么名字一时却记不起来，但他马上果断地让赵子凡立即去把那棵树点燃，点上面的树枝，只要点燃就马上撤离，一秒钟也不能多待，随后刘捷又再一次强调只有一秒钟。

赵子凡并不理解刘捷让他点燃树是什么意思，更不理解不能多待一秒钟是什么意思，但他还是照做了。他快速点燃了路旁刘捷指定的那棵树，并马上逃离。

刘捷见状，又立即对赵子凡叫了起来："那果子有毒，用衣服把口鼻遮掩起来。"

那棵树点燃后，浓烟开始向四处蔓延，果然那些猛兽都四散逃去，不敢追来，就连冲在前面的剑齿虎也开始向后逃。赵子凡看到后马上兴奋地叫了起来："它们逃了，它们逃了。"

赵子凡只顾看着地面，却忘记了天上还有猛禽。

大鹫一个俯冲就到了赵子凡的前面，双爪刚搭上赵子凡的肩膀，张晓军的棍棒就已经到了。原来张晓军已经看到大鹫对赵子凡的俯冲，要救援已经来不及，所以赶紧将手中的棍棒朝赵子凡的方向甩了过去，谁知正好砸中大鹫，把大鹫打翻在地，后面刚赶上一只恐怖鸟，毫不客气地一只脚踩了上去，长长的喙嘴就开始乱啄一通。但没有多久,恐怖鸟和大鹫都已瘫痪在地。

"快,旁边还有几棵同样的树,你再去点燃,它们能够阻止其他猛兽追来,"刘捷又对赵子凡说,随后又对大家喊道,"那些树有毒,赶紧用衣服遮住口鼻,加速往城墙那边跑。"

果然大家看到这些燃烧的树起了一层烟雾,于是人们立即用袖子掩住了口鼻,而那些野兽们果然都逃得远远的,没有一头野兽敢追来。

看来这些野兽也知道这些果子是有毒的。

由于草木茂盛,火势开始在草原中蔓延。有毒的烟雾加火光蔓延,那些猛兽都逃得远远的。

乌云已盘踞在了人们的头顶,雷电不断在草原上空闪烁。但人们已顾不上这些了,赶紧往城墙边靠。

张晓军没有了棍棒,赶紧往后退,一边退一边还对刘捷喊:"你带他们先往城池里面退,先把壕沟旁的那根树木守住,我带几个人堵住它们。"

刘捷应了一声,并再三关照不能接触烟雾,然后把外衣脱了,用袖子把口鼻遮住,只露出两只眼睛。其他的人也有样学样,但两只脚却没有停息,快速朝城池里面退去。

幸好出城没有走了多少路就返回了,所以几个冲刺也就过了壕沟。

刘捷一逃过壕沟,就不再走了,他让大家再去找一些可以燃烧的东西来,在那独木桥的两侧重新燃起了火堆。

猛兽没有追过来,但飞禽逃离烟雾后却盘旋在逃到城墙边的人们的头顶上,尤其是盘旋在那些正在爬藤的人们的头顶,弄得人们不敢再爬藤。刘捷一看这样下去也不是个办法,速度太慢,要尽快找到进入城池的途径,他把眼光转向了从城里出来的那条河道,因为城墙底下河道中间的那根树枝是他组织人员塞进去的。

于是刘捷立即组织了几个人跳下河道,把原来堵在城墙下河道里的那根树枝往里面推,又让已爬上城墙的朱万豪和辛勤在河道里面接应。果然，树枝被推到城墙里面，留出了一段空隙。于是胡骏立即让所有的人都跳下河道，赶快逃到城里去。而刘捷又派了几个人守在河道的下游，以防河道里面有不明生物。

这边还没有完全落实好，张晓军带着押后的几个人逃了回来，并把那根架在壕沟上的树木也撤了回来。当张晓军和刘捷等人也想从河道进入城池时，两天前掉入壕沟的恐怖鸟却蹚着水从远处赶来。原来恐怖鸟掉入壕沟后，上又上不来，走又走不掉，在消耗了两只斑鬣狗，整天就在壕沟里兜圈子，现在一听这儿有动静，就立即赶了过来。

张晓军刚撤回树木，忽然看见恐怖鸟沿着壕沟跑来，吓得他赶紧大叫："恐怖鸟来了，赶快把那下水道堵住。"刘捷听到叫喊也吓了一跳，赶紧对最后一个从河道进入城池的小尤说："马上让胡导用树木重新堵住河道，"又对其他几个人说，"我们去骚扰它，不能让它靠近城墙下的河道。"

于是，几个人站在岸上，对着壕沟里的恐怖鸟用木棒一顿猛敲，毕竟壕沟有七八米高，虽然不能对它造成伤害，但也阻止了它快速跑动的脚步。

刘捷用眼睛扫了一下，只见河道内的树枝正在慢慢朝外伸展，终于放下了心。于是对张晓军说："你们先爬藤回去，我们马上撤。"

人们终于撤回了城里，刘捷也放下了心。

胡骏在城墙上燃起了几堆火，虽然知道马上要下雨，但又不得不这么做。一是向动物们宣布这是我们的地盘；二是可以暂时阻挡猛兽们的进入。胡骏在点燃火堆的时候已经看到有五六头剑齿虎跃过了壕沟，在城墙下徘徊。而在穿越后殿回中殿时，又看到有几只大鹜停在中殿二楼的屋顶上，吓得胡骏赶紧关照所有的人不准上二楼。

刘捷问胡骏："河道内的两头都堵住了吗？"

"跟你原来说的一样，把那树枝推了回去。"胡骏回答。

刘捷对胡骏说："这样不行，我在堵的时候忘记了这河道与壕沟是相通的,万一这两头恐怖鸟从河道进来,那我们的麻烦就大了。"

胡骏有点不信:"我们以这样的方式已堵了它们两天两夜,它们也没有进来。如果说要进来它们早就进来了,它们应该没有那智商,再说。"

"不能这么说,"刘捷打断胡骏的话,"动物的模仿能力是很强的,我们要防的是万一。我还是带几个人去加固一下,这样放心。"

"那你要当心停在屋檐上的大鹫。"胡骏叮嘱了一番。

"这你放心。"刘捷带几个人去了。

胡骏想了想,认为刘捷说的话还是有一定的道理,所以也带着几个人在中殿前面的圆台和小石桥上又点了几堆火,又到前门点了几堆火。

谁知刚点了没多长时间,大雨倾盆而下,所有的火堆都被浇熄了。

夜色渐渐降临,人们在中殿中也燃起了几堆火,大家分成几堆围坐在火堆旁。胡骏在门的两侧都安排了值班人员,虽然现在城墙内还没有发现有猛兽侵入,但防范在先肯定没错。现在关键是去向问题,怎么办?是不是还要继续往波谜罗川走?胡骏现在也没有了方向,这些飞禽猛兽真的是不死不休,就死盯着这批人,大概是人肉的味道好吧。

刘捷和陈娴、赵子凡等人围坐在一个火堆旁。

陈娴悲观地对刘捷说:"你发现了这么多的古迹也没用,因为你回不去,现在外面全是野兽,包括天上也有,就看它们什么时候冲进来。"

刘捷制止陈娴:"你不用这么悲观,我们这一路过来困难还少吗?还不是让我们一一克服了,所以你放心吧,办法总比困难多。"

现在像陈娴一样悲观的人还不在少数,因为胡骏给他们画的饼没有了,不仅饼没有了,而且有可能自己这些人会成为外面那些野兽的饼。

刘捷陷入了沉思。继续往前，那肯定不行，那些草原上的霸主肯定会不同意；那打道回府？估计原来行得通，因为那时还没有碰到这些猛兽，而猛兽们也不知道他们的存在。但现在情况变了，猛兽们不但已经知道了他们的存在，而且也知道他们就在它们的包围之中，所以想逃走却没有那么容易，因为那些猛兽绝不会轻易放弃，估计我们逃到哪，它们就会追到哪。怎么办？黄帝的夏都真的会没有出路吗？我不信，应该有出路。但出路在哪儿呢？

张晓军走了过来，他问刘捷："你是怎么知道那棵树的果子是有毒的？而且所有的野兽都对这种果子避而远之。"

刘捷回答说："我好像在什么地方看到过，在帕米尔高原有一种树，名字叫毒番石榴，在与剑齿虎对峙的时候，忽然看见旁边的树非常像石榴树，会不会就是这种树？就让赵子凡去点燃了，谁知却蒙对了。"

"这种事情也只有你能蒙得到，"张晓军苦笑了一下，然后又对刘捷说，"我刚才又去检查了一遍，暂时还没有危险，但时间久了，这些猛兽还是有可能会进来的。现在外面已经下起大雨，点的火已经不起作用了，而且雨结束后，也无法点燃。胡骏虽抢了一点树枝藏在屋里面，但杯水车薪。"

"幸好我们把城墙外的土堆铲平了，不然的话这城里也不安全。我知道躲是没有问题的，中殿下面不是还有通向湖边的通道吗，"刘捷回应说，"关键是我们要离开，而不是躲进下面的通道。躲得了一时，却躲不了一世。所以下面的通道只能起到通道的作用。关键是我们离开了往哪儿走？往前吗？不行，那些飞禽走兽都在前面等着我们呢。如果我们往回走，那就必须走过来时的路线，金顺福和虞尚也说洞窟里的狼都全部来了草原，再从洞窟回去？我看那也只是如意算盘，那些飞禽走兽会同意吗？"刘捷想了一下又对张晓军说，"你可以算一下，从这儿回到那洞窟需要多少时间？这样长时间暴露在野外，对那些猛兽们又怎样防范?"

张晓军想了一下说:"我们能不能和来的时候一样,在那有壁画的洞穴里休息一晚,再去树林中休息一晚,然后到那垄山的山脚下的洞穴里再去休息一晚,那些蚁虫和鸵鼠也应该走了,最后再冲刺一下,那条路也不算长,直接到那洞窟通向草原的通道。"

"你这太理想化,"刘捷回答说,"除了从草原到洞穴,再从洞穴到树林这两段,还有最后一段较短外,中间的两段都较长,从树林到我们捕鱼的地方,再从捕鱼的地方到垄山脚下的洞穴,这两处都在空旷的田野上,如果这些猛兽要对我们围追堵截,我们怎么办?更何况前两段我们还有凤凰的保护,而后面的两段路程又长又没有凤凰的保护,我们将怎样自处?"

张晓军不说话了。

刘捷想了一会儿,也理不出头绪。只得对陈娴说:"你把你脖子上吊着的那块玉佩再拿给我看看。"

陈娴把吊在脖子上的玉佩取了下来,递给了刘捷。

刘捷把玉佩拿在手中,玉佩还是有一些轻微的震动。刘捷正面看了看,是一幅河图,又反过来看看,是一幅洛书,上面还是那条龙盘着。刘捷仔细看着那条龙,看着看着,感觉那条龙好像有什么不一样,再仔细看,上面盘着的不是我们现在所画的龙,而是曾看见过的龙见。

刘捷惊愕了,难道这块玉佩真的是产自这儿?他把玉佩递给了陈娴:"你仔细看一下,上面盘着的是不是我们这次所见到的龙见,而不是其他什么龙?"

"不可能。"陈娴一把夺了过去,仔细打量了一番,果然上面雕刻的龙和所看见的龙见是一模一样。怎么会这样,陈娴说不出话了。

刘捷安慰陈娴说:"所以你也不要太过担心,冥冥之中自有安排,"刘捷又说,"把你的背包递给我。"

自从金顺福把背包还给陈娴以后,陈娴就一直背在身上,哪怕是睡觉，也要抱着睡，因为她知道里面的宝贝太过重要。现在因刘捷说要背包，只得把包递了过去，但不忘关心一句："当心一点。"

刘捷从包里找出一块他在戈壁滩上找到的一块有纹路的石头，对着火堆的光线看了起来。看了一会儿，放下石头，又朝中间的那块碧玉看看，然后快步走向碧玉，并对陈娴说："你过来帮我一下。"

陈娴过来，问："怎么帮？"

"你拿一根点着火的树枝走到碧玉的背面，我从前面观察，会不会隐藏着什么秘密。"刘捷回答。

"就这么一块玉还能有什么秘密。"陈娴嘴里说着，但还是去火堆旁拿了一根点燃的树枝。

张晓军和叶诗意看到后也一起跟了过来。

第五十九章 玉中的沙盘

陈娴拿着树枝走到碧玉的背面。果然，在火光的照耀下，碧玉顿时有了一种立体感，山与山之间的间隙在火光的映衬下显得更加逼真。

刘捷站在碧玉前，从上方一直往下看。右手边是他们前两天沿着山脚过来的垄山，然后沿着垄山流淌出来的丹水一路向前，丹水与黑水河汇合向西延伸到稷湖，再从稷湖流经黄帝的夏都，到了瑶池边转向南了，所以在《山海经》的大荒西经中有记载：西海之南，流沙之滨，赤水之后，黑水之前，有大山，名曰昆仑之丘。西海指的是流沙湖；流沙就是指塔克拉玛干沙漠；赤水就是指帕米尔河，因为它通过瓦罕河连接喷赤河；而黑水就是流经都广之野的那条河流，与瑶池相连，实际上瑶池就是黑水河的一部分。瑶池的右侧旁是一座低矮的山丘，然后慢慢爬升变成一座山脉，这就是昆仑之丘。而昆仑之丘的左侧就是黑水河，右侧就是峡谷，以前站在垄山这边，还以为垄山和那昆仑之丘以及后面隆起的山脉是一体的，到了草原的中心才发觉中间是隔断的。

刘捷让陈娴把火把抬高一点，再看那峡谷，完全没有了都广之野的绿色，取而代之的是满眼的戈壁，刘捷感叹这碧玉生得巧妙。碧玉上也有瑶池，但不是很大。刘捷摸着碧玉上的瑶池心里感慨万分。人们都以为喀拉库勒湖是瑶池，殊不知这儿才是真正的西王母圣地。再看那碧玉上的戈壁,很大的一块,刘捷用手比画了一下从夏都到戈壁滩的距离,再比画从戈壁滩到槐江山与昆仑丘的峡谷的距离,摇了摇头。如果在戈壁滩上碰到恐怖鸟、剑齿虎和大鹫怎么办?刘捷暗自心惊,总要想出一个对策来。没有对策,根本到不了波谜罗川。先跟他们解释一番,听听他们的意见。"你再帮我把火光移到左上角,对,就这个区域,"刘捷对陈娴说,然后又对张晓军和叶诗意招招手,"你们过来,到我这边来看。"

张晓军和叶诗意过来了,火光映衬的地方是槐江山。刘捷指着槐江山说:"你们看这儿,槐江山的里侧是草原加戈壁,两者是以昆仑丘和泰器山为界。这个界线以内就是草原,以外就是戈壁滩。如果我们从黄帝的夏都出发,我说的是如果,没有野兽的干扰,那我们就沿着河床穿过草原,到达泰器山的山脚,再沿山脚走出草原,到达槐江山。而从槐江山开始就是戈壁滩,槐江山是半圆弧形的,从西北转向西面,在槐江山和昆仑丘之间有一条峡谷。小娴,你把火光再往下一点,对,就这儿,你们看到吗?这儿有一条峡谷,从这条峡谷穿越过去就是波谜罗川。"

胡骏不知什么时候也挤了过来,他仔细地看着刘捷所说的路线,随后问刘捷:"我们为什么要去泰器山绕一圈,再穿越槐江山和昆仑丘之间的峡谷,而不是从昆仑丘直接穿过去,那不是更近吗?"

"那是你从地图上画的线,因为你没有看到过那个地方的地形,"刘捷回答说,"昆仑丘的起点是在瑶池里,而且是壁立千仞,无法攀爬。如果再往里面一点,在戈壁和草原之间有一大片沼泽,不可能去穿越。而这个沼泽是不是延伸到泰器山下,目前还不知道,碧玉上也看不出。但从骏马奔驰的角度看,泰器山的山脚那边应该没有沼泽。"

"那有没有一条更便捷的通道跳过草原,直接到那条峡谷?"胡骏还是不死心,希望从刘捷的嘴里听到有这样的一条道。

但刘捷的回答让他失望。

"没有。"刘捷坚定地回答。

刘捷对陈娴说:"你把火光再放到垄山这儿让我看看。"陈娴把火光移了过来。

叶诗意指着垄山的裂缝处说:"这一处大概就是我们发现壁画的地方,连这么细小的地方都能标出来,这还是天然的玉吗?"

"我也在怀疑,这一块玉不是天然的,而是加工的。因为它看上去是一块玉,实际上就是我们现代的一个沙盘,"张晓军怀疑说,"但这样的沙盘就是我们现代的工艺也不一定能做出来,那古人是怎么做到的呢?"

张晓军说完,先和叶诗意对望了一眼,然后一起看向刘捷。刘捷说:"你们看我干什么?现在不是研究玉的时候,而是研究玉里面的地形的时候。"

陈娴在问:"你们看好了没有?我的树枝快烧完了。"

"哦,看好了,你把树枝还回去吧。"刘捷赶紧说。

陈娴去还树枝了。刘捷在那儿自言自语:"看来要离开这儿还真的要靠八卦。"

张晓军一听这话有门,赶紧问刘捷:"你找到出去的通道了?"

刘捷摇摇头,然后说:"这儿人为的因素太多,我只能说大致有了方向,但具体的还需要证实。"

胡骏却催着刘捷,"你把方向挑明了,我们也可以放心,不然老是提心吊胆,就是休息也休息不好。"

"不是我不想说,确实不知道朝哪个方向,不过这儿的出路和八卦有关,有许多细节还需要完善。"刘捷解释说。

正说着,陈娴过来了,刘捷把背包还给了陈娴,然后对张晓军说:"你帮我把王医生请过来。"

张晓军立即把王医生请了过来。

刘捷问王医生:"昨天我听了你说的后天八卦中的离卦,离主火,所以我们用火解决了恐怖鸟的麻烦,如果我们现在要回去，应该走什么卦？"

"这个我可不知道，"王医生解释说，"我只知道先天八卦和后天八卦的位置，这也是在学针灸时偶然看到过，先天八卦的乾位在正南方，而后天八卦的正南方却是离卦，所以我昨天给刘教授解释了。"

"昨天给我启发的不是这个，而是这儿隐藏着一个先天八卦，"刘捷赞赏道，"就是你说的那个先天八卦让我深受启发。"

王医生觉得有点不好意思："我是乱说的，至于这个先天八卦是什么，我其实根本就不知道。"

"这没关系，我原来也不知道，但昨天你给了我启发，我今天找到了先天八卦，它就是我们现在所处的这个草原。"刘捷指着后面的碧玉说。

"在哪儿？碧玉上能看到吗？"王医生迫不及待地问。

"能，"刘捷带着王医生来到碧玉前，指着垔山和钟山、泰器山、槐江山之间的草原和戈壁滩说，"这一区域就是先天八卦。"

"那阴鱼和阳鱼以及阴极和阳极的两个圆点呢？"王医生找了半天没有找到，所以发问。

"阴鱼和阳鱼就是指戈壁和我们现在所处的草原。至于阴极和阳极，你也能在碧玉上找到，"刘捷解释说，然后又问王医生，"你有没有看到在戈壁滩上有一个黑点子？"

"看到了呀，我以为是一个污渍。"王医生说着还用手去摸了摸。

"那是阳鱼当中的阴极，而阴鱼中的阳极就是我们这儿，黄帝的夏都，"刘捷解释完后又对张小飞说，"你在巡城的时候不是问我为什么这座城池是圆的，答案就在这里。"

"哦，原来这儿是阴鱼中的阳极，"张小飞点点头，"那阳鱼中的阴极就在前面的戈壁滩中？"

"对，我估计就是羊皮图上所显示的增城。"刘捷回答。

"这么说，前面的戈壁滩中还有一座城池。"张小飞说。

"应该是的。"刘捷点点头。

"看来这个区域要答疑解惑的事情太多了，不过也只有像我们刘教授这样的专家才能解答。"张小飞感叹。

刘捷没有理会张小飞的说辞："那你看过《易经》吗？"刘捷继续问王医生。

"没有。"王医生回答得很干脆。

"那乾以君之，坤以藏之也没听说过？"刘捷又问。

王医生又摇摇头。

"那生门和死门呢？"刘捷再问。

王医生还是摇头。

"好，谢谢了。"刘捷说。

等王医生走了，张晓军问刘捷："你问这个问题是不是有新想法了？"

"对，我的想法不是往前，而是往回走。"刘捷直言不讳。

"你想回去？"张晓军惊喜地说，"其实我早就这样想了，因为怕你和胡导不同意，所以就没敢提出来，我了解动物的习性，一旦杠上了，很有可能就是一个不死不休的局面，"张晓军想了一下又说，"我估计这会儿胡导经过王胡子的事情以后也会想通的。"

"谁说我想不通，我早就想通了，实际上我的任务就是把人平安带回去，至于走哪条线不重要，"胡骏说，"但那些猛兽是真的可怕。"

"那我们去把其他人也一并请过来商量一下，人多主意也多，这也关系到大家生死存亡的问题，大家有权知道，"刘捷对张晓军说，"值班的人留下。"

"好嘞！"张晓军应了一声，去请了。

不一会儿，过来了一帮人。

刘捷直截了当地对大家说："这样下去不行，我们出城池还不到一刻钟，周边已全是猛兽了，而且这些猛兽是不死不休，看迹象是越来越多，如果我们硬闯，那总有力竭的时候，所以这不是上策。而这夏都也不是长久之计，里面现在还好些，但屋顶上已全是大鹫，外面就更不用说了，已被野兽包围，所以这儿被攻陷也是早晚的事。"

"那怎么办？"朱万豪先叫出了声，"进也不是，留也不是，那怎么办？"

"你先别急，听我把话说完，"刘捷对朱万豪说，"今天傍晚我们想利用凤凰翱翔的时候，穿越草原，结果我们大家都知道了。现在怎么办？就像万豪所说的，进，进不了，留，留不住。那只有一个方案，那就是按原路先退回去，先退到我们发现壁画的那个洞穴，到那儿再想办法退到树林。大家看这样可以吗？"

张晓军举起了双手："我举双手赞同，不进则退。"

胡骏看了看周边，大家都在看着他。他又看了看刘捷和张晓军，最后只好表态，"看来波谜罗川是去不成了，那就回撤吧，不过我们得想个安全之策来保证大家回去时候的安全。"

刘捷没有正面回答胡骏的话，而是直接说了拍板的话。

"今天就先这样，等明天凤凰起舞的时候我们再出发。"

"你就是让我再往前走，我也不敢走，"辛勤一边走一边和王医生说，"那草原中的猛兽太厉害了，不管你怎么走，早晚都是它们的盘中餐。"

"刘教授不是说了嘛，我们现在回撤，不去与那些猛兽们争锋。"王医生说。

看着大家回到了中殿，刘捷又自说自话道："不知道能不能等到明天凤凰起舞的时候。"

张晓军和胡骏听了都心里一沉。

刘捷从来没有感到有这么大的压力。虽然昨天将城墙外面的土堆铲平了，但就这点高度，老虎就真的跳不上城墙了吗？大鹫肯定防不住，因为是从天上来的，关键是明天会来多少只？那恐怖鸟呢？会不会模仿人的动作，通过水道进来呢？因为树木是漂浮在水上的，虽然加固了一下，不过是多加了一根树枝，外面多了一些树杈倒扣住，但流水的缝隙还是要留在那儿的，只要从外面多用点力，还是可以推开的。看来这个地方不能多待，猛兽还没有进来，估计自己先把自己吓死了。还有，明天能如愿回到有壁画的那个洞穴吗？估计也没有那么容易。

胡骏做事还是非常小心的，在两侧的门口都点了三堆火，又在三堆火的里面点了两堆火，然后又在两堆火的里面再点三堆火，将火堆形成犬齿状，从外面望进来，可能里面是一片火海，人全部待在两边的房间，并再三强调所有的人晚上不能跨过火堆，就算要方便也是到最里边的房间。

朱万豪还是溜了出去，借口在房间里方便太臭。不过他还算小心，刚跨出门口就先向周边张望。这一张望，把他的魂都快吓跑了，赶紧连蹦带跳地逃了进来。大家都紧张地看着他，不知道发生了什么事。

朱万豪紧张得脸都发白了，说起话来都不利索："屋顶、屋顶上全是他妈的大鹫。"

胡骏立马就紧张了，马上让人在朱万豪可以溜出去的角落再增加两堆火，火势再旺一点，把门口封住。

张晓军赶紧问朱万豪："到底有多少只？"

"全是，"朱万豪稍许平静了一下，"黑压压的一片。"

"在二楼的屋顶上？"张晓军又问。

"一楼的屋檐上也有。"朱万豪回答。

"看来是全体出动了，"刘捷插话说，"这就是我所担心的，但还没有到最困难的时候。"

"你的意思是草原上的动物会向这儿集结？"张晓军问刘捷。

"这些动物的灵性都不差，尤其是在食物链这一点上，它们拥有人类所无法达到的敏感，"刘捷回答，"所以我们必须做好最困难条件下应对的准备。"

"那你看接下来我们怎么做？"胡骏问刘捷。这一段时间下来，胡骏对刘捷知识的渊博和反应的快速程度还是比较佩服的，所以一旦当刘捷提出和自己相左的意见时，胡骏都会放弃自己的意见。

"现在门口的火烧得正旺，大鹫一般不会莫名其妙冲进来，因为在房间里，它缺少俯冲的距离，但你出了房间就不一样，所以必须严禁走出房间。"刘捷提出了自己的想法。

"这没问题。"胡骏立即又向全体人员重申了一下。

"除了值班人员，其他的人先抓紧休息，留给我们的时间不多了。"刘捷向胡骏建议说。

"好的，我让大家抓紧休息。"胡骏回答。

胡骏的话音未落，小尤先叫了起来："门外已有剑齿虎。"这一喊不要紧，所有的人都被吊足了精神，人们哪里还有心思休息，一个个都睁大眼睛朝门外张望。

门外刚下好雨，再说是越过火堆看向外面，当然是一片漆黑，什么都看不清。

朱万豪说："小尤啊，你会不会看花了，我们什么都没有看到。"

"不会，"小尤坚定地说，"我看到黑暗中有一道白影掠过，肯定是剑齿虎，只有它有这个速度。"

小尤的话音未落，门外又传来一阵响动，朱万豪拿着火把朝门外照了照，好像有一个黑乎乎的东西正在圆台旁的水池边爬上来。朱万豪眼疾手快，把手中的火把朝那个黑乎乎的东西摔了过去，只听见"噗通"一声，估计那个东西又掉回水里了。

大家面面相觑，都目瞪口呆，不知道说什么好。

还是胡骏反应过来："赶快加柴火，全部加上，我们不过了。"大家手忙脚乱地从里面拖出一堆柴火，堆在门口和两门之间的过道上。张晓军却阻止说："你们干什么？火苗都快蹿上屋顶了，准备把我们自己都烧死吗？"大家又是一阵忙乱。

张晓军举着火把又朝外面照了照，但却看不清楚，而人又不敢出这个房间。

"不用再看了，该来的终究会来，"刘捷叹息，随后问胡骏，"我们还有多少柴火？"

"不多了，估计还能坚持一两个小时应该没问题。"胡骏回答。

"那还是执行第二套方案吧。"刘捷提议说。

"现在就执行?"胡骏问。

"不能再等了,等那些家伙发动进攻,我们就被动了,"刘捷对张晓军说,"你带两个人先下,下了以后朝前走一段,看看有没有危险,尤其是那格栅还是否完好无损?这边让胡骏组织人员待在通道口周边,等你的信号。"

张晓军"OK"了一声,带了小飞和万豪先下了。

大家不知道第二套方案是什么,但胡骏和张晓军知道,因为如果说起飞禽猛兽都来了怎么办?刘捷说,只有下地道才能摆脱。当时张晓军问了一句:如果龙见从那个地道口进来怎么办?那还能怎么办,拼命呗,刘捷回了一句。

等待的时间是非常难熬的。而外面大鹫飞动的声音和城墙内野兽穿梭的声响牵动着每个人的神经。胡骏心想:这些猛兽为什么相互之间不先打起来。

而随着时间的流逝,穿梭的声音是越来越频繁,所有的人都拿着火把,眼睛死死地盯着两个大门,唯恐有猛兽蹿进来。

胡骏只是把眼睛看向刘捷,只等刘捷的一声令下。

下面的通道总算有了回音,那格栅没有被破坏。

刘捷总算放下心来,于是胡骏开始组织大家下地道。

刘捷是最后一个下,他让张晓军帮忙,用藤条和木棒总算把两块河图洛书连同坐垫一起又重新覆盖在通道的出口上,虽还有一点缝隙没有完全遮盖,但只要这些猛兽们进不来就是上上大吉。

胡骏是第一次下到这个通道,看了看泥泞的走道和狭窄的空间,不明白地问刘捷:"这么好的夏都去挖这么一个通道干什么?是为了取水方便?还是为了逃生用的?"

"我估计这条通道不是黄帝那个时代挖的,而且挖的还比较简陋,"刘捷没有做正面回答,"我猜测是黄帝以后,人们为了与这些猛兽们长期共存,才挖掘了这个通道,单纯取水不可能,因为城池里面就有河流经过,唯一的作用就是逃生用或者摆渡到瑶池用。"

"既然是逃生或摆渡用，那为什么前面的瑶池里还会出现龙见呢？不会自己去撞枪口吧。"胡骏又问。

"我没有考证过，只能猜测，"刘捷不厌其烦地解释，"当时这儿还没有龙见，但其他动物都已存在，而瑶池又是黄帝夏都的后花园，需经常往来，所以才挖了这么一条通道，我估计原来湖边还有小舟，时间久远都已破损不堪，或者发几次大水都被冲干净了。"

见胡骏没有说话，刘捷问胡骏："你是不是想出这个通道去看看？"

胡骏连忙将头摇得像拨浪鼓似的，嘴里连说："不去，不去，我只是问问。"

"你说瑶池里那个时候没有龙见，那龙见是从什么地方过来的？"叶诗意没有想通，那龙见这东西可是远古时候的产物，不会平白无故冒出来。弄得不好，龙见可能还是帕米尔高原上最古老的物种之一。

"瑶池和黄帝的夏都这两处是传说中的天堂，应该没有龙见这类怪兽，而原有的这些飞禽猛兽都被八卦困在都广之野这个区域里，"刘捷想了一下说，"我猜想是由于山川发生了变化，如地震或共工怒触不周之山之后，它们从流沙湖逃到了瑶池。不然的话，这么小的瑶池是满足不了龙见的胃口的，它们也不可能在这么小的瑶池里生存。更何况我们在喀拉库勒湖已经发现有龙见的存在。"

张晓军苦笑了一下说："这龙见还真的算历史渊源。"

"但接下来怎么办？"朱万豪问，"在这儿待个一天半日的还可以，待的时间再长一点我会发疯的。"

"现在肯定不能出去，因为是半夜，"刘捷回答说，"最早是明天上午，最晚是明天傍晚凤凰起飞的时候。"

第六十章　风水明堂

泥泞地，大家也不敢坐，墙上还稍微干燥一些，大家就靠着墙壁打个盹儿。胡骏安排四个人先到出口的格栅处去值班，又安排四个人在洞口处值班，其他人原地休息。

胡骏刚安排好，还没有消停，何晓晓却叫了起来："怎么有这么多的虫子？"胡骏赶过去一看，墙上、地上爬满了蚰蜒。许多女生以为这是蜈蚣，吓得墙也不敢靠，拿着火把只盯着地上，唯恐通过自己的脚背爬上来。

张晓军听到叫声也赶了过来，看了看那些虫子："没什么，这是钱串子，大家尽量往干燥的地方站就可以了。"

整个地下通道都比较潮湿，要找一个干的地方还真不容易。好不容易找到靠近出口的地方还比较干燥，但胡骏死活不让站，理由是出口的地方容易招来龙见。

人们在通道里真是度日如年，都巴不得早点离开。好不容易熬到了天亮，胡骏又不让走，说是要等凤凰起飞的时候才能走。

刘捷对张晓军说："我们出去看看，说不定能找到一条通往垄山山脚的路。"刘捷还特地让张小飞和小尤一起出去，说是他们两个耳目清亮，是团队中的千里眼、顺风耳。

早上的太阳还没有升起，雾气也没有产生，所以能见度特别好。刘捷出来后，感觉空气特别清爽，与通道内相比，简直是一个天一个地。刘捷看了一下周边,估计这儿是一个湖滩,是供人们摆渡到达对岸的地方。刘捷又眺望了一下对岸,那是昆仑丘的山脚,望过去好像也有一个湖滩,湖滩后面看上去还有一个凹口,如果翻过那个凹口会不会可能也有一条千年古道?如果这样的话,那就不用穿越波谜罗川而直接到达公主堡了。但刘捷不敢试,因为王胡子血淋淋的往事还历历在目。那是不是还有其他的路可走?刘捷又看了看东面,不可能,这是通往草原的中心,也是他们从地下通道过来的地方。只有南面,这是通往坖山山脚的方向,但没有路,茅草长得比人还高。不知道有没有沼泽?但看上去没有,不要沿湖的边缘走,而是直插山脚,应该不会有沼泽。但昨天金顺福等人为什么不从岸边过来,反而要走水路?估计是他们不知道水中有龙见的缘故。刘捷又转身看了看北面,那是瑶池延伸的一部分,水面已被沼泽替代,刘捷心里暗暗心惊:这一区域才是龙见隐藏的绝佳区域。

刘捷对张晓军说:"如果真的要从这儿走,唯一的办法就是往东南走,快速通过,直插坖山的山脚。"

张晓军还没有回答,小尤却对刘捷说:"我好像听到沼泽里面有动静。"

刘捷回头一看,果然在沼泽地的中间出现了一些涟漪,波纹渐渐向湖滩靠近。刘捷对大家说:"肯定是那个难缠的家伙。"

张晓军也非常谨慎:"我们还是进洞商量。"

四个人刚安置好格栅,湖滩上就爬上了一条龙见。

刘捷对其他三人说:"我们把火把和树枝放在格栅的口子上,看它是不是会回避?"

果然,那条龙见在出口处只张望了一下,就赶紧离开了。

刘捷感叹说:"看来火对这些家伙还是有制约作用的。"

张晓军对刘捷说:"看来我们若想生存,这一条路是我们唯一的一条出路,关键在于我们怎样走?什么时候走?"

"你说到点子上了,"刘捷回答,然后对张小飞和小尤说,"你们俩会同值班的四人就在这儿守着,尤其是小飞,帮我关注天气，如果遇到快要下雷阵雨了，赶快告知。"

"懂了，你又要用火攻。"张小飞笑了。

刘捷也笑了。

张晓军一边往回走一边说："今天会下雨吗？"

"你没有发觉吗？"刘捷反问，然后又说，"这个季节每逢下午温度升高时，就会有雷阵雨，我估计今天也同样。"

"你的意思是不一定要等到凤凰起飞的时候再穿过这片草原？而是利用下雷阵雨的前夕用火开道，直插垒山的山脚。"张晓军既问又答。

"还是晓军理解我，"刘捷回答，"因为凤凰飞舞的时间只有二十分钟，而我们穿越这片草原的时间最起码要四十分钟，那剩余的二十分钟怎么办？"

胡骏已和赵子凡等人在一起，看见刘捷回来，正想询问，刘捷却先问在通道进口值班的赵子凡："是哪些动物盘踞在上面？"

"我感觉很奇怪，应该是谁强谁占据，但从缝隙里看到的却是斑鬣狗，那些剑齿虎和恐怖鸟不知去哪儿了。"赵子凡回答，他觉得很奇怪，"那些狗子不断在缝隙处张望，也不知道它们有没有看到我们。"

"不用奇怪，"张晓军笑了，"斑鬣狗的鼻子还是很灵敏的，它们肯定知道我们的存在，"随后又说，"恐怖鸟和剑齿虎却没有这么好的耐心，找不到猎物早就走开了，只有这种癞皮狗才会死缠烂打。"

胡骏问刘捷："外面怎么样？"

"问题应该不算很大，"刘捷回答，"尽管龙见还候在外面，但我们有办法把它赶走。"

"什么办法？"胡骏赶紧问。

"用火。"刘捷回答。

"不对呀，"胡骏有点诧异，"你用火攻，万一超出了你可控的范围，你怎么办？这片大草原和黄帝的夏都可是人类的宝贝。"

"这我知道，我不可能让这场火超出我可控的范围，"刘捷回答，"再说我们的这场火是在快要下雷阵雨的时候放的，而且离夏都还有很长的距离。"

"那我就放心了。"胡骏不说话了。

陈娴看着刘捷问："你真的有十足的把握把人都带出去？"

"连你都不信我，我还怎么做事？"刘捷笑嘻嘻地回答，"为了此事，我还专门用《易经》算了一卦，算出来这是唯一的一条出路。"

叶诗意在一旁听到了，赶紧说："老师，你把怎么算的说给我们听听。"

刘捷看了陈娴一眼："完了，牛皮被戳穿了。"

陈娴看着刘捷的样子苦笑了一下，在这么大的凶险之下还能开玩笑，也真拿他没办法。

刘捷对叶诗意说："我是随便说的，不能当真，因为我不是算命的，"接着刘捷解释说，"稷湖那儿是后天八卦，而这儿的整个山川是先天八卦。如果按后天八卦算，这儿的东南方是巽位，巽位的卦象上说：巽在床下，上穷也，丧其资斧，正乎凶也。意思就是说：我们现在是屈居在床下，地下通道不就是在床的下面吗？上面已是穷途末路，都是凶猛的野兽，我们正在丧失生存的能力，结果必然是凶险的，所以这是个凶卦。"

"对呀，这个卦象说的就是我们现在，"王医生不知什么时候过来了，在一旁插话说，"那怎么办？"

"那有什么破解之法？"叶诗意问。

"卦象只是提示，没有什么破解之法。"刘捷回答。

叶诗意和其他听的人都泄了气。

"但如果这儿是先天八卦，那东南方就是兑位，"刘捷这一转折又给大伙燃起了希望，"兑位的卦象上说：亨，利贞；和兑，吉。意思就是说：亨就是亨通，只要能正确面对这件事，就能获得喜悦；只有上下和谐，共同努力，才能获得吉祥。"

"给你这么一说，这么大的一个困难就解决了，"胡骏在一旁也听得津津有味，看着刘捷问，"会不会后天八卦中碰到的问题都到先天八卦中去寻找答案？"

"不知道，"刘捷摇摇头，看了王医生一眼，"我只知道后天八卦和先天八卦中是这么说的，至于解释的对与不对我就不知道了，就看大家怎么理解。"

陈娴虽不懂什么先天八卦和后天八卦，但她知道刘捷是用这种方式将困难摆在人们面前，然后用激励的方式统一人们的思想，共同克服困难。这男人确实拥有其他男人所没有的一些正能量。此时的陈娴看向刘捷的眼光中都带有些许温柔。

"不知道现在湖面上有没有动静？"刘捷像是自说自话，又像是问张晓军。

张晓军朝洞口方向看了看，然后回答："应该没有，如果有的话，小飞应该会警示。"

刘捷尽管心里早有盘算，但还是感觉有一些不踏实。他对胡骏说："我们准备吧，把所有的人全部动员到洞口。"

胡骏去组织人员了。

等待本身就是煎熬的，一直到乌云快到头顶了，刘捷才下令冲刺。大家举着火把，也不分梯队，一窝蜂地跟着张晓军往前跑。

前一段路全是一人多高的茅草，大家有了前两次的经验，把声响搞得很大，张晓军又在两旁点了几堆火，所以一路没有动物的骚扰，只有动物逃跑的声音，等大家跑到了垄山的山脚，大雨才开始下。

刘捷事先曾关照，就是全身都淋湿了，也要确保火把能够重新点燃。但是没有用，因为这场雨下得实在太大了，没有一支火把能重新点燃。幸好大家跑得也快，在暴雨完全下来之前，总算到达有壁画的那个山洞。

胡骏跑进山洞的第一件事，就是把原来储藏在山洞里的那些树枝、杂草搬了一些出来，先在山洞里点燃了几堆火，一是淋湿了需烤火，二是防野兽跟着钻进洞里。

刘捷总算舒了一口气：还算顺利，第一步总算走好了，接下来再走第二步。刘捷看了看山洞外的天，大雨正倾盆而下，还是等雨停了，再去寻找出路吧。

由于大雨和一路过来所点的火，那些野兽总算没有立即跟过来。但雨停后，该来的还是要来。一想到这，刘捷又坐不住了，带着张晓军又来到了山洞口的瀑布前。

张晓军不知道刘捷要做什么，但猜想刘捷让他一起出来，肯定是与出路有关。

刘捷看着雨中的瀑布，对张晓军说："我们的出路应该就在瀑布这一带。"

张晓军看了看四周，这儿只有一条瀑布从上面挂下来，从山洞到山顶距离不算很高，也就三十来米，但想爬上去却没有搭手的地方。张晓军实在看不出哪儿是可以攀爬的地方，所以狐疑地看着刘捷。

刘捷笑了："你也不用这么看着我，这不是我说的，是那块碧玉和八卦的卦象上告诉我的。"

"八卦我不懂，但那块碧玉我也看了，怎么没有看到有出路？"张晓军疑惑地问。

"我让我夫人举着火把看这个山洞的时候，我发现了这瀑布后面有类似台阶的阶梯，所以我要来找一找。"刘捷笑着对张晓军说。

"不对呀，陈教授举着火把的时候，我和小叶也一起在看呀，我们怎么没有发现呢？"张晓军不解地说。

"是呀，晓军说得没错，当时我也在，我们怎么没有发现有台阶呢？"叶诗意不知什么时候与胡骏一起出来了。

"那个台阶很细微，不仔细还真的发现不了，"刘捷没有继续解释，"这个就不说了，等雨停了，我们去验证一下不就行啦。"

刘捷是笑呵呵地说的，其他的人都狐疑地看着刘捷，就这么一点地方，难道还有什么秘密不成。

这场雨来得快，去得也快。

雨一停，胡骏立即让人从山洞里搬出柴草，铺在了外面的巨石上，并点起了火。刘捷说的是真是假再说，外面的这些猛兽还得要提防，并让张小飞和朱万豪在巨石旁看着这几堆火，关键是不能让那些野兽跳上巨石。

而刘捷这边已经和张晓军跳下瀑布下面的水潭了。

刘捷和张晓军来到瀑布的里面，这是刘捷为敲铜钟找石块的地方。果然，刘捷发现在靠近瀑布内侧石壁的地方有人为的凿痕，这些凿痕是从瀑布里面向外旋转出来的，等到了瀑布外面时已经转到山洞的顶上了，怪不得站在山洞口看不到这些阶梯。刘捷试着爬了几级，觉得还比较顺，但转到瀑布外侧就感觉力不从心了。

张晓军也试着爬了一下，但同样到了瀑布的外侧也感到有点吃力，主要是瀑布的水溅到这几块石阶上造成了湿滑。张晓军对刘捷说："这不是问题，这肯定是一条出去的路。"

胡骏等所有的人都在等候刘捷和张晓军的消息，一听张晓军说这儿肯定是一条出去的路，立即欢呼起来，把守在巨石旁的张小飞和朱万豪吓了一跳。

"事不宜迟，我们立即行动，我一刻都不想多待。"胡骏对大家说。

"不要急，"刘捷阻止说，"刚下好暴雨，石头还有些湿滑，我们先做一些准备工作，然后再出发。"

"你没有进洞里，不知道里面的情况，"胡骏解释说，"那条被金顺福他们斩杀的肥遗，现在爬满了各种虫子，虽然用火驱赶了一下，但心里总有阴影，所以里面也不是人待的地方，能早走就早走。"

刘捷知道此时所有的人都是归心似箭，所以对胡骏笑着说，"既然这样，那你就去组织吧。"

胡骏开始安排人员。

叶诗意在一旁问刘捷："老师，你刚才说八卦的卦象也显示出路在这儿，是怎么显示的？"

刘捷看了叶诗意一眼，笑着说："我曾经说过，这儿整个山川峡谷就是一个先天八卦，而南方是先天八卦中的兑卦，兑卦是吉卦，而且还是叠卦，主位是六，客位也是六，按现在的卦象来说就是六六顺。而且兑卦主水，与泽有关，泽就是水，而这儿的水就是洞口的那条瀑布，与叠卦正好吻合，所以这儿就是卦象中显示的出路。"

张晓军过来说："徒手爬上去比较难，我认为再加上藤条和小虞提供的半截绳索就比较保险了。"

"这个你比我有经验，你自己决定吧。"刘捷回答。

刘捷等人终于爬上了山顶，有一种极目楚天舒的快感。现在正是凤凰快要起舞的时候。在张晓军和胡骏的帮助下，人们陆陆续续地爬上了山顶。刘捷朝北面看，黄帝的夏都就在眼前，凤凰正在翩翩起舞，骏马已经从远处奔驰而来；而朝西看，是西王母的瑶池，昆仑丘静静站立在瑶池旁，几只鹞鹰在山水之间翱翔；再朝南看，自己穿越过来的乌即城就在脚下，虽已是黄沙满地，仍掩盖不住往日的风采；再往东看，一片郁郁葱葱的草原。一切都是那么的安静祥和。如果不是亲身经历，谁也不知道脚下的这一片峡谷竟是野生动物的乐园。

刘捷看见张晓军和叶诗意联手爬了上来，立即向他们招手，让他们过来。

刘捷对张晓军和叶诗意说："我们不是一直在说：左青龙，右白虎，前朱雀，后玄武，来表明这个地方的风水很好，你们看，前面这个地方就是这四句话的出处。"

"这儿风水很好，我知道呀，看上去就让人舒坦，"叶诗意说，"但这儿猛兽实在太多，多的让人无法承受。"

张晓军看了叶诗意一眼："教授说的不是这个意思。教授是说表明风水很好的四句话出处就在这儿。"

"也不能怪她，她是沉浸在这风景秀丽的地方。"刘捷笑着说。

"那你为什么说这四句话的出处是在这儿呢？"张晓军问。

"我们当时所待的地方是黄帝的夏都，"刘捷解释说，"从夏都望出去，是不是左边是青龙？"

"哪一边是左边？"张晓军没有搞明白，"人怎么站？"

"还说我不理解，自己笨得要命，"叶诗意在一旁说，"黄帝的夏都是不是朝南的？！你朝南而立，那左边是不是东边，那东边就是青龙。"

"小叶说的不错，东边郁郁葱葱的草原就是青龙，而西边的戈壁滩就是白虎。"刘捷解释说。

"倒还蛮形象的，有点意思，"张晓军搔了搔头皮，"那朱雀和玄武呢？"

"前面的垒山就是朱雀，后面的钟山、泰器山、槐江山就是玄武。"刘捷回答。

"为什么垒山就是朱雀？"叶诗意问刘捷。

"你看过凤凰起舞，那看过凤凰还巢吗？"刘捷见叶诗意摇摇头，就继续说，"凤凰还巢的地方就是在垒山，而且是靠近瑶池一边邻水的垒山，就是我们从通道出来时看到的瑶池边上的那一段，周穆王西行曾到达瑶池，也看到凤凰起舞和凤凰还巢，他是在瑶池边上和西王母喝酒时欣赏凤凰起舞和还巢的，就是这个地方，当然看的角度可能会不一样。再加上朱雀本来就有凤凰之称，是凤凰的别名。"

"看来刘教授肚子里的东西不是一般得多，就一句'前朱雀'就引来这么多的故事，真是不一般呢，"张晓军感叹说，然后又问，"那玄武是不是也有什么典故？"

"这倒没有什么典故，"刘捷实话实说，"但你可以看后面的山势，玄武代表的是龟与蛇，从黄帝的夏都或我们这儿望出去都可以，钟山是不是像一个龟的身子，而泰器山突出的部分是不是像龟的头部？"

"咦，你不说还不知道，还真有点像，"叶诗意想象着说，"那槐江山弯曲的是不是像一条蛇？对啊，还真像一条蛇，哎，老师，你是怎么想出来的？"

"你胡说八道什么呢？"刘捷苦笑着说，"这不是我想的，这四句话就是从这儿来的。"

"还有这回事？"叶诗意还是没有想明白。

张晓军在一旁问："前后左右都有了，那中间是什么，至少也是一种猛兽，会不会是大鹫？或是恐怖鸟？龙见？哦，对了，应该是龙，但已经有龙了，青龙也是龙，那会是什么呢？"

"许多人都是这样认为的，以为四周都是著名的飞禽走兽，中间的应该也是一种著名的猛兽，"刘捷笑着说，"我们都想错了，中间是明堂。"

"什么明堂？"张晓军和叶诗意同时问。

"明堂就是帝王用来举行典礼、朝会诸侯、发布政令的场所，"刘捷指着远处黄帝的夏都说，"就是那个场所。我们在那个地方的时候，还像别的地方一样称呼，称之为前殿、中殿、后殿，实际上都错了，应该称之为小明堂、中明堂、大明堂。后面的房子倒塌了，我们还以为是后殿，实际上那是明堂中最为重要的地方。"

尾声

终于看到了车队,人们兴奋起来,开始大声叫唤。叫声在空旷的峡谷中回荡,好像远处又传来轰隆隆的响声,吓得胡骏立马阻止大家叫喊,但没有人听他的,除胡骏之外的所有人都叫喊着冲向车队。

车队听到叫喊停了下来,轰隆隆的声音也随即停止,原来是马达的轰鸣声在峡谷内回响。车上下来的几个人刘捷都不认识,但张晓军等地质学院的学生都认识,这些都是他们的导师啊,所以一窝蜂向他们的导师跑去;胡骏也有两个认识的人,其中之一就是他们旅行社的副总于嘉俊。胡骏压制着心头的激动,很绅士的朝于副总和另外一个导游挥了挥手;金顺福也认识从后面那辆越野吉普上下来的人,那人就是让他在帕米尔高原上遭遇生死劫难的那个陈凯。

莫院长从惊讶到兴奋,然后像年轻人一样挥舞着太阳帽跳动着,向跑过来的学生们叫喊着。

张晓军第一个拥抱他的导师,激动的眼泪刷刷地流了下来,他擦了擦眼泪,然后向刘捷招招手,等刘捷过来后把刘捷推到莫院长的面前介绍说:"这是江城大学历史系的教授,叫刘捷,这一次多亏了他,我们才能完好无损地回来。"

刘捷赶忙推辞说:"不是,不是,不能这么说,这次能逃生，晓军功不可没。"

莫院长虽然还不知道他们经历了什么，但也能猜测出这十多天的时间肯定经历了不少磨难，就安慰说："你们能安全回来就好，我们以后可以慢慢说。现在最主要的事情就是把你们接离这个无人区，我马上与救灾指挥部联系，让他们派直升机来。"

胡骏对着于副总，含着泪鞠了一躬："我现在向您交差，我带的旅行团所有的人都完好无损，全部带了回来，至于宾馆里的人，"胡骏说着看了金顺福一眼，"有两人折损，一人受伤，所以提请组织给予处分。"

辛勤在一旁说："这不能怪胡导，是他们四个人自说自话，老是逃离团队，才造成这样的结果。那余下的一个半人如果没有我们的救援也早就玩儿完了。"

王医生也说："老辛说得没错，我能证明。"

于副总也安慰大家说："先不要说这些没用的，你们这个旅游团能在这次大地震中平安归来，就是最大的成绩，现在你们的主要任务就是休息。哦，对了，胡骏，你先随我去车上拿一些食物和水，让大家先垫垫饥。"

胡骏和辛勤、王爱晖跟着于副总到车上拿食物去了。

金顺福对着陈凯，只是静静看着，说不上是激动还是愤慨。虽然他自己活了下来，但外甥没了。陈凯交代的任务应该算完成了，但佐证的东西一样都没有。想到这儿，金顺福还看了陈娴肩上的背包一眼。原来还有一个活的紫鼠，但随着王胡子被龙见吞食，紫鼠也一起到了龙见的胃中。都怪许艳，当初见好就收，也不至于到现在这种地步，但许艳人也没了，他还能说什么。

陈凯却主动上前握着金顺福的手，连声说："回来就好，回来就好，一切我们回去再说。"

帕米尔高原发现了黄帝时期的夏都和史前动物的消息惊动了上级部门。上级部门立即下发文件，一是下令立即组建帕米尔国家野生动物园筹建小组，把这一区域保护起来，胡骏被借调到筹建小组；二是下令立即组建考古工作组，莫家蓬任副组长，刘捷、张晓军都被借调到这个工作组。

  与此同时，陈凯也没有闲着，立即打申请报告，说在帕米尔高原的黑水河附近发现玉矿，要求租借这一区域三十年。

  上级领导驳回，并毫不客气指出："你这是私心膨胀，没有将国家的利益放在第一位，而且你还必须对两个死去、一个受伤的人负责，近期调查组将进驻你单位，请你好自为之！"

图书在版编目(CIP)数据

湮没的王城 / 薛英平著. -- 上海 : 上海社会科学院出版社, 2025. -- ISBN 978-7-5520-4818-6
Ⅰ. I247.5
中国国家版本馆 CIP 数据核字第 2025D37C69 号

湮没的王城

著　　者：薛英平
责任编辑：杜颖颖
封面设计：裘幼华
出版发行：上海社会科学院出版社
　　　　　上海顺昌路 622 号　邮编 200025
　　　　　电话总机 021-63315947　销售热线 021-53063735
　　　　　https://cbs.sass.org.cn　E-mail:sassp@sassp.cn
排　　版：南京展望文化发展有限公司
印　　刷：上海新文印刷厂有限公司
开　　本：890 毫米×1240 毫米　1/32
印　　张：18.875
字　　数：522 千
版　　次：2025 年 8 月第 1 版　2025 年 8 月第 1 次印刷

ISBN 978-7-5520-4818-6/I·759　　　定价：88.00 元

版权所有　翻印必究